Der Bergpfarrer

Toni Waidacher

Der Bergpfarrer

6 Romane in einem Band

Weltbild

Besuchen Sie uns im Internet:
www.weltbild.de

Genehmigte Lizenzausgabe für Verlagsgruppe Weltbild GmbH,
Steinerne Furt, 86167 Augsburg
Copyright © by Martin Kelter Verlag GmbH & Co., Hamburg
Umschlaggestaltung: Atelier Seidel, Teising
Umschlagmotiv: Mauritius Images, Mittenwald
Gesamtherstellung: CPI Moravia Books s.r.o.,
Brněnská 1024, CZ-69123 Pohořelice
Printed in Czech Republic
ISBN 3-8289-8312-X

2009 2008 2007 2006
Die letzte Jahreszahl gibt die aktuelle Lizenzausgabe an.

Inhaltsverzeichnis

Das geduldige Herz
7

Die Erbin vom Pachnerhof
101

Die Tochter des Wilderers
197

Der Reiterhof – ein Abenteuer?
289

Eine Liebe wird erwachsen
377

Doppeltes Glück in St. Johann?
469

Das geduldige Herz

…weder Zeit noch Raum kann es beirren

Der letzte Ton der Mondschein-Sonate verklang. Thomas Burger verharrte einen winzigen Moment, um dann mit einem strahlenden Lächeln aufzustehen und den Applaus des Publikums, das bis zum Schluß andächtig gelauscht hatte, entgegenzunehmen. Dankend nahm er den Blumenstrauß in Empfang, den eine Verehrerin ihm auf die Bühne hinaufreichte. Der junge Konzertpianist verbeugte sich und bezog mit einer Handbewegung die Mitglieder des Symphonieorchesters ein, das ihn begleitet hatte.
Dieser Konzertabend war der glanzvolle Abschluß einer Tournee, die den Künstler durch mehrere Städte Europas geführt hatte.
Noch zweimal holte der tosende Beifall Thomas auf die Bühne zurück, bevor er endlich, müde und erschöpft, Frack und Fliege ablegen konnte. Alberto Moreno, Thomas' Agent, reichte ihm ein Glas Champagner.
»Du warst, wie immer, großartig«, sagte der Italiener. »In allen Kulturbeilagen der Tageszeitungen werden sie von dir berichten. Du bist auf dem Höhepunkt deiner Karriere. Jedes Konzerthaus reißt sich um dich. Ich habe Anfragen aus New York, Chicago und Rio. Du kannst jede Gage verlangen.«
»Im Moment verlange ich nur meine Ruhe«, entgegnete der Dreißigjährige. »Für die nächste Zeit will ich keinen Konzertsaal mehr sehen. Die Tournee war anstrengend, und ich möchte nur noch Urlaub haben.«
»Natürlich«, gab Alberto mit einem Nicken zurück. »Das kann ich verstehen. Aber, wir dürfen auch nicht zuviel Zeit

bis zum nächsten Engagement verstreichen lassen. Jetzt wollen die Leute dich spielen hören.«

Thomas legte ihm den Arm auf die Schulter. Alberto Moreno hätte sein Vater sein können, und so ähnlich war auch die Freundschaft, die die beiden Männer verband. Der junge Pianist wußte, was er dem »alten Hasen« im Musikgeschäft verdankte.

»Du kannst mir noch soviel Zucker aufs Brot streuen«, lachte er. »Überreden wirst' mich net.«

»Mama mia! Hör, um Himmels willen, mit diesem fürchterlichen Dialekt auf.«

Alberto verdrehte die Augen.

»Du redest ja wie ein Bauer.«

»Was glaubst' denn wohl«, erwiderte Thomas. »Ich komm ja aus einer Bauernfamilie. Mei' Großvater war einer, der Vater ebenso, und mei' Bruder hat den Hof übernommen. Bauer sein, ist ein ehrenwerter Beruf.«

»Das bestreite ich ja gar nicht. Aber du bist keiner. Du bist einer der berühmtesten Konzertpianisten der Welt, und mir stellen sich die Haare auf, wenn ich dich so sprechen höre.«

»Na ja«, meinte der Pianist und schielte anzüglich auf den schmalen Haarkranz, der sich um den sonst kahlen Schädel seines Agenten zog, »soviel gibt's ja net, was sich da aufstellen könnt'.«

»Du bist und bleibst ein frecher, großer Junge«, schimpfte der Ältere. »Los, zieh' dich um. Die anderen warten schon. Das Orchester gibt einen Abschiedsempfang für dich. Außerdem habe ich großen Hunger.«

»Okay, ich beeile mich.«

»Wo wirst du deinen Urlaub verbringen?« fragte Alberto, als sie auf dem Weg in den Saal waren, in dem der Empfang stattfand.

Thomas Burger atmete tief ein.

»In der schönen Welt der bayerischen Alpen«, antwortete er. »Ich fahre nach Sankt Johann.«
»Sankt was...?«
Thomas knuffte den anderen freundschaftlich, der natürlich wußte, daß der junge Pianist aus dem Alpendörfchen stammte.
»Tu net so«, sagte er. »Du hast mich genau verstanden, net wahr. Also, unterlass' deine Anspielungen auf meinen Heimatort. Sonst könnt's sein, daß i' mir einen and'ren Agenten such'.«
Alberto zog ein Gesicht.
»Mach, was du willst«, erwiderte er und rang verzweifelt die Hände. »Aber tu mir einen Gefallen und red' deutsch mit mir!«

*

Andrea Hofer lag mit verträumten Augen auf dem Liegestuhl, der auf der Wiese hinter dem Bauernhaus stand. Das dunkelhaarige Madel hatte Kopfhörer aufgesetzt, die mit einem tragbaren CD-Player verbunden waren, der neben ihr lag. Hingerissen lauschte sie dem Klavierspiel. Dabei stellte sie sich vor, wie sie in der ersten Reihe des Konzertsaales saß, und oben, auf der Bühne, stand ein großer schwarzer Flügel, mit einem schmalen Hocker davor, auf dem er Platz genommen hatte.
Ganz deutlich konnte sie sein Gesicht sehen. Die dunkelblonden Haare mit der Tolle, die ihm immer wieder ins Gesicht fiel, die rauchblauen Augen und der lächelnde Mund. Genauso hatte er sie angesehen, damals, als er von ihr Abschied nahm. Zwölf Jahre war es jetzt her. Thomas war achtzehn gewesen und Andrea siebzehn. In Tränen aufgelöst, hatte sie dem Zug nachgeschaut, der ihn nach München ins Konservatorium brachte. Zuerst waren noch regelmäßig

Briefe gekommen, in denen der angehende Pianist von der Ausbildung und seinen Fortschritten berichtete. Doch mit der Zeit wurden sie immer spärlicher, reduzierten sich, von drei Briefen im Monat, erst auf zwei, dann auf einen, und irgendwann blieben sie schließlich ganz aus.
Lange Zeit hörte Andrea gar nichts mehr von ihm, dabei hatten sie sich doch ewige Liebe geschworen. Dann, eines Tages, bekam das Madel zufällig eine Zeitschrift in die Hände, in der ein Artikel über Thomas Burger stand, der ein gefeiertes Debüt als Pianist gegeben hatte.
Andrea schnitt den Artikel aus und legte ihn in eine Mappe. Im Laufe der Zeit sammelte sie alles, was über Thomas zu lesen war – Konzertberichte, Kritiken, Preise und Auszeichnungen, die das junge Talent einheimste. Und tat es auch weh, nur noch aus Zeitungsausschnitten etwas über den Geliebten zu hören und zu wissen, daß er sie wohl längst vergessen hatte – Andrea wurde nicht müde, diese Ausschnitte zu sammeln und akribisch zu ordnen. Mit den Jahren wurde so ein dicker Ordner daraus, der in ihrem Zimmer, in einem Regal über dem Bett, stand. So manchen Abend hatte sie die Sammlung zur Hand genommen und darin geblättert, während sie der Musik lauschte. Seiner Musik, versteht sich, die sie sich von ihrem Erspartem gekauft hatte.
Ja, zuerst hatte es sehr weh getan. Doch inzwischen überwog der Stolz. Andrea freute sich über jeden seiner Erfolge, und vielleicht würde er ja irgendwann, eines schönen Tages zurückkommen...
»Na, träumst schon wieder?« wurde das junge Madel unsanft in die Wirklichkeit zurückgeholt.
Ihre Mutter stand neben dem Liegestuhl und hatte ihr die Kopfhörer heruntergezogen. Walburga Hofer war eine resolute Mittvierzigerin, die uneingeschränkt über den Berghof regierte. Selbst Anton, ihr Mann, kuschte vor der drallen

Bäuerin, die einst, in jungen Jahren, als Magd auf den Hof gekommen war.

»Nun schaust aber, daß du die Bohnen pflückst«, sagte sie zu ihrer Tochter. »Anschließend holst die Eier aus dem Hühnerhof. Morgen kommt der Franz Hochanger mit seiner Mutter zum Kaffee. Da kannst gleich nachher noch einen Napfkuchen backen.«

»Ja, Mutter«, antwortete Andrea gehorsam und sprang auf. »Aber den Kuchen für den Franz, den versalz' ich.«

Sie wußte nur zu gut, was dieser Bursch zu bedeuten hatte – während die beiden Mütter sich bei Kaffee und Kuchen unterhielten, scharwenzelte Franz um Andrea herum und versuchte, sie zum Tanzabend in den Löwen einzuladen. Seit zwei Jahren umwarb er sie jetzt schon, doch das junge Madel hatte jeden seiner Anträge standhaft abgewiesen.

»Ich weiß gar net, was du willst«, schimpfte die Mutter. »Beim Hochanger hättest' dein geregeltes Auskommen, und der Franz ist doch ein fescher Bursche. Seine Eltern würden sich sofort aufs Altenteil zurückziehen, wenn du ihn endlich heiraten tät'st. Bist ja schließlich auch net mehr die Jüngste!«

Burgl Hofer schüttelte den Kopf. Sie verstand das Madel wirklich nicht.

»Ach geh, Mutter, wann ich heirat', das bestimm' ich selbst und auch wen«, gab die Tochter zurück und machte sich daran, die Sachen um den Liegestuhl wegzuräumen.

Ihre Mutter sah ihr hinterher, und ein leises Lächeln glitt um ihren Mund. Diesen Dickkopf, dachte sie nicht ohne Stolz, den hat sie von mir.

*

Sebastian Trenker wanderte am Rande der Landstraße entlang, als neben ihm ein Auto mit Münchener Kennzeichen anhielt. Der Pfarrer von St. Johann kam von einer Wande-

rung auf die Korber-Alm und hatte auf dem Rückweg einen Besuch auf dem Pachnerhof gemacht.
Es war eine dunkle Limousine, die am Straßenrand hielt. Die Fahrertür wurde geöffnet und ein junger Mann stieg aus.
»Grüß' Gott, Hochwürden, wollen S' ein Stück mitfahren?« fragte er.
Sebastian riß erstaunt die Augen auf, als er erkannte, wer da neben ihm gehalten hatte.
»Seh' ich richtig, Thomas? Bist du's wirklich?«
»Wie ich leib und lebe«, antwortete der junge Pianist lachend.
Die beiden Männer schüttelten sich die Hände.
»Ich kann's noch immer net glauben«, sagte der Geistliche, als er neben Thomas Burger in dessen Auto saß. »Wie lang' bist' net mehr zu Haus gewesen?«
»Zwölf Jahr' werden's jetzt. Ich wär' ja schon längst gekommen, aber mir fehlte die Zeit. Wissen S', die vielen Verpflichtungen, die Verträge und Auftritte.«
Sebastian sah ihn von der Seite an.
»Bist ja ein berühmter Mann geworden«, meinte er. »Aber, mir gefällt, daß du immer noch so redest, wie wir hier es tun.«
»Lassen S' das bloß net meinen Agenten hören«, schmunzelte Thomas. »Dem stehen seine paar Haare zu Berge, wenn er mich so sprechen hört.«
Er deutete auf die Berge, Almwiesen und Tannenspitzen.
»Wenn ich auch in vielen Ländern der Welt gespielt hab', das hier, das hab' ich wirklich vermißt«, sagte er. »Mag sein, daß ich berühmt bin, aber verändert hat es mich net. Ich bin der geblieben, der ich war, als ich damals fortging. Und was den Ruhm angeht, da sind S' ja net ganz unbeteiligt.«
Jetzt war es der Seelsorger, der schmunzelte. Da hatte Tho-

mas wirklich recht, mit dem, was er sagte. Schließlich war er es gewesen, der das Talent des jungen Bauernsohnes erkannt und gefördert hatte. Schon mit dreizehn Jahren durfte Thomas auf der Orgel in Sankt Johann üben, wenn keine Messe war. Im Gegensatz zu seinem Bruder Wenzel, der musikalisch eher unbegabt war, schien Thomas ein angeborenes Gefühl für Melodien und Noten zu haben. Leicht glitten seine Finger über die Tasten, während das Te Deum wie ein Orkan durch das Kirchenschiff hallte.
Sebastian Trenker, der vom Talent des Jungen überzeugt war, nahm Kontakt zu Professor Meyerbrink auf, einem anerkannten Lehrer am Münchener Konservatorium. Der Professor kam und ließ Thomas vorspielen. Natürlich war sein Spiel noch nicht so perfekt wie heute, doch der Musikus erkannte, welch ein musikalisches Genie in dem Buben schlummerte, und bot ihm an, später, nach dem Abitur, bei ihm Unterricht zu nehmen.
Wenzel, der den väterlichen Hof übernommen hatte, zahlte dem Bruder dessen Erbteil aus, wodurch die Ausbildung in der Musikschule finanziell abgesichert war.
»Ich freu' mich, daß ich dir damals den Anstoß dazu geben durfte«, wehrte der Pfarrer Trenker ab. »Alles andere ist ganz alleine deinem Können zu verdanken.«
Sie waren bei der Kirche angekommen. Der Geistliche bedankte sich für das Mitnehmen. Normalerweise wäre er die paar Kilometer zu Fuß gegangen, aber unter diesen besonderen Umständen war das natürlich etwas anderes.
»Ich wünsch' dir einen schönen Urlaub«, sagte er zum Abschied. »Bestimmt freuen sich der Wenzel und die Sonja über deinen Besuch.«
»Die wissen's noch gar net«, lachte Thomas Burger. »Die werden vielleicht Augen machen. Und ganz gespannt bin ich auf die Zwillinge. Ich kenn' sie ja nur von Bildern.«

»Dann richte deinem Bruder und seiner Familie meine Grüße aus. Vielleicht hast' ja mal ein bissel Zeit und besuchst mich in der Kirche, du weißt schon – wegen der Orgel.«
»Ich hätt' schon noch gefragt, ob ich drauf spielen darf«, versicherte der Konzertpianist.
»Also, bis bald einmal.«
Sebastian winkte dem Davonfahrenden nach. Er freute sich über dieses unerwartete Wiedersehen und darauf, Thomas in der Kirche spielen zu hören.

*

Der Burgerhof lag wie an den Berg geschmiedet. An die zweihundert Jahre war er alt und hatte Generationen von Bergbauern hervorgebracht. Thomas hatte angehalten und war ausgestiegen. Sein Herz klopfte schneller, als er den väterlichen Hof nach all den Jahren wiedersah. Einiges hatte sich verändert, wie Wenzel es ihm mitgeteilt hatte. Thomas war zwar lange Zeit nicht hier gewesen, aber den Kontakt zu seinem Bruder hatte er, trotz aller Verpflichtungen, nie abreißen lassen. Wenigstens einige Male im Jahr hatte er sich telefonisch gemeldet. Jetzt freute er sich unbändig darauf, Wenzel und Sonja wiederzusehen. Und natürlich Phillip und Ann-Kathrin, von denen er nur die Stimmen kannte.
Als er durch die Hofeinfahrt fuhr, konnte er es sich nicht verkneifen, so lange zu hupen, bis die geschnitzte, bunte Tür des Bauernhauses aufgerissen wurde. Thomas erkannte sofort seinen Bruder, der in Hemdsärmeln und Hosenträgern herausstürmte.
»Ja, Herrschaftszeiten nochamol! Bist ganz narrisch geworden?« rief Wenzel Burger. »Du bringst mir ja die ganzen Küh' durcheinander mit deinem Gehupe!«
Thomas hupte lachend noch einmal und fuhr Wenzel bis vor die Füße. Da die Abendsonne genau auf die Windschutz-

scheibe der Limousine fiel, konnte der Bauer nicht erkennen, wer hinter dem Steuer saß.
»Ja, was bist du denn für ein Hirsch, ein damischer?« schrie er und ruderte mit den Armen. »Jetzt fährt der Kerl mich doch glatt über den Haufen!«
»Der damische Hirsch bist du«, gab Thomas laut zurück, während er aus dem Wagen stieg. »Erkennst ja net mal deinen eigenen Bruder.«
»Thomas!«
Wenzel brüllte so laut, daß seine Frau angsterfüllt aus der Tür schaute. Die Zwillinge hatten sich hinter ihrem Schürzenzipfel verborgen. Erst als sie ihren Schwager erkannte, kam Sonja Burger lachend aus dem Haus gelaufen. Wenzel, der zuerst überhaupt nicht begriff, wie ihm geschah, wurde von Thomas herumgeschwenkt.
»Gell, da staunt ihr, was?« sagte der Jüngere, nachdem er den älteren Bruder und dessen Frau herzlich begrüßt hatte.
Die beiden schüttelten immer wieder die Köpfe. Sie konnten es kaum glauben.
»Phillip, Ann-Kathrin, kommt her, der Onkel Thomas ist gekommen«, rief Sonja ihren beiden Kindern zu, die argwöhnisch in der Tür stehengeblieben waren.
Die Zwillinge, sie waren fünf Jahre alt, kamen herausgelaufen. Natürlich erinnerten sie sich an den Onkel, der am Telefon immer so lustig war, und im Fernsehen hatten sie ihn auch schon gesehen. Allerdings hatte ihnen die Musik, die er da machte, weniger gefallen. Sie sangen lieber leidenschaftlich die Kinderlieder, die die Mama ihnen beibrachte. Ihre anfängliche Scheu legten sie aber schnell ab und hingen bald an dem Onkel wie zwei Kletten.
»Mensch, ist das eine Freude«, sagte Wenzel und schlug seinem Bruder begeistert auf den Rücken. »Sag, wie lang' kannst bleiben?«

»Ich hab' mir vorgenommen, drei Wochen Urlaub zu machen«, erwiderte Thomas. »Und so lang' möcht' ich schon bei euch bleiben, wenn ihr noch ein Bett frei habt.«
»Du bekommst dein altes Zimmer«, erklärte Sonja. »Phillip, der jetzt darin schläft, quartieren wir so lang' bei seiner Schwester mit ein.«
»Aber jetzt komm erst mal 'rein«, sagte Wenzel. »Du hast doch bestimmt Hunger, von der Fahrt. Und außerdem sind wir gespannt, net immer nur am Telefon zu erfahren, wie's dir in den Jahren ergangen ist, die du nun fort bist.«
Er schob den jüngeren Bruder ins Haus. Nach und nach kamen die Knechte und Mägde zum Abendbrot hinzu. Thomas brachte zuerst sein Gepäck in das Zimmer, das er bis zu seinem Weggang bewohnt hatte. Es war wie eine Rückkehr in die eigene Vergangenheit, als er es betrat. Als erstes stellte er das gerahmte Foto der verstorbenen Eltern auf das Nachtkästchen. Die Aufnahme war bei der Silberhochzeitsfeier von Theresa und Valentin Hofer, damals vor fünfzehn Jahren, gemacht worden, und begleitete Thomas als wertvollstes Andenken auf allen seinen Reisen. Einen Moment setzte er sich auf sein altes Bett und schaute nachdenklich vor sich hin. Viele Bilder stiegen wieder in ihm auf, und so manches, was er längst vergessen geglaubt hatte, kehrte in sein Bewußtsein zurück.
Ganz besonders ein Gesicht war es, das er plötzlich sah – das anmutige Gesicht der großen Liebe seiner Jugendzeit. Andrea Hofer...
Wie lange war es jetzt her, daß sie sich geschrieben hatten? Schon bald nachdem er sein Studium auf dem Konservatorium aufgenommen hatte, merkte Thomas, wie wenig Zeit ihm für private Dinge blieb. Die Kurse waren anstrengend und verlangten seine ganze Aufmerksamkeit. Irgendwann fand er keine Gelegenheit mehr, Andreas Briefe zu beantworten, die schließlich auch ausblieben.

Mit einem Schmunzeln stand Thomas auf, als Sonja ihn zum Abendessen rief. Wahrscheinlich hatte seine Jugendliebe ihn inzwischen genauso vergessen, wie er sie. Bestimmt war Andrea längst verheiratet und hatte ein Kind, oder auch zwei. Auf jeden Fall würde er sich freuen, wenn sie sich zufällig wiedersahen – und ihre Küsse, erinnerte er sich wieder, waren es wert, nicht vergessen zu werden.

*

Franz Hochanger gab sich wirklich alle Mühe, Andrea Hofer zu gefallen. Sogar einen Blumenstrauß hatte er mitgebracht, als er am Nachmittag, zusammen mit seiner Mutter, zum Kaffeetrinken auf den Bauernhof gekommen war. Anton Hofer, Andreas Vater, hatte sich schnell wieder verabschiedet, nachdem er die Gäste begrüßt hatte. Da waren noch zwei Wiesen abzumähen, und dann das Holz aus dem Bruch zu holen. Genug Arbeit für ihn, seinen Sohn und den Altknecht.
Burgl Hofer und Waltraud Hochanger hatten schnell ein Gesprächsthema gefunden, mit dem sie sich für den Rest des Nachmittags beschäftigten, während das junge Madel gelangweilt dem lauschte, was Franz zu sagen hatte.
»Ich würd' mich wirklich freuen, wenn's mit zum Tanz kämest«, meinte er hoffnungsvoll, nachdem er den Napfkuchen gelobt hatte.
»Den Kuchen hat die Mutter gebacken, nachdem ich gedroht hatte, ihn zu versalzen«, gab Andrea unumwunden zu.
»Und du brauchst dir gar keine Mühe geben, ich geh' net tanzen.«
Der junge Bauer schaute sie enttäuscht an.
»Schad'«, sagte er. »Es wär' bestimmt a große Gaudi geworden.«
Andrea sprang auf.

»Siehst, und das ist genau das, was ich net will, eine Gaudi«, rief sie. »Ich will bloß mei' Ruh' haben.«
Der Kaffeetisch war auf der Wiese hinter dem Haus gedeckt worden. Andrea ging durch den Gemüsegarten und setzte sich unter den großen Birnbaum. Franz sah ratlos zu den beiden Frauen am Tisch.
»Nur zu«, munterte Burgl Hofer ihn auf. »So schnell darfst' die Flinte net ins Korn werfen.«
»Recht hat sie«, nickte seine Mutter. »Nur net lockerlassen.«
Franz Hochanger machte eher ein skeptisches Gesicht, als er dem Madel folgte. Andrea, die beinahe schon damit gerechnet hatte, sah ihn mürrisch an.
»Willst' mich net verstehen, oder kannst' es net?« fragte sie.
»Ich hab' doch gesagt, daß ich mei' Ruh' will.«
»Geh' Andrea, was hast denn gegen mich?« stellte der junge Bursche eine Gegenfrage. »Schau, ich mag dich, und ich könnt' dir schon einiges bieten. Die Eltern würden sich sofort aufs Altenteil zurückziehen, wenn du mich heiraten tätest. Du wärst die Bäuerin und hättest das Sagen. Den Hof hier erbt doch sowieso der Lukas, und ob ein anderer dir einen größeren bieten kann, wage ich zu bezweifeln.«
Andrea Hofer war aufgesprungen und schaute ihn aus blitzenden Augen an. Dabei hatte sie die Hände in die Hüfte gestemmt.
»Franz Hochanger, was macht dich eigentlich so sicher, daß ich darauf wart', daß mir jemand einen Bauernhof schenkt?« fragte sie empört. »Ich pfeife auf deinen und jeden anderen Hof. Lieber bleib' ich hier, als Magd meines Bruders, als daß ich einen heirate, den ich net lieb'!«
»Was willst du denn? Wartest vielleicht auf einen Traumprinzen auf einem weißen Roß?« gab er ärgerlich zurück.
Wut und Enttäuschung war auf seinem Gesicht abzulesen. Andrea erschrak. So weit hatte sie es gar nicht kommen las-

sen wollen, aber dies war Franz' wiederholter Antrag gewesen. Er hatte sie schon so oft gefragt, daß das Madel gar nicht mehr mitzählte. Da war ihr ganz einfach der Kragen geplatzt. Aber jetzt tat er ihr beinahe leid.

Geh doch mit ihm tanzen, sagte eine innere Stimme zu ihr. Was ist denn schon dabei?

»Also, wenn du noch magst, dann geh' ich halt heut abend mit in den Löwen«, sagte sie in einem versöhnlichen Ton.

»Wirklich?« strahlte er. »Mensch, Madel, ich kann dir gar net sagen, wie ich mich freu'.«

Die beiden Mütter zwinkerten ihm verschwörerisch zu, als Franz und Andrea zurückkamen. An seinem Gesicht konnten sie erkennen, daß die Angelegenheit eine gute Wendung genommen hatte.

Das Gesicht des Madels konnten sie hingegen nicht sehen, denn Andrea hatte sich abgewendet. Schon nach wenigen Minuten stand sie wieder auf und verabschiedete sich.

»Ich muß noch ein bissel was vorbereiten, für heut abend«, sagte sie.

»Ich hol' dich pünktlich um halb acht ab«, freute Franz sich.

*

»Ihr werdet net glauben, wen ich heut nachmittag getroffen habe«, sagte Sebastian Trenker zu Sophie Tappert und seinem Bruder beim Abendessen.

Die Haushälterin schnitt gerade von dem selbstgebackenen Brot ab, während Max Trenker schon ungeduldig zu ihr hinüberschielte. Wie immer hatte der »Gendarm von St. Johann« großen Appetit. Was allerdings auch kein Wunder war – gab es doch Sophies allseits beliebten Wurstsalat, für den sie Fleischwurst, saure Gurken, Tomaten und Zwiebeln kleingeschnitten hatte. Das alles wurde zusammengemischt und in einer Marinade aus Essig und Öl geschwenkt. Nachdem sie

mit Salz und Pfeffer abgeschmeckt hatte, streute die Haushälterin frische Schnittlauchröllchen darüber. Weil sie genau wußte, wie begehrt ihr Salat war, hatte Sophie Tappert gleich die doppelte Menge gemacht.
Außerdem stand ein gut gereifter Bergkäse auf dem Tisch, den Pfarrer Trenker immer von einer seiner Wanderungen mitbrachte.
»Mach's net so spannend«, forderte Max seinen Bruder auf.
»Den Thomas Burger«, sagte der Geistliche.
Die Haushälterin und der Polizeibeamte machten erstaunte Gesichter.
»Doch net der berühmte Klavierspieler?« fragte Max.
Sebastian schaute ihn tadelnd an.
»Konzertpianist, Max, net einfach ›Klavierspieler‹«, erwiderte er. »Ja, er verbringt seinen Urlaub in der Heimat.«
Er lehnte sich auf seinem Platz auf der Eckbank zurück.
»Ich seh' ihn noch vor mir, wie er als Bub drüben in der Kirch' gespielt hat«, meinte er nachdenklich. »Und dann, als er Sankt Johann vor zwölf Jahren verlassen hat. Ein junger Bursch' war er damals noch und heut' ist er ein gestandener Mann.«
»Da haben wir ja eine richtige Berühmtheit unter uns«, sagte Max, während er sich eine ganz große Portion von dem Salat nahm und die Haushälterin ansah. »Schmeckt köstlich, Frau Tappert.«
Sophie nickte, schien aber mit den Gedanken ganz woanders zu sein.
»Nanu, so nachdenklich«, wandte der Pfarrer sich an seine Haushälterin.
Sie lächelte.
»Ich hab' grad' an die Eltern vom Thomas und Wenzel denken müssen«, antwortete sie. »Leider haben s' ja net mehr erleben dürfen, wie berühmt ihr jüngster Sohn geworden ist. Die Res'l wär' bestimmt sehr stolz auf ihn gewesen.«

Der Geistliche nickte stumm. Er wußte, daß Thomas' Mutter und Sophie sich seit der Kinderzeit gekannt hatten. All die Jahre waren die beiden Frauen befreundet gewesen.

Nach dem Abendessen – Pfarrer Trenker hatte sich in das Pfarrbüro zurückgezogen, und Max machte sich für den samstäglichen Tanzabend fein – saß Sophie Tappert in ihrer kleinen Wohnung im oberen Stock des Pfarrhauses und lauschte den Klängen des Klavierkonzerts Nr. 1, von Peter Tschaikowsky. Es war eine Aufnahme des Münchener Rundfunksymphonieorchesters, und der Solist war Thomas Burger. Eine seiner ersten Schallplattenaufnahmen. Sophie hatte sie sich damals gekauft. Sie gedachte der verstorbenen Freundin und war stolz, daß Thomas es so weit gebracht hatte.

*

Der Tanzabend im Saal des Hotels »Zum Löwen«, war immer gut besucht. Sepp Reisinger, der Wirt, konnte beinahe im Schlaf dahersagen, wie viele Maß Bier getrunken wurden. Aber auch im Restaurant herrschte Hochbetrieb. Sepps Frau, Irma, war eine hervorragende Köchin, deren Kunst sich weit über die Grenzen des Dorfes herumgesprochen hatte.

War das Hotel auch die erste Adresse in St. Johann, so wußte das Wirtsehepaar doch genau, was es an den Einheimischen hatte. Daher machten sie auch keinen Unterschied und freuten sich jedes Wochenend aufs neue.

Der Festsaal faßte an die dreihundert Leute, wurde aber meistens abgeteilt, damit er nicht so riesig wirkte. Auf einer Bühne hatten die Musiker ihren Platz, während unten die Tische so gestellt waren, daß die Mitte zum Tanzen frei blieb. Fünf Saaltöchter hatten alle Hände voll zu tun, um die Gäste zufriedenzustellen.

Andrea und Franz saßen, zusammen mit anderen, an einem Tisch im hinteren Bereich. Das Madel hatte sich ausbedungen,

nicht so nahe bei der Musik sitzen zu müssen. Als die beiden den Saal betraten, hatten sich alle Augen auf sie gerichtet. Es war ja bekannt, daß der Hochanger-Franz die junge Frau umwarb. Bisher vergeblich, doch nun schien Andrea nicht mehr abgeneigt zu sein, Bäuerin auf dem Hof zu werden.
Nach dem zweiten Glas Wein fand das Madel sogar Gefallen am Tanzen und lehnte es nicht ab, als auch andere junge Burschen sie aufforderten. Sie merkte, wie sehr sie sich sonst abkapselte. Sie sollte viel öfter am Wochenende herkommen. Zweimal ließ Franz sie sich vor der Nase wegschnappen, doch dann war er schneller und führte sie auf das Parkett. Als sie wieder an den Tisch zurückkamen, hatte sich ein neuer Gast eingefunden. Max Trenker ließ sich keine Gaudi entgehen. Immer zu einem Spaß aufgelegt, war der junge Polizist gern gesehener Gast auf Festen und Feiern.
»Grüßt euch, miteinand'«, sagte er zu Andrea und Franz.
Der Bauer schüttelte dem Beamten die Hand und lud ihn auf eine Maß ein.
»Dank'schön, Hochanger. Da sag' ich net nein«, nickte der Bruder des Seelsorgers von St. Johann.
Er schaute in die Runde.
»Ist ja ganz schön was los«, meinte er. »Da hört's der Sepp wieder in der Kasse klingeln.«
Das Bier kam schneller, als erwartet.
»Prost«, sagte Franz und stemmte seinen Krug.
Max tat es ihm nach.
»Aahh, das tut gut!«
Er wischte sich den Schaum von den Lippen und sah die anderen Gäste am Tisch verschwörerisch an.
»Habt ihr schon gehört, wer wieder nach Haus gekommen ist?« fragte er. »Ich wett', ihr kommt net drauf.«
Die anderen schüttelten die Köpfe.
»Der Burger-Thomas ist wieder da. Der Bruder vom Wenzel,

der berühmte Konzertpianist. Das ist kein Witz. Der Sebastian hat ihn am Nachmittag auf der Landstraße getroffen, als er vom Pachnerhof zurückkam.«
»Was, der Thomas ist wieder da?« riefen sie durcheinander.
»Ich glaub's net! Der Burger ist zurück...«
Andrea Hofer hatte sich zum Nachbartisch umgedreht, an dem eine alte Bekannte saß und daher nur mit halbem Ohr zugehört, was der Polizist da erzählte. Als sie den Namen ein zweites Mal vernahm, ruckte sie herum. Heiß und kalt lief es ihr den Rücken hinunter, als sie Max, der neben ihr saß, am Arm packte.
»Ist das wirklich wahr?« fragte sie aufgeregt.
Die anderen Gäste am Tisch bemerkten ihre Erregung. Einige von ihnen wußten, daß sie und Thomas ein Paar gewesen waren. Wissende Blicke huschten zwischen ihnen hin und her, während Franz nicht wußte, was er von Andreas Aufregung halten sollte.
»Ist Thomas wirklich zurückgekommen?« fragte das Madel den Beamten noch einmal.
»Ja, wenn ich's doch sage«, gab Max Trenker zurück. »Bis zur Kirche hat er meinen Bruder mitgenommen...«
Die letzten Worte hatte Andrea schon nicht mehr mitbekommen. Sie nahm ihre Handtasche von der Stuhllehne und lief aus dem Saal. Franz Hochanger blieb verdutzt zurück.
»Andrea...«, rief er.
Doch da war das Madel schon aus der Tür.
Franz sah die anderen verständnislos an.
»Was hat sie denn?« fragte er, schob seinen Stuhl zurück und lief ihr hinterher.

*

Als sie draußen die kühle Abendluft spürte, kam Andrea wieder zur Besinnung. Schwer atmend stand sie an der Ecke des

Hotels, neben dem Parkplatz. Ihr Herz hämmerte wild in der Brust, und die Gedanken überschlugen sich in ihrem Kopf. Er war zurück. Thomas war wieder in der Heimat.
Andrea versuchte, ihre Aufregung zu unterdrücken, doch es wollte ihr nicht gelingen. Zwölf lange Jahre! Zwölf Jahre voller Hoffnungen und Enttäuschungen – und nun war es wahr geworden, was sie in all der Zeit so heiß ersehnt hatte.
Der Mann, den sie von ganzem Herzen liebte, hatte zurückgefunden.
Die junge Frau faltete die Hände. Bleib ruhig, ermahnte sie sich. Du mußt ganz ruhig bleiben! Bestimmt wird er mich gleich morgen besuchen.
Ganz deutlich sah sie wieder sein Gesicht, und sie hätte die ganze Welt umarmen mögen.
Eine Stimme riß sie aus ihren Gedanken. Franz Hochanger stand auf der Straße und rief nach ihr. Schließlich entdeckte er Andrea an der Hauswand.
»Madel, was ist denn los?« fragte er, als er bei ihr stand. »Warum läufst denn einfach weg, ohne ein Wort?«
Sie sah ihn nur schweigend an.
»Bring mich bitte nach Hause«, sagte sie schließlich, ohne auf seine Frage einzugehen.
»Schon? Der Abend hat doch erst angefangen.«
Er war sichtlich enttäuscht, fügte sich aber ihrem Wunsch. Die Heimfahrt verlief schweigsam, vor dem Hof hielt Franz an.
»Willst mir net sagen, was du hast?« bat er.
Andrea schaute ihn nachdenklich an. Eigentlich ist er ja ein ganz lieber Kerl, dachte sie. Er hat nur Pech, daß er sich in die Falsche verguckt hat. Ich kann doch nix dafür, daß ich einen anderen liebe. Aber, vielleicht sollte ich es ihm sagen. Erstens hat er ein Recht darauf, und zweitens hab' ich dann meine Ruhe vor ihm.

»Franz'l, du bist ein wirklich netter Bursche, und ich weiß, daß du mich gern hast«, sagte sie schließlich. »Aber aus uns beiden kann nie was werden.«
Er machte ein betretenes Gesicht.
»Aber, warum denn net?« fragte er. »Ich würd' doch alles für dich tun!«
»Ich weiß, Franz, aber, das ist net genug.«
»Net genug?« fuhr er auf. »Wenn ich dir alles schenk', was ich besitze?«
Andrea schaute mitleidig.
»Nein, Franz, weil ich auch dann net deine Frau werden könnt'. Mein Herz gehört längst schon einem anderen.«
Damit stieg sie aus und ließ ihn in seinem Wagen sitzen. Franz Hochanger war wie betäubt. Na klar, das war's, warum sie so hartnäckig seine Anträge abgelehnt hatte. Und nun wurde ihm auch klar, wer der Mann war, gegen den er keine Chance hatte.
Seit Max Trenker von Thomas Burger erzählt hatte, war Andrea wie ausgewechselt gewesen. Dabei hatte der Abend so schön begonnen, und Franz hatte sich sogar der kühnen Hoffnung hingegeben, heute den ersten Kuß von dem geliebten Madel zu bekommen.
Thomas also!
Franz kannte ihn noch gut. Sie waren zusammen zur Schule gegangen. Freunde waren sie nie gewesen, Feinde aber auch nicht. Sie gingen eben in eine Klasse, mehr nicht. Später war er fortgegangen. Wer konnte da ahnen, daß er ein Madel zurückgelassen hatte, das ihn immer noch liebte.
Wütend startete der junge Bauer den Motor und fuhr so schnell an, daß der Sand unter den Reifen des Wagens wegspritzte.
Wart, Bursche, dachte er grimmig. So schnell geb' ich net auf! Er wußte noch nicht wie, aber irgend etwas würde er sich schon einfallen lassen, um den anderen auszustechen.

Was dem wohl einfiel, nach all den Jahren herzukommen und einem das Madel wegzunehmen? Da hatte er die Rechnung aber ohne den Franz Hochanger gemacht! Und was die Andrea anging – bildete sie sich wirklich ein, der berühmte Musiker wäre gekommen, um sie heimzuführen?
Franz lachte höhnisch auf, aber in dieses Lachen mischten sich Wut und Eifersucht, Trauer und Tränen.

*

Für die Burgers wurde es ein ungewöhnlich langer Abend. Bis tief in die Nacht saß Thomas mit seinem Bruder und der Schwägerin zusammen. So unendlich viel war da, was sie zu bereden hatten.
Ein Jahr, bevor Thomas St. Johann verlassen hatte, war Sonja Kirchleitner auf den Hof gekommen, als Wenzels Braut. Sie erinnerten sich noch gut an die Hochzeitsfeier, und an Thomas' großen Auftritt in der Kirche, wo er, seinem Bruder und Sonja zu Ehren, auf der Orgel spielte.
Dann bestand er das Abitur und packte seine Koffer. Thomas äußerte, was er schon zu Pfarrer Trenker gesagt hatte, daß ihm keine Zeit geblieben war, um wieder einmal die Heimat zu besuchen. Wenn ihm wirklich ein paar kurze Atempausen blieben, dann nutzte er sie, um sich in seinem Haus auszuruh'n, daß er vor ein paar Jahren in der Nähe von München gekauft hatte.
»Wißt ihr, es ist überall auf der Welt schön«, resümierte er. »Aber hierher zurückzukommen, das ist einfach unbeschreiblich.«
»Magst' net ganz wieder zu uns kommen?« fragte sein Bruder.
Thomas wiegte den Kopf.
»Net in absehbarer Zeit«, antwortete er. »Im nächsten Monat stehen neue Aufnahmen im Studio an, und in einem halben

Jahr geht's auf eine neue Tournee durch Skandinavien. Allein in Schweden sind vierzehn Konzerte geplant. Ihr seht also, für die nächste Zeit bin ich mit Arbeit eingedeckt. Dafür sorgt schon mein Agent.«
Sie saßen in dem gemütlichen Wohnzimmer, in dem schon Generationen von Burgers gesessen hatten. Auf dem Tisch standen Wein und Gläser, ein paar Käsehappen, die Sonja zu später Stunde noch hergerichtet hatte und lagen etliche Fotoalben, in denen sie blätterten. Thomas lehnte sich in seinem Sessel zurück.
»Aber, wer weiß, was die Zukunft noch bringt«, sagte er. »Eines Tages könnt' ich mir schon vorstellen, in Sankt Johann zu leben. Ich hab' zwar mein Haus, aber bestimmt würd' sich hier auch was finden.«
Sonja schaute auf die Uhr und unterdrückte ein Gähnen. Schon nach ein Uhr nachts!
»Also, ich muß ins Bett«, stellte sie fest. »Dem Wecker ist's egal, ob Sonntag ist, und den Viechern sowieso. Die wollen pünktlich um fünf ihr Futter haben.«
Sie wünschte eine gute Nacht und ließ die beiden Brüder im Wohnzimmer sitzen. Der Pianist erkundigte sich, wie es sonst so in all den Jahren auf dem Hof ergangen war. Zwar hatte er ja immer wieder mit seinem Bruder telefoniert, dennoch gab es vielleicht das eine oder andere, das sich am Telefon schlecht bereden ließ.
Zu seiner Freude hatte Wenzel jedoch keinen Grund zu klagen. Der Hof stand erfreulich gut da, war ein gesundes Unternehmen, das seinen Mann nährte, was ja in der heutigen Zeit net immer leicht war, wo so mancher Landwirtschaftsbetrieb einging. Doch auf dem Burgerhof konnte man zufrieden sein.
»Es ist net immer leicht, aber man ist sein eigener Herr«, meinte der Bauer schließlich.

»Das ist die Hauptsache«, sagte sein Bruder. »Daß ihr glücklich seid!«

»Und wie schaut's bei dir aus?« wollte Wenzel Burger wissen. »Bist' noch net auf dem Weg in die Ehe?«

Thomas schmunzelte. Natürlich hatte es ihm nie an Verehrerinnen gemangelt. Aber seine vielen Verpflichtungen ließen ihm keine Zeit für eine ernsthafte Verbindung.

Wenzel blätterte in einem der Alben. Immer wieder schüttelte er den Kopf.

»Wo ist es denn bloß«, murmelte er. »Es muß doch hier sein!«

»Was suchst' denn?« fragte Thomas.

Sein Bruder grinste verschmitzt und zog ein Foto hervor.

»Das hier«, antwortete er und legte das Bild auf den Tisch. »Erinnerst dich noch?«

Thomas nahm es hoch und lächelte. Die Aufnahme zeigte ihn und Andrea Hofer. Merkwürdig, seit langer Zeit hatte er heute wieder einmal an sie gedacht, und jetzt wurde er auch noch mit diesem Foto konfrontiert.

»Aber natürlich erinnere ich mich«, antwortete er. »Andrea war doch meine ganz große Liebe. Was macht sie denn so? Ist sie verheiratet, hat sie vielleicht sogar auch schon Kinder?«

Wenzel schüttelte den Kopf.

»Weder noch. Sie lebt immer noch zu Haus', bei den Eltern.«

»Was?« entfuhr es Thomas. »Aber sie ist doch nur ein Jahr jünger als ich. Findet sie denn keinen Mann?«

»Also, Heiratskandidaten hat's schon gegeben«, erwiderte der ältere der Burgerbrüder. »Aber die Andrea hat nie einen gewollt. Jetzt macht ihr der Franz Hochanger den Hof, heißt es. Aber der bemüht sich auch schon seit Jahr und Tag vergeblich um sie. Dabei könnt' sie's wirklich gut haben bei ihm. Die Altbäuerin würd' sich schon gern zur Ruh' setzen und einer Jüngeren das Zepter überlassen.«

Er sah seinen Bruder nachdenklich an.
»Wer weiß«, meinte er. »Vielleicht wartet sie ja immer noch auf dich…«
»Ach geh'«, wehrte Thomas ab. »Weißt du, wie lang' das jetzt her ist? Ich hab' schon mindestens zehn Jahr' nix mehr von ihr gehört oder gesehen.«
Er winkte ab und trank den letzten Schluck aus seinem Weinglas. Unsinn, was der Wenzel da sagte, dachte er.
»So, ich geh' jetzt auch schlafen«, sagte er und stand auf. »Morgen, nein, heut früh um fünf, steh' ich zusammen mit dir im Stall.«
Wenzel lachte laut auf.
»Hahaha, das möcht' ich sehen«, lachte er. »Du weißt ja net einmal mehr, wie man eine Forke hält.«
»Das werd' ich dir schon zeigen«, versprach der Jüngere. »So fix wie du, bin ich schon lang'!«

*

Wenzel Burger war wirklich sprachlos, als Thomas am frühen Morgen im Stall auftauchte. Arbeitshemd und Hose hatte er sich von Sonja geben lassen, ebenso ein Paar Gummistiefel. Die Sachen waren zwar zu groß, aber die Ärmel und Hosenbeine wurden einfach umgekrempelt. Als Thomas sich dann eine Forke schnappte und loslegte, kannte auch sein Bruder kein Halten mehr.
»Mal seh'n, wer zuerst fertig ist«, sagte er.
Einer übernahm die linke Seite, der andere die rechte. Auf beiden Seiten standen jeweils vierzig Milchkühe. Die beiden Brüder schaufelten den Mist heraus, und füllten neues Stroh hinein. Dabei wollte jeder den anderen übertreffen. Als der Bruder nicht hinsah, warf Thomas eine Forke voll Mist auf Wenzels Seite, der rächte sich und packte den Übeltäter. Er war größer und stärker als der Pianist. Ehe Thomas sich ver-

sah, hatte Wenzel ihn auf die Karre mit dem Mist gesetzt und war damit auf dem Weg nach draußen. Dabei hatte er ein Tempo drauf, als gelte es einen Rekord zu schlagen. Thomas hielt sich mit beiden Händen fest und schrie aus Leibeskräften, während Sonja auf dem Hof stand und den Kopf schüttelte.
Mannsbilder wollten das sein? Kindsköpfe waren sie – alle beide!
Kurz vor dem großen Mistberg stoppte Wenzel und ließ seinen Bruder absteigen. Lachend fielen sie sich in die Arme.
»Vor dem Frühstück wird aber geduscht!« rief die resolute Bäuerin. »So, wie ihr zwei stinkt, kommt ihr mir net in die Küch'.«
»Geb' zu, ich war genauso schnell wie du«, forderte der Jüngere seinen Bruder auf.
»Respekt«, nickte der Bauer. »Ich hätt' net gedacht, daß man vom Klavierspielen solche Muskeln bekommt...«
Thomas schaute ihn nichtverstehend an. Muskeln? Wieso...?
»...in den Fingern«, vollendete Wenzel lachend und gab Fersengeld, weil sein Bruder mit einem lauten Indianergeheul auf ihn losging.
Später saßen sie beim Frühstück, friedlich vereint, rund um den Tisch in der Küche. Drei Knechte und zwei Mägde gehörten zum Haushalt auf dem Burgerhof. Anni, die älteste der beiden Frauen, war schon seit einer halben Ewigkeit als Magd angestellt. Seit jeher war sie fürs Buttern und Brotbacken zuständig. Thomas hatte schon gestern beim Abendessen von ihrem Rosinenbrot geschwärmt, das man so nirgendwo bekommen konnte. Natürlich stand es heute früh auf dem Tisch. Dazu ein großes Glas herbsüßes Quittengelee.
»Gehst nachher mit zum Gottesdienst?« fragte Sonja ihren Schwager.
Thomas, der zwischen Phillip und Ann-Kathrin saß, nickte.

»Freilich geh' ich mit«, antwortete er. »Mal sehen, ob ich noch ein paar von den Leuten wiedererkenn'.«

*

Die Kirche war bis auf die letzte Bank besetzt. Pfarrer Trenker schaute zufrieden auf seine Gemeinde. Er entdeckte Thomas Burger in der Reihe, in der die Familie seit Jahren ihre Plätze hatte, ging aber in seiner Predigt mit keiner Silbe darauf ein.
Es hatte ohnehin viel Aufregung um den jungen Musiker gegeben. Thomas meinte, nie zuvor in seinem Leben so viele Hände geschüttelt zu haben, und er wunderte sich, daß er tatsächlich viele wiedererkannte, mit denen er früher oft zu tun gehabt hatte, seien es Schulkameraden oder Nachbarn gewesen. Sie alle waren ziemlich stolz darauf, daß solch ein berühmter Künstler nicht nur unter ihnen weilte, ganz besonders auch, daß er aus ihrer Mitte stammte.
Neugierig, was wohl aus Andrea geworden sei, hatte er immer wieder Ausschau nach ihr gehalten. Doch vergeblich, von der einstigen Freundin war nichts zu sehen. Dabei hatte Sonja versichert, daß Andrea Hofer keine Sonntagsmesse versäumte.
Nach der Kirche folgte der obligatorische Gang ins Wirtshaus. Während Sonja mit den Zwillingen nach Hause fuhr, nahm Wenzel am sonntäglichen Stammtisch teil. Thomas hingegen winkte ab.
»Sei net bös'«, sagte er zu seinem Bruder. »Ich möcht' mich hier und in der Umgebung ein bissel umschau'n.«
Zielstrebig schlenderte er durch das Dorf, schaute hier und da, erkannte Altes wieder und machte Veränderungen aus. Es hatte sich schon einiges getan in den zehn Jahren seiner Abwesenheit. Doch die Veränderungen waren meist positiv, wie er feststellen konnte.

Langsam führte ihn sein Weg aus St. Johann hinaus, über weite Wiesen, an Felder vorbei. Allmählich ging es bergan, erst nur eine leichte Steigung, dann immer steiler. Schließlich stand er auf einer Almwiese und blickte hinunter ins Tal, wo das Dorf lag. Ohne es wirklich zu merken, hatte Thomas Burger den Weg zum Höllenbruch genommen, einem Bergwald, unterhalb der Hohen Riest. Hier hatten sie als Buben oft herumgetobt, oder Beeren und Pilze gesammelt. Und später, als das Herumtoben nicht mehr so interessant gewesen war, da war der Höllenbruch oftmals Zeuge erster, scheuer Küsse gewesen.
Thomas vermochte nicht mehr zu sagen, wie oft er hier mit Andrea entlang spaziert war. Versonnen setzte er sich auf einen Felsbrocken am Wegesrand und ließ in Gedanken die alte Zeit wieder auferstehen.
Früher hatte er gelacht, wenn die Erwachsenen den Kindern sagten, sie würden sich später einmal nach ihrer Kindheit zurücksehnen. Nun, er sehnte sich nicht unbedingt danach zurück, aber schön war sie doch gewesen, diese Zeit.

*

Andrea Hofer lief im Wohnzimmer unruhig auf und ab. Sie war alleine auf dem Burgerhof, ihre Eltern, der Bruder Lukas und die Knechte und Mägde waren unten im Dorf zum Kirchgang. Obwohl sie kaum einen Gottesdienst versäumte, hatte Andrea heute eine Ausrede gebraucht, um nicht mitgehen zu müssen.
Bestimmt würde er auch in der Kirche sein, und genau das wollte das Madel nicht – den so lange Entbehrten vor aller Augen begrüßen zu müssen.
Sie machte sich seit der letzten Nacht Gedanken, wie sie ihm überhaupt gegenübertreten sollte, wenn es denn soweit war. Seit sie von Thomas' Rückkehr gehört hatte, war ihr ganzes

Leben durcheinander geraten. So stark wie nie zuvor, spürte sie, daß sie ihn immer noch liebte.

Und wie würde es bei ihm sein? Andrea gab sich keinen Illusionen hin. Zehn Jahre waren eine lange Zeit, und Thomas war ein Mann, der sich nicht verstecken mußte. Bestimmt gab es mehr, als nur eine Verehrerin. Nein, sie glaubte nicht, daß er sie noch liebte. Sie wäre schon froh, wenn er sich überhaupt an sie erinnerte.

Seit der letzten Nacht stiegen auch immer wieder die Erinnerungen an die Zeit auf, die sie zusammen verbracht hatten. Sie sah sich wieder, zusammen mit ihm, durch den Höllenbruch spazieren, oder die Hohe Riest hinaufwandern.

Wie lange war sie schon nicht mehr dort gewesen!

Einer plötzlichen Eingebung folgend, nahm Andrea ihre Jacke vom Haken und schlüpfte in ihre festen Schuhe. Was konnte sie besseres tun, als an solch einem Tag voll von Erinnerungen, die Stätte ihrer Jugend wieder aufzusuchen, an der sie so glücklich gewesen war?

Eilig lief sie aus dem Haus. Die Sonntagsmesse war seit einer halben Stunde beendet, und schon bald würden die anderen aus der Kirche zurück sein. Andrea wollte es vermeiden, ihrer Mutter dann langatmige Erklärungen abgeben zu müssen.

Sie wanderte den Pfad hinterm Hof entlang, lief dann über die Weide, auf der die Kühe grasten und erreichte den Rand des Bergwaldes. Zu Hause würde man sie wahrscheinlich suchen und nach ihr rufen, doch hier vermutete sie bestimmt niemand.

Sie schmunzelte. Es war beinahe so wie früher, wenn sie sich heimlich fortstahl, um Thomas zu treffen, anstatt irgendwelche Arbeiten zu erledigen, die die Mutter ihr aufgetragen hatte. Ihr war es dann stets gelungen, den gutmütigen Bruder zu überreden, diese Aufgaben zu übernehmen.

Langsam schlenderte sie weiter, die Anhöhe hinauf, von wo man einen weiten Blick über das Tal hatte. Unten lag St. Johann in der sonntäglichen Mittagsruhe, und von drüben winkten die weißen Spitzen des Zwillingsgipfels, die Wintermaid und der Himmelsspitz. Andrea erinnerte sich, oft mit Thomas hiergewesen zu sein. Zuletzt am Tag vor seiner Abreise. Sie blieb einen Moment stehen. Ewige Liebe hatten sie sich geschworen, und bittere Tränen hatte sie vergossen, als sie, in der Kreisstadt, auf dem Bahnsteig stand und dem Zug hinterherwinkte, der ihn nach München brachte.

Andrea ließ ihren Blick schweifen, schaute vom Tal hinüber zu den schneebedeckten Gipfeln und wieder zurück, hinauf zur Almwiese, von wo aus ein Weg auf die Jenner- und die Korber-Alm führte.

Und dann glaubte sie für einen Moment, ihr Herzschlag setzte aus. Mit weit aufgerissenen Augen starrte das Madel auf die Gestalt, die da, etwas oberhalb von ihr, auf einem Felsbrocken saß und vor sich hinträumte.

Noch einmal schaute sie. Nein, es war kein Irrtum – dort saß niemand anderer als Thomas Burger!

Ihr Herz hämmerte vor Aufregung in der Brust. Sie spürte den Schlag bis zum Hals hinauf, als sie emporstieg. Beinahe hastig zuerst, dann bremste sie ihren Schritt.

War es wirklich Zufall, daß er jetzt hier saß? Oder hatte er die selben Empfindungen wie sie verspürt? Noch hatte Thomas sie nicht bemerkt. Erst als sie wenige Schritte von ihm entfernt stehenblieb, sah er auf.

»Hallo, Thomas«, sagte sie mit bebender Stimme. »Pfüat di'.«

Seine Miene erhellte sich, als er sie erkannte. Der junge Pianist stand auf und eilte ihr entgegen.

»Andrea. Das ist aber eine Überraschung, grüß' dich.«

»Ich hoff', keine unangenehme...«

Er hielt sie an beiden Händen.

»Ach geh'. Was redest denn daher?«
Thomas drehte sie hin und her.
»Laß dich anschau'n, Madel. Gut schaust aus. Ich hab' schon befürchtet, du seist krank. In der Kirch' hab' ich dich nämlich net gesehen.«
»Heut morgen ging's net ganz so gut«, wich sie aus. »Jetzt ist's schon wieder besser.«
»Himmel freu' ich mich, dich wiederzusehen. Hast' ein bissel Zeit? Es gibt doch soviel zu bereden, nach all den Jahren.«
Plötzlich stutzte er.
»Oder hast am Ende gar eine Verabredung hier oben?« fragte er.
Andrea schmunzelte und schüttelte den Kopf.
»Du meinst, weil wir hier früher...? Nein, ich hab' keine Verabredung.«
»Na, da bin ich aber froh. Ich möcht' nämlich net mit einem eifersüchtigen Bräutigam aneinandergeraten.«
»Da kann ich dich beruhigen. Es gibt keinen Bräutigam. Net einmal einen Freund.«
Etwas in ihrer Stimme ließ ihn aufhorchen. Hatte er etwas Falsches gesagt?
»Ich wollt' dich net kränken«, sagte er entschuldigend. »Es ist nur weil... ich hab' gehört, daß der Hochanger-Franz...«
»Ach der.«
Andrea machte eine wegwerfende Handbewegung und hakte sich bei ihm ein.
»Was der sich einbildet. Komm, wir gehen ein Stückerl spazieren. So wie früher.«

*

Sie hatten so viel zu bereden. Mit tausend Fragen stürmte Andrea auf ihn ein. Und immer unausgesprochen dabei: die einzig entscheidende Frage überhaupt – ob er sie auch immer noch liebe...

Von der Seite her schaute sie ihn verstohlen an. Gut sah er aus, äußerlich kaum verändert, abgesehen davon, daß er natürlich älter geworden war, irgendwie reifer und männlicher. Fasziniert lauschte sie seinen Worten, als er berichtete, wie es ihm in all den Jahren ergangen war, als er von seinem Studium erzählte, der mit Glanz bestandenen Abschlußprüfung und den ersten Erfolgen als Solist. Dabei immer gefördert von seinem Lehrer und Mentor, Professor Meyerbrink. Der war es auch, der den Kontakt zu Alberto Moreno geknüpft hatte, der schon einige namhafte Künstler aus dem Bereich der klassischen Musik unter Vertrag hatte. Der Italiener, ein alter Hase in dem Geschäft, mit Musik im Blut, nahm den jungen Absolventen des Münchener Konservatoriums unter seine Fittiche, und von da an war es mit Thomas' Karriere steil vorangegangen.

Erste Aufnahmen wurden gemacht und es folgten erste Gastauftritte als Solist bei bekannten symphonischen Orchestern.

»Ja, und nun hab' ich es endlich einmal geschafft, in die Heimat zurückzukehren«, schloß Thomas seinen Bericht.

Er schaute sie strahlend an.

»Und gleich bei meinem ersten Ausflug treff' ich dich.«

»Ja, es ist schon ein seltsamer Zufall«, antwortete sie mit belegter Stimme.

Thomas schien dieses leises Vibrieren in ihrem Tonfall aber nicht zu bemerken.

»Aber, nun erzähl du doch mal, wie es dir in den Jahren ergangen ist«, forderte er sie auf.

Andrea hob die Schulter und ließ sie wieder fallen. Was sollte sie schon groß erzählen? Daß sie tagaus, tagein ihre Arbeit auf dem elterlichen Hof verrichtete? Daß sie es geschafft hatte, mit der Zeit alle unliebsamen Verehrer zu vergraulen?

Bis auf einen natürlich, Franz Hochanger, der sich als hartnäckiger erwies, als sie geglaubt hatte.
Oder sollte sie ihm gar erzählen, daß sie ihn immer noch liebte, daß sie all die Jahre nur auf ihn gewartet hatte?
Andrea Hofer war kein kleines Madel mehr, das sich Tagträumen von Märchenprinzen auf weißen Rössern hingab. Im nächsten Sommer würde sie ihren dreißigsten Geburtstag feiern, und wäre Thomas Burger gestern nicht zurückgekommen, dann hätte sie vielleicht sogar Franz' Werben nachgegeben. Schließlich wurde sie ja nicht jünger!
Doch von alledem sagte sie nichts.
»Was soll ich da groß erzählen?« meinte sie, wobei sie sich bemühte, möglichst unbekümmert zu klingen. »Das Leben ist, wie es ist. Ich mach' meine Arbeit...«
Thomas schaute sie ungläubig an.
»Ja aber, Madel, das kann doch net alles sein«, sagte er fassungslos. »Das Leben besteht doch net nur aus Arbeit. Gibt's denn, außer dem Franz Hochanger, keinen anderen Mann, der sich für dich interessiert? Gut, den Franz willst net, aber ich kann net glauben, daß unter all den Burschen hier, keiner ist, der dir gefällt. Ich hab' geglaubt, du wärst längst verheiratet.«
So war es also, dachte sie bitter, er hat geglaubt, daß ich längst verheiratet bin. Tränen stiegen in ihr hoch, und Andrea wollte sie verstohlen abwischen, doch Thomas sah die Handbewegung und verstand, daß er etwas Unüberlegtes gesagt hatte. Er griff nach Andrea und hielt ihre Hand fest.
»Verzeih', das war dumm von mir«, bat er. »Willst mir net erzählen...?«
»Doch, Thomas, das will ich«, sagte sie plötzlich und erschrak dabei über ihre eigenen Worte. »Es gibt keinen anderen Mann für mich, weil ich nur einen einzigen lieben kann. Ich wart' seit zehn Jahren darauf, daß er zurückkehrt und

sein Versprechen einlöst, das er mir damals gab, als er nach München ging, um zu studieren. Ich wart' darauf, daß er zurückkommt und mir sagt, daß er mich immer noch so liebt, wie ich ihn liebe. Deshalb stürze ich mich in die Arbeit, und deshalb gibt es keinen anderen Mann für mich.«
Thomas machte ein bestürztes Gesicht.
»Aber, Andrea, ich hatte ja keine Ahnung, daß du...«
Er war stehen geblieben und hatte sie zu sich herangezogen. Mit dem Finger wischte er eine Träne aus ihrem Auge, und dann näherten sich seine Lippen langsam ihrem Mund. Andrea zitterte, als sie zum ersten Mal, seit so vielen Jahren, wieder einen Kuß empfing.
»Wenn ich doch nur geahnt hätt', was du immer noch für mich empfindest«, sagte er. »Verzeih' mir, ich bin ein Esel!«
Andrea legte ihren Finger auf seinen Mund.
»Da gibt's nix zu verzeihen«, flüsterte sie. »Die Hauptsach' ist doch, daß du endlich da bist.«
Sie küßte ihn, wilder und leidenschaftlicher, als jemals zuvor. Thomas hielt sie eng an sich gepreßt, als wolle er sie nie wieder loslassen. Endlich gab sie ihn frei. Ihre Augen schienen ihn zu durchdringen, als sie ihm die entscheidende Frage stellte.
»Und du?« wollte sie wissen. »Gibt es eine Frau in deinem Leben? Bist gar verheiratet?«
Der junge Pianist schüttelte den Kopf.
»Es gab schon ein paar, die es gern gesehen hätten, die Frau an meiner Seite zu werden«, erklärte er. »Aber – ich hab' nie so recht gewollt.«
Andrea schaute ihn erwartungsvoll an. Thomas erwiderte ihren Blick.
»Ich glaub', heut weiß ich, warum.«

*

Als die Glocke von Sankt Johann aus dem Tal heraufklang, schrak Andrea Hofer zusammen. Ein Uhr, zu Hause warteten sie mit dem Mittagessen.
»Du lieber Himmel, ich muß heim«, sagte sie und löste sich aus Thomas' Armen.
»Komm, ich bring' dich.«
Hand in Hand liefen sie hinunter. Dabei jauchzten und lachten sie wie glückliche Kinder. Und genau so fühlten sie sich auch – zurückversetzt in eine herrliche Zeit. Vor dem Feld, das an den Hof grenzte, verabschiedeten sie sich.
»Sehen wir uns heut' abend?« fragte Thomas hoffnungsvoll.
»Aber natürlich«, antwortete Andrea glücklich. »Wann immer, und so oft du willst.«
Er schaute ihr hinterher, bis sie über das Feld gegangen und im Hof verschwunden war. Dann machte er sich nachdenklich auf den Heimweg.
Natürlich hatte er damit gerechnet, irgendwann während seines Aufenthalts in St. Johann, Andrea wiederzusehen. Daß es so schnell dazu kam, war dann doch überraschend gewesen. Noch überraschender aber war das Geständnis, das sie ihm gemacht hatte. Nie im Leben würde er geglaubt haben, daß das Madel ihm immer noch die Treue gehalten hätte, und beinahe schämte er sich ein wenig dafür, daß er so lange nichts hatte von sich hören lassen. Es gab schon eine Entschuldigung dafür, immerhin waren diese Jahre entscheidend für sein ganzes weiteres Leben gewesen, dennoch verspürte er ein Schuldgefühl gegenüber Andrea. Damals hatten sie sich ewig Liebe geschworen, und sie hatte diesen Schwur wirklich niemals gebrochen. Er hingegen hatte irgendwann einfach nicht mehr daran gedacht.
Ebenso war er überrascht, daß seine eigenen Gefühle ihr gegenüber dieselben geblieben waren wie früher. Es war, als hätte er sie die ganze Zeit über tief in sich verborgen getra-

gen. Erst heute, bei diesem Wiedersehen, tauchten sie wieder auf.

In Gedanken verglich er das Madel mit den anderen Frauen, die sein Leben gekreuzt hatten. Viele waren darunter, bei denen ein Mann schwach werden konnte, doch Thomas war nie dieser Schwäche erlegen, nie hatte er die entscheidende Frage gestellt – ob die Frau bereit gewesen wäre, ihn zu heiraten. Wahrscheinlich hätte keine von ihnen mit nein geantwortet.

Aber alle diese eleganten und attraktiven Frauen erblaßten vor dem Bild, daß sich ihm vor kurzer Zeit geboten hatte, als Andrea ihm gegenüberstand. Wollte er es in einem Wort zusammenfassen, dann kam ihm wirklich nur schön in den Sinn.

Sie sah einfach nur schön aus, in dem Sonntagsdirndl, mit ihren offenen Haaren und den leuchtenden Augen.

Thomas Burger stieß einen lauten Jauchzer aus, der seine ganze Freude und sein Glück zum Ausdruck brachte.

»Wo bleibst' denn?« fragte Wenzel, als er endlich in das Wohnzimmer trat.

Alle anderen saßen um den Tisch in der Eßecke, wo am Sonntag immer gegessen wurde.

»Entschuldigt, bitte, ich hab' jemanden getroffen und ganz die Zeit vergessen«, sagte er, während er sich setzte.

»Net so schlimm«, meinte Sonja mit Blick auf ihren Mann. »Der Wenzel ist auch grad erst aus dem Wirtshaus zurück.«

Thomas' Bruder duckte sich unter dem Blick aus den funkelnden Augen seiner Frau.

Die beiden Mägde trugen das Essen auf. Zur Feier des Tages gab es das Leibgericht des Heimgekehrten.

»Kalbsgulasch mit Semmelknödeln!« rief Thomas begeistert aus. »Und Rotkraut dazu.«

»Hat die Anni extra für dich gekocht«, machte Sonja ihn aufmerksam.

Der junge Pianist beugte sich zu der Magd hinüber, die zwei Plätze neben ihm saß.
»Anni, du bist ein Schatz. Dafür spiel' ich dir nachher etwas auf der Zither vor.«
»Bloß net«, wehrte Wenzel ab. »Das hat sich früher schon grauslich angehört. Bestimmt wird's net besser g'worden sein.«
Für diese freche Bemerkung erntete er einen finsteren Blick seines Bruders.
»Jetzt erst recht«, versprach Thomas. »Ich geb' den Zwillingen gleich nachher Unterricht im Zitherspielen. Während du deinen Mittagsschlaf hältst.«
Phillip und Ann-Kathrin jauchzten vor Begeisterung, während ihr Vater das Gesicht verzog.
»Dann schlaf' ich eben im Heu«, meinte er.
»So, wie du's immer tust, wenn's zu lang' im Wirtshaus gesessen hast«, warf Sonja ein.
»Sag mal, wer war es eigentlich, den du getroffen hast?« fragte Wenzel Burger, mehr um von seinen Wirtshauseskapaden abzulenken, als aus Neugierde.
Thomas nahm sich noch einmal von dem saftigen Gulasch, bevor er antwortete.
»Eine liebe, alte Bekannte«, sagte er und schmunzelte dabei.
»Ach, darum«, meinte Wenzel.
Sein Bruder sah ihn fragend an.
»Warum, darum?«
»Darum schaust so glücklich aus«, sagte er. »Ich kann mir schon denken, wer die liebe, alte Bekannte ist.«
Er schaute in die Runde.
»Ich glaub', mein kleiner Bruder ist verliebt«, gab er bekannt.
Thomas spürte, wie er rot wurde, als die anderen ihn mit schmunzelnden Blicken bedachten.
Wart, du Hirsch, dachte er. Das zahl' ich dir heim!

Franz Hochanger schob mit einer unwirschen Handbewegung seinen Teller beiseite. Seine Mutter sah ihn forschend an.
»Was ist denn, Bub, hast keinen Appetit?«
»Nein«, lautete die knappe Antwort.
Er stand auf und ging an den kleinen Wandschrank, der neben der Tür hing. Darin waren eine Flasche Enzian und Schnapsgläser. Hastig trank er das erste Glas leer und schenkte sich gleich darauf ein zweites ein. Waltraud Hochanger schüttelte ratlos den Kopf. Seit dem Morgen war ihr Sohn unausstehlich. Kaum daß er den Mund aufbekam, wenn sie ihn nach dem gestrigen Abend befragte. Offenbar mußte der Tanzabend ein einziger Reinfall gewesen sein, und das konnte doch nur mit der Andrea zusammenhängen. Was wollte dieses Madel bloß? Besser als mit dem Franzl, konnte sie es doch gar net treffen! Oder wollte sie ihr Leben lang als Magd auf dem Hof des Bruders arbeiten?
»Magst noch was vom Pudding?« fragte sie ihren Sohn, in der Hoffnung, ihn vom Enzian abzulenken.
Wenn er dabei blieb, konnte es leicht sein, daß er für den Rest des Tages nicht mehr ansprechbar war.
Ohne zu antworten stellte Franz Hochanger die Flasche zurück und das leere Glas auf den Tisch. Dann verließ er die gute Stube. Seit dem gestrigen Abend sah die Welt für ihn anders aus. Alle Hoffnungen, die er gehegt hatte, waren zerschlagen. Wie hatte er sich auf dieses Tanzvergnügen gefreut! Seit mehr als drei Jahren warb er schon um Andrea Hofer, und gestern hatte sie zum ersten Mal seinem Werben nachgegeben. Franz war sicher gewesen, daß es net mehr lange gedauert hätte, und sie wäre seine Frau geworden.
Wenn nicht dieser Musikus aufgekreuzt wäre und alles zunichte gemacht hätte.
Franz Hochanger schäumte. Den Hals hätte er ihm umdre-

hen können, wenn er ihn jetzt vor sich gehabt hätte, aber so leicht war er nicht gewillt, aufzugeben. Wart' nur, Bürschchen, dachte der Bauer, so ohne weiteres kommst net hierher und spannst mir mein Madel aus!
Seit er aufgestanden war, sann Franz darüber nach, wie er den Nebenbuhler ausstechen konnte. Die Nacht war grauenhaft gewesen. Immer wieder sah er Andreas Gesicht, wie sie neben ihm gesessen hatte und ihm sagte, daß sie einen anderen liebe.
Auch wenn sie den Namen des anderen nicht genannt hatte, für Franz stand fest, daß es sich nur um Thomas Burger handeln konnte. Es war ja kein Geheimnis, daß er und Andrea früher einmal befreundet gewesen waren, und die Reaktion des Madels, als sie seinen Namen hörte, war eindeutig gewesen.
Aber das war früher gewesen, vor zehn langen Jahren. Was bildete dieser Kerl sich eigentlich ein, nach so langer Zeit herzukommen und alte Rechte geltend zu machen?
»Aber net mit mir«, sagte Franz Hochanger zu sich und hieb wütend seine Faust in die Hand.
Schon am Morgen in der Kirche hatte er ihn gemustert. Unverschämt gut sah er aus, dieser berühmte Pianist. Franz verstand nichts von klassischer Musik, ihm waren ein Jodler und eine zünftige Polka lieber. Aber er konnte sich schon vorstellen, daß die Frauen auf solch einen Mann, wie Thomas Burger, flogen. Nur dann sollte er sie sich auch, bitt' schön, in seinen Kreisen suchen. Hier hatte er doch nix mehr verloren. Was verstand denn solch einer überhaupt noch vom einfachen Leben in den Bergen, verwöhnt wie er war, durch den Luxus?
Je mehr er darüber nachdachte, um so mehr steigerte Franz sich in seine Wut hinein. Er wußte noch nicht wie, aber er würde Thomas zur Rede stellen. Er würde ihm klar ins Ge-

sicht sagen, daß er Andrea liebte und vor den Altar führen wolle, und daß hier kein Platz war, für einen wie ihn.
Die Rufe seiner Mutter aus dem Haus überhörte er einfach. Statt dessen setzte er sich in seinen Wagen und machte sich auf den Weg zu seinem Spezi, dem Wachauer-Josef. Der war einer seiner besten Trinkkumpane und würde nicht nur Verständnis für Franz' Kummer haben, sondern auch einen Trost:
Eine Flasche besten Enzian.

*

Sebastian Trenker und der Mesner von Sankt Johann, Alois Kammeier, räumten in der Sakristei auf, als Thomas Burger die Kirche betrat. Oben an der Orgel saß Anton Hirsinger. Der pensionierte Lehrer übte schon seit Jahren das Amt des Organisten aus. Der volle Klang der zweihundert Jahre alten Orgel brauste durch das leere Kirchenschiff.
Thomas war unter der Empore stehengeblieben und schaute stumm umher. Nichts hatte sich hier verändert. Die Kirche erstrahlte im Glanz der vergoldeten Figuren und Bilderrahmen, den bunten Fenstern und den blauen und roten Farben, die hier vorherrschten.
Langsam schritt er dann durch den Mittelgang, während er der Musik lauschte. Neben dem Eingang zur Sakristei hing ein Bild, das Thomas schon in frühester Jugend angesprochen hatte. Gethsemane, es zeigte den Erlöser im Gebet versunken, am Abend vor der Kreuzigung. Daneben stand, auf einem Podest, eine Madonnenfigur.
Anton Hirsinger beendete sein Spiel, und die plötzlich eintretende Ruhe schuf eine merkwürdige Atmosphäre, die jedoch wieder durch Geräusche aus der Sakristei verändert wurde.
Thomas klopfte an die Tür, die einen Spaltbreit aufstand. Zu-

vor war er im Pfarrhaus gewesen und hatte nach dem Seelsorger gefragt. Sophie Tappert hatte gesagt, daß der Pfarrer drüben in der Kirche sei.
Die Sakristeitür wurde vollends geöffnet und Sebastian schaute heraus. Er lachte, als er den Besucher erkannte.
»Na, bist ein bissel heimisch geworden?« fragte er.
»Ja. Im Dorf hat sich zwar einiges verändert, aber ich hab' dennoch alles wiedererkannt.«
Thomas begrüßte den Kammeier-Alois und schaute dann zur Orgel hinauf.
»Darf ich?« fragte er.
»Aber natürlich«, nickte der Geistliche. »Ich glaub', der Hirsinger wird sich auch freuen, dich spielen zu hören. Er müßt' doch eigentlich noch oben sein.«
»Bestimmt. Er ist ja grad' erst fertig. Dank' schön, Hochwürden.«
Thomas ging durch die Seitentür und die kleine Treppe hinauf, über die man zu der Orgel gelangte. Sein alter Schulmeister war gerade dabei, seine Notenzettel zu sortieren und in die richtige Reihenfolge für den nächsten Gottesdienst zu bringen. Er sah auf, als er jemanden die knarrende Treppe heraufkommen hörte.
»Grüß' Gott, Herr Hirsinger«, sagte Thomas. »Schön haben S' gespielt.«
Der Lehrer im Ruhestand wehrte ab.
»Aber, das ist ja gar nix gegen dein Spiel, Thomas«, meinte er und machte gleich darauf ein erschrockenes Gesicht.
»Entschuldigung, ich muß ja jetzt wohl Sie sagen. Schließlich sind S' ja kein Schulbub mehr.«
Der Pianist hob bittend die Hand.
»Um Himmels willen, nur das net«, bat er. »Sagen S' bloß weiterhin Thomas zu mir. Das wäre ja noch schöner, wenn mein alter Lehrer mich plötzlich siezte!«

Anton Hirsinger, er stand kurz vor seinem siebzigsten Geburtstag, strahlte, als er das hörte. Er reichte Thomas die Hand.
»Ich hab' schon heut morgen gehört, daß du wieder hier bist«, sagte er. »Aber da saß ich ja hier oben, und später warst du schon fort.«
»Ich hab' mich ein bissel umgesehen. Nach so langer Zeit ist man neugierig zu erforschen, was es Neues gibt.«
»Und – wie gefällt dir deine alte Heimat? Es hat sich schon einiges getan, net wahr?«
»Ja, aber wie mir scheint, hat es sich zum Positiven entwickelt. Aber, wie geht's Ihnen selbst? Ich muß sagen, Sie haben sich fast net verändert.«
»Ach, Thomas, danke der Nachfrage. Seit vier Jahren bin ich pensioniert und hab' seither mehr Zeit für meine Bienen, und gesundheitlich kann ich auch net klagen. Solang' ich noch die Treppe heraufkomm...«
Er deutete auf die Orgel.
»Du bist doch aber gewiß net hier oben, um dich mit mir über meine Gesundheit zu unterhalten.«
Der junge Mann lachte.
»Spielen würd' ich schon ganz gern einmal wieder.«
Anton Hirsinger rückte den Schemel zurecht.
»Nur zu«, sagte er und trat den Blasebalg. »Nur zu.«

*

Pfarrer Trenker und Alois Kammeier lauschten, als die Toccata von Johann Sebastian Bach erklang. Oben stand Anton Hirsinger neben dem, scheinbar entrückten, jungen Orgelspieler, und machte ein verzücktes Gesicht.
Thomas spielte selbstvergessen, kaum, daß er auf die Noten blickte. Als er geendet hatte, klatschte sein alter Lehrer begeistert in die Hände.

»Wunderbar, Thomas«, sagte er. »Und wenn du mir jetzt noch eine Freude machen willst – dann spiel den Charpentier.«

Der Pianist nickte. Das Te Deum, von Marc-Antoine Charpentier geschrieben, gehörte zu seinen ganz persönlichen Lieblingsstücken. Als er es jetzt wieder anstimmte, da war er wirklich wieder nach Hause zurückgekehrt.

Der Triumphmarsch hallte durch das Kirchenschiff, und Sebastian wurde an die Zeit vor mehr als zehn Jahren erinnert, als der Bub, der Thomas damals war, dieses Werk mit der gleichen Leidenschaft und Eindringlichkeit ertönen ließ, wie heute.

»Mit deinem Spiel hast du uns eine große Freude gemacht«, bedankte er sich, als die beiden Männer nach unten gekommen waren.

Der alte Dorfschullehrer hatte glänzende Augen, als er sich von seinem ehemaligen Schüler verabschiedete.

»Zu meinem siebzigsten wünsch' ich mir eine Eintrittskarte für ein Konzert von dir«, sagte er. »Bis bald einmal.«

»Eine Sache hätt' ich noch gern mit Ihnen besprochen, Hochwürden«, bat Thomas, nachdem auch der Mesner die Kirche verlassen hatte.

»Aber gern. Setzen wir uns doch gleich her«, deutete der Geistliche auf die Bankreihe, vor der sie standen.

»Ich weiß gar net, wie ich's anfangen soll«, sagte der Pianist. »Sie wissen vielleicht, daß ich damals, bevor ich fortgegangen bin, sehr eng mit der Andrea Hofer befreundet war.«

Sebastian nickte.

»In all den Jahren hab' ich nix von mir hören lassen«, fuhr Thomas fort. »Heut', da treff' ich sie zufällig wieder, und alles ist wie früher.«

Er erzählte von dem Zusammentreffen und der wieder erflammten Liebe.

»Wissen S', ich möcht' das Madel net noch einmal enttäuschen. Zehn Jahr' hat Andrea darauf gewartet, daß ich zurückkomm'. Alle Burschen, die sich bemühten ihr Herz zu erobern, hat sie enttäuscht, aus Liebe zu mir. Dabei konnte sie doch gar net sicher sein, daß ich überhaupt jemals zurückkehre.«

»Und du?« fragte Sebastian. »Liebst du sie denn auch immer noch?«

»Ja. Das ist ja das Seltsame daran«, erwiderte Thomas. »Es ist, als gäbe es diese Jahre der Trennung nicht. Als hätten wir uns gestern verabschiedet und heut' schon wieder getroffen.«

Der Geistliche klopfte dem jungen Mann beruhigend auf die Schulter.

»Aber, dann ist doch alles in bester Ordnung«, sagte er.

Thomas wirkte dennoch nachdenklich.

»Oder etwa net?« forschte Sebastian Trenker nach.

»Ich ... ich weiß net«, antwortete der Musiker. »Ich hab' natürlich Verpflichtungen, bin vertraglich gebunden. Kann ich denn der Andrea zumuten, mit mir durch die Welt zu vagabundieren? Sehen S', Hochwürden, ich hab' da ein Haus in München. Seit dem Frühling letzten Jahres bin ich genau drei Tag' dort gewesen. Die andere Zeit hab' ich in Flugzeugen und Hotels verbracht. Ich fürcht', daß es für Andrea zuviel wird. Sie kennt doch nix, außer Sankt Johann, und vielleicht noch die Kreisstadt.«

»Ich versteh' deine Befürchtungen«, sagte der Pfarrer. »Und ich find' es gut, daß du dir vorher darüber Gedanken machst, und net erst, wenn es zu spät ist. Aber, ich denk' auch, daß die Andrea eine starke Frau ist. So lange hat sie auf dich gewartet, wobei ihr schon bewußt war, daß du womöglich überhaupt net mehr zurückkommen könntest. Aber ihre Liebe ist so stark, daß sie auch so ein Leben an deiner Seite, sei es noch so aufregend und neu, wird durchstehen können.«

Thomas atmete auf. Die Worte des Geistlichen nahmen ihm seine geheimen Befürchtungen. Er stand auf und reichte Sebastian die Hand.

»Ich dank' Ihnen recht schön, Hochwürden. Ich glaub', jetzt trau' ich mich auch, Andrea zu bitten, meine Frau zu werden.«

Die Miene des Pfarrers erhellte sich.

»Aber geheiratet wird hier in unserer Kirch', oder?«

»Etwas anderes käme überhaupt net in Frage«, versprach Thomas. »Aber, das müßte in aller Stille vor sich gehen. Ich fürchte nämlich, sonst hätte Sankt Johann lange Zeit keine Ruhe mehr.«

»Die Journalisten, hm? Ich versteh'«, nickte Sebastian. »Da hast du recht. Unser Dorf wäre dann zwar mit einem Schlag in aller Welt bekannt. Aber zu welchem Preis! Sag bloß nix dem Bürgermeister von deinen Heiratsplänen. Wer weiß, was der sich dann alles einfallen läßt. Ich hab' genug damit zu tun, ihm die Flausen aus dem Kopf zu treiben.«

Der Geistliche spielte damit auf die Tatsache an, daß der Bürgermeister von St. Johann, Markus Bruckner, oftmals versuchte, seine hochfliegenden Pläne, im bezug auf den touristischen Ausbau des Ortes, wahr werden zu lassen. Nicht immer waren diese Pläne und Ideen im Einklang mit der Umwelt und Natur. Der Bruckner-Markus hatte den Ehrgeiz, aus Sankt Johann ein zweites St. Moritz zu machen – natürlich mit allen Konsequenzen. Vor gar nicht allzu langer Zeit, war erst der Bau eines Skilifts verhindert worden.

»Ich werd' mich hüten«, sagte Thomas Burger und sah auf die Uhr. »Himmel, ich muß mich sputen. Die Andrea wartet ja auf mich.«

»Grüß' sie recht schön. Und komm rechtzeitig vorbei, wegen der Trauung.«

*

Der Wachauer-Josef betrieb auf halbem Wege zwischen Waldeck und St. Johann einen Schrotthandel. Eigentlich hieß er Brandner mit Nachnamen, aber weil er aus der Wachau stammte, dem schönen Donautal im Österreichischen, nannten ihn die Leute halt nur den Wachauer-Josef.

Der Schrottplatz lag abseits der Landstraße. Zu ihm führte nur ein unbefestigter Waldweg, und am Straßenrand zeigte ein altes, verwittertes Schild an, daß es diesen Schrottplatz überhaupt gab.

Franz Hochanger fluchte, als er dem ausgefahrenen Weg folgte. Etliche Male war er schon hier gewesen, und immer wieder fragte er sich, was sein Spezi nur daran fand, in dieser Einöde zu hausen. Aber so oft er auch den Alteisenhändler danach fragte – eine Antwort erhielt er nie.

Knapp drei Kilometer war der Weg durch den dunklen Wald lang. Franz hatte immer das Gefühl, er nehme überhaupt kein Ende mehr, doch dann wurde es plötzlich heller, und schließlich endete die Fahrt vor einem rostigen Zaun. Der Bauer hielt direkt an dem Gittertor, das mit einer schweren Eisenkette gesichert war. Franz hupte zwei-, dreimal. Doch dessen hätte es gar nicht bedurft. Laut kläffend rannten zwei Hunde am Zaun entlang und alarmierten ihren Herrn. Der Österreicher kam und vertrieb die Tiere mit lauten scharfen Worten. Dann schloß er das Tor auf und wartete darauf, daß der Besucher hindurchfuhr.

Franz fuhr über den Platz, bis vor das alte Holzhaus, das Wohnung und Büro in einem war. Rechts und links säumte Schrott jeder Art den schmalen Fahrweg. Von alten Autos, bis hin zu verrosteten Öltonnen, war alles vorhanden, was das Herz eines jeden umweltbewußten Menschen vor Schreck aussetzen ließ. Selbst Franz Hochanger hatte – vergeblich – den Kumpanen darauf hingewiesen, daß das meiste, was hier lagerte, tickende Umweltbomben waren.

Josef Brandner hatte das Tor wieder verschlossen und kam herangehumpelt, als der Bauer aus dem Wagen stieg. Seit er einmal im Rausch über ein paar Kanister gestolpert war, und sich ein Bein gebrochen hatte, hinkte der Österreicher leicht. Ungeduldig, wie er nun einmal war, hatte er das Krankenhaus vorzeitig und auf eigenen Wunsch verlassen, und dabei den Bruch nicht richtig auskuriert.

»Pfüat dich, Wachauer«, sagte Franz. »Hast 'n Schnaps für mich?«

»Auch zwoa, wenn's denn sein muß«, grinste der Schrotthändler.

Vor dem Haus stand eine alte Hollywoodschaukel in der Sonne, davor ein Plastiktisch und einige Stühle. Auf dem Tisch befanden sich ein überquellender Aschenbecher und die obligatorische Enzianflasche.

»Was machst denn für ein Gesicht?« erkundigte sich der Wachauer-Josef, nachdem sie das erste Glas geleert hatten. »Ist's immer noch nix mit deinem Fräulein Braut?«

In einer schwachen Stunde hatte Franz ihm mal seine Leidenschaft für Andrea Hofer gestanden, Josef wußte also um die Geschichte.

Der Hochanger-Franz machte ein noch grimmigeres Gesicht und winkte ab.

»Der Zug ist abgefahren«, sagte er schließlich und griff wieder nach der Flasche.

Sein Spezi war neugierig geworden. Nach langem Drängen kam Franz mit der Sprache heraus und erzählte von dem fehlgeschlagenen Tanzabend.

»Und du glaubst, daß es dieser Klavierspieler ist?« fragte Josef. »Da müßt man doch was machen.«

Der Bauer sah ihn etwas fragend an.
»Was meinst denn?«
Der andere zuckte die Schulter.
»Na ja, willst' dir das etwa gefallen lassen, daß der Herr Musikus nach zehn Jahren daherkommt und dir das Madel vor der Nase wegschnappt? Also, wenn ich an deiner Stelle wär'..., ich wüßt', was ich tät.«
»So, und was tätest du?«
»Ich würd' dem Kerl eine Lektion erteilen, daß er es auf immer bereuen tät', daß er sich überhaupt hier wieder hat blicken lassen.«
Der Gedanke gefiel Franz Hochanger. Er selbst hatte schon mit so etwas geliebäugelt, nur noch net recht gewußt, wie er's anstellen sollte.
Aber, wozu hat man denn Freunde?
Der Bauer richtete sich auf einen langen Abend und eine noch längere Nacht ein. Es war nicht das erste Mal, daß er auf einem Feldbett in der Hütte geschlafen hatte. Während sie langsam die Enzianflasche leerten, heckten sie einen Plan aus, wie sie dem Rivalen einen Denkzettel verpassen konnten.

*

Andrea wartete an der Stelle, an der sie und Thomas sich zufällig wiedergetroffen hatten.
Oder war es gar kein Zufall? War es nicht vielmehr Bestimmung, daß sie ausgerechnet heut morgen, nach so langer Zeit, wieder den Ort aufgesucht hatte, mit dem sie so viele glückliche Erinnerungen verband?
Das Madel schmunzelte, als es an das Gesicht der Mutter dachte, das diese gemacht hatte, als sie hörte, mit wem Andrea sich treffen wollte. Deutlich war ihr anzumerken, daß Walburga Hofer alles andere als einverstanden damit war.

Nur konnte sie nichts dagegen ausrichten. Ihre Tochter war längst volljährig, und selbst wenn sie es nicht wäre, so würde sie sich kaum von diesem Treffen abhalten lassen.
Den Dickkopf hatte sie nun einmal von der Mutter.
»Paß nur auf, daß er dich net wieder sitzenläßt«, hatte sie Andrea nur noch hinterher rufen können, bevor diese aus der Tür war.
Wenngleich Andrea in Erinnerung an das Gesicht der Mutter schmunzelte – der letzte Satz wurmte doch ein bissel!
Denn – so unrecht hatte Burgl Hofer vielleicht gar net.
Natürlich war alles herrlich, seit dem Vormittag, aber manchmal schlichen sich kleine Teufelchen in Andreas Gedanken, die Mißtrauen aussäten. Sie war sich ihrer Liebe zu Thomas sicher. Aber konnte sie auch seiner Liebe sicher sein? Oder würde er wieder gehen und die nächsten zehn Jahre fortbleiben?
Andrea wollte diese Gedanken nicht haben und versuchte, sie zu verdrängen, doch so ganz wollte es nicht gelingen.
Und was wäre, wenn alles ganz anders käme, überlegte sie. Wenn Thomas sie vielleicht fragte, ob sie seine Frau werden wolle?
Bei diesem Gedanken lief es ihr heiß und kalt den Rücken hinunter, und sie erschrak. Das würde ja bedeuten, daß sie von hier fortgehen müßte, weg aus ihrem geliebten St. Johann.
Aber, war sie denn nicht bereit, diesen Preis zu zahlen, wenn sie dafür immer an seiner Seite sein konnte? Andrea wurde schwindelig, als sie sich ausmalte, wie das alles sein würde. Ein ganz neues Leben käme da auf sie zu, eines, das sie bisher nur aus den Zeitschriften kannte, aus denen sie die Artikel über Thomas ausgeschnitten hatte.
»Hallo, wo bist du?«
Thomas' Stimme riß sie aus ihren Gedanken. Sie winkte ihm zu, als er den Weg heraufkam und lief ihm dann entgegen.

Der junge Musiker empfing sie mit offenen Armen und wirbelte sie übermütig herum. Andrea jauchzte vor Vergnügen, sie waren beide ausgelassen wie Kinder.
Hand in Hand wanderten sie, so, wie sie es früher oft getan hatten, durch den Höllenbruch.
»Was wollen wir denn mit dem schönen Abend machen?« fragte Thomas, nachdem sie eine gute Stunde später zu ihrem Ausgangspunkt zurückgekehrt waren.
Allmählich setzte die Dämmerung ein.
Das Madel zuckte die Schulter.
»Mir ist alles recht«, antwortete Andrea Hofer. »Solang' ich nur mit dir zusammen bin.«
»Dann hab' ich eine Idee.«
Thomas zog sie mit sich, den Hang hinunter. Bis St. Johann waren es noch ein paar Minuten zu laufen. Als sie das Dorf erreichten, schlugen die Glocken der Kirche gerade die achte Abendstunde.
»Was hast' denn vor?« wollte Andrea wissen.
»Ich will mit dir essen gehen«, erwiderte Thomas vergnügt.
»Einfach so?«
Andreas Stimme klang verwundert. Ihre Familie ging nicht sehr oft ins Restaurant, und wenn es doch geschah, dann gab es einen Grund dafür, eine Familienfeier zum Beispiel.
Thomas lächelte verschmitzt.
»Na – net einfach nur so. Ich hab' schon einen Grund, warum ich dich ausführen möcht'«, tat er geheimnisvoll.

*

Der Wirt vom Hotel »Zum Löwen«, Sepp Reisinger, empfing den prominenten Gast und seine Begleiterin persönlich und führte sie an einen freien Tisch.
Thomas bestellte zwei Gläser Champagner und bat um die Speisekarte. Doch bevor er hineinschaute, nahm er Andreas

Hand. Seine Augen strahlten dabei, und der Mund lächelte versonnen.
»Ich bin sehr glücklich, daß ich dich wiedergefunden hab'«, sagte er. »Und ich möcht' dich nimmer wieder verlieren.«
Andrea fühlte, wie ihr Herz schneller schlug bei diesen Worten. Sie erwiderte seinen intensiven Blick, ohne auf die anderen Gäste zu achten, die noch im Restaurant saßen. Sie tranken den prickelnden Schaumwein, und später bestellte Thomas eine Flasche Rotwein, den sie zu einer delikaten Rehkeule tranken.
Während des Essens erzählte der Musiker von seinen Konzertreisen und Auftritten, und war überrascht, daß Andrea genau zu sagen wußte, welches Konzert wann und wo stattgefunden hatte.
»Du lieber Himmel, woher weißt du das alles?« fragte er erstaunt. »Man könnt' ja meinen, du wärst jedesmal dabeigewesen.«
Diesmal war sie es, die verschmitzt lächelte.
»Ich hab' alles gesammelt, was ich irgendwo über dich gelesen hab'.«
»Was? Ist das wahr?«
Andrea nickte.
»Jeden kleinen Artikel, den ich finden konnt'.«
Thomas griff erneut nach ihrer Hand und drückte sie.
»Da hab' ich so einen treuen Fan und wußte es net.«
Sepp Reisinger trat an den Tisch und erkundigte sich, ob die Gäste mit dem Essen zufrieden waren, was die beiden nur bestätigen konnten. Sepp's Frau war eine begnadete Köchin. Als sie das Restaurant verließen, war es kurz vor Mitternacht. Thomas hatte Andrea an die Hand genommen und zog sie mit sich zur Kirche hinüber.
»Willst' jetzt in die Kirch'?« fragte die junge Frau verwundert.

Der Musiker schüttelte den Kopf. Sie standen vor dem eisernen Tor, hinter dem der Kiesweg zum Gotteshaus hinaufführte.

»Nein, hinein will ich net«, lachte er. »Aber hier, vor unserer schönen Kirche zum Heiligen Johannes, möcht' ich dich etwas fragen. Willst du mich heiraten?«

»Was?«

Andrea schluckte. Hatte sie richtig gehört? Einen Heiratsantrag?

Thomas schaute sie erwartungsvoll an.

Sie schloß für Sekunden die Augen und atmete tief ein. Wie oft hatte sie von diesem Augenblick geträumt! Und jetzt war er Wirklichkeit geworden. Thomas nahm ihren Kopf in seine Hände und küßte sie zärtlich.

»Willst du?« fragte er noch einmal.

Andrea nickte stumm, mit Tränen in den Augen.

»Ja, Thomas, ich will«, sagte sie endlich und schmiegte sich in seine Arme.

»Ich möchte net noch einmal zehn Jahre vergeh'n lassen«, flüsterte der Pianist. »Die Zeit ist viel zu kostbar, als daß man sie vergeuden darf.«

*

Auf dem Heimweg sprachen sie über das, was Thomas schon mit Pfarrer Trenker besprochen hatte. Andrea war es mehr als lieb, daß die Hochzeit in aller Stille vorbereitet werden sollte. Aufregend würde es noch früh genug werden.

»Aber, auf der Kirmes darf man uns schon zusammen sehen?« fragte sie.

Thomas lachte.

»Natürlich. Was glaubst wohl, wer uns schon alles zusammen gesehen hat! Im Grunde ist's mir auch gleich. Ich hab' schließlich nix zu verbergen. Es ist nur so, wie's der Pfarrer sagt – wenn die Sache publik wird, dann hat Sankt Johann keine ruhige Minute mehr. Das ist der Preis, den ich zahlen muß.«

Sie waren mittlerweile an Andreas elterlichem Hof angekommen. Thomas nahm seine Verlobte in den Arm.

»Auf dich wird auch einiges zukommen«, sagte er. »Ich hab' ja schon von meinen Verpflichtungen, bis ins nächste Jahr hinein, erzählt. Glaubst du, daß du das alles wirst bewältigen können? Reisen durch die halbe Welt, Hotelzimmer, Konzerthallen – es wird net leicht sein.«

»Wenn du mir hilfst«, erwiderte sie. »Wenn ich nur mit dir zusammen sein kann, dann ist alles andere halb so schwer.«

Es wurde eine schlaflose Nacht für Andrea Hofer. Angezogen saß sie auf ihrem Bett und blätterte in dem Album, das sie angelegt hatte. Tourneen, Konzerte, glanzvolle Auftritte, alles war darin dokumentiert, und nun würde sie schon bald ein Teil davon sein. Ganz schwindlig wurde ihr bei diesem Gedanken. Sie stand auf und trat ans Fenster. Andrea lehnte ihren heißen Kopf an die Scheibe und kühlte ihn an dem Glas. Dann drehte sie sich um und schaute in ihrem Zimmer herum. Und in Gedanken packte sie schon ihre Sachen und überlegte, was sie mitnehmen und was sie hierlassen würde. Als draußen der Hahn krähte, war sie voller Tatendrang, von Müdigkeit war nichts zu spüren.

Walburga Hofer indes wunderte sich über ihre Tochter. So fröhlich hatte sie Andrea seit langem nicht mehr erlebt.

*

Ferdinand Bichler fluchte und stieg aus dem Führerhaus des Treckers. Im letzten Moment hatte er sein Gefährt noch am Straßenrand zum Halten bringen können. Vorne aus der Haube, über dem Motor stieg eine schwarzblaue Qualmwolke. An den Trecker angehängt war ein langgestreckter Wagen. In ihm befand sich Bichlers Geschäft, eine Schießbude.

Der Schausteller schaute nach vorne, doch von seiner Frau, die mit dem PKW und den beiden Kindern vorausfuhr, war nichts mehr zu sehen. Wahrscheinlich hatte sie gar nicht bemerkt, daß ihr Mann eine Panne hatte.

Mißmutig machte sich der Vierzigjährige daran, den Schaden zu begutachten. Schon am Morgen, als sie losgefahren waren, hatte der dreißig Jahre alte Traktor fürchterliche Geräusche von sich gegeben, und Bichler wäre am liebsten noch in Weihersbach geblieben. Doch die dortige Polizei hatte ihn und seine Familie des Platzes verwiesen. Die Kirmes war zu Ende, und somit endete auch die Erlaubnis, dort auf dem Festplatz zu stehen und zu nächtigen.

Ferdinand schüttelte den Kopf. Dieses Jahr war wirklich wie verhext. Erst hatte seine Frau mit einer schweren Grippe wochenlang das Bett hüten müssen, dann hatte es ihn erwischt. Beim Renovieren seiner Bude war er vom Dach gerutscht und hatte sich ein Bein gebrochen. Als er schließlich wieder aufstehen konnte, hatte die Saison längst begonnen und Ferdinand keine festen Kirmesplätze mehr buchen können. So war er gezwungen, auf gut Glück loszufahren und zu sehen, ob er noch irgendwo unterkommen konnte.

Der Qualm aus dem Motor hatte mittlerweile nachgelassen. Der Schausteller konnte zwar vieles selber reparieren, doch hier war alleine nichts zu machen, das sah er auf den ersten Blick.

Als er wieder herunterstieg, hielt neben ihm ein Polizeiwagen.

Auch das noch, dachte Ferdinand. Für fahrende Leute war es nicht immer leicht, mit der Obrigkeit. Hinzu kam, daß weder der Traktor, noch der Anhänger mit der Schießbude neu waren und immer wieder Anlaß für lästige Polizeikontrollen boten.

Der Beamte stieg aus und tippte sich an den Schirm seiner Mütze.

»Grüß' Gott, Polizeihauptwachtmeister Trenker aus Sankt Johann«, sagte er. »Haben S' eine Panne? Kann ich helfen?«

Ferdinand Bichler war erstaunt. Seit einer Ewigkeit war dies mal ein Polizist, der nicht erst nach den Papieren fragte, obwohl er natürlich sehen mußte, daß es sich hier um einen uralten Schaustellerwagen handelte.

»Grüß' Gott«, erwiderte er. »Vielen Dank für Ihr Angebot, aber ich glaub' net, daß man da ohne einen Fachmann etwas ausrichten kann.«

Er berichtete von dem Schaden.

»Tja, was machen wir denn da?«

Max Trenker strich sich nachdenklich das Kinn. Unterdessen hielt auf der anderen Straßenseite ein alter Mercedes mit einem Wohnwagenanhänger. Eine Frau stieg aus, hinten im Fond saßen zwei kleine Kinder und schauten neugierig herüber.

»Was ist denn los?« fragte Helene Bichler. »Ich hab' schon befürchtet, daß was mit dem Traktor ist, als ich gemerkt hab', daß du net nachkommst.«

Der Schausteller machte seine Frau mit dem Polizisten bekannt. Sie brach in Tränen aus, als sie von dem Schaden hörte.

»Auch das noch!« sagte sie.

»Sie sind Schausteller, net wahr?« stellte Max fest.

»Ja, und so schön dieser Beruf auch ist, manchmal verwünsch' ich ihn.«

Er erzählte von der Misere, von der er und seine Familie in diesem Jahr betroffen war.

»Die Saison ist gelaufen«, sagte seine Frau. »Jetzt können wir betteln geh'n.«

Sie deutete auf den Traktor.

»Wie soll'n wir das denn bezahlen, ohne Einnahmen?«

Max Trenker hatte inzwischen ein paar Überlegungen angestellt.

»Ich hab' da eine Idee«, meinte er zuversichtlich. »Bei uns, in Sankt Johann, ist am Wochenend' Schützenfest. Da bekommen S' von mir eine Genehmigung für Ihre Schießbude. Und den Traktor lassen wir erst einmal abschleppen. Im Dorf ist eine Autowerkstatt. Der Meister schaut sich den Schaden an, und irgendwie bekommen wir das auch noch geregelt.«

Die beiden sahen den Beamten ungläubig an.

»Ich … ich weiß gar net, was ich sagen soll …«

Helene Bichler fiel Max Trenker um den Hals.

»Schon gut«, wehrte der junge Polizeibeamte grinsend ab. »Sie wissen doch – die Polizei, dein Freund und Helfer.«

*

Auch wenn er es ihm nicht sagte, so war Sebastian natürlich sehr stolz auf seinen Bruder. Max' Art, den Menschen zu helfen, wenn er nur konnte, berührte den Geistlichen immer wieder, und er wußte, daß der Polizist es nicht deswegen tat, weil sein Bruder Pfarrer war. Max war von Natur aus ein herzlicher Mensch, dem es wichtiger war, zu helfen, als erst alle Paragraphen zu lesen und dann zu entscheiden.

»Du hast richtig gehandelt«, sagte Pfarrer Trenker nur zu seinem Bruder, als sie beim Mittagessen saßen.

Über das Autotelefon hatte der Beamte alles in die Wege geleitet, damit der Schaustellerfamilie geholfen wurde. Inzwischen standen Wohnwagen und Schießbude auf dem Kirmesplatz, während der Traktor sich bereits in der Autowerkstatt befand.

Sebastian hatte den Bichlers schon einen Besuch abgestattet und sich erkundigt, ob sie noch weiterer Hilfe bedurften.

»Wir sind Ihnen allen sehr dankbar«, hatte Ferdinand Bichler geantwortet. »Wir waren zwar auf dem Weg hierher, weil wir hofften, in Sankt Johann noch einen Standplatz zu bekommen, aber so, auf gut Glück, ist das ja immer eine ungewisse Sache.«

»Lassen S' mich auf jeden Fall wissen, wenn noch irgend etwas fehlt«, sagte der Geistliche zum Abschied. »Und wenn S' möchten, dann sind S' natürlich auch herzlich bei uns in der Kirche willkommen.«

»Ich freu' mich schon auf das Schützenfest«, meinte Max Trenker, während Sophie Tappert den Nachtisch brachte.

Eine zarte Vanillecreme mit einer fruchtigen Soße. Die Haushälterin hatte die einzelnen Portionen in hohe Weingläser gefüllt, und jedes Glas mit einer Sahnehaube und einer Mandelhippe gekrönt.

»Also, Frau Tappert, wie Sie diese Creme wieder hingekriegt haben«, schwärmte Max. »So locker!«

Dabei schielte er zur Anrichte hinüber, um zu sehen, ob dieses eine Glas wirklich alles war, was die Perle des Pfarrhaushaltes ihm zugedacht hatte. Mit Erleichterung stellte er fest, daß ein zweites Glas auf dem Schrank stand. Sophie reichte es ihm auch schon herüber. Dabei lächelte sie still.

Sie kannte ja ihre Pappenheimer. Und während Max es sich schmecken ließ, fragte sein Bruder sich wieder einmal, wo der schlanke Polizeibeamte das alles ließ, was er essen konnte.

*

Am folgenden Samstag herrschte in St. Johann Festtagsstimmung, denn es war wieder Schützenfest. Schon seit Anfang der Woche waren fleißige Hände damit beschäftigt, das große Zelt aufzubauen, in dem nicht nur Tische und Bänke standen, im hinteren Bereich war eine große Bühne, auf der eine Blaskapelle zum Tanz aufspielte.

Für Sepp Reisinger und seine Angestellten bedeuteten die zwei Tage, an denen die Kirmes stattfand, eine ganze Menge Mehrarbeit. Als größter hiesiger Hotelier hatte Sepp den Zuschlag bekommen, als er sich für die Bewirtschaftung des Zeltes bewarb. Daneben lief der Hotelbetrieb natürlich weiter. Das riesige Festzelt war mit einem kleineren verbunden, in dem eine mobile Küche untergebracht war, denn ähnlich wie auf dem Oktoberfest in München, wollten die Besucher auch hier nicht auf Schweinshax'n und Brathendln verzichten. Um den Ansturm der Gäste, von nah und fern, zu bewältigen, hatte der Wirt eine ganze Anzahl Aushilfskräfte eingestellt.

Die Sonne strahlte vom Himmel, als Pfarrer Trenker die Messe unter freiem Himmel las. Anschließend hatte der Bürgermeister das Wort, der das Fest mit einer launigen Ansprache und dem Anstich eines Fasses Freibier eröffnete. Schon bald drängten sich die Besucher, die auch aus Waldeck und Engelsbach kamen, zwischen den Buden und Karussells.

Am Stand der Familie Bichler herrschte der größte Andrang. Sebastian hatte im Gottesdienst auf die besondere Notlage der Schausteller hingewiesen. Inzwischen hatte es sich herausgestellt, daß der Trecker einen neuen Austauschmotor benötigte, und der kostete eine Menge Geld. Um so mehr freuten sich Ferdinand und seine Frau über die vielen Kunden, die darin wetteiferten, den Hauptpreis zu gewinnen.

Mitten im Gedränge waren auch Andrea und Thomas. Eng umschlungen, als fürchteten sie, sich in der Masse zu verlieren, schlenderten sie über den Festplatz. Natürlich blieb es nicht aus, daß sie erkannt wurden. Viele Leute sprachen sie an, und nicht wenige fragten nach, ob die beiden die Absicht hätten, zu heiraten. War diese Frage auch manchmal nur im

Scherz gestellt, so machten die Verlobten sich doch einen Spaß daraus, diesen Gedanken entrüstet von sich zu weisen.
»Komm«, rief Thomas, nachdem sie wieder einmal fünf Minuten für sich hatten. »Ich will doch mal sehen, ob ich net das Schießen verlernt hab'. Himmel, ich glaub' ich hab' zehn Jahr' kein Gewehr mehr in der Hand gehabt.«
Ferdinand Bichler reichte ihm die Büchse. Thomas nahm das Gewehr hoch und visierte das Ziel an. Eine dunkelrote Rose, die in einem weißen Röhrchen steckte, das es zu treffen galt. Das Röhrchen platzte beim ersten Schuß auseinander. Der junge Pianist legte erneut an. Wieder ein Treffer, die zweite Rose fiel, schließlich der letzte Schuß.
»Bravo, Sie haben das Zeug, Schützenkönig zu werden«, lachte Ferdinand, als er die drei Rosen auf den Tresen seiner Schießbude legte.
»Vielen Dank«, wehrte der Meisterschütze ab. »Lieber net.«
Thomas nahm die Blumen und reichte sie Andrea.
»Für die schönste Rose der Welt«, sagte er.
Die junge Frau bedankte sich mit einem Kuß.
»Und jetzt hab' ich Durst«, rief Thomas und zog sie mit sich in Richtung des Festzeltes.
Daß sie aus der Menge heraus von bitterbösen Blicken verfolgt wurden, bemerkten die beiden in ihrem Glück nicht.
Schnell fanden sie Platz an einem der langen Tische. Hier im Zelt herrschte eine Stimmung, wie sie auf der Münchener Wies'n nicht besser hätte sein können. Unablässig spielte die Kapelle ein Stück nach dem anderen, während die Servierkräfte riesige Tabletts mit Bierkrügen, Schweinshax'n und anderen Leckereien hoch über ihren Köpfen balancierten und an die Tische schleppten.
Die Besucher waren ausgelassen und vergnügt, und auf der Tanzfläche herrschte dichtes Gedränge. Mittendrin tanzten Andrea und Thomas, doch nach der vierten oder fünften

Runde brauchten sie eine Atempause. Langsam kämpften sie sich an ihren Tisch zurück.

Andrea kam es vor, als erlebe sie einen schönen Traum. So recht konnte sie es immer noch nicht fassen, was ihr widerfahren, und sie genoß die Blicke der anderen Frauen und Madeln, die sie glühend beneideten.

Als Thomas sich, spät in der Nacht, von ihr verabschiedet hatte, schien Andrea immer noch im Walzertakt und Polkaschritt zu schweben. Singend tanzte sie die Treppe hinauf und ermahnte sich erst, leise zu sein, als ihr Vater an die Wand pochte und ihr befahl, Ruhe zu geben. Mit einem unterdrückten Kichern verschwand sie unter der Bettdecke und schloß selig die Augen.

*

Ebenso beschwingt machte sich Thomas Burger auf den Weg zum Hof seines Bruders. Am Nachmittag hatten er und Andrea den Wenzel mit seiner Familie auf dem Schützenfest gesehen, später aber aus den Augen verloren.

Während er nach Hause spazierte, stellte Thomas mit Erstaunen fest, daß bereits eine Woche seines Urlaubs vorbei war. Himmel, wie die Zeit raste! Aber, das hatte auch sein Gutes, denn um so schneller rückte der Termin heran, an dem er Andrea vor den Traualtar führen würde. Gleich morgen wollte er Alberto Moreno anrufen, um den Agenten von seiner Absicht in Kenntnis zu setzen. Der würd' vielleicht Augen machen! Thomas bedauerte, daß weder er, noch Alberto ein Bildtelefon hatten. Zu gern hätte er das Gesicht des Italieners gesehen, wenn er ihm von seinen Heiratsabsichten erzählte.

Der junge Musiker hatte die Landstraße verlassen. Auf direktem Wege würde er noch eine gute halbe Stunde brauchen, um den Burgerhof zu erreichen. Aber Thomas kannte eine Abkürzung, die durch ein Waldstück an einem Bachlauf entlangführte. Da sparte er wenigstens zwanzig Minuten.

Er hatte eben die ersten Schritte auf dem Waldweg getan, als er hinter sich Geräusche hörte. Thomas drehte sich um und sah sich unvermittelt zwei Gestalten gegenüber. Sie trugen dunkle Jacken und Mützen, die sie tief in die Stirn gezogen hatten. Bis auf die Nasenspitzen waren ihre Gesichter mit Tüchern vermummt. Bevor Thomas reagieren konnte, hatten sich die beiden auf ihn gestürzt und droschen auf ihn ein.

Thomas Burger setzte sich zur Wehr, so gut er konnte, und gewiß war er kein Schwächling. Doch die Schurken kannten keine Fairneß und schlugen brutal zu. Einer hielt den Musiker umklammert, während der andere seine Fäuste fliegen ließ. Der Überfallene schrie um Hilfe, doch das war sinnlos. Es war kaum anzunehmen, daß mitten in der Nacht noch jemand hier herumlief. Endlich bäumte Thomas sich auf, und es gelang ihm, sich aus der Umklammerung zu befreien. Er stürzte zu Boden und blieb benommen liegen. Plötzlich spürte er einen fürchterlichen Schmerz in der linken Hand. Einer der beiden, die ihn überfallen hatten, war ihm mit voller Kraft auf die Hand getreten.

Für einen Moment hatte Thomas das Gefühl, ohnmächtig zu werden, und er schloß die Augen. Der Überfall hatte sich beinahe wortlos abgespielt. Als er die Augen wieder öffnete, sah er unter einem Tränenschleier die beiden Kerle davonlaufen. Es kam ihm vor, als ob der eine sein Bein etwas nachzog.

Vorsichtig setzte er sich auf und versuchte, die Hand zu bewegen. Sie war rot und blau geschwollen, und schmerzte fürchterlich. Zwar hatte er auch Hiebe in das Gesicht und in den Leib bekommen, doch die spürte er kaum noch. Auch die schmerzende Hand war zu ertragen, nur ein Gedanke bereitete ihm Sorge – waren die Finger gebrochen? Und würde er sie jemals wieder zum Klavierspielen gebrauchen können?

*

»Ich will Ihnen nichts vormachen, Herr Burger«, sagte Dr. Toni Wiesinger. »Es sieht net gut aus.«
Thomas hatte sich zum Hof seines Bruders geschleppt und ihn aus dem Bett geholt. Wenzel war entsetzt gewesen, als er sah, wie Thomas zugerichtet worden war. Er hatte ihn sofort in seinen Wagen gesetzt und war mit ihm hinunter nach St. Johann gefahren. Dort hatten sie den Arzt wachklingeln müssen, der Thomas sofort behandelte.
»Wie meinen S' das, Herr Doktor?« fragte der Musiker. »Was genau ist los?«
Dr. Wiesinger deutete auf das Röntgenbild, das er von der linken Hand gemacht hatte. Es steckte vor einem Lichtrahmen und zeigte deutlich zwei gebrochene Finger.
»Schauen S', der linke Zeigefinger und der Mittelfinger – da haben wir's mit einem recht komplizierten Bruch zu tun«, erklärte der Mediziner. »Natürlich wird es wieder zusammenwachsen, aber ich kann Ihnen heut' wirklich noch keine Garantie geben, daß Sie Ihre Hand jemals wieder so gebrauchen können wie zuvor.«
Der Schlag mit einer Keule hätte nicht vernichtender sein können, als diese Diagnose. Es war, als breche für Thomas eine Welt zusammen, als er diese Worte hörte.
Der einfühlsame Arzt ahnte, was seine Diagnose für die glanzvolle Karriere des Konzertpianisten bedeuten mußte, aber er sah auch keinen Sinn darin, etwas zu beschönigen oder zu verschweigen.
»Es muß natürlich nicht zum Schlimmsten kommen«, sagte

er dennoch. »Aber, man muß immer damit rechnen, daß einer der beiden Finger steif bleibt.«
Thomas Burger war wie betäubt, als sein Bruder ihn wieder nach Hause fuhr. Die ganze Fahrt über sagte er kein Wort, und auch Wenzel hielt es für angebracht, zu schweigen. Auf dem Hof angekommen, stieg Thomas aus. Dr. Wiesinger hatte die gebrochenen Finger geschient und die ganze Hand in Gips gepackt. Der Verband reichte bis zum Ellenbogen hinauf. Über dem rechten Auge war eine Schwellung, die aber bald zurückgehen würde. Thomas' Unterlippe war aufgeplatzt.
Wenzel fuhr den Wagen hinter die große Scheune. Als er zum Haus zurückkam, war Thomas schon hineingegangen. Sein Bruder fand ihn im Wohnzimmer, wo der Pianist am Schrank stand. Er hielt eine Schnapsflasche in der gesunden Hand.
»Gib mir auch einen«, sagte der Bauer. »Hast du wirklich keine Ahnung, wer dahinterstecken könnt'?«
Er hatte seinem Bruder diese Frage schon auf dem Weg zum Arzt gestellt. Aber da hatte Thomas nur den Kopf geschüttelt. Zum einen wußte er es nicht, zum anderen war er wegen der Schmerzen gar nicht in der Lage gewesen, darüber nachzudenken, wer es auf ihn abgesehen haben könnte.
»Ich hab' keine Ahnung«, antwortete der Musiker jetzt. »Ich weiß ja net einmal, wem ich etwas getan haben könnt'. Seit ich hier bin, hab' ich doch mit niemandem Streit gehabt...«
Er stürzte den Enzian hinunter und sah seinen Bruder an.
»Wenzel..., wenn ich net mehr spielen kann..., dann will ich auch net mehr leben«, flüsterte er.
Den Burgerbauern durchfuhr ein eisiger Schreck, als er den Bruder so reden hörte.
»Um Himmels willen, Thomas, so etwas darfst' noch net einmal denken!«
Er nahm ihn in den Arm.
»Noch ist ja nix raus«, versuchte er den anderen zu trösten.

»Der Doktor hat doch selbst gesagt, daß es noch zu früh ist, etwas darüber zu sagen.«
Er nahm Thomas die Schnapsflasche aus der Hand.
»Komm, das reicht«, sagte er.
»Es ist net gut, wenn du zuviel davon trinkst. Du hast schließlich auch ein Schmerzmittel vom Doktor bekommen. Ich denk', wir gehen jetzt schlafen. Morgen früh rufe ich den Max Trenker an. Der wird die Sache weiter verfolgen.«

*

Am anderen Morgen wartete die Familie vergeblich darauf, daß Thomas herunterkäme. Die junge Bäuerin war entsetzt, als sie erfuhr, was geschehen war. Ihr Mann hatte sie in der Nacht nicht mehr wecken wollen. Als sie hörte, was Dr. Wiesinger gesagt hatte, lief ihr ein eisiger Schauer über den Rücken. Sie wußte doch, wie sehr ihr Schwager für seine Musik lebte.
»Laß ihn«, sagte Sonja, als ihr Mann nach dem Bruder schauen wollte. »Thomas braucht erst einmal Zeit für sich. Ich bringe ihm später das Frühstück und rede mit ihm.«
Sonja Burger wartete bis zum frühen Vormittag. Dann kochte sie frischen Kaffee und bestrich zwei Scheiben Weißbrot mit Butter und Marmelade. Auf einem Tablett balancierte sie das Essen die Treppe hinauf und klopfte an die Zimmertür.
Drinnen regte sich nichts.
Sonja klopfte noch einmal und drückte die Türklinke herunter.
»Thomas…?«
Die junge Frau blieb abrupt auf der Schwelle stehen – das Zimmer war ganz leer. Wirklich merkwürdig, daß sie ihn unten net gesehen hatte…
Die Bäuerin wollte die Tür gerade wieder schließen, als ihr

etwas sonderbar vorkam… Thomas' Koffer stand zwar neben dem Kleiderschrank, aber sein schwarzer Rucksack war nicht mehr da. Sie wußte aber genau, daß er einen besaß, sie selber hatte ihm ja geholfen, die Sachen in den Schrank zu räumen.
Von unten hörte sie jemanden ins Haus kommen.
»Ist der Thomas schon auf?« rief ihr Mann. »Der Max ist da. Er hat ein paar Fragen.«
Als Sonja die Treppe herunterkam, fiel Wenzel das bleiche Gesicht seiner Frau auf.
»Was ist denn los?« wollte er wissen. »Hast ein Gespenst gesehen? Du bist ja ganz weiß.«
»Der Thomas ist fort…«, antwortete sie. »Einfach verschwunden.«
»Wie verschwunden?«
»Er ist weg. Sein Rucksack ist auch net mehr da. Thomas ist weggegangen.«
»Na, weit kann er ja net sein. Sein Auto steht ja noch auf'm Hof.«
Max Trenker war inzwischen ins Haus gekommen.
»Pfüat di, Sonja«, sagte er. »Wie meinst' denn das, daß der Thomas einfach so verschwunden ist?«
Die junge Bäuerin setzte das Tablett ab und machte eine ratlose Handbewegung.
»Wie ich's halt sag'. Ich wollt' ihm eben etwas zu essen bringen, und da ist das Zimmer leer.«
Der Bauer und der Gendarm sahen sich ratlos an.
»Tja, da muß ich halt wieder fahren«, sagte Max Trenker schließlich. »Ich werd' zwar die Leute befragen, ob sie etwas gesehen haben, deine Angaben allein' sind ein bissel dürftig. Es wär' schon schön gewesen, wenn dein Bruder seine Aussage hätte machen können. Wenn er wieder auftaucht, soll er sich halt auf dem Revier melden.«

Der Polizeibeamte verabschiedete sich. Sonja und Wenzel Burger blieben ratlos zurück.
»Was machen wir denn jetzt?« fragte die Bäuerin. »Ich fürcht', der Thomas macht irgendeine Dummheit...«
Wenzel sah seine Frau entsetzt an.
»Mal bloß net den Teufel an die Wand«, mahnte er.
Plötzlich hatte er eine Idee.
»Ich fahr' gleich mal zur Andrea hinüber«, sagte er. »Vielleicht ist Thomas bei ihr. Himmel, warum bin ich net gleich darauf gekommen?«

*

Am Sonntag morgen ging es auf den Höfen immer etwas ruhiger zu, als in der Woche. So auch auf dem Hof der Familie Hofer. Als Wenzel vor dem Bauernhaus hielt, machten sie sich gerade für den Kirchgang bereit. Andrea schaute neugierig, als sie den Bruder ihres Verlobten erkannte.
»Pfüat euch, miteinand'«, grüßte der Bauer. »Ist der Thomas vielleicht bei euch?«
Die Hofer schüttelten die Köpfe. Andrea trat zu Wenzel und packte ihn am Arm. Ein untrügliches Gespür sagte ihr, daß etwas geschehen war.
»Was ist mit Thomas?« fragte sie aufgeregt. »Warum suchst' ihn hier bei uns? Wieso ist er überhaupt verschwunden?«
»Beruhig' dich, Madel«, sagte Wenzel Burger. »Thomas ist gestern abend auf dem Heimweg... überfallen worden...«
Andrea schrie entsetzt auf. Ihr Vater, der Bruder und Mutter Burgl waren fassungslos.
»Was... was ist mit ihm? Ist er verletzt?«
Die junge Frau war außer sich.
»Überfallen? Aber, warum?«
Der Bauer berichtete, was geschehen war.
»...als die Sonja ihm das Frühstück bringen wollte, war er

net mehr da, und ein Teil seiner Sachen auch net«, schloß er seinen Bericht.
Andrea sah ihre Eltern an.
»Ihr müßt alleine in die Kirch' gehen«, sagte sie entschlossen. »Ich fahr' mit Wenzel. Ich muß da sein, wenn Thomas zurückkommt.«
»Hast du keine Ahnung, wo er stecken könnt'?« forschte der Bauer auf der Fahrt zurück zum Hof. »Wir wissen ja net, wann er überhaupt das Haus verlassen hat, wie weit er jetzt schon ist. Aber, wo will er überhaupt hin, ohne Auto? Ich denk' mir, daß er irgendwo steckt, wo er alleine sein und über alles nachdenken kann.«
Die junge Frau kämpfte mit den Tränen. Sie war unfähig, einen klaren Gedanken zu fassen. Ihre einzige Hoffnung war, daß Thomas inzwischen zum Hof zurückgekehrt sein könnte.
Aber diese Hoffnung trog. Ebenso ratlos, wie er sie zurückgelassen hatte, erwartete Sonja Burger ihren Mann. Sie schloß Andrea fest in die Arme.
»Wir wollen net das Schlimmste annehmen«, sagte sie leise, während sie Andrea beruhigend über das Haar strich. »Kommt ins Haus. Ich hab' Kaffee gekocht, und auf dem Herd steht die Fleischbrühe. Die wird uns allen guttun.«
Die Zwillinge freuten sich über den unerwarteten Besuch vom Nachbarhof. Essen wollte Andrea nichts, aber es gelang Phillip und Ann-Kathrin, sie mit kleinen Späßchen und Spielen ein wenig von den trüben Gedanken abzulenken.
Allerdings war der nächtliche Überfall auch Thema des Gespräches, das die Erwachsenen führten, als die Kinder nach dem Essen draußen auf dem Hof spielten.
»Wer macht so etwas nur?« fragte Wenzel Burger. »Und warum? Der Thomas hat doch niemandem etwas Böses getan. Wenn ich die Burschen in die Finger krieg'…«

Er führte nicht weiter aus, was er zu tun gedachte, aber man konnte seinem grimmigen Gesicht ansehen, daß es den Burschen übel ergehen würde, sollte er sie tatsächlich erwischen.

Andrea, die sich inzwischen ein wenig erholt hatte, versuchte nachzudenken. Aber, so sehr sie sich auch den Kopf zerbrach, es wollte ihr niemand einfallen, der für den gemeinen Überfall in Frage kam... außer einem.

»Du glaubst, der Hochanger könnt' dahinterstecken?« fragte Wenzel, nachdem Andrea von ihrem Verdacht gesprochen hatte.

Die junge Frau hob die Schulter.

»Ich möcht' niemanden zu Unrecht beschuldigen, aber der Franz war schon recht bös', als ich ihm klipp und klar gesagt hab', daß ich einen anderen liebe.«

Der Bauer strich sich nachdenklich über das Kinn.

»Also zutrauen würd' ich's ihm«, meinte er. »Lang genug macht er dir ja schon den Hof. Und jetzt, wo Thomas wieder da ist, wird er sich schon denken können, um wen es sich da handelt. Na, und wahrscheinlich hat er euch auch zusammen auf dem Schützenfest gesehen.«

Er nickte zuversichtlich.

»Ja, je mehr ich darüber nachdenk', um so plausibler scheint es mir. Der Hochanger wollte einen Rivalen ausschalten, und er ist ein brutaler Bursche, der vor keiner Keilerei zurückschreckt. Wenn einer dafür in Frage kommt, dann er.«

*

Nicht minder entsetzt über den gemeinen Überfall war Sebastian Trenker, als er durch seinen Bruder davon hörte. Keinem der drei Personen wollte es mehr so recht schmecken am Mittagstisch. Dabei hatte Sophie Tappert wieder einmal so herrlich gekocht.

Eine gute Brühe gab es, mit Fleischklößchen und Eierstich. Danach eine kleine Rehkeule, die in einer sahnigen Wachholdersauce serviert wurde. Dazu gab es Rotkraut, Preiselbeeren und Sophies hausgemachte Spätzle. Zum Dessert hatte die Haushälterin einen aufgeschlagenen Weinschaum vorgesehen.
Selbst Max Trenker wollte nicht so recht zulangen, wie es sonst seine Art war. Ihn wurmte es, daß es in seinem Revier zu solch einem feigen Überfall gekommen war. Allein eine Schlägerei, wie sie schon mal vorkam, fand er überflüssig. Aber einen einzelnen Mann, zu zweit so zusammenzuschlagen, das war schon ein Verbrechen!
»Am meisten Sorge macht mir die Hand vom Thomas«, sagte Pfarrer Trenker. »Wenn die Finger wirklich steif bleiben, dann bricht für ihn eine Welt zusammen. Klavierspielen ist doch sein ein und alles. Der Thomas lebt doch nur dafür.«
Der Geistliche legte das Besteck beiseite und faltete seine Serviette zusammen.
»Ich fahr' gleich zum Burgerhof hinauf«, sagte er. »Bitte, Frau Tappert, für mich keinen Nachtisch. Ich möcht' keine Zeit verlieren und gleich losfahren. Vielleicht kann ich irgendwie helfen. Jemand muß sich doch auch um den Wenzel und seine Familie kümmern. Sie werden sich furchtbar ängstigen, jetzt, wo der Thomas verschwunden ist.«
Natürlich hätte Sophie Tappert liebend gerne ihr raffiniertes Dessert serviert, aber sie hatte auch Verständnis, daß der Herr Pfarrer sich jetzt um andere Dinge kümmern mußte. Es war ja nicht das erste Mal, daß Hochwürden alles stehen und liegen ließ, weil es galt, irgendwo helfend einzuwirken.
Sebastian fand Wenzel Burger und dessen Angehörige ratlos zu Hause sitzend. Bei ihnen war immer noch Andrea Hofer, die nicht eher nach Hause wollte, als bis Thomas wieder auf-

getaucht war. Zusammen mit dem Geistlichen versuchten sie herauszufinden, wo sich der junge Konzertpianist versteckt haben könnte. Jede noch so winzige Möglichkeit wurde in Betracht gezogen. Sebastian versuchte dabei, so behutsam wie möglich, Trost zu spenden. Daß Thomas aus lauter Verzweiflung eine Dummheit beging, würde man vielleicht nicht ausschließen können, doch so recht glauben wollte es niemand.
»Niemals!« sagte Pfarrer Trenker überzeugt, als dann das Gespräch doch darauf kam. »Thomas ist ein klar denkender junger Mann, der mit beiden Beinen im Leben steht. Er wird niemals eine solch unüberlegte Tat begehen. Er braucht nur etwas Abstand und Ruhe, um über alles nachzudenken. Daß er uns mit seiner überstürzten Flucht ängstigt, hat er gewiß net bedacht.«
Bis in den späten Abend hinein saßen sie im Wohnzimmer. Doch als sich der Geistliche verabschiedete, waren sie keinen Millimeter vorangekommen. Seit mehr als zehn Stunden war Thomas Burger verschwunden, und niemand wußte, wo er sich aufhielt.
Sonja machte für Andrea ein Bett fertig, während Wenzel die Familie des Madels unterrichtete, daß Andrea auf dem Burgerhof blieb.
»Ist der Thomas noch net wieder aufgetaucht?« fragte Walburga Hofer mit echter Anteilnahme.
»Leider net«, bestätigte der Bauer. »Aber wir warten...«

*

Gleich am nächsten Morgen rief Pfarrer Trenker auf dem Burgerhof an und erkundigte sich, ob Thomas schon zurückgekehrt sei. Sonja, die das Gespräch entgegengenommen hatte, weinte am Telefon, als sie mitteilte, daß ihr Schwager immer noch verschwunden war.

Mit sorgenvollen Gedanken machte sich Sebastian auf zum Festplatz. Er wollte sich erkundigen, wie es dem Schaustellerehepaar Bichler ging. Ferdinand empfing den Geistlichen mit trauriger Miene.

»Aber wissen S', Hochwürden, das Geschäft war schon net schlecht«, erklärte er. »Aber der Austauschmotor wird die ganzen Einnahmen wieder verschlingen. Wir sind ja nur froh, daß Ihr Bruder uns erlaubt, noch eine Weile hier zu stehen.«

»Gibt's denn keine andere Möglichkeit?« erkundigte sich Pfarrer Trenker. »Muß es denn gleich ein ganz neuer Motor sein?«

Der Schausteller hob die Schulter.

»Einer, aus einem alten Traktor ausgebaut, tät's auch«, meinte er. »Gibt's denn hier einen Schrottplatz, oder Altautohändler?«

»Den gibt es«, nickte Sebastian. »Wissen S' was? Wir fahren eben schnell hin und schauen, ob wir das Passende finden. Bestimmt ist so ein Motor net halb so teuer wie ein neuer.«

»Wollen S' das wirklich tun?«

Ferdinand Bichler konnte es gar nicht fassen. Soviel Hilfsbereitschaft war er einfach nicht gewohnt.

»Aber ja«, sagte der Pfarrer. »Das ist doch keine große Angelegenheit. Kommen S', wir nehmen Ihren Wagen, meiner steht bei der Kirche.«

Helene Bichler kam aus dem Wohnwagen.

»Grüß' Gott, Hochwürden«, sagte sie. »Ich hab' so halb mitbekommen, daß Sie uns schon wieder helfen wollen. Vergelt's Gott.«

»Schon gut«, wehrte der Seelsorger ab und erkundigte sich nach den beiden Kindern des Ehepaares.

Charlotte und Alexandra teilten das Schicksal zig anderer Schaustellerkinder – sie besuchten wieder einmal eine andere Schule. Diesmal die in St. Johann.

»Wir fahren dann«, sagte Ferdinand zu seiner Frau.
Pfarrer Trenker erklärte ihm den Weg zum Wachauer-Josef, dem aus Österreich stammenden Schrotthändler.
»Ich glaub', ich weiß ungefähr, wo das ist«, meinte Ferdinand. »Auf dem Weg hierher hab' ich ein Schild an der Straße gesehen.«
Kurze Zeit später bog der Wagen in den Waldweg ein. Sie hielten vor dem Tor, und der Schausteller drückte auf die Hupe. Von den Hunden war nichts zu sehen, aber einen Moment darauf kam der Schrotthändler herangehumpelt. Er machte ein mürrisches Gesicht, als wollte er die Kundschaft gleich wieder vergraulen.
Als er jedoch den Geistlichen erkannte, hellte sich seine Miene wieder auf, und er öffnete das Tor.
»Grüß' Gott, Hochwürden«, sagte er, nachdem der Wagen vor der Bretterbude gehalten hatte und die beiden Männer ausgestiegen waren. »Was verschafft mir die Ehre Ihres Besuches. Suchen S' etwas Bestimmtes?«
»In der Tat«, nickte Sebastian und schaute sich um. »Wir benötigen einen intakten Motor für einen Traktor. Aber welches Modell und so weiter, kann Ihnen der Mann hier besser erklären.«
Ferdinand erklärte, worum es sich bei seiner Zugmaschine handelte. Der Wachauer-Josef rieb sich nachdenklich das Kinn.
»Hm«, meinte er dann. »Ich glaub', ich hab' genau das, was Sie suchen. Kommen S' mal mit.«
Die beiden Männer verschwanden hinter einem riesigen Berg von Schrott, während der Pfarrer beim Wagen des Schaustellers blieb.
Der Wachauer-Josef führte Ferdinand Bichler zu einer Reihe alter, größtenteils schon verrotteter Autos und Traktoren. Aus den meisten waren schon diverse Ersatzteile ausgebaut

worden. Ferdinands Augen glitten suchend über das Chaos aus alten PKWs, Schrotteilen und Drahtrollen.

»Der da«, deutete der Alteisenhändler auf einen Traktor in der hintersten Ecke. »Dieselbe Marke, das gleiche Modell.«

Der Schausteller stieg hoch und besah den Motor. So, wie er da vor ihm lag, schien er in Ordnung zu sein.

»Was wollen S' denn dafür haben?« fragte er, wobei er hoffte, daß der Preis seinen eigenen Vorstellungen entsprach.

Der Österreicher, der einem guten Geschäft nicht abgeneigt war, besaß auch eine gewisse Schläue. Er ahnte, daß der Mann da in einer Notlage war. Warum sonst kam er in Begleitung eines Geistlichen?

Allerdings war es auch dieser Umstand, der dem Wachauer nicht behagte. Offenbar hatte Hochwürden den Mann unter seine Fittiche genommen. Also mußte er behutsam mit seiner Forderung sein.

»Ach wissen S'«, sagte er zu dem Schausteller, »ich will kein großes Geschäft dabei machen. Wenn Sie ihn sich selber ausbauen – unter Brüdern – geben S' mir fünfhundert auf die Hand, und das Geschäft ist geritzt.«

Ferdinand Bichler, der wieder heruntergestiegen war, glaubte nicht recht zu hören. Das war kein Preis – das war ein Geschenk des Himmels! Er schlug in die dargebotene Hand und besiegelte so den Kauf. In der Hütte zählte er dem Schrotthändler den Betrag in die Hand und erhielt eine Quittung.

»Es muß ja alles seine Ordnung haben«, meinte der Wachauer.

»Ich komm' dann in einer Stunde mit dem Mechaniker zum Ausbauen«, versprach der überglückliche Ferdinand Bichler.

Jetzt sah die Zukunft wieder ein wenig rosiger aus.

»Haben S' vielen Dank«, sagte Sebastian Trenker.

Er hatte keine Ahnung, was so ein Traktorenmotor kostete, aber er hielt die Forderung des Schrotthändlers für einen Freundschaftspreis.
»Sie haben einer unglücklichen Familie aus einer Not geholfen.«
Der Mann wehrte ab. Es berührte ihn peinlich, daß der Geistliche so mit ihm sprach.
»Ist schon gut«, meinte er und humpelte neben dem Wagen her zum Tor.

*

Durch den Höllenbruch gelangte man auf die Hohe Riest, von wo mehrere Wege zu den verschiedenen Bergtouren führten. Von hier aus kam man auch auf die Jenner- und die Korber-Alm. Noch weiter höher standen einsame Hütten, in denen Wanderer und Bergtouristen Unterschlupf finden konnten.
Thomas Burger hatte sich nach seiner überstürzten Flucht aus dem Haus seines Bruders hierher zurückgezogen. Ganz weit oben, knapp unter der Spitze des Korber-Jochs, saß er vor der alten Holzhütte und starrte vor sich hin.
Der Schmerz in seiner linken Hand war seit dem Sonntag morgen erträglicher. Bis zum Abend hatten die Tabletten gereicht, die Dr. Wiesinger ihm mitgegeben hatte. Thomas, der nur ein paar Sachen in seinen Rucksack gestopft hatte, war ohne jeglichen Proviant losgegangen. Aber Hunger hatte er ohnehin nicht, und seinen Durst löschte er an einem klaren Gebirgsbach. Erst am späten Nachmittag erreichte er die Korber-Alm, wo er eine Brotzeit einnahm und sich mit Brot, Rauchwurst und Bergkäse versorgte.
So erreichte er sein einsames Versteck, in dem er sich auf das einfache Strohlager legte und die Augen schloß.
Innerhalb weniger Stunden hatte sich sein ganzes Leben ver-

ändert. Gestern noch hatte er fröhlich mit Andrea auf dem Schützenfest getanzt, hatte er Pläne für die Zukunft geschmiedet und sich auf ein gemeinsames Leben mit ihr gefreut. Dieser heimtückische Überfall hatte in Sekunden alles zunichte gemacht. Wenn der Arzt recht behielt, dann würde Thomas nie wieder einen Konzertflügel berühren!
Der junge Pianist zermarterte sich den Kopf, wer hinter dem Überfall stecken konnte, und, vor allem warum? Er war sich keiner Schuld bewußt, jemandem etwas getan zu haben, aber je mehr er darüber nachdachte, um so sicherer war er, daß das Verbrechen an ihm in Zusammenhang mit Andrea Hofer stehen mußte.
So kam ihm zwangsläufig Franz Hochanger in den Sinn. Der Musiker erinnerte sich nur vage an den Bauern, mit dem er zur Schule gegangen war. Er hatte keine Ahnung, wie Franz heute aussah. Hinkte er? Einer der beiden Männer war hinkend fortgelaufen, das hatte er jedenfalls noch wahrnehmen können.
Thomas wälzte sich auf die Seite. Was soll's, dachte er. Die Hand ist kaputt und damit meine Karriere beendet.
Und es stiegen ihm Tränen der Wut und der Trauer in die Augen.
Für einen Moment dachte er an Andrea. Er ahnte, welche Sorgen er ihr und den anderen mit seiner Flucht bereitete. Aber darauf konnte er keine Rücksicht nehmen. Überhaupt – wahrscheinlich war es besser, wenn er sich gar nicht wieder in St. Johann sehen ließ. Sollte er dem Madel zumuten, einen Mann zu heiraten, der eine steife Hand hatte? Der seinen Lebensunterhalt künftig bestenfalls als Klavierlehrer verdienen konnte?
Da war es schon besser, sang- und klanglos zu verschwinden. Irgendwann würde Andrea über den Verlust hinwegkommen. Sie ahnte ja nicht, was die Musik ihm bedeutete,

also konnte sie auch nicht ermessen, was es für ihn hieß, nie wieder ein Klavierkonzert zu spielen.

*

Für Andrea Hofer waren es bange Tage des Wartens, der Hoffnung und Enttäuschung. Sie war nicht in der Lage, einen klaren Gedanken zu fassen, geschweige denn, ihre Arbeit auf dem elterlichen Hof zu verrichten. Burgl Hofer, die wußte, was ihre Tochter durchmachte, drückte beide Augen zu. Andreas Aufgaben wurden eben auf die beiden Mägde verteilt.
Sie war nur kurz zu Hause gewesen und schon bald wieder auf den Burgerhof zurückgekehrt. Dort war ihr Platz, solange Thomas verschwunden blieb, und dort wollte sie auch sein, wenn er wieder auftauchte.
Sonja kümmerte sich rührend um die junge Frau, die ihr einmal erzählte, wie sehr sie Thomas liebte. Andrea hatte das Album mitgebracht, in dem sie die ganzen Ausschnitte und Fotos gesammelt hatte, und es schmerzte beide Frauen, den begnadeten Musiker zu sehen. Mutlos legten sie das Album zur Seite und versuchten, sich gegenseitig Trost zuzusprechen.
»So kann's aber net weitergehen«, sagte Wenzel beim Mittagessen. »Wir müssen konkret etwas unternehmen, eine Suchaktion starten. Ich halt' diese Warterei einfach net mehr aus.«
Dem konnten die beiden Frauen nur zustimmen. Seit dem vergangenen Sonntag waren sie alle in größter Sorge, und das Essen wollte ihnen überhaupt nicht mehr schmecken.
»Am besten wird's sein, wenn wir uns aufteilen«, schlug der Bauer vor. »Hat jemand eine Vermutung, wo Thomas sich versteckt haben könnte?«
»Vielleicht auf einer Almhütte«, meinte seine Frau.
»Das ist eine gute Idee«, stimmte Andrea zu. »Früher haben

wir oft Wanderungen auf die Almen unternommen. Warum bin ich eigentlich net schon eher darauf gekommen!«
»Also, wer sucht wo?« fragte Wenzel.
»Am ehesten kommen die Korber- und die Jenner-Alm in Frage«, sagte Andrea. »Von der Hohen Riest aus erreicht man beide.«
Sie wandte sich an Sonja.
»Wollen wir dort nach Thomas suchen?«
Die Bäuerin nickte.
»Gut«, sagte ihr Mann. »Dann versuch' ich mein Glück auf der anderen Seite. Man kann ja net wissen. Vielleicht ist der Thomas auch zu den Zwillingen hinauf ...«
Andrea Hofer schlug erschrocken die Hand vor den Mund.
»Hoffentlich net«, sagte sie. »Ohne richtige Ausrüstung ...?«
»Nun woll'n wir net gleich das Schlimmste vermuten«, wiegelte Wenzel Burger ab. »Der Thomas weiß um das Risiko. Ich pack' nur vorsichtshalber meine Ausrüstung ein.«
Der Bauer war ein erfahrener Bergsteiger, der ebensoviel Zeit im Gebirge verbracht hatte, wie sein Bruder auf dem Klavierschemel. Er setzte bei Thomas soviel Vernunft voraus, daß dieser sich nicht ohne Seil und Haken in die Wand wagen würde. Trotzdem wollte er nichts dem Zufall überlassen.
Mit dem Auto fuhr er die beiden Frauen bis an den Rand des Höllenbruchs, von wo aus es nur noch zu Fuß weiterging. Sowohl Wenzel als auch jede der Frauen waren mit einem Handy ausgerüstet – in diesem Falle waren die Geräte ein Segen der Technik.
Wer auch immer zuerst Thomas Burger fand, würde die anderen benachrichtigen können.

*

Andrea und Sonja gingen durch den Höllenbruch zur Hohen Riest hinauf. Nach einer Viertelstunde kamen sie an den

Abzweig, wo sich ihre Wege trennten. Sonja nahm den Pfad zur Jenner-Alm, während Andrea den Weg zur Korber-Alm einschlug.

Wieder stiegen die Erinnerungen in ihr auf, als sie zurückdachte an die Zeit vor zehn Jahren. Unzählige Male waren sie und Thomas hier gewesen, und Andrea konnte nicht sagen warum, aber sie hatte das untrügliche Gefühl, daß ihr Gedanke, Thomas könne sich hier oben verkrochen haben, richtig war. Und dieses Gefühl gab ihr neuen Mut und Zuversicht. Sie erreichte die Almhütte schon eine gute Stunde später. Der Senner erinnerte sich, Thomas Burger gesehen zu haben.

»Freilich, ein junger Bursch', mit einem Gipsverband an der linken Hand«, sagte er.

»Das ist er. Wissen S' vielleicht, wohin er wollte?« fragte Andrea aufgeregt.

Der alte Mann zuckte die Schulter.

»Schon möglich, daß er es gesagt hat«, meinte er. »Aber, wissen S', es kommen so viele Leute zu uns herauf. Da kann ich mir wirklich net alles merken, was sie erzählen. Vielleicht ist er weiter, zum Joch hinauf.«

Andrea schaute mißmutig den Berg hinauf. Sie wußte, daß es dort noch eine alte Hütte gab, in der man unterschlüpfen konnte, falls jemand in ein Wetter geriet, oder nicht mehr rechtzeitig vor Anbruch der Dunkelheit herunter kam. Aber, sollte sie wirklich das Risiko eingehen und den beschwerlichen Weg nach oben nehmen, auch wenn sich Thomas vielleicht gar nicht in der Hütte versteckte?

Der zweifelnde Gedanke kam ihr nur eine Minute, dann war klar, daß sie nichts unversucht lassen würde, um den Geliebten zu finden. Sie nahm das Handy aus der Jackentasche und rief Sonja an.

»Dann wird's das beste sein, wenn ich Wenzel benachrichtige«, sagte die Bäuerin. »Wenn der Thomas auf der Korber-

Alm war, ist es auch wahrscheinlich, daß er weiter hoch zum Joch ist. Da ist eine Hütte …«
»Ich weiß«, unterbrach Andrea sie. »Aber, laß uns jetzt Schluß machen. Ich möcht' net soviel Zeit verlieren. In ein paar Stunden wird's dunkel.«
Je höher sie kam, um so schmaler wurde der Pfad. Manchmal mußte Andrea regelrecht klettern, um voranzukommen. Aber, damit hatte sie keine Probleme. Schließlich war sie in den Bergen aufgewachsen. Ihre einzige Sorge war, ob das Wetter halten würde, aber noch herrschte blauer Himmel und Sonnenschein.
Nach einer weiteren Stunde konnte sie die Hütte sehen. Sie stand wie an den Berg geschmiedet. Andrea beeilte sich. Mit jedem Meter, den sie vorankam, schlug ihr Herz schneller. Endlich hielt sie es nicht mehr aus.
»Thomas!« rief sie, so laut sie konnte. »Thomas, wo bist du?«
Ihre Worte wurden als vielfaches Echo von den Berghängen zurückgeworfen.
Das Madel hielt sich eine Hand über die Augen und schirmte das Sonnenlicht ab. Hatte sich da nicht etwas bei der Hütte bewegt? Sie blinzelte mit den Augen. Doch, jemand schaute heraus, jemand, der durch ihr Rufen aufmerksam geworden war. Es konnte nur Thomas sein. Sie erkannte den Verband an der linken Hand.
»Thomas – endlich! Wart', ich komm' herauf.«
Die letzten Meter waren die schwersten. Sie schienen überhaupt kein Ende zu nehmen. Andrea keuchte und rang nach Luft. Endlich hatte sie es geschafft. Mit zitternden Knien stand sie vor Thomas Burger, der sie schweigend ansah.
Am liebsten wäre sie ihm sofort um den Hals gefallen, aber etwas in seinem Blick hielt sie davon ab.
»Was willst'?« fragte er schließlich. »Warum kannst mich net in Ruh' lassen?«

Andrea erschrak über diese Worte und den Ton, in dem sie gesprochen waren.
»Aber... ich versteh' dich net«, sagte sie zögernd. »Ich... ich hab' dich gesucht, weil ich mir Sorgen gemacht habe, daß du einfach so verschwunden bist. Der Wenzel, Sonja – wir alle haben uns um dich gesorgt.«
Thomas machte ein versteinertes Gesicht.
Andrea machte einen Schritt vor und griff nach seiner gesunden Hand. Der junge Musiker wich unwillkürlich zurück, grad' so, als habe das Madel eine ansteckende Krankheit. Tränen schossen in ihre Augen, als sie seine Reaktion sah.
»Aber Thomas, was ist denn los?« fragte sie ratlos. »Bitte, ich kann doch nichts für das, was geschehen ist. Warum bist denn so abweisend?«
Thomas Burger sah sie an.
»Geh«, sagte er. »Geh wieder hinunter. Ich will allein sein, und eure Sorgen und euer Mitleid brauch' ich net. Sag' meinem Bruder, daß es mir gut geht, aber laßt mich in Frieden. Alle!«
Damit wandte er sich ab, ging in die Hütte und schlug die Tür hinter sich zu. Andrea war wie gelähmt. Unfähig, einen klaren Gedanken zu fassen, stand sie da. Endlich begriff sie, was geschehen war. Thomas, der Mann, den sie liebte, auf den sie all die Jahre gewartet hatte – dieser Mann schickte sie einfach fort!
Sie brauchte eine Weile, ehe ihr die Tragweite seines Handelns bewußt wurde. Andrea unternahm einen zögerlichen Versuch, klopfte an die Tür, rief seinen Namen, doch ohne Erfolg. Der Musiker hatte sich in der Hütte verkrochen, wie ein waidwundes Tier in seinem Bau, und war durch nichts zu bewegen, wieder herauszukommen.

*

»Ich versteh' es einfach net«, sagte Andrea H
»Was ist nur in ihn gefahren?«
Sebastian Trenker strich ihr behutsam über da
»Ich könnt' mir denken, was in den Thomas
antwortete der Geistliche.
Sie saßen im Pfarrbüro. Die junge Frau hatte ke
Ausweg mehr gewußt, als sich an den Seelsorger zu wenden. Nachdem sie von der Alm heruntergekommen war, hatte sie sich mit letzter Kraft zum Treffpunkt am Höllenbruch geschleppt, wo Wenzel und Sonja schon auf sie warteten. Auf ihre Frage nach Thomas, konnte Andrea nur unter Tränen antworten.
»Komm, ich fahr dich erst einmal nach Haus'«, sagte Wenzel Burger. »Heut wird's eh nix mehr, in einer Stunde ist's dunkel. Aber, gleich morgen früh, steig' ich hinauf und wasch' dem Burschen den Kopf. Was fällt dem eigentlich ein?«
Der Bauer war wirklich etwas böse über das Verhalten seines Bruders. Andrea Hofer wollte allerdings nicht zum Hof.
»Setz mich bitte bei der Kirche ab«, bat sie. »Ich möcht' mit dem Herrn Pfarrer reden. Vielleicht weiß er einen Rat.«
Sebastian hatte Frau Tappert gebeten, einen Tee für Andrea zu kochen, und die junge Frau in sein Büro geführt. Sie trank den heißen Kräutertee in kleinen Schlucken, und langsam kehrten ihre Lebensgeister wieder zurück.
»Ich denk' mir, daß der Thomas glaubt, nie wieder spielen zu können«, sagte der Seelsorger. »Im Augenblick wird niemand an ihn herankommen. Zu tief sitzt der Schmerz, ich meine der seelische Schmerz darüber, daß seine Karriere als Konzertpianist so früh beendet sein könnte. Und in diesem Schmerz ist Thomas ungerecht, auch dir gegenüber. Das mußt du ihm nachsehen und verzeihen. Er meint's net so.«
Andrea sah ihn an.
»Verzeihen? Ich würd' ihm alles verzeihen.«

…stian nickte.

Ich weiß, Andrea. Glaub' mir, es wird sich alles wieder zum Guten wenden, da bin ich sicher. Thomas liebt dich, und er wird wieder zur Vernunft kommen. Vielleicht nützt es was, wenn ich mit ihm rede.«
Andreas Miene hellte sich auf.
»Würden S' das wirklich tun, Hochwürden?« fragte sie.
Pfarrer Trenker erhob sich.
»Ja, gleich morgen, in der Frühe, brech' ich auf. Und jetzt fahr' ich dich heim. Wohin willst denn, zu dir nach Hause, oder auf den Burgerhof?«
»Liebend gerne würd' ich da sein, wenn Thomas wiederkommt«, erwiderte sie. »Aber, vielleicht ist es erst mal besser, wenn ich nach Hause fahre. Die Eltern machen sich doch auch Sorgen um mich.«
»Gut«, nickte Sebastian. »Dann laß' ich beim Wenzel anrufen und Bescheid sagen, daß du wieder zu Hause bist.«
»Hat Ihr Bruder eigentlich schon etwas darüber herausgefunden, wer hinter dem gemeinen Überfall stecken könnte?« fragte Andrea, als sie auf dem Weg zum Hof ihrer Eltern waren.
»Bisher net«, antwortete der Geistliche. »Da er Thomas noch net hat sprechen können, ist das, was er darüber weiß, sehr vage. Der Wenzel hat net viel erzählen können, nur daß es zwei maskierte Männer waren, von denen einer beim Weglaufen hinkte…«
Überraschend fuhr der Seelsorger rechts ran und hielt an. Wie geistesabwesend starrte er nach vorne, durch die Windschutzscheibe. Andrea sah ihn fragend an.
»Was haben S' denn, Hochwürden?«
Sebastian machte ein grimmiges Gesicht.
»Ich glaub', mir ist grad' was eingefallen«, sagte er und drehte sich zu Andrea um. »Wir haben doch neulich darüber

gesprochen, daß du den Franz Hochanger in Verdacht hast, net wahr?«
»Ja, aber wir können ihm doch nichts beweisen.«
»Mal sehen. Der Franz ist doch mit dem Wachauer-Josef befreundet, dem Schrotthändler an der Kreisstraße.«
»Ja, das stimmt.«
»Und der Mann hinkt!«
Andrea riß vor Überraschung den Mund auf.
»Ist das wahr?«
»So wahr ich der Seelsorger von Sankt Johann bin«, bekräftigte Sebastian Trenker. »Heut morgen war ich mit dem Besitzer der Schießbude auf dem Schrottplatz. Der Herr Bichler brauchte einen Austauschmotor für seinen Traktor. Dabei ist es mir aufgefallen. Der Wachauer-Josef ist neben uns her und hat das Tor geöffnet. Er hat eindeutig gehinkt.«
»Dann hab' ich auch keine Zweifel mehr, daß der Franz hinter der ganzen Sache steckt«, sagte Andrea. »Dieser gemeine Schuft!«
Der Pfarrer startete den Motor wieder und gab Gas.
»Wenn er es war, wird er seine Strafe bekommen«, sagte er.

*

Thomas hatte wieder einmal eine schlaflose Nacht verbracht. Seit er hier oben war, gelang es ihm kaum, ein Auge zuzumachen. Zu viele Gedanken kreisten in seinem Kopf, und immer wieder war da die zentrale Frage, wie würde es weitergehen?
Aber, so sehr er sich auch das Gehirn zermarterte, eine Antwort wollte ihm nicht einfallen.
Noch bevor die Sonne richtig am Himmel zu sehen war, stand er auf und ging zu dem kleinen Gebirgsbächlein, das hinter der Hütte floß. So gut es eben mit einer Hand ging, machte er Morgentoilette und trank aus dem eiskalten Bach.

Die Schmerzen waren verschwunden, sie traten eigentlich nur dann noch auf, wenn er die gebrochenen Finger ungeschickt bewegte. Wenn er jedoch aufpaßte, kam das nur selten vor. Allerdings war der einstmals weiße Verband inzwischen schmutzig und grau geworden und hätte dringend gewechselt werden müssen.
Thomas kam vom Bach zurück und schaute auf den kläglichen Rest seines Proviants. Für heut' würd's vielleicht noch reichen, aber spätestens morgen mußte er zur Almhütte hinunter, wenn er hier oben nicht verhungern wollte.
Mißmutig biß er in einen Kanten Brot. Seine Finger kratzten dabei an seinem Drei-Tage-Bart. Zwar hatte er auch seinen Toilettenbeutel mitgenommen, elektrischen Strom gab es allerdings in der Hütte nicht. Seinen Rasierapparat hatte er umsonst mitgeschleppt.
Thomas schnitt ein Stück von dem Käse ab. Rechten Hunger hatte er nicht, er wußte aber, daß er essen mußte, und so zwang er sich dazu. Nach dem Frühstück tat er das, was er seit dem Sonntag nachmittag getan hatte – er setzte sich nach draußen auf die Bank und schaute vor sich hin.
So saß er auch da, als Sebastian bei der Hütte ankam.
»Sie?« fragte der Musiker erstaunt, als er den Geistlichen vor sich stehen sah. »Was wollen Sie denn hier oben?«
»Mit dir reden, Thomas«, erwiderte der Pfarrer. »Darf ich mich zu dir setzen?«
»Aber natürlich.«
Er rückte zur Seite, und Sebastian nahm neben ihm Platz.
»Schön ist's hier, net wahr?« sagte er zu dem Musiker.
Der Pfarrer von St. Johann war heute nicht als Seelsorger zu erkennen. In seiner Wanderkleidung, dazu braun gebrannt und von sportlicher Natur, hätte er eher ein Profibergsteiger sein können, und wirklich war er auch schon für einen solchen gehalten worden. Sebastian liebte die Berge und war oft

in ihnen unterwegs. Traf er dann auf einen anderen Wanderer, der ihn nicht kannte, so war der Fremde stets überrascht, wenn er erfuhr, mit wem er es zu tun hatte.
»Was, Sie sind der Pfarrer?« war eine oft gestellte Frage.
»Du weißt ja, daß ich oft in den Bergen wandere«, begann der Geistliche das Gespräch. »Und es hätt' sein können, daß wir uns zufällig über den Weg laufen. Aber heut' ist es kein Zufall, daß ich hier bin. Ich bin gekommen, um mit dir zu sprechen, Thomas.
Ich will dir net vorwerfen, daß du fortgelaufen bist und alle, die dich kennen und liebhaben, in Angst und Sorge zurückgelassen hast. Obwohl es leichtfertig von dir war. Viel lieber möcht' ich dir sagen, daß ich auch um deine Sorgen und Ängste weiß. Die Diagnose von Doktor Wiesinger muß schrecklich für dich gewesen sein. Aber, vielleicht ist sie ja net endgültig.«
»Das ist meine einzige Hoffnung«, antwortete Thomas Burger.
»Und darum ist es wichtig, daß du mit mir nach Hause kommst. Du mußt unbedingt zu einem Facharzt. Zu einem Spezialisten. Toni Wiesinger hat sich schon mit ihm in Verbindung gesetzt und über deinen Fall gesprochen. Es besteht durchaus Hoffnung, daß deine Hand wieder ganz in Ordnung kommt.
Außerdem...«
Der junge Pianist sah den Seelsorger an.
»Ja...?«
»Außerdem ist da die Andrea, die sich die allergrößten Sorgen um dich macht.«
Thomas atmete tief ein.
»Ich weiß«, sagte er. »Aber sagen Sie selbst, kann ich es dem Madel jetzt noch zumuten, mich zu heiraten? Wird sie es mit mir aushalten können, so unzufrieden, wie ich mit meinem

Schicksal bin? Was wird denn, wenn meine Hand nicht wieder in Ordnung kommt?«

Sebastian legte ihm die Hand auf die Schulter.

»Wart's doch erst einmal ab«, beschwor er ihn, »außerdem liebt dich das Madel, und diese Liebe gibt der Andrea die Kraft, alles mit dir durchzustehen.«

»Also gut«, gab Thomas nach. »Gehen wir nach unten. Wollen wir hoffen, daß Sie recht haben, Hochwürden, und daß meine Hand wieder ganz in Ordnung kommt.«

Sie machten sich an den Abstieg.

»Wenn ich nur wüßt', wem ich dies alles zu verdanken hab'«, sagte Thomas einmal zwischendurch.

Pfarrer Trenker blieb einen Moment stehen und schaute nachdenklich.

»Ich will nichts versprechen«, meinte er dann. »Aber vielleicht wissen wir schon bald mehr.«

»Sie machen mich neugierig.«

Sebastian hob die Hand.

»Wart' noch ein Weilchen. Ich möcht' niemanden anklagen, bevor net der Beweis erbracht ist.«

*

Der Beweis wartete schon, als Sebastian und Thomas auf dem Burgerhof ankamen. Zunächst einmal waren Wenzel und Sonja überglücklich, daß der Bruder zu ihnen zurückgefunden hatte, und die beiden Zwillinge begrüßten den Onkel mit einem lauten Gebrüll.

Außerdem wartete Max Trenker auf Thomas' Rückkehr.

»Der Wachauer-Josef hat ein volles Geständnis abgelegt«, sagte der Polizeibeamte.

Er war zu dem Schrotthändler gefahren und hatte ihm auf den Kopf zugesagt, an dem Überfall auf Thomas Burger beteiligt gewesen zu sein. Der Österreicher war so überrascht gewesen, daß er gar nicht auf die Idee kam, es abzuleugnen. Allerdings beschuldigte er seinen Kumpan, Franz Hochanger, der eigentliche Übeltäter gewesen zu sein. Er habe nur dabeigestanden...

»Wie auch immer«, schloß Max seinen Bericht, »komm' in den nächsten Tagen aufs Revier und mach' deine Anzeige. Dann geht alles wieder seinen geregelten Gang.«

Thomas gähnte unterdrückt.

»Das hat Zeit«, sagte er. »Jetzt möcht' ich erst einmal richtig ausschlafen. In den letzten Nächten hab' ich kaum ein Auge zugemacht.«

Er bedankte sich bei Pfarrer Trenker und dessen Bruder, dann schloß er Wenzel und Sonja in die Arme.

»Es tut mir leid, daß ihr euch solche Sorgen gemacht habt. Ich hab' einfach net richtig nachgedacht.«

»Schon gut«, antwortete Wenzel. »Die Hauptsache ist doch, daß du gesund und wieder hier bist.«

Bis zum Abend schlief Thomas in seinem alten Zimmer. Als er dann endlich erwachte, fühlte er sich, zum ersten Mal seit Tagen, wieder wohl. Das Abendessen im Kreis der Familie schmeckte ihm, wie lange nicht, und er beschloß, gleich am nächsten Tag Dr. Wiesinger aufzusuchen.

Wie er allerdings Andrea gegenübertreten sollte – das wußte er nicht...

*

»Grüß' Gott, Frau Hochanger, ist der Franz zu Hause?«

Thomas stand vor dem Bauernhaus. Die Idee, den Verdächtigen zur Rede zu stellen, war ihm spontan gekommen, nachdem er in Dr. Wiesingers Praxis gewesen war.

Der Arzt hatte die Hand untersucht und den Verband gewechselt. Die Gipsschiene war noch in Ordnung. Anschließend hatten sie die Möglichkeiten der weiteren Behandlung durchgesprochen. Es gelang dem Arzt, seinem Patienten neuen Mut zu machen.

»Der Kollege Vahrer ist ein erfolgreicher Spezialist auf dem Gebiet. Möglicherweise kommen wir sogar um eine Operation herum.«

Thomas konnte soviel Glück kaum glauben. Um so mehr wurmte es ihn, daß jemand, der ihn in diese Lage gebracht hatte, einfach so weiterlebte, als wäre nichts geschehen. Aus diesem Grund war er zum Hochangerhof gefahren.

»Der Franz ist drüben, im Holz«, sagte die Altbäuerin.

Sie schaute den Besucher neugierig an.

»Was wollen S' denn von ihm?«

»Wir sind zusammen zur Schule gegangen«, erwiderte Thomas nur und bedankte sich für die Auskunft.

Den Weg zum Holz kannte er. Es waren nur ein paar hundert Meter, zudem hörte man schon von weitem den Lärm der Motorsäge. Er bahnte sich den Weg durch das Dickicht und stand bald darauf am Rand einer Lichtung, auf der Franz Hochanger arbeitete. Durch das Geräusch seiner Säge hatte der Bauer noch gar nicht bemerkt, daß er nicht mehr alleine war. Gerade hatte er den Stamm einer hohen Fichte angesägt. Franz Hochanger stellte den Motor ab, und legte die Säge aus der Hand. Der Baum neigte sich langsam zur Seite. Thomas trat vor.

»Grüß' dich, Franz«, rief er in die plötzlich eintretende Stille, die nur durch das Knarren des angesägten Baumes durchbrochen wurde.

Der Bauer wirbelte überrascht herum. Als er seinen Rivalen erkannte, lief er vor Zorn rot an.

»Was willst?« schrie er unbeherrscht. »Hat's dir noch net gereicht? Dann komm, hol dir noch eine Abreibung!«

Er ballte seine Rechte zur Faust und holte aus. Thomas wich zur Seite und der Schlag ging ins Leere. Dafür mußte Franz

einen Hieb vor die Brust hinnehmen. Er taumelte und stürzte rücklings zu Boden. Keiner von ihnen hatte auf die angesägte Fichte geachtet. Erst als sein Gegner am Boden lag, erkannte Thomas die Gefahr.
»Paß auf, der Baum!« schrie er noch, aber da war es schon zu spät. Das letzte Stück Stamm brach weg, und der Baum fiel. Ein weit ausgreifender Ast traf Franz Hochanger und begrub ihn unter sich.
Thomas Burger stürzte hinzu. In dem Geäst war der Bauer kaum zu sehen, nur ein leises Stöhnen zeigte an, daß jemand unter dem Baum begraben lag.
Für den Bruchteil einer Sekunde schoß ein Gedanke durch Thomas' Kopf. Was wäre, wenn er jetzt einfach fortginge, und Franz dort liegen ließ, wo er war? Niemand würde fragen, wie es geschehen war, schließlich sah es eindeutig wie ein Unfall aus. Thomas brauchte sich nur etwas Zeit lassen beim Hilfeholen, und seine Rache wäre perfekt...
Ebenso schnell verwarf er diesen Gedanken wieder. Niemals könnte er einen anderen Menschen in solch einer Situation im Stich lassen, egal, was der ihm angetan hatte.
Es war ein schwieriges Unterfangen, mit nur einer Hand eine Motorsäge in Gang zu setzen, doch irgendwie gelang es ihm. So weit er es wagen konnte, ohne den Verletzten zu gefährden, sägte er die Äste ab. Franz Hochanger lag auf dem Rücken, das Gesicht war blutverschmiert, die Augen hatte er geschlossen. Thomas gab ihm ein paar leichte Schläge auf die Wange, langsam kehrte Franz aus seiner Ohnmacht zurück.
»Kannst' dich bewegen?« fragte Thomas.
»Die Rippen tun mir weh.«
»Die werden gebrochen sein. Alleine schaff' ich's net. Ich muß Hilfe holen.«
Franz Hochanger hob mühsam eine Hand.

»Wart'«, sagte er. »Warum tust das? Du könnt'st mich doch einfach hier liegenlassen.«
Thomas grinste.
»Meinst net, daß ich net daran gedacht hätt'?« gab er zurück. Er erhob sich.
»Beweg dich net. Es wird ein Weilchen dauern, bevor Hilfe kommt.«
»Danke, Thomas«, sagte Franz. »Und – das mit deiner Hand – es tut mir leid...«
Der junge Musiker sah ihn einen Moment an, dann drehte er sich um und lief los.

*

Sie trafen sich an dem Ort ihres Wiedersehens. Lange hatte Thomas gebraucht, bis er sich überwand und Andrea um dieses Treffen bat. Beide waren sie aufgeregt, als sie sich gegenüberstanden.
»Es tut mir leid«, sagte Thomas und hob hilflos die Arme. »Ich weiß, daß es falsch war, einfach fortzulaufen, und noch falscher war das, was ich zu dir gesagt hab'.«
Er strich über ihr Haar.
»Glaubst', daß du mir verzeihen kannst?«
Andrea spürte die Tränen in ihren Augen. Sie wischte sie fort und lächelte.
»Ach, Thomas, du weißt doch, daß ich dir alles verzeihen kann«, flüsterte sie.
»Ich hatte einfach Angst«, versuchte er zu erklären. »Inzwischen weiß ich, daß meine Hand wohl wieder ganz gesund wird, aber vor ein paar Tagen war da nur diese schreckliche Ungewißheit.
Wie hätt' ich denn weiterleben können, ohne meine Musik? Mein ganzes Leben ist doch von ihr geprägt. Todunglücklich wäre ich gewesen, und mein Leben hätt' ich wahrscheinlich

als mürrischer, alter Mann beendet, der mit nichts auf der Welt mehr zufrieden gewesen wäre.
Deshalb war ich so grob zu dir. Ich hab' geahnt, daß sich an deiner Liebe zu mir nichts geändert hätte, egal, ob ich weiterhin ein erfolgreicher Pianist gewesen wäre oder nicht. Aber ich war mir nicht sicher, ob ich es dir wirklich hätte zumuten können. Darum wollte ich, daß du gehst...«
Er zog sie in seine Arme, und sein Mund suchte ihre Lippen. Ganz, ganz innig erwiderte sie seinen Kuß und preßte sich an ihn, als habe sie Furcht, er könne wieder fortlaufen.
»Glaubst du wirklich, ich hätt' all die Jahre auf dich gewartet, um dich dann in solch einer Situation allein zu lassen?« fragte sie, als er sie wieder freigegeben hatte. »So lange war mein Herz geduldig, aber nun fordert es. Du hast mich gefragt, ob ich deine Frau werden will, und ich habe ja gesagt. Ja, Thomas, ich will es immer noch. Und es ist mir egal, ob du ein erfolgreicher und berühmter Mann bist, oder jemand, der sein Brot in aller Stille verdient. Ich liebe dich um deinetwillen, nicht um das, was du darstellst.«
Thomas war von ihren Worten zutiefst gerührt. Wie anders sonst, hätte sie ihm ihre Liebe noch offenbarer machen können?
»Dann wollen wir keine Zeit verlieren und noch heute mit Pfarrer Trenker sprechen«, sagte er.
»Wart' noch einen Augenblick«, hielt Andrea ihn zurück. »Nimm mich fest in deine Arme und versprich mir, mich nie wieder loszulassen.«
»Nie, nie, niemals wieder«, schwor er und küßte sie liebevoll.

*

Die leichten Morgennebel wurden allmählich von den wärmenden Strahlen der Sonne aufgelöst, als Sebastian sich seinen Weg durch das Holz bahnte. Im Höllenbruch erwachte das Leben, die Vögel zwitscherten, und in den Büschen raschelte und kratzte es. Der Bergpfarrer, wie er von seinen Freunden neckend genannt wurde, atmete tief die herrlich frische Waldluft ein.

Auf dem Rücken trug er den Rucksack, mit dem Proviant, den Sophie Tappert für ihn bereitgestellt hatte. Selbstgebackenes Brot befand sich darin, ein Stück kerniger Rauchspeck und natürlich eine Thermoskanne mit heißem Kaffee.

Pfarrer Trenker, der seinen Weg im Schlaf kannte, erreichte die Hohe Riest, stieg von dort den Berg hinauf und kletterte, abseits des Pfades, in luftige Höhen. Von drüben her grüßten der Himmelsspitz und die Wintermaid und unter ihm lag das Tal mit »seinem‹« Dörfchen, St. Johann.

Sebastian setzte sich auf einen Felsvorsprung und frühstückte. Dabei wanderten seine Gedanken zu den Geschehnissen der letzten Tage zurück.

Franz Hochanger war mit ein paar gebrochenen Rippen davongekommen. Thomas' rasche Hilfe hatte Schlimmeres verhütet. Als die Retter den Bauern aus seiner unglücklichen Lage befreiten, war auch der Geistliche zugegen gewesen. Ihm hatte Franz sich anvertraut und zugegeben, der Urheber des nächtlichen Überfalls auf Thomas Burger gewesen zu sein.

»Jetzt schäm' ich mich dafür«, sagte er zu Sebastian.

»Damit wird's aber wohl net getan sein«, hatte der Pfarrer geantwortet. »Max wird die Anzeige an den Staatsanwalt weiterleiten müssen. Da kommt noch was nach.«

»Ich weiß, Hochwürden«, erwiderte der Bauer. »Und ich bin bereit, für das, was ich getan hab', zu büßen.«

Thomas Burger hatte inzwischen seine Hand von Dr. Vahrer, einem erfahrenen Chirurgen, untersuchen lassen. Die Diagnose, die der Mediziner stellte, machte dem jungen Musiker Mut und Hoffnung. Der Bruch war erstaunlich schnell geheilt, und wenn in ein paar Wochen die physikalische Therapie begann, sollte es ihm schon bald wieder möglich sein, seine Hände wie früher über die Tasten eines Konzertflügels gleiten zu lassen.

Die Hochzeit stand bevor. Noch wurde alles versucht, den Termin geheimzuhalten, doch so ganz einfach war es nicht. Besonders der Bruckner-Markus bestürmte Andrea und Thomas immer wieder mit irgendwelchen Vorschlägen für die Trauung. Dabei hegte er die Hoffnung, doch noch einen Werbeerfolg mit dieser Hochzeit zu verbinden.

Sebastian schmunzelte, als er daran dachte. Der Bürgermeister ließ wirklich nichts unversucht, St. Johann in die Schlagzeilen zu bringen.

Der Geistliche reckte und streckte sich. Vor ihm lag noch ein weiter Weg, aber so anstrengend er auch sein mochte, den Bergpfarrer schreckte so leicht nichts ab.

*

Thomas Burger ging ungeduldig in der kleinen Garderobe auf und ab. Andrea, seine Frau, saß mucksmäuschenstill auf einem Stuhl und beobachtete ihn. Der junge Musiker sah sie an und lächelte. Sie erwiderte dieses Lächeln und drückte sich an ihn, als er sich über sie beugte und sie sanft küßte.

»Es wird schon schiefgehen«, sagte sie zuversichtlich.

»Natürlich wird's schiefgehen!« rief Alberto Moreno, der eben durch die Tür gekommen war, und die letzten Worte mit angehört hatte. »Draußen sitzen achthundert Leute und warten nur auf dich.«

Es war Thomas' erstes Konzert seit dem Überfall. Die gymnastischen Übungen hatten die Hand vollkommen wiederhergestellt, und dieser Aufführung waren wochenlange Stunden am Flügel in der Münchener Villa vorausgegangen.

Unter Tränen hatte Andrea Abschied von zu Hause genommen, nachdem das ganze Dorf an der Hochzeit der beiden teilnahm. Jetzt waren sie in der Garderobe des Konzerthauses und fieberten dem Auftritt entgegen. Es hatte sich nicht verheimlichen lassen, daß der bekannte Musiker Opfer eines Überfalls geworden war, um so gespannter war das Publikum.

»Kinder, wir müssen«, mahnte der Italiener und klatschte in die Hände.

Andrea gab ihrem Mann einen Kuß und wünschte ihm Glück. Dann eilte sie in den Saal, um ihren Platz einzunehmen. Sie saß natürlich in der ersten Reihe. Alberto Moreno würde, wie immer, hinter der Bühne den Auftritt seines Schützlings verfolgen.

Thomas wurde mit lautem Beifall begrüßt. Er verbeugte sich und bezog das Orchester in die Begrüßung mit ein. Dann setzte er sich auf den Schemel vor dem Flügel. Augenblicklich herrschte gespannte Stille.

Als dann die ersten Takte des »Hummelfluges« begannen, da war Andreas sehnlichster Wunsch in Erfüllung gegangen. Wie in einem Traum gefangen, saß sie auf ihrem Platz und lauschte dem Mann dort oben auf der Bühne. Ihrem Mann! Und sie erinnerte sich an einen Satz, den Pfarrer Trenker ihnen auf ihrer Hochzeit gesagt hatte: »Liebe überwindet alle Hindernisse, und Liebe kann alles verzeihen.«

Zehn lange Jahre hatte sie auf diesen Augenblick gewartet. Und jetzt war ihr geduldiges Herz belohnt worden.

- E N D E -

Die Erbin vom Pachnerhof

Franzi, trau dich zu lieben!

Mit kräftigen Hammerschlägen trieb die junge Frau den Nagel durch den Maschendraht in das Holz und schlug ihn dann quer über den Draht, der nun bombenfest saß. Die zwei Kaninchen in dem Stall schauten ihr neugierig dabei zu. Ihre Nasen schnupperten aufgeregt, denn eigentlich war es an der Zeit, daß sie ihr Futter bekamen.
»So, ihr kleinen Biester, jetzt könnt ihr net mehr entwischen«, sagte Franziska Pachner und legte den Hammer und die restlichen Nägel zurück in den Werkzeugkasten.
Die Kaninchen waren am frühen Morgen ausgerissen. Zuvor hatten sie eine morsche Stelle des Drahtes durchbrochen und waren aus dem Käfig gesprungen. Als Franziska den offenen Käfig entdeckte, setzte eine große Suchaktion ein. Gefunden wurden die beiden schließlich im Gemüsegarten, wo sie sich, zum Entsetzen von Franziskas Magd, Maria Ohlanger, über die Mohrrüben hermachten.
Die junge Besitzerin des Bergbauernhofes unterhalb des Zwillingsgipfels öffnete vorsichtig die Stalltür und legte die Kohlstrünke hinein. Sofort stürzten sich die beiden Tiere darauf. Franziska schaute ihnen einen Moment schmunzelnd zu.
»Zur Strafe hättet ihr eigentlich nix mehr verdient«, meinte sie und stand auf.
Sie ging zum Haus.
Drüben im Stall rumorte Valentin Huber, der alte Knecht, der schon seit mehr als vierzig Jahren auf dem Pachnerhof arbeitete.
In der geräumigen Wohnküche war Maria damit beschäftigt,

Kartoffeln für das Mittagessen zu schälen. Sie war fast genauso lange auf dem Pachnerhof wie Valentin, und Franziska konnte sich überhaupt nicht vorstellen, wie es sein sollte, wenn die beiden mal nicht mehr waren.
»Was gibt's denn Gutes?« fragte die Bäuerin und schaute in einen der Töpfe, die auf dem Herd standen.
»Fleischpflanzerl und Blaukraut«, antwortete Maria und zog ein grimmiges Gesicht. »Am liebsten hätt' ich den beiden kleinen Biestern das Fell über die Ohren gezogen...«
Franziska lachte. Sie wußte, daß die Magd es nicht so meinte, wie sie es sagte. Aber schade war's um die Mohrrüben schon.
»Na, der Schaden hält sich ja in Grenzen«, meinte sie.
Die Bäuerin setzte sich an den Tisch unterm Herrgottswinkel und nahm die Zeitung zur Hand. Gedankenverloren blätterte sie darin. Maria sah zu ihr hinüber.
»Morgen ist das Heu soweit«, bemerkte sie. »Valentin hat dann alle Hände voll zu tun. Willst net seh'n, ob du net noch eine Aushilfe bekommen kannst?«
»Daran hab' ich auch schon gedacht«, antwortete Franzi. »Ich hab' gestern mit der Frau Reitlinger vom Arbeitsamt in der Kreisstadt telefoniert. Allerdings hat sie mir keine großen Hoffnungen gemacht. Es gibt mehr offene Stellen als Bewerber.«
Maria Ohlanger setzte die Kartoffeln auf den Herd und schaltete die Platte ein. Dann nahm sie zwei Zwiebeln zur Hand, schälte und schnitt sie in kleine Würfel. Mit etwas Butter schwitzte sie sie in einer Pfanne an.
»Und wenn du einmal mit dem Anzengruber darüber redest?« fragte sie dabei. »Vielleicht kann er uns...«
Franziska Pachner blickte zornig auf. Sie faltete mit einer hektischen Bewegung die Zeitung zusammen und warf sie auf die Eckbank.

»Niemals!« rief sie heftig.
Die Bäuerin stand auf.
»Ich hab' schon hundertmal gesagt, daß ich diesen Namen nie wieder in meinem Haus hören will«, sagte sie nachdrücklich. »Und schon gar net denk' ich daran, diesen Kerl um Hilfe zu bitten.«
Sie ging hinaus und warf die Tür hinter sich zu. Maria Ohlanger schaute ihr ratlos hinterher.

*

Franziska lief ins Wohnzimmer und setzte sich auf das Sofa. Eine Unmutsfalte hatte sich auf ihrer Stirn gebildet.
Anzengruber, dachte sie, ausgerechnet der!
Dabei wußte sie, daß die Magd recht hatte. Ohne eine zweite Kraft war die Heuernte kaum zu schaffen. Es war aber auch wie verhext! Von drei Knechten, die sonst noch auf dem Hof arbeiteten, hatten zwei vor einem Monat gekündigt und waren fortgegangen, der dritte lag seit zwei Wochen im Krankenhaus und erholte sich von einer schweren Infektion. Immer wieder hatte Franziska beim Arbeitsamt in der Kreisstadt angerufen, doch die Sachbearbeiterin, die für die Vermittlung landwirtschaftlicher Arbeitskräfte zuständig war, konnte ihr beim besten Willen nicht helfen. Offenbar zogen es die Leute vor, in Fabriken ihr Geld bei geregelter Arbeitszeit zu verdienen als sich auf einem Bauernhof abzubuckeln.
Daß Maria Franziska gerade an Tobias Anzengruber erinnert hatte, riß eine alte Wunde bei der jungen Bäuerin auf.
Franzi Pachner hatte vor drei Jahren, nachdem der Vater verstorben war, den Hof übernommen. Ganz auf sich alleine gestellt, nur mit Hilfe von Maria und Valentin, hatte sie alles getan, das väterliche Erbe zu erhalten. Neben dem Hof, etlichen Hektar Land und einem großen Waldstück, hatte Alois

Pachner seiner Tochter auch ein nicht unbeträchtliches Vermögen hinterlassen, das teils aus Bargeld, aber auch aus Wertpapieren bestand. Alles in allem war Franziska Pachner eine »gute Partie«.

Der Nachbarssohn Tobias Anzengruber warb schon seit längerem um die schöne Bauerntochter. Nach dem Tod ihres Vaters sah der gewiefte Bursche seine Chance gekommen. Als Zweitgeborener hatte er nur die Möglichkeit, entweder als Knecht seines Bruders zu arbeiten oder fortzugehen. Doch beides wollte ihm nicht so recht schmecken.

Franzi war bereit, seinem Werben nachzugeben. Tobias sah nicht nur gut aus – er war der Schwarm aller Madeln im Tal –, er gab sich auch überaus hilfsbereit, arbeitete, ohne etwas dafür zu verlangen und half und tat, wo er nur konnte.

Die Bäuerin erinnerte sich noch gut an den Abend, an dem Tobias sie fragte, ob sie seine Frau werden wolle.

Sie glaubte, vor Glück zu zerspringen, denn schon lange hatte sie auf diesen Moment gewartet. Doch dieses Glück wurde jäh zerstört, als Franzi ihren Verlobten in den Armen einer anderen Frau entdeckte. Auf einem Tanzabend im Hotel »Zum Löwen« war es. Die junge Bäuerin hatte mit einem anderen Burschen getanzt und war an ihren Tisch zurückgekehrt. Tobias war verschwunden und tauchte auch nicht wieder auf. Franzi fand ihn schließlich draußen in der Dunkelheit.

Die beiden standen am Rand des Parkplatzes, als die junge Frau aus dem Hotel trat. Sie waren so mit sich selbst beschäftigt, daß sie nicht bemerkten, wie Franzi sich ihnen näherte.

»Geh', Tobias, du bist doch verlobt«, hörte sie die andere Frau sagen, doch an deren Stimme war zu erkennen, daß sie nicht ernst meinte, was sie sagte.

Tobias Anzengruber machte eine wegwerfende Handbewegung.

»Schmarr'n«, lachte er. »Die Franzi weiß ja von nix. Außerdem, wenn sie ihr vieles Geld net hätt… nehmen tät ich sie net. Das kannst mir glauben.«
Franziska fühlte, wie sich ihr Herz verkrampfte, als sie dies anhören mußte. Einen Moment lang schwindelte es ihr. Doch dann riß sie sich zusammen. Ganz ruhig ging sie auf die beiden zu, die auseinanderfuhren, als sie die Stimme vernahmen.
»Ich weiß mehr, als du glaubst, Tobias«, sagte sie, und ehe er sich versah, spürte der Bursche fünf Finger auf der linken Wange.
Dann drehte Franziska sich um und ging davon. Niemand sollte ihre Tränen sehen. Natürlich weinte sie aus Enttäuschung, aber auch aus Wut darüber, auf diesen Kerl hereingefallen zu sein. Beinahe zumindest.
Aber das würde ihr nie wieder passieren, schwor sie sich. Nie wieder würde sie sich in ein Mannsbild vergucken. Wie konnte sie denn sicher sein, daß er es nicht auf ihr Geld abgesehen hatte?
Franzi erhob sich und ging zum Fenster hinüber. Auf schmerzliche Weise war sie an ein dunkles Kapitel ihres jungen Lebens erinnert worden. Doch jetzt stand ein anderes Problem im Vordergrund. Hilfe mußte her! Nur woher nehmen, wenn sich niemand anbot?

*

Im Pfarrhaus war wieder einmal Putztag. Einmal in der Woche, meistens am Dienstag, machte sich Sophie Tappert daran, sämtliche Räume einer großen Reinigung zu unterziehen. Um dabei keine Zeit mit dem Kochen zu verlieren, köchelte auf dem Küchenherd ein Suppentopf vor sich hin, in dem alles schwamm, was der Garten an Gemüse hergab. Außerdem hatte die Haushälterin Grießklößchen als weitere Einlage vorbereitet.

Pfarrer Trenker suchte an solchen Tagen lieber die Ruhe seiner Kirche auf. Auch in der Sakristei gab es immer wieder mal etwas zu räumen und zu ordnen. Alois Kammeier, der Mesner von Sankt Johann, war dabei eine große Hilfe.
Sebastian Trenker war gerade dabei, die Einbände der Kirchenbücher abzustauben. Es waren riesige Folianten mit breiten Rücken. Die ältesten waren vor mehr als dreihundert Jahren angelegt worden. In ihnen war alles aufgezeichnet worden, was sich mit der Zeit zugetragen hatte. Geburten und Todesfälle, Hochzeiten und Taufen, Kriegs- und Pestheimsuchungen. Für Historiker waren diese Bände eine wahre Fundgrube, und nicht selten kam es vor, daß sich ein Gelehrter für ein paar Wochen im Dorf einquartierte und tagtäglich die alten Kirchenbücher studierte.
Alois Kammeier stand auf einer Trittleiter und ordnete einen Stapel Bücher, der oben auf einem der Regale lag, weil in den Reihen kein Platz mehr dafür war.
»Schau'n S' einmal, Hochwürden«, sagte er.
Sebastian sah zu ihm hoch. Der Mesner hielt ein dickeres Buch in der Hand. Es war in schwarzes Leder gebunden, der Titel war mit goldenen Buchstaben eingeprägt.
»Was haben S' denn da gefunden?« fragte der Geistliche.
Alois hatte seinen Fund aufgeschlagen und blätterte darin. Er machte ein ratloses Gesicht.
»Das meiste kann ich gar net lesen«, gab er zu und reichte das Buch, das ein goldenes Wappen zierte, nach unten.
Pfarrer Trenker blätterte es auf. Ziemlich verschnörkelte Schriftzeichen prangten auf dem Innenblatt, die erst auf den zweiten Blick als Buchstaben zu erkennen waren.
»Können S' das etwa lesen?« fragte der Mesner.
Sebastian nickte.
»Da haben S' einen interessanten Fund gemacht«, sagte er. »Das ist die Chronik einer alten Adelsfamilie, die hier

im Wachnertal beheimatet war. Das Grafengeschlecht derer von Herdingen war, soviel ich weiß, einstmals ein reicher und einflußreicher Zweig des böhmischen Königshauses.«
»Dann ist das Buch wohl sehr wertvoll?«
»Für Historiker bestimmt und natürlich für unsere Kirche. Es ist doch immer wieder ganz erstaunlich, was für Schätze man entdeckt.«
Der Geistliche beschloß, den Fund mit ins Pfarrhaus zu nehmen und bei Gelegenheit intensiver darin zu lesen.
Durch die offene Tür waren Schritte zu hören, die sich der Sakristei näherten.
»Das wird mein Bruder sein«, mutmaßte Sebastian. »Lassen S' uns für heute Schluß machen.«
Wenig später steckte Max Trenker seinen Kopf herein.
»Pfüat euch, miteinand'«, sagte der Polizeibeamte. »Schönen Gruß von der Frau Tappert, das Essen steht auf dem Tisch.«
»Komm schon«, nickte der Pfarrer.
Beim Mittagessen war das Buch natürlich Gesprächsthema.
»Aber die Grafen Herdingen sind doch längst ausgestorben, oder net?« fragte der Polizist.
»Seit gut hundert Jahren, glaub' ich«, antwortete sein Bruder.
»Also entschuldigen S', wenn ich da widersprech', aber das kann net stimmen«, mischte sich Sophie Tappert ein.
Die beiden Brüder sahen sie fragend an. Es kam nicht oft vor, daß die Haushälterin an der Unterhaltung teilnahm. Sophie Tappert war von Natur aus eher schweigsam. Wenn sie doch einmal etwas sagte, dann war es ganz bestimmt nicht unwichtig.

»Sie machen mich neugierig«, sagte Sebastian. »Wieso glauben Sie, daß es net stimmen kann?«
»Weil die Hertha einen Grafen Herdingen kennengelernt hat«, kam die Antwort zurück.
»Wann?« fragte der Geistliche.
»Wo?« wollte sein Bruder gleichzeitig wissen.
Hertha Breitlanger war Sophies Freundin, mit der sie sich des öfteren traf. Gemeinsam besuchten sie Konzerte, gingen ins Café, unternahmen sie Ausflüge. So auch in der letzten Woche. Da hatten die beiden Damen an einer sogenannten Kaffeefahrt teilnehmen wollen. Natürlich wußten sie, daß man von den Sachen, die meistens dort verkauft wurden, besser die Finger ließ, aber das Rahmenprogramm – Kaffee und Kuchen mit einigen Volksmusikkünstlern – hatte sie neugierig gemacht.
Im letzten Moment mußte Sophie Tappert zu Hause bleiben. Eine fürchterliche Migräne, die sie manchmal bekam, wenn es Föhnwetter war, verhinderte, daß sie die Freundin begleiten konnte. Und auf eben dieser Fahrt machte Hertha Breitlanger die Bekanntschaft von Friedrich Graf von und zu Herdingen.
»Die Hertha schwärmt nur noch von ihrem Grafen, wie vornehm und zuvorkommend er ist. Ein Kavalier der alten Schule«, vollendete Sophie Tappert ihre Neuigkeit.
Max Trenker schaute seinen Bruder fragend an.
»Verstehst du das?«
Sebastian schüttelte den Kopf.
»Also, erklären kann ich's mir net«, sagte er. »Allerdings bin ich kein Historiker. Vielleicht lebt tatsächlich noch ein Abkomme des alten Grafengeschlechts.«
»Mir ist's eh wurscht«, gab Max bekannt und nahm sich noch eine Suppenkelle vor. »Frau Tappert, der Eintopf ist wieder eine wahre Wonne.«

Pfarrer Trenker schmunzelte. Er war immer wieder erstaunt darüber, wieviel Max verdrücken konnte, ohne dabei zuzunehmen. Es grenzte schon fast an ein Wunder.

*

Der junge Bursche pfiff ein munteres Lied, als er das Wachnertal durchwanderte. Er war sehr leicht und locker angezogen. Eine dreiviertellange Krachlederne und ein kariertes Hemd, dazu derbe Bergschuhe. Die blonden Locken steckten unter einem grünen Hütchen, an dem keck eine Fasanenfeder wippte.

Über dem Rücken hing ein prall gefüllter Rucksack, in dem Florian Brunner seine ganzen Habseligkeiten mit sich führte: Wäsche zum Wechseln, ein zweites Paar Schuhe, ein wenig Proviant für unterwegs. Darüber geschnürt war ein Schlafsack. Fand Florian einmal keinen rechten Platz, dann machte es ihm auch nichts aus, sich einfach unter einen Baum zu legen und die Nacht dort zu verbringen. Noch war es Sommer, und die Nächte herrlich lau.

Doch meistens hatte der Wandergesell' Glück. Mit seinem charmanten Lächeln und dem einnehmenden Wesen gelang es ihm eigentlich immer, auf irgend einem Bauernhof unterzukommen. Natürlich tat er auch etwas dafür – den Stall ausmisten, Holz hacken – Florian war sich für keine Arbeit zu schade, und als Lohn winkten gutes Essen und ein bequemes Bett im Gesindehaus.

Der junge Bursche schaute sich um. Er nahm den Hut herunter und kratzte sich nachdenklich am Kopf. Über den Kogler hatte er das Wachnertal erreicht, war herabgestiegen und wanderte nun an der Ostseite entlang. Über ihm ragten zwei imposante Berggipfel in die Höhe. Das mußten der Himmelsspitz und die Wintermaid sein, während auf der anderen Seite die Berge nicht mehr ganz so hoch waren. Dort oben

sah er saftige Almen liegen. Florian hatte einen Blick dafür. Er hatte auch schon als Senner gearbeitet, allerdings war in den Wirtschaften nicht immer leicht unterzukommen. Es mußte schon ein besonderer Glücksfall sein, daß dort Hilfe so dringend gebraucht wurde, daß der Almenwirt einen Wanderburschen beschäftigte. Da war es auf den Höfen einfacher, besonders jetzt, wo die Erntezeit vor der Tür stand.
Aber zunächst knurrte der Magen. Die Sonne stand hoch am Himmel, und es war Mittagszeit. Florian suchte sich ein schattiges Plätzchen und breitete seine Kostbarkeiten aus.
Allerdings – viel war es nicht mehr, was der Rucksack hergab – ein wenig Brot und etwas von dem Rauchspeck, den er vor einer Woche als Teil seines Lohnes auf einem Bauernhof erhalten hatte.
Egal, dachte er und machte gute Miene zum bösen Spiel. Hauptsache, der Magen bekommt etwas zu tun. Nach dem Essen streckte er sich im Gras aus und schloß für eine Weile die Augen, die er erst wieder öffnete, als er lautes Hundegebell vernahm, das langsam näherkam.
Der Hund gehörte zu einem, dem man den Knecht schon von weitem ansah. Er führte eine Kuh am Strick mit sich.
»Pfüat di, Bauer«, grüßte Florian freundlich. »Du weißt doch bestimmt Bescheid hier in der Gegend. Ich bin auf der Suche nach einem Hof, auf dem ich eine Weile unterkommen kann. Brauchst net vielleicht selbst noch einen tüchtigen Knecht?«
Der Hund schnüffelte an ihm herum, der junge Bursche tätschelte den Kopf des Tieres, das ihm freundschaftlich die Hand leckte.
»Ich bräucht' gewiß keinen Knecht«, lachte der alte Pankratz, der den Scherz schon verstanden hatte.
Er schüttelte den Kopf.
»Bei uns auf dem Hof wirst kein Glück haben«, sagte er dann.

»Aber vielleicht droben am Pachnerhof. Die junge Bäuerin ist in arger Not, wird gesagt, und einen Bauern gibt's net.«
»Na, dann will ich eilen, ihr aus dieser Not zu helfen«, rief Florian Brunner und machte dabei eine Verbeugung, als wäre er ein Rittersmann und nicht ein einfacher Landarbeiter. »Du mußt mir nur sagen, auf welchem Weg ich zu dieser Bäuerin komme.«
Pankratz lachte wieder. Der Bursche war nach seinem Geschmack. Mit dem würd's bestimmt nicht langweilig werden. Schade, daß kein Platz mehr frei war.
Er erklärte den Weg zum Pachnerhof und zog dann, Kuh und Hund im Schlepptau, von dannen.
Der Wanderbursche machte sich ebenfalls auf den Weg. Er wollte keine Zeit unnütz verstreichen lassen. Nach den Worten des Alten brauchte er auch noch eine Stunde, bis er den Hof erreichen würde.
Florian schritt kräftig aus. Der schwere Rucksack drückte zwar ein wenig, aber das war er schon gewohnt. Schon bald kam er an die Weggabelung, von der der Knecht gesprochen hatte, rechts ging es weiter zum Pachnerhof, während der linke Pfad ins Tal hinunterführte. Dort lag, in den Bergen eingebettet, St. Johann. Florian freute sich darauf, das Dorf zu besuchen. Gewiß gab es am Samstag abend einen Tanzball, und jede Menge hübscher Madeln.
Vorerst schlug er aber den Weg ein, der stetig in die Höhe führte, und sah nach einiger Zeit den Hof am Berghang liegen, auf dem es keinen Herrn, nur eine Herrin gab.

*

Florian klopfte sich den Staub von den Kleidern und fuhr sich durch das Haar, bevor er den Pachnerhof betrat. Mit dem Hut in der Hand ging er direkt zum Bauernhaus und klopfte an.

Schon mit dem ersten Blick hatte er festgestellt, daß es ein gut geführter Hof sein mußte. Alles blitzte vor Sauberkeit, nirgendwo war auch nur der Hauch einer Unordnung zu entdecken, wie der Bursche es oft auf anderen Höfen gesehen hatte. Die Haustür wurde geöffnet, und eine ältere Frau schaute ihn fragend an.
»Bitt'schön? Was möchten Sie?«
Florian stellte sich vor und fragte nach Arbeit. Maria Ohlanger strahlte. Ganz insgeheim hatte sie gebetet, der Herrgott möge ein Einsehen haben und jemanden schicken. Valentin konnte unmöglich die ganze Arbeit allein schaffen.
»Ich glaub' schon, daß wir noch jemanden brauchen«, nickte sie. »Aber das letzte Wort hat natürlich die Bäuerin.«
»Und? Ist sie zu sprechen?«
»Im Moment net«, bedauerte die Magd. »Sie ist am Mittag ins Dorf hinuntergefahren. Aber eigentlich müßt' sie bald zurückkommen. Wenn du solang' warten willst.«
»Freilich«, antwortete Florian.
»Na, dann komm halt herein«, lud Maria ihn ein. »Magst einen Kaffee mittrinken?«
»Da sag' ich gewiß net nein.«
Der junge Bursche hob schnuppernd die Nase, denn der Duft des frisch gebrühten Kaffees durchzog die Küche. Er setzte sich auf die Eckbank und griff dankbar zu, als die Magd einen großen Teller mit Kuchen auf den Tisch stellte. Florian biß herzhaft in ein Stück hinein und nickte vor sich hin. Hier würde er es aushalten können, da war er sicher. Wenn der Kuchen schon so gut schmeckte – wie würde da erst das andere Essen munden!
Maria Ohlanger setzte sich zu ihm und fragte, woher er käme. Bereitwillig gab er Auskunft und erzählte von seiner Wanderschaft und den Höfen, auf denen er gearbeitet hatte. Schließlich hatte er nichts zu verbergen.

»Und jetzt hat's mich hierher verschlagen«, meinte er und erwähnte den Knecht, der ihm vom Pachnerhof berichtet hatte.

»Ja, es ist schon ein Kreuz«, sagte Maria mit kummervoller Miene. »Erst haben zwei Knechte gekündigt, und dann ist der dritte krank geworden. Es ist schon ein Segen, daß der Herrgott dir den Weg hierher gewiesen hat.«

Das Geräusch eines Autos, das auf den Hof fuhr, unterbrach die Unterhaltung. Maria hob den Kopf und schaute aus dem Fenster.

»Die Bäuerin ist zurück«, sagte sie. »Da kannst gleich selber mit ihr sprechen und alles ausmachen.«

Wenig später betrat Franziska Pachner die Küche.

»Maria, ich bin zurück«, sagte sie, als sie durch die Tür kam. Als sie den Besucher wahrnahm, verstummte sie. Florian war aufgesprungen. Er deutete eine knappe Verbeugung an.

»Grüß' Gott, Bäuerin, ich bin der Florian Brunner. Ich wollt' fragen, ob ich eine Weile auf deinem Hof bleiben kann. Hab' schon gehört, daß da ein Mangel an Arbeitskräften herrscht.«

Dabei setzte er sein charmantestes Lächeln auf.

Franziska indes mußte unwillkürlich schmunzeln. Sie konnte sich nicht erinnern, daß ein Mann sie jemals mit einer Verbeugung begrüßt hatte. Allerdings fiel ihr auch ein Stein vom Herzen. Dieser Bursche kam wie gerufen.

»Freilich kannst bleiben«, sagte sie und reichte ihm die Hand. »Wenn du mit den Bedingungen einverstanden bist.«

Florian Brunner lachte.

»Da werden wir uns bestimmt einig.«

»Magst auch einen Kaffee?« erkundigte sich Maria bei der Bäuerin.

Franzi nickte und setzte sich zu Florian an den Tisch. Dabei

nahm sie wahr, wie intensiv er sie musterte, und sie ärgerte sich darüber, daß sie ein wenig rot und verlegen wurde unter diesem Blick. Unwillkürlich klopfte auch ihr Herz schneller. Florian schien etwa in ihrem Alter zu sein, vielleicht ein, zwei Jahre älter, und er sah unverschämt gut aus.
Und das wußte er auch. Denn so unverhohlen, wie er sie musterte, tat es nur jemand, der sehr selbstsicher und von sich überzeugt war. Franziska Pachner fuhr sich verlegen durch das Haar. Um von ihrer Verlegenheit abzulenken, erkundigte sie sich, wo Florian bisher gearbeitet habe. Wie auch schon der Magd gegenüber, so gab er auch jetzt bereitwillig Auskunft. Die Bäuerin hörte zu, nickte ab und an und nannte schließlich den Lohn, den sie zu zahlen bereit war. Er lag deutlich über dem, was sonst üblich war. Denn Franzi hatte Angst, ihr Gegenüber könne doch noch im letzten Moment abspringen.
Florian allerdings dachte gar nicht daran. Es gefiel ihm viel zu gut auf dem Pachnerhof... und noch besser gefiel ihm die Bäuerin.

*

Hertha Breitlanger schwebte seit Tagen im siebten Himmel. Genauer gesagt, seit jenem Tag, an dem sie Graf Friedrich von und zu Herdingen kennengelernt hatte. Jetzt saß sie am Fenster ihrer Dreizimmerwohnung in St. Johann und wartete sehnsüchtig auf das Erscheinen des Edelmannes. In der Kaffeemaschine blubberte der Kaffee vor sich hin, und auf dem liebevoll gedeckten Tisch stand ein prächtiger Pfirsichkuchen. Während die Mittsechzigerin auf ihren Besuch wartete, rief sie sich den Tag in Erinnerung, an dem diese schicksalhafte Begegnung stattgefunden hatte. Im Nachhinein war Hertha der Vorsehung dankbar, die damals das Föhnwetter geschickt und so verhindert hatte, daß ihre beste Freundin

an der Kaffeefahrt teilnehmen konnte. Wer weiß, zu welchen Komplikationen es unter Umständen gekommen wäre, wenn der gutaussehende Graf beiden Damen den Hof gemacht hätte. Aber dazu war es ja gottlob nicht gekommen.
In dem Lokal, das der Busfahrer mit seinen erwartungsvollen Fahrgästen angesteuert hatte, war im großen Saal alles für die Veranstaltung vorbereitet. Dreihundert Leute paßten hinein, und die Tische waren gut besetzt. Schon beim Eintreten war Hertha der große, schlanke Mann mit dem silbergrauen Haar aufgefallen, der im Moment noch alleine an einem der Tische saß. Insbesondere das aristokratische Kinn, das er energisch nach vorne schob, zog sie in ihren Bann. Wie unter Hypnose ging sie auf den Tisch zu. Der Mann, natürlich im dunklen Anzug mit Weste und Krawatte, erhob sich, als Hertha Platz nahm. Er eilte um den Tisch herum und rückte ihr den Stuhl zurecht. Dann stellte er sich neben sie und verbeugte sich.
»Gestatten – Graf Friedrich von Herdingen«, sagte er knapp und deutete dabei ein schmales Lächeln an.
Hertha Breitlanger fühlte, wie ihr Puls schneller schlug. Sie lächelte ihm zu, als er sich setzte, und nannte ebenfalls ihren Namen. Und seit diesem Moment war sie rettungslos verliebt.
Der Nachmittag sollte zu einem unvergeßlichen Erlebnis werden. Was machte es schon, daß der Veranstalter lautstark versuchte, den Leuten seine überteuerten Waren anzudrehen, und daß die angekündigten Volksmusikstars eher zweitklassige Musikanten waren. Hertha hatte ihr Glück gefunden, denn Graf Friedrich schien nur noch Augen für sie zu haben.
Beinahe hätte sie ihren Bus verpaßt, so sehr waren sie und der Graf in ihre Unterhaltung vertieft. Erst ein ungeduldiges Hupen des Fahrers riß die beiden auseinander.

»Werden wir uns wiedersehen?« fragte Graf Friedrich hoffnungsvoll.

Herthas Stimme bebte, als sie huldvoll ihren Kopf neigte und ihm antwortete: »Ich würde mich sehr freuen.«

Sie gab ihm noch schnell ihre Telefonnummer, dann wurde es höchste Zeit einzusteigen. Hertha beobachtete, wie Graf Friedrich gemessenen Schrittes über den Parkplatz ging. Leider konnte sie nicht mehr sehen, in welche Luxuslimousine ihr neuer Bekannter einstieg, weil der Busfahrer schnell anfuhr. Doch sie war sicher, daß es mindestens ein Mercedes sein müsse.

Schon tags darauf trafen sie sich am Achsteinsee zu einem ausgedehnten Spaziergang, und am Ende sprach Hertha die Einladung für das heutige Kaffeetrinken aus.

*

Endlich sah sie ihn kommen. Wider Erwarten fuhr Graf Friedrich nicht in seinem Wagen vor, was Hertha schon, alleine der Nachbarn wegen, gefallen hätte, sondern er kam zu Fuß. Immerhin hielt er in der linken Hand einen Blumenstrauß, und allein dieser Anblick ließ das Herz der Frau höher schlagen.

Noch bevor der Besucher den Klingelknopf drücken konnte, wurde ihm schon geöffnet. Mit einem strahlenden Lächeln empfing Hertha Breitlanger ihren Grafen, der sie mit einer formvollendeten Verbeugung begrüßte.

»Haben Sie herzlichen Dank für die Einladung«, sagte er und führte ihre Hand an seine Lippen.

»Ich freue mich, daß Sie es einrichten konnten, Graf«, hauchte Hertha entzückt, während sie ihm den leichten Sommermantel abnahm, den Friedrich von Herdingen auszog.

Sie hängte das Kleidungsstück an die Garderobe. Der Graf überreichte den Blumenstrauß, den er zuvor aus dem Pa-

pier wickelte, und Hertha eilte, um eine passende Vase zu holen.
»Bitte, nehmen Sie doch schon Platz«, rief sie dem Gast von der Küche her zu.
Graf Friedrich schaute sich im Wohnzimmer um. Was er sah, gefiel ihm. Zwar war die Einrichtung nicht unbedingt sein Geschmack, aber sie zeugte von einem gewissen Wohlstand der Bewohnerin. Zufrieden nickte er, als er den Pfirsichkuchen sah. Die Dame seines Herzens hatte sich also gemerkt, daß dies sein absoluter Lieblingskuchen war.
Hertha kam aus der Küche zurück. Die Blumen, ein Strauß gelbe Teerosen, hatte sie in eine Glasvase gestellt, die sie auf dem Tisch plazierte. Dann schenkte sie Kaffee ein und legte den Kuchen auf. Schnell entwickelte sich eine Unterhaltung, die der Graf zum größten Teil alleine bestritt. Wie gebannt hing Hertha an seinen Lippen und lauschte der Erzählung über seine Familie, die, nach seinem Bekunden, einer Seitenlinie des böhmischen Königshauses entsprang. Dabei vergaß die Witwe ihr Befremden, das sie nach dem Spaziergang am Achsteinsee darüber befallen hatte, daß Graf Friedrich sie nicht mit seinem Auto nach St. Johann chauffierte, sondern sie statt dessen den Bus nehmen mußte.
Auf jeden Fall würde Sophie große Augen machen, wenn sie vom Besuch des Grafen erfuhr.
Viel zu schnell war der Nachmittag vorüber, und viel zu schnell verabschiedete sich ihr Gast. Allerdings nicht ohne eine erneute Verabredung zu treffen.
»Bringen Sie doch ruhig Ihre Freundin mit, liebste Hertha«, sagte Friedrich zum Abschied. »Ich bin immer neugierig darauf, neue Menschen kennenzulernen.«
Er reichte ihr die Hand.
»Also, dann bis Sonntag, draußen am See«, hauchte Hertha

Breitlanger und winkte ihm nach, als er die Straße hinunterging.
Dann tanzte sie beschwingt durch die Wohnung und räumte mit einem verliebten Blick den Teller ab, von dem der Graf gegessen hatte.

*

Florian hatte sich im Gesindehaus eingerichtet und mit dem alten Valentin bekannt gemacht. Der Knecht war froh, endlich Hilfe zu bekommen, und der Neue schien ein ganz patenter Kerl zu sein.
»Dann fahren wir am Nachmittag ins Heu«, sagte er beim Mittagessen, zu dem sich alle in der Küche eingefunden hatten.
»Ist mir recht«, nickte der junge Bursche.
»Und vergeßt net, nach dem Holz zu schauen, das der Hardlinger morgen abholt«, trug Franziska ihnen auf.
»Machen wir«, erwiderte Florian mit einem Lächeln, daß der jungen Bäuerin heiß und kalt wurde.
Wenn der so weitermacht, dann bleibt er net lang auf dem Hof, dachte sie wütend. Was bildete er sich eigentlich ein? Daß er sie nur anlächeln brauchte, und sie ihm um den Hals fiel? Da kannte er sie aber schlecht. Und mochte er auch noch so gut aussehen – sie war seine Chefin, und so würd's auch bleiben!
Sie beeilte sich, ihren Teller leer zu essen und erhob sich dann schnell. Sie meinte, seinen Blick auf ihrem Rücken brennen zu spüren, als sie die Küche verließ und ins Wohnzimmer ging.
Valentin bekam davon nichts mit, aber die alte Maria hatte ein feineres Gespür. Ihr war nicht entgangen, daß zwischen dem Knecht und der Bäuerin eine knisternde Atmosphäre herrschte.

Franziska kehrte erst in die Küche zurück, nachdem Florian und Valentin vom Hof gefahren waren. Schweigsam machte sich die Bäuerin an den Abwasch.
»Laß doch. Das kann ich doch machen«, sagte die Magd.
Franziska Pachner wehrte ab.
»Geh', Maria, das bißchen Geschirr. Leg dich doch ein Stündchen hin, ich mach das schon.«
Maria Ohlanger sah die junge Frau verständnislos an. Schließlich war es nicht die Aufgabe der Bäuerin, den Abwasch zu machen.
»Was hältst denn vom neuen Knecht?« erkundigte sie sich arglos.
Franzi spürte, wie ihr eine feine Röte ins Gesicht stieg, und widmete sich noch intensiver der Arbeit am Spülbecken, in der Hoffnung, daß Maria es nicht bemerken würde.
»Was soll ich schon von ihm halten?« stellte sie eine Gegenfrage. »Er macht seine Arbeit bis jetzt ordentlich.«
Maria merkte, daß Franzi nicht recht reden wollte, und befolgte deren Rat. Wenn die Bäuerin sich den Abwasch nicht abnehmen lassen wollte, dann würde sie sich eben wirklich ein wenig schlafen legen. Oft kam es ja net vor, daß sie dazu Gelegenheit hatte.
Die junge Bäuerin war froh, endlich allein zu sein. So hatte sie Gelegenheit, ihre Gedanken zu ordnen. Seit Florian auf dem Hof war, spielten sie nämlich verrückt. Franziska wehrte sich zwar dagegen, konnte aber nicht verhindern, daß sie immer öfter das Gesicht des jungen Burschen vor sich sah.
Und dabei hatte sie sich doch geschworen, daß sie sich niemals wieder in ein Mannsbild vergucken wollte.
Sie schluckte schwer, als ihr wieder dieser unselige Abend ins Gedächtnis kam, an dem sie den Mann, den sie liebte, in den Armen einer anderen sah, und sie konnte nicht verhindern, daß ihre Augen tränennaß wurden.

Nein! Franziskas Körper straffte sich. Das war alles längst überstanden und würde sich niemals wiederholen. Und wenn dieser Florian es auf die Spitze trieb, dann mußte er eben seine Sachen packen und wieder gehen.
Punkt und aus!

*

Max Trenker las ungläubig das Fernschreiben, das er eben von den Kollegen aus der Kreisstadt erhalten hatte. In ihm wurde auf einen Trickbetrüger und Hochstapler aufmerksam gemacht, der seit geraumer Zeit in der Gegend sein Unwesen trieb. Nicht nur, daß er in Hotels und Pensionen übernachtete und am nächsten Morgen sang- und klanglos verschwand, offenbar hatte er es auch auf reifere Damen abgesehen, die er mit betörenden Worten dazu brachte, ihm ihr Erspartes anzuvertrauen, mit dem er dann durchbrannte.
Wie viele Opfer es bisher waren, konnte die Polizei nur vermuten, denn nicht wenige schämten sich, auf diesen Schwindler hereingefallen zu sein, und verzichteten auf eine Anzeige. Erst als eine von ihnen den Mut hatte, zur Polizei zu gehen, wurde die Sache bekannt, und auf die erste Anzeige folgten weitere, so daß man inzwischen von mindestens zwölf Fällen ausging, in denen Beträge zwischen drei- und zehntausend Mark ergaunert worden waren.
Der Bruder des Bergpfarrers schüttelte den Kopf. Es war doch unglaublich, wie leicht sich die Leute das oft schwer ersparte Geld wieder abluchsen ließen.
Die Beschreibung war eindeutig, sollte der Kerl sich hier in St. Johann sehen lassen – Max Trenker würde ihn sofort erkennen.
»Passen S' nur auf, daß Ihnen keiner schöne Augen macht, der's net ehrlich meint«, sagte er spaßeshalber zu Sophie

Tappert, als er später im Pfarrhaus vorbeischaute und von der Suchmeldung erzählte.
Die Haushälterin sah ihn nur kopfschüttelnd an. Was der Max bloß wieder dachte! So toll konnte gar kein Mann sein, daß es ihm gelang, Sophies Herz zu erobern. Sie war mit ihrem Beruf verheiratet.
»Wir wollen hoffen, daß der Gauner bald dingfest gemacht wird, bevor er noch mehr Menschen unglücklich macht«, sagte Sebastian Trenker.
»Bestimmt, wenn der Kerl sich hier blicken läßt«, versprach Max grimmig.
Er schaute noch einmal die Haushälterin an.
»Sagen S' doch mal, Frau Tappert, der Graf, von dem Sie erzählt haben – was ist das denn für einer?« erkundigte er sich.
Die Perle des Pfarrhaushaltes hob die Schulter.
»Was soll ich sagen? Ich kenn' ihn ja net. Bloß von Herthas Erzählungen. Aber, am nächsten Sonntag soll ich ihn kennenlernen. Haben S' den etwa in Verdacht?«
Der Polizist schüttelte den Kopf.
»Mir geht's wie Ihnen – ich kenn' ihn auch net. Aber ein bissel merkwürdig ist's schon, daß hier so ein Graf auftaucht, wo seine Familie doch eigentlich ausgestorben ist.«
»Vielleicht, Max, vielleicht«, wandte der Geistliche ein. »Wie gesagt – ich bin kein Historiker. Mag sein, daß ich mich täusch', und es leben wirklich noch welche aus dieser Seitenlinie. Wir wollen ja niemanden zu Unrecht verdächtigen.«
»Na, ich werd' mir den Grafen jedenfalls genau anschau'n, wenn ich ihn am Sonntag treff'«, bekräftigte Sophie Tappert.

*

Soweit es ihr möglich war, versuchte Franziska Pachner ihrem neuen Knecht aus dem Weg zu gehen. Allerdings ließ es sich nicht vermeiden, daß sie zu den Mahlzeiten aufeinander trafen. Jedesmal beschränkte sich die junge Bäuerin darauf, nur das Notwendigste mit ihm zu reden.

Florian Brunner schien hingegen unbekümmert. Als gäbe es überhaupt keine dunklen Wolken, die sein Gemüt jemals trüben könnten, hatte er immer ein freundliches Lächeln im Gesicht. Und mit jeder Geste, mit jedem Wort ließ er Franziska spüren, daß sie für ihn mehr, als nur die Chefin war.

Nicht, daß er sich ihr offenbart hätte. Aber seine ganze Art sprach eine deutliche Sprache. Selbst der Dümmste hätte bemerkt, daß der Knecht bis über beide Ohren in seine Bäuerin verliebt war.

Am Samstag saß er nach dem Abendessen noch ein Weilchen in der Küche und schaute Maria zu, die den Braten für den sonntäglichen Schmaus vorbereitete. Valentin saß auf der Eckbank, schlürfte seinen Kaffee und blätterte in der Zeitung. Franziska Pachner war gleich nach dem Essen aufgestanden und mit dem Hinweis, sie müsse sich um die Buchführung kümmern, ins Wohnzimmer gegangen.

Florian überlegte, was er mit dem Abend anfangen sollte. Überall, wo er sonst gewesen war, ging man am Wochenende zum Tanz ins Dorf hinunter. Allerdings – die beiden Alten schienen nicht mehr so recht in der Lage, das Tanzbein zu schwingen. Und die Bäuerin? Florian wollte nicht glauben, daß die junge Frau kein Interesse an dem samstäglichen Vergnügen habe. Wenn man die ganze Woche über hart arbeitete, freute man sich doch darauf, ein wenig zu feiern und Spaß zu haben. Aber als er Franzi darauf ansprach, schaute sie ihn nur verständnislos an.

»Für solchen Firlefanz hab' ich keine Zeit«, antwortete sie barsch. »Und überhaupt – was geht's dich an, wie ich mein Wochenend' verbring'?«

Damit hatte sie ihn stehengelassen. Wie ein begossener Pudel schaute er ihr hinterher. Doch dann nahm er's von der leichten Seite, pfiff ein leises Liedchen und tänzelte dabei so elegant durch die Küche, daß die alte Maria sich wünschte, vierzig Jahre jünger zu sein.

»Also, ich glaub', ich geh' ins Dorf«, sagte Florian und erhob sich. »Bestimmt wird's eine Mordsgaudi, und eine gut gezapfte Maß Bier hab' ich auch schon lang' net mehr getrunken.«

Als er später über den Hof ging und den Weg hinunter nach St. Johann einschlug, da stand Franziska Pachner hinter dem unbeleuchteten Wohnzimmerfenster und schaute ihm nach, bis er nicht mehr zu sehen war.

Schwer seufzend riß Franzi sich vom Fenster los und machte sich wieder an ihre Arbeit. Sie haßte das langweilige Zusammenrechnen der Ausgaben und Einnahmen, das Eintragen der endlosen Zahlen. Aber in ein paar Tagen war wieder einmal der Quartalsletzte, und der Steuerberater wartete auf die Unterlagen.

Aber so recht wollte es ihr nicht mehr gelingen, sich auf die Arbeit zu konzentrieren. Florians Frage, ob sie denn nicht auf den Tanzabend ginge, beschäftigte sie immer wieder. Seit jenem Abend war sie nie wieder ausgegangen, aber natürlich konnte der Knecht nichts darüber wissen, und sie war ihm deswegen auch nicht böse. Trotzdem ärgerte es sie, daß sie an dieser Stelle so leicht zu verwunden war. Sie beschloß, sich in Zukunft noch mehr abzuschirmen. Die Geschichte mit dem Tobias Anzengruber war schon eine ganze Weile her, aber Franzi merkte, daß sie es noch immer nicht verwunden hatte. Dabei war ihr nicht klar, was sie damals mehr verletzt hatte, der eigentliche Betrug, oder die kränkenden Worte, die der Anzengruber über sie gesagt hatte.

Vielleicht, so überlegte sie, würde es ihr helfen, wenn sie sich einmal mit jemandem darüber aussprechen konnte. Nur war ihr nicht so ganz klar, wer dieser jemand sein könnte. Eine wirkliche Freundin hatte sie nicht. Zwar gab es lockere Bekanntschaften, die noch aus der Schulzeit herrührten, aber denen hätte sich die junge Frau in diesen Dingen niemals anvertraut.

Eigentlich kam nur einer in Betracht, dachte sie schließlich – Pfarrer Trenker. Der gute Hirte von St. Johann, wie er auch genannt wurde, hatte für alles und jeden ein offenes Ohr. Er konnte geduldig zuhören und half aus jeder Lage. Vielleicht würde er auch Franziska helfen können.

Der Gedanke, sich schon bald einmal richtig aussprechen zu können, ließ sie wie beflügelt weiterarbeiten. Und es ging ihr schneller von der Hand, als es zu Anfang ausgesehen hatte. Als Franziska nach zwei Stunden die Ordner schloß und sich aufatmend zurücklehnte, verspürte sie ein befriedigendes Gefühl.

Sie ging zum Schrank hinüber, öffnete eine Flasche Wein und gönnte sich ein Glas. Dann setzte sie sich in den Sessel am Fenster, knipste die Stehlampe ein und blätterte in den Zeitschriften, die seit Wochen ungelesen unter dem Tischchen lagen. Als sie ein Modejournal darunter entdeckte, wußte sie plötzlich, was sie so schnell wie möglich machen wollte – in die Kreisstadt fahren und sich etwas Neues zum Anziehen kaufen. Ein schickes Kleid, ein Pullover oder eine Bluse. Sie freute sich närrisch darauf, als sie sich vorstellte, wie sie zwischen all den Kleiderständern herumwühlte.

Bevor sie später schlafen ging, machte sie noch ein paar Schritte vor die Tür. Drüben beim Gesindehaus war bereits alles dunkel. Bestimmt war Valentin schon schlafen gegangen, schließlich stand er beim ersten Hahnenschrei wieder auf. Franziska schaltete das Hoflicht ein. Wenn Florian nach Hause käme, sollte er nicht im Dunkeln stolpern und stürzen.

*

Wie an jedem Wochenende ging's im Hotel »Zum Löwen« hoch her. Das Restaurant war wie immer gut besucht, und auf dem Saal herrschte das übliche Gedränge. Kaum ein Stuhl war noch frei, auf der Tanzfläche drehten sich die Burschen und Madeln, und oben auf dem Podest spielte die Blaskapelle ein Lied nach dem anderen.

Während die Saaltöchter die vollen Tabletts an die Tische schleppten, stand Sepp Reisinger, der Wirt vom Löwen, zufrieden am Tresen und beobachtete das Treiben. Wäre es nach ihm gegangen, dann hätte jeder Tag ein Samstag sein können, denn zu keiner anderen Gelegenheit kam so viel Geld in die Kasse.

Der Blick des Wirtes fiel auf den neuen Gast, der eben durch die Tür in den Saal trat. Ein junger Bursche mit einem freundlichen, offenen Gesicht. Er stand am Eingang und schaute auf die tanzenden Paare. Schließlich wandte er sich zum Tresen um und bestellte eine Maß.

Sepp Reisinger zapfte und stellte den vollen Krug vor den unbekannten Gast.

»Zum Wohl«, wünschte er.

Florian Brunner trank in vollen Zügen und wischte sich hinterher den Schaum von den Lippen.

»Ah, das tut gut«, meinte er und lachte den Gastwirt an.

»Bist neu hier?« wollte Sepp wissen.

Allerdings war eine Unterhaltung in dem ganzen Lärm nicht so einfach. Florian verstand die Frage erst beim zweiten Mal.

»Droben vom Pachnerhof komm' ich her«, erklärte er. »Ich hab' für eine Weile dort oben Arbeit gefunden.«

Im selben Augenblick gesellte sich der alte Pankratz hinzu, der den Wandergesell wiedererkannt hatte. Er hatte die letzten Worte mitbekommen.

»Dann hat's also geklappt bei der Franziska Pachner?« erkundigte er sich.

»Freilich. Und schönen Dank noch mal für den Tip«, nickte Florian Brunner. »Ich möcht' mich revanchieren. Magst eine Maß mittrinken?«

»Da sag' ich net nein«, rieb der Alte sich die Hände. »Aber komm' mit herüber an den Tisch. Da lernst gleich noch ein paar andere Leut' kennen.«

Der Knecht vom Pachnerhof folgte dieser Einladung gerne. Mit großem Hallo wurde der Neue in der Mitte der Dörfler begrüßt. Natürlich mußte Florian erzählen, woher er kam, wo er geboren war, warum er in der Welt umherzog und vieles andere mehr.

Die meisten an dem Tisch waren Leute vom Anzengruberbauern, unter ihnen befand sich auch Tobias. Der Bauerssohn sah den jungen Knecht der Franziska Pachner zwar neugierig an, ansonsten hielt er sich in der Unterhaltung aber zurück.

Zwei-, dreimal forderte Florian Brunner eines der Madeln zum Tanz auf, und jedesmal bestach er durch sein charmantes Lächeln und sein offenes Wesen. Die jungen Frauen waren hin und weg von diesem gutaussehenden Burschen.

Als der Tanzabend sich dem Ende neigte, hatte Florian nicht nur eine Menge neuer Bekannter, sondern vor allem auch eine ganze Reihe neuer Verehrerinnen. Gut gelaunt machte er sich auf den Heimweg, und als er am Pachnerhof ankam, der so idyllisch am Berghang lag, da war er überzeugt, daß ihm dieses Tal mit seinen Menschen eine neue Heimat werden könnte.

*

Obwohl er in der Nacht so spät nach Hause gekommen war, stand Florian Brunner mit dem ersten Hahnenschrei wieder auf. Den Tieren war es egal, was für ein Tag es war – sie waren es gewohnt, pünktlich um fünf ihr Futter zu bekommen

und scherten sich nicht darum, ob die Menschen noch müde waren. Zusammen mit dem alten Valentin machte der junge Knecht sich daran, die Ställe auszumisten, die Kühe an die Melkmaschine anzuschließen und die Schweine mit neuem Futter zu versorgen.
Unterdessen waren Franziska Pachner und Maria Ohlinger im Haus damit beschäftigt, das Frühstück vorzubereiten. Als die beiden Männer bald darauf die Küche betraten, duftete es herrlich nach Kaffee. Frisches Brot und Butter standen auf dem Tisch. Dazu Marmelade, Käse und Wurst. Franziska kochte Eier, während Maria einen Blechkuchen anschnitt, den sie am Abend vorher gebacken hatte. Nach dem Dankesgebet, das die Bäuerin sprach, langten sie tüchtig zu.
»Wie war's denn im Löwen?« erkundigte sich die Magd.
»Nett war's«, nickte Florian und kaute munter sein Brot weiter. »Eine Menge netter Leute hab' ich kennengelernt und viel Spaß gehabt.«
Dabei beobachtete er aus den Augenwinkeln heraus Franziska Pachner, die so tat, als höre sie gar nicht zu.
»Auf jeden Fall geh' ich am nächsten Wochenend' wieder hinunter. Habt's ihr keine Lust?«
Er sah Valentin und Maria an.
Der alte Knecht schüttelte bloß schmunzelnd den Kopf, während Maria Ohlanger entsetzt die Hände hob.
»Bloß net«, wehrte sie ab. »Vor vierzig Jahren, da wär's noch was anderes gewesen. Jetzt sind meine Knochen viel zu alt.«
»Geh«, mischte sich Franzi in das Gespräch. »Du tust ja grad' so, als wärst' schon mit einem Bein im Grab. Dabei bist neulich, als die beiden Kaninchen ausgebüxt sind, gelaufen wie ein junges Madel.«
»Da ging's ja auch um mein Gemüse«, wandte die Magd ein. »Für einen Kerl hätt' ich mich gewiß net so beeilt.«

Heiteres Gelächter war in der Küche zu hören, als Maria dies von sich gab.

Nach dem Frühstück ging es gemütlicher als sonst zu. Die Woche über gab es genug Arbeit, doch am Sonntag ließ man sie ruhen und beschränkte sich nur auf das Nötigste. Franziska hatte sich in ihr Schlafzimmer zurückgezogen und suchte die Sachen für die Tracht zusammen. Mochte es vielleicht auch vielen altmodisch erscheinen – im Wachnertal trug man diese festliche Tracht gerne, wenn sich ein Anlaß dafür bot. Und solch ein Anlaß war der Kirchgang am Sonntag. Nachdem sie den von der Mutter geerbten Silberschmuck angelegt hatte, betrachtete Franziska sich zufrieden im Spiegel. Was sie sah, war eine junge und schöne Frau, die stolz dreinblickte.

Aber auch ein leiser Zug von Sehnsucht war zu sehen.

Maria hatte das Essen soweit vorbereitet, daß nachher, wenn alle von der Kirche heimkamen, nur die Kartoffeln und das Gemüse gekocht werden mußten. Zusammen fuhren sie in Franziskas Wagen ins Dorf hinunter. Florian, der sich hinten hineingesetzt hatte, schaute immer wieder fasziniert auf den Kopf der jungen Bäuerin, und sein Herz klopfte bis zum Hals hinauf, als er sich vorstellte, wie es wäre, dieses Haar zu berühren, mit dem Finger den feinen Zügen des Gesichts nachzufahren und diese verlockend roten Lippen zu küssen.

Stundenlang hätte er so dasitzen und träumen mögen, doch die Fahrt ins Tal war schon nach kurzer Zeit beendet.

*

Pfarrer Trenker beendete die heilige Messe mit dem Segen. Dann stand er an der Kirchentür und verabschiedete die Gläubigen. Er war erstaunt, als er unter den Leuten, die hinausdrängten, einen jungen Mann entdeckte, dessen Gesicht ihm fremd war.

»Ihre Predigt hat mir sehr gefallen, Hochwürden«, sagte Florian Brunner, als er dem Geistlichen die Hand reichte.
»Das freut mich«, antwortete Sebastian.
Er war wirklich erfreut darüber. Es kam nicht sehr oft vor, daß jemand zu dem Stellung nahm, was er während der Messe hörte. Doch dieser Besucher äußerte sich.
»Dann darf ich vielleicht hoffen, Sie öfter zu sehen?« fragte der Seelsorger. »Herr...?«
»Ach so, entschuldigen S', Hochwürden. Florian Brunner ist mein Name. Ich arbeite seit kurzem oben auf dem Pachnerhof. Ja, ich werd' bestimmt an den Sonntagen zur Messe kommen.«
Sebastian nickte ihm freundlich zu und wandte sich dann den anderen Leuten zu, die geduldig gewartet hatten, daß es weiterging. Unter den letzten, die die Kirche verließen, war Franziska Pachner. Sie ließ die anderen vortreten und bat dann den Pfarrer um eine Unterredung. Sebastian, der die junge Frau schon seit ihrer Taufe kannte, nickte.
»Aber freilich, Franziska. Laß uns doch einen Moment zurück in die Kirche gehen«, schlug er jetzt vor.
Die Bäuerin gab den anderen Bescheid, daß sie noch etwas mit dem Herrn Pfarrer bereden müsse, dann kehrte sie in das Gotteshaus zurück, wo Pfarrer Trenker in der Sakristei auf sie wartete. Der Geistliche hatte sich inzwischen seines Meßgewandes entledigt und ein dunkles Sakko übergezogen. Jetzt erinnerte nur noch der weiße Kragen daran, daß Sebastian Trenker Pfarrer war.
»Worum geht es?« erkundigte er sich bei Franziska. »Ist etwas mit dem Hof?«
»Nein, nein«, wehrte die Bäuerin ab. »Mit dem Hof ist gottlob alles in Ordnung, und seit der Florian bei uns ist, hab' ich auch keine Sorge mehr wegen der Ernte. Der neue Knecht ist wirklich tüchtig.«

»Ich habe ihn ja eben kennengelernt«, sagte Sebastian. »Er macht wirklich einen netten Eindruck.«
Der Seelsorger hatte seiner Besucherin einen Stuhl hingeschoben und setzte sich selbst ihr gegenüber.
»Also, was hast auf dem Herzen?«
Die junge Frau überlegte, wie sie beginnen sollte, und insgeheim bereute sie schon beinahe, sich überhaupt an den Pfarrer gewandt zu haben. Schließlich gab sie sich einen Ruck.
Sebastian hörte aufmerksam zu, als Franziska von ihren Ängsten erzählte, ihrer Sorge, daß ein Mann sie nur um ihres Geldes willen liebte. Zu groß war ja die Enttäuschung, die sie durchgemacht hatte und ihr Mißtrauen nur allzu verständlich.
»Ich kann dich gut verstehen«, antwortete der Geistliche, nachdem er einen Moment über Franziskas Worte nachgedacht hatte. »Ich weiß, daß es schwer für dich ist, wieder einem Mann zu vertrauen. Doch du mußt es versuchen. Nur weil einer dich so bitter enttäuscht hat, darfst du net alle anderen mit verurteilen. Das wäre dem Mann, der dich aufrichtig liebt, ungerecht.«
Er beugte sich ein wenig vor.
»Wer ist es denn?« wollte er wissen.
Franzi sah überrascht auf.
»Woher wissen Sie ...?«
Pfarrer Trenker lachte.
»Ein bissel Menschenkenntnis darfst mir schon zutrauen«, sagte er. »Du hätt's dich mir net anvertraut, wenn es da net schon jemanden gäbe, auf den du ein Aug' geworfen hast. Ist es der Florian Brunner?«
Die junge Bäuerin schluckte und nickte schließlich.
»Ja«, erwiderte sie. »Ich spüre ganz deutlich, daß er mir mehr bedeutet, als ich es eigentlich wahrhaben will. Aber jedesmal, wenn der Florian drauf und dran ist, sich mir zu erklä-

ren, dann werde ich schroff und abweisend. Dabei will ich es eigentlich gar net. Ich hab' ihn doch lieb...«
»Na also, Madel, dann ist doch alles in bester Ordnung«, ermunterte Sebastian die Frau. »Zeig es ihm doch endlich, was du auch für ihn empfindest. Hab Vertrauen, gib ihm eine Chance, dir zu beweisen, daß er es ehrlich mit dir meint.«
Franziska Pachner erhob sich. Sie fühlte sich sehr erleichtert und spürte, wie gut ihr dieses Gespräch getan hatte.
»Das will ich gerne tun«, antwortete sie, bevor sie sich verabschiedete.
Pfarrer Trenker sah ihr hinterher, wie sie unten an der Straße in den Wagen stieg und davonfuhr.
Sollte da schon bald eine Hochzeit ins Haus stehen?
Sebastian gönnte der jungen Frau ihr neues Glück von Herzen. Er wußte ja um die unselige Geschichte mit dem Tobias Anzengruber und hatte dem Burschen seinerzeit die Leviten gelesen.

*

»Gibt's was Neues von dem Hochstapler und Heiratsschwindler?« erkundigte sich der Geistliche bei seinem Bruder, als sie zum Mittagessen zusammensaßen.
»Net viel«, antwortete der Polizist. »Der Bursche ist wohl irgendwo untergetaucht. Ich hab' heut' morgen noch eine Liste der Namen bekommen, unter denen er seine Betrügereien begangen hat. Zu dumm, daß es keine Fotos von ihm gibt.
Joseph Brunner, Varlos y Morena und Douglas Tanner.« Max Trenker konnte nur den Kopf schütteln über so viel Phantasie. In Wirklichkeit hieß der Mann Fritz Untermayr, das hatte die Polizei inzwischen herausbekommen. Doch unter keinem dieser Namen war ein Mann, auf den die Personenbeschreibung paßte, hier irgendwo in der Gegend unterge-

taucht oder hatte sich ein Zimmer genommen. Max hatte den ganzen Vormittag über in den umliegenden Hotels und Pensionen nachgefragt. Nach dem Essen würde er wohl oder übel zu den Almwirtschaften hinauf müssen. In den Sennereien gab es etliche Frauenzimmer, vielleicht hatte der Mann sich dort verkrochen.

Oder aber, er war längst über alle Berge! Dann war die ganze Arbeit umsonst.

Sophie Tappert tröstete den Beamten mit einem besonders großen Stück Braten.

»Damit Sie genug Kraft haben für Ihre Arbeit am Sonntag nachmittag.«

»Ein Polizist ist eben immer im Dienst«, seufzte Max.

Aber so richtig beklagen wollte er sich natürlich nicht. Der Bruder des Pfarrers von St. Johann war froh, in solch einer friedlichen Gemeinde Dienst tun zu können. Da hatten es die Kollegen in der Kreisstadt ungleich schwerer.

»Und Sie schau'n sich bitte den Grafen genau an«, trug er der Haushälterin auf. »Ich möcht' schon wissen, was an dem dran ist.«

»Worauf Sie sich verlassen können«, nickte Sophie Tappert. »Ich bin selbst schon ganz gespannt.«

»Und womit verbringst du den schönen restlichen Sonntag?« fragte der Polizist seinen Bruder.

»Das kann ich dir ganz genau sagen«, erklärte der Geistliche. »Gleich nach dem Essen werde ich mich umziehen und zu einer Bergwanderung aufbrechen. Dabei werd' ich dir einen Teil deiner Arbeit abnehmen. Ich muß wieder einmal zur Korber-Alm hinauf. Da kann ich mich gleich erkundigen, ob sich jemand unter einem dieser Namen dort oben einquartiert hat.«

Max nickte begeistert. Eigentlich hätte er es sich ja denken können, daß sein Bruder an solch einem Tag nicht zu Hause im Sessel hockte. Bei diesem Wetter lockten die Berge, und Sebastian war der letzte, der diesem Ruf widerstehen konnte. Nicht von ungefähr hatten seine engsten Freunde ihm den Namen »Bergpfarrer« gegeben, wußten sie doch um seine Leidenschaft für die majestätische Bergwelt. Und sportlich gestählt war Sebastian Trenker allemal. Wenn er in seiner Wanderausrüstung unterwegs war, dann ahnte niemand, der ihn nicht kannte, daß es sich um einen Geistlichen handelte. Eher hielt man ihn für eine Sportskanone, ja, sogar mit einem Filmstar hatte man ihn schon in Verbindung gebracht.

Pfarrer Trenker konnte darüber nur amüsiert lächeln. Für ihn war allein wichtig, draußen in der freien Natur zu sein. Wenn er den höchsten Gipfel erklommen hatte, dann fühlte er sich seinem Herrgott so nahe und verbunden wie nie. Dann hielt er Zwiesprache mit ihm, und sehr oft kam er dort oben auf die Lösung eines Problems, mit dem er sich vielleicht schon länger herumschlug.

»Dann vergessen S' net, ein Stück von dem Bergkäs' mitzubringen«, warf Frau Tappert ein »Das letzte Stück ist fast aufgebraucht.«

»Das mach' ich, Frau Tappert. Aber nun spannen S' uns net länger auf die Folter und verraten uns, was Sie Schönes zum Nachtisch vorbereitet haben.«

Die Perle des Pfarrhaushalts lächelte und verschwand in der Küche. Nach ein paar Minuten kam sie zurück. In der rechten Hand hielt sie eine Kupferkanne, in der es geheimnisvoll zischte und brodelte, in der anderen Hand ein Feuerzeug. Vor dem Tisch entzündete sie es und hielt es an den Pfanneninhalt. Sofort schoß eine hellgelbe Flamme in die Höhe, und ein betörender Duft breitete sich in dem Eßzimmer aus.

»So, ich wünsche einen recht guten Appetit«, sagte sie, wäh-

rend sie die Pfanne auf einem Untersetzer auf dem Tisch plazierte. »Zum Nachtisch habe ich Crêpes Suzette gemacht.«
»Also, Frau Tappert, wenn's Ihnen jemals in den Sinn kommen sollte, Ihre Stelle hier im Pfarrhaus aufzugeben, dann werd' ich Sie sofort engagieren«, meinte Max und leckte sich genüßlich die Lippen.
Sein Bruder gab ihm einen freundschaftlichen Knuff.
»Ich werd' dir helfen, die gute Frau Tappert abzuwerben«, sagte er und drohte mit dem Zeigefinger.

*

»Also, ein bissel merkwürdig find ich's schon, daß dein Graf uns net mit einem großen Auto abholt, so wie es sich gehört«, bemerkte Sophie auf der Fahrt zum Achsteinsee zu ihrer Freundin. »Statt dessen müssen wir den Bus nehmen.«
Hertha Breitlanger reagierte etwas gereizt. Zum einen ärgerte sie sich selber über den Umstand, mit dem Bus zu ihrer Verabredung fahren zu müssen, zum anderen war sie nervös und gespannt darauf, was Sophie wohl von dem Grafen hielt.
»Er ist net mein Graf«, gab sie zurück. »Wir sind halt gut bekannt.«
Na, dachte die Haushälterin, dafür gibt's aber eine ganze Menge mit ihm an.
Sie zog es aber vor zu schweigen, bis der Bus die Haltestelle am See erreicht hatte.
»Da ist er«, rief Hertha aufgeregt und deutete auf einen schlanken, hochgewachsenen Mann, der etwas abseits stand und neugierig auf den haltenden Bus schaute.
Die beiden Damen stiegen aus, und Graf Friedrich von Herdingen kam auf sie zu. Er begrüßte Hertha mit einem formvollendeten Diener und schaute dann Sophie Tappert erwartungsvoll an.

»Wollen Sie mich bitte Ihrer Bekannten vorstellen?« bat er.
»Aber natürlich«, beeilte sich Hertha Breitlanger. »Sophie, das ist Graf Friedrich von Herdingen – lieber Graf, das ist Frau Sophie Tappert, eine gute Freundin von mir.«
Der Graf beugte sich über die dargebotene Hand.
»Ich bin entzückt, gnädige Frau«, sagte er und deutete einen Handkuß an.
Die Perle des Pfarrhaushalts schaute ein wenig irritiert. Sie mochte es nicht, wenn jemand sie so geschwollen ansprach. Sie war Frau Tappert, schlicht und einfach! Trotzdem machte sie gute Miene zum bösen Spiel und lächelte.
»Ich freue mich, Sie kennenzulernen, Graf«, antwortete sie. »Hertha hat mir schon soviel von Ihnen erzählt.«
»Ich hoffe nur Gutes«, lachte er, und Sophie mußte zugeben, daß dieses Lächeln durchaus einen gewissen Charme besaß.
Der Kavalier führte die beiden Damen zu einem Spaziergang rund um den See, wobei er nicht müde wurde, bald der einen, bald der anderen Begleiterin die nötige Aufmerksamkeit zu zollen. Sophie Tappert beobachtete den Grafen genauer. So, wie er sich gab, konnte man ihm durchaus glauben, blauen Geblütes zu sein. Sein ganzes Gehabe hatte etwas Aristokratisches an sich.

*

Auf und in dem See tummelten sich an diesem strahlenden Sonnentag unzählige Surfer, Tretbootfahrer und Wasserratten. Dementsprechend gut besucht waren die umliegenden Cafés und Wirtshäuser. Graf Friedrich kümmerte sich persönlich darum, daß sie einen freien Tisch fanden. Er stand unter einem großen gelben Sonnenschirm im Garten einer Konditorei, die besonders für ihre Linzer- und Prinzregententorte berühmt war.

»Kaffee für alle?« fragte der Graf und bestellte nach einem zustimmenden Kopfnicken der beiden Frauen.
»Ich nehme ein Stückchen Pfirsichtorte, wenn vorhanden«, fügte Friedrich hinzu. »Und Sie, meine Damen?«
Sophie Tappert entschied sich für ein Stückchen Marmorkuchen – nach Torte stand ihr der Sinn heute nicht –, während ihre Freundin dem Kavalier folgte und für sich ebenfalls von der Pfirsichtorte bestellte.
»Mit Sahne?« fragte die freundliche Bedienung.
Hertha und ihr Graf sahen sich an, beide schmunzelten.
»Es ist ja Sonntag«, meinte Friedrich. »Da sollten wir uns mal etwas gönnen.«
»Also, zweimal Pfirsichtorte mit Sahne«, bestätigte das junge Madel mit dem adretten weißen Schürzchen.
Sophie blieb bei ihren Vorsätzen und verzichtete auch auf den dicken Schlagobers. Während sie darauf wartete, daß die Bestellung an den Tisch gebracht wurde, beobachtete die Haushälterin den Bekannten ihrer besten Freundin.
Zwar hatte Sophie Tappert keine psychologische Ausbildung, aber sie besaß eine gehörige Portion Menschenkenntnis, und die sagte ihr, daß etwas an diesem Grafen merkwürdig war. Da war etwas, das sie störte, obgleich sie nicht zu sagen vermochte, was es eigentlich war.
Zum einen war ihr schon diese unstandesgemäße Anfahrt zum See sauer aufgestoßen. Für ihr Verständnis gehörte es sich, daß so ein Blaublütler die Dame, die er offensichtlich verehrte, wenn schon nicht mit einer Kutsche, so doch zumindest mit einem repräsentativen Automobil abholte, und sich nicht an einer Bushaltestelle mit ihr verabredete.
Die große Überraschung sollte aber später kommen. Zunächst gab sich Sophie Tappert alle Mühe, freundlich zu Herthas Eroberung zu sein. Sie erkundigte sich natürlich nach dem Schloß der Familie, immerhin ging sie davon aus, daß

der Graf über ein solches verfügte, und es mußte doch wunderbar sein, darin zu wohnen.
Friedrich von Herdingen hüstelte etwas, bevor er antwortete.
»Wissen Sie, Gnädigste, das Schloß meiner Vorfahren ist in einem desolaten Zustand. Es ist völlig unmöglich, sich darin länger als ein paar Stunden aufzuhalten, geschweige denn darin zu wohnen.«
»Das ist aber jammerschade«, erwiderte Sophie. »Dabei hätte ich es mir zu gerne einmal angesehen. Wo steht es eigentlich?«
Der Graf fuhr sich mit dem Finger zwischen Hemdkragen und Hals. Trotz des Sonnenschirms war es ziemlich heiß, und der Kaffee tat ein übriges.
»Das Schloß steht drüben im Breestertal«, antwortete er schließlich. »Ich selbst wohne allerdings in meiner Villa in der Nähe von Waldeck.«
Das mit dem Schloß stimmte. Im besagten Tal stand wirklich eines. Aber soviel die Haushälterin wußte, war darin ein Kinderheim untergebracht. Von einem desolaten Zustand konnte also keine Rede sein.
Diese offensichtliche Lüge machte Sophie Tappert noch mißtrauischer gegenüber diesem Grafen, als sie ohnehin schon war, und sie dachte an das, was der Bruder des Pfarrers über den Hochstapler und Heiratsschwindler gesagt hatte.
Saß sie diesem »Herrn« jetzt etwa gegenüber?

*

Pfarrer Trenker hatte sich gleich nach dem Mittagessen auf den Weg gemacht. Nach so einem üppigen Mahl war eine Wanderung das beste, was man seinem Körper antun konnte. Über den Höllenbruch stieg er auf und erreichte die Korber-Alm nach einer guten Stunde Wanderung. Wie zu erwarten, waren viele Touristen hier oben, die sich nach einer ausgiebigen Wanderung an dem labten, was der Sennenwirt anbot. Neben einem warmen Tagesgericht waren es in erster Linie Brotzeiten mit kernigem Schinken und gereiftem Bergkäse. Dazu gab's entweder Limonade, Bier oder Radler, oder aber ein Glas frische Milch, die von den meisten Wandersleuten bevorzugt wurde. So auch von Sebastian Trenker.

»Dank' dir, Loisl«, nickte er dem alten Senner zu, als der ihm den Milchkrug auf den Tisch stellte. »Wenn's ein Augenblick Zeit hast, dann hock' dich her, ich muß dich da was fragen.«

»Freilich, Hochwürden«, antwortete der Alte und setzte sich Sebastian gegenüber.

Der Geistliche hatte sich absichtlich nach drinnen gesetzt, während die meisten Wanderer und Touristen es vorzogen, draußen zu bleiben. So waren Sebastian und Alois Kremner ungestört.

»Sag', Loisl«, erkundigte sich der Pfarrer, nachdem er einen großen Schluck von der köstlich schmeckenden Milch genommen hatte, »hast im Moment auch Pensionsgäste hier droben?«

Der alte Senner nickte.

»Natürlich. Es ist ja grad' Hochsaison. Manche Nacht könnt' ich noch mehr Strohbetten haben. Es ist ein ständiges Kommen und Gehen.«

»Ist denn auch jemand darunter, der für länger bleibt?« wollte Sebastian wissen.

Wieder nickte sein Gegenüber.

»Zwei junge Madeln wohnen seit einer Woch' hier. Sie wollen noch bis zum nächsten Samstag bleiben.«

»Ein Mann ist nicht darunter?«

Der Alte schüttelte diesmal den Kopf.

»Suchen S' denn jemanden? Hat er gar was ausgefressen?«

»Ja, der Max sucht einen Hochstapler und Heiratsschwindler. Er hat schon mehrere Hotel- und Pensionswirte geschädigt. Außerdem hat er Frauen die Ehe versprochen, sich von ihnen Geld geliehen und ist dann auf und davon. So einem muß natürlich das Handwerk gelegt werden.«
Dem konnte der Senner nur zustimmen. Er war ein ehrlicher, aufrechter Mann, der sein ganzes Leben lang hart gearbeitet hatte und es noch immer tat. Aufmerksam hörte er sich die Personenbeschreibung an und notierte sich die falschen Namen, unter denen dieser Fritz Untermayr auftrat.
»Ich werd' auf jeden Fall Augen und Ohren offenhalten«, versprach er. »Sollte der Bursche sich hier blicken lassen, werd' ich den Max gleich benachrichtigen.«
»Das ist recht«, nickte Sebastian und stand auf. »Und jetzt hätt' ich noch gern' ein Stückerl von deinem Bergkäs'. Meine Frau Tappert hat mir extra aufgetragen, daran zu denken.«
Der Senner verschwand im Käselager und kam nach einer Weile mit einem großen Käsestück zurück, das er in Wachspapier eingewickelt hatte. Sebastian verstaute es in seinem Rucksack.
»Was bin ich dir schuldig?« fragte er, doch der Alte winkte nur ab.
»Das ist schon recht so, Hochwürden.«
Der Geistliche gab ihm die Hand.
»Dann vergelt's Gott, Loisl. Und bleib weiterhin so gesund und munter.«
»Das macht die gute Bergluft«, lachte der Sennenwirt. »Und ab und zu ein Glaserl von meinem Enzian.«
Dabei zwinkerte er mit dem Auge. Beinahe jeder wußte, daß der Alte seinen Schnaps selber brannte, auch wenn er es eigentlich nicht durfte.
»Das letzte hab' ich net gehört«, sagte Pfarrer Trenker.

»Sonst müßt' ich noch dem Max davon erzählen...«
Der Alte verstand den Hinweis.
»Ist ja Medizin, Hochwürden«, grinste er.
»Na dann«, antwortete der Geistliche und machte sich auf den Heimweg.

*

Je länger Sophie Tappert mit dem Grafen zusammen war, um so unsympathischer wurde er ihr. Den Gipfel dieses Gefühls erreichte sie am Nachmittag, als es ans Bezahlen ging, da dachte der vornehme Herr nämlich gar nicht daran, die beiden Damen einzuladen, sondern bestand auf getrennte Kassen. Hertha Breitlanger war es offensichtlich unangenehm, als ihre beste Freundin sie so befremdet ansah, während Graf Friedrich so tat, als wäre es die normalste Sache der Welt.
Wäre es ja auch, wenn er vorher nicht so getan hätte, als sei er reicher als ein Scheich aus dem Orient. Fehlte nur noch, daß er sich von uns einladen läßt, dachte die Haushälterin und legte einen extra großzügigen Betrag Trinkgeld zu ihrer Rechnung, woraufhin der Graf sich bemüßigt sah, seinen Rechnungsbetrag um zwanzig Pfennige aufzurunden.
Hertha indes schien weiter nichts mitzubekommen, sie hatte nur Augen für ihren Kavalier, der sie wohl so blendete, daß sie gar nicht vermutete, mit dem Herrn könne etwas nicht stimmen. Für Sophie Tappert indes wurde es ein quälend langweiliger Nachmittag. Weitere Anzeichen dafür, daß der Graf der gesuchte Hochstapler sein könne, fand sie zwar nicht, aber so sympathisch wie auf den ersten Blick war er ihr schon lange nicht mehr. Die Perle aus dem Pfarrhaus war froh, als der Abend langsam herandämmerte und sie sich auf den Weg zur Bushaltestelle machten.

Noch bevor der Bus kam, verabschiedete sich Graf Friedrich von den beiden Damen mit dem Hinweis, noch einen geschäftlichen Termin zu haben. Er versprach Hertha, sie anzurufen und ging dann gemessenen Schrittes über den Parkplatz und verschwand irgendwo in den Autoreihen. Dort sollte nämlich nach seinen eigenen Angaben der Chauffeur mit dem Wagen warten.

Sophie Tappert war schon drauf und dran, hinterherzugehen und den Wahrheitsgehalt dieser Behauptung festzustellen. Allein der heranfahrende Bus – der letzte, der heute nach St. Johann zurückfuhr – hielt sie davon ab.

Auf der Rückfahrt war sie sehr schweigsam, während Hertha darauf brannte, von der Freundin zu erfahren, was sie von dem Grafen hielt.

»Nun sag schon, wie findest du ihn?« drängte sie.

Sophie überlegte, wie sie sich äußern sollte. Sie wollte auf der einen Seite die Freundin nicht kränken, auf der anderen Seite sie aber auch nicht blindlings ins offene Messer laufen lassen. Daß dieser Graf zumindest ein Aufschneider war, das stand für sie seit dem Nachmittag fest. Es mochte ja gerne sein, daß er wirklich ein Graf war, dann aber stammte er gewiß aus verarmtem Adel, und da war Hertha ein geradezu willkommenes Opfer. Sophie wußte von einigen tausend Mark, die die Freundin gespart hatte. Zusammen mit der nicht unbeträchtlichen Witwenrente, die sie bezog, war sie immer noch eine lukrative Partie für jemanden, der offenbar noch nicht einmal genug besaß, um ein anständiges Trinkgeld zu geben.

»Na ja, er ist ganz nett…«, antwortete sie ausweichend.

»Nett?« entfuhr es Hertha. »Nur nett? Also, hör mal, immerhin ist er ein echter Graf, reich und edel!«

Sophie Tappert hielt es jetzt für angebracht, ein paar offene Worte zu sagen.

»Also, ich bin da net deiner Meinung«, erwiderte sie. »Der Graf macht auf mich eher einen schäbigen Eindruck. Ganz abgesehen davon, daß er uns net einmal mit dem Wagen nach Hause fährt – er knausert auch beim Trinkgeld, oder gar damit, dich, seine gute Bekannte, einzuladen. Wenn du mich fragst – mit dem Herrn stimmt was net.«
Herthas Augen schienen Zornesblitze abzuschießen.
»Du hast doch gehört, daß Friedrich noch einen geschäftlichen Termin hat«, versuchte sie ihn zu verteidigen.
»Einen geschäftlichen Termin? Am Sonntagabend? Daß ich net lache. Also, Hertha, entschuldige, aber du bist ein bissel naiv. Selbst wenn es diesen Termin gäbe, so hätte dein Friedrich uns mit seinem Chauffeur fahren lassen können. Statt dessen sitzen wir hier in diesem Bus. Das hat für mich alles andere als Stil.«
»Ach, du bist ja nur neidisch«, begehrte Hertha Breitlanger auf. »Und jetzt willst ihn mir nur madig machen. Dabei hab' ich gedacht, du wärst meine Freundin.«
Sie wandte sich gekränkt ab.
»Aber das bin ich doch auch«, versuchte Sophie einzulenken. »Gerade deswegen spreche ich ja so offen mit dir.«
Hertha reagierte nicht auf diese Worte. Sie hatte den Kopf zur Seite gedreht und starrte aus dem Fenster. So blieb sie sitzen, bis der Bus in St. Johann gegenüber vom Hotel hielt.
Nachdem sie ausgestiegen waren, unternahm die Haushälterin einen letzten Versuch.
»Bitte, Hertha, laß uns bitte so net auseinandergehen«, bat sie sie. »Wir sollten noch einen Moment über die Angelegenheit reden.«
Doch die Mühe war vergebens. Mit einem Ruck drehte Hertha sich um und ging davon, ohne Sophie Tappert noch eines Blickes zu würdigen.
Die stand noch eine Weile da und schaute der anderen kopf-

schüttelnd hinterher. Dann hob sie ratlos die Schulter und ging zum Pfarrhaus hinüber.

*

Florian Brunner war den ganzen Nachmittag unterwegs gewesen. Gleich nach dem Mittagessen zog er los und erkundete die Gegend. Bis jetzt kannte er ja noch nicht viel von dem Wachnertal, außer dem Teil, in dem der Hof stand, auf dem er arbeitete. Aber je mehr er sah, um so besser gefiel es ihm, und zum ersten Mal, seit er aus der Heimat fortgegangen war, hatte er das Gefühl, irgendwo wieder heimisch werden zu können.
Und das lag nicht zuletzt an Franziska Pachner. Seit ihrer ersten Begegnung klopfte Florians Herz schneller, wenn er die schöne, junge Bäuerin sah. Warum nur zögerte er, ihr seine Liebe zu gestehen?
Weil sie die Chefin war?
Der Bursche schüttelte innerlich den Kopf. Das war es nicht. Schließlich arbeitete er genauso hart, als würde ihm der Hof gehören, und niemand konnte ihm nachsagen, daß er seine Arbeit nicht ordentlich verrichtete. Nein, es mußte an Franzi, wie er sie in Gedanken nannte, liegen. Irgend etwas an ihrer Art war schuld, daß ihn der Mut wieder verließ. Dabei hatte er schon zweimal einen Anlauf gemacht. Doch beide Male – im letzten Moment – hatte ihn etwas davon abgehalten.
Florian hatte sich abseits des Weges gesetzt und über sich und Franziska Pachner nachgedacht. Los, steh endlich auf, geh und sag's ihr, schoß es ihm durch den Kopf. Egal, was dann kommt. Selbst wenn sie dich dann hinterher vom Hof jagt – Hauptsache, du hast es ihr endlich gesagt. Sonst wirst nie erfahren, woran du bist.
Als hätte es nur dieser Ermahnung bedurft, sprang er plötz-

lich auf, und in seinem Gesicht spiegelte sich eine draufgängerische Miene, als er die Richtung zum Pachnerhof einschlug.
Noch bevor er die Einfahrt erreichte, sah er sie auf der Bank unter den hohen Bäumen sitzen. Zu ihren Füßen stand ein Korb mit Wolle, in den Händen hielt sie Stricknadeln. Noch konnte man nicht erkennen, was die Handarbeit werden sollte.
Außer Atem vom Laufen, setzte er sich neben sie. Franziska sah erstaunt auf.
»Himmel, bist ja ganz atemlos«, sagte sie. »Warum bist denn so schnell gerannt?«
Florian sah sie an, und etwas an diesem Blick ließ sie nicht mehr los. Sie spürte, wie er ihre Hände nahm und ließ die Nadeln fallen.
»Weil ich so schnell bei dir sein wollte«, antwortete er hastig.
»Du – bei mir?«
Er nickte und zog ihre Hände an seine Lippen.
»Ja, denn als ich da oben ganz alleine war, da spürte ich die Sehnsucht nach dir, Franzi.«
Die Bäuerin zuckte unwillkürlich zusammen, als er sie bei ihrem Kosenamen nannte. Wie lange hatte sie ihn schon nicht mehr aus dem Mund eines Mannes gehört.
»Ich kann net länger warten, sonst platz ich«, rief Florian Brunner. »Ich muß dir ganz einfach sagen, daß ich dich liebhab' und daß nichts mehr so in meinem Leben ist wie vorher.«
Franziska war von diesem Liebesgeständnis völlig überrascht. Immer noch hielt Florian ihre Hände umfaßt und schaute sie zärtlich an. Die junge Frau wußte nicht, ob sie lachen oder weinen sollte, am liebsten hätte sie beides getan – vor lauter Glück.
»Ach, Florian...«, entfuhr es ihr.

»Ja?«
Erwartungsvoll blickte er sie an.
»Ich hab' dich ja ebenfalls lieb«, gestand sie endlich und bot ihm ihren Mund zum Kuß dar.

*

Beim Abendessen fiel Sebastian auf, wie bedrückt seine Haushälterin war. Von Natur aus schweigsam, beteiligte sie sich nur wenig an der Unterhaltung, doch so düster schweigend wie jetzt, so hatte der Geistliche seine Perle selten gesehen.
Sie saßen am Tisch in der Küche. Dies war der Lieblingsplatz des Bergpfarrers. Das Eßzimmer wurde eigentlich nur an den Sonntagen zum Mittagessen genutzt, oder wenn Besuch erwartet wurde. Doch schon das Abendessen nahmen sie wieder in der gemütlichen Küche ein. Pfarrer Trenker und Sophie Tappert warteten nur noch auf Max. Er hatte vor einer halben Stunde angerufen und gesagt, daß er sich verspäten würde.
»Hatten Sie einen angenehmen Nachmittag?« erkundigte sich Sebastian.
Sophie winkte ab.
»Erinnern S' mich bloß net daran, Hochwürden«, sagte sie. »Das war ein ziemlicher Reinfall mit dem Grafen.«
Im selben Moment hörten sie die Haustür klappen. Max Trenker war da. Die Haushälterin beschloß, mit ihrem Bericht noch zu warten, damit sie hinterher nicht alles zweimal erzählen mußte.
Die beiden Brüder hörten aufmerksam zu, besonders die Stelle, wo der Herr Graf mit dem Trinkgeld knauserte, amüsierte den Polizeibeamten.
»Vermutlich ein Graf aus verarmtem Adel«, mutmaßte Max.
»Aber sehr verarmt«, bestätigte Sophie Tappert und berich-

tete weiter, daß ihre Freundin wohl mit Blindheit geschlagen sei, weil sie nicht sah, daß dieser Friedrich von Herdingen ein Blender war.

»Ja, ja, manchmal macht Liebe eben blind«, nickte Max Trenker. »Ich denk', ich werd mir den Herrn bei Gelegenheit mal näher ansehen. Haben S' eine Adresse, unter der ich ihn finden kann?«

»Angeblich wohnt er in einer Villa in Waldeck«, erwiderte die Haushälterin. »In seinem Schloß im Breestertal kann er net wohnen, wie er sagt, weil der Zustand des alten Gemäuers es net zuläßt.«

Diese Bemerkung machte Sebastian stutzig.

»Sein Schloß in Breestertal?« fragte er nach. »Merkwürdig, soviel ich weiß, gibt es dort tatsächlich ein Schloß, aber es ist ein Kinderheim darin untergebracht. Und zwar seit dreißig Jahren schon. Mir ist überhaupt nicht bekannt, daß das Schloß unbewohnbar wäre.«

»An das Kinderheim hab' ich auch gleich gedacht, als der Herr heute nachmittag davon erzählte«, bestätigte Sophie Tappert. »Und ich war ziemlich sicher, daß es sich nicht um eine Schloßruine handelt, wie der Graf behauptete.«

»Na, der Bursche wird ja immer interessanter«, sagte Max, während er sich sein Brot mit einer Scheibe von dem Käse belegte, den sein Bruder von der Alm mit heruntergebracht hatte. »Ich hab' so eine Ahnung, als könnte es unser Mann sein. Das wär' ja ein tolles Ding, wenn ich den Burschen hier bei uns festnehmen könnt', wo doch im ganzen Landkreis nach ihm gefahndet wird.«

»Zunächst muß unsere Frau Tappert sich aber mit ihrer Freundin versöhnen«, warf der Pfarrer ein.

»Wie denn?« fragte seine Haushälterin zurück. »Die Hertha ist ja stur wie ein Maulesel.«

»Na ja, ein bissel Verständnis müssen S' schon haben«, gab

Sebastian zu bedenken. »Vielleicht hat die gute Frau Breitlanger Angst, Sie könnten ihr den Grafen wegschnappen wollen.«
Sophie Tappert verdrehte die Augen.
»Um Himmels willen«, erwiderte sie. »Dieser Mensch wäre der letzte, an den ich mein Herz hängen würd'. Ich kann mir auch gar nicht vorstellen, daß er wirklich Interesse an mir hätte, sehr freundlich war ich nämlich net zu ihm.«
Pfarrer Trenker schmunzelte. Er konnte sich gut vorstellen, wie seine Haushälterin auf den knauserigen Grafen reagiert hatte. Allerdings, zwischen Frau Tappert und ihrer Freundin mußten wieder Freundschaft und Harmonie herrschen. Immerhin kannten sie sich schon seit Jahrzehnten.
»Wenn Sie möchten, red' ich einmal mit der Frau Breitlanger«, bot er an. »Vielleicht kann ich ja vermitteln.«
»Das wäre wirklich sehr schön«, bedankte sich Sophie. »Es wär' jammerschade, wenn unsere Freundschaft an solch einem Menschen zerbrechen würd'.«

*

Von einem Moment auf den anderen war für Franziska Pachner alles anders geworden. Seit Florian ihr seine Liebe gestanden hatte, schien sich die Welt andersherum zu drehen. Franzi hätte nur noch tanzen und jauchzen mögen.
Natürlich konnte das junge Glück nicht verborgen bleiben. Valentin tat zwar so, als kümmere es ihn nicht, Maria indes hatte Freudentränen in den Augen, wenn sie die beiden Verliebten beobachtete. Allerdings nahm sie Franzi am übernächsten Tag beiseite. Die junge Bäuerin schaute sie fragend an.
»Was gibt's denn?«
Maria Ohlanger überlegte, wie sie sich ausdrücken sollte. Natürlich stand es ihr nicht zu, der Bäuerin Vorschriften zu

machen, aber sie hielt es für ihre Pflicht, auf etwas hinzuweisen.
»Die Leut' werden sich's Maul zerreißen, wenn sie's erst einmal wissen«, sagte die alte Magd. »Ihr müßt so bald wie möglich heiraten.«
Heiraten? Daran hatte Franziska im Moment überhaupt nicht gedacht.
»Worüber werden sie sich's zerreißen, das Maul?« fragte sie. »Der Florian wohnt schließlich drüben im Gesindehaus. Was ist da schon dabei?«
»Geh', Madel, du weißt doch, wie die Leut' sind«, warf Maria ein. »Wenn sie über etwas reden wollen, dann finden sie auch einen Grund. Schau, Franzi, ich freu' mich doch für dich und den Florian, und bestimmt werdet ihr beide glücklich. Aber solang' ihr net verheiratet seid, werden die Gerüchte net verstummen. Kein gutes Haar wird man an euch lassen, und du kannst dir denken, wer da am meisten über dich und den Florian herziehen wird.«
»Der Anzengruber!«
An den hatte Franziska überhaupt nicht mehr gedacht, seit ihr Herz endgültig für den jungen Knecht schlug, aber sie fürchtete, daß die Magd recht haben könnte. Dem Tobias war alles zuzutrauen.
»Aber der Florian und ich – wir haben überhaupt noch net übers Heiraten gesprochen«, sagte sie.
»Dann wird's aber höchste Zeit.«
Die Magd sah ihre Bäuerin an, und dieser Blick sagte alles.
»Ach, Maria...«, flüsterte Franziska und nahm sie in die Arme.
»Es ist lieb, daß du dir solche Sorgen machst. Aber verlang' net von mir, daß ich von heut auf morgen heirate. Der Florian und ich, wir müssen uns ja erst einmal richtig kennenlernen.«

Maria Ohlanger nickte. Dafür hatte sie Verständnis, und sie hatte eine Idee.
»Vielleicht könnt' man ja eure Verlobung bekanntgeben«, hoffte sie. »Dann wird die ganze Sache offiziell, und als deinen Verlobten müssen die Leut' den Florian akzeptieren.«
»Das ist eine wunderbare Idee«, sagte Florian Brunner, als Franzi ihm am Abend von dem Gespräch mit der Magd erzählte. »Im Grunde ist's mir zwar wurscht, was die Leut' über mich erzählen. Aber net, wenn's um dich geht.«
Dabei schaute er ihr zärtlich in die Augen.
»Außerdem können wir doch in den nächsten Tagen dem Pfarrer Trenker einen Besuch abstatten und das Aufgebot bestellen. Das heißt, natürlich nur, wenn du mich heiraten willst.«
Ihr Blick schien ihn für einen Moment zu verunsichern.
»Du willst doch... oder?« fragte er bange.
Franziska lächelte ihn liebevoll an.
»Von ganzem Herzen, Florian, von ganzem Herzen.«

*

»Ich freu' mich, daß ihr euch dazu entschlossen habt«, sagte Sebastian Trenker, als die beiden Verlobten am nächsten Tag bei ihm im Pfarrbüro erschienen.
Schon bei ihrem Eintreten ahnte der Geistliche, was die beiden wollten. Selten hatte er zwei so glückliche Menschen gesehen.
»Es wird ein ganz großes Fest geben«, erklärte Franzi. »Und dazu sollen alle eingeladen werden.«
»Aber zuerst gibt's eine große Verlobungsfeier«, fügte Florian hinzu. »Denn die Hochzeit soll erst im Herbst sein, wenn die Erntearbeiten abgeschlossen sind und wir mehr Zeit haben.«
»Natürlich, das verstehe ich«, nickte Sebastian.
Sie verbrachten beinahe den halben Nachmittag damit, alle

Einzelheiten zu besprechen. Als die Verlobten das Pfarrbüro verließen, hatte der Geistliche den Eindruck gewonnen, daß selten zwei Menschen so perfekt zueinander gepaßt hatten wie Franziska und Florian.

Sebastian schaute auf die Uhr. Es war kurz vor fünf, also noch reichlich Zeit bis zur Abendmesse. Er wollte diese Zeit nutzen und Hertha Breitlanger einen Besuch abstatten. Der Seelsorger konnte nicht mehr mit ansehen, wie seine Haushälterin unter dem Streit mit der Freundin litt, zudem mußte er versuchen herauszufinden, was es mit diesem ominösen Grafen auf sich hatte. Sein Bruder hatte inzwischen alle Hebel in Bewegung gesetzt, etwas über den Verbleib des Adligen herauszufinden, doch bisher waren alle Mühen umsonst. Weder in Waldeck noch der näheren Umgebung wußte man etwas über einen Grafen Friedrich von Herdingen, und im Breestertal erfuhr der Polizeibeamte, daß jenes Schloß, in dem das Kinderheim untergebracht war, seit mehr als vierzig Jahren im staatlichen Besitz war.

Diese Nachricht hatte Sebastian Trenker alarmiert, besagte sie doch, daß dieser Mann, der Hertha Breitlanger um den Finger wickelte, nicht der war, für den er sich ausgab.

Max Trenker hatte zunächst Sophie Tapperts Freundin vernehmen wollen, doch sein Bruder riet ihm davon ab. Wer konnte sagen, ob die Frau nicht aus blinder Liebe heraus den Mann warnte, der es dann vorzog, schnellstens das Weite zu suchen? Der Geistliche hielt es zunächst einmal für angebracht, selber mit Hertha zu sprechen. Immerhin hatte sein Wort einiges Gewicht, und es war schon etwas anderes, wenn ihr Seelsorger Hertha die traurige Wahrheit überbrachte, anstatt daß Max Trenker in seiner Eigenschaft als Gesetzeshüter bei ihr vorsprach. Es würde ohnehin schlimm genug für sie werden.

Allerdings hatte Sebastian Trenker kein Glück. Als er bei

Hertha klingelte, stellte sich heraus, daß sie gar nicht zu Hause war.

»Die ist mit einem feschen Herrn fortgefahren«, erklärte eine Nachbarin.

Wohin die beiden wollten, wußte sie allerdings nicht. Der Geistliche ließ sich den Mann beschreiben, und danach mußte es sich mit ziemlicher Sicherheit um den »Grafen« handeln. Unverrichteter Dinge machte der Bergpfarrer sich wieder auf den Heimweg. Es hatte wenig Zweck, vor dem Haus auf Hertha Breitlangers Rückkehr zu warten. Außerdem wollte er nicht noch die Neugierde der Nachbarn wecken.

*

Pfarrer Trenker wußte nicht, daß Hertha am frühen Nachmittag aus allen Wolken gefallen war, als Graf Friedrich von Herdingen mit einer Luxuslimousine vorfuhr. Als hätte er ihren sehnlichsten Wunsch geahnt, lud er die Frau zu einer Spazierfahrt ein. Als sie in den Wagen stieg, da waren alle Bedenken, die sie seit dem letzten Sonntag beschlichen hatten, bei Hertha beseitigt. Sie hatte es nicht zugeben wollen, doch Sophies Worte hatten schon für nagenden Zweifel gesorgt, ob mit dem Grafen alles so stimmte, wie er vorgab. Ihr war es ja selber schon merkwürdig vorgekommen, daß er sie nie mit dem Wagen abholte, sondern sie sich immer irgendwo trafen, wohin sie auch mit dem Bus fahren konnte. Doch jetzt, als sie neben ihm saß und bewundernd auf das edel aussehende Holz des Armaturenbrettes schaute, da waren alle Zweifel fortgewischt.

»Meinem Chauffeur habe ich freigegeben«, erklärte Friedrich auf Herthas diesbezügliche Frage. »Aber Gnädigste brauchen nur einen Wunsch zu äußern und ich kutschiere Sie, wohin Sie wollen, liebste Freundin.«

So angesprochen, bekam Hertha Breitlanger vor Aufregung glühende Wangen.

»Ach, bestimmen Sie doch, wohin die Fahrt gehen soll«, antwortete sie.
Der Graf beugte sich zu ihr.
»Am liebsten bis ans Ende der Welt«, schmeichelte er. »Aber fürs Erste möchte ich Ihnen etwas zeigen, das nicht ganz so weit entfernt ist.«
Sie fuhren über eine Stunde durch die herrliche Berglandschaft, durch kleine beschauliche Dörfer, an Seen und Wäldern vorüber. Ihr Begleiter wurde dabei nicht müde, immer wieder auf Sehenswürdigkeiten hinzuweisen, und Hertha wurde immer bewußter, daß sie sich seit dem Tode ihres Mannes viel zu sehr in St. Johann verkrochen hatte. Wo war sie denn schon groß gewesen? Einige Male am Sonntag war sie zum Achsteinsee hinausgefahren, aber so richtig beschaulich war es eigentlich nie gewesen. Aber diese Fahrt heute entschädigte sie für alles, zumal sie an der Seite eines Mannes saß, der ihr Herz höher klopfen ließ.
»Wollen Sie mir nicht verraten, wohin wir fahren?« fragte sie. »Sie haben mich schon ganz neugierig gemacht.«
Graf Friedrich von Herdingen zögerte einen Moment, bevor er antwortete.
»Ich habe Ihnen ja neulich schon von der kleinen Firma erzählt«, sagte er schließlich. »Erinnern Sie sich? Die Firma in Wurzlach, die bis vor fünfzig Jahren noch unserer Familie gehörte.«
»Aber natürlich«, nickte die Frau neben ihm. »Sie meinen die kleine Porzellanmanufaktur, nicht wahr?«
»Ich sehe, Sie haben es nicht vergessen«, freute sich der Graf. »Ja, und diese Fabrik möchte ich Ihnen gerne zeigen. Zumindest von außen, hinein können wir leider nicht, sie ist nämlich geschlossen.«

*

Sie hatten den kleinen Ort Wurzlach erreicht, und der Adlige steuerte den großen Wagen durch die Straßen. Es war ein typisches Alpendorf, doch besaß es eine Besonderheit – eben jene, weit über die Grenzen des Landes hinaus bekannte Porzellanmanufaktur, die vor mehr als einhundert Jahren gegründet worden war. Nach Friedrichs Worten war sie seinerzeit verkauft worden, um die Familie derer von Herdingen vor dem finanziellen Untergang zu bewahren.
Die Fabrik machte auf den ersten Blick einen enttäuschenden Eindruck. Die Gebäude waren verfallen, die Wege auf dem Gelände von Unkraut überwuchert, und überall konnte man Spuren sehen, die der Zahn der Zeit hinterlassen hatte. Graf Friedrich hatte den Wagen bis an das Tor gefahren, das das Fabrikgelände von der Außenwelt abschottete, und war ausgestiegen. Hertha Breitlanger folgte ihm.
»Ja, das hat wirklich alles mal meiner Familie gehört«, seufzte der Graf und machte eine alles umfassende Bewegung mit dem Arm. »Es war wirklich ein ganz kleines Juwel.«
Wehmut klang in diesen Worten mit. Hertha konnte nachvollziehen, wie es in Friedrich aussehen mochte, jetzt, wo er hier vor dem Werk seiner Vorfahren stand.
»Aber wenn das Schicksal es will, wird es schon bald im alten Glanz erstrahlen«, deutete er geheimnisvoll an.
Die Witwe neben ihm horchte auf.
»Soll das heißen...?«
»Ja, liebste Hertha, ich überlege, die Fabrik zurückzukaufen«, nickte Friedrich. »Allerdings – es ist nicht ganz so einfach.«
Sie machten ein paar Schritte am Zaun entlang und er erklärte, welchen Zweck welches Gebäude hatte, das Lager, die Brennerei mit den Öfen, Bürogebäude und Personalhaus.
»Dort drüben befand sich das Atelier, in dem die schönsten

Stücke von Hand bemalt wurden«, deutete der Graf auf ein langgezogenes Haus mit einem Flachdach hin. »Können Sie sich vorstellen, welch eine rege Betriebsamkeit hier einmal geherrscht hat?«

Das konnte Hertha nur zu gut, und sie konnte sich auch vorstellen, wie es einmal wieder sein würde, wenn Friedrich die Fabrik erst einmal wieder auf Vordermann gebracht hatte. Aber sie erinnerte sich an den kleinen Nachsatz.

»Was meinten Sie eben, als Sie sagten, daß es nicht ganz einfach wäre, die Fabrik zurückzukaufen?« fragte sie.

»Kommen Sie«, antwortete er und nahm ihren Arm. »Das erkläre ich Ihnen bei einer Tasse Kaffee.«

Er fuhr ins Dorf zurück und hielt vor dem Gasthof an.

»Hier bekommen wir einen guten Kaffee und einen ganz hervorragenden Kuchen«, sagte Friedrich und half seiner Begleiterin aus dem Wagen.

Sie traten durch die Tür in den hellen, freundlich eingerichteten Gastraum, und Hertha erlebte die zweite große Überraschung des Tages. Vom Tresen her kam eine junge Serviererin auf die beiden Gäste zu.

»Grüß' Gott, Herr Graf«, sagte das Madel. »Schön, daß Sie auch einmal wieder vorbeischauen. Kaffee und Pfirsichkuchen, wie immer?«

Hertha glaubte einen Stein vom Herzen fallen zu hören. Mit dieser Begrüßung waren einfach alle Bedenken aus dem Weg geräumt. Wenn Friedrich hier mit Herr Graf angesprochen wurde, dann konnte es ja gar keinen Zweifel mehr daran geben, daß es sich bei ihm wirklich um einen Adligen handelte.

»Gerne, zweimal, bitte«, bestellte ihr Begleiter und führte sie zu einem Tisch am Fenster.

Die Bestellung wurde prompt ausgeführt, und während die beiden es sich schmecken ließen, erzählte Friedrich von den Schwierigkeiten, die es mit dem Rückkauf der Porzellanfa brik gab. Er gab unumwunden zu, daß ihm rund fünfzigtausend Mark fehlten.

»Wissen Sie, es wäre alles kein Problem, wenn ich an das Geld herankönnte, das ich in der Schweiz angelegt habe«, fuhr er fort. »Natürlich, ich könnte es holen, aber dann würde ich einen immensen Verlust in Kauf nehmen, und davor scheue ich zurück. Denn das Schweizer Kapital ist so etwas wie meine Rente, mit der ich meinen Lebensabend finanzieren will. Sie wissen ja, wie das ist. In unseren Kreisen zahlt man ja nicht in die Rentenkasse ein, aber zur Last fallen möchte ich später einmal auch niemandem.«

Das konnte Hertha nur zu gut verstehen. Sie selbst war froh, durch die Pension ihres verstorbenen Mannes so gut abgesichert zu sein.

»Und eine andere Möglichkeit, das Geld von einer Bank zu bekommen, gibt es nicht?«

Der Graf schüttelte den Kopf.

»Ich fürchte nicht«, sagte er. »Tja, so wie es aussieht, werde ich meinen Traum wohl begraben müssen, wenn mir da nicht noch etwas einfällt.«

Er schenkte Kaffee aus dem Kännchen nach.

»Aber wir wollen uns den schönen Nachmittag nicht mit trüben Gedanken verderben«, wechselte er das Thema. »Wie schmeckt Ihnen der Kuchen? Ist er nicht himmlisch?«

»Ganz hervorragend«, bestätigte Hertha.

Graf Friedrich hob die Hand.

»Allerdings muß ich gestehen – an Ihren Pfirsichkuchen kommt er nicht heran«, schmeichelte er.

Dabei schaute er ihr tief in die Augen.

»Was gäbe ich drum, ihn öfter genießen zu können.«

Herthas Herz klopfte bis zum Hals hinauf, als sie diese Worte hörte. Sollte das eben so etwas wie ein versteckter Heiratsantrag gewesen sein? Die Witwe vergaß alles um sich

herum, und wie durch einen Wattebausch hörte sie ihre eigene Stimme.
»Also, das mit dem Geld – ich wüßt' da schon eine Lösung...«

*

Fritz Untermayr hatte den Leihwagen wieder abgegeben und ging nun zu Fuß zurück zu seiner Wohnung. Es war ein hartes Stück Arbeit gewesen, bis er die Frau soweit hatte, daß sie bereit war, ihr gesamtes erspartes Geld locker zu machen. Aber es hatte sich gelohnt. Knapp vierzigtausend Mark hatte sie ihm in Aussicht gestellt, damit er die Fabrik »seiner Vorfahren« zurückkaufen konnte.
Er lachte innerlich, die Masche mit dem Grafentitel hatte er sich spontan ausgedacht, als er Hertha Breitlanger das erste Mal begegnete. Ein paar Tage zuvor war ihm in einer Bibliothek ein Buch in die Hände gefallen, in dem er etwas über die Familie derer von und zu Herdingen gelesen hatte. Unter anderem auch, daß das Grafengeschlecht seit rund sechzig Jahren als ausgestorben galt. Der letzte Herrscher im Schloß war, ohne Kinder zu hinterlassen, verstorben. Da sich niemand fand, der Anspruch auf das Erbe erhob, fielen Schloß und Ländereien an den Freistaat Bayern. Fritz Untermayrs Phantasie hatte sofort Kapriolen geschlagen. Er hatte schon unter allen möglichen Namen gearbeitet, aber als Adliger war er noch nicht aufgetreten.
Doch nun war es ein voller Erfolg gewesen, die intensive Beschäftigung mit dem alten Buch hatte sich also gelohnt.
Die Wohnung, in der er hauste, lag unter dem Dach eines Miethauses, das am Rande von Engelsbach stand. Selbstverständlich hatte er nicht die Wahrheit gesagt, als er erzählte, er wohne in Waldeck – und schon gar nicht in einer Villa! Außerdem hatte er diese Wohnung unter falschem Namen angemietet.

Der Hochstapler quälte sich die vier Stockwerke hinauf, bis er vor seiner Haustür angelangt war. In der Hand hielt er einige Briefe, die er unten aus dem Postkasten geholt hatte. Zwei davon waren unbezahlte Rechnungen. Fritz Untermayr entschied sich, sie gar nicht erst zu öffnen – in ein paar Tagen, wenn er das Geld der Witwe in den Händen hielt, konnte er sie ja bezahlen –, und machte sich daran, die anderen Briefe durchzusehen, nachdem er Hut und Mantel abgelegt hatte. Sie steckten in einem großen braunen Kuvert, und der Absender war die Anzeigenabteilung der Zeitung in der Kreisstadt. Es waren alles Antworten auf eine Anzeige, die Fritz Untermayr unter Chiffre in der Wochenendausgabe aufgegeben hatte.
In der Rubrik »Einsame Herzen«.
Der Gauner arbeitete nämlich schon an seinem nächsten Coup und hatte zu diesem Zweck eine Anzeige aufgegeben. Immerhin hatte er ja einiges in die Geschichte mit Hertha investieren müssen, was nicht so einfach gewesen war. Den Leihwagen heute hatte er sich auch nur leisten können, weil seine Rente endlich überwiesen worden war.
In der besagten Anzeige hatte er sich als gutsituierten Herrn ausgegeben, der die Bekanntschaft einer ebensolchen Frau machen wollte. Gemeinsame Unternehmungen wie Konzertbesuche, Ausflüge oder gar Ferienreisen sollten unternommen werden. Fritz überlegte, ob es nicht ratsam wäre, sich auch hier des Grafentitels zu bedienen. Offenbar hatte er ja eine ungeheure Wirkung auf das schwache Geschlecht. Aber das wollte er von Fall zu Fall entscheiden, überlegte er sich. Zunächst las er die Antwortschreiben. Drei, vier Briefe sortierte er gleich wieder aus, weil die Damen bei gemeinsamen Unternehmungen auf getrennte Kassen bestanden, was auf eine gewisse Knauserigkeit schließen ließ, unter den anderen fand er auch ansprechende Fotos.

Er sortierte die Briefe nach Datumseingang und beschloß, sie erst zu beantworten, wenn die Sache mit Hertha Breitlanger abgeschlossen war. Dafür brauchte er noch ein wenig Zeit und Fingerspitzengefühl. Fritz Untermayr hatte nämlich schon befürchtet, die Frau könne Lunte gerochen haben – zumindest ihre Freundin. Denn die hatte keinen guten Eindruck auf ihn gemacht, mißtrauisch, wie sie gewesen war. Er hatte gar keine andere Wahl gehabt, als die dreihundert Mark in den Leihwagen zu investieren, und auch der Fünfzigmarkschein, den er am Vormittag der Kellnerin im Wurzlacher Gasthof zugesteckt hatte, damit sie ihn mit Herr Graf begrüßte, der wie gewohnt Kaffee und Pfirsichkuchen bestellte, hatte sich letztendlich gelohnt. Fritz schmunzelte, als er daran dachte, wie er es geschafft hatte, die Wirtin zu überreden, für den Nachmittag wirklich einen solchen Kuchen zu backen.

Aber alles in allem war die Vorstellung wirklich gelungen, wenn Hertha Breitlanger bis dahin noch irgendwelche Zweifel an seiner Person hatte, jetzt waren sie restlos beseitigt. Ansonsten hätte sie ihm kaum so selbstlos das Geld angeboten, damit er es in die Fabrik investieren konnte.

Alles in allem war er mit dem Verlauf und dem Tag zufrieden. Er setzte sich gemütlich vor den Fernsehapparat und ließ sich von einer Komödie unterhalten, die gerade gezeigt wurde.

*

Im Pfarrhaus saß man zum Abendessen beisammen. Neben Sophie Tapperts selbstgebackenem Brot standen kalter Braten und Käse auf dem Tisch. Außerdem hatte die Haushälterin aus Aufschnittresten, Tomaten und Gurken einen herzhaften Wurstsalat gezaubert.

»Leider hab' ich die Frau Breitlanger net angetroffen«, be-

dauerte Sebastian Trenker und berichtete von dem feschen Mann, mit dem Sophies Freundin fortgefahren sei. »Könnt' es sich um den Grafen handeln?«
Die Haushälterin zuckte die Schultern.
»Vermutlich. Einen anderen Herrn kennt Hertha ja net«, meinte sie und wandte sich wieder dem Kessel mit dem kochenden Teewasser zu. »Dann hat er wohl doch ein Auto.«
»Die Nachbarin hat net gesagt, um was für einen Wagen es sich handelt«, erzählte der Geistliche weiter.
»Schade«, wandte Max Trenker ein. »Wenn wir das wüßten und vielleicht sogar noch das Kennzeichen, dann könnt' man herausfinden, ob der Besitzer ein Graf von Herdingen ist.«
»Na, für heut ist es vielleicht zu spät«, sagte Sebastian. »Aber morgen will ich gern' noch mal versuchen, mit Ihrer Freundin zu sprechen.«
Er wandte sich seinem Bruder zu.
»Und bei dir? Was gibt's Neues von dem verdächtigen Hochstapler?«
Max Trenker ließ das Messer sinken, mit dem er gerade Butter auf eine Scheibe Brot strich.
»Nix«, antwortete er dumpf und zog ein grimmiges Gesicht. »Der Bursche ist wie vom Erdboden verschwunden, und das ärgert mich gewaltig. So einer gehört eingesperrt.«
»Da bin ich ganz Ihrer Meinung«, ließ sich Sophie Tappert vernehmen. »Wenn ich daran denk', daß dieser Graf vielleicht gar keiner ist, und der Gauner Hertha ihr ganzes Erspartes abknöpft, dann könnt' ich vor Wut an die Decke geh'n.«
»Bloß net«, schmunzelte Pfarrer Trenker. »Aber ich kann Sie verstehen, Frau Tappert, und ich werde alles tun, um dahinter zu kommen, was es mit diesem Grafen auf sich hat.«
Er lehnte sich einen Moment zurück und dachte nach. Plötzlich hellte sich seine Miene auf.

»Du liebe Zeit, das hätt' ich ja beinahe vergessen«, sagte er.
Sein Bruder sah ihn fragend an.
»Wovon redest du?«
»Von dem Buch, das der Herr Kammeier neulich in der Sakristei gefunden hat. Dadurch sind wir doch erst auf den Namen der Grafenfamilie gekommen. Erinnerst du dich nicht?«
»Doch, doch«, gab der Polizist zurück. »Jetzt, wo du es sagst – du meintest doch, daß die Familie ausgestorben sei.«
»Richtig«, nickte der Geistliche und stand auf. »Wo hab' ich's nur hingelegt?«
»Es ist drüben in Ihrem Arbeitszimmer, Hochwürden«, sagte Sophie Tappert. »Es liegt auf Ihrem Schreibtisch.«
»Natürlich, Frau Tappert«, lachte Sebastian. »Wenn ich Sie net hätt'… In dem ganzen Papierkram ist's mir gar net mehr aufgefallen. Ich muß da dringend Ordnung schaffen.«
»Hätt' ich ja längst gemacht, aber ich darf ja net an Ihre Sachen«, meinte seine Haushälterin.
»Unterstehen S' sich«, gab der Pfarrer zurück und drohte schmunzelnd mit dem Zeigefinger.

*

Er ging in sein Arbeitszimmer und kam kurze Zeit später mit dem Buch zurück. Sebastian blätterte eine ganze Weile darin herum, während Max es sich noch schmecken ließ. Besonders der Wurstsalat hatte es ihm angetan. Schließlich legte der Pfarrer das Buch wieder aus der Hand.
»Es steht viel über das Grafengeschlecht darin«, sagte er. »Aber nichts, was uns weiterhilft. Trotzdem möchte ich weiterhin behaupten, daß es die Familie nicht mehr gibt. Ich denk' die ganze Zeit darüber nach, wen ich deswegen fragen könnt'.«
»Vielleicht diesen Professor aus Freiburg, der vor ein paar

Monaten da war und sich so lange mit den Kirchenbüchern beschäftigt hat.«

»Professor Nägeli«, rief Sebastian. »Ja, du hast recht. Der kann uns bestimmt weiterhelfen. Am besten rufe ich ihn noch gleich heut' abend an, damit wir keine Zeit verlieren.« Der Geistliche setzte sein Vorhaben sogleich in die Tat um und beschaffte sich über die Telefonauskunft die Nummer des Gelehrten aus Freiburg. Josef Nägeli war ein waschechter Schwabe aus Stuttgart, was man seinem Dialekt auch anhörte. Er hatte einen Lehrstuhl an der Universität Freiburg, und sein Fachgebiet war das Mittelalter.

»Pfarrer Trenker aus Sankt Johann?« fragte er erstaunt, nachdem sich Sebastian mit seinem Namen gemeldet hatte. »Natürlich erinnere ich mich an Sie und Ihre schöne Kirche. Na, und ganz besonders an die Kochkünste Ihrer Haushälterin. Wie geht es Ihnen und der Frau Tappert? Sind Sie immer noch so viel in den Bergen unterwegs?«

»Vielen Dank, Herr Professor«, antwortete der Geistliche. »Uns geht es gut, und wenn meine Zeit es zuläßt, mache ich noch oft meine Bergtouren.«

»Schön, das freut mich zu hören. Aber es gibt ja bestimmt einen Grund für Ihren Anruf.«

Das konnte der Pfarrer nur bestätigen, und er erklärte dem Professor den Zweck seines Anrufs. Am anderen Ende herrschte eine Weile Schweigen, dann lachte der Gelehrte polternd los. Sebastian schaute seinen Bruder, der neben ihm stand, nicht verstehend an und zuckte die Schultern.

»Ich weiß net, was er hat«, flüsterte er und hielt dabei mit der Hand die Sprechmuschel zu.

»Entschuldigen Sie, wenn ich so laut losgelacht habe«, meldete der Professor sich endlich zu Wort, nachdem der Lachanfall abgeklungen war. »Aber ich habe mir gerade vorgestellt, was für lange Gesichter man in der bayerischen

Staatskanzlei machen würde, wenn plötzlich ein Graf von Herdingen auftauchte, der nicht nur sein Schloß und die Ländereien zurückverlangte, sondern auch noch Miete für die letzten vierzig Jahre, die das Kinderheim in dem alten Gemäuer untergebracht ist.«

»Also glauben Sie net, daß es sich bei diesem Herrn um den letzten Grafen aus dem Geschlecht derer von und zu Herdingen handelt?« wollte Pfarrer Trenker wissen.

Josef Nägeli hüstelte und wurde dann ernst.

»Lieber Pfarrer Trenker, der Mann ist ebensowenig ein Graf wie Sie oder ich«, sagte er bestimmt. »Es gilt als gesichert, daß der letzte Herr auf dem Schloß im Breestertal ehe- und kinderlos verstarb und sein Besitz an den Staat überging. Der Mann, der sich als Graf ausgibt, ist schlicht und einfach ein Betrüger! Ihr Herr Bruder, der Polizist, sollte ihn so schnell wie möglich verhaften. Kann ich sonst noch etwas für Sie tun?«

»Nein, Herr Professor«, antwortete Sebastian. »Aber haben Sie vielen Dank. Sie haben uns sehr geholfen und verhindert, daß noch mehr Menschen zu Schaden kommen. Der Mann versteckt sich zwar irgendwo, aber durch Sie haben wir die Gelegenheit, etwas gegen ihn zu unternehmen.«

»Na, dann wünsche ich Ihnen viel Erfolg«, verabschiedete der Gelehrte sich.

Pfarrer Trenker legte auf und drehte sich zu seinem Bruder um. Mittlerweile war auch die Haushälterin hinzugekommen. Gespannt schaute sie Sebastian an. Der berichtete, was der Professor in Freiburg ihm mitgeteilt hatte. Sophie Tappert war entsetzt, gleichzeitig aber auch erleichtert, daß sich ihr Verdacht bestätigt hatte. So bestand doch noch die Chance, Hertha vor einem großen Fehler zu bewahren und mit ihr wieder ins Reine zu kommen.

»Ich werd' doch heut abend noch mit Frau Breitlanger reden«, kündigte der Seelsorger an. »Ich denke, sie hat ein

Recht, sofort zu erfahren, wer dieser Mann ist, der sich ihr Vertrauen erschlichen hat. Hoffen wir, daß es noch net zu spät ist und sie ihm noch kein Geld anvertraut hat.«

*

Als Sebastian Trenker diesmal an Herthas Tür klingelte, brauchte er nicht lange zu warten. Die Witwe öffnete schon nach wenigen Minuten. Als sie erkannte, wer da vor ihrer Tür stand, machte sie große Augen.
»Grüß' Gott, Hochwürden, wollen S' zu mir?« fragte sie.
»Entschuldigen S' die späte Störung, Frau Breitlanger«, sagte der Geistliche. »Ja, ich würd' Sie gern' in einer dringenden Angelegenheit sprechen.«
»Kommen S' doch herein«, nickte die Frau und ließ ihn eintreten.
Merkwürdig, dachte sie dabei, ob etwa Sophie ihn geschickt hat? Hat sie wohl doch ein schlechtes Gewissen bekommen und will jetzt um gut Wetter bitten. Das sieht ihr ähnlich, daß sie da den Herrn Pfarrer vorschickt und net selbst herkommt.
»Kann ich Ihnen etwas anbieten?«
»Vielen Dank, aber ich komm' grad' vom Abendessen«, verneinte der Seelsorger.
Er setzte sich auf den angebotenen Platz, während Hertha sich ihm gegenüber setzte und ihn erwartungsvoll ansah.
»Tja, Frau Breitlanger, es ist eine etwas delikate Angelegenheit, die mich zu Ihnen führt«, begann Sebastian.
Aha, schoß es Hertha durch den Kopf, hab' ich doch recht gehabt.
»Frau Tappert erzählte mir, daß Sie die Bekanntschaft eines Grafen Friedrich von Herdingen gemacht haben.«
»Das ist richtig«, antwortete die Witwe, wobei sie vor Stolz und Aufregung erglühte.

Sebastian spürte natürlich, in welchem glückseligen Zustand sich die Frau befand, und es tat ihm unendlich leid, sie aus ihren Träumen reißen zu müssen. Aber es mußte sein.
»Frau Breitlanger, es tut mir furchtbar leid, ich weiß, daß ich Ihnen jetzt sehr weh tun werde, aber es ist net zu ändern.«
Hertha sah ihn ungläubig an. Was meinte der Herr Pfarrer bloß?
»Der Mann, der behauptet, ein Graf zu sein, ist ein Schwindler. Sehr wahrscheinlich heißt er Fritz Untermayr und wird von der Polizei gesucht. Der letzte Graf von Herdingen verstarb vor sechzig Jahren, und der ganze Besitz ging an den Staat, weil es keine Nachkommen gab, die das Erbe hätten antreten können.«
Hertha spürte, wie es sie bei diesen Worten heiß und kalt überlief. Konnte das wirklich sein? War sie tatsächlich einem Betrüger aufgesessen?
Sie schluckte schwer und rang nach Luft. Sebastian sprang auf und legte ihr beruhigend die Hand auf die Schulter.
»Frau Breitlanger«, rief er beschwörend. »Es tut mir leid, aber das ist die Wahrheit, auch wenn sie noch so weh tut. Ich hoff' nur, daß ich Sie vor Schlimmerem bewahrt habe.«
Die Witwe atmete tief durch. Sie hatte sich schneller wieder gefaßt, als Pfarrer Trenker gedacht hatte. Sie schaute eine Weile stumm vor sich hin, dann stand sie auf, ging an die Vitrine und holte eine Flasche mit ihrem selbstangesetzten Eierlikör heraus und goß sich ein großes Glas ein. Sie stürzte es in einem Zug hinunter und setzte sich wieder.
»Dieser abgefeimte Schuft«, sagte sie nur und sah den Geistlichen an.

*

»Hat der Mann Sie um Geld gebeten?« fragte Sebastian.
Hertha Breitlanger schüttelte den Kopf.

»Gebeten net«, erwiderte sie. »Aber ich hab's ihm angeboten. Gleich morgen wollt' ich zur Bank gehen und das Sparkonto kündigen. Vierzigtausend Mark wollte ich ihm für die Fabrik vorstrecken.«
»Die Fabrik?« fragte der Pfarrer. »Um was für eine Fabrik handelt es sich denn?«
Die Witwe erzählte es ihm. Sie berichtete von der Fahrt in dem Luxuswagen, der Porzellanmanufaktur, dem Kaffeetrinken in dem Gasthof in Wurzlach.
»Dann hat er sich da wohl auch als Graf ausgegeben«, seufzte sie und schilderte, wie die Bedienung ihn angeredet hatte.
»Der Mann scheint sehr raffiniert vorzugehen«, sagte Sebastian. »Die Polizei sucht ihn seit geraumer Zeit. Zum Glück hat sich eine der betrogenen Frauen getraut, den Kerl anzuzeigen. So ist man ihm überhaupt erst auf die Spur gekommen.«
»Was mach' ich denn jetzt?« fragte Hertha. »Am Sonntag wollen wir uns treffen, da wollt' ich ihm das Geld geben.«
»Ihr Konto werden Sie natürlich net plündern«, sagte der Pfarrer. »Aber treffen müssen S' den Herrn. Nur wird dann die Polizei dabei sein und den ›Grafen‹ verhaften.«
Er hatte sich inzwischen wieder hingesetzt, jetzt lehnte er sich zurück und überlegte, wie man am besten vorging. Dazu würde er sich mit Max besprechen müssen. Ein wenig besorgt sah er die Witwe an. Konnte er es verantworten, sie in dieser Situation allein zu lassen, oder sollte er sie besser ins Pfarrhaus einladen?
»Die arme Sophie«, sagte Hertha Breitlanger in diesem Moment. »Da hab' ich ihr ja Unrecht getan. Ganz offensichtlich hat sie diesen Fritz Untermayr gleich richtig eingeschätzt. Ich werd' mich wohl bei ihr entschuldigen müssen. Also, am meisten nehm' ich diesem Kerl übel, daß er es beinahe ge-

schafft hätte, eine Freundschaft zu zerbrechen, die so viele Jahre schon besteht.«
»Ich bin sicher, daß Frau Tappert Ihre Entschuldigung annehmen wird«, sagte Sebastian zuversichtlich. »Warum kommen S' net mit hinüber ins Pfarrhaus? Erstens sind S' dann net so allein, und zweitens können S' sich mit der Frau Tappert aussprechen.«
»Und wir können beratschlagen, wie wir diesen Gauner überführen und dingfest machen«, nickte Hertha, die offenbar ihren Humor und ihre Tatkraft wiedergefunden hatte.

*

Am nächsten Morgen wirbelten zwei Frauen in der Pfarrhausküche herum. Natürlich war Hertha Breitlanger über Nacht geblieben, nachdem sie lange und ausführlich mit Sophie Tappert gesprochen hatte.
Die Haushälterin war heilfroh gewesen, als Sebastian Trenker die Witwe gleich mitbrachte. Mit Tränen in den Augen lagen die beiden Freundinnen sich in den Armen.
»Ich war ja so dumm«, sagte Hertha. »Kannst du mir noch einmal verzeihen?«
»Natürlich«, antwortete Sophie. »Durch so was lassen wir doch net unsere Freundschaft kaputtmachen. Laß uns lieber überlegen, was wir gegen diesen Kerl unternehmen.«
»Das sollten wir vielleicht bei einer Flasche guten Rotwein bereden«, schlug Pfarrer Trenker vor.
Der Vorschlag wurde einmütig angenommen. Sebastian stieg in den Keller hinunter und suchte eine Flasche aus seinem Vorrat aus. Unterdessen hatte Sophie für etwas Salzgebäck und Käse gesorgt. Zusammen mit Max Trenker, der natürlich auch an dieser wichtigen Besprechung teilnahm, überlegten sie, wie sie dem angeblichen Grafen und Hochstapler am besten die Falle aufbauen konnten. Dabei war von

Vorteil, daß Hertha Breitlanger ihm das Geld noch nicht gegeben hatte. So würde er sie ja unbedingt wiedersehen müssen.
»Der ist so hinter dem Geld her, der kommt bestimmt zu der Verabredung«, meinte der Polizist zuversichtlich.
»Aber was ist, wenn er alles abstreitet?« wollte Sebastian wissen. »Außer der Aussage von Frau Breitlanger haben wir ja nichts in der Hand. Wir wissen ja net einmal, ob es sich bei dem Hallodri um diesen Fritz Untermayr handelt.«
»Da laß ich mir noch was einfallen«, erwiderte Max geheimnisvoll.
Bis spät in die Nacht saßen sie beisammen und beratschlagten. Als sie sich dann zur Ruhe begaben, hatten sie sich eine Überraschung für »Graf Friedrich von Herdingen« ausgedacht.
Die würd' er bestimmt net so schnell vergessen!
»Hast du's denn einigermaßen überwunden?« wagte Sophie ihre Freundin zu fragen.
Hertha Breitlanger machte ein energisches Gesicht.
»Dank deiner Hilfe bin ich davor bewahrt worden, den größten Fehler meines Lebens zu machen«, sagte sie. »Jetzt brenne ich darauf, es dem Burschen heimzuzahlen. Wenn nur erst einmal Sonntag wär'.«
Die beiden Frauen deckten den Tisch, kochten Kaffee und Eier, und als später Pfarrer Trenker und Max erschienen, wurde aus dem Frühstück eine fröhliche Plauderrunde. Auf den kommenden Sonntag waren sie alle gespannt.

*

»Also am Samstag gehst mit auf den Tanzball. Dann machen wir's ganz offiziell«, sagte Florian Brunner, als sie nach dem Abendessen auf der Bank unter den Bäumen saßen und Pläne für die Zukunft machten.

»Was ist eigentlich mit deiner Verwandtschaft?« wollte Franzi wissen. »Ich weiß gar nix von dir. Net einmal, wo du eigentlich herkommst.«
Florian machte eine wegwerfende Handbewegung.
»Da gibt's net viel zu erzählen«, antwortete er. »Zu Haus' bin ich in einem kleinen Ort namens Rammerstorf. Das ist im Allgäuischen. Mein Vater hat dort eine Schreinerei besessen, die mein Bruder nach Vaters Tod übernommen hat. Ich selbst hab' die Landwirtschaftsschule besucht und auf verschiedenen Höfen gearbeitet. Irgendwann hat's mich dann gepackt, und ich bin auf Wanderschaft gegangen. Wo's mir gefallen hat, da bin ich geblieben, manchmal für ein paar Monate, oft bin ich schon nach ein paar Wochen wieder weg.«
Er legte seinen Arm um ihre Taille und zog sie an sich.
»Aber jetzt bin ich dort, wo ich mich für immer zu Hause fühle«, sagte er.
Franziska erwiderte seinen Kuß und lehnte dann ihren Kopf an seine Schulter.
»Wird dein Bruder zu unserer Hochzeit kommen?« fragte sie.
»Ich glaub' schon«, meinte Florian. »Schließlich ist er mein einziger Verwandter. Wir haben uns immer gut verstanden.«
»Ich freue mich, ihn kennenzulernen. Du mußt ihm bald schreiben und ihn einladen. Ist er schon verheiratet?«
»Seit sechs Jahren schon. Vielleicht sollte ich ihn erst einmal anrufen. Dann wird der Schreck net ganz so groß.«
Sie lachten beide, dann stand Franzi auf und streckte sich. Dabei unterdrückte sie ein Gähnen.
»Es hilft nix«, sagte sie. »Am liebsten würd' ich schlafen geh'n, aber wenn ich mich net gleich an die Bücher setz', dann wird's wieder so ein Chaos wie bei der letzten Abrechnung.«

»Soll ich dir helfen?« bot Florian an.
Aber das Madel schüttelte den Kopf.
»Das ist lieb von dir«, antwortete Franziska. »Aber vielleicht kümmerst dich besser um die Liesl.«
»Hast recht«, nickte er.
Die Liesl war eine der besten Milchkühe auf dem Pachnerhof. Am Morgen hatte Valentin festgestellt, daß mit dem Tier etwas nicht in Ordnung war. Die Kuh fraß nicht, und allem Anschein nach hatte sie erhöhte Temperatur. Sie hatten Liesl sofort von den anderen Tieren abgesondert und in einem kleineren Stall untergebracht. Der herbeigeführte Tierarzt, Dr. Hardlinger, hatte der Kuh ein fiebersenkendes Mittel gespritzt und angeordnet, wie sie weiter behandelt werden mußte.
Florian Brunner ging in den Stall und besah sich das Tier. Liesl schaute ihn aus trüben braunen Augen an. Der Trog, der vor zwei Stunden gefüllt worden war, schien unberührt, aber das Wassergefäß, eine alte Zinkwanne, war zur Hälfte geleert. Dr. Hardlinger hatte angemahnt, dem Tier reichlich zu trinken anzubieten. Florian holte frisches Wasser aus dem großen Stall und füllte es in Liesls Wanne. Dann maß er die Temperatur mit dem Thermometer, das der Tierarzt dagelassen hatte. Erleichtert stellte er fest, daß das Fieber im Begriff war, zu sinken. Franzi würde sich über diese Nachricht freuen.
Der Knecht kümmerte sich noch eine Weile um das kranke Tier und gab frisches Stroh in die Box. Als er später auf die Uhr schaute, stellte er fest, daß es schon kurz vor Mitternacht war, also längst Zeit, schlafen zu gehen. Morgen mit dem ersten Sonnenstrahl wartete ein neuer, arbeitsreicher Tag auf die Leute vom Pachnerhof.

*

Die ganze Woche über freute sich Florian auf den Samstagabend. Er konnte es gar nicht abwarten, allen mitzuteilen, daß Franzi und er sich verloben wollten.

Franziska Pachner freute sich ebenfalls auf den Tanzabend, gleichzeitig war sie aber auch furchtbar aufgeregt. Es schien ja eine Ewigkeit her, daß sie zu diesem Vergnügen im Dorf gewesen war. Was würden wohl die Leute sagen, wenn sie Florian und sie zusammen sahen?

»Mir ist's wurscht, was die Leut' reden«, hatte der Knecht gesagt, als Franzi ihm von ihrer Aufregung erzählte. »Meistens sind's ja nur neidisch. Die Burschen auf meine hübsche Braut, und die Madeln, weil du gar so einen feschen Kerl abbekommen hast.«

Dabei zwinkerte er mit dem Auge und warf sich in Positur, wobei er wie ein stolzer, spanischer Torero schaute. Franzi gab ihm lachend einen liebevollen Klaps und ging dann hinauf in ihr Zimmer, um sich für den Abend umzuziehen.

Maria und Valentin saßen derweil in der Küche und schauten sich schmunzelnd an. Die Magd war heilfroh, daß die Bäuerin sich ihrem Vorschlag angeschlossen hatte, und Valentin freute sich, daß nun endlich wieder ein Bauer auf dem Pachnerhof das Sagen haben würde.

Als Franzi und Florian losfuhren, wünschten die beiden Alten einen vergnügten Abend.

Der volle Parkplatz vom Löwenhotel zeigte, daß wieder viele Leute, auch aus der Umgebung, zum Samstagabendball hergekommen waren. Als die beiden Verliebten ausstiegen und vom Parkplatz kamen, begegnete ihnen Dr. Wiesinger. Da Florian den jungen Arzt von St. Johann noch nicht kannte, stellte Franziska die beiden einander vor.

»Wollen S' auch auf den Ball, Herr Doktor?« erkundigte sich die Bäuerin.

»Um Himmels willen«, wehrte Toni Wiesinger ab. »Nein,

nein, ich geh' nur zum Abendschoppen in die Wirtsstube. Das Tanzen ist nichts für mich, da hab' ich zwei linke Füße.«
»Das sollten Sie aber schleunigst ändern«, sagte Florian und sah den Mediziner lachend an.
»Warum?«
»Weil wir Sie zu unserer Verlobungsfeier einladen, und da müssen S' das Tanzbein schwingen, ob Sie wollen oder net.«
»Verlobung?«
»Ja, schon recht bald«, nickte Franzi stolz. »In zwei Wochen.«
»Die Hochzeit soll erst später stattfinden, wenn die Erntezeit vorbei ist«, fügte Florian hinzu.
»Na, da gratulier' ich Ihnen beiden aber von Herzen«, freute der Arzt sich mit ihnen.
Vor dem Eingang verabschiedeten sie sich. Rechts ging es in die Wirtsstube und zum Restaurant, links war die Tür, die zum Saal führte.
»Also viel Vergnügen heut abend«, nickte Toni ihnen zu. »Und vielen Dank für die Einladung. Ich komme sehr gerne.«

*

Als sie den Saal betraten, reckten die anderen die Köpfe und schauten die beiden neugierig an.
Es war schon so etwas wie eine kleine Sensation, daß die Pachnerin sich hier blicken ließ. Noch dazu in dieser Begleitung. Beinahe verlegen stand Franzi an der Tür. Sie fragte sich in diesem Moment, ob es richtig gewesen war, herzukommen. Aber da nahm Florian auch schon ihre Hand und führte sie zu den Tischen. An einem von ihnen saß Christel Haffner. Franzi und sie waren zusammen zur Schule gegangen. Jetzt sprang Christel auf und winkte ihnen zu.
»Kommt her«, rief sie. »Hier ist noch Platz.«
Franzi begrüßte sie und die anderen an dem Tisch.

»Grüßt euch«, kam es zurück. »Schön, daß du auch wieder mal da bist.«
Auch Florian wurde freundlich aufgenommen, viele erinnerten sich an den letzten Tanzabend, an dem der junge Bursche zum ersten Mal dagewesen war. Franziska spürte die Erleichterung, als ihr klar wurde, daß es doch gar nicht so schlimm war, wie sie es beim Betreten des Saales geglaubt hatte. Sie sah sich um und gewahrte an einem der Nachbartische Tobias Anzengruber, der seltsam lächelnd zu ihr herüberschaute. Demonstrativ drehte sie den Kopf weg und ignorierte seinen Blick total.
»Komm, laß uns tanzen«, sagte Florian und riß sie mit sich. Auf dem Parkett vergaß sie den Anzengruber ganz schnell und wiegte sich in Florians Armen. Erst nach dem vierten Tanz hintereinander führte er sie an den Tisch zurück.
»Leute, hört gut zu«, sagte er mit lauter Stimme, damit sie es trotz der lauten Musik auch alle hören konnten. »Heut' auf vierzehn Tag' ist die Verlobung auf dem Pachnerhof. Die Franzi und ich laden euch dazu herzlich ein.«
Es gab ein großes Hallo auf diese Ankündigung. Und natürlich sprach es sich im Laufe des Abends weiter herum. Viele, die es hörten, kamen an den Tisch und gratulierten schon. Gleichzeitig bedankten sie sich für die Einladung. Auch wenn sie nicht persönlich darauf angesprochen waren, so war es doch selbstverständlich, daß sie zu der Verlobungsfeier kommen würden. Schließlich war es guter alter Brauch in St. Johann, daß solche Ereignisse unter Anteilnahme aller Bewohner stattfanden.
Lediglich einer fühlte sich nicht angesprochen. Er kam auch nicht an den Tisch, sondern zog sich an den Tresen zurück, wo er schnell hintereinander drei große Schnäpse trank und dann mit finsterer Miene den Saal verließ.
Tobias Anzengruber.

Mit einer mächtigen Wut im Bauch machte er sich auf den Heimweg. Die Ankündigung, daß Franziska Pachner sich verloben würde, hatte ihm die Laune gründlich verdorben. Noch dazu mit diesem hergelaufenen Knecht!
Daß er es sich mit ihr verdorben hatte, wurmte ihn immer noch, und oft schimpfte er über sich und seine eigene Dummheit. Insgeheim hatte er sich aber immer noch Hoffnung gemacht, sich vielleicht eines Tages mit Franziska auszusöhnen und alles wieder einzurenken.
Jetzt hatte er diese Hoffnung nicht mehr.
Aber die beiden würden noch ihr blaues Wunder erleben, schwor er sich. Wenn er net glücklich würde, den beiden gönnte er es schon gar nicht. Irgend etwas mußte ihm einfallen, was Franziska und diesen Burschen wieder auseinanderbrachte.
Aber was?
Tobias Anzengruber überlegte den ganzen Heimweg lang, wie er ihnen schaden könnte, und sein Haß auf die beiden Verliebten wuchs mit jedem Schritt, den er zurücklegte. Als er auf dem väterlichen Hof ankam, hatte er sich einen Plan zurechtgelegt. Wenn der klappte, dann würde dieser Knecht, der sich einbildete, Bauer werden zu können, ganz schön dumm aussehen.
Der zweite Sohn des Anzengruberbauern grinste heimtückisch, als er in seine Schlafkammer schlich. Er war sicher, daß er mit seiner Idee Erfolg haben würde.

*

Hertha Breitlanger war aufgeregt wie lange nicht mehr.
Schon eine Stunde vor der verabredeten Zeit saß sie in dem Café, in dem das Treffen mit Graf Friedrich stattfinden sollte. Immer wieder schaute sie ungeduldig auf die Uhr oder warf einen Blick zu dem Tisch in der Ecke hinüber, an dem Pfar-

rer Trenker und seine Haushälterin saßen. Der Geistliche nickte ihr aufmunternd zu. Sophie Tappert hatte sich so hingesetzt, daß sie vom Nachbartisch aus nicht sofort zu erkennen war.
Jetzt fehlte nur noch Max Trenker und sie wären vollzählig für den Empfang des Hochstaplers gewesen.
Zwischendurch blickte auch Sebastian auf seine Uhr.
»Wo bleibt er denn nur?« sagte er fragend zu seiner Haushälterin.
Sophie wußte, daß Hochwürden damit seinen Bruder meinte, der eigentlich auch schon hätte da sein müssen. Max hatte sich seit Tagen in geheimnisvollen Andeutungen ergangen und von einer Überraschung gesprochen, die er für den Grafen vorbereitete. Aber nicht einmal seinem Bruder gegenüber wollte er sagen, um was es sich da handelte.
Auf dem Tisch, an dem Hertha saß, neben dem Kaffeegedeck, lag ein brauner Briefumschlag. In ihm steckten etliche Papierschnipsel. Der Umschlag sollte den Eindruck erwekken, als wären darin die vierzigtausend Mark, die Hertha Fritz Untermayr geben wollte.
In dem Café herrschte nicht viel Betrieb. Dafür war es noch zu früh. Erst in einer guten Stunde konnte man mit den Sonntagsgästen rechnen.
Die Witwe fuhr sich nervös durch das Haar, als die Eingangstür geöffnet wurde. Sie zuckte zusammen, als sie eine männliche Gestalt wahrnahm, die hinter einer älteren Frau hereinkam. Es war allerdings nicht der Graf, sondern Max Trenker, der sich an den Tisch setzte, an dem schon sein Bruder und Sophie Platz genommen hatten. Die Frau suchte sich einen Tisch aus, der an einem der Fenster stand.
Max nickte den beiden zu und rieb sich strahlend die Hände.
»Willst uns net verraten, was du da ausgeheckt hast?« fragte Sebastian.

Der Polizeibeamte machte ein lausbübisches Gesicht und schüttelte den Kopf.
»Wartet's ab«, sagte er nur und winkte nach der Serviererin. Dann bestellte er ein großes Stück Nußtorte und ein Kännchen Kaffee.
»Sie haben vielleicht Nerven«, ließ Sophie Tappert sich vernehmen, die immer noch an ihrem Glas Tee herumnippte. »Wie Sie jetzt bloß essen können. Keinen Bissen bekäm ich hinunter.«
»Ich schon«, grinste Max und schaute sich erwartungsvoll um. »Bis ich mit dem Essen fertig bin, könnt' er sich ruhig Zeit lassen, der Herr Graf, aber dann dürft' er schon kommen. Die Kollegen werden Augen machen, wenn ich ihnen den lang gesuchten Herrn Untermayr präsentiere.«
Er sah Sophie Tappert an.
»Wer weiß, vielleicht bekommen Sie sogar eine Belohnung«, meinte er.
Die Haushälterin machte eine wegwerfende Handbewegung.
»Mir genügt's, wenn der Kerl hinter Schloß und Riegel sitzt.«

*

Vergnügt pfeifend stieg Fritz Untermayr aus dem Bus. Seit er aufgestanden war, hatte er eine prächtige Laune. Es versprach aber auch, ein wunderbarer Tag zu werden. Nicht nur, daß die Sonne am wolkenlosen Himmel stand – heute würde er auch als reicher Mann wieder nach Hause fahren. Er rückte seine Krawatte zurecht und schlug den Weg zum Café ein, in dem er sich mit Hertha Breitlanger verabredet hatte. Als er unterwegs an einem geöffneten Blumengeschäft vorbeikam, überlegte er einen Moment, ob es nicht angebracht sei, angesichts der großzügigen Geste, Hertha einen kleinen Strauß mitzubringen. Er entschied sich aber doch dagegen. Zum einen hatte er schon genug Geld investiert, und zum anderen sagte er sich, daß nur der ein reicher Mann werden könne, der sparsam mit seinen finanziellen Mitteln umging.

Als er das Café betrat, sah er sie an ihrem Tisch sitzen. Den anderen Gästen schenkte er keine weitere Beachtung. Formvollendet machte er eine Verbeugung und küßte der Witwe die Hand.

»Zauberhaft sehen Sie aus, liebste Hertha«, schmeichelte er, wobei er mit Genugtuung den braunen Umschlag registrierte, der auf dem Tisch lag.

Er setzte sich ihr gegenüber und strahlte sie an.

»Ich hoffe, es hat keine großen Umstände gemacht, die erforderlichen Mittel zu besorgen«, sagte Fritz Untermayr und griff über den Tisch nach ihrer Hand.

Hertha fühlte, wie ihr der Schweiß ausbrach. Lediglich die Tatsache, daß sie Pfarrer Trenker und die beiden anderen am Nachbartisch wußte, erstickte die aufkommende Panik.

»Nein, es war ganz einfach«, antwortete sie mit belegter Stimme.

»Sehr schön«, meinte der Graf. »Aber wir wollen jetzt nicht von Geld reden. Dazu ist später noch Zeit genug. Natürlich habe ich Ihnen auch einen Darlehensvertrag mitgebracht. Aber zuerst bestellen wir mal. Möchten Sie noch Kaffee?«

Ohne ihre Antwort abzuwarten, bestellte er zweimal Kaffee und Pfirsichkuchen. Hertha grauste sich insgeheim. Seit Pfarrer Trenker sie über den Mann, der ihr gegenübersaß, aufgeklärt hatte, haßte sie Pfirsichkuchen.

Fritz Untermayr plauderte munter drauflos, wobei er die Zukunft in den rosigsten Farben malte. Besonders die Zukunft der Porzellanmanufaktur.

Du gemeiner Schuft, dachte indes Hertha Breitlanger, du willst die Fabrik doch gar nicht kaufen.

Dein Gerede ist doch genauso wertlos wie das Papier, auf dem der Vertrag steht.
Aber natürlich sagte sie nichts, sondern machte gute Miene zum bösen Spiel. Schließlich kam Fritz auf den Punkt. Er zog den Darlehensvertrag aus der Tasche und reichte ihn über den Tisch.
»Darin ist alles geregelt«, erklärte er. »Die Summe, die Zurückzahlung und natürlich auch die Zinsen.«
Hertha schaute das Geschriebene an und nickte automatisch. Sie faltete das Papier zusammen und schob den Briefumschlag hinüber. Der Mann, der sich Graf Friedrich von Herdingen nannte, griff sofort zu und wollte den Umschlag öffnen. Eine Stimme hielt ihn davon ab.
»Herr Fritz Untermayr«, sagte jemand zu ihm, der plötzlich neben dem Tisch stand. »Ich bin Hauptwachtmeister Trenker vom Revierposten Sankt Johann. Ich muß Sie bitten, mich zu begleiten.«
Der falsche Graf war kreidebleich geworden. Mit großen Augen starrte er den Mann an, der ihn auffordernd anblickte.
»Was... was meinen Sie?« stotterte er. »Das muß ein Irrtum sein. Sie verwechseln mich mit jemand anderem.«
Max tat verlegen.
»Sie sind nicht Fritz Untermayr?« fragte er erstaunt.
Der Hochstapler roch sofort Oberwasser. Was bildete dieser Dorfpolizist sich eigentlich ein?
»Hören Sie, mein Name ist Graf Friedrich von Herdingen«, schnarrte er und blickte den Beamten hochmütig an. »Und jetzt belästigen Sie uns gefälligst nicht länger.«
Er wandte sich Hertha Breitlanger zu, als wollte er damit zu verstehen geben, daß die Angelegenheit für ihn damit beendet sei.
Nicht aber für Max.

»Dann muß ich Sie bitten, sich auszuweisen«, forderte er den Mann auf.
Untermayr schaute ihn ziemlich entrüstet an.
»Himmelherrgott noch einmal, ich habe meinen Ausweis nicht dabei«, erwiderte er gereizt. »Fragen Sie doch meine Begleiterin. Sie wird Ihnen bestätigen, wer ich bin.«
Max tat, als kenne er Hertha nicht, als er sie ansah.
»Können Sie bestätigen, was dieser Herr sagt?« fragte er.
»Ja... also...«
»Aber Hertha, was ist denn los?« fuhr Fritz Untermayr dazwischen. »Sagen Sie doch, wer ich bin.«
Die Witwe zuckte die Schultern.
»Aber ich weiß es ja net...«, erwiderte sie und sah ihn ungerührt an.
Er starrte sie mit offenem Mund an.
»Vielleicht kann ich in der Sache Auskunft geben«, ließ sich eine weibliche Stimme vernehmen.
Es war die Dame, die vorhin zusammen mit Max Trenker das Café betreten hatte. Der Hochstapler unterdrückte einen Schrei, als er die Frau erkannte.
»Also, Herr Hauptwachtmeister, mir ist dieser Herr als Joseph Bartner bekannt«, erklärte sie. »Davon, daß er ein Graf ist, weiß ich nichts, aber er soll ja noch andere Namen benutzt haben, wenn er gutgläubige Frauen um ihr Geld brachte.«
Sebastian und Sophie waren ebenfalls hinzugetreten. Angesichts dieser Übermacht mußte Fritz Untermayr einsehen, daß er endgültig verspielt hatte.

*

»Kinder, es war einfach herrlich«, rief Hertha Breitlanger und klatschte dabei in die Hände. »Das Gesicht des ›Herrn Grafen‹ werd' ich so schnell net vergessen.«
Sie saßen im Eßzimmer des Pfarrhauses, wo Sophie Tappert

mit Herthas Hilfe den Tisch für das Abendessen gedeckt hatte. Bis auf Max Trenker waren sie alle versammelt. Sebastians Bruder war noch unterwegs von der Kreisstadt, wo er Fritz Untermayr bei den Kollegen abgeliefert hatte, zurück nach St. Johann.

Die beiden Damen waren zusammen mit dem Pfarrer zurückgekommen. Natürlich hatte sich die Unterhaltung dabei um den Hochstapler gedreht. Besonders Max' Idee, die Frau, die Fritz Untermayr letztendlich identifizierte, hinzuzuziehen, fanden sie gewitzt. Das war also die geheimnisvolle Idee des Polizisten gewesen, von der er immer wieder gesprochen hatte.

Gertrud Birkner war um fünftausend Mark geprellt worden, die angeblich für einen gemeinsamen Urlaub verwendet werden sollten. Nachdem sie Untermayr das Geld gegeben hatte, ließ er nichts mehr von sich hören. Zunächst schämte die Frau sich, auf den Trick hereingefallen zu sein, doch als sie hörte, daß es weitere Geschädigte gab, von denen eine die Anzeige erstattet hatte, meldete auch sie sich bei der Polizei. Als Max Trenker sie nun um Mithilfe bat, den Betrüger zu überführen, war sie sofort dazu bereit.

»Der ist erst einmal für lange Zeit aus dem Verkehr gezogen«, verkündete Max, als er im Pfarrhaus erschien.

Er berichtete, daß der Hochstapler noch am Abend einem Haftrichter vorgeführt werden sollte.

»Der Richter wird gar net anders können, als Untersuchungshaft anzuordnen«, meinte der Beamte. »Bei dem, was der Kerl alles auf dem Kerbholz hat.«

Erwartungsvoll schaute Max auf den gedeckten Tisch. Dabei rieb er sich die Hände.

»Wenn die Gerechtigkeit gesiegt hat, dann schmeckt's noch mal so gut«, lachte er und griff herzhaft zu.

*

»Nachher fahr' ich mit dem Valentin das restliche Holz für den Ederer schlagen«, sagte Florian beim Frühstück. »Vielleicht kannst uns das Mittagsmahl hinaufbringen. Dann könnten wir durcharbeiten. Morgen soll's ja schon geholt werden.«

Hubert Ederer, ein Sägemühlenbesitzer aus Engelsbach, hatte zwei Festmeter bestes Fichtenholz geordert. Seit Tagen waren Florian und der Altknecht damit beschäftigt, die Bäume zu fällen, die der Ederer persönlich ausgesucht und gekennzeichnet hatte.

»Maria wird euch das Essen bringen«, erklärte Franziska. »Ich fahr' heut vormittag ins Dorf hinunter.«

Florian machte ein erstauntes Gesicht. Es kam äußerst selten vor, daß die Bäuerin mitten in der Woche nach St. Johann fuhr.

»Gibt's was Besonderes?« erkundigte er sich deshalb.

Franzi schmunzelte geheimnisvoll. Natürlich gab es einen Anlaß. Am Samstag in einer Woche sollte auf dem Pachnerhof Verlobung gefeiert werden, und dafür wollte sie sich ein neues Kleid kaufen. Schon auf dem Tanzabend hatte sie es mit Christel Haffner verabredet. Christel konnte nämlich ziemlich geschickt mit Nadel und Faden umgehen und hatte ihr angeboten, zur Verlobung ein schickes Kleid zu schneidern. Und nun wurde es höchste Zeit, die Maße zu nehmen und den Stoff auszusuchen, wenn alles rechtzeitig fertig werden sollte. Aber davon durfte Florian natürlich nichts wissen, es sollte ja eine Überraschung werden.

»Ich hab' was zu erledigen«, wich Franzi aus und begann damit, das Frühstücksgeschirr abzuräumen.

Gut gelaunt fuhr sie dann später ins Dorf hinunter. Christel wohnte bei ihrer Mutter, mit der sie zusammen eine kleine Pension betrieb. Die Schneiderei war ein kleiner Nebenerwerb, der sich immerhin so lohnte, daß Christel sich im

Laufe der Zeit ein kleines Atelier einrichten konnte. Franziska staunte nicht schlecht, als sie den Raum betrat. Ein Zuschneidetisch war ebenso vorhanden wie eine elektrische Nähmaschine. Es waren sogar zwei Schneiderpuppen angeschafft worden, wie es sie auch in den professionellen Werkstätten gab.

»Schau dir doch schon mal ein paar Stoffmuster an«, meinte Christel. »Ich koch' uns derweil einen Tee. Oder magst lieber Kaffee?«

»Tee ist schon recht«, nickte die junge Bäuerin.

Interessiert betrachtete und befühlte sie die Stoffe, die die Freundin zurechtgelegt hatte.

»Na, kannst dich net entscheiden?« fragte Christel, als sie mit einem Tablett in den Händen zurückkam.

Sie lachte, als sie das Tablett absetzte, auf dem sich alles befand – Tee, Zucker und Milch. Dazu ein Teller mit Keksen.

»Am liebsten würd' ich mir drei Kleider bestellen«, seufzte Franzi. »Ich kann mich wirklich net entscheiden. Es schaut alles so schön aus.«

Sie strich über einen Stoffballen.

»Und wie es sich anfühlt.«

»Ich glaub', ich hab' das Richtige für dich«, meinte Christel und zog einen weiteren Ballen aus einem Regal.

Franziska war sofort begeistert. Ein feines graues Tuch. Die Schneiderin erklärte den Schnitt, den sie sich vorstellte und zeichnete eine Skizze auf ein Blatt Papier. Der Saum sollte eine Borte mit einem kleinen Karomuster bekommen, ebenso die Ärmel. Und natürlich sollte das Ganze im Trachtenstil gehalten sein.

»Genauso soll's aussehen«, nickte Franzi.

Kombiniert mit weißer Spitze am Ausschnitt mußte es einfach hinreißend aussehen.

*

In den folgenden Tagen wunderte sich Florian Brunner darüber, daß Franziska so häufig ins Dorf hinunterfuhr. Vergeblich versuchte er Maria auszufragen, doch die alte Magd schwieg eisern.

»Sei net so neugierig«, antwortete sie nur lachend. »Wirst es noch früh genug erfahren.«

Der Grund war natürlich, daß Franzi immer wieder zur Anprobe mußte, weil hier und da noch etwas geändert werden sollte. Am dritten Tag fiel ihr auf, daß Christel Haffner irgendwie bedrückt schien.

»Ist was passiert?« fragte sie, als sie mit der Anprobe fertig waren.

Christel druckste ein wenig herum. Es war deutlich zu merken, daß sie etwas auf dem Herzen hatte, aber net so recht mit der Sprache heraus wollte.

»Also gut«, sagte sie schließlich. »Vielleicht ist's besser, wenn du's von mir erfährst als von jemand anderem.«

»Was meinst denn?«

Christel nahm sie beim Arm und zog sie aus dem Atelier hinaus. Sie gingen hinüber ins Wohnzimmer.

»Setz dich«, forderte die Schneiderei Franzi auf. »Die Mutter ist in die Stadt gefahren. Wir sind also ungestört.«

Franziska konnte sich eines unguten Gefühls nicht erwehren, als sie Platz nahm.

»Nun red' schon«, forderte sie die Freundin auf.

»Was weißt du eigentlich vom Florian?« fragte Christel unvermittelt. »Ich mein', so lang' kennst ihn ja auch noch net. Hat er denn mal was über sich erzählt?«

»Ja. Woher er kommt. Daß er einen Bruder hat, und die Eltern tot sind. Aber warum fragst du denn so merkwürdig?«

»Hat er dir auch erzählt, daß er ein Madel dort hat, wo er zu Hause ist? Und daß er schon bald wieder zurück will?«

Franziska verspürte einen Stich im Magen, und ein heißer Blutstrom schoß zu ihrem Herzen.
»Was sagst?« fragte sie mit tonloser Stimme.
Weiß wie Kreide war ihr Gesicht geworden. Unsicher sah sie Christel an.
»Das ist doch net wahr! Oder? Machst dir einen Scherz mit mir?«
Die junge Frau, die ihr gegenübersaß, schüttelte stumm den Kopf.
»Der Thomas hat's mir erzählt, und der hat's am Stammtisch aufgeschnappt«, sagte sie endlich. »Ganz Sankt Johann redet davon, daß du schon wieder einem aufgesessen bist.«
Franziska spürte, wie alles Blut aus ihrem Kopf nach unten zu fließen schien, und vor ihren Augen verschwamm alles. Am liebsten hätte sie jetzt laut aufgeschluchzt und ihren ganzen Schmerz hinausgeschrien. Wenn das stimmte, wenn es wirklich wahr sein sollte, was sie da eben gehört hatte...
Thomas Sonnenleitner war Christels Verlobter, er arbeitete in der Kreisstadt auf der Bank.
»Ich glaub' net, daß der Thomas so leichtfertig ein Gerücht weitergibt«, meinte Christel.
Die junge Bäuerin erhob sich, dabei wankte sie so sehr, daß Christel hinzusprang und sie festhielt.
»Danke, es geht schon«, sagte Franzi gepreßt. »Ich dank' dir, Christel, daß du es mir gesagt hast.«
Sie nickte ihr zu und versuchte zu lächeln.
»Was... was hast denn jetzt vor?« wollte die Schneiderin wissen.
Mit einem Male war Franzi ihr unheimlich, so ruhig und gefaßt, wie sie vor ihr stand.
»Ich weiß schon, was ich tun muß«, antwortete die Bäuerin und wandte sich zum Gehen.

»Das Kleid«, rief Christel ihr hinterher. »Was soll denn jetzt mit dem Kleid werden?«
An der Tür drehte Franzi sich um.
»Das Kleid? Das machst mir fertig, so wie wir's besprochen haben.«

*

Wie im Traum stieg sie in ihr Auto, und wie im Traum fuhr sie durch St. Johann. Überall meinte sie Leute stehen zu sehen, die mit den Fingern auf sie zeigten, über sie redeten und lachten.
Da fährt sie, die schöne Pachnerin, die doch kein Glück hat mit den Männern. Was nutzt ihr all der Reichtum? Wieder ist sie einem aufgesessen.
Gerade dieser Satz wurmte sie. Wieder einem aufgesessen! Tobias Anzengruber hatte sich als Schuft erwiesen, und nun ärgerte Franziska sich, daß sie doch wieder schwach geworden war. Ja, sie war wieder einem aufgesessen, aber noch war es net zu spät. Zum Teufel würd' sie ihn jagen, und zwar noch heut'! Net eine Stunde länger würd' er auf ihrem Hof sein, und dann würd' sich zeigen, ob sie wirklich wieder einem aufgesessen war.
Franziska war aus dem Dorf heraus. Sie fuhr rechts an den Straßenrand und hielt an. Dann stellte sie den Motor aus, lehnte sich zurück und ließ ihren Tränen freien Lauf.
Beinahe eine Stunde saß sie da in ihrem Wagen. Nachdem sie sich einigermaßen von ihrem Schmerz erholt hatte, dachte sie darüber nach, wie sie es ihm sagen sollte. Würde er es abstreiten, wenn sie ihn mit dem konfrontierte, was Christel Haffner ihr erzählt hatte. Würde er sich genauso herauszuwinden versuchen, wie es seinerzeit Tobias Anzengruber getan hatte? Ob er versuchte, sie zu überzeugen, daß es alles eine Lüge war?

Warum sollte jemand solch ein Gerücht in die Welt setzen? Thomas, der Verlobte von Christel, war ein intelligenter Mann, da hatte die Schneiderin recht. Der würde niemals solch ein niederträchtiges Gerücht weitertragen.
Franziska startete den Wagen und fuhr weiter. Als sie in die Einfahrt zum Hof einbog, hämmerte ihr Herz wild in der Brust.
Drüben beim Stall führte Florian Liesl am Strick. Das Tier hatte sich wieder prächtig erholt und sollte nun zurück zu den anderen Kühen.
Franziska Pachner stieg aus und ging zum Haus hinüber.
»Florian, ich möcht' dich sofort sprechen«, rief sie, bevor sie hineinging.
Der junge Knecht sah ihr verwundert hinterher. Da war irgend etwas Merkwürdiges in ihrer Stimme gewesen. Er führte die Kuh durch das Gatter auf die Weide, wo die anderen Tiere standen, und ließ sie laufen. Dann ging er zum Bauernhaus hinüber.
Franziska Pachner wartete in der Wohnstube auf ihn. Mit ernstem Gesicht stand sie in der Ecke vor ihrem Schreibtisch, in der Hand ein Stück Papier. Florian trat ein und schaute sie erwartungsvoll an.
»Was gibt's, meine schöne Bäuerin?« fragte er fröhlich.
»Hat sich was mit schöner Bäuerin«, gab sie zurück und hielt ihm das Papierstück entgegen.
Florian starrte es an.
»Was ist das?«
»Ein Scheck über deinen ausstehenden Lohn«, sagte Franzi.
»Ich möcht', daß du sofort meinen Hof verläßt.«
Florian Brunner schaute ungläubig. Er meinte, nicht richtig gehört zu haben.
»Was hast du gesagt?«
»Daß du geh'n sollst, und zwar auf der Stelle.«

Hilflos hob er die Arme und ließ sie wieder fallen.
»Ja, Herr im Himmel, willst mir net sagen, was eigentlich los ist?« fragte er. »Was ist denn in dich gefahren?«
Franzi hatte die Arme vor der Brust verschränkt und schaute ihn aus kalten Augen an.
»Was geschehen ist? Die Augen sind mir geöffnet worden über dich. Dem Herrgott sei's gedankt, noch rechtzeitig. Und jetzt laß dieses dumme und peinliche Geplänkel. Ich will dich nimmer länger sehen auf meinem Hof. Hier ist dein ausstehender Lohn.«
Mit einer energischen Bewegung riß er ihr den Scheck aus der Hand und steckte ihn, ohne einen Blick darauf zu werfen, in die Brusttasche seines Arbeitshemdes. Dann drehte er sich auf dem Absatz um und verließ die Stube. Franziska Pachner fühlte sich plötzlich seltsam schwach und leer. Mit einem Aufschrei sank sie zu Boden, wo sie liegenblieb und hemmungslos weinte.

*

Gerade noch rechtzeitig fand Florian einen Unterschlupf im Höllenbruch, bevor das Unwetter begann. Seit drei Tagen trieb er sich in dem Waldgebiet herum. Nach seinem Fortgang vom Pachnerhof hatte er sich als erstes mit einigen Lebensmitteln versorgt, dann hatte er sich hierher zurückgezogen. Er wollte jetzt niemanden sehen, brauchte erst einmal Zeit zu verstehen, was eigentlich geschehen war.
Vor allem fragte er sich, was in Franzi gefahren war, daß sie so merkwürdig reagierte. Aus heiterem Himmel hatte sie ihn davongejagt, ohne daß er den Grund dafür erfahren konnte.
Als hätte Petrus sämtliche Schleusen des Himmels geöffnet, prasselten die Regenmassen hernieder. Dazu blitzte und krachte es, daß einem angst und bange werden konnte. Der

junge Bursche saß gemütlich im tiefsten Unterholz, wohin kaum ein Regentropfen kam, so dicht standen die Bäume beieinander. Allerdings – gar so gemütlich war's net, denn Franzi ging ihm einfach net aus dem Kopf. Was, um alles in der Welt, war geschehen? Diese Frage stellte er sich immer wieder. Natürlich war ihm auch klar, daß er hier im Höllenbruch keine Antwort auf seine Frage bekommen würde. Dazu mußte er sich wieder unter Menschen begeben.
Aber an wen sollte er sich wenden? So gut kannte er ja niemanden, daß er sich jemandem anvertrauen konnte. Außer vielleicht einen Menschen. Von dem konnte er sich vorstellen, daß der ein offenes Ohr für seine Nöte haben würde – Pfarrer Trenker.
Noch ehe das Unwetter abgeklungen war, machte er sich auf den Weg hinunter nach St. Johann. Als er den breiten Weg erreichte, der zur Straße führte, ließ zumindest der Regen etwas nach. Ab und an blitzte es noch, und von den Bergen rollte der Donner als vielfaches Echo zurück.
In der Kirche war niemand. Florian ging zum Pfarrhaus hinüber und klingelte. Eine Frau öffnete ihm und fragte nach seinen Wünschen.
»Ich möchte Pfarrer Trenker sprechen, wenn er zu Hause ist.«
Sophie Tappert schaute ihn argwöhnisch an. Natürlich konnte man die drei Tage im Wald nicht übersehen. Aber als Haushälterin eines Geistlichen war sie es gewohnt, daß vor allem die Ärmsten der Armen an der Tür klingelten.
»Kommen S' herein«, nickte sie und führte ihn zur Tür des Pfarrbüros.
Sebastian saß hinter seinem Schreibtisch und arbeitete längst fällige Papiere durch. Eine lästige, aber notwendige Arbeit. Als er den Besucher erkannte, stand er auf und begrüßte ihn.
»Frau Tappert, sei'n S' so nett und bringen S' dem Herrn

Brunner und mir einen schönen heißen Tee«, bat er Sophie. Dann bot er dem Knecht einen Stuhl an und setzte sich selbst wieder.

»Ich wußte mir einfach keinen Rat mehr, Hochwürden«, sagte Florian. »Ich hoff', daß Sie mir helfen können.«

»Ich hab' schon gehört, was auf dem Pachnerhof geschehen ist«, nickte der Seelsorger. »Schlechte Nachrichten sprechen sich immer schnell herum.«

»Können Sie mir dann erklären, was in die Franzi gefahren ist, daß sie sich von einem Moment auf den anderen so ändert?«

»Ich glaube, ich kann«, antwortete Sebastian.

Ihre Unterhaltung wurde unterbrochen, als Sophie Tappert mit dem Tee hereinkam.

»Vielen Dank«, nahm Sebastian ihr das Tablett ab. »Ich mach' das schon.«

*

Nachdem er für seinen Gast und sich eingeschenkt hatte, sah er Florian an. Dem war seine Ungeduld, endlich mehr zu erfahren, deutlich anzusehen.

»An Franziskas Wandlung ist ein böses Gerücht schuld, das seit ein paar Tagen die Runde durch Sankt Johann macht«, nahm er die Unterhaltung wieder auf.

Florian setzte sich interessiert auf.

»Was für ein Gerücht?« wollte er wissen. »Und wer hat es in die Welt gesetzt?«

»Wer dafür verantwortlich ist, kann man nur vermuten«, beantwortete der Pfarrer die zweite Frage. »Wie das Gerücht lautet, ist schnell erzählt. Danach haben Sie in der Heimat ein Madel, das auf Sie wartet und zu dem Sie schon bald wieder zurückkehren wollen.«

»Was?«

Florian hatte diese Frage beinahe geschrien.
»Wer erzählt denn solchen Blödsinn?« empörte er sich.
»Wie gesagt, das kann man nur mutmaßen«, entgegnete Sebastian. »Aber vielleicht können Sie Franziskas Beweggründe verstehen, wenn Sie erfahren, was sich vor einiger Zeit zugetragen hat.«
Er erzählte dem gespannt zuhörenden Knecht die Geschichte von der schönen, reichen Erbin des Pachnerhofes und dem zweitgeborenen Sohn des Anzengruber. Pfarrer Trenker verschwieg nicht den unseligen Tanzabend, als Franziska von dem Mann, der ihr Liebe geschworen hatte, so bitter enttäuscht wurde.
»Lange Zeit hat Franziska niemanden an sich herangelassen, geschweige denn, daß sie es zugelassen hätte, daß sie sich wieder in einen Mann verliebt. Sie mußte ja Angst haben, daß jeder nur hinter ihrem Geld her sein würde.«
Florian sprang auf.
»Ich muß sofort zu ihr«, stieß er hervor. »Ich muß ihr erklären, daß nichts von dem stimmt, was da über mich erzählt worden ist. Und was das Geld anlangt, Hochwürden, ich bin kein armer Schlucker. Mein Vater hatte eine gutgehende Schreinerwerkstatt, die mein Bruder geerbt hat. Mir hat der Vater so viel Geld hinterlassen, daß ich gewiß net mit leeren Händen vor der Franzi steh'.«
Pfarrer Trenker war ebenfalls aufgestanden. Er legte dem Burschen die Hand auf die Schulter.
»Geh zu deiner Franzi«, sagte er. »Ich bin sicher, daß sich noch alles zum Guten wenden wird. Und was den Urheber des Gerüchts angeht – ich hab' da so eine Vermutung und werde mich darum kümmern.«
»Danke, Hochwürden, daß Sie mir das alles erzählt haben«, sagte Florian zum Abschied und machte sich mit einem frohen Lächeln auf den Weg.

Was scherte es ihn, daß genau jetzt ein neues krachendes Gewitter über dem Tal niederging. Von ihm aus hätte es Katzen und junge Hunde regnen können. Aufgehalten hätte es ihn nicht.

*

»Es scheint, als wollte es gar nimmer mehr aufhören«, sagte Maria Ohlanger und schaute besorgt aus dem Fenster.
Die beiden Frauen waren in der Küche.
»Hoffentlich hat der Valentin einen Unterschlupf gefunden«, meinte Franziska.
»Keine Bange«, winkte die Magd ab. »Unkraut vergeht net, und schon gar net der Alte. Der kennt doch jeden Baum und jeden Busch. Der weiß schon, wo er hin muß, damit er net naß wird.«
Das Unwetter schien geradewegs über dem Pachnerhof zu stehen. Unentwegt krachte es, und Blitze zuckten, und manchmal schien ein Zittern durch das Gebälk zu gehen. Auch Franziska sah durch das Fenster hinaus dem Naturschauspiel zu.
Heiliger Florian, beschütz uns vor dem Schlimmsten, bat sie still für sich. Doch gerade, als habe der Schutzheilige sich abgewendet, schoß ein Blitz durch das Dach der gegenüberliegenden Scheune und setzte sie in Brand.
»Feuer!« schrie die junge Bäuerin auf. »Es brennt!«
Rasend schnell fraßen sich die Flammen durch die Schindeln und erfaßten den Dachstuhl.
»Schnell, ruf die Feuerwehr!« befahl Franziska. »Ich lauf' hinaus.«
»Sei vorsichtig«, rief Maria ihr zu, während sie schon zum Telefon eilte.
Franziska schlüpfte in ihre Gummistiefel, die draußen im Flur standen, und öffnete die Haustür. In der Scheune lagerte

das Stroh, außerdem stand der Traktor darin. Nicht auszudenken, wenn der verbrannte.

Regen und Wind peitschten ihr ins Gesicht, als sie über den Hof lief. Sie stemmte sich gegen das schwere Tor, das sich kaum aufschieben ließ. Endlich hatte sie es geschafft und stand in der Scheune. Während hinter ihr das Tor zufiel, warf sie einen Blick nach oben. Der Dachstuhl brannte bereits lichterloh, und die ersten Flammen züngelten nach den Strohballen, die oben auf dem Boden lagerten. Schon fielen glühende Holzstücke herab, zogen brennendes Stroh mit sich.

Franziska lief zum Traktor, der im hinteren Teil der Scheune stand. Auf halbem Weg stoppte sie. Der Schlüssel! In ihrer Aufregung hatte sie nicht an den Traktorschlüssel gedacht, der im Flur an dem Brett hing, an dem auch alle anderen Schlüssel ihren Platz hatten.

Sie lief zurück zum Tor. Beißender Qualm nahm ihr die Sicht und stieg ihr in Rachen und Nase. Franziska hustete und würgte, während sie vergeblich versuchte, das Scheunentor zu öffnen. Es ließ sich keinen Zentimeter bewegen, als wäre es zugesperrt.

*

Schon von weitem sah Florian den roten Lichtschein über dem Pachnerhof stehen. Er warf seinen Rucksack ab und rannte, als gelte es sein Leben. Endlich erreichte er die brennende Scheune, aus dem Bauernhaus kam Maria gelaufen.

»Franziska! Sie ist in der Scheune«, rief sie erregt.

Von drinnen hörten sie die Hilferufe der jungen Bäuerin. Florian riß an dem Tor. Lange, viel zu lange dauerte es, bis es sich endlich einen Spalt öffnete. Der Bursche schlüpfte hindurch und stand in einer dichten Rauchwolke. Über ihm zischte und knallte es fürchterlich.

»Franzi, wo bist du?« rief er durch den Qualm, der jede Sicht nahm.
Die Bäuerin hatte sich wieder zurückgezogen, weil der Rauch an der Tür am stärksten war. Als sie jetzt Florian rufen hörte, schöpfte sie neue Hoffnung.
»Hier!« schrie sie. »Hier bin ich!«
Mit einem erlösenden Aufschrei sanken sie sich in die Arme.
»Komm, bloß raus hier!« sagte Florian und preßte die Frau eng an sich.
Noch einmal bedurfte es aller Kraft, das Tor zu öffnen, gemeinsam schafften sie es und sprangen ins Freie. Tief atmeten sie die frische Luft ein. Aus der Ferne hörten sie die Sirenen der Feuerwehrwagen.
»Der Traktor wird wohl net mehr zu retten sein«, sagte Franziska und sah Florian an. »Es war wie ein Wunder, als du plötzlich da warst.«
»Kein Wunder«, antwortete er. »Bestimmung, denn wir sind füreinander bestimmt, wie der Himmel und die Sonne, der Sand und das Meer, wie die Berge und – ach, was rede ich. Ich liebe dich, und alles andere ist egal.«
Er sah sie ernst an.
»Was immer du über mich gehört hast, es ist dummes Geschwätz«, sagte er eindringlich. »Es gibt nirgendwo ein anderes Madel, das auf mich wartet. Und was dein vieles Geld angeht – ich pfeif drauf, denn ich bin auch net grad' arm.«
Franziska schaute ihn bittend an.
»Ich glaub', ich war etwas voreilig«, flüsterte sie. »Kannst du mir verzeihen, daß ich so dumm war?«
»Es gibt nix zu verzeihen«, antwortete er, während sein Mund den ihren suchte. »Hauptsache, du vertraust mir in Zukunft.«
»Das versprech' ich …«, wollte sie noch antworten, doch da verschloß sein inniger Kuß schon ihre Lippen.

*

Pfarrer Trenker schaute auf seine Schäfchen. Ganz besonders auf eines von ihnen, mit dem er am Vortag ein Gespräch unter vier Augen gehabt hatte.

»Heut will ich über ein Gebot reden, das jeder von euch kennt, aber net immer beherzigt«, begann er seine Predigt. »Das Gebot lautet: Du sollst nicht falsch Zeugnis reden...«

Mit Genugtuung sah Sebastian, wie Tobias Anzengruber immer tiefer in seinen Sitz sank. Der Geistliche ließ sich aber nicht anmerken, daß er innerlich schmunzelte. Und während er auf seine Gemeinde sah, gingen ihm ein paar Gedanken durch den Kopf. Er war dankbar, daß sich wieder einmal alles zum Guten gewendet hatte. Einem Gauner war das Handwerk gelegt worden, einem jungen Paar zu seinem Lebensglück verholfen – er konnte zufrieden sein.

Außerdem freute er sich auf den Nachmittag, denn da hatte Pfarrer Trenker einen Ausflug in seine Berge geplant.

– E N D E –

Die Tochter des Wilderers

Ein schwerwiegender Verdacht...

Ungeduldig schaute Xaver Anreuther den breiten Waldweg hinunter, dann warf er wieder einen Blick auf die Uhr. Beinahe Mittag. Wo er nur blieb?
Der Förster schüttelte den Kopf. Er wird sich doch wohl net verfahren haben, dachte er. Aber das konnte eigentlich nicht sein. Schließlich hatte er eine genaue Wegbeschreibung durch den Ainringer Wald an die Adresse in Passau geschickt.
Brutus, der neben ihm lag, hob plötzlich den Kopf und stellte seine Ohren auf. Im selben Moment hörte Xaver Motorengeräusch, das langsam näher kam. Der alte Förster stand auf und ging zur Einfahrt. Er hatte gerade das Tor geöffnet, als ein dunkelgrüner Geländewagen den Weg heraufgefahren kam. Xaver bedeutete dem Fahrer durch Handzeichen, wo er den Wagen abstellen sollte. Dann folgte er ihm und wartete, bis das Fahrzeug stand und die Tür geöffnet wurde.
»Grüß' Gott, Herr Kollege«, nickte der junge Mann in der grünen Uniform. »Ein herrliches Wetter haben S' hier.«
»Herzlich willkommen, Herr Ruland«, sagte Xaver und schüttelte die dargebotene Hand.
»Sagen S' Christian, wenn S' mögen«, bot der neue Förster vom Ainringer Wald an.
»Gern«, nickte Xaver. »Natürlich nennen S' mich dann aber auch beim Vornamen. Kommen S' aber erstmal herein. Ich hab' ein kleines Mittagessen vorbereitet. Dabei können wir uns über alles unterhalten. Und wenn S' dann noch Lust haben, machen wir einen Gang durchs Revier.«
»Ich freu' mich schon drauf«, entgegnete Christian Ruland. Er stieß einen leisen Pfiff aus, und aus der offenen Autotür

kam ein dunkelbrauner Hund gesprungen. Er stürzte gleich auf den immer noch am Boden liegenden Brutus und begrüßte ihn mit lautem Gebell.

»Schäm' dich, Nero«, tadelte Christian. »Willst den alten Herrn net artig begrüßen? Noch ist das hier sein Revier.«

Als habe er die Worte seines Herrn ganz genau verstanden, warf Nero sich Brutus zu Füßen und winselte.

Schmunzelnd beobachteten die beiden Männer, wie die Hunde sich beschnüffelten.

»Kommen S', Christian. Die beiden werden sich schon vertragen.«

Der neue Förster staunte nicht schlecht, als er das »kleine« Mittagessen sah. Einen wahren Festtagsbraten hatte Xaver Anreuther vorbereitet, mit Knödeln und Kraut.

»Sagen S', haben Sie eine Haushälterin?« erkundigte sich Christian. »Das schmeckt ja großartig!«

Der alte Förster schüttelte den Kopf.

»Das hab' ich mir in all den Jahren selbst beigebracht«, erklärte er. »Wenn man öfter mal für viele Leute kochen muß, dann bekommt man mit der Zeit Übung darin.«

»Oje«, meinte Christian, »da werden die Lehrgangsteilnehmer keine Freude an meiner Kochkunst haben.«

Im Forsthaus wurden des öfteren Lehrgänge für angehende Forstbeamte abgehalten, die dann auch hier wohnten und verköstigt wurden.

»Da holen S' sich wohl besser Hilfe aus dem Dorf«, lachte Xaver. »Sonst laufen Ihnen die Prüflinge nach einer Woche davon.«

»Wie ist es denn, dieses Sankt Johann?« wollte Christian wissen. »Ich bin schon ganz gespannt.«

»Na, oft werden S' net hinkommen«, prophezeite Xaver. »Hier im Forst ist mehr zu tun, als man glauben möchte. Aber, um auf Ihre Frage zurückzukommen – von allen Dörfern, die ich kenne, gefällt Sankt Johann mir am besten. Es ist einfach schön dort, doch oft werden S' net hinkönnen, im Revier haben S' alle Hände voll zu tun.«

»Wie sieht's denn mit Wilddieben und solchem Gesindel aus?«

Der alte Förster wiegte den Kopf.

»Es hält sich in Grenzen«, antwortete er. »Einer, er war der Schlimmste, sitzt noch. Den hab' ich für lange Zeit hinter Gitter gebracht. Ansonsten kommt's schon einmal vor, daß jemand Fallen stellt, oder noch schlimmer, Schlingen legt. Da müssen S' ein Auge drauf haben. Vor ein paar Wochen haben wir erst zwei solcher Lumpenkerle, Vater und Sohn, geschnappt. Aber, wie gesagt, es hält sich in Grenzen.«

»Sie sagten ›wir‹ – wer war denn noch dabei?«

»Sie werden's net glauben – der Geistliche von Sankt Johann, Pfarrer Trenker und sein Bruder Max. Er ist der Dorfpolizist.«

»Wirklich? Ein Pfarrer?«

Christian mochte es gar nicht glauben.

»Net ein Pfarrer«, schüttelte Xaver Anreuther den Kopf.

»Pfarrer Trenker ist schon was Besonderes. Sie werden ihn ja kennenlernen. Wenn S' einmal net weiter wissen, einen Rat oder Hilfe brauchen, dann wenden S' sich an ihn. Hochwürden hat für jeden und alles ein offenes Ohr.«

*

Nach dem Essen machten sich die beiden Forstbeamten auf, das Revier zu besichtigen. Brutus und Nero liefen vorneweg. Sie hatten sich offenbar schon angefreundet. Allerdings blieben sie immer in Sichtweite ihrer Herren und kamen sofort zurück, wenn sie das Kommando dazu hörten. Es waren eben ausgebildete Jagdhunde.

Förster Anreuther führte seinen Nachfolger zu den markan-

testen Punkten des Ainringer Waldes, zeigte ihm, worauf er besonderes Augenmerk haben mußte, und verriet ihm sogar die besten Pilzstellen.
»Dort drüben«, deutete er auf eine Kiefernschonung, »dort ist die Stelle, an der die Schlingen ausgelegt waren.«
»Das ist schon eine niederträchtige Gemeinheit«, sagte Christian.
Xaver wußte, was der junge Kollege meinte. Schonungen wie diese wurden von den Tieren bevorzugt, um dort ihre Jungen abzulegen. Geriet nun zum Beispiel eine Rehmutter in eine Schlinge, verendete sie nicht nur jämmerlich, auch ihr Junges kam unweigerlich ums Leben, weil sich niemand mehr darum kümmerte.
Von allen Arten zu wildern, war dies wirklich die brutalste und gemeinste!
»Da lob' ich mir einen rechten Wildschütz«, meinte Xaver Anreuther. »Irgendwann hab' ich noch jeden zur Strecke gebracht. Und wenn sie mir auch oft bittere Rache geschworen haben – ihre Drohungen haben's nie wahr gemacht.«
Auf dem Rückweg zum Forsthaus liefen die Hunde brav neben den beiden Männern her. Christian spürte, wie sein Herz vor Freude hüpfte. Mit dem heutigen Tag war sein Lebenstraum in Erfüllung gegangen. Der Dreißigjährige würde von nun an sein eigenes Revier haben. Eine verantwortungsvolle Aufgabe, die zu erfüllen er gewillt war. Daß er das Zeug dazu hatte, davon war nicht nur der Leiter seiner vorgesetzten Dienststelle überzeugt. Auch Förster Lehwanger, sein Ausbilder und väterlicher Freund in Passau, hatte ihn für diesen Posten empfohlen. Obgleich er ihn nicht gerne gehen ließ, wie er immer wieder betont hatte. Am liebsten hätte er Christian als seinen Nachfolger gesehen.
Doch der junge Förster hatte sich anders entschieden. Zum einen gab seine Liebe zu den Bergen den Ausschlag dafür –

Christian hatte seit Jahren jeden Urlaub in den Alpen verbracht – zum anderen war da eine unschöne Geschichte, in der ein Madel eine bestimmte Rolle spielte, die ihm die Entscheidung aus Passau fortzugehen, leicht gemacht hatte.
Sehr oft hatte er sich gefragt, warum die Menschen es manchmal erst nach Jahren merkten, daß sie nicht zusammenpaßten – ihm war es jedenfalls erst nach langer, langer Zeit bewußt geworden, daß Maike die falsche Frau war. Aber da hatte sie sich schon längst von ihm abgewendet.
Während Christian noch darüber nachdachte, krachte plötzlich ein Schuß. Mit einem pfeifenden Geräusch surrte das Geschoß an den beiden Männern vorbei und traf den herabhängenden Ast einer alten Kiefer.
Während die Hunde stocksteif stehenblieben, sahen sich die Männer fassungslos an. Christian war der erste, der sich von seinem Schrecken erholte. Er packte Xaver am Arm und zog ihn mit sich in Deckung. Brutus und Nero folgten ihnen sofort.
»Wer hat denn da geschossen?« fragte Xaver Anreuther verblüfft, nachdem er seine Sprache wiedergefunden hatte.
Christian legte seinen Zeigefinger auf die Lippen und lauschte. Er hatte sein Gewehr von der Schulter genommen und entsichert. Der alte Förster folgte seinem Beispiel. Irgendwo in der Ferne war das Brechen von Zweigen zu hören. Offenbar lief jemand in großer Eile durch den Wald.
Der unbekannte Schütze?

*

Motorengeräusch durchbrach die Stille des Waldes. Der junge Förster ließ das Gewehr sinken.
»Wer immer da geschossen hat – jetzt fährt er davon«, sagte Christian Ruland.
Er sicherte die Waffe und hängte sie sich wieder um. Sie gin-

gen zu der Stelle, an der sie gestanden hatten, als der Schuß fiel.

»Wenn ich den erwische«, erboste sich Xaver. »Der kann was erleben! Das war doch ein Mordanschlag.«

Christian bückte sich und hob den Ast auf, dann schaute er zum Wipfel des Nadelbaumes empor. Die Kiefer hatte einen schlanken, hohen Stamm, der hoch angesetzte Ast hatte wohl in einer Höhe von zweieinhalb Metern gesessen. Es war ein meisterhafter Schuß gewesen.

»Das glaub' ich net«, widersprach er und deutete nach oben. »So hoch, wie der Ast saß, ist es schon ein Kunststück, ihn herunter zu schießen. Das war kein Zufall, sondern ein Volltreffer. Einen von uns zu treffen, wäre indes eine Leichtigkeit gewesen.«

Der alte Förster mußte seinem jungen Kollegen zustimmen. Trotzdem verstand er nicht, was das Ganze sollte.

»Ich könnt' mir denken, daß es eine Warnung sein sollte«, meinte Christian. »Es hat sich ja bestimmt herumgesprochen, daß heut' der neue Förster seinen Dienst antritt. Wer weiß, vielleicht wollte mir auf diese Weise jemand klar machen, daß er sich vor mir net fürchtet.«

»Vielleicht«, brummte Xaver. »Ich könnt' mir aber auch denken, daß der Schuß doch mir galt. Sozusagen als Abschiedsgeschenk. Manch einer der Halunken hat ja einen makabren Humor.«

»Mag sein«, antwortete Christian. »Aber, haben S' net gesagt, daß die Schlimmsten alle im Gefängnis sitzen?«

»Stimmt«, nickte Anreuther. »Vor allem der Schlimmste, der mir bittere Rache geschworen hat. Also, wenn ich's net besser wüßt', dann würd' ich glatt sagen, daß der alte Breithammer der Schütze eben war. So einen Schuß traue ich ihm zu, keiner schießt besser als er. Der Breithammer ist ein wahrer Meisterschütze.«

Fast klang so etwas wie Bewunderung in den Worten des Försters mit.

»Aber, der sitzt mindestens noch ein Jahr«, schüttelte er den Kopf.

»Sie machen mich richtig neugierig«, meinte der Jüngere, als sie weitergingen. »Erzählen S' doch mal, wie er so ist, dieser Breithammer.«

»Ach, ich glaub', im Grunde ist er gar kein schlechter Kerl, der Joseph Breithammer«, sagte Xaver. »Er hat einfach viel Pech gehabt im Leben. Früh die Frau verloren, das Kind ganz alleine aufgezogen, na ja, wie es dann so kommt – keine Arbeit, der Alkohol… Seine Wutausbrüche damals vor Gericht, als er schwor, sich an mir zu rächen, ich hab's eigentlich nie wirklich ernst genommen.«

Er warf einen Blick zurück.

»Doch wenn ich's jetzt bedenke… der Schuß trägt eindeutig seine Handschrift.«

»Sie erwähnten ein Kind«, forschte Christian nach. »Wo ist es denn jetzt, wo der Vater im Gefängnis sitzt?«

Xaver Anreuther schmunzelte.

»Das Kind ist inzwischen eine junge Frau«, erklärte er. »Kathrin Breithammer ist etwa Mitte zwanzig und ein ziemlich hübsches Ding. Der alte Breithammer besitzt ein kleines Waldgrundstück. Da hat er vor Jahren eine Hütte darauf gebaut. Die Kathrin wohnt darin.«

»Ganz alleine im Wald?« wunderte sich Christian. »Wovon lebt sie denn? Ich meine, wer sorgt für sie?«

»Oh, die Kathrin kann für sich alleine sorgen. Sie baut Kartoffeln und Gemüse an. Dann sucht sie Pilze und verkauft sie an Gaststätten und Hotels in der Umgebung, und zuweilen geht sie auf einen Hof, wenn Erntezeit ist, und verdient sich etwas dazu. Ich denk' schon, daß sie ihr Auskommen hat.«

»Das ist ja sehr merkwürdig«, schüttelte der junge Förster den Kopf. »Warum lebt sie denn net im Dorf? Da hätt' sie's doch viel bequemer.«
Xaver Anreuther zuckte mit der Schulter.
»Das hab' ich sie auch schon fragen wollen«, erwiderte er. »Aber die Kathrin ist net gut auf mich zu sprechen, weil ich ihren Vater ins Gefängnis gebracht hab'. Sie lehnt jeden Kontakt mit mir ab.«
»Na, die ist vielleicht gut«, empörte sich Christian. »Immerhin ist Wilddieberei ein Verbrechen, auf das nun einmal Gefängnisstrafe steht.«
Sie waren inzwischen wieder beim Forsthaus angekommen.
»Na ja, sie sieht es wohl ein wenig anders«, meinte Xaver. »Sie werden sie bestimmt einmal kennenlernen. Dann können S' sich ihr eigenes Bild von ihr machen.«
Es war vereinbart, daß Xaver noch so lange im Dienst blieb, bis Christian sich eingelebt hatte. Der alte Förster würde dem jungen alles zeigen – heute war es ja nur ein erster Rundgang – und ihn mit allem bekannt machen. Dazu gehörte auch die Vorstellung des neuen Revierförsters bei den Brüdern des wöchentlichen Stammtisches im Hotel »Zum Löwen« in St. Johann.
»Morgen abend lernen S' dann auch die ganzen wichtigen Leute kennen«, erklärte Xaver.
Der Nachmittag verging mit der Erledigung der Verwaltungsarbeit – auch der Papierkram mußte sein, wie Xaver sich ausdrückte, außerdem machte Christian sich anhand verschiedener Karten mit dem Ainringer Wald vertraut. Erst kurz vor dem Abendessen kam er dazu, seine Koffer und Taschen in das Zimmer zu schleppen, das er fürs Erste bewohnen würde. Später hatte er ja die ganze Dienstwohnung für sich.
Bis spät in die Nacht unterhielten sich die beiden Förster

über dieses und jenes, die Arbeit im Wald, Naturschutz und Umwelt, und als Christian schließlich müde, aber glücklich in seinem Bett lag, da wurde ihm wieder einmal bewußt, was er sich immer dann ins Gedächtnis rief, wenn er abgespannt oder gar erschöpft war, daß er den schönsten Beruf der Welt hatte.

*

»Ah, da schau her«, sagte Max Trenker zu sich selbst und pfiff leise durch die Zähne.
Er saß hinter dem Schreibtisch in seinem Büro und hielt ein Fax in der Hand, das eben gekommen war. Absender war die Dienststelle in der Kreisstadt, und der Inhalt glich einer kleinen Sensation.
Der Polizeibeamte von St. Johann warf einen Blick auf die Uhr an der Wand gegenüber. Kurz vor Dienstschluß. Er erhob sich und faltete das Fax zusammen. Dann steckte er es in die Brusttasche seines Hemdes, nahm Jacke und Dienstmütze vom Haken und machte sich auf den Weg.
Draußen schickte er einen bedauernden Blick in Richtung des Pfarrhauses, das in Sichtweite zu seinem Büro lag. Heute abend würde er leider auf den Genuß verzichten, den das Abendessen der Haushälterin seines Bruders bot. Max hatte noch einen dringenden, dienstlichen Termin, der sich nicht hinausschieben ließ.
Dadurch würde er auch zu spät zum Stammtisch kommen, das ließ sich zwar verschmerzen, nicht aber der Verzicht auf die herzhaften Bratkartoffeln, die Sophie Tappert heute abend servierte. Bestimmt hatte sie dazu ihre pikante Sülze vorbereitet. Immer wenn Stammtischabend war, gab es im Pfarrhaus Deftiges. Offenbar war die Perle seines Bruders der Meinung, daß solch eine Unterlage gut für den Bierkonsum sei…

Mochte es bei Max vielleicht stimmen, so gewiß nicht für Sebastian Trenker, der einen Schoppen Roten dem Bier allemal vorzog.
Trotzdem ließ sich Sophie Tappert nicht davon abbringen.
Max seufzte, als er in sein Dienstfahrzeug stieg. Er mußte zu einer Zeugenvernehmung nach Engelsbach hinüber, und wie gerne wäre er statt dessen Gast im Hause seines Bruders!
Der Beamte hatte gerade den ersten Gang eingelegt, als er Sebastian vorfahren sah. Er hielt neben dem Wagen an und winkte dem Geistlichen zu.
»Kommst' net zum Essen?« fragte Sebastian Trenker.
Max machte ein saures Gesicht.
»Pfüat dich«, sagte er. »Ich muß hinüber nach Engelsbach. Da wird's nix heut' abend. Zum Stammtisch werd' ich auch erst später kommen können.«
»Ist schon recht«, nickte der Pfarrer ihm zu.
Max hob die Hand zum Gruß und gab Gas. Unterwegs fiel ihm ein, daß er dem Bruder gar nichts von dem Fax erzählt hatte, das er in der Brusttasche mit sich herumtrug.
Na ja, er würd's dann halt am Abend, im Löwen, erzählen. Die anderen werden bestimmt genauso erstaunt sein, wenn sie die Neuigkeit hörten, wie er selbst.

*

Christian Ruland ging den schmalen Waldweg entlang, der nach Xavers Worten direkt zu der Hütte führen mußte, in der Kathrin Breithammer lebte. Der junge Förster war neugierig, was das wohl für eine Frau war, die sich hier im Wald verkroch.
Nero lief schnüffelnd zwischen den Büschen voraus.
Allmählich wurde der Weg breiter und führte schließlich auf eine Lichtung, an dessen Rand er die Hütte sehen konnte. Daneben waren zwei Felder angelegt. Nicht groß, gerade so

eben, daß man sie alleine beackern konnte. Auf der anderen Seite schien ein Gartenstück zu sein. Alles in allem machte das Anwesen einen gepflegten Eindruck.
Doch von Kathrin Breithammer war nichts zu sehen.
Christian überlegte, ob er noch näher herangehen durfte. Immerhin befand er sich dann auf privatem Grund.
»Hallo, ist jemand zu Hause«, rief er, bevor er es wagte, bis zur Tür vorzugehen.
Es dauerte eine Weile, bis die Tür einen Spaltbreit geöffnet wurde. Das Gesicht einer jungen Frau wurde sichtbar.
»Wer sind S', und was wollen S'?« fragte sie mit mißtrauischer Stimme.
»Grüß' Gott, mein Name ist Christian Ruland«, stellte er sich vor. »Ich bin der neue Revierförster.«
»Und? Was wollen S' hier?« kam es zurück. »Das ist ein Privatgrundstück. Hier haben S' nix verloren!«
Christian machte eine verlegene Handbewegung.
»Ich wollt' halt nur grüß' Gott sagen, und mich Ihnen vorstellen.«
Kathrin öffnete die Tür ganz und trat heraus. Dem jungen Förster stockte unwillkürlich der Atem. Alles hatte er erwartet – nur nicht solch eine Schönheit.
»So, vorstellen wollten S' sich«, sagte die junge Frau in dem gemusterten Kleid. »Das haben S' ja getan. Jetzt können S' wieder gehen.«
Er setzte ein charmantes Lächeln auf.
»Warum sind S' so unfreundlich, Fräulein Breithammer?« fragte er. »Ich hab' Ihnen doch nix getan. Ich wollt' nur höflich sein.«
Sie warf ihm einen geringschätzigen Blick zu.
»Dieser Rock da, den Sie tragen, Herr Förster, der ist Grund genug, unhöflich zu sein«, antwortete sie scharf. »So einer wie Sie, der hat meinen Vater ins Gefängnis gebracht. Sollte

ich Sie und Ihresgleichen dafür lieben? Also, verschwinden S' und lassen S' mir meine Ruhe.«
Damit drehte sie sich um und ging in die Hütte zurück.
Christian blieb einen Moment unschlüssig stehen, dann pfiff er nach seinem Hund und ging davon.
Drinnen stand Kathrin am Fenster und schaute ihm hinterher. Aus dem Schatten des hinteren Teils löste sich eine Gestalt und trat zu ihr. Der Mann legte seinen Arm um die junge Frau. Er war groß, kräftig und hatte breite Schultern.
»Ist er weg?« fragte er.
Die junge Frau nickte und drehte sich zu dem Mann um, der seinerseits dem jungen Förster mit brennenden Augen hinterherblickte. Was dabei in Kathrin vorging, ahnte er nicht...

*

In der einsamen Waldhütte duftete es betörend nach Essen. Auf dem Herd, der mit Holzscheiten beheizt wurde, simmerte ein Topf mit Suppe vor sich hin, im Rohr schmorte ein Kaninchen, und Rotkraut und Kartoffeln waren beinahe gar.
Am Tisch, in der Eßecke, saß der breitschultrige Mann und beobachtete die junge Frau, die geschäftig zwischen Herd und Tisch hin und her lief, und seine Augen strahlten. Kathrin Breithammer legte Teller und Bestecke auf, stellte Gläser und Flaschen dazu. Zur Feier des Tages hatte sie den Tisch mit Wildblumen und Kerzen geschmückt.
»Ach, Madel, wie lang' hab' ich auf diesen Augenblick gewartet«, seufzte Joseph Breithammer.
Die Tochter erwiderte sein Lächeln. Sie legte ihrem Vater die Hand auf die Schulter.
»Jetzt bist' ja endlich daheim«, sagte sie leise. »Komm, trink einen Schluck auf deine Heimkehr.«

Sie schenkte zwei Gläser Wein ein. Grüner Veltliner, der im Glanz des Kerzenlichts schimmerte.
»Prost, Vater, darauf, daß du da bist und da bleibst.«
Joseph prostete ihr zu und leerte das Glas auf einen Zug. Das erste Glas Wein nach so vielen Jahren. Seine Miene verfinsterte sich, als er an den Mann dachte, dem er es verdankte, daß er im Gefängnis gesessen hatte. Kathrin sah seinen Blick, und sie wußte, woran er dachte.
»Laß gut sein, Vater«, sagte sie. »Es ist ja vorbei.«
Der alte Mann sah sie sekundenlang schweigend an, dann legte er seine Hand auf ihre, die immer noch auf seiner Schulter ruhte.
»Ich freu' mich auf das Essen«, sagte er. »Das Zeugs im Gefängnis war ungenießbar.«
»Es ist alles fertig«, antwortete Kathrin. »Du sollst sehen, es wird dir schmecken.«
»Davon bin ich überzeugt«, lachte der Alte und rieb sich in Vorfreude die Hände.

*

»Pfüat euch, miteinand«, sagte Xaver Anreuther und klopfte auf die Tischplatte.
An dem runden Tisch, der in der Gaststube des Hotels »Zum Löwen« stand, saßen Pfarrer Trenker, der Bürgermeister von St. Johann, Markus Bruckner, sowie der Apotheker Hubert Mayr, und der Bäcker Joseph Terzing. Vielleicht würde im Laufe des Abends der eine oder andere hinzukommen, wie etwa Max Trenker.
»Läßt' dich auch einmal wieder sehen?« fragte der Apotheker den Förster.
Es kam nicht sehr oft vor, daß Xaver Zeit und Gelegenheit hatte, an dem Stammtischabend teilzunehmen.
»Freilich, ich muß euch ja meinen Nachfolger vorstellen«,

antwortete Xaver und deutete auf seinen Begleiter. »Das, meine Herren, ist Christian Ruland, der neue Förster im Ainringer Wald.«

Die Herren am Tisch begrüßten ihn freundlich und hießen ihn in ihrer Mitte willkommen.

»Vielen Dank«, sagte Christian, als er sich gesetzt hatte. »Wie schon beim Xaver werden S' auch auf meine Gesellschaft des öfteren verzichten müssen. Aber wenn es meine Zeit zuläßt, werde ich gerne das eine oder andere Glas mit Ihnen trinken.«

Sepp Reisinger war hinzugekommen.

»Wenn Sie's erlauben, dann geht die erste Runde auf mich«, bot der junge Förster an. »Sozusagen als Einstand.«

»Und von mir gibt's später die Abschiedsrunde«, lachte Xaver und bestellte für sich ein Bier.

Natürlich mußte Christian, nachdem die anderen sich vorgestellt hatten, von sich erzählen. Er tat dies gerne und ausführlich, und Sebastian meinte, aus seinen Worten herauszuhören, daß dieser junge Mann ein aufrechter Kerl war, der seinen Beruf liebte, und genauso, wie der Bergpfarrer, den Wald als eine Kirche betrachtete, in der Gottes Geschöpfe ihr Zuhause hatten.

Inzwischen war Max Trenker hinzugekommen. Er trug immer noch seine Uniform und begrüßte den neuen Förster.

»Hoffentlich haben S' net so viel Scherereien mit Wilddieben und anderem Gesindel«, meinte der Polizeibeamte.

Xaver winkte ab.

»So, wie's ausschaut, haben wir gestern nachmittag schon den Gruß eines solchen Lumpen erhalten«, sagte er und berichtete von dem ominösen Schuß im Wald.

Die Männer am Tisch waren entsetzt. Aufgeregt sprachen sie durcheinander.

»Es ist ja nix passiert», wiegelte Christian ab. »Aber wissen möcht' ich natürlich schon, wer da geschossen hat. Er muß ein wahrer Meisterschütze sein.«

»Ich hab' gleich auf den alten Breithammer getippt«, warf Xaver Anreuther ein. »Aber der scheidet ja wohl aus. Der sitzt immer noch im sicheren Gefängnis.«

»Irrtum!« rief Max Trenker dazwischen. »Der Breithammer ist vorgestern entlassen worden. Wegen guter Führung wurde ihm das letzte Drittel der Strafe erlassen.« Er zog das Fax mit der Mitteilung aus der Brusttasche und präsentierte es den erstaunten Stammtischbrüdern.

»Dann hab' ich keine Zweifel, daß es der alte Gauner war, der auf mich geschossen hat«, sagte Xaver. »Damals, vor Gericht, da hat er mir Rache geschworen, und jetzt will er seine Drohung wahrmachen…«

*

Die Stammtischrunde war in heller Aufregung. Niemand konnte so recht verstehen, warum man den Wilderer vorzeitig entlassen hatte. Einzig Pfarrer Trenker versuchte, die erhitzten Gemüter zu beruhigen.

»Das ist eine ganz normale Maßnahme«, erklärte er. »Wenn ein Strafgefangener sich gut führt, und auch draußen, in der Freiheit, alle Voraussetzungen für eine Resozialisierung gegeben sind, dann kann er, nachdem er zwei Drittel der Strafe verbüßt hat, unter Auflagen entlassen werden. Die restliche Haftzeit wird dann zur Bewährung ausgesetzt.«

»Richtig«, mischte sich Max Trenker ein. »Das ist ja auch der Inhalt dieses Faxes. Man teilt mir mit, daß der alte Breithammer sich regelmäßig bei mir auf dem Revier melden muß. Wenn er dem nicht nachkommt, wandert er zurück ins Gefängnis.«

»Na, dann verhafte ihn gleich, wenn er sich das erste Mal bei dir blicken läßt«, forderte Joseph Terzing wütend. »Er ist net nur ein Wilddieb, sondern ein Mordschütze dazu.«

Pfarrer Trenker sah den Bäckermeister strafend an.

»Na, na«, tadelte er. »Noch ist nichts erwiesen, und so lang' ist auch der Breithammer unschuldig. Für das, was er getan hat, hat er gebüßt. Jetzt ist er wieder Mitglied unserer Gemeinde, und ich möcht', daß ihn auch alle so behandeln. Zumindest bis man beweisen kann, daß er der Schütze war. Und selbst dann war es noch lange kein Mordversuch. Wir haben doch alle gehört, daß der Unbekannte den Xaver und den Christian leicht hätte treffen können, statt dessen aber auf den Ast gezielt hat.«

Dem konnte der Bäcker nur kleinlaut zustimmen. Es schien, als schäme er sich für seinen wütenden Ausbruch.

Sebastian Trenker schaute auf die Uhr und stand auf.

»So, Leute, ich wär' gern noch geblieben, aber ich will morgen in der Früh' auf Tour. Da muß ich ausgeschlafen sein. Also pfüat euch miteinand.«

»Wart«, sagte Max. »Ich komm' gleich mit. Morgen wird ein langer Tag. Da tut ein bissel Schlaf schon ganz gut.«

Zusammen verließen sie den Gastraum. Draußen empfing sie ein lauer Sommerabend. Ein ganz besonderer Duft, nach Kirschen und wilden Kräutern, hing in dieser Jahreszeit in der Luft. Sebastian atmete tief durch. Er freute sich auf seine morgige Bergwanderung. Es schien eine Ewigkeit her, daß er dort oben unterwegs war. Aber zu viele Dinge hatten ihn in letzter Zeit in Anspruch genommen, so daß er für sein liebstes Hobby keine Zeit fand.

»Glaubst du, daß der Breithammer auf die beiden Förster geschossen hat?« fragte Max seinen Bruder, während sie die paar Schritte vom Hotel zur Kirche gingen.

»Natürlich kann man in keinen Menschen hineinschau'n«, erwiderte der Geistliche. »Aber vorstellen kann ich es mir

net. Warum sollte er es auch tun? Wegen seiner dummen Drohungen, damals vor Gericht? Der Joseph wird froh sein, daß er wieder bei seiner Tochter ist. Das wird er bestimmt net aufs Spiel setzen wollen.«
Er zuckte die Schultern.
»Obwohl – wissen kann ich's net. Nur glauben und hoffen. Auf jeden Fall werd' ich ihn demnächst in seiner Hütte aufsuchen. Vielleicht kann ich ihn überzeugen, wenn schon net zur Messe, dann vielleicht zur Beichte, in die Kirche zu kommen. Die Kathrin war auch schon lang' net mehr da. Ich hoff', es geht ihr gut.«
Sie waren kurz vor der Kirche angelangt, hier trennten sich ihre Wege. Während der Geistliche nur noch die Straße zu überqueren hatte, um zum Pfarrhaus zu gelangen, mußte Max noch hundert Meter weiterlaufen. Das Haus, in dem sich das Polizeirevier befand, war auch gleichzeitig Max' Zuhause.
»Also, bis morgen mittag«, verabschiedete sich der Beamte von seinem Bruder. »Und viel Spaß bei deiner Tour morgen.«
»Schlaf gut«, wünschte Sebastian. »Und dank' schön. Es wird bestimmt herrliches Wetter sein.«
Im Pfarrhaus packte Sebastian seinen Rucksack und legte die Wanderkleidung zurecht. Für den Proviant fühlte Sophie Tappert sich verantwortlich. Zwar hatte der Pfarrer ihr mehr als einmal gesagt, sie müsse nicht extra aufstehen und frischen Kaffee kochen, doch seine Haushälterin ließ sich nicht davon abbringen. Außerdem packte sie frisches Brot, Käse und Schinken oder Speck ein. Sie sah es überhaupt nicht gerne, daß Hochwürden in den Bergen herumkraxelte, wenn er es aber doch nicht lassen konnte, wollte sie wenigstens nicht schuld daran sein, daß er dort oben verhungerte.
Bevor er einschlief, dachte Sebastian noch einmal an den alten Breithammer und dessen Tochter. Nein, auch wenn man

dem Alten das Ärgste zutrauen mochte, diesen Anschlag aber bestimmt nicht.
Eher schmolz das Eis auf dem Gletscher!

*

Christian Ruland wälzte sich in seinem Bett unruhig von einer Seite auf die andere. Er konnte und konnte einfach keinen Schlaf finden. So sehr er sich auch bemühte, seinen Verstand auszuschalten – immer wieder sah er dieses Bild vor sich. Dieses Bild, als Kathrin Breithammer aus der Tür trat und ihm gegenüberstand.
Deutlich sah er ihre schulterlangen, braunen Haare, die dunklen, glutvollen Augen, die ihn anfunkelten und die schlanke, hochgewachsene Gestalt in dem bunten Kleid. Kein Lippenstift, kein Make-up störte ihre natürliche Ausstrahlung. Kathrin war eine jener Frauen, die es nicht nötig hatten, sich zu schminken. Selbst Ringe, Armbänder und Uhren brauchte sie nicht, um sich zu schmücken. Die einzige schlichte Kette, mit dem Kreuz daran, die sie trug, war Schmuck genug.
Der junge Förster tastete nach der Lampe auf seinem Nachttischchen. Er fand den Knopf und schaltete das Licht an. Dann griff er zum Wecker. Drei Uhr. Seit vier Stunden lag er nun im Bett und hatte noch kein Auge zugetan. Seufzend setzte er sich auf. Nero, der unten am Boden zusammengerollt lag, hob den Kopf und schaute seinen Herrn fragend an.
»Ist gut, mein Alter«, sage Christian und tätschelte ihm den Kopf. »Schlaf weiter.«
Er stand auf und ging ans offene Fenster. Laue Nachtluft wehte herein. Christian schlief immer bei geöffnetem Fenster. Im Sommer sowieso, aber auch im Winter mußte es zumindest einen Spalt breit geöffnet sein. Er setzte sich auf die

Fensterbank und schaute hinaus. Die Geräusche des Waldes drangen zu ihm herüber. Viele von ihnen wußte er zu unterscheiden.
Aber seine Gedanken waren ganz bei ihr. Seit jener unseligen Geschichte mit Maike, hatte er sein Herz verschlossen gehalten, doch nun schien es, als hätte diese junge Frau, die er heute kennengelernt hatte, diesen Verschluß ein wenig geöffnet. Und ganz deutlich wurde Christian bewußt, daß er sich in Kathrin verliebt hatte.
Mehr noch, er begehrte sie mit jeder Faser seines Körpers. Ja, er liebte sie, wie ein Mann eine Frau nur lieben konnte!
Himmel, konnte so eine Liebe überhaupt eine Chance haben, fragte er sich. Sie war die Tochter eines Wilddiebes, und sie haßte jeden, der den grünen Rock trug – nicht nur den, der ihren Vater ins Gefängnis gebracht hatte!
Konnte er unter diesen Umständen eigentlich erwarten, daß sie seine Liebe erwiderte? Ja, durfte er sich ihr überhaupt offenbaren?
Fragen über Fragen, aber keine Antworten.

*

Der junge Forstbeamte ahnte nicht, daß es im Ainringer Wald noch einen Menschen gab, der keinen Schlaf fand. Genau wie er, saß auch Kathrin am offenen Fenster und schaute in die Nacht hinaus. So vieles war in den letzten Tagen auf sie eingestürzt, sie brauchte Zeit, um über alles nachzudenken.
Drei Jahre hatte sie alleine in der Hütte gelebt. Jetzt war der Vater wieder da, und alles war anders. Sie würde sich erst wieder an das Zusammenleben mit ihm gewöhnen müssen.
Dann war da noch dieser neue Förster, der ihr junges Herz gehörig durcheinander gebracht hatte. Seitdem er am Nachmittag vor der Hütte stand, ging er ihr nicht mehr aus dem

Sinn. Und immer wenn sie an ihn dachte, wurde sie ganz nervös und kribbelig.

War das die große Liebe, von der sie schon so viel gehört hatte?

Nicht wenige Burschen aus dem Dorf waren hinter Kathrin hergewesen. Doch sie hatte jeden abblitzen lassen, der ihr zu nahe treten wollte. Dabei hatte sie auch schon einmal zur Flinte gegriffen, wenn einer von ihnen besonders dreist wurde. Meistens hatte dann ein Schuß in die Luft genügt, und die Kavaliere ergriffen die Flucht.

Manchem von ihnen wurde auch mehr gewährt – ein Tanz vielleicht, oder gar ein Kuß. Aber so etwas wie Liebe, hatte sie nie dabei empfunden. Das war seit dem Nachmittag ganz anders, und Kathrin kämpfte einen harten Kampf.

Niemals, so hatte sie damals geschworen, als ihr Vater verurteilt wurde, würde sie ihr Herz an einen Grünrock verlieren. Und doch war sie jetzt drauf und dran, es zu tun.

Es konnte gar nicht anders sein, sie liebte diesen Christian Ruland. Doch sie durfte es nicht. Wie sehr würde es ihren Vater schmerzen, wenn er es erfuhr!

Nein, sie mußte den jungen Förster vergessen, auch wenn es noch so weh tat!

Der Morgen graute bereits, als Kathrin sich von ihrem Fensterplatz erhob. Sie reckte die steifen Glieder und zog sich dann an. Hinter der Hütte gab es einen Brunnen. Sie holte frisches Wasser herein und setzte es auf, um Kaffee zu kochen. Dann bereitete sie das Frühstück vor. Am Nachmittag wollte sie im Wald nach Pilzen suchen. Sie kannte eine Stelle, an der es besonders viele Pfifferlinge gab. Sepp Reisinger vom Hotel in St. Johann bot einen guten Preis für frische Ware, und Geld konnten sie jetzt, wo der Vater wieder da war, gut gebrauchen.

Insgeheim fürchtete sie natürlich, daß ihr der neue Förster

begegnete. Wie würde sie sich dann wohl verhalten? Kathrin wußte es nicht, aber ihr Herz schlug schneller bei dieser Vorstellung.

*

Beim ersten Morgengrauen war Sebastian auf den Beinen. Immer wenn er in den Bergen unterwegs war, richtete er es so ein, daß er den Sonnenaufgang erleben konnte. Es war ein herrliches und gewaltiges Schauspiel, wenn sich die glutrote Scheibe allmählich am Horizont zeigte. In Gedanken hörte der Geistliche die zauberhafte Melodie der »Morgenstimmung«, aus Peer Gynt, von Edvard Grieg, und wieder einmal freute sich sein Herz an Gottes Schöpferkraft.
Natürlich war auch Sophie Tappert an diesem Morgen aufgestanden und hatte sich persönlich um Sebastians Frühstück gekümmert. Im Pfarrhaus verzichtete der Geistliche darauf, eine reichhaltige Morgenmahlzeit einzunehmen. Ein Becher Kaffee und ein belegtes Brot genügten ihm, denn zu seinem größten Vergnügen auf einer Tour gehörte ein ausgiebiges Frühstück in der freien Natur.
Auf einer Almwiese hatte er es sich gemütlich gemacht. Von hier oben hatte er einen herrlichen Blick, hinunter ins Wachnertal. Drüben grüßten ihn die weißen Spitzen des Zwillingsgipfels, der Himmelsspitz und die Wintermaid. Lange und genüßlich ließ er sich schmecken, was seine Haushälterin ihm an Köstlichkeiten eingepackt hatte und beobachtete dabei, wie sich rings um ihn herum Leben regte.
Aber natürlich machte der Geistliche sich auch Gedanken über seine Schäfchen und ganz besonders über das, was er gestern abend am Stammtisch erfahren hatte. Daß der alte Breithammer vorzeitig aus dem Gefängnis entlassen worden war, hatte wohl alle überrascht. Inwieweit diese Tatsache mit dem Schuß auf die beiden Forstbeamten in Zusammenhang

stand, konnte zur Stunde noch niemand sagen. Dies zu ermitteln, war in erster Linie Max' Aufgabe. Xaver Anreuther hatte den Wilderer verdächtigt, auf die beiden Männer geschossen zu haben, also mußte der Polizist der Sache natürlich nachgehen. Wahrscheinlich fuhr er schon am Morgen in den Ainringer Wald, um den Alten zu vernehmen. Aber auch Sebastian würde, wie er es am Abend vorher angekündigt hatte, Joseph Breithammer und dessen Tochter in ihrer Hütte besuchen.

Doch zunächst hatte er noch eine weite Tour vor sich. Sein Ziel war die Korber-Alm. Als er sie erreichte, war es bereits elf Uhr am Vormittag. Sebastian stellte fest, daß er nicht der einzige Besucher hier oben war. So allmählich begann die Urlaubszeit, und damit fanden sich auch wieder die Touristen und Wanderer ein.

»Grüß' Gott, Hochwürden«, sagte das junge Madel.

Es kam gerade aus der Hütte und hatte den Geistlichen gesehen, der sich an einen der Tische gesetzt hatte, die draußen aufgestellt waren.

»Pfüat di', Katja«, grüßte Sebastian zurück. »Bist' auch einmal wieder hier droben, beim Großvater?«

»Es sind ja Ferien, Herr Pfarrer. Da bleib' ich die ganzen Wochen oben und geh' dem Großvater zur Hand. Er ist ja den ganzen Tag mit dem Kas' beschäftigt. Was darf's denn sein?«

»Ein Glaserl Milch, wie immer, Katja«, bat Sebastian. »Und was habt ihr zum Mittag vorbereitet?«

»Heut' gibt's geschmolzenen Käs', mit Röstkartoffeln.«

»Hm, das klingt gut. Davon nehm' ich eine Portion.«

»Ist recht, Herr Pfarrer. Kommt sofort.«

Sebastian schmunzelte über das eifrige Madel. Er freute sich, daß Katja so engagiert mithalf. Eigentlich wohnte sie bei ihren Eltern in St. Johann, doch an den Wochenenden und in den Ferien hielt sie nichts im Tal. Da verbrachte sie ihre Zeit

am liebsten hier oben auf der Alm, und half so gut sie konnte. Flink brachte sie die frische, kühle Milch und wenig später das Essen an den Tisch. Pfarrer Trenker genoß das einfache, aber wohlschmeckende Mahl und trank ein zweites Glas Milch. Später gesellte sich der Senner zu ihm. Der alte Alois freute sich jedesmal, den Geistlichen begrüßen zu können. Nicht zuletzt auch, weil er von Sebastian verläßlichere Nachrichten aus dem Tal zu hören bekam als von anderen Besuchern. Gerne hätte er noch weiter geplaudert, doch so langsam wurde es für den Seelsorger Zeit, sich auf den Rückweg zu machen. Immerhin lag noch eine ziemlich weite Strecke vor ihm.
Zudem wollte er nicht so spät zurück sein. Schließlich stand sein Besuch beim Breithammer noch bevor.

*

Wie immer lief Nero schnüffelnd voraus, während Christian langsam daherschritt. Der junge Förster schaute sich ausgiebig um in seinem neuen Revier. Was er sah gefiel ihm. Xaver Anreuther hatte in seinen Dienstjahren hier gute Arbeit geleistet, und Christian würde sie fortsetzen. Er war froh, daß der erfahrene Kollege noch ein paar Wochen im Forsthaus bleiben wollte, bevor er zu seiner Schwester zog, wie er erzählt hatte. So konnte er seinen Nachfolger bestens einweisen und ihm seine Erfahrung zugute kommen lassen.
An diesem Nachmittag war Christian allerdings alleine unterwegs. Lediglich Nero, der Setterrüde, begleitete ihn. Nach der letzten, schlaflos vergangenen Nacht fühlte sich der junge Forstbeamte wie gerädert. In aller Herrgottsfrühe war er schließlich aufgestanden und hatte sich daran gemacht, sich im Arbeitszimmer des Forsthauses einzurichten und seine Unterlagen zu ordnen. Als Xaver sich sehen ließ, schien er sehr erstaunt darüber, daß der junge Kollege schon auf den

Beinen war. Er sagte aber nichts weiter. Christian überlegte, ob man ihm ansah, daß er ein Problem mit sich herumtrug, denn ein Problem war sie für ihn, seine unerfüllte Liebe zu Kathrin Breithammer.
Er konnte es anstellen wie er wollte – das Madel ging ihm einfach nicht mehr aus dem Sinn.
Christian war völlig in Gedanken versunken, so daß er erst nach einer Weile wahrnahm, daß Nero laut bellend vor ihm hin und her lief. Als das Tier bemerkte, daß sein Herr auf ihn aufmerksam geworden war, lief er ein kleines Stück in die Schonung hinein, die rechts von ihnen war. Laut kläffend kam er zurückgeschossen, um gleich darauf wieder zwischen den niedrigen Bäumchen zu verschwinden.
Der Rüde gehörte mittlerweile drei Jahre zu Christian. Der Forstbeamte war mit dem Tier zunächst auf einer Hundeschule gewesen und hatte Nero dann zu einem Jagdhund ausbilden lassen. Es hatte seinen Grund, wenn der Setter immer wieder in die Schonung hineinlief und dort etwas verbellte. Christian Ruland folgte dem Hund, der einige Meter vor ihm stand und nun, wo er seinen Herrn kommen sah, aufgeregt mit der Rute wedelte.
»Was hast' denn Nero?« fragte der Forstbeamte und sah im selben Moment, was das Tier entdeckt hatte.
Unter den niedrigen Kiefernbäumchen lag ein verendetes Reh, gefangen in einer Drahtschlinge.
Kalte Wut stieg in dem jungen Mann auf, als er dieses Verbrechen sah.
»Brav, das hast' gut gemacht«, sagte er und tätschelte dem Rüden den Kopf. »Aber wehe, wenn ich diesen Lumpenhund in die Finger bekomm'...«
Christian führte nicht weiter aus, was er zu tun gedachte, wenn er den Kerl erwischte. Er überlegte, wie es am klügsten war, weiter vorzugehen. Wahrscheinlich wird irgend-

wann der Wilddieb auftauchen und nachschauen, ob sich ein Tier in der Schlinge verfangen hatte. Aber wann würde das sein? Am sichersten war es für ihn wohl in der Nacht. Also würde der junge Förster sich auf die Lauer legen müssen, wenn er den Übeltäter schnappen wollte.

Doch zuvor gab es etwas anderes zu tun. Wo eine Schlinge auslag, da waren meistens noch mehr versteckt. Christian suchte sorgfältig die Schonung ab. Dabei stieß er immer wieder auf diese gemeinen Fallen. Nach gut zwei Stunden hatte er insgesamt siebzehn Drahtschlingen gefunden. Gottlob hatte sich in keiner ein Tier verfangen.

Der Forstbeamte setzte seinen Weg fort. Dabei dachte er darüber nach, wie dem Wilddieb das Handwerk gelegt werden konnte. Auch mit Xavers Hilfe konnte er nicht jede Nacht hier im Wald darauf warten, daß der Verbrecher seine Beute einsammelte. Aber eine andere Idee hatte er. Zwar war der Ainringer Wald Staatsforst, aber es gab ein paar Jagdpächter. Denen mußte auch daran gelegen sein, daß das Wild nicht sinnlos gemeuchelt wurde. Christian würde die Pächter zu einem Gespräch ins Forsthaus bitten und ihnen die Lage schildern. Außerdem wollte er sich umsehen, ob irgendwo Wildbret preiswert angeboten wurde. Die Anzahl der Schlingen ließ darauf schließen, daß jemand im großen Stil wilderte, um daraus Profit zu schlagen. Also würde Christians Augenmerk den Gasthöfen und Hotels der näheren Umgebung gelten.

Wieder lief Nero voraus. Der Förster lauschte aufmerksam, als der Hund wieder laut bellte. Aber er konnte heraushören, daß es sich um eine freundlich gemeinte Begrüßung handelte. Offenbar befand sich irgendwo vor ihm ein Mensch, den der Hund schon einmal gesehen hatte.

Als Christian so nahe heran war, daß er erkennen konnte, auf wen Nero getroffen war, stockte ihm der Atem.

Ein wenig abseits vom Weg sah er Kathrin Breithammer über den Setter gebeugt, das Fell des Hundes kraulend.

*

Der Mann trug eine grüngemusterte Jacke und eine ebensolche Hose. Auch der Hut auf seinem Kopf war aus demselben Material.
Langsam schlich er sich durch die Büsche, in denen er, dank seiner Tarnkleidung, kaum auszumachen war. Dabei hielt er das Jagdgewehr in der Hand. Die Waffe war entsichert. Schon seit geraumer Zeit hatte er Christian Ruland beobachtet, wobei er darauf bedacht war, daß der Hund des Försters sich nicht seinem Versteck näherte. Da der Wind günstig stand, konnte das Tier die Witterung des Mannes nicht aufnehmen.
Es dauerte schier eine Ewigkeit, bis der Forstbeamte wieder auftauchte. Die ganze Zeit über war der Mann in dem Versteck geblieben, in das er sich geflüchtet hatte, als er den Hund bellen hörte. Von dort aus observierte er die Kiefernschonung. Als Christian Ruland zum Vorschein kam, wußte der Mann in den Büschen, daß der Förster die Drahtschlingen gefunden hatte.
Pech, dachte er. Das bedeutete, daß das Geschäft für die nächste Zeit ruhen mußte. Schade, dabei hatte es gerade erst richtig angefangen. Seine Kunden zahlten bar und fragten nicht danach, woher die Tiere stammten, die er lieferte.
Allerdings würde er noch einmal herkommen müssen. Sein bester Abnehmer hatte für den übernächsten Tag ein Hirschkalb geordert. Das mußte er wohl oder übel besorgen. Nur im Augenblick, wo sich der neue Förster im Revier herumtrieb, war es zu gefährlich.
Auch die Nacht schien ihm nicht die geeignete Zeit zu sein, überlegte der Mann, während er vorsichtig in entgegenge-

setzter Richtung davonging. Höchstwahrscheinlich werden sie heut' nacht auf der Lauer liegen und darauf warten, daß ich die Beute hole, dachte er und grinste dabei. Aber da würden sie vergebens warten. Morgen, irgendwann im Laufe des Tages mußte sich aber eine Gelegenheit ergeben, wenn er seinen guten Kunden nicht verlieren wollte. Da half alles nichts – er würde das nicht geringe Risiko, am Tage zu wildern, eingehen müssen.

*

Sein Herz klopfte vor Aufregung, wie er es seit seiner Jugend nicht mehr erlebt hatte, und sein Mund war ganz trocken. Die Schlingen steckten, gottlob, in seinem Ränzel.
Kathrin richtete sich auf, als sie seine Schritte hörte. Auch ihr Herz schlug einen schnelleren Takt. Nero hatte sich vor sie hingelegt und schaute sie wedelnd an.
»Grüß' Gott, Fräulein Breithammer«, begrüßte Christian die junge Frau.
Er deutete auf den Pilzkorb zu ihren Füßen.
»Lohnt sich's denn?«
»Grüß' Gott, Herr Ruland«, nickte Kathrin freundlich zurück. »Net so recht. Es ist wohl ein bissel zu trocken. Die Schwammerl lassen jedenfalls auf sich warten.«
Sie standen sich gegenüber, schauten sich in die Augen, und jeder von ihnen hätte zu gerne gewußt, was der andere dachte.
»Kennen S' sich schon aus, in Ihrem neuen Revier?« erkundigte sich das Madel.
»Ein bissel schon«, antwortete der Förster. »Natürlich wird's eine Weile dauern, bis ich wirklich alles kenne, aber ich bleib' ja auch bis zu meiner Pensionierung, und das ist erst in vierzig Jahren. Ich denk', daß ich bis dahin weiß, wo die besten Steinpilze wachsen.«

Kathrin lachte.

»Da haben S' aber eine große Konkurrentin in mir«, meinte sie. »Ich weiß, die besten Pilzstellen kenn ich ganz allein.«

Christian hätte auch gerne gelacht, doch gerade eben dachte er an das, was er gestern abend im Gasthaus erfahren hatte – der Vater dieser jungen Frau, der Wilderer Joseph Breithammer, war wieder in Freiheit. Und schon einen Tag später fanden sich eine ganze Anzahl Drahtschlingen im Wald!

Kathrin bemerkte seinen Stimmungsumschwung. Sie sah ihn fragend an.

»Ist was, Herr Ruland? Sie sind auf einmal so anders...«

Er sah auf und blickte direkt in ihr Gesicht.

»Was? Nein, nein«, wich er aus. »Mir ging nur gerade eben etwas durch den Kopf.«

Das Madel nahm seinen Pilzkorb auf.

»Ich glaub', ich muß dann«, sagte Kathrin. »Bestimmt wird der Vater sich schon wundern, wo ich bleib'.«

»Darf ich Sie ein Stückerl begleiten?« fragte der junge Förster.

»Warum net? Sicherer kann ich ja net heimkommen«, lachte sie. »Ein Förster mit seinem Hund ist doch ein sicherer Geleitschutz durch diesen Wald.«

Jetzt schmunzelte Christian.

»Na, wenn ich an unsere erste Begegnung, gestern nachmittag, denke, dann muß ich sagen: Schutz brauchen S' bestimmt net. Sie wissen sich schon zu helfen.«

»Das können S' glauben«, antwortete sie schlagfertig. »Ich hab' auch schon so manchen aufdringlichen Kavalier in die Flucht geschlagen.«

Eine Weile gingen sie stumm nebeneinander her, und jeder hing seinen Gedanken nach. Schließlich faßte Christian sich ein Herz. Er mußte herausfinden, ob Joseph Breithammer etwas mit den Schlingen, die er bei sich trug, zu tun hatte, und

ob seine Tochter etwas darüber wußte. Nur wie sollte er es anstellen, ohne Kathrins Mißtrauen zu wecken?
»Ihr Vater ist wieder daheim, wie ich gehört hab'«, sagte er, wobei er sich bemühte, seine Stimme gelassen klingen zu lassen.
»Ja«, erwiderte das Madel. »Sie haben ihn vorzeitig entlassen.«
Sie blickte ihn forschend an.
»Wollten S' mich deshalb heimbringen?« fragte sie plötzlich.
»Nein, nein«, wehrte er ab. »Das hat mit Ihrem Vater nix zu tun.«
»Womit dann?«
Sie waren stehen geblieben. Christian sah Kathrin überrascht an. Diese direkte Art hatte er nicht erwartet.
»Was meinen Sie?«
»Womit es etwas zu tun hat, daß Sie mich nach Hause bringen wollen?«
Der junge Förster merkte, wie er verlegen wurde. Er räusperte sich, bevor er antwortete. Aber er erwiderte doch ihren Blick.
»Sie waren mir vom ersten Augenblick an sympathisch«, gestand er. »Und ich hab' mich sehr gefreut, als ich Sie vorhin traf.«
Kathrin Breithammer spürte, wie ihr Blut bei diesem Geständnis pulsierte.
»Ich mag Sie auch, Christian«, antwortete sie und nannte ihn zum ersten Mal bei seinem Vornamen.
Der Förster wäre am liebsten im Erdboden versunken. Natürlich liebte er diese junge Frau, aber das war im Augenblick nebensächlich. Der wahre Beweggrund, sie heimzubringen, war sehr wohl, herauszufinden, ob der gerade aus dem Gefängnis entlassene Wilderer schon wieder neue Untaten begangen hatte. Doch Kathrins Frage hatte ihn so durcheinander gebracht, daß er zu einer Notlüge griff. Niemals hätte er

ihr in diesem Augenblick sagen können, daß er ihren Vater der Wilderei verdächtigte. Statt dessen schaute er in ihre Augen und glaubte, in einem tiefen, dunklen Meer zu versinken. Er trat einen Schritt vor, und seine Hand berührte ihren Arm. Langsam glitt sie daran entlang, tastete nach ihrer Hand. Christian zog sie zu sich heran, und seine Lippen suchten ihren Mund. Kathrin drehte den Kopf beiseite, so daß er ihre Wange streifte.
»Bitte net«, flüsterte sie. »Noch net...«
Der junge Förster verstand, was sie meinte. Deutlich genug hatte sie es ihm am Vortag ja gesagt – einen Grünrock würde sie niemals lieben können!
Und nun war es doch geschehen. Christian ahnte, was in ihr vorgehen mußte, ahnte den Zwiespalt ihrer Gefühle, und sah es ein. Letztendlich ging es ihm nicht anders. Sich in die Tochter eines Wilddiebes zu verlieben – konnte das wirklich gutgehen?
Stumm gingen sie weiter, und erst als sie an den schmalen Weg kamen, der zu der Hütte führte, in der Kathrin und ihr Vater lebten, brach Christian das Schweigen.
»Darf ich dich wiedersehen?« fragte er.
Die junge Frau nickte.
»Morgen. Dort, wo wir uns heut' getroffen haben«, antwortete sie.
»Ich werd' am Nachmittag da sein«, versicherte er und schaute ihr nach, bis sie um die Biegung verschwunden, und nicht mehr zu sehen war.
Eine ganze Weile stand er noch da und schaute den leeren Weg entlang. Nero war dem Madel ein Stück hinterhergelaufen und kam jetzt zurück. An seinem Halsband leuchtete etwas Gelbes. Christian bückte sich und nahm die Blume in die Hand, die Kathrin dort befestigt hatte. Er steckte sie in die Brusttasche seines Hemdes, so daß die Blume ganz nahe

an seinem Herzen war. Dann ging er nachdenklich zum Forsthaus zurück.

*

Pfarrer Trenker war am frühen Nachmittag von seiner Bergtour zurückgekehrt. Nachdem er sich umgezogen hatte, warteten sein Bruder und die Haushälterin schon mit dem Kaffee auf ihn. Sophie Tappert hatte einen saftigen Rührkuchen mit Rosinen gebacken, den Max sich schon schmecken ließ. Sebastian schmunzelte über das Schleckermaul. Der Geistliche war immer wieder erstaunt darüber, was sein Bruder essen konnte, ohne daß dessen Figur darunter zu leiden hatte.
»Ich verbrenn' halt die Kalorien gut«, erklärte der Polizeibeamte, wenn er darauf angesprochen wurde.
Sebastian erkundigte sich, ob Joseph Breithammer der richterlichen Auflage, sich regelmäßig auf dem Revier zu melden, schon nachgekommen war.
»Heut' morgen war er da«, nickte Max. »Ich hab' das Papier abgestempelt.«
»Und? Hast ihn wegen des Schusses gefragt?«
»Freilich. Aber, ich glaub' net so recht, daß der Breithammer was damit zu tun hat«, meinte der Polizeibeamte. »Der Alte war recht freundlich, keineswegs beleidigt, weil ich ihn danach gefragt hab'. Er meinte nur, daß seine Waffen alle eingezogen worden sind.«
Im selben Moment sprang Max auf und schlug sich gegen die Stirn.
»Ich Rindviech, ich damisches!« schimpfte er. »Warum hab' ich net gleich daran gedacht?«
Sebastian sah ihn amüsiert an. Es kam nicht oft vor, daß sein Bruder sich als Rindvieh bezeichnete.
»Was meinst' denn?«
Max setzte sich. Er schüttelte den Kopf.

»Der alte Fuchs hat schon die Wahrheit gesagt – er besitzt wirklich keine Waffen mehr«, antwortete er endlich. »Aber seine Tochter Kathrin, die hat ein Gewehr.«
Pfarrer Trenker schaute gespannt.
»Bist' da ganz sicher?«
»Aber ja. Du erinnerst dich doch an die Geschichte mit den beiden Moosbachern. Den Willi und seinen Sohn, Hubert – die wir und Xaver im Wald geschnappt haben.«
Sebastian nickte, natürlich erinnerte er sich daran.
»Ich war damals bei der Kathrin draußen und hab' sie befragt. Sie stand mir dabei mit einem Gewehr gegenüber.«
Der Polizeibeamte sprang wieder auf.
»Na wart', Bursche, dich kauf' ich mir«, sagte er. »So leicht bist' noch net aus der Sache raus!«
»Wart«, bat sein Bruder und stand ebenfalls auf. »Laß mich erst einmal mit ihm reden.«
Max Trenker zuckte die Schulter.
»Gut, wenn'st meinst. Aber ein Aug' werd' ich auf ihn haben, das soll der Alte wissen.«

*

Joseph Breithammer schaute auf, als seine Tocher die Hütte betrat. Auf den ersten Blick merkte er, daß das Madel etwas beschäftigte. Forschend beobachtete er sie.
Kathrin stellte den Pilzkorb auf den Tisch und holte sich eine Schale aus dem Schrank. Dann setzte sie sich und begann, die wenigen Pilze, die sie gefunden hatte, zu putzen.
»Viel ist es ja net«, bemerkte ihr Vater.
»Ist noch zu trocken«, gab sie einsilbig zurück.
Der Alte trat an den Tisch und begutachtete den Fund.
»Warm genug ist's ja«, meinte er. »Aber du hast recht, es fehlt der Regen.«
Kathrin arbeitete, ohne weiter auf ihn zu achten. Offenbar

war sie mit ihren Gedanken ganz woanders. Joseph kannte diesen abwesenden Blick. So hatte Kathrins Mutter auch immer geschaut, wenn sie mit etwas beschäftigt war.

Das Herz des alten Mannes krampfte sich für Sekunden zusammen, als er an seine Frau dachte, die viel zu früh verstarb und ihn mit dem Madel zurückließ. Sie hatte wirklich kein leichtes Leben gehabt, die Veronika Breithammer. Gott hab' sie selig!

Dabei hatte alles so wunderschön angefangen, damals, vor beinahe dreißig Jahren, als Joseph Breithammer die jüngste Tochter eines Bergbauern kennen- und liebenlernte. Albert Senger war froh gewesen, daß der junge Mann um Vronis Hand anhielt. Viel konnte er dem Madel nicht mitgeben in die Ehe, nur ein kleines Stückchen Wald, mit einer Hütte darauf, in die das junge Paar einzog. Es war schon ein Segen, daß der Joseph eine gute Arbeit in der Sägemühle hatte. Viel verdiente er net, doch die junge Hausfrau verstand es, aus wenig viel zu machen. Was man net günstig kaufen konnte, wurde selbst hergestellt. Vroni war geschickt im Umgang mit Nadel und Faden, sie kannte schon bald die besten Pilzstellen im Wald, und selbstgesuchte Beeren und Kräuter bereicherten den Speisezettel.

Und natürlich sorgte Joseph Breithammer dafür, daß das eine oder andere Stück Fleisch auf den Tisch kam. Seine Frau gewöhnte sich schnell ab, zu fragen, woher der Hirschrücken kam oder die Frischlingskeule.

Als Kathrin zwölf war, starb Veronika Breithammer. Ihr Tod hinterließ eine Lücke, die nie wieder geschlossen werden sollte. Mit Joseph Breithammer ging's von diesem Tag an bergab. Hatte er schon öfter das Gesetz übertreten – nun trieb er es noch ärger, und so manches Jahr verbrachte er im Gefängnis. Seine Tochter, die dann bei den Verwandten untergebracht war, wurde älter, und ihr Einfluß auf den Vater

größer. Ihr zuliebe schränkte Joseph Breithammer seine nächtlichen Jagden ein, obgleich er sie nicht ganz unterlassen konnte. So kam es, daß Xaver Anreuther ein besonderes Verhältnis zu dem alten Gauner entwickelte. Es war beinahe so etwas wie eine Haßliebe. Er studierte den Wilderer so genau, daß er anhand gefundener Spuren sagen konnte, ob Joseph der Täter war oder ein anderer.
»Ist was?« fragte der Alte seine Tochter, nachdem er ihr eine Weile schweigend zugesehen hatte.
Die junge Frau hob den Kopf und schaute ihn kurz an.
»Warum fragst?«
Er hob die Schulter.
»Weil du so still und nachdenklich bist. Ist irgendwas im Wald gewesen? Hast jemanden getroffen?«
Kathrin ließ die Hand mit dem Messer sinken.
»Den neuen Förster hab' ich getroffen.«
Joseph sah sie intensiver an. War da etwas in ihrer Stimme gewesen? Warum hatte so eine feine Röte ihre Wangen überzogen?
»Madel!« entfuhr es ihm im Schrecken der jähen Erkenntnis, »das geht net...«
Seine Tochter hob den Kopf und schaute ihn an.
»Was, Vater, was geht net?«
Joseph Breithammer spürte sein Herz in der Brust hämmern. Er hatte immer gewußt, daß der Tag kommen würde, an dem sein einziges Kind ihn verließ. Der Gedanke daran war schon furchtbar genug. Doch das, was sich da jetzt anbahnte, überstieg seine schlimmsten Befürchtungen.
»Du darfst dich net in einen Grünrock verlieben«, sagte er bestimmt. »Nie und nimmer!«
»Ich weiß, Vater«, erwiderte sie. »Aber es ist schon geschehen...«

*

Minutenlang herrschte Stille in der Hütte. Vater und Tochter schauten sich nicht an. Erst als es an der Tür klopfte, löste sich die Erstarrung der beiden.

Joseph Breithammer ging an die Tür und öffnete sie. Überrascht sah er den Besucher an.

»Pfüat di', Breithammer«, grüßte Pfarrer Trenker. »Darf ich eintreten?«

»Freilich«, nickte Joseph und ließ den Geistlichen eintreten.

»Grüß Gott, Hochwürden«, sagte Kathrin und stand auf, als sie sah, wer da hereinkam.

Sie wischte sich die Hände am Küchentuch ab und bot Sebastian einen Stuhl an.

»Möchten S' etwas trinken?« fragte sie.

»Danke, vielleicht ein Glas Wasser. Es ist recht warm draußen.«

»Sind S' ganz von St. Johann zu Fuß hierher gekommen?« wollte Joseph Breithammer wissen.

»Aber ja. Ich beweg' mich doch gern auf Schusters Rappen«, lachte der Seelsorger und dankte Kathrin, die ihm ein Glas mit frischem Brunnenwasser auf den Tisch stellte.

Sebastian trank einen großen Schluck und wischte sich den Mund ab.

»Ah, das tat gut.«

Er schaute die beiden an.

»Ihr fragt' euch sicher, warum ich hier bin«, begann er. »Ich will es euch schnell sagen und euch gar net erst lang' auf die Folter spannen.«

Sebastian beugte sich vor und wandte sich direkt an Joseph Breithammer.

»Erst einmal möcht' ich euch sagen, daß ich mich freu', daß du wieder daheim bist. Es ist schön, daß deine restliche Strafe zur Bewährung ausgesetzt ist. Ich bin sicher, daß, wenn du dich an die Auflage hältst, eines Tages niemand mehr von deiner Vergangenheit redet.«

»Meinen S' das wirklich, Herr Pfarrer?« fragte Joseph skeptisch. »Für die Leut' werd' ich doch immer der Wilderer bleiben.«

Er lehnte sich zurück und atmete tief durch.

»Ich hab' gewiß viel falsch gemacht in meinem Leben«, sagte er. »Aber damit ist es jetzt vorbei. Die letzten Jahre, die ich im Gefängnis verbracht hab', waren eine harte Lehre. Ich will nie wieder zurück. Aber, ob die Leut' mir das wirklich glauben?«

Er schüttelte den Kopf.

»Allerdings ist es mir auch gleich«, sprach er weiter. »Für mich zählt nur noch eines und das ist Kathrin. Für sie hab' ich das alles durchgestanden.«

»Ich glaube dir, Joseph«, antwortete Sebastian Trenker. »Und ich würd' mich freuen, dich bei mir in der Kirche zu sehen.«

»Ich weiß net, ob das so eine gute Idee ist«, gab der Alte zurück. »Hier im Wald, da hab' ich meine Ruh'. Und das ist alles, was ich will, meine Ruh'. Aber im Dorf... die Leut'...«

»Du hast gehört, daß auf Xaver und den neuen Förster geschossen worden ist?«

Die beiden Männer sahen sich in die Augen, während Kathrin verlegen die Hände knetete. Joseph hielt dem Blick des Pfarrers stand. Sebastian konnte nicht einen Moment entdecken, daß die Augen seines Gegenübers flackerten oder sonstwie eine Unsicherheit zeigten.

»Ihr Bruder sprach davon«, sagte Breithammer schließlich. »Ich war heut' morgen bei ihm. Ich muß mich regelmäßig auf dem Revier melden. Dabei hab' ich ihm gesagt, daß ich keine Gewehre mehr besitze. Mit dem Schuß hab' ich nix zu tun.«

»Ich weiß, daß du beim Max warst«, nickte Pfarrer Trenker. »Und ich will dir glauben, daß du es net warst, der geschossen hat. Aber – es gibt noch ein Gewehr hier bei euch.«

Kathrin Breithammer stand auf.

»Ja, Hochwürden. Ich besitze ein Gewehr. Daraus wurde seit einer Ewigkeit kein Schuß mehr abgefeuert. Wenn Sie's wollen, dann können S' die Waffe überprüfen.«

»Nein, nein«, wehrte Sebastian ab. »Ich glaub' euch. Bitte, ihr müßt mir glauben, daß ich keinen Verdacht gegen dich hab', Joseph. Und wenn ihr meine Hilfe braucht, dann laßt es mich wissen. Ich bin immer für euch da, Tag und Nacht.«

»Dank' schön, Hochwürden«, sagte Kathrin leise, und ihr Vater nickte stumm.

Pfarrer Trenker erhob sich.

»So, ich muß los, damit ich zur Abendmesse zurück bin.«

Er gab den beiden die Hand.

»Laßt es mich wirklich wissen, wenn ihr meine Hilfe benötigt«, sagte er noch einmal eindringlich.

Vater und Tochter schauten sich stumm an, nachdem der Besucher gegangen war.

»Was wird jetzt?« fragte der alte Breithammer schließlich.

»Ich weiß net, was du meinst.«

»Doch, Madel, du weißt es ganz genau. Ich sprech' vom Förster Ruland. Wirst du ihn wiedersehen?«

Kathrin holte tief Luft.

»Ja, Vater«, erwiderte sie dann. »Morgen.«

*

Christian hob das Glas an die Augen und schaute aufmerksam hindurch. Drüben, auf einer Lichtung, die von hohen Fichten gesäumt wurde, standen eine Hirschkuh und ihr Junges. Die Tiere ästen im spärlichen Gras.

Förster Ruland war nach dem Abendessen noch einmal losgegangen. Eine innere Unruhe trieb ihn an, so daß er nicht untätig im Forsthaus sitzen konnte. Er mußte einfach noch mal hinaus. Für zwanzig Uhr war die Versammlung mit den

Jagdpächtern vorgesehen, aber bis dahin wollte Christian noch ein wenig alleine sein.

Während er auf den Hochsitz geklettert war, hatte sich Nero unten an der Leiter im Gras ausgestreckt. Der junge Förster genoß die Stille, die nur von den natürlichen Geräuschen des Waldes unterbrochen wurde.

Die Begegnung mit Kathrin am Nachmittag beschäftigte ihn ununterbrochen. Sie war so ganz anders gewesen, als bei ihrem ersten Zusammentreffen. Christian holte die Blume hervor, die immer noch in der Hemdtasche steckte, und schaute sie an. Eine dottergelbe Butterblume, die beinahe schon vertrocknet war, doch für den Förster war sie schöner als der schönste Rosenstrauß.

Er stellte sich vor, wie die morgige Begegnung verlaufen würde und dachte daran, wie seine Lippen ihre Wange berührt hatten. Was hätte er darum gegeben, sie jetzt in seinen Armen zu halten!

Die Hirschkuh und ihr Kalb waren zwischen den Fichten verschwunden. Seufzend schaute Christian Ruland auf die Uhr. Es war an der Zeit, zurückzugehen, wenn er nicht zu spät kommen wollte. Bestimmt waren die Jagdpächter genauso neugierig darauf, ihn kennenzulernen wie er gespannt war. Schade, daß der Anlaß für diese Zusammenkunft ein anderer, ein schlimmerer, war.

Christian hängte das Gewehr über die Schulter und ging den Weg zurück zum Forsthaus. Nero, der vorauslief, bellte laut, als aus einem Seitenweg eine Gestalt heraustrat. Mit gespitzten Ohren blieb der Setterrüde stehen und beobachtete den Mann aufmerksam. Christian Ruland sah den Fremden an. Ein großer, breitschultriger Mann in abgetragenen Kleidern. »Grüß' Gott«, nickte der Förster ihm zu, als sie sich, nur noch wenige Schritte voneinander entfernt, gegenüberstanden.

Der Unbekannte schaute ihn schweigend an. Christian

fragte sich, wer der Mann sein mochte. War es der Haderlump, der die Drahtschlingen gelegt hatte?
Aber er war ohne Waffen. Kein Gewehr, nicht einmal ein Jagdmesser. Ging jemand so in den Wald, um zu wildern?
»Sie sind also der neue Förster?« sagte der Mann unvermittelt.
»Ja. Mein Name ist Christian Ruland. Und wer sind Sie?«
»Joseph Breithammer.«
Im selben Moment ging dem jungen Förster ein Licht auf – es war kein Zufall, daß sie hier zusammengetroffen waren. Die ganze Zeit schon hatte er das Gefühl gehabt, nicht allein zu sein. Ganz so, als ob ihn jemand beobachtete. Auch Nero hatte sich zwischendurch merkwürdig benommen. Jetzt aber schien das Verhalten des Hundes erklärlich. Der alte Breithammer hatte ihn hier jedenfalls erwartet.
»Ich hab' schon von Ihnen gehört«, sagte er zu Kathrins Vater.
»Was wollen S' von meiner Tochter?« fragte der Alte, während seine Augen den Förster zu durchdringen schienen.
»Lassen S' uns in Ruhe. Die Kathrin wird nie einen Grünrock lieben. Schlagen S' sich das aus dem Kopf!«
»Hören S', Herr Breithammer, das ist eine Sach' zwischen Kathrin und mir...«, wollte Christian klarstellen, aber da hatte sich Joseph Breithammer schon umgedreht und war zwischen den Büschen verschwunden.
Christian Ruland schaute ihm hinterher. Er verstand zwar, was der Alte gewollt hatte, aber war das auch mit Kathrins Wissen geschehen? Bereute sie schon, sich mit ihm für morgen verabredet zu haben?
Es war nicht mehr weit bis zum Forsthaus. Christian stand vor der Zufahrt und schaute nachdenklich auf das Haus, den Schuppen und die anderen Gebäude, die dazugehörten. Bis zu seiner Pensionierung würde dies alles hier seine Heimat

sein, und wie schön wäre es, würde Kathrin diese Jahre mit ihm verbringen.

Doch jetzt, nach dem Zusammentreffen mit ihrem Vater, sah es so aus, als würde das alles nur ein schöner Traum bleiben.

Mit einem bangen Gefühl sah er dem morgigen Tag entgegen.

*

Nach der Abendmesse begleitete Max Trenker seinen Bruder ins Pfarrhaus hinüber. Im Arbeitszimmer des Geistlichen saßen sie zusammen und besprachen die Angelegenheit um den Schuß auf Xaver Anreuther und Christian Ruland.

»Ich bin sicher, daß der alte Breithammer nichts damit zu tun hat«, bekräftigte Sebastian noch einmal seine Meinung. »Die Kathrin hat net bestritten, ein Gewehr zu besitzen.«

»Ich möcht's ja auch glauben«, beteuerte der Polizist. »Aber wenn ich an Xavers Worte denk', daß er nur dem Breithammer so einen Meisterschuß zutraut. Und denk' nur an die Drohungen, die der Alte vor Gericht gegen den Förster ausgestoßen hat.

Und das ist noch net alles...«

Der Pfarrer schaute seinen Bruder neugierig an.

»Was gibt's denn noch? Ist was geschehen, von dem ich noch nix weiß?«

»Allerdings«, nickte Max. »Ich bin bloß noch net dazu gekommen, es dir zu erzählen. Am Nachmittag hat der Christian Ruland auf dem Revier angerufen. Bei seinem Rundgang durch den Wald ist er in einer Schonung auf eine stattliche Anzahl Drahtschlingen gestoßen. Er meint, da betreibe jemand Wilderei im großen Stil, und hat mich gebeten, daß ich in den umliegenden Gasthöfen vorbeischau', um dort zu kontrollieren. Außerdem hat er für den Abend eine Versammlung der Jagdpächter einberufen.«

Pfarrer Trenker wußte, warum.

»Deshalb waren so wenige in der Abendmesse«, sagte er.
Der Geistliche schenkte von dem Wein nach, der auf dem Tisch stand. Ein kräftiger, dunkelroter Spätburgunder aus dem Keller des Pfarrhauses.
»Aber daß ausgerechnet jetzt diese Schlingen gefunden werden, bedeutet net zwangsläufig, daß der alte Breithammer was damit zu tun hat«, stellte er fest. »Schließlich können die Fallen schon länger ausgelegt worden sein, nämlich, als Joseph noch einsaß.«
»Das ist schon richtig«, bestätigte Max die Überlegungen seines Bruders. »Aber vergiß net, daß Xaver den alten Breithammer beinah' studiert hat, und er meint, daß der Schuß ganz die Handschrift des Alten trägt.«
Pfarrer Trenker machte eine Handbewegung.
»Abwarten«, sagte er. »Meisterschützen gibt's etliche. Denk' nur an das Schützenfest. So viele gute Treffer – da käme beinahe jeder zweite in Frage. Nein, außerdem glaub' ich net, daß Joseph dem Wild auf so gemeine Art nachstellt. Drahtschlingen – das läßt seine ›Ehre‹ als Wildschütz gar net zu.«
Er lehnte sich ein wenig zurück und dachte nach.
»Ich denk', wir müssen unsere Nachforschungen in eine ganz andere Richtung lenken«, sagte er nach einer Weile. »Zum Beispiel sollten wir uns fragen, ob da net jemand mit dem Schuß den Breithammer kopiert, und so versucht, den Verdacht auf Joseph zu lenken.«
»Dazu müßte er aber wissen, daß der Alte wieder aus dem Gefängnis ist«, gab Max zu bedenken. »Und heut' ist er zum erstenmal wieder in St. Johann gewesen. Davor hat ihn noch keiner zu Gesicht bekommen.«
»Bist' da ganz sicher?« fragte Sebastian. »Denk dran, das Gefängnis liegt net um die Ecke. Joseph mußte mit dem Zug bis in die Kreisstadt fahren, und von dort mit dem Bus hierher, wenn er net zu Fuß gegangen ist.«

Max Trenker nickte. Er sah ein, daß er da einen Fehler in seinen Überlegungen hatte. Natürlich war es möglich, daß jemand gesehen hatte, wie der alte Breithammer zurückkehrte, und der sich dann dieses Wissen zunutze gemacht hatte.
Aber wer?

*

Im Forsthaus saßen die beiden Männer noch bis spät in die Nacht zusammen. Die Versammlung mit den Jagdpächtern hatte bis kurz vor elf gedauert. Nach der Vorstellung des neuen Revierförsters kam dieser gleich zu dem Grund für das Zusammentreffen.
Die Jagdpächter, fast alles Bauern aus der Umgebung, die keine eigenen Reviere hatten, waren entsetzt und empört gewesen, als sie von den frevelhaften Taten hörten. Schnell bildeten sich zwei Gruppen von jeweils drei Männer, die regelmäßig Streife gehen wollten. Die beiden Förster konnten mit dem Verlauf des Abends zufrieden sein. Schon in dieser Nacht sollte die erste Streife losziehen. Die Männer machten sich gleich vom Forsthaus aus auf den Weg. Xaver Anreuther und Christian Ruland oblag es, am Tage im Ainringer Wald nach dem Rechten zu sehen.
Der alte Förster, der eigentlich schon pensioniert war – der offizielle Abschied stand zwar noch aus, aber seine Dienstzeit hatte vor einer Woche geendet –, schaute auf die Uhr und hielt sich die Hand vor den Mund, als er gähnte. Auch Christian spürte die Müdigkeit.
»Zeit, schlafen zu gehen, was?« meinte er und erhob sich.
Er nickte dem älteren Kollegen zu.
»Schlafen S' gut, Xaver«, wünschte er.
»Sie auch, Christian«, erwiderte er. »Hoffen wir, daß es eine ruhige Nacht wird.«
Der Jüngere verstand, was der Ältere meinte. Die Stimmung

unter den Jagdpächtern war kurz vor dem Siedepunkt. Wer wußte, was sie mit ihm anstellten, wenn sie den Wilddieb heut nacht in die Finger bekamen... Den beiden Förstern wäre es jedenfalls lieber, wenn sie den Übeltäter fingen. In seinem Zimmer setzte Christian sich noch einen Augenblick ans Fenster, so, wie er in der vergangenen Nacht gesessen hatte. Er nestelte die Blume aus seiner Hemdtasche und betrachtete sie nachdenklich. Daß Kathrins Vater ihm so unvermittelt gegenüberstand, beschäftigte ihn den ganzen Abend schon. Er hatte sich regelrecht zwingen müssen, der Versammlung im Forsthaus zu folgen. Jetzt, wo er alleine war und Ruhe hatte, versuchte er, dieses Zusammentreffen noch einmal zu rekapitulieren. Joseph Breithammers Worte waren eindeutig gewesen. Er wollte unter keinen Umständen, daß seine Tochter sich mit einem Förster einließ. Aber was wollte Kathrin?

Geäußert hatte sie sich zwar im Sinne ihres Vaters, dem widersprach aber die Verabredung für den kommenden Tag. Überhaupt ihre ganze Art, die sie am Nachmittag gezeigt hatte. Freundlich war sie gewesen, locker und fröhlich, nicht so kratzbürstig, wie bei ihrem ersten Aufeinandertreffen. Ein regelrechter Sinneswandel also. Warum, fragte sich Christian, warum konnte ihr Vater behaupten, sie würde niemals einen Grünrock lieben können?

Der junge Förster stand auf und ging ins Bad hinüber. Als er sich kurz darauf schlafen legte, waren seine Gedanken bei dem Madel in der Waldhütte, und er stellte sich vor, was er sie fragen würde, wenn er sie morgen traf.

Es war die einzig wichtige Frage, die ein Mann der Frau, die er liebt, stellt.

Wie würde wohl die Antwort ausfallen?

*

Max Trenker hob schnüffelnd die Nase, als er die Küche des Pfarrhauses betrat.

»Mei, das riecht aber wieder mal lecker hier«, sagte er. »Was gibt's denn Gutes?«

Sophie Tappert, die am Herd stand und in einem der Töpfe rührte, drehte sich nach dem Polizeibeamten um.

»Rehragout mit Spätzle«, antwortete sie.

»Was?« staunte Max. »Mitten in der Woch'?«

Er stellte sich neben die Haushälterin und hob drohend den Zeigefinger.

»Sagen S' die Wahrheit, Frau Tappert, haben S' das Fleisch etwa unter der Hand gekauft?«

Die Perle des Pfarrhaushalts schüttelte den Kopf. Sie wußte, daß Hochwürdens Bruder wieder einmal einen seiner Scherze machte.

»Natürlich net«, gab sie zurück. »Das Glück heut mittag Rehragout zu essen, verdanken S' allein dem Umstand, daß ich endlich einmal dazu gekommen bin, die Kühltruhe im Keller aufzuräumen. Dabei hab' ich das Paket mit dem Rehfleisch gefunden.«

Sie legte den Kochlöffel beiseite und sah den Polizisten forschend an.

»Es ist übrigens noch von der Marianne...«

Max schluckte und wurde verlegen. Sophie Tappert spielte nämlich damit auf eine seiner vergangenen Liebschaften an. Marianne, die jüngste Tochter vom Sendlerbauern, hatte vor ein paar Monaten ihr Herz an Max Trenker verloren. Sie wußte, daß er ein Schleckermaul war. Das Rehfleisch gehörte, neben anderen Köstlichkeiten, wie Räucherschinken und eingeweckte Wurst, zu den Liebesgaben, mit denen das Madel versuchte, Max in den Hafen der Ehe zu lotsen.

Leider vergebens. Der Schwerenöter hatte es rechtzeitig verstanden, die Beziehung zu beenden. Wieder einmal, muß

man sagen, denn Max Trenker hatte es leicht mit den Frauen. Seine charmante Art, mit der er die Damen becircte, wirkte immer. Nur all zu eng wollte er sich nicht binden, und so manches gebrochenes Herz blieb dabei auf der Strecke. Sehr zur Mißbilligung seines Bruders, aber noch mehr dessen Haushälterin, die Max' Eskapaden überhaupt nicht gerne sah. Sie konnte es sich auch nicht verkneifen, ihn dann und wann an eine seiner verflossenen Bräute zu erinnern. Dem Beamten waren diese Spitzen eher unangenehm. Gottlob war im Moment sein Bruder nicht zugegen. Womöglich würde der auch noch seinen Kommentar dazu abgeben.
Max legte seinen Arm um Sophie Tappert und setzte sein charmantestes Lächeln auf.
»Ich weiß ja, daß Sie meinem Junggesellendasein gern ein End' machen möchten, liebste Frau Tappert«, flötete er. »Aber ich hab' mir geschworen, nur eine Frau zu heiraten, die genausogut kochen kann wie Sie. Aber so eine zu finden, ist schier unmöglich.«
Gott sei Dank, setzte er in Gedanken hinzu.
Die Haushälterin sah ihn mit einem strafenden Blick an, sagte aber nichts weiter dazu. Sie nahm den Deckel von einem Topf herunter, in dem Wasser kochte, gab Salz hinein und begann die Spätzle hineinzuschaben.
Der Polizist machte sich indes nützlich und deckte den Tisch. Als Pfarrer Trenker aus der Kirche herüberkam, war alles bereit.
Natürlich saß Max als erster auf der Eckbank und leckte sich die Lippen, als Sophie Tappert die dampfenden Schüsseln auf den Tisch stellte.

*

»Es schmeckt wunderbar, Frau Tappert«, lobte der Geistliche die Kochkünste seiner Haushälterin. »Aber eigentlich muß ich Ihnen das net sagen. Das hieße ja, Eulen nach Athen tragen, denn alles, was Sie kochen, schmeckt gut.«

»Na ja, jede Köchin ist nur so gut, wie die Zutaten, die sie zur Hand hat«, antwortete Sophie Tappert. »Und das Rehfleisch ist von ausnehmend guter Qualität.«

»In der Tat«, nickte Sebastian. »Wo haben S' das denn her?« Die Gabel, die Max in der Hand hielt, schwebte plötzlich förmlich in der Luft, und sein geöffneter Mund wollte sich absolut nicht mehr schließen.

Die Perle des Pfarrhaushalts hob den Kopf, schaute den Polizeibeamten triumphierend an und tupfte sich den Mund mit ihrer Serviette ab.

»Das ist noch eine von den Liebesgaben, die Marianne Sendler Ihrem Bruder immer mitgebracht hatte«, antwortete sie.

Sebastian sah Max fragend an.

»Wieso hatte?« wollte er wissen. »Bringt sie jetzt keine Liebesgaben mehr vorbei?«

Max Trenker schaute ärgerlich zurück.

»Ach, was ihr beide habt«, erwiderte er mit einer wegwerfenden Handbewegung. »Das ist doch längst vorbei.«

Der Geistliche schmunzelte innerlich. Wieder einmal hatte Sophie Tappert es geschafft, Max auf ihre Art zu sagen, was sie von seinen Eskapaden hielt. Äußerlich ließ er sich allerdings nichts anmerken.

»Max, Max, wann wirst' endlich gescheit?« fragte er statt dessen mit ernstem Gesicht.

Der Polizist legte die Gabel beiseite.

»Ich hab' keinen Hunger mehr«, bemerkte er dazu.

Die Haushälterin sah ihn forschend an.

»Auch net auf Vanillepudding mit frischen Erdbeeren?« wollte sie wissen.

Und dabei wußte sie genau um die Schwäche des Ordnungshüters für frische Erdbeeren!

»Komm, Max, mach dir nix draus«, lachte Sebastian, und natürlich machte sein Bruder wieder gute Miene zum bösen Spiel.

»Am Nachmittag fahr' ich zum Forsthaus hinaus«, erzählte er. »Mal schaun, was es Neues gibt.«

»Wollen wir hoffen, daß der Wilddieb bald in die Falle geht«, meinte der Geistliche. »Damit endlich das Gerede im Dorf aufhört. Natürlich haben die Leut' Joseph Breithammer im Visier, seit es sich herumgesprochen hat, daß er wieder zurück ist.«

»Kannst' es ihnen verdenken?«

Der Geistliche schaute seinen Bruder an.

»Auf eine Art net«, antwortete er. »Aber du kennst meine Einstellung, jeder ist erst dann schuldig, wenn diese Schuld auch erwiesen ist. Solange net der Beweis erbracht ist, daß der alte Breithammer net von seinem alten Laster gelassen hat, solange ist er höchstens verdächtig, wie jeder andere auch, der für solch ein Verbrechen in Frage kommt.«

»Natürlich«, nickte Max Trenker. »Ich denk' ja genauso.«

Er erhob sich.

»Ich muß los«, sagte er zum Abschied. »Nach dem Besuch im Forsthaus hab' ich noch ein Gespräch mit einem Herrn Burger. Der Mann ist Bewährungshelfer und soll dem Breithammer zur Seite stehen.«

Er atmete tief ein.

»Das ist auch wieder so eine Sache«, fuhr er fort. »Zu den Bewährungsauflagen gehört, daß Joseph einer geregelten Arbeit nachgeht. Aber wer stellt so einen schon ein? Mit dem Vorstrafenregister!«

Sebastian stand ebenfalls auf.

»An dem Gespräch würd' ich gern teilnehmen«, sagte er. »Vielleicht finden wir gemeinsam eine Lösung für dieses Problem.«

Max Trenker setzte seine Dienstmütze auf und rückte den Schirm gerade.

»Also, mir soll's recht sein«, sagte er und winkte zum Abschied. »Um halb fünf dann.«

»Ich werd' pünktlich sein«, rief sein Bruder ihm hinterher.

*

»Madel, willst' es dir net noch einmal überlegen?«

Joseph Breithammer schaute seine Tochter bittend an. Kathrin erwiderte seinen Blick.

»Was ist denn an ihm dran, was bei einem anderen Mann net auch finden kannst? Und er ist einer von denen, die deinen Vater ins Gefängnis gesteckt haben!«

Sie saßen an dem roh gezimmerten Tisch in der Hütte. Das Mittagessen, das sie beendet hatten, war in schweigsamer Atmosphäre verlaufen. Erst jetzt hatte der Alte das Wort an sie gerichtet. Die junge Frau schluckte schwer. Er hat ja recht, dachte sie. Aber hab' ich net das Recht, den Mann zu lieben, den ich will? Ja, Christian Ruland war Förster, und jedesmal, wenn sie den Vater eingesperrt hatten, da hatte sie sich geschworen, ihr Herz niemals an einen Grünrock zu verschenken.

Aber wie soll man sich dagegen wehren, wenn das Schicksal es anders wollte? Konnte man überhaupt dagegen ankämpfen?

»Hör mir zu, Vater«, sagte sie schließlich. »Ich hab' nur dieses eine Leben, und bis jetzt ist es ziemlich eintönig verlaufen. Wenn ich net hier in der Hütte war, dann hab' ich bei einem Bauern gearbeitet. Meistens jedoch war ich allein, du warst wieder einmal im Gefängnis. Aber meine Schuld ist es net, daß sie dich eingesperrt haben. Ich hab' net verlangt, daß du nachts auf die Pirsch gehen sollst. Warum willst' mich jetzt daran hindern, den Mann, den ich liebe, zu treffen. Christian bedeutet mir mehr, als sonst irgendwas in meinem Leben, und wenn er mich fragen sollt', ob ich mit ihm geh', dann steht meine Antwort schon fest.«

Sie stand auf und räumte den Tisch ab. Ihr Vater hatte auf das, was sie ihm an den Kopf geworfen hatte, nichts erwidert. Dumpf vor sich hin brütend schaute er ihr zu.

Kathrin setzte Wasser auf und spülte das Geschirr ab. Wortlos stellte sie ihrem Vater von dem Kaffee hin, den sie zwischendurch gekocht hatte, und ebenso wortlos trank er davon. Nachdem sie fertig war, fuhr die junge Frau sich durch das Haar. Sie nahm ein buntgewebtes Tuch vom Haken neben der Tür, und legte es sich um die Schulter.

»Ich geh' jetzt«, sagte sie. »Am Abend bin ich wieder zurück.«

Dann ging sie hinaus. Joseph Breithammer sah mit leerem Blick auf die Tür, durch die sie verschwunden war. Sein Herz tat plötzlich so weh, als wäre seine Tochter für immer gegangen.

Nach einer ganzen Weile erhob er sich und ging an das Regal, das im hinteren Teil der Hütte stand. Obenauf lag das Gewehr, das Kathrin gekauft hatte, nachdem die Waffen ihres Vater eingezogen worden waren. Der Alte nahm es herunter, wog es nachdenklich in der Hand und hängte es sich schließlich über die Schulter.

Dann steckte er eine Schachtel Munition ein. Joseph Breithammer war sich darüber im klaren, daß er damit gegen eine der Bewährungsauflagen verstieß. Wenn er mit dem Gewehr in der Hand erwischt wurde, bedeutete das, daß er sofort wieder zurück ins Gefängnis mußte. Aber in diesem Moment war ihm das egal. Er verließ die Hütte und folgte dem Weg in den Wald hinüber, den Kathrin zuvor gegangen war.

*

Xaver Anreuther und Christian Ruland saßen auf der Veranda des Forsthauses und ließen sich den Kaffe schmecken den Xaver nach dem Mittagessen gekocht hatte. Dabei besprachen sie ihr weiteres Vorgehen.

»Wir bekommen Schwierigkeiten mit unseren Kontrollgängen«, verkündete der alte Förster, wobei er ein besorgtes Gesicht machte.

Christian sah ihn fragend an.

»Warum?«

Xaver hob die Schultern.

»Bis auf zwei, sind die anderen Jagdpächter Bauern, die auf ihren Höfen arbeiten. Da können's net jede Nacht noch im Wald herumlaufen.«

Der junge Forstbeamte strich sich nachdenklich über das Kinn.

»Hm, das stimmt natürlich. Also werden wir beide uns die Nächte teilen müssen.«

»So hab' ich's mir schon gedacht«, nickte Xaver zustimmend.

»Wenn's Ihnen recht ist, übernehm' ich gleich die kommende Nacht«, bot Christian an.

»Ich hab' nix dagegen«, nickte der Ältere.

Er deutete auf die beiden Hunde. Brutus und Nero lagen friedlich zusammen und dösten vor sich hin.

»Die beiden haben sich zusammengerauft.«

»Ja, schad', daß sie sich bald wieder trennen müssen«, meinte Christian. »Sie werden Ihren Brutus gewiß net hier lassen wollen.«

»Ganz gewiß net«, schüttelte Xaver den Kopf. »Wir gehören zusammen wie ein altes Ehepaar.«

Christian Ruland trank seine Tasse leer und stand auf. »Ich geh' noch mal los«, verkündete er.

»Wer ist denn die geheimnisvolle Schöne, die Sie jeden Tag in den Wald lockt?« neckte der alte Förster den jungen.

Daß er voll ins Schwarze getroffen hatte, merkte er an der Reaktion. Christian wurde rot wie ein Schulbub, den man bei einem Streich erwischt hatte.

Xaver Anreuther sah ihn forschend an. Christian war ja erst ein paar Tag' da, überlegte er, wer konnte ihm denn in der kurzen Zeit so den Kopf verdreht haben?

Eigentlich... Ja, eigentlich kam da nur eine in Frage!

Himmel, dachte Xaver, wenn das nur gutging... Ein Förster, und die Tochter eines Wilddiebs – das war eine Mischung wie Dynamit. Was würde wohl der alte Breithammer dazu sagen, wenn er davon erfuhr? Xaver Anreuther wollte gar nicht daran denken, was Kathrins Vater unternehmen würde, um diese Verbindung zu verhindern.

Dem Alten war jedenfalls alles zuzutrauen!

*

Christian ahnte nichts von den weiteren Überlegungen seines Vorgängers. Ihm war es nur äußerst peinlich gewesen, so auf Xavers Frage reagiert zu haben. Natürlich mußte der Kollege nun erahnen können, wer ihn in den Wald lockte, wie Xaver sich ausgedrückt hatte.

Da war wohl ein klärendes Gespräch angebracht, dachte Christian weiter, während er dem Treffpunkt, an dem er mit Kathrin verabredet war, näher kam.

Würde der alte Förster für seine Lage Verständnis haben? So viele Jahre hatte er sich mit dem alten Breithammer herumärgern müssen. War es da nicht nur logisch, daß er auch der Tochter seines Feindes ablehnend gegenüberstand? Natürlich konnte er Christian nicht verbieten, Kathrin zu lieben. Doch dem jungen Förster lag sehr daran, sich die Sympathie des alten zu erhalten.

Nero war vorausgelaufen, während Christian sorgfältig auf Spuren achtete, die auf den Wilderer deuten könnten. Doch seit er die Drahtschlingen gefunden hatte, schien der Kerl sich in Luft aufgelöst zu haben. Auch nachts war alles ruhig gewesen, und der junge Förster hoffte, daß es ihm endlich bei seinem Kontrollgang durchs Revier gelänge, den Übeltäter zu fassen.

Leider hatte auch die Überprüfung der umliegenden Hotels, Gaststätten und Wildhändler durch Max Trenker keinerlei Anhaltspunkte gebracht. Nirgendwo war billiges Wildfleisch angeboten worden.

Christian seufzte schwer. Solch einen furiosen Beginn seiner Dienstzeit im Ainringer Wald hatte er sich nicht vorgestellt. Nicht nur, daß ein Wilddieb ihm das Leben schwermachte, er mußte sich auch noch, Hals über Kopf, in die Tochter eines solchen verlieben!

Seit Stunden hatte er darüber nachgegrübelt, ob er sich Kathrin heute offenbaren sollte und war endlich zu einem Entschluß gekommen.

Vor ihm bellte Nero sein freudiges Begrüßungsbellen. Das Herz des jungen Försters schlug schneller. Ohne es zu bemerken, war er schon beinahe an der Stelle angekommen, an der er sich mit Kathrin Breithammer verabredet hatte. Offenbar hatte der Hund sie schon entdeckt.

Endlich sah auch Christian sie. Er blieb einen Moment stehen und ließ das Bild auf sich einwirken, wie sie dort stand, in dem schlichten Kleid, ein buntes Tuch um die Schulter gelegt, und Nero, der aufgeregt um sie herumtollte. Der junge Mann spürte, wie es ihm ganz warm ums Herz wurde und er hätte alles dafür gegeben, Kathrin jetzt in seinen Armen zu halten.

Da schaute sie in seine Richtung, grad' so, als wäre ihr bewußt geworden, daß sie beobachtet wurde. Sie lächelte, als sie ihn sah, und Christian hob winkend die Hand.

Einen Moment schauten sie aus der Ferne einander an, dann,

wie auf ein stummes Kommando, liefen sie los, jeder dem anderen entgegen. Mit einem lauten Jubelschrei riß Christian sie in seine Arme. Er hielt sie ganz fest an sich gepreßt, und ihre Lippen fanden sich.
Sekundenlang schien die Welt um sie herum nicht mehr zu existieren, es gab nur sie beide und ihre Liebe. Endlich lösten sie sich voneinander und sahen sich in die Augen.
»Daß du endlich da bist«, flüsterte er. »Die Nacht wollt' kein Ende nehmen, so groß war meine Sehnsucht.«
Kathrin lächelte ihn liebevoll an.
»Ich konnt's auch net erwarten«, sagte sie leise und schmiegte sich an seine Brust.
Zärtlich strich er über ihr Haar.
»Komm, laß uns ein paar Schritt' gehen«, schlug er vor. »Es gibt so viel, was ich dir sagen will.«
Arm in Arm schlenderten sie den Waldweg entlang. Das junge Madel lauschte seinen Worten und ließ sich ganz verzaubern.
»Hörst du mir überhaupt zu?« fragte Christian plötzlich.
Er war stehengeblieben und schaute sie an. Kathrin hatte die Augen geschlossen.
»Zwick mich«, sagte sie. »Damit ich endlich aufwach'. Das kann doch alles nur ein schöner Traum sein. Ja, ganz bestimmt lieg' ich in meinem Bett, in der Hütte, und gleich ist alles vorüber.«
Der junge Förster küßte sanft ihre Lippen.
»Nein, glaube mir, das ist kein Traum«, versicherte er. »Du und ich, wir stehen hier und nichts und niemand wird uns je wieder trennen.«
Das junge Madel hob den Kopf und schaute ihn an. Christian entdeckte den traurigen Blick in ihren Augen.
»Was ist?« fragte er erschrocken.
Kathrin hob mühsam die Hand.

»Es ist wegen dem Vater«, antwortete sie leise.
Der Förster ahnte, was sie sagen wollte.
»Er ist dagegen, net wahr?« sagte er. »Er ist gegen uns're Liebe.«
Das Madel nickte stumm.
»Aber warum?«
Christian stampfte mit dem Fuß auf.
»Was kann er dagegen haben? Ich weiß, was er getan hat, doch für all diese Verbrechen ist er bestraft worden. Er hat seine Taten gesühnt, und alles andere interessiert mich net.«
»Er haßt jeden, der den grünen Rock trägt«, erwiderte sie. »Ihm wär' jeder Mann recht, nur ein Förster darf's net sein.«
Sie berichtete von der Auseinandersetzung am Vormittag.
Christian schüttelte den Kopf.
»Unsinn«, schimpfte er. »Ich werd' mit ihm reden. Du wirst sehen, er gibt uns seinen Segen. Früher oder später.«
Er umarmte sie und lachte zuversichtlich.
»Komm, lach auch du wieder«, forderte er sie auf.
Irgendwie schien seine Zuversicht sie anzustecken. Sie spitzte die Lippen und bot sie ihm zum Kuß dar.
Gerade wollte er sich über sie beugen, da zerriß ein Gewehrschuß die Stille des Waldes.

*

Der Mann schlich durch den Wald, das Gewehr hielt er im Anschlag. So gern er es vermieden hätte, heute hier zu sein, es half alles nichts, sein Auftraggeber bestand auf pünktliche Lieferung.
Dabei wußte der Wilderer genau, daß man hinter ihm her war. Zum einen hatte er diesen neuen Förster beobachtet, wie der die Drahtschlingen gefunden hatte, damit war klar, daß nun die Jagd auf ihn eröffnet wurde. Zum anderen hatte er unten im Dorf gehört, daß die Jagdpächter sich daran be-

teiligten. Er mußte also höllisch aufpassen, wollte er nicht in ihre Fänge geraten.

Er pirschte zu der Stelle, an der er vor Tagen noch eine Hirschkuh mit ihrem Jungen hatte äsen sehen. Und genau so ein Hirschkalb wurde gewünscht.

Hoffentlich treiben sich die beiden Förster nicht ausgerechnet heute nachmittag hier herum, dachte der Mann, der wieder seinen grüngemusterten Anzug trug. In diesen Farben war er zwischen den Büschen und im Dickicht der Bäume kaum auszumachen. Er setzte sich unter einen Baum und wartete ab. Den Wagen hatte er so nahe wie möglich herangefahren. Zumindest, wie er glaubte, es wagen zu können. Dennoch würde er das erlegte Wild noch ein ganzes Stück weit tragen müssen. Von hier aus, bis zum Aufstieg auf den Höllenbruch waren es gut und gerne drei Kilometer. Mit einem mehrere Kilogramm schweren Hirschkalb auf der Schulter gewiß kein leichtes Unterfangen.

Der Wilddieb schmunzelte vor sich hin, als er daran dachte, daß die Nachforschungen des Polizisten im Sande verlaufen waren. Natürlich war er nicht so dumm gewesen, seine Beute in der unmittelbaren Umgebung seiner Untaten feilzubieten. Kein Wunder, daß Max Trenker da nicht fündig wurde.

Ein Geräusch irgendwo vor ihm ließ ihn aufmerksam werden. Er hielt den Atem an und lauschte gespannt. Jetzt war ganz und gar keine rechte Schußzeit, das war ihm schon klar. Besser wäre es gewesen, abzuwarten, bis die Tiere in der Abenddämmerung aus ihren Verstecken kamen. Er konnte nur hoffen, daß der Zufall ihm hier zur Hilfe kam, deshalb hatte er sich so weit in den Forst hineingewagt.

Vorsichtig richtete er den Oberkörper auf. Das Gewehr hielt er schußbereit, durch das aufgeschraubte Zielrohr suchte er das Sichtfeld ab.

»Komm schon«, preßte er leise durch die Zähne.

Da war es!
Noch einmal hielt er die Luft an, während sein Herz schneller schlug. Der Wind stand günstig, das Tier konnte keine Witterung aufnehmen. Der Mann visierte das Hirschkalb an, das sich ihm im besten Schußwinkel darbot.
Ein glatter Blattschuß würde es werden.
Der Mann atmete aus, gleichzeitig krümmte sich der Zeigefinger, der die ganze Zeit um den Abzug gelegen hatte, und löste den Schuß aus.

*

Christians Kopf ruckte hoch, als er den Knall hörte. Einen Moment starrte er Kathrin ungläubig an, dann ließ er sie los.
»Da schießt einer!« stieß er hervor. »Es kam von dort.«
Er zeigte in die Richtung, aus der er den Schuß gehört hatte.
»Ich muß dahin«, rief er und pfiff Nero heran, der stocksteif dastand und ebenfalls in die Richtung schaute.
»Christian, warte«, bat Kathrin. »Du darfst net geh'n.«
»Ich muß, Madel«, wehrte er ab. »Der Kerl darf mir net entkommen!«
Sie klammerte sich an ihn, bat und bettelte, doch der Förster schüttelte den Kopf.
»Bitte, Kathrin, laß mich los. Willst du schuld sein, wenn der Haderlump entkommt und noch mehr Schaden anrichtet?«
Beinahe wütend hatte er es gesagt. Resigniert gab sie ihn frei.
Kathrin Breithammer preßte die Hände vor den Mund, als Christian das Gewehr von der Schulter nahm, es entsicherte und loslief.
Tausend Gedanken wirbelten durch ihren Kopf, und am größten war die Angst, dem geliebten Mann könne etwas zustoßen.
Der junge Förster hastete durch den Wald. Er achtete nicht auf die Äste, die in sein Gesicht peitschten, als er zwischen

den Bäumen hindurchlief. Nero war weit vor ihm, blieb nur ab und zu stehen, um die Witterung neu aufzunehmen.

Christian versuchte sich zu erinnern, was er auf den Karten gesehen, und was Xaver Anreuther ihm gesagt hatte. Diese Richtung, in die er lief, führte hinauf zu dem, Höllenbruch genannten, Bergwald, der an den Ainringer Wald angrenzte. Und dort war auch die Kreisstraße, die ein idealer Fluchtweg war. Wenn der Wilderer mit einem Auto hergekommen war, dann hatte er es höchstwahrscheinlich dort irgendwo abgestellt.

Beinahe wünschte Christian sich, daß der Lump etwas erlegt haben möge, denn dann würde er nur schwerlich vorankommen mit seiner schweren Beute auf dem Buckel.

Der junge Förster gönnte sich keine Pause, obwohl die rechte Seite von schmerzhaften Stichen gepeinigt wurde. Von Nero war nichts zu sehen, doch Christian wußte, daß er sich auf seinen Hund verlassen konnte.

Nach knapp zehn Minuten, die ihm wie Stunden vorkamen, hörte er verstärktes Bellen. Offenbar hatte der Setterrüde etwas gefunden. Er beschleunigte noch einmal sein Tempo und erreichte den Hund nach einigen hundert Metern.

Nero lief aufgeregt im Kreis und schnüffelte auf dem Waldboden. Christian kam hinzu und sah das Blut. Der Wilddieb hatte also getroffen. Allerdings mußte er es sehr eilig haben. Er hatte sich nicht einmal die Mühe gemacht, das erlegte Tier an Ort und Stelle aufzubrechen.

Befürchtete er, dabei überrascht zu werden?

Anders konnte der Förster sich das Verhalten des Verbrechers nicht erklären. Er richtete sich wieder auf. Jetzt galt es, keine Zeit zu verlieren. Der Vorsprung konnte noch nicht allzu groß sein. Wenn seine Vermutung richtig war, dann war der Wilderer auf dem Weg zur Kreisstraße. Vermutlich war dort, auf irgendeinem Waldweg, ein Auto geparkt.

Christian mußte sich sputen. Wenn der Kerl seinen Wagen erreichte, dann war es zu spät. Hier im Wald würde er ihn wohl stellen können, doch im Auto konnte er ihm entkommen.
»Los«, rief er seinem Hund zu. »Den Kerl packen wir!«

*

Martin Ambuscher sah neugierig auf, als er den Wagen erkannte, der auf den Hof der Sägemühle fuhr. Er ging hinüber und begrüßte den Mann, der gerade ausstieg.
»Grüß' Gott, Pfarrer Trenker«, rief er durch den Lärm der kreischenden Säge. »Was verschafft mir die Ehre Ihres Besuches?«
Sebastian reichte ihm die Hand.
»Pfüat di', Martin. Hast' ein paar Minuten Zeit? Ich hätt' was mit dir zu besprechen.«
»Freilich Hochwürden. Kommen S', wir geh'n in mein Büro hinauf. Da ist's ruhiger.«
Zum Büro, das im ersten Stock eines Anbaues der Mühle lag, führte eine Holztreppe hinauf. Als sie den Vorraum betraten, in dem Martins Frau Astrid saß, die als Sekretärin im Geschäft mitarbeitete, wurde es schlagartig still. Nur wie aus weiter Ferne war das Geräusch der Säge noch zu hören.
Nachdem der Geistliche Astrid Ambuscher begrüßt hatte, folgte er dem Mühlenbesitzer in dessen eigentliches Büro. Martin bot dem Besucher einen Platz an und holte eine Flasche Obstler aus dem Schrank.
»Sie trinken doch einen?« fragte er.
Sebastian hob die Hand.
»Aber wirklich nur einen. Ich bin mit dem Auto da.«
»So, dann erzählen Sie mal, was ich für Sie tun kann, Hochwürden«, forderte Martin Ambuscher den Pfarrer auf, nachdem sie ihre Gläser geleert hatten.
»Weniger für mich, Martin, als für einen Mann, der unsere

Hilfe braucht«, begann Sebastian den Grund für seinen Besuch zu erklären.
Der Sägemühlenbesitzer lehnte sich zurück und hörte zu.
»Ich selber hab' es net mehr erlebt, weil ich wohl noch zu klein war«, sagte er, »aber ich weiß es vom Vater, daß der alte Breithammer bei uns in der Mühle gearbeitet hat. Ein guter Arbeiter war das, hat der Vater immer wieder gesagt. Zumindest solang', bis das Unglück mit der Frau passiert ist.«
»Ja, eine traurige Geschichte«, nickte der Pfarrer. »Und weil der Breithammer schon einmal bei euch gearbeitet hat, hab' ich gedacht, du würdest ihm eine Chance geben, seine Bewährungsauflagen zu erfüllen. Er braucht eine geregelte Arbeit, sonst muß er ins Gefängnis zurück.«
Sebastian erzählte von seinem Besuch in der Waldhütte und von seiner Überzeugung, daß der alte Breithammer nun geläutert sei.
»Der schießt nie wieder auf ein Wildtier«, schloß er.
Martin Ambuscher hatte sich das alles angehört. Schließlich hob er die Arme und ließ sie wieder fallen.
»Also, von mir aus kann er gleich morgen anfangen, wenn er will«, meinte er. »Ich werd' ihm da ganz gewiß net im Weg' stehen, wenn er auf den Pfad der Tugend zurück möcht'.«
Sebastian erhob sich und reichte dem Sägemühlenbesitzer die Hand.
»Ich dank' dir, Martin«, sagte er. »Du hast gleich zwei Menschen glücklich gemacht. Auch Kathrin wird froh sein, wenn ihr Vater wieder regelmäßig zur Arbeit geht.«
»Ach ja, Kathrin«, erinnerte der junge Mann sich. »Wir sind zusammen zur Schule gegangen, aber ich glaub', ich hab' sie seit jener Zeit net mehr gesehen. Wie geht es ihr?«
»Gut, denk' ich«, antwortete der Geistliche. »Obwohl ich mir vorstellen könnt', daß sie net ganz glücklich ist in der Hütte.«

»Was? Haust sie etwa immer noch da? Himmel, die muß da raus! Ich hätt' gedacht, daß sie längst verheiratet ist.«

»Noch net«, schüttelte Sebastian den Kopf. »Aber das kommt bestimmt irgendwann.«

Er verabschiedete sich von Martin Ambuscher und stieg in seinen Wagen. Als er auf der Kreisstraße in Richtung St. Johann fuhr, stellte er sich lächelnd vor, welch ein Gesicht Max wohl machen würde, wenn er bei dem Gespräch mit dem Bewährungshelfer gleich einen Arbeitsplatz für Joseph Breithammer präsentieren konnte. Und was der Alte wohl erst sagen würde!

Die Gedanken des Geistlichen wurden unterbrochen. Rechts von ihm lag die Straße, die zum Ainringer Wald und zum Höllenbruch führte. Mit hoher Geschwindigkeit kam ein Fahrzeug aus dieser Straße geschossen und nahm Sebastian die Vorfahrt. Reaktionsschnell war der Geistliche auf die Bremse gestiegen. Mit einem lauten Quietschen kam sein Wagen zum Stehen. Außer den beiden Autos waren keine mehr auf der Straße, sonst hätte das waghalsige Manöver des fremden Fahrers böse enden können. Sebastian fuhr rechts heran und atmete tief durch. Ein dunkelblauer Kombi war es gewesen, erinnerte er sich nur, alles andere war zu schnell gegangen. Weder das Gesicht des Fahrers war zu erkennen gewesen noch das Kennzeichen.

Nach einigen Minuten startete Sebastian wieder und fuhr weiter. Warum nur, fragte er sich, mochte es der andere so eilig gehabt haben, daß er sein Leben und das seiner Mitmenschen so leichtfertig aufs Spiel setzte?

*

»Such, Nero, such!« rief Christian Ruland immer wieder.

Der Rüde lief vor ihm, die Nase am Boden. Über Stock und Stein ging es, einen regelrechten Zickzackkurs, den der Wild-

dieb gerannt war. Der junge Förster fragte sich, wie groß der Vorsprung des Flüchtenden wohl sein mochte. Sollte er es etwa schaffen zu entkommen?
Das durfte nicht sein!
Die Gegend veränderte sich allmählich. Rechts stieg die Landschaft stetig an, ein Zeichen, daß bald der Aufstieg zum Höllenbruch erreicht war, während rechts weite Felder und Wiesen in Sicht kamen. Noch weiter entfernt konnte Christian das graue Band der Kreisstraße sehen, die sich dahinzog.
Noch einmal mobilisierte der Förster seine letzten Kräfte. Es konnte nur noch ein paar Meter sein, bis er aus dem Wald heraus war und an den breiten Weg kam, der auf die Straße führte.
Irgendwo vor ihm knallte eine Autotür, und der Motor wurde angelassen. Ein Schrei unbändiger Wut entrang sich seinen Lippen, als Christian den Weg erreichte und von dem davonfahrenden Auto nur noch das Heck sah, das beinahe von einer Staubwolke verschluckt wurde.
Keuchend blieb er stehen, während Nero dem Wagen hinterher rannte und erst aufgab, als der Fahrer das Tempo weiter erhöhte. Christian rang nach Luft. Er war gelaufen, als gelte es sein Leben, doch er hatte es nicht geschafft, den Schurken zu stellen.
Enttäuscht machte er sich auf den Rückweg. Wer war der Kerl nur, der so dreist am hellen Tag wilderte? Kathrins Reaktion fiel ihm ein, wie sie versucht hatte, ihn zurückzuhalten, als er gleich nach dem Schuß loslief. So ganz hatte er es nicht verstanden. War es wirklich Sorge um ihn gewesen? Oder hatte sie einen anderen Grund gehabt, ihn zurückzuhalten?
Ein ungeheuerlicher Verdacht stieg in ihm auf.
Hatte sie verhindern wollen, daß er den Wilderer stellte? War

das alles eine abgekartete Sache? Das Treffen mit ihm, die Geschichte vom Vater, der dagegen sei?
Dazu paßte auch, daß der alte Breithammer ihm gestern auflauerte und Kathrin angeblich ausreden wollte.
Sein Herz hämmerte in der Brust, aber das kam nicht mehr vom schnellen Lauf. Angst war es, die ihn beschlich. Angst, sich in dem Madel getäuscht zu haben. Was würde sie wohl sagen, wenn er sie jetzt wiedertraf?
Als er jedoch zur der Stelle kam, an der er Kathrin zurückgelassen hatte, war sie nicht mehr da. Sollte er ihr zur Hütte folgen und sie sofort zur Rede stellen?
Nach langem Überlegen kam er zu dem Schluß, daß es keinen Sinn hatte. Vermutungen waren keine Beweise, und die fehlten ihm schlußendlich. Aber er würde aufpassen. Wenn es verräterische Zeichen gab, dann würde er sie sehen!
Langsam schlug er den Weg zum Forsthaus ein. Er war gespannt, was die kommende Nacht bringen würde. Wenn dieser Lump keine Angst hatte am Tage zu wildern, dann wird er schon gar nicht in der Nacht davor zurückschrecken. Christian hoffte inständig, daß er es sein möge, der den Wilderer in die Finger bekam. Der alte Xaver Anreuther hätte gegen den Mann wahrscheinlich gar keine Chance, wenn er ihm nicht mit dem Gewehr im Anschlag gegenüberstand.

*

Als er im Forsthaus ankam, war Max Trenker noch da. Betrübt berichtete Christian von seiner Beinahe-Begegnung mit dem Verbrecher. Max und Xaver hörten ihm zähneknirschend zu.
»Als ich dann an den Weg beim Höllenbruch ankam, fuhr der Kerl gerade weg«, schloß der junge Förster seinen Bericht.
»Himmel«, stieß der Polizeibeamte aus. »Der Lump muß doch zu fassen sein.«

»Aber wie?« meinte Xaver Anreuther.
»Besitzt der alte Breithammer eigentlich ein Auto?« fragte Christian.
Die beiden anderen schauten sich fragend an. Der alte Förster zuckte mit der Schulter.
»Keine Ahnung«, antwortete er.
»Ich kann mich net erinnern, ihn jemals in einem gesehen zu haben«, sagte Max Trenker. »Aber ich kann mich ja mal erkundigen. Was für ein Fahrzeug war es denn, in dem der Wilderer gesessen hat?«
»Ich hab' net viel erkennen können«, erwiderte Christian. »Es war ja in eine riesige Staubwolke gehüllt. Ich weiß nur, daß es ein Kombi gewesen ist, blau oder schwarz. Aber das Fabrikat? Keine Ahnung.«
»Na ja, zumindest wissen wir, daß der Mann einen dunklen Kombi fährt«, meinte Max. »Immerhin besser als gar nichts. Heut abend fahr' ich nach Engelsbach und Waldeck hinüber und frag' dort in den Hotels und Gaststätten nach den Fleischlieferanten. Irgendwie müssen wir diesem Haderlump doch beikommen! Aber jetzt muß ich los. Ich komm' eh' schon zu spät zu meiner Verabredung.«
Der Beamte verabschiedete sich von den beiden Förstern und fuhr nach St. Johann zurück. Er war gespannt, den Bewährungshelfer kennenzulernen, der Joseph Breithammer betreuen sollte. Dieser Herr Burger mußte schon ein harter Bursche sein, wenn er sich bei dem Alten durchsetzen wollte…
Als er vor dem Revier ankam, war von Herrn Burger weit und breit noch nichts zu sehen. Nur eine junge Frau ging vor dem Haus auf und ab, unter dem Arm eine Aktenmappe. Max stieg aus und schloß den Wagen ab. Dann tippte er an den Schirm der Dienstmütze und nickte der Frau zu.
»Grüß' Gott, wollen S' vielleicht zu mir?«

»Wenn Sie Herr Trenker sind, dann ja«, antwortete sie und schaute dabei auf die Uhr. »Wir hatten um siebzehn Uhr einen Termin. Jetzt ist es zehn Minuten nach.«
Der Polizist sah sie erstaunt an.
»Also, entschuldigen S', aber von einem Termin mit Ihnen weiß ich nichts«, sagte er.
Jetzt schaute die Frau ungläubig. Sie öffnete die Aktenmappe und entnahm ihr ein Schreiben.
»Dieses Schreiben müßten Sie eigentlich vom Amtsgericht bekommen haben«, erklärte sie. »Darin wird mein Kommen angekündigt. Da, sehen Sie selbst. H. Burger, siebzehn Uhr.«
Max starrte sie entgeistert an. »Sie sind der Herr Burger... äh, nein, natürlich net, ich mein' – also, entschuldigen S' noch mal. Mir ist da ein ganz dummer Fehler unterlaufen. Ich hab' doch tatsächlich das H. für ›Herr‹ gelesen. Ich mein', ich hab' geglaubt, der Bewährungshelfer wäre ein Mann...«
Ein spöttisches Lächeln stahl sich auf ihre Lippen. Offenbar war diese Situation nichts Neues für sie.
»Sie sind net der erste, der diesem Irrtum unterliegt«, sagte sie auch gleich darauf und hielt ihm die Hand hin. »Helga Burger.«
Max schüttelte die Hand, gleichzeitig stellte er fest, daß die junge Frau ausnehmend sympathisch war. Wenn ich ein Verbrecher wär', die tät' ich mir auch als Bewährungshelferin wünschen, dachte er, während er die Tür zur Revierstube aufschloß und sie zuerst eintreten ließ.
Als er die Tür schließen wollte, sah er Sebastian von der Kirche herüberkommen.
»Ich hoff', ich bin noch net zu spät«, rief er schon von weitem. »Ist der Herr Burger schon da?«
»Nein, nein«, grinste Max. »Aber etwas viel Besseres.«
»So, was denn?« fragte sein Bruder erstaunt.
Max lachte über das ganze Gesicht.

»Der Herr Burger ist eine Frau Burger«, erklärte er. »Und zwar eine äußerst gutaussehende!«
»Oh, Max, wann wirst du endlich gescheit?« seufzte Sebastian und trat ein.

*

Helga Burger schaute den weiteren Besucher neugierig an.
»Darf ich Ihnen meinen Bruder vorstellen«, sagte Max. »Er ist der Seelsorger von St. Johann – Pfarrer Trenker. Das, Sebastian, ist Frau Burger, die Bewährungshelferin vom alten Breithammer.«
»Grüß' Gott, Frau Burger.«
Sebastian reichte ihr die Hand.
»Wenn Sie erlauben, würd' ich gern an diesem Gespräch teilnehmen.«
»Aber bitte. Ich hab' nichts dagegen«, erwiderte die junge Frau, wobei sie den Geistlichen verstohlen musterte.
Innerlich schüttelte sie den Kopf. Das war der Pfarrer von St. Johann? Wenn sein Bruder ihn nicht vorgestellt hätte – Helga Burger würde es nicht geglaubt haben. Einen Geistlichen hatte sie sich immer anders vorgestellt, nicht so ... ja, so sportlich und agil. Wenn sie an einen Pfarrer dachte, dann hatte sie das Bild eines Mannes vor Augen, der eine Soutane trug und Gottesfürchtigkeit verbreitete. Aber dieser Sebastian Trenker war da ein ganz anderer Schlag.
»Tja, Frau Burger«, unterbrach Max Trenker ihren Gedankengang, »Ihr Besuch hat ja einen bestimmten Grund. Kennen Sie den Herrn Breithammer schon?«
Helga schüttelte den Kopf. Sie öffnete die Aktenmappe.
»Persönlich nicht«, antwortete sie. »Ich weiß nur, was über ihn in den Akten steht. Und damit möchte ich gleich auf sein Problem zu sprechen kommen, das ich sehe. Herr Breithammer ist ja wiederholt wegen Wilderei verurteilt worden. Die

Bewährungsauflagen sehen nun vor, daß der Mann einer geregelten Arbeit nachgehen muß, wenn er nicht wieder eingesperrt werden will.
Meine Frage ist: Hat er überhaupt die Möglichkeit, hier oder in der näheren Umgebung eine solche Arbeit zu finden?«
Max Trenker hob die Schulter.
»Ehrlich gesagt – ich seh' da ein bissel schwarz...«
»Entschuldige Max, wenn ich dich unterbrech'«, mischte Sebastian sich ein, »aber ich hab' da eine gute Nachricht.«
Er berichtete von seinem Gespräch mit Martin Ambuscher und dessen Bereitschaft, Joseph Breithammer sofort einzustellen.
»Das ist ja wunderbar«, freute sich Helga Burger. »Da fällt mir wirklich ein Stein vom Herzen.«
Sie sah die beiden Männer an.
»Wie steht's denn mit den anderen Auflagen? Meldet er sich regelmäßig hier auf dem Revier?«
Das konnte Max bestätigen.
Helga machte ein skeptisches Gesicht.
»Und das Jagen?« fragte sie. »Wie man aus Erfahrung weiß, fällt es gerade diesen Straftätern schwer, von ihrer Leidenschaft zu lassen...«
Der Polizeibeamte richtete sich in seinem Stuhl auf.
»Natürlich kann ich meine Hand net ins Feuer legen«, meinte er. »Aber ich glaub' schon, daß der Joseph vom Gefängnis die Nase voll hat. Zwar haben wir ihn net Tag und Nacht unter Kontrolle, aber wir müssen ihm halt vertrauen.«
»Ich kann meinem Bruder da nur zustimmen«, sagte Sebastian und erzählte von seinem Besuch in der Waldhütte.
Helga Burger nickte zufrieden und steckte die Akte in die Mappe zurück.
»Jetzt hab' ich nur noch ein Problem«, sagte sie. »Wo finde

ich Herrn Breithammer? Ich hab' keine Ahnung, wo ich diese Hütte, in der er wohnt, suchen soll.«
»Da machen S' sich mal keine Gedanken. Selbstverständlich fahr' ich Sie hin«, bot Max Trenker an.
»Oh, vielen Dank«, freute sich die junge Bewährungshelferin über dieses freundliche Angebot.
Dabei blickte sie Max tief in die Augen. Ein fescher Bursche war er schon, dieser Polizeibeamte, das war ihr schon aufgefallen, als er aus seinem Dienstwagen gestiegen war.
Sebastian, dem dieser tiefe Blick nicht entgangen war, verkniff sich ein Schmunzeln. Was mochte sich da wohl wieder anbahnen...? Ein Glück nur, daß Frau Tappert nichts davon sah!

*

Kathrin Breithammer hatte eine ganze Weile darauf gewartet, daß Christian zurückkäme. Angstvoll ging sie in die Richtung, in die der junge Förster gelaufen war, rief immer wieder seinen Namen, ohne eine Antwort zu erhalten. Nur Neros Gebell war aus weiter Ferne zu hören.
Nach einer Viertelstunde wagte sie es, ihm noch weiter zu folgen und kam an die Stelle, wo das erlegte Wild seine Blutspur hinterlassen hatte. Überrascht schaute sie auf die Gestalt, die in der Nähe zwischen den Bäumen stand und herübersah. Kathrin hatte sie kaum wahrgenommen, doch jetzt erkannte sie ihren Vater. Die Augen des jungen Madels weiteten sich vor Entsetzen, als sie ihr eigenes Gewehr in seinen Händen sah.
»Bist du narrisch geworden?« schrie sie ihn an und riß die Waffe an sich. »Wenn der Christian dich damit sieht oder der Anreuther – du weißt doch, daß du dann ins Gefängnis zurückmußt.«
»Na und«, gab er zurück. »Sollen S' mich doch sehen. Ich

fürcht' mich net vor dem Alten, und vor deinem Galan schon gar net!«
Kathrin hielt ihm das Gewehr unter die Nase.
»Hast du etwa geschossen?« wollte sie wissen.
»Natürlich net. Ich hab's dir doch versprochen.«
Sie blickte ihn traurig an.
»Und was soll das hier?« fragte sie und deutete auf die Waffe. »Warum setzt du deine Freiheit so leichtfertig aufs Spiel?«
Der alte Mann hob und senkte hilflos die Schulter. Was sollte er darauf antworten? Er wußte ja, daß seine Tochter recht hatte. Dumm war es von ihm, aber nach dem Streit in der Hütte war ihm alles egal gewesen.
Kathrin Breithammer schaute um sich.
»Komm«, sagte sie. »Wir müssen verschwinden. Christian kann jeden Moment hier auftauchen. Wenn er das Gewehr sieht, denkt er wer weiß was.«
Sie blickte ihren Vater forschend an.
»Hast du gesehen, wer geschossen hat?«
Der alte Mann schüttelte den Kopf.
»Als der Schuß fiel, war ich noch drüben auf der anderen Seite. Erst dann bin ich hierher. Der Ruland ist dem anderen hinterher. Wahrscheinlich will der über die Kreisstraße weg. Wenn da sein Wagen steht, dann hat der Förster keine Chance.«
Seine Tochter musterte ihn. Hatte der letzte Satz nicht etwas zu begeistert geklungen? Kathrin war sich sicher, zu wissen, wem die Sympathie ihres Vaters gehörte. Gewiß nicht Christian Ruland. Sie zog ihn mit sich.
»Laß uns zur Hütte gehen«, sagte sie. »Vielleicht kommt er dorthin.«
»Da hat er nix zu suchen«, grantelte der Alte. »Das werd' ich ihm schon zeigen!«

»Nix da«, erwiderte die Tochter bestimmt. »Wenn Christian fragt, wirst du höflich antworten, daß du den ganzen Nachmittag in der Hütte gewesen bist.«
Den ganzen Weg über befürchtete sie, der junge Förster könne irgendwo aus den Büschen auftauchen, doch sie erreichten ihr Zuhause, ohne daß Christian oder sonst jemand auftauchte. Später hatten sie Kaffee gekocht und sich über den mutmaßlichen Wilderer unterhalten, als sie draußen Stimmen vernahmen.
Kathrin hastete zum Regal hinüber und legte eine Decke über das Gewehr, während ihr Vater durch das Fenster spähte.
»Wer ist es denn?« rief das junge Madel leise.
»Der Trenker-Max und eine junge Frau«, gab Joseph Breithammer zurück. »Komisch, was wollen die denn hier?«

*

»Pfüat di', Breithammer«, grüßte Max, nachdem er und die Frau eingetreten waren. »Das ist Frau Burger. Sie ist deine Bewährungshelferin.«
Der Alte starrte Helga Burger nicht verstehend an. Sie reichte ihm die Hand.
»Guten Tag, Herr Breithammer«, sagte sie. »Ja, wie der Name schon sagt, ich soll Ihnen helfen, damit bei Ihrer Bewährung alles glattgeht.«
Sie schaute sich in der Hütte um.
»Können wir uns setzen?«
Kathrin war aus dem hinteren Teil der Hütte nach vorne gekommen.
»Bitt' schön, nehmen S' Platz«, deutete sie auf die Stühle und Bank aus Holz.
»Das ist Kathrin, die Tochter von Herrn Breithammer«, stellte Max das Madel vor.
Sie setzten sich.

»Tja, Breithammer«, nahm der Polizist das Wort. »Ich hab'
der Frau Burger schon erzählt, daß du dich regelmäßig auf
dem Revier meldest. Das ist soweit in Ordnung.«
Er schaute in die Runde.
»Ich hoff', daß du kein Gewehr mehr angefaßt hast...«
Kathrin spürte, wie sie bis unter die Haarwurzeln rot wurde.
»Nein, nein«, beeilte der Alte sich zu sagen.
»Schön, Herr Breithammer«, freute sich Helga Burger.
»Dann ist ja alles in bester Ordnung. Wir haben nämlich noch
eine Überraschung für Sie mitgebracht.«
Vater und Tochter sahen sich ratlos an.
»Was für eine Überraschung?« fragte Kathrin.
»Es geht um die letzte Bewährungsauflage, nämlich, daß Ihr
Vater einer geregelten Arbeit nachgehen muß«, erklärte
Helga. »Ehrlich gesagt, hat mir diese Auflage schon einiges
Kopfzerbrechen gemacht. Aber der Bruder von Herrn Trenker hat heut nachmittag eine Lösung gefunden.«
»Der Herr Pfarrer?« wunderte Joseph sich. »Was für eine Lösung denn?«
»Mein Bruder hat mit dem Ambuscher-Martin gesprochen«,
berichtete Max. »Du kannst gleich morgen wieder in der Sägemühl' anfangen.«
Kathrin stieß einen Freudenschrei aus, und ihr Vater schaute
ungläubig von Helga zu Max und wieder zurück.
»Ist das wirklich wahr?« fragte er fassungslos.
»Freilich, wenn ich's sag'«, nickte Max.
»Gut, Herr Breithammer«, sagte Helga Burger und zog eine
Akte aus ihrer Mappe. »Ich hab' hier noch ein paar Formalitäten, die aber schnell erledigt sind. Morgen gehen Sie zur
Arbeit, und ich denke, ich werde in der nächsten Woche wieder vorbeischauen.«
Es gab noch ein paar Schriftstücke zu unterzeichnen, dann
verabschiedeten sich Helga Burger und Max Trenker wieder.

»Ach, Breithammer, hast du eigentlich ein Auto?« fragte der Polizeibeamte, bevor er die Hütte verließ.
»Nein, hab' ich net«, erwiderte er. »Warum willst' das wissen?«
»Ach, ich hab' mich nur gefragt, wie du zur Arbeit kommst«, winkte Max ab.
Natürlich wollte er nicht sagen, daß er nach einem dunklen Kombi suchte.
»Ich geh' halt zu Fuß«, lachte der alte Breithammer. »Durch den Wald ist's ja nur halb so weit.«
»Na dann, pfüat euch, ihr zwei«, nickte Max und folgte Helga Burger, die schon draußen stand.
Vater und Tochter sahen sich an. Kathrins Augen füllten sich mit Tränen.
»Das ... das ist ja fast wie Weihnachten«, sagte sie unter Lachen und Schluchzen.
Joseph Breithammer schluckte ebenfalls. Er strich seinem Kind über das Haar, konnte sein Glück noch gar nicht fassen.
»Jetzt wird alles gut, Madel«, flüsterte er.
Und Christian, dachte Kathrin, während sie ihren Vater anschaute, wirst' ihn doch noch akzeptieren?

*

Im Pfarrhaus saßen Sebastian und Max nach dem Abendessen im Arbeitszimmer des Geistlichen zusammen. Der Polizist berichtete von seinem Besuch in der Waldhütte.
»Die Kathrin war überglücklich«, erzählte er. »Na ja, und der alte Breithammer – man konnte ihm seinen Stolz regelrecht in den Augen ablesen. Der Martin Ambuscher wird gewiß net bereuen müssen, dem Alten eine Chance gegeben zu haben.«
»Das denk' ich auch«, nickte sein Bruder. »Überhaupt bin ich froh, daß die Sach' so eine glückliche Wendung genommen hat.«

»Tja, nun bleibt nur noch die leidige Geschichte mit diesem unbekannten Wilddieb«, seufzte Max und erzählte von den Ereignissen am Nachmittag.

Sebastian wurde hellhörig, als der Polizist einen dunklen Kombi erwähnte, dessen Fahrer verdächtigt wurde, etwas mit der Wilderei zu tun zu haben.

»Ein dunkler Kombi?« fragte der Seelsorger noch einmal nach.

»Schwarz, oder dunkelblau. So genau hat der Förster Ruland das net erkennen können.«

»Ein dunkelblauer war's«, sagte Sebastian und erzählte von dem selbstmörderischen Fahrer, der aus dem Waldweg auf die Kreisstraße einbog, ohne auf ein anderes Fahrzeug zu achten.

»Und du hast net erkennen können, um was für ein Fabrikat es sich handelt?«

»Leider nein«, bedauerte der Geistliche.

»Na ja, immerhin ist's eine Spur«, sagte Max. »Wenn auch nur eine vage.«

Die Brüder unterhielten sich noch eine ganze Weile über die Angelegenheit. Insbesondere mutmaßten sie, wie wohl die beiden Förster weiter vorgehen würden.

»Erstmal können sie nur ihre Runden drehen«, meinte Max. »Die meisten Jagdpächter haben auf ihren Höfen zu tun. Da sind Xaver und Christian auf sich alleine angewiesen.«

»Dann müssen wir ihnen wohl wieder einmal zur Seite stehen«, schlug Sebastian vor.

»Ja, aber in den nächsten Tagen wird's schwierig für mich«, erklärte der Beamte. »Auf meinem Schreibtisch stapeln sich die Akten. Ich könnt' höchstens nachts mit einspringen.«

»Na, damit wär' den beiden doch schon geholfen. Ich werd' gleich noch einmal zu ihnen hinausfahren und die Sache mit den beiden absprechen.«

Sebastian lehnte sich in seinen Sessel zurück und schaute seinen Bruder an.
»Und sonst?« fragte er.
Max schaute ihn arglos an.
»Was meinst?«
Pfarrer Trenker lächelte spöttisch.
»Nun komm, du weißt genau, wovon die Rede ist. Ich sprech' von Fräulein Burger.«
Jetzt grinste Max auch.
»Ein fesches Madel, net wahr?« sagte er verschmitzt.
»Dem du gleich wieder den Kopf verdreht hast«, konstatierte sein Bruder.
Doch Max Trenker, der alte Schwerenöter und Herzensbrecher, winkte ab. Er hatte nämlich mit seinen Flirtversuchen Schiffbruch erlitten.
»Die junge Dame ist in festen Händen«, sagte er bedauernd. »Sie ist seit zwei Jahren verlobt, und will noch in diesem Jahr heiraten.«
Sebastian schlug auflachend die Hände zusammen.
»Max, ich kann dir gar net sagen, wie leid mir das tut«, erklärte er mit einem süffisanten Lächeln.
Daß sein Bruder endlich einmal bei einer Frau abgeblitzt war, kam schon einer kleinen Sensation gleich.
»Ach, was gäbe ich drum, könnte Frau Tappert das jetzt miterleben!«
Max Trenker stand auf und stellte sich vor seinen Bruder, die Fäuste in die Hüften gestemmt.
»Untersteh dich, auch nur ein Sterbenswörtchen darüber zu sagen«, warnte er den Älteren. »Ich sprech' mein Lebtag kein Wort mehr mit dir!«
Sebastian lachte.
»Ich versprech's, Max. Soviel Hohn und Spott wie unsere Perle über dich ausgießen würd', wär' sogar mir zuviel.«

Der Polizeibeamte setzte sich wieder.
»Was soll's«, meinte er. »Es gibt so viele schöne Frauen in St. Johann und Umgebung – irgendwo wartet schon eine auf mich.«
Pfarrer Trenker hob mahnend den Zeigefinger.
»Übertreib's net, Max«, sagte er. »Irgendwann kommt eine, da erwischt's dich richtig, und dann will sie net. Auch Frauen können Männerherzen brechen, net nur umgekehrt...«

*

Die beiden Förster hatten sich nach dem Abendbrot nach draußen gesetzt, als Pfarrer Trenker im Forsthaus eintraf. Dankend nahm er die Tasse Tee entgegen, die Xaver anbot.
»Ich bin gekommen, um mit euch abzusprechen, wie Max und ich in dieser Sache helfen können«, sagte er und wandte sich direkt an Christian Ruland. »Es war übrigens ein dunkelblauer Kombi.«
Er erzählte auch den Förstern von dem nur knapp verhinderten Zusammenstoß am Nachmittag. Christian richtete sich auf.
»Schade, daß wir net das Fabrikat kennen«, klagte er. »Dann wäre es ein Leichtes, den Kerl zu schnappen.«
»Wie habt ihr denn nun eure Runden eingeteilt?« erkundigte sich der Geistliche.
»Der Christian geht heut nacht«, antwortete Xaver. »Und ich lös' ihn dann am Morgen ab.«
»Also, beim Max sieht's etwas schlecht aus«, erklärte Sebastian. »Aber mit mir könnt ihr rechnen.«
»Zwei von den Jagdpächtern können wir ebenfalls mit einplanen«, ergänzte der junge Förster.
»Na also, dann sind wir ja schon fünf«, sagte Sebastian zufrieden.
Sie besprachen die Einzelheiten und teilten ein, in welchen

Schichten gegangen werden sollte. Eigentlich wollten sie, daß immer zwei Männer zusammen gingen, doch leider war das nicht in allen Schichten möglich. So mußte Christian schon in der ersten Nacht alleine los.

»Halb so wild«, meinte er, als er Pfarrer Trenker zum Wagen brachte.

Der Förster hatte es extra so eingerichtet, daß er den Geistlichen hinausbegleitete. Seit dem Nachmittag lag ihm etwas auf dem Herzen, das schwerer wog als eine Zentnerlast. Sebastian hatte ein sehr feines Gespür für solche Dinge und schon geahnt, daß Christian noch etwas von ihm wollte.

»Haben S' sich schon ein bissel eingelebt?« erkundigte er sich. »Solch einen Anfang haben S' sich wahrscheinlich net vorgestellt, was?«

»Wahrlich net«, schüttelte der junge Mann den Kopf.

Er schaute den Seelsorger direkt an.

»Hochwürden, als wir uns das erstemal beim Stammtisch trafen, haben Sie gesagt, daß ich, wenn immer mich was bedrückt, damit zu Ihnen kommen kann.«

»Das stimmt, Christian«, nickte Sebastian. »Und nun bedrückt Sie etwas. Ich hab's schon gespürt. Also, raus mit der Sprache.«

»Tja, wie soll ich beginnen?« überlegte der junge Förster laut. »Sie kennen ja die Geschichte um den alten Wilderer hier aus dem Wald, dem Breithammer-Joseph. Ich hab'... also, ich hab' die Kathrin kennengelernt, und net nur das, ich liebe sie von ganzem Herzen...«

»Und nun wissen S' net weiter, weil Sie auch noch den Alten in Verdacht haben, er könne wieder aktiv sein, net wahr?«

Christian nickte.

»Ja, seit dem Nachmittag weiß ich net mehr ein noch aus.«

Er erzählte von Kathrins merkwürdigem Verhalten, als er den Wilddieb verfolgen wollte.

»Ich weiß net«, sagte er und hob verzweifelt die Schulter. »Ich hatte den Eindruck, als wolle sie mich regelrecht an der Verfolgung hindern.«
Pfarrer Trenker überlegte, natürlich konnte es verschiedene Gründe für das Handeln des Madels geben.
»Könnte es net sein, daß Kathrin ganz einfach Angst um Sie hatte?« fragte er.
»Das hab' ich zuerst auch gedacht«, antwortete Christian. »Nachher war sie dann nicht mehr da, so daß ich sie hätte fragen können.«
Er sah den Pfarrer bittend an.
»Können S' mir net einen Rat geben, Hochwürden«, bat er.
»Doch, und das will ich gerne tun«, erwiderte Sebastian Trenker. »Lassen S' einfach Ihr Herz sprechen, und lauschen Sie drauf, was es Ihnen sagt.«
Er schüttelte Christian Ruland zum Abschied die Hand und stieg in seinen Wagen. Von innen kurbelte er die Seitenscheiben herunter.
»Himmel, das hätt' ich ja beinah' vergessen«, sagte er hastig. »Der alte Breithammer scheidet als Täter wohl aus. Einen Wagen besitzt er net und schon gar keinen dunkelblauen Kombi.«
Er winkte und fuhr los. Morgen nachmittag würde er wiederkommen und zusammen mit dem jungen Förster durchs Revier gehen.

*

Christian fühlte sich erleichtert, als sei ein riesiger Stein von seinem Herzen gefallen. Am liebsten wäre er sofort zu Kathrin geeilt, doch seine Pflichten als Förster hinderten ihn daran. Statt dessen ging er hinein und bereitete sich auf seine nächtliche Pirsch vor. Xaver Anreuther hatte fürsorglich eine Thermoskanne mit heißem Tee bereitgestellt. In einer Brotdose befand sich ein kleiner Imbiß.

Gegen zweiundzwanzig Uhr ging Christian los. Nero lief an der Leine neben ihm. Die ersten Stunden bis Mitternacht verliefen ereignislos. Der junge Förster, mit einer Stablampe ausgestattet, suchte immer wieder die Schonungen ab, doch bisher gab es keine neuen Schlingen. Offenbar hatte der Wilddieb noch keine Gelegenheit gehabt, welche auszulegen. Gegen ein Uhr in der Frühe machte Christian es sich auf einer Lichtung bequem. Gerade über ihm stand der volle Mond, der die Nacht so erhellte, daß er sogar Zeitung hätte lesen können. Der heiße Tee schmeckte herrlich und weckte seine Lebensgeister. Bis drei mußte er noch ausharren. Dann würde er sich mit Xaver treffen, der die restliche Nachtschicht übernehmen wollte.

Die belegten Brote waren, dank Neros Hilfe, schnell verzehrt, und während Christian sich einen weiteren Tee in den Becher goß, machte der Setter sich auf, die nähere und weitere Umgebung zu erkunden. Der junge Förster dachte sich nichts dabei. Schon oft war der Hund eine Weile verschwunden gewesen, um dann irgendwo da aufzutauchen, wo man ihn nicht vermutete. Wahrscheinlich war er aber immer in Rufweite zu seinem Herrn.

Nach einer langen Pause stand Christian wieder auf und reckte die steifen Glieder. Es war zwar Sommer, aber die Nächte waren recht kühl, und das Sitzen auf dem Waldboden tat ein übriges. Der Förster stieß einen leisen Pfiff aus, um anzuzeigen, daß es weiterging, und setzte seinen Weg fort. Nero würde gleich seine Witterung aufnehmen und der Fährte folgen.

Die Pause, die Christian eingelegt hatte, war eigentlich viel zu schnell vergangen. Er hatte in dieser Zeit natürlich an das geliebte Madel gedacht. Immer wieder konnte er es sich vorstellen, wie es sein würde, wenn sie an seiner Seite, als seine Frau, im Forsthaus lebte. Gleich morgen früh wollte er zur

Waldhütte gehen und sie fragen, ob sie seine Frau werden wolle. Und wenn es sein mußte, dann würde er sogar ihren Vater um Kathrins Hand bitten!

War es Absicht oder hatte er es nicht bemerkt? Wie auch immer – Christian hatte unwillkürlich den Weg schon eingeschlagen, der zu der Hütte führte, in der das geliebte Madel wohnte. Sein Herz klopfte schneller, als er daran dachte, wie es wäre, sie jetzt hier im Wald zu treffen, wo die Welt ihnen ganz alleine gehörte.

Da riß ein Schuß ihn aus seinen Träumen. Wie ein Donner hallte er durch die Nacht und schreckte die Tiere des Waldes auf.

Wie ein Blitz durchzuckte es den jungen Förster – der Wilddieb hatte wieder zugeschlagen!

*

Einen Moment verharrte er und überlegte, aus welcher Richtung der Schuß gekommen sein könnte. Der Wind hatte den Knall herübergetragen und er wehte von dort her, wo die Waldhütte der Breithammers stand.

»Nero, Fuß!« rief Christian und stürmte los.

Er schickte ein Dankgebet zum Himmel, dafür, daß es Vollmond war, und er einigermaßen sehen konnte. Der Weg, auf dem er lief, war relativ breit, so daß er nicht durch das dichte Unterholz mußte. Der Förster hatte sein Gewehr schußbereit in der Hand, als er, unmittelbar nach einer Biegung, jemanden vor sich sah. Zuerst glaubte er, es sei ein Mann mit einem Buckel, doch dann wurde ihm bewußt, daß der Wilderer ein erlegtes Tier auf der Schulter trug.

Christian riß das Gewehr an die Wange und visierte den Flüchtenden an.

»Stehenbleiben, oder ich schieße!« schrie er den Unbekannten an.

Als der Mann weiterlief, gab der Förster einen Warnschuß in die Luft ab. Daraufhin stoppte der Wilddieb seine Flucht. Christian war bis auf zehn Schritt an ihn heran.
»So, Bursche, jetzt laß das Tier fallen, und dann dreh dich um«, befahl er. »Aber net so schnell.«
Der Wilddieb ließ seine Beute langsam heruntergleiten. Im Mondlicht konnte Christian nur ahnen, daß es sich um einen Rehbock handelte. Das Tier fiel auf den Waldboden, und der Mann wirbelte im selben Moment herum.
Instinktiv wollte sich der junge Förster fallen lassen, als er das Gewehr in den Händen des anderen sah, doch der hatte schon den Abzug betätigt. Eine grellrote Feuerlanze schoß auf ihn zu. Christian verspürte einen heftigen Schlag in der Brust, und gleich darauf einen fürchterlich brennenden Schmerz. Er schrie auf. Als er umstürzte, war er schon ohne Bewußtsein.
»Himmelkruzifixnochamoal!« fluchte der Schütze, während er sich langsam dem auf dem Boden liegenden Förster näherte.
Hatte er ihn voll getroffen? Selber schuld! Warum mußte der Kerl auch hier herumschleichen?
Am meisten ärgerte der Mann sich aber über seine eigene Dummheit, hatte er doch angenommen, daß die Förster nach den Ereignissen des Nachmittags glauben würden, der Wilderer würde sich vorerst nicht mehr in den Wald wagen.
Hab' ich mich doch verrechnet, dachte er.
Er stand über Christian Ruland, der aus einer Wunde an der Brust blutete. Das Gewehr hielt er schußbereit in den Händen. Entweder war der Förster schon tot oder nur bewußtlos.
Der Wilddieb hob noch einmal die Waffe und legte auf Christian Ruland an. Wieder zerriß ein Schuß die Stille der Nacht. Doch nicht der verwundete Förster war das Ziel der todbrin-

genden Kugel. Statt dessen traf sie die Hand des Todesschützen, abgefeuert aus dem Gewehr, das Joseph Breithammer in den Händen hielt.

Dem Wilderer wurde die Waffe aus den Händen gerissen, und ein entsetzter Schrei entrang sich seinen Lippen, als er sich vergegenwärtigte, was geschehen war.

Gehetzt sah er sich um. Woher mochte der Schuß gekommen sein?

Der Mann machte sich nicht mehr die Mühe, sein Gewehr aufzuheben. Die verletzte Hand unter den anderen Arm pressend, rannte er davon. Ein zweiter Schuß wurde abgefeuert, und die Kugel sauste ihm hinterher, landete aber irgendwo zwischen den Bäumen, ohne weiteren Schaden anzurichten.

Joseph Breithammer trat aus seinem Versteck hervor und eilte zu Christian Ruland, der immer noch mit geschlossenen Augen am Boden lag. Aus einiger Entfernung drang heftiges Hundegebell herüber, und wenig später schoß Nero heran. Der Setter stürzte sich auf seinen Herrn und leckte ihm winselnd über das Gesicht, in dem sich kein Leben regte.

Der Alte zerrte das Tier am Halsband zurück und befahl ihm, Platz zu nehmen. Merkwürdigerweise gehorchte das Tier dem fremden Mann. Joseph strich dem Hund über den Kopf.

»Hätt'st ein bissel eher da sein müssen«, sagte er. »Dann hätt' dein Herr eine bessere Chance gehabt. Laß mich mal schau'n, ob ich was tun kann.«

Als hätte er den Fremden verstanden, legte sich Nero neben den Förster. Joseph Breithammer beugte sich über Christian. Erleichtert stellte er fest, daß der Mann noch lebte. Er öffnete vorsichtig Jacke und Hemd des Verletzten. Die Wunde sah schlimm aus, aber wenn er Glück hatte, dann würde er überleben. Die Kugel hatte wohl das Herz verfehlt, wie Joseph Breithammer flüchtig feststellte. Jedenfalls saß die Wunde

zu hoch, als daß das lebenswichtige Organ hätte getroffen sein können.
Der Alte holte ein Messer hervor und zerschnitt Christians Hemd, so gut es ging, in lange Streifen. Damit legte er notdürftig einen Verband an. Die Blutung zu stoppen, war jetzt am wichtigsten. Das alles geschah in wenigen Minuten. Joseph Breithammer richtete sich auf.
»Paß schön auf, ich bin gleich zurück«, sagte er zu Nero, der ihn genau beobachtet hatte.
Der Hund ahnte wohl, daß der Mann seinem Herrn helfen wollte.
Als Kathrins Vater zur Hütte zurückkam, sah er, daß drinnen Licht brannte. Offenbar war seine Tochter aufgewacht. Er schluckte schwer, als er daran dachte, welch schreckliche Nachricht er jetzt überbringen mußte.

*

Später vermochte Kathrin nicht mehr zu sagen, was es war, das sie geweckt hatte. Sie meinte, plötzlich einen Schuß gehört zu haben. Unruhig stand sie auf, entzündete die Petroleumlampe auf dem kleinen Tisch neben ihrem Bett und lief hinüber zu dem Raum, in dem der Vater schlief. Als sie entdeckte, daß das Bett leer war, stieg eine böse Ahnung in ihr auf. Rasch zog sie sich an, als ein neuer Schuß fiel, kurz darauf noch einer. Und das Gewehr lag nicht mehr im Regal!
Nein, Vater, dachte sie verzweifelt, das darfst du net!
Nichts anderes konnte sie glauben, als daß Joseph Breithammer nicht von seinem alten Laster habe lassen können. Noch am Nachmittag hatte er erklärt, daß alles wieder gut werde, doch jetzt hatte ihn offenbar das alte Fieber wieder gepackt!
Das Madel griff nach seinem Tuch und warf es sich über, als

die Tür aufgerissen wurde und der alte Breithammer hereinstürmte. Abgehetzt sah er aus, keuchend nach Luft ringend, und die Haare wirr in der Stirn hängend.

»Vater!« schrie Kathrin und sah fassungslos auf das Gewehr in seinen Händen.

Joseph Breithammer warf die Waffe auf den Tisch. Er riß das Madel in seine Arme.

»Nein, nein«, sagte er beruhigend. »Es ist net das, was du glaubst. Aber du mußt mitkommen. Es ist etwas Furchtbares geschehen.«

In hastigen Worten berichtete er, was vorgefallen war. Die Augen seiner Tochter weiteten sich vor Entsetzen, als sie hörte, daß der geliebte Mann schwer verwundet sei, vielleicht sogar im Sterben liege.

»Du bist schneller als ich mit meinen alten Beinen«, rief Joseph, während sie zu der Stelle eilten, an der Christian lag. »Du mußt ins Dorf und den Doktor holen. Ich bleib' beim Förster.«

Kathrin stürzte sich auf Christian, verzweifelt rief sie seinen Namen und küßte das bleiche Gesicht.

»Schnell, beeil dich«, befahl ihr Vater. »Sonst ist's vielleicht zu spät.«

Nie zuvor in ihrem Leben war die junge Frau so schnell gelaufen. Dabei war sie in ständiger Sorge, jegliche Hilfe für Christian könne zu spät kommen. Als sie das Dorf erreichte, lag St. Johann im tiefsten Schlummer. Kathrin hämmerte gegen die Tür des Hauses, in dem Toni Wiesinger wohnte.

Immer, wenn Vollmond war, hatte der Arzt einen leichten Schlaf. Schon nach wenigen Minuten öffnete er. Das Madel berichtete, was geschehen war. Dr. Wiesinger, der noch seinen Morgenmantel trug, nickte.

»Laufen S' zur Kirch' hinüber und sagen S' dem Pfarrer Bescheid«, sagte er. »Ich zieh' mich schnell an.«

Pfarrer Trenker hörte das Klingeln an der Haustür und war schneller wach als seine Haushälterin. Als er Frau Tappert oben rumoren hörte, rief er nach ihr. Die Haushälterin blickte zwar ein wenig verschlafen, war aber sofort hellwach, als sie hörte, was los war.

»Bitt' schön, rufen S' Max an«, trug Sebastian ihr auf.

Aber da war Sophie Tappert schon ans Telefon geeilt und hatte die Nummer des Polizeireviers gewählt.

Alles in allem war weniger als eine halbe Stunde vergangen, seit Kathrin losgelaufen war, als zwei Autos mit hoher Geschwindigkeit zum Ainringer Wald fuhren. In dem einen saßen der Arzt und das Madel, in dem anderen Fahrzeug Sebastian und Max Trenker.

Alle hofften inständig, daß sie nicht zu spät kamen.

*

»Nun erzähl' einmal, Breithammer, wie sich alles abgespielt hat«, forderte Max Trenker Kathrins Vater auf.

Zusammen mit seinem Bruder und dem Alten saß der Beamte in der Waldhütte und nahm das Protokoll auf.

Über sein Handy hatte Dr. Wiesinger einen Notarztwagen angefordert, nachdem er die Wunde versorgt hatte. Dank Josephs beherztem Handeln war die Blutung rechtzeitig gestoppt worden. Christian Ruland lebte zwar, aber es sah nicht gut aus, wie der Arzt sich vorsichtig ausdrückte. Kathrin hatte darauf bestanden, den Verletzten ins Krankenhaus zu begleiten.

Joseph hatte sich die ganze Zeit, die er auf seine Tochter und den Arzt wartete, Gedanken gemacht, wie er erklären sollte, warum er mit einem Gewehr im Wald unterwegs war. Natürlich wäre die Wahrheit die einfachste Erklärung, aber – würd' man sie ihm auch abkaufen? Dennoch, der ehemalige Wilderer, der wieder auf dem Pfad der Tugend wandeln wollte, entschloß sich, die Geschichte so zu erzählen, wie sie sich zugetragen hatte.

Er berichtete, daß er wegen seiner neuen Arbeitsstelle zu aufgeregt war, um schlafen zu können. Deshalb sei er vor die Haustür gegangen, um eine Pfeife zu rauchen. Kathrin sah es net gern, wenn er dies in der Hütte tat.

Irgendwann habe er eine Stimme gehört, eine laute Stimme, und kurz darauf einen Schuß. Natürlich wußte er nicht, wer da gerufen und geschossen hatte, aber er schätzte die Situation so ein, daß, nicht weit von seiner Hütte, auf einen Menschen geschossen worden war, denn gleich darauf erklang auch ein Schmerzensschrei. So hatte er sich das Gewehr seiner Tochter gegriffen und war losgelaufen. Im letzten Moment konnte er dann dem Todesschützen die Waffe aus der Hand schießen.

Das Gewehr des Wilderers lag auf dem Tisch. Deutlich sah man, wo die Kugel es getroffen hatte, außerdem waren Blutspuren daran. Der Unbekannte mußte also verletzt sein.

Joseph Breithammer schaute unsicher von Max zu Sebastian und wieder zurück.

»Glauben S' mir«, sagte er beschwörend. »So war's, und net anders.«

Die beiden Brüder schauten sich an. Max nickte.

»Ich glaub's dir gerne, Breithammer«, meinte er. »So, wie's ausschaut, hast du dem Christian Ruland das Leben gerettet – wenn er durchkommt.«

Sebastian legte dem Alten die Hand auf die Schulter.

»Du brauchst wirklich keine Angst zu haben«, munterte er ihn auf. »So wie du gehandelt hast, war es reine Notwehr.«

Der alte Breithammer atmete erleichtert auf. Die Brüder standen auf.

»Langsam wird's hell«, sagte Max. »Ich werd' mir noch mal

den Tatort ansehen. Vielleicht finden sich noch ein paar Spuren.«
»Und ich fahr' in die Stadt ins Krankenhaus«, erklärte Pfarrer Trenker.
Draußen im Wald stand immer noch der Wagen des Arztes. Toni Wiesinger war zusammen mit Kathrin im Krankenwagen mitgefahren. Den Schlüssel hatte er Sebastian überlassen, der die beiden aus der Kreisstadt abholen sollte.

*

Unablässig ging das Madel den Flur auf und ab. Dann blieb sie wieder vor der Glastür stehen. Darauf stand: Operationsbereich. Zutritt verboten! Darunter der Name des Stationsarztes.
Kathrin starrte auf die schwarzen, aufgeklebten Buchstaben, ohne sie wirklich zu lesen. Sie kannte die Worte auswendig.
Dr. Wiesinger kam um die Ecke, in der Hand zwei Plastikbecher mit Kaffee, den er aus dem Automaten geholt hatte, der auf dem Nebenflur stand. Der Arzt deutete auf die Reihe Stühle an der Wand.
»Kommen S', Kathrin, Sie müssen sich setzen«, forderte er sie auf.
Der Kaffee schmeckte scheußlich, aber er war so stark, daß er zumindest wach hielt.
»Wird er durchkommen?« fragte Kathrin den Dorfarzt zum wiederholten Male.
Dr. Wiesinger versuchte ihr Mut zu machen und Zuversicht auszustrahlen.
»Wir müssen das beste hoffen«, sagte er. »Die Kollegen, die sich jetzt um Christian kümmern, werden alles tun, um ihn zu retten. Die Wunde ist zwar net ungefährlich, aber wenn die Kugel keine Organe verletzt hat, dann hat er eine gute Chance.«

Kathrin trank das dunkelbraune Gebräu in kleinen Schlucken. Sie spürte, wie diese Warterei an ihren Nerven zerrte. Kurz vor fünf Uhr kam Pfarrer Trenker hinzu.
»Noch kein Ergebnis?« fragte er.
Kathrin schaute ihn nur aus tränennassen Augen an, Dr. Wiesinger schüttelte den Kopf.
»Sie operieren noch«, erklärte er.
Endlich öffnete sich die Tür, und der Stationsarzt kam heraus. Er begrüßte Sebastian, den er von früheren Besuchen des Geistlichen im Krankenhaus her kannte.
»Er lebt«, sagte Dr. Wendler nur. »Er lebt und wird überleben.«
Kathrin, die beim Erscheinen des Arztes aufgesprungen war, spürte, wie ihr einen kurzen Augenblick schwindlig wurde. Wie durch einen Wattebausch nahm sie die Worte des Stationschefs wahr.
»Wir haben die Kugel entfernt, Organe sind nicht verletzt. Die Blutung war zuerst sehr stark, wurde aber dann rechtzeitig gestoppt. Herr Ruland ist jetzt auf der Intensivstation.«
»Kann ich... darf ich zu ihm?«
Der Arzt blickte auf das erschöpfte Madel, dann sah er Pfarrer Trenker an, der ihm zunickte.
»Also gut«, entschied er. »Ich geh' davon aus, daß Sie seine Verlobte, und damit seine nächste Angehörige sind. Eine Schwester wird Sie zu ihm bringen.«
Während sich eine herbeigerufene Schwester Kathrins annahm, verabschiedeten sich Sebastian und Dr. Wiesinger von dem Stationsarzt und verließen das Krankenhaus. Die Fahrt zurück nach St. Johann verlief, bis auf ein paar kurze Worte, eher schweigend. Pfarrer Trenker überdachte die Ereignisse der Nacht. Ganz besonders den Bericht, den Joseph Breithammer abgegeben hatte. Wenn der Todesschütze tat-

sächlich verwundet war, dann hatte man doch eine weitere Spur. Die Suche mußte sich auf einen Mann konzentrieren, der eine verwundete Hand hatte und einen dunkelblauen Kombi fuhr. Gewiß keine leichte Aufgabe, aber vielleicht kam einmal Kommissar Zufall zu Hilfe.

*

Der Raum war abgedunkelt. Christians Bett, es war das einzige in dem Krankenzimmer, stand an der Wand gegenüber der Tür. Daneben stand ein »Galgen«, an dem der Tropf hing. Ängstlich schaute das Madel auf die vielen Schläuche, die von einem Gerät zu dem Kranken führten. Etwas piepste leise, und auf einer kleinen Anzeige fuhr ein grüner Strich in wellenartigen Bewegungen auf und ab.
Die freundliche Nachtschwester schob einen Stuhl an das Bett. Kathrin setzte sich. Bleich und reglos lag Christian vor ihr. Nur die schwachen, kaum wahrnehmbaren Atemzüge zeigten an, daß überhaupt noch Leben in ihm war. Vorsichtig tastete sie nach seiner Hand. Dann senkte sie den Kopf und ließ ihren Tränen freien Lauf.
Sie wußte nicht, wie lange sie so gesessen hatte. Längst war die Nachtschwester von der Kollegin für den Tagesdienst abgelöst worden. Kathrin lehnte das Angebot für ein Frühstück dankend ab. Keinen Bissen hätte sie heruntergbekommen, angesichts des geliebten Mannes, der auf Leben und Tod lag.
»Wann wird er aufwachen?« fragte sie angstvoll, als Schwester Lisa wieder einmal nach ihr schaute, eine resolute Frau, ein paar Jahre älter als Kathrin Breithammer.
Die Krankenschwester überprüfte Puls und Blutdruck bei dem Patienten und schloß eine neue Flasche an den Tropf an.
»Es ist soweit alles in Ordnung«, sagte sie. »Es kann nicht mehr lange dauern. Aber es ist nur gut, wenn Herr Ruland schläft. Da kann er am besten wieder zu Kräften kommen.«

Sie schaute die junge Frau an.
»Wollen S' wirklich net etwas essen und trinken?«
Kathrin zuckte die Schulter.
»Ich weiß net, ob ich überhaupt etwas herunterbekommen würd'.«
»Ach was«, schüttelte Lisa den Kopf. »Sie müssen bei Kräften bleiben. Was nützt es Ihrem Verlobten, wenn er aufwacht, und Sie ohnmächtig sind? Kommen S' mit. Wir gehen ins Schwesternzimmer. Und wenn S' nur einen Bissen essen, das ist immer noch besser als gar nichts.«
Kathrin ließ es geschehen, daß die Schwester sie mit sich nahm. Und wirklich verspürte sie plötzlich einen Heißhunger. Dankbar aß sie das Brötchen. Der heiße Kaffee weckte ihre Lebensgeister, und sogar ein Lächeln umspielte ihre Lippen, als Schwester Lisa einen Scherz machte.
»Danke«, sagte das junge Madel, als es fertig war. »Sie hatten recht. Es wurde höchste Zeit, daß ich etwas zu essen bekam.«
»Dann laufen S' mal schnell«, rief eine andere Schwester von der Tür her. »Ihr Verlobter ist eben aufgewacht.«
»Ist das wirklich wahr?«
Kathrin lief zum Krankenzimmer hinüber. Beinahe scheu öffnete sie die Tür. Christian lag in seinem Bett und sah sie erwartungsvoll an. Er lächelte, als er sie erkannte.
»Ich würd' dich gern in die Arme nehmen«, sagte er, »ich fürchte nur, das wird ein bissel schwierig.«
Er hob den Arm, an dem die ganzen Schläuche befestigt waren.
Die junge Frau schaute ihn an. Tränen rannen über ihr Gesicht. Christian zog sie mit der freien Hand zu sich herunter.
»Die Schwester hat erzählt, daß du die ganze Nacht an meinem Bett gesessen bist. Danke, du wunderbare Frau.«
Vorsichtig küßte sie seinen Mund.
»Ich hatte solche Angst«, gestand sie.

Mit kurzen Worten schilderte sie, was nach dem Schuß auf den Förster weiter geschehen war.
»Dann hat dein Vater mir also das Leben gerettet«, sagte Christian. »Ich glaub', daß er net so schlecht ist, wie über ihn gesagt wird. Aber das Gerede wird sowieso aufhören, wenn ihr erstmal im Forsthaus wohnt.«
Kathrin sah ihn ungläubig an.
»Wir – im Forsthaus?«
»Freilich. Wenn du meine Frau bist, wirst du wohl zu mir ziehen. Oder soll ich etwa mit in der Hütte wohnen?«
Er lachte, verzog aber schmerzhaft das Gesicht.
»Nicht jetzt«, sagte Kathrin und legte ihren Finger auf seine Lippen. »Zum Lachen haben wir noch unser ganzes Leben.«
Dann küßte sie ihn liebevoll.

*

Sebastian saß in der Kirche und schaute nachdenklich auf das Kreuz über dem Altar. Er hatte ein Dankgebet gesprochen, denn seit gestern war Christian Ruland wieder im Forsthaus. Das Drama um den neuen Förster hatte ein glückliches Ende gefunden.
Beinahe, jedenfalls. Trotz aller Bemühungen war es der Polizei noch nicht gelungen, den Wilderer und Todesschützen dingfest zu machen.
»Die Nachforschung hat ergeben, daß es mehr als siebenhundert Kombis gibt«, hatte Max Trenker seinem Bruder erklärt. »Da braucht's fast eine Sonderkommission, um die Halter alle zu überprüfen.«
Der Geistliche war froh und dankbar, daß Christian Ruland wieder genesen war, aber genauso sehr bedauerte er, daß der Mann noch nicht gefaßt werden konnte. Er war sicher, daß der Täter früher oder später wieder zuschlagen würde – war erst einmal Gras über die Geschichte gewachsen.

Aber das eröffnete auch eine neue Chance, dem Kerl endgültig das Handwerk zu legen. Der Schuß auf den jungen Förster hatte für einiges Aufsehen in St. Johann gesorgt. Die Dörfler waren sich einig, daß der Täter bestraft werden müsse. Und sie würden mithelfen, wenn es darum ging, ihn zu stellen. Vielleicht war es nur noch eine Frage der Zeit, bis man ihn gefunden hatte.

Dieses Zeichen von Solidarität freute Sebastian natürlich, und er war ungeheuer stolz auf seine Gemeinde. Er konnte sich gar nicht vorstellen, jemals woanders zu sein. St. Johann war seine Heimat, die er liebte, so wie die Menschen, die hier wohnten.

Der Geistliche stand auf und ging ins Pfarrhaus hinüber. Dort warteten schon Wanderkleidung und Rucksack auf ihn, damit er seinem Spitznamen gerecht wurde...

- E N D E -

Der Reiterhof –
ein Abenteuer?

Sandra geht aufs Ganze

Das schrille Klingeln an der Haustür riß Sandra Haller aus ihren schönsten Träumen. Unwillig richtete sie sich auf und warf einen Blick auf den Wecker neben ihrem Bett. Sie schlüpfte in ihren Morgenmantel und lief hinaus auf den Flur, weil es schon wieder klingelte. Diesmal noch länger.
»Ruhe!« tönte es aus Ninas Zimmer. »Heute ist Samstag, und ich will endlich mal ausschlafen.«
Sandra konnte die Freundin gut verstehen. Es war gestern abend ziemlich spät geworden. Auf ihrem Weg zur Tür kam die junge Studentin an der Küche vorbei. Darin stapelte sich der Abwasch – der traurige Rest der gestrigen Fete.
»Ich komm' ja schon«, rief sie, als es zum drittenmal laut schrillte und öffnete die Haustür.
Draußen stand der Briefträger.
»Einen wunderschönen guten Morgen«, wünschte er. »Ich habe hier ein Einschreiben für Frau Sandra Haller.«
Dabei hielt er den Brief in die Höhe.
Das junge Madel gähnte verstohlen.
»Das bin ich«, nickte sie.
»Bitte, hier unterschreiben.«
Der Mann hielt ihr einen Zettel hin, und seinen Kugelschreiber.
Immer noch halb verschlafen unterschrieb die Studentin und nahm den Umschlag in Empfang. Sie steckte ihn achtlos in die Tasche ihres Morgenmantels.
Der Briefträger wünschte noch einen guten Tag und ging die Treppe hinunter. Sandra hörte hinter sich eine Tür klappen. Nina Kreuzer kam aus ihrem Zimmer.

»Was ist denn los?« fragte die schwarzhaarige Mitbewohnerin. »Solch ein Höllenlärm am frühen Morgen!«
Sandra unterdrückte ein erneutes Gähnen und winkte ab.
»War bloß der Postbote«, sagte sie. »Einschreiben. Ich geh' erstmal unter die Dusche, und dann wird aufgeräumt.«
Nina warf einen Blick in die Küche und verdrehte die Augen. »Na, ich koch' erst mal Kaffee«, meinte sie und nickte dann auf die Tür neben ihrem Zimmer. »Die Kleine hat offenbar nichts gehört, was?«
Sie meinte Anja Burger, die dritte Mieterin ihrer Wohnung in der Nürnberger Altstadt. Vor einem Jahr hatten sie sich kennengelernt. Es war kurz vor Semesterbeginn, und die jungen Studentinnen waren auf Zimmersuche gewesen. Die kleineren Wohnungen und günstigen Zimmer waren alle schon vergeben, und so hatten sie sich zu dritt hier eingemietet. Und es hatte auf Anhieb mit ihnen geklappt. Die jungen Frauen verstanden sich prächtig. Nicht nur, daß sie sich gegenseitig beim Lernen halfen, sie gingen auch sonst durch dick und dünn.
Als Sandra wieder aus der Dusche kam, duftete es schon verlockend nach frisch gekochtem Kaffee.
»Ich gehe Brötchen holen«, rief sie Nina zu, die eben ins Bad huschte.
»Und ich werde gleich Anja aus den Federn schmeißen«, gab diese zurück.
Sandra schmunzelte.
»Aber sanft!« mahnte sie und schnappte sich den Einkaufskorb.
Fröhlich summend lief sie die Treppe hinunter und trat auf die Straße. Es war zwar erst kurz vor acht, aber trotz der frühen Stunde waren schon zahlreiche Leute unterwegs. Kein Wunder bei dem Wetter! Jetzt, Ende März, konnte man schon den nahenden Frühling erahnen. Die Sonne schien am wol-

kenlosen Himmel, und der Wetterbericht versprach ein warmes Wochenende mit frühlingshaften Temperaturen. Sandra war sicher, die beiden Freundinnen, nach einem ausgiebigen Frühstück – und dem dringend notwendigen Abwasch – zu einem Einkaufsbummel überreden zu können. Samstag war auch gleichzeitig Markttag, und auf dem Wochenmarkt vor dem Rathaus würden bestimmt schon die ersten, jungen Frühlingsgemüse angeboten werden.

Der Bäcker war gleich um die Ecke, und die Studentin kam schon nach wenigen Minuten wieder zu Hause an. Inzwischen war auch Anja aufgestanden. Die Wohnung besaß einen Balkon, zwar nicht groß, aber ausreichend für drei Personen. Nina und Anja hatten, angesichts des schönen Wetters, hier gedeckt. Nun saßen die drei Mädel gemütlich in der Sonne und ließen es sich schmecken.

Sandras Vorschlag zu einem Stadtbummel wurde einstimmig angenommen, und mit Feuereifer machten sie sich daran, die Küche wieder auf Vordermann zu bringen. Eine Stunde später waren sie fertig und liefen die Treppe hinunter.

»Sagt mal, was war denn das für ein Lärm heute morgen?« wollte Anja wissen, als sie aus der Haustür traten.

»Hast du es doch gehört?« meinte Nina. »Wir dachten, du würdest noch schlafen.«

»Bei dem Krach? Was war denn los?«

»Der Brief!« entfuhr es Sandra.

Anja sah die beiden entgeistert an.

»Welcher Brief?«

Sie wurde ungeduldig.

»Der Postbote hat ein Einschreiben gebracht«, antwortete Nina. »Für Sandra.«

»Und was steht drin?«

Das Mädel zuckte die Schultern.

»Ich weiß es net«, sagte sie.

»Wie, du hast es noch gar nicht gelesen?« fragten die Freundinnen, wie aus einem Mund.
»Zu blöd«, murmelte Sandra. »Ich hab's einfach vergessen.«
Sie drehte sich um und ging ins Haus zurück. Der Brief steckte natürlich immer noch in der Tasche des Morgenmantels. Das Madel nahm den Umschlag und las den Absender darauf.
Es war der Name eines Rechtsanwalts!
Du liebe Güte, was habe ich denn mit einem Rechtsanwalt zu tun? durchfuhr es die Einundzwanzigjährige.
Aufgeregt öffnete sie das Kuvert und zog das Schreiben heraus. Sie überflog es, stutzte und las noch einmal.
»Das gibt's doch gar net!« entfuhr es ihr.
Sie zwang sich, das Schreiben erneut zu lesen, diesmal langsam und Zeile für Zeile, doch immer noch konnte sie es nicht fassen, was sie da las – sie wurde gebeten, sich in einer Erbschaftsangelegenheit in der Anwaltskanzlei zu melden...

*

Montagmorgen. Sandra hatte das ganze Wochenende überlegt, wer sie wohl in seinem Testament bedacht haben könnte. Aber so sehr sie sich auch den Kopf zerbrach, es wollte ihr niemand einfallen. Ihre Eltern lebten nicht mehr, und außer ein paar Verwandten, von denen sie in all den Jahren nichts mehr gehört hatte, gab es keine näheren Angehörige, von denen sie etwas wußte.
Jetzt war sie auf dem Weg in die Anwaltskanzlei, um die Angelegenheit zu klären. Möglicherweise war es ja auch eine Namensverwechslung, und der Brief war gar nicht für sie bestimmt gewesen.
Das Büro befand sich in der Bäckerstraße, in der Nähe des Markplatzes. Sandra wurde von einer freundlichen Sekretärin empfangen.

»Dr. Weber wird gleich Zeit für Sie haben«, sagte die Frau und führte die Besucherin in einen Raum, der mit Schreibtisch, Sitzecke und einer Unmenge von Aktenordnern ausgestattet war.

Die Studentin setzte sich in einen der Sessel und wartete ab. Schon nach wenigen Minuten erschien der Rechtsanwalt und Notar, ein älterer, sehr ergrauter Herr.

»Frau Haller, nicht wahr?« begrüßte er sie. »Ich bin Dr. Weber. Schön, daß Sie so rasch herkommen konnten.«

Er setzte sich zu ihr.

»Worum geht es eigentlich?« erkundigte sich Sandra. »In dem Schreiben steht etwas von irgendeiner Erbschaftsangelegenheit, ich weiß gar nicht...«

»Warten Sie«, sagte der Anwalt. »Ich habe den Vorgang hier auf meinem Tisch liegen.«

Er holte einen Ordner und schlug ihn auf.

»Sagt Ihnen der Name Waltraud Brunnengräber etwas?« fragte er, während er sich wieder setzte.

»Brunnengräber?«

Sandra dachte angestrengt nach. Ja, da war etwas, ganz tief unten in ihrem Gedächtnis verborgen. Tante Waltraud, die irgendwo einen Bauernhof besaß. Aber war die net schon ganz lange tot...?

»Nun ja«, meinte der Anwalt. »Ihre Tante ist vor etwa einem halben Jahr gestorben, und da sie keine Nachkommen hatte, hat sie Sie in ihr Testament als Erbin eingesetzt.«

Sandra schluckte unwillkürlich. Ich habe wirklich geerbt? dachte sie und konnte es noch immer nicht fassen.

»Ihre Frau Tante hinterläßt Ihnen den Hof, mit allem lebenden und toten Inventar, sowie mehrere Morgen Land. Das ganze Anwesen befindet sich in der Nähe von St. Johann.«

St. Johann – langsam dämmerte es ihr. Sandra erinnerte sich,

als kleines Kind öfter mal auf dem Hof gewesen zu sein. Aber das schien eine Ewigkeit zurückzuliegen. Waren da nicht auch Pferde gewesen?
»Ponys«, erklärte Dr. Weber. »Das Anwesen ist ein Ponyhof. Die Tiere werden dort gezüchtet, und soviel ich den Unterlagen entnehmen kann, ist das ganze auch so eine Art Ferienpension.«
Der Anwalt beugte sich vor und musterte das junge Madel eindringlich.
»Meine liebe Frau Haller«, sagte er. »Ich will Ihnen nicht verhehlen, daß es mit dem Hof nicht zum besten steht. Es gibt erhebliche Lasten, finanzieller Art, und ich weiß nicht, ob Sie nicht besser beraten sind, wenn Sie sich dazu entschließen könnten, den Hof zu verkaufen.«
Er lächelte und hob dabei die Hände.
»Sie sind jung, Sie studieren, nicht wahr. Ich kann mir nicht vorstellen, daß Sie ihr ganzes Leben auf einem Bauernhof in den bayerischen Alpen verbringen wollen.«
Sandra war völlig ratlos. Sie wußte beim besten Willen nicht, wie sie sich entscheiden sollte.
»Natürlich müssen Sie die Erbschaft erst einmal annehmen, bevor Sie sich zu diesem Schritt entscheiden. Selbstverständlich können Sie diese allerdings auch ausschlagen. Die Entscheidung liegt bei Ihnen.«

*

»Grüß' dich, Resi«, grüßte Sebastian Trenker die alte Magd vom Ponyhof. »Ich wollt' mich mal wieder erkundigen, wie's euch so geht.«
Seit dem Tod der Besitzerin war das Anwesen verwaist. Der Nachlaßverwalter war immer noch bemüht, die Anschrift der Nichte herauszufinden, die Waltraud Brunnengräber als Alleinerbin in ihr Testament eingesetzt hatte.

Resi Angermeier, die seit mehr als vierzig Jahren auf dem Hof war, freute sich, den Geistlichen zu sehen.

»Das ist aber schön, Hochwürden, daß Sie sich nach uns erkundigen.«

Sie schaute über den Hof, auf die Weiden dahinter. Es sah alles ein wenig heruntergekommen aus.

»Der Hubert wird wohl draußen bei den Ponys sein«, sagte sie.

»Wie viele Tiere sind's denn eigentlich?«

»Zwölf«, antwortete die Magd. »Aber wenn net bald die Erbin auftaucht, dann seh' ich schwarz für den Hof und die Tiere.«

»Hat sich der Nachlaßverwalter denn noch net gemeldet?«

»Doch. Letzte Woch' war er hier. Er hat jetzt einen Anwalt aus Nürnberg beauftragt, nach dem Fräulein zu suchen. Angeblich soll's dort studieren.«

Sebastian Trenker machte ein nachdenkliches Gesicht. Resi schien zu wissen, was er dachte.

»Gell, Hochwürden, Sie denken dasselbe wie ich – so ein junges Madel wird den Hof kaum behalten wollen. Noch dazu, wo er in so einem Zustand ist. Überall in den Ställen klaffen Löcher, das Dach vom Haus müßte neu gedeckt werden, und Geld ist auch keins mehr da. Und das Madel studiert – da wird's kaum Lust haben, hier einen heruntergekommenen Ponyhof zu leiten.«

Der Pfarrer schmunzelte, als er die klaren Worte hörte. Resi Angermeier war dafür bekannt, daß sie sagte, was sie dachte.

»Allerdings tät's mir schon leid, wenn ich nach all den Jahren, die ich nun hier bin, irgendwo anders hin sollte«, fuhr die alte Frau fort. »Ich hab' immer gedacht, daß ich eines Tag's hier sterben würd'.«

»Na, na, bis dahin ist's hoffentlich noch weit«, meinte Sebastian. »Und wer weiß – vielleicht ist es ja ein ganz patentes

Madel, das genau weiß, was es an solch einem Hof hat. Er war ja mal ein Schmuckstück und könnt's wieder werden. Wart' erst einmal ab, ob der Anwalt in Nürnberg etwas herausfindet.«

Wann immer es sich einrichten ließ, verzichtete der Seelsorger von St. Johann darauf, sein Auto zu benutzen. Entweder ging er zu Fuß, oder er fuhr mit dem Rad, so wie heute. Auf dem Rückweg vom Ponyhof ins Dorf, war er mit seinen Gedanken bei der alten Resi und dem Hubert Bachmann, der wohl schon genauso lange in den Diensten der Verstorbenen gestanden hatte wie die Magd. Natürlich würde es für die beiden alten Leute schwer werden, irgendwo neu anzufangen, sollte sich die Erbin entschließen, den Hof gleich wieder zu verkaufen.

Sebastian konnte nur inständig hoffen, daß die junge Frau – sollte sie gefunden werden – den Hof behielt.

Das würde nicht leicht für sie werden. Wie Resi schon ganz richtig gesagt hatte, war das Anwesen in einem maroden Zustand, der einen Fremden schon abschrecken konnte. Waltraud Brunnengräber war nach langer Krankheit gestorben, einer Krankheit, die ihr die Kraft geraubt und verhindert hatte, daß sie sich so um ihren Ponyhof kümmern konnte, wie sie es früher getan hatte. Irgendwann waren dann die Gäste ausgeblieben, und damit fehlte natürlich auch das Geld, um so ein Unternehmen am Leben zu erhalten.

Sollte die Erbin gefunden werden, und sie sich entscheiden, hier zu bleiben, dann würde sie es nur mit tatkräftiger Unterstützung schaffen können! Dann war da noch das Gerücht, das seit Wochen in St. Johann umging – daß der reiche Bauunternehmer Friedrich Oberlechner ein Auge auf den Hof geworfen hatte. Er wollte, so hieß es, aus dem heruntergekommenen Anwesen eine elegante Seniorenresidenz machen.

Aber darüber war das letzte Wort noch nicht gesprochen, dachte Sebastian, als er das Ortsschild von St. Johann passierte.

*

Die Freundinnen trafen sich in einer gemütlichen Kneipe, in der Nähe der Wohnung. Mittlerweile war sie zu ihrem Stammlokal geworden, und Ritchy, wie der Wirt von den Gästen genannt wurde, drückte öfter mal ein Auge zu, wenn es kurz vor dem Ersten war. Er hatte früher selbst mal studiert, und wußte, wie knapp das Geld bei den Studentinnen war.
Da das schöne Wetter angehalten hatte, standen draußen auf der Straße Tische und Stühle, die beinahe alle besetzt waren. Ritchy wirbelte zwischen ihnen herum, bediente, kassierte und machte seine Sprüche. Die drei Madeln gehörten zu seinen Lieblingsgästen, und ganz besonders gefiel ihm die schwarzhaarige Nina...
»Nun, meine Damen, was darf ich euch bringen?« fragte er, nachdem die drei sich gesetzt hatten.
Tee und Kaffee wurden bestellt, dann schauten die beiden Madeln die Freundin erwartungsvoll an.
»Nun schieß schon los«, forderte Nina Sandra ungeduldig auf. »Was hast du denn nun geerbt?«
Die junge blonde Studentin war immer noch wie erschlagen. Sie versuchte zu lächeln.
»Ihr werdet es nicht glauben«, begann sie. »Meine Tante, von der ich annahm, sie wäre schon vor Jahren verstorben, hat mir ihren Bauernhof vererbt. Ich habe ein richtig schlechtes Gewissen, weil ich mich nie um sie gekümmert habe. Es sind mindestens achtzehn Jahre vergangen, seit ich dort gewesen bin. Und heute habe ich erfahren, daß sie vor einem halben Jahr gestorben ist.«

»Einen Bauernhof?«

Nina grinste Anja unverschämt an.

»Kannst du dir unsere Sandra als Bäuerin vorstellen, die morgens um vier die Kühe melkt?«

Beide lachten.

»Das werde ich auch kaum«, gab Sandra zurück. »Kühe gibt es dort nämlich nicht. Nur Ponys.«

»He, das ist doch prima!« rief Anja, die eine ausgesprochene Pferdenärrin war. »Bestimmt haben wir da Gelegenheit auszureiten.«

»Ich weiß nicht«, meinte Sandra skeptisch. »Möglicherweise werde ich das Erbe gar nicht annehmen. Der Anwalt schien jedenfalls nicht begeistert von dem Hof zu sein. Aus seinen Worten war zu hören, daß es mit dem Anwesen nicht so rosig aussieht. Mehr werde ich allerdings erst von dem Nachlaßverwalter meiner Tante erfahren. Ich möchte mir das Ganze erst einmal ansehen, bevor ich mich entscheide. Im Moment sind keine Klausuren, und ich denke, ich kann mir ein paar Tage freinehmen, um nach St. Johann zu fahren.«

»Wohin?« fragte Nina.

»Nach St. Johann«, wiederholte Sandra. »Das ist ein kleines Dorf in den Alpen, und dort in der Nähe steht der Ponyhof.«

»Na, da kommen wir natürlich mit«, riefen Anja und Nina gleichzeitig.

Sandra fühlte, wie ihr Herz einen Hüpfer tat.

»Wirklich?« fragte sie. »Ich hatte es insgeheim gehofft, aber gar nicht zu fragen gewagt.«

»Na, hör' mal«, antwortete Nina in gespielter Empörung. »Glaubst du etwa, wir lassen dich alleine in dein Unglück rennen?«

Auch Anja war sofort Feuer und Flamme.

»Natürlich kommen wir mit!«

Sie hob ihre Kaffeetasse.
»Laßt uns anstoßen, Mädels«, rief sie. »St. Johann – wir kommen!«

*

Alois Sonnenleitner schaute überrascht auf, als seine Sekretärin ihm den Besuch eines Herrn Trenker, Pfarrer aus St. Johann ankündigte. Der Rechtsanwalt überlegte kurz, was den Geistlichen wohl in seine Kanzlei in die Kreisstadt brachte. Er wußte sich aber keinen Reim darauf zu machen. Der Seelsorger hatte zwar keinen Termin, aber der Anwalt war dennoch bereit, ihn zu empfangen. Er hatte ihn während einiger geschäftlicher Besuche, die ihn nach St. Johann geführt hatten, kennengelernt.
»Ich danke Ihnen vielmals, daß Sie sich die Zeit nehmen«, sagte Sebastian, nachdem die Männer sich begrüßt hatten.
»Was kann ich denn für Sie tun, Pfarrer Trenker?«
Alois Sonnenleitner hatte Kaffee angeboten, den die Sekretärin gleich darauf hereinbrachte. Der Anwalt selber übernahm es, die Tassen einzuschenken.
»Weniger für mich«, antwortete Sebastian und nahm dankend die Tasse entgegen. »Es geht um den Ponyhof.«
Der Nachlaßverwalter der verstorbenen Waltraud Brunnengräber nickte. Sebastian hob die Hände.
»Ich möcht' Sie, um Himmels willen, net ausfragen«, fuhr der Geistliche fort. »Es geht mir um die beiden alten Leut', die noch auf dem Hof sind.«
»Die Teresa Angermeier und den Hubert Bachmann...«
»Richtig. Wissen S', Herr Sonnenleitner, ich hab' vorgestern mit der Resi gesprochen. Sie hat Sorge, daß sie und Hubert vom Hof müssen, wenn die neue Besitzerin gefunden ist. Ich wollt' Sie bitten, für die beiden ein gutes Wort einzulegen, wenn Sie die Erbin gefunden haben.«

Der Rechtsanwalt lehnte sich in seinem Sessel zurück. Einen Augenblick sah er den Seelsorger nachdenklich an.

»Ich glaube, ich verstoße nicht gegen meine Schweigepflicht, wenn ich Ihnen verrate, daß für die beiden alten Leute gesorgt ist«, sagte er dann.

Sebastian richtete sich interessiert auf.

»Ist das wahr?«

»Aber ja«, nickte der Anwalt. »Frau Brunnengräber hat in ihrem Testament verfügt, daß die Magd und der Knecht ein lebenslanges Wohnrecht auf dem Ponyhof haben.«

Er hob entschuldigend die Hände.

»Du liebe Güte, wenn ich gewußt hätte, daß die beiden keine Ahnung davon hatten und sich solche Sorgen um ihre Zukunft machen, dann hätte ich es ihnen natürlich schon längst gesagt.«

»Das ist ja eine gute Nachricht«, freute sich Pfarrer Trenker. Alois Sonnenleitner machte trotzdem ein nachdenkliches Gesicht. Sebastian blieb diese Miene nicht verborgen.

»Gibt's sonst etwas, das...?«

»Leider ja.«

Der Anwalt zuckte die Schultern.

»Ja, also, wie soll ich es sagen? Es ist ja kein großes Geheimnis, daß es mit dem Hof nicht zum besten steht. Genauer gesagt – es ist das reinste Fiasko, in finanzieller Hinsicht. Die Bank wartet seit Monaten auf ihr Geld und droht mit Zwangsversteigerung. Die Erbin, eine Frau Haller, die in Nürnberg wohnt, hat mir, über einen dortigen Kollegen, ihren Besuch für die kommende Woche angekündigt. Ich weiß nicht, ob ich ihr raten soll, den Hof zu behalten, oder lieber zu verkaufen. Zumal es ein attraktives Angebot gibt, das ein vernünftiger Mensch, angesichts des Zustandes, in dem sich der Ponyhof befindet, kaum ausschlagen kann.«

Pfarrer Trenker machte ein mißmutiges Gesicht.

»Vom Bauunternehmer Oberlechner, nehme ich an.«
Der Rechtsanwalt sah ihn überrascht an.
»Sie wissen davon?«
»Man munkelt so etwas daheim in St. Johann.«
Sebastian erhob sich.
»Eines noch, bevor ich mich verabschiede«, sagte er. »Wie ist es denn geregelt, für den Fall, daß die Erbin den Hof verkaufen wird? Wo werden Resi und Hubert dann bleiben?«
Alois Sonnenleitner war ebenfalls aufgestanden. Er brachte seinen Besucher zur Tür.
»Für diesen Fall muß aus dem Erlös jeweils ein Platz in einem Altenheim für die beiden alten Leute bezahlt werden, oder – wenn sie nicht in ein Heim wollen – wird der Betrag an die beiden ausgezahlt.«
Der Geistliche nickte. Eine schlechte Lösung, wenn man bedachte, wie sehr die beiden an dem Hof hingen, der seit Jahrzehnten ihre Heimat war. Aber immer noch besser, als von heute auf morgen auf der Straße stehen zu müssen.
Er verabschiedete sich von dem Anwalt und fuhr mit dem beruhigenden Gefühl nach Hause, daß zumindest für Resi und Hubert gut gesorgt war.

*

Beim Abendessen im Pfarrhaus sprach Sebastian mit Max darüber. Der Polizist von St. Johann ließ sich schmecken, was die Haushälterin seines Bruders aufgetragen hatte. Sophie Tappert hatte eine extra große Portion Sülze für Max Trenker hingestellt. Sie wußte ja, wie gerne er sie aß.
Überhaupt bemutterte sie ihn gerne – schließlich hätte er ihr Sohn sein können – und kochte oft extra seine Lieblingsspeisen. Sebastian registrierte es immer mit einem Schmunzeln. Allerdings konnte seine Perle manchmal auch sehr skeptisch dreinschauen, wenn Max mit am Tisch saß. Meistens han-

delte es sich dann um eines der gebrochenen Herzen, die der junge, gutaussehende Polizist wieder einmal irgendwo hinterlassen hatte. Nicht selten kam es vor, daß sich das betroffene Madel bei Sophie Tappert ausweinte...
»Das ist aber sehr anständig von der Frau Brunnengräber gewesen, daß sie für die Resi und den Hubert gesorgt hat«, sagte Max Trenker zu seinem Bruder. »Die beiden werden sich darüber freuen, daß sie bleiben können.«
»Das ist es wirklich«, nickte der Geistliche. »Aber leider sieht's net gut aus mit dem Ponyhof. Eine erhebliche Schuld lastet auf dem alten Gehöft, und noch ist's ungewiß, ob die Erbin net vielleicht verkauft. Sie ist jung und studiert noch, ich weiß net, ob sie sich da solch einen Klotz ans Bein binden wird, und ein Klotz ist er allemal, der Ponyhof.«
Sebastian legte das Besteck auf seinen leeren Teller und schob ihn beiseite. Max nickte, als er ihm von dem Bier anbot, das auf dem Tisch stand.
»Ich bin wirklich auf dieses Madel gespannt«, fuhr der Pfarrer fort, während er einschenkte. »Sollte es verkaufen wollen, dann müssen die beiden Alten vom Hof... aber noch ist ja net aller Tage Abend...«
Max Trenker sah seinen Bruder forschend an. Wenn Sebastian so geheimnisvoll redete, dann brütete er mal wieder etwas aus. Der junge Polizeibeamte wußte ja, daß Sebastian sich um jedes seiner Schäfchen sorgte. Und, als guter Hirte von St. Johann würde er nicht eher ruhen, bis er eine Lösung für dieses Problem gefunden hatte!

*

Stephan Rössner warf die Tür so wütend hinter sich zu, daß sie mit einem lauten Knall ins Schloß fiel. Mit finsterer Miene lief er durch die Halle der elterlichen Villa, die Treppe hinauf in den ersten Stock, wo er in seinem Zimmer verschwand.

Walter und Ingrid Rössner, Stephans Eltern, blieben konsterniert im Salon zurück.

»Ich weiß wirklich net, was in den Jungen gefahren ist«, schluchzte die Frau und suchte nach einem Taschentuch in ihrer Kostümjacke.

»Ein Sturkopf ist er«, schnaubte Walter Rössner.

Er ging zu der Anrichte und goß sich ein Glas Cognac ein. Es war nicht seine Art, so früh am Morgen zu trinken, doch die Auseinandersetzung mit seinem Sohn hatte ihn so sehr erregt, daß er den Schnaps zur Beruhigung brauchte.

»Stur und uneinsichtig!« knurrte der Fabrikant, nachdem er den Inhalt des Glases hinuntergestürzt hatte.

Seine Frau schaute ihn an. Von wem er das wohl hat, dachte sie und wischte sich die Tränen aus den Augen. Sie schüttelte den Kopf. Der Morgen hatte so schön begonnen. Nachdem das frühlingshafte Wetter angehalten hatte, war für das Frühstück auf der Terrasse gedeckt worden. Ingrid Rössner hatte sich gefreut, endlich wieder einmal gemeinsam mit Ehemann und Sohn ein Wochenende verbringen zu können. Stephan, der in München studierte, ließ sich kaum noch zu Hause blicken, allenfalls in den Semesterferien, dann aber auch nur für ein paar Tage, und ihren Mann bekam Ingrid bestenfalls am Sonntag zu sehen – wenn er dann nicht auch noch irgendwelche geschäftlichen Termine hatte.

»Was ist bloß mit dem Bengel los?« murmelte Walter Rössner, der der Chef einer Fabrik für elektronische Geräte war. Er steckte sich eine Zigarette an, was ihm einen mißbilligenden Blick seiner Frau eintrug. Sie sah es überhaupt nicht gerne, wenn er rauchte, zumal ihm sein Arzt besorgt geraten hatte, von diesem Laster zu lassen. Nervös drückte er die Zigarette wieder aus. Er wußte ja selber, wie schädlich das Rauchen war, aber nach dem Streit mit Stephan brauchte er irgend etwas, um sich wieder zu beruhigen.

Noch bevor der Fabrikant sein Frühstücksei geköpft hatte, teilte ihm sein Sohn mit, daß er nicht weiter studieren werde. Er denke überhaupt nicht daran, den Rest seines Lebens für die Fabrik aufzuopfern.
»Da fällt dem Burschen eine gutgehende Fabrik, in einer Wachstumsbranche, in den Schoß, und er will sie nicht«, schüttelte er den Kopf. »Was soll man bloß dazu sagen?«
Ingrid Rössner hatte ihre Tränen getrocknet und das Taschentuch wieder eingesteckt.
»Vielleicht solltest du noch einmal mit ihm reden«, schlug sie vor. »Aber nicht so wie eben.«
Er sah sie verblüfft an.
»Wie meinst du das – wie eben?«
»Na ja, net, wie ein Vater zu seinem ungehorsamen Sohn spricht, sondern eher so von Mann zu Mann. Stephan ist vierundzwanzig Jahre alt und kein kleiner Bub mehr.«
Walter Rössner runzelte die Stirn.
»Aber er benimmt sich manchmal so«, knurrte er.
Seine Frau nahm ihn in den Arm und schaute ihn liebevoll an.
»Nun komm, alter Sturkopf«, sagte sie zärtlich. »Gib deinem Herzen einen Stoß. Er ist doch unser einziger Sohn.«
Walter küßte sie sanft.
»Also gut«, gab er nach. »Du hast ja recht, wie immer. Ich gehe gleich hinauf zu ihm. Vielleicht kommt er ja zur Vernunft.«
Er verließ den Salon, durchquerte die Halle und ging die Treppe hinauf. Vor der Tür zu Stephans Zimmer zögerte er einen Moment. Wenn der Bengel doch nur mal gesagt hätte, was er denn eigentlich vorhatte, aber nicht einmal das!
Schließlich klopfte er an.
»Stephan, ich bin's«, rief er, nachdem drinnen alles still blieb.
Er klopfte noch einmal und bekam wieder keine Antwort.

Als er die Klinke herunterdrückte, schwang die Tür nach innen auf.
»Stephan...?« rief Walter Rössner noch einmal.
Gleichzeitig fiel sein Blick auf die weit geöffneten Türen des Kleiderschranks. Die meisten seiner Sachen hatte Stephan in seiner Münchener Studentenwohnung, doch wenn er nach Hause kam, brachte er schon eine Reisetasche voller Kleidung mit.
Aber jetzt war der Schrank leer. So leer, als wäre Stephan nie hier gewesen...!
Der Fabrikant griff sich erschrocken an die Brust, als er erkannte, was dies bedeutete – sein Sohn hatte das Elternhaus verlassen!

*

Gleich nachdem er in sein Zimmer gestürzt war, packte Stephan sämtliche Kleidungsstücke aus dem Schrank in die Reisetasche. Dann schlüpfte er in seine Lederjacke und die festen Schuhe. Maria, das Hausmädchen, sah ihn verwundert an, als er die Treppe wieder herunterkam.
»Müssen S' schon wieder abreisen?« fragte sie erstaunt.
»Allerdings«, gab er knapp zurück. »Hier wird's mir nämlich zu eng.«
Mit diesen Worten ging er zur Tür hinaus. Vor einer der beiden Garagen stand sein Wagen. Der Student ließ das Fahrzeug unbeachtet. Statt dessen holte er sein altes Geländerad aus dem Schuppen, schnallte die Reisetasche hinten auf den Gepäckträger, und radelte los.
Tief atmete er die frische Luft ein. Wie lange war es her, daß er sich so frei gefühlt hatte? Frei von allen Zwängen, die seit Jahren auf ihm lasteten, seit jener Zeit, in der ihm bewußt geworden war, was man von ihm erwartete.
Betriebswirtschaft sollte er studieren, um später einmal die

väterliche Fabrik zu übernehmen. Dabei hätte er viel lieber etwas gelernt, wobei er draußen in der freien Natur arbeiten konnte. Schon immer war er lieber im Freien gewesen, als irgendwo drinnen eingesperrt zu sein. Mehr aus familiären Zwängen als aus freier Entscheidung hatte er sich damit abgefunden, zu studieren. Doch immer wieder spürte er, daß es ein Fehler war, und endlich hatte er sich entschlossen, diesen Mißstand zu beenden. Zunächst einmal wollte er nur fort, dann würde er schon entscheiden, wie sein weiterer Lebensweg aussehen sollte. Eine Arbeit wird sich schon finden lassen. Und wenn's sein mußte, dann würde er sich auch als Knecht auf einem Bauernhof verdingen. Daran sollte es nicht scheitern.

Ohne Ziel war er losgeradelt. Nach einer guten Stunde machte er Rast. Unterwegs hatte er sich mit Saft und Brot versorgt, nun saß er am Wegesrand und überlegte, wohin er sich wenden sollte. Die Semesterferien hatten gerade begonnen, vielleicht gelang es ihm, seinen Studienfreund dazu zu bewegen, ihn für ein oder zwei Wochen auf einen Urlaubstrip in die Berge zu begleiten. Markus Reinders wohnte gar nicht weit entfernt von hier. Die beiden hatten schon viel zusammen unternommen und genauso wie Stephan, war auch Markus ein begeisterter Wanderer und Kletterer.

Ein Hoch auf die Technik, dachte Stephan, während er auf dem Handy Markus' Telefonnummer wählte.

Dabei verschwendete er allerdings keinen Gedanken daran, daß auch dieses Mobiltelefon aus der Fabrik seines Vaters stammte...

»Grüß' dich, altes Haus«, rief er, nachdem Markus sich gemeldet hatte.

»Hey, Stephan«, gab der Freund zurück. »Wo steckst du denn?«

»Ganz in deiner Nähe. Eigentlich bin ich auf dem Weg zu dir,

wollte bloß erst mal hören, ob du überhaupt daheim bist. Ich hab' dir nämlich einen Vorschlag zu machen.«
»Laß hören.«
»In einer halben Stunde, bei dir.«
»Okay, mein Alter, ich freu' mich. Bis gleich.«
Stephan steckte das Handy ein und stieg wieder aufs Rad. Der Gedanke an einen Wanderurlaub durch die Alpen ließ ihn kräftig in die Pedale treten. Bestimmt würde Markus von der Idee genauso begeistert sein, und wer wußte schon, was sie unterwegs alles erlebten...

*

Bei den zwei Bewohnern des Ponyhofes herrschte helle Aufregung. Gestern war der Anruf des Nachlaßverwalters gekommen, der den Besuch der Erbin ankündigte. Die beiden konnten sich gar nicht vorstellen, jemals woanders zu arbeiten. Immerhin hatte Pfarrer Trenker eine gute Nachricht überbringen können, wenngleich immer noch die Möglichkeit bestand, daß das Fräulein Haller den Hof doch nicht behalten wollte. Aber daran mochte Resi gar nicht denken. Seit dem Tode der alten Frau Brunnengräber hatten sie und Hubert in banger Erwartung weitergemacht, ohne zu wissen, was der nächste Tag für sie bringen würde. Lohn gab es keinen mehr, aber beide waren, da sie sparsam gelebt hatten, übereingekommen, erst mal von diesen Ersparnissen zu leben. Dr. Sonnenleitner hatte dagegen keine Einwände gehabt. Es war ihm sogar ganz lieb gewesen, daß die beiden alten Leute sich dazu bereit erklärten, auf dem Hof zu bleiben. So hatte der Nachlaßverwalter jemanden vor Ort, der sich auskannte, und dem er vertrauen konnte.
Resi hatte in der Küche den Kaffeetisch gedeckt und sah ungeduldig auf die Uhr. Gleich drei, und von Hubert war im-

mer noch nichts zu sehen. Endlich hörte sie ihn durch die Tür kommen. Wenig später stand Hubert Bachmann in der Küche. Der alten Magd fielen beinahe die Augen aus dem Kopf.

In den vierzig Jahren, die sie gemeinsam auf dem Ponyhof verbracht hatten, gab es gerade mal eine Handvoll Anlässe, an denen Hubert sich so hergerichtet hatte wie heute!

Nicht nur, daß er seinen besten Anzug, dunkelbraun mit Streifen, trug, offenbar hatte Hubert sogar ein Bad genommen, sich rasiert und – sich mit soviel Kölnisch Wasser eingeduftet, daß in Sekunden die ganze Küche danach roch. Die alte Magd stand einen Moment völlig verdattert da, bevor sie ihn anfuhr:

»Sag mal, bist' auf Freiersfüßen, oder was ist los?«

»Wieso?« fragte der Knecht und deutete auf Resis gutes Kleid und die saubere weiße Schürze. »Du hast dich doch auch feingemacht.«

Das stimmte zwar, Hubert übersah aber die Tatsache, daß Resi schon immer Wert auf ihr Äußeres gelegt hatte, ob es nun ein besonderer Tag war oder nicht. Was man von ihm nicht behaupten konnte.

Die Magd bedachte ihn mit einem merkwürdigen Blick, den der Alte allerdings ignorierte. Mit zwei Schritten war er am Küchentisch und streckte seine Hand nach dem Teller mit dem frisch gebackenen Napfkuchen aus.

Erst Resis scharfe Stimme ließ die Hand zurückzucken.

»Finger weg!« sagte sie in einem Ton, der keinen Widerspruch duldete. »Der ist für das Fräulein.«

»Nun hab' dich doch net so«, maulte Hubert und setzte sich gekränkt auf die Eckbank. »Das merkt doch keiner.«

»Doch«, erwiderte Resi. »Ich.«

Kleine Zankereien gehörten zu den beiden, wie das Salz in der Suppe. In den gemeinsamen Jahren auf dem Hof hatten

sich beide aber so gründlich kennengelernt, daß jeder von ihnen wußte, wann die Grenze vom Spaß zum Ernst überschritten war. Und etwas in Resis Blick hielt Hubert davon ab, sich dennoch von dem Kuchen zu bedienen.
»Wie spät ist es denn?« wollte er schließlich wissen. »Die müßte doch längst hier sein.«
»›Die‹ ist Fräulein Haller«, antwortete die Magd spitz.
»Und wenn wir Glück haben, unsere neue Chefin. Was weiß ich, wo's bleibt. Vielleicht hat's sich verfahren.«
»Glaubst' wirklich, daß hier alles beim Alten bleibt?«
Resi antwortete nicht. Sie stand am Fenster und schaute hinaus. Alles beim Alten? Sie hätte es selber gerne gewußt, aber wenn sie sich den Hof so anschaute... Das alte Haus, dessen Anstrich schon vor Jahren hätte erneuert werden müssen, dann das kleine Gästehaus, das auch nicht mehr besser aussah, die Ställe mit den maroden Dächern, der zerbrochene Zaun, der Geräteschuppen, der einzustürzen drohte...
Resi hätte die Liste beliebig fortsetzen können. Konnte man all dies einem jungen Madel zumuten? Konnte man wirklich von ihm erwarten, sein Studium aufzugeben und hier in den Bergen einen heruntergewirtschafteten Ponyhof zu übernehmen und in eine ungewisse Zukunft zu führen?
Die alte Magd war realistisch genug, sich zu sagen, daß dies eigentlich unmöglich sei. Aber dennnoch – seit sie von dem bevorstehenden Besuch erfahren hatte, hoffte sie in banger Erwartung auf ein Wunder.
Resi wurde aus ihren Gedanken gerissen, als ein Auto in die Einfahrt des Hofes bog. Das mußte Fräulein Haller sein.

*

Der VW-Golf war Sandras ganzer Stolz. Zwar hatte er bereits etliche Jahre auf dem Buckel, aber er war immer noch gut in Schuß. Sandra hatte ihn bereits vor zwei Jahren, gleich nach-

dem sie ihren Führerschein gemacht hatte, günstig gekauft. Der Vorbesitzer hatten den Wagen sehr gepflegt und später mit einem Katalysator nachrüsten lassen, um der Umwelt einen Dienst zu erweisen.
Die drei Freundinnen waren am späten Vormittag aus der Kleinstadt losgefahren, nachdem sie Dr. Sonnenleitner einen Besuch abgestattet hatten. Staunend fuhren sie durch die wunderschöne Landschaft, und mehr als einmal hielten sie an, um sich etwas genauer umzusehen.
»Mensch, ist das schön hier!« hatte Nina einmal gesagt und dabei auf das atemberaubende Panorama der Berge gezeigt. Sandra und Anja konnten ihr nur zustimmen.
»Da hat man solch eine Natur vor der Haustür und weiß nichts davon«, meinte Anja. »Ich muß gestehen, ich habe ja schon oft etwas von der Schönheit der Alpen gehört, aber hier gewesen bin ich noch nie. Eigentlich eine Schande.«
Sandra konnte nur nicken. Sie versuchte sich zu erinnern. Damals – wie war es da gewesen? Irgendwo tauchte das Bild der Frau in ihrem Gedächtnis auf. Das gütige Gesicht der Tante Waltraud. Große Tiere fielen ihr wieder ein, die Ponys. Zumindest waren sie ihr damals, als kleines Madel, riesengroß erschienen.
Die drei Madeln beugten sich über die Straßenkarte, die sie auf der Motorhaube des Wagens ausgebreitet hatten.
»Hier sind wir jetzt«, deutete Nina auf einen Punkt. »Da hinten war ein Schild, St. Johann 3 km, stand drauf. Also müssen wir in diese Richtung.«
Sie fuhr mit dem Finger auf der Karte entlang und deutete auf einen kleinen roten Punkt, der das Bergdorf kennzeichnete.
»Kann ja nicht mehr lange dauern«, sagte Sandra und faltete die Karte wieder zusammen. »Dann mal los.«

*

Nach einer halben Stunde passierten sie das Ortsschild. St. Johann machte genau den Eindruck, den sie sich vorgestellt hatten. Ein kleines hübsches Bergdorf, mit einer Kirche in der Mitte, kleinen Häuschen mit gepflegten Gärten und einigen wenigen Geschäften.
»So, das ist also St. Johann«, stellte Anja fest und nickte zufrieden. »Sieht nett aus.«
»Und wo ist der Ponyhof?« fragte Nina.
»Der liegt etwas außerhalb«, antwortete Sandra. »Wir müssen in Richtung der Jenner-Alm fahren. Vielleicht noch fünfzehn Minuten.«
Sie schaute auf die Uhr.
»Wir sollten uns beeilen«, sagte sie. »Wir werden schließlich erwartet.«
Es dauerte wirklich nur noch gut zehn Minuten, bis sie das Hinweisschild sahen, das ihnen den Weg zum Ponyhof wies. Langsam bog Sandra in die Hofeinfahrt.
»Das gibt es doch nicht!« entfuhr es ihr.
»Wie sieht es denn hier aus?« rief Nina entsetzt, während Anja nur stumm dasaß und den Kopf schüttelte.
Sandra schaltete den Motor aus und stieg aus. Die zwei Freundinnen folgten ihr. Ratlos sahen sie sich um, und der Anblick war wirklich trostlos.
»Da kommt jemand«, deutete Anja auf die Tür zum Haus hinüber.
Theresa Angermeier stand in der Tür und lächelte den Madeln zu.
»Willkommen auf dem Ponyhof«, sagte sie.
Hinter ihr schob sich Hubert Bachmann ins Bild. Er fuhr sich verlegen über das Haar.
Sandra, Nina und Anja gingen die Stufen hinauf. Resi sah die drei fragend an.
»Wer von Ihnen ist denn…?«

»Ich bin Sandra Haller«, begrüßte die Studentin die Magd und reichte ihr die Hand. »Sie müssen Frau Angermeier sein.«
»Resi, wenn's recht ist«, nickte die Magd. »Sagen S' einfach Resi zu mir. Das haben S' ja früher auch getan.«
Das Madel zuckte entschuldigend die Schulter.
»Es ist so lange her. Ich kann mich wirklich nicht mehr daran erinnern.«
Die alte Frau nickte verständnisvoll. Sie zeigte auf den Knecht.
»Und das ist der Hubert.«
»Grüß' Gott«, sagte der Alte und machte einen braven Diener.
Sandra gab auch ihm die Hand, und Resi bat alle ins Haus hinein, nachdem die frischgebackene Besitzerin des Ponyhofes ihre Begleiterinnen vorgestellt hatte.
»Setzen S' sich doch«, bat die Magd. »Ich hab' ein bissel Kaffee und Kuchen vorbereitet.«
»Hm, frischer Napfkuchen«, schwärmte Anja, die eine heimliche Naschkatze war. »Dafür sterbe ich.«
Sie nahmen Platz, und Resi schenkte den Kaffee ein.
»Also, dann noch mal willkommen«, sagte sie, nachdem auch sie sich gesetzt hatte. »Langen S' nur tüchtig zu. Nachher führe ich Sie herum, damit Sie sich alles ansehen können.«
»Also, der Kuchen schmeckt himmlisch«, schwärmte Anja, die schon das zweite Stück aß.
Sandra hingegen bekam kaum einen Bissen herunter. Resi, die sie aufmerksam beobachtete, wandte sich an das Madel.
»Es ist wirklich eine Ewigkeit her, daß Sie hier waren«, meinte sie. »Ich glaub', Sie gingen noch gar net zur Schule, als Sie das erstemal die Ferien bei Ihrer Tante verbracht haben.«
»Meine Großtante«, verbesserte Sandra. »Sie war die Tante

meiner Mutter, und eine Schwester meines Großvaters. Ja, ich denke, so achtzehn Jahre ist es her. Wie gesagt, ich erinnere mich kaum.«

Sie dachte an das Bild auf der Diele, das sie beim Eintreten flüchtig gesehen hatte.

»Das Gemälde draußen ...«, deutete sie zur Tür.

»Ja«, nickte Resi. »Das Bild hat ein bekannter Kunstmaler gemalt. Wenige Wochen bevor ...«

Die alte Magd brach ab und kramte nach einem Taschentuch in ihrer Schürze. Sandra stand auf und ging hinaus in die Diele. Das Gemälde hing über einer Anrichte, auf der eine Vase mit frischen Blumen stand. Zwar war alles hier alt, doch man konnte die Mühe sehen, die Resi und Hubert sich gegeben hatten, alles ein wenig herzurichten und wohnlich zu machen.

Sandra betrachtete das Bild. Es zeigte Tante Waltraud mit ihrem vertrauten Lächeln, das einzige, woran die junge Frau sich erinnerte. Im Hintergrund erkannte man Teile des Hofes und die Berge dahinter. Offenbar war das Gemälde auf der Veranda entstanden. Rechts unten hatte der Maler seinen Namen gemalt. Robert Demant, entzifferte Sandra. Sie war erstaunt darüber, daß ihre Tante diesem wirklich bekannten Künstler Modell gesessen hatte.

Eine Weile blieb sie stehen, dann ging sie in die Küche zurück.

Resi wartete schon darauf, den drei Madeln das Anwesen zu zeigen.

*

Der Rundgang war alles andere als erbaulich. Natürlich hatte Hubert in den letzten Tagen so gut es eben ging, aufgeräumt und kleinere Schäden beseitigt. Aber es ließ sich nicht verleugnen, daß es am nötigen Geld fehlte, dringend

notwendige Reparaturen durchzuführen. Mit jedem Stück, das Sandra zu sehen bekam, wurde ihr Gesicht lang und länger. Nina und Anja begleiteten sie, enthielten sich aber jeglichen Kommentars. Allerdings war an ihren Mienen abzulesen, was die beiden dachten.
»Tja, das ist also der Hof«, erklärte Resi Angermeier, als sie wieder vor dem Haupthaus standen.
Die Magd deutete mit dem Arm nach vorn.
»Die ganzen Weiden gehören natürlich auch noch dazu«, fuhr sie fort. »Die Ponys sind jetzt draußen. Wenn S' sie sehen wollen, müssen wir hinübergehen. Zwölf sind's.«
»Jetzt nicht«, schüttelte Sandra den Kopf.
Sie schaute ihre Freundinnen an und wandte sich dann wieder an die Magd und den Knecht, die sie erwartungsvoll ansahen.
»Sie möchten natürlich wissen, ob ich den Hof behalten werde«, sagte sie. »Aber zu diesem Zeitpunkt kann ich Ihnen noch nicht sagen, wie ich mich entscheide. Bitte, haben Sie Verständnis dafür. Es ist alles noch so neu. Ich muß das erst einmal auf mich wirken lassen.«
»Aber natürlich«, nickt Resi. »Das verstehen der Hubert und ich. Aber über Nacht werden S' doch gewiß bleiben. Ich geh' schnell und richt' noch ein paar Zimmer her.«
Sie stupste den Knecht an.
»Und du kümmerst dich um das Gepäck der drei Damen«, befahl sie.
Hubert Bachmann beeilte sich, diesem Befehl nachzukommen. Er wußte ja, was auf dem Spiel stand...
Die drei Studentinnen schlenderten über den Hof. An der Koppel blieben sie stehen und lehnten sich an den Zaun.
»Na, eine ziemliche Misere das Ganze, was?« meinte Nina zu Sandra.
»Eine ziemliche«, antwortete sie bedrückt, während sie ihren Blick schweifen ließ.

Was sie vor sich sah, war wunderschön. Eine herrliche Alpenlandschaft, wie aus dem Ferienkatalog.
Nur hinter sich schauen, das durfte sie nicht!
»Ich weiß gar nicht, was ihr habt«, warf Anja ein. »Ich find's toll hier.«
Sie drehte sich um und schaute über den Hof, zum Haus und den Ställen hinüber.
»Mit ein bißchen Farbe, etwas Dachpappe und ein paar Nägeln müßte das doch wieder hinzukriegen sein.«
»Na, ganz so einfach wird's nicht«, entgegnete Nina. »Da steckt ein schönes Stück Arbeit drin. Also, ich glaub', ich würd's verkaufen.«
»Das war auch mein erster Gedanke«, sagte Sandra und drehte sich zu ihnen um.
Dabei schaute sie auf den Hof – ihren Hof.
»Aber, habt ihr's nicht gesehen?«
»Was?«
»Die beiden alten Leute«, nickte Sandra zum Haus hinüber. »Die Mühe, die sie sich gegeben haben, mich zu empfangen und alles wenigstens ein bißchen herzurichten. Sie erwarten doch etwas von mir. Beinahe ihr ganzes Leben haben sie hier verbracht, hat der Nachlaßverwalter gesagt. Wenn ich den Hof jetzt verkaufe, müssen sie fort.«
Sie sah ihre Freundinnen an.
»Kann ich ihnen das wirklich antun?«
»Ja, gütiger Himmel«, fuhr Nina auf. »Willst du vielleicht aus lauter Sentimentalität dein Studium an den Nagel hängen und hier das Ponyhotel wieder eröffnen? Für die beiden Alten ist doch gesorgt, hat dieser Sonnenleitner gesagt. So, oder so.«
»Eben«, sagte Sandra. »So, oder so. Nämlich so, daß sie bis an ihr Lebensende auf dem Hof bleiben können, oder so, daß sie in ein Altenheim müssen...«

Anja legte ihren Arm um die junge Erbin.
»Ich versteh', was du sagen willst«, meinte sie. »Die beiden haben sich wirklich alle Mühe gegeben, und jetzt sitzen sie drinnen und warten, bangen Herzens, auf deine Entscheidung. Also, wenn du bleibst, dann nehme ich mir ebenfalls eine Auszeit und helfe dir, den Laden hier wieder hochzukriegen. Wenn's nicht klappen sollte, kann ich immer noch weiterstudieren.«
Sandra schluckte, als sie dies hörte. Nina stellt sich ihr zur anderen Seite.
»Dasselbe gilt für mich«, sagte sie. »Wäre doch gelacht, wenn wir drei das Kind nicht schaukeln würden!«
Sandra Haller sah ihre beiden Freundinnen an. Dabei kämpfte sie mit den Tränen.
»Ihr seid die besten Freundinnen, die man haben kann«, flüsterte sie.
»Na los, dann wollen wir die beiden treuen Seelen da drinnen nicht länger warten lassen«, rief Nina Kreuzer und zog die zwei Madeln mit sich.
»Himmel, da kommt was auf uns zu«, stöhnte Sandra, als sie entschlossen auf das Haus zumarschierten.

*

»Sie kommen«, rief Hubert, der in der Küche hinter der Gardine stand und aus dem Fenster schaute.
Resi Angermeier zog ihn weg.
»Geh', was soll das Fräulein denn denken?«
Das Herz der alten Frau klopfte bis zum Hals hinauf. So sehr sie auch versucht hatte, in Sandras Gesicht abzulesen, was sie wohl dachte, so wenig war es ihr gelungen. Auch ihr Versuch, das Gespräch beim Kaffee auf die Vergangenheit zu lenken, schien nicht geglückt zu sein. Aber, es war ja auch zu lange her. Sie selber hatte in der jungen Frau das Kind von

früher nicht wiedererkannt, wie konnte sie da erwarten, daß Sandra sich erinnerte!

Nun gut, dachte sie, wenn's net sein sollte, dann würd' sie eben ihre Sachen packen und geh'n, auch wenn's schwerfiel. Noch arger würd's aber den Hubert treffen, das wußte sie. Er war, im Gegensatz zu ihr, nicht mehr ganz so rüstig, daß er ohne weiteres wieder auf einem Hof unterkommen konnte. Für ihn bedeutete ein Verkauf des Ponyhofes die Unterbringung in einem Altenheim...

Eben kamen die jungen Frauen durch die Tür. Resi und Hubert konnten sie auf der Diele reden und lachen hören – aber nicht verstehen, was sie sagten. Dann, endlich, öffnete sich die Küchentür und Sandra kam herein. Die Freundinnen folgten ihr. Deutlich konnte man die knisternde Spannung spüren, die in der Luft lag.

Sandra schaute die beiden an und holte tief Luft.

»Also, Resi und Hubert, ich habe mich entschlossen«, begann sie, aber verbesserte sich gleich, »nein, wir haben beschlossen, daß das Ponyhotel wieder eröffnet wird. Wir wissen zwar noch nicht, wie wir es anstellen, aber daß wir es irgendwie schaffen werden, das ist gewiß!«

Hubert strahlte über das ganze Gesicht, während Resi sich erst einmal setzen mußte. Mit einem tiefen Seufzer sank sie auf die Sitzbank.

»Sie... Sie werden's gewiß nicht bereuen, Fräulein Haller«, versprach sie unter Tränen.

Sandra ging zu ihr und legte ihren Arm um die Schulter der alten Frau.

»Es wird schon alles werden. Mit eurer Hilfe packen wir's ganz bestimmt. Wenn wir uns ins Zeug legen, haben wir vielleicht schon im kommenden Sommer wieder die ersten Feriengäste. Und mit dem Fräulein Haller ist Schluß. Ich bin die Sandra. Schließlich sitzen wir alle im gleichen Boot.«

»Und wir sind Nina und Anja«, riefen die beiden anderen.
Hubert Bachmann, der bis jetzt ziemlich zurückhaltend gewesen war, holte tief Luft. Dann öffnete er den Küchenschrank und holte eine Flasche Obstler hervor, die Resi dort versteckt hatte.
»Darauf müssen wir einen trinken«, verkündete er.
Resi schaute verwundert erst auf Hubert, dann auf die Flasche. Schließlich heftete sie ihren Blick auf den Knecht. »Woher weißt denn du von der Flasche?« fragte sie in scharfem Ton.
Hubert grinste verschmitzt, während er fünf Gläser einschenkte.
»I? I weiß mehr, als d' ahnst, liebe Resi«, antwortete er fröhlich.

*

»Ich kann nicht mehr«, stöhnte Markus Reinders und setzte sich an den Rand der Wiese nieder.
Der schwere Rucksack glitt zu Boden. Erleichtert streckte der Student die befreiten Glieder.
»Nun komm, du müder Krieger«, frotzelte Stephan Rössner. »Wir sind noch keine zehn Kilometer gelaufen. Wenn du so weitermachst, dann kommen wir nie ans Ziel.«
Ihr Ziel war das kleine Bergdorf St. Johann. Markus hatte Stephans Vorschlag, gemeinsam eine Wandertour zu unternehmen, begeistert aufgegriffen. Weniger aus Sparsamkeit, als aus Ehrgeiz hatten sie beschlossen, auf andere Fortbewegungsmittel, als die eigenen Füße zu verzichten – bestenfalls, daß ein mitleidiger Bauer sie auf dem Anhänger seines Trekkers mitnahm. Inzwischen war die Begeisterung bei Markus ein wenig gedämpft. Seit vorgestern waren sie unterwegs, hatten erst im Freien und in der letzten Nacht im Heuschober geschlafen, und dabei am Tag mehr als fünfundzwanzig Kilometer zurückgelegt.
»Also gut«, gab Stephan nach und setzte sich neben den

Freund. »Machen wir erst einmal Pause. Ein zweites Frühstück kann ja nicht schaden.«

Den Proviant hatten sie am Morgen in einem Dorf gekauft, durch das sie gekommen waren. Er bestand aus kernigem Rauchspeck und herzhaftem Brot. Ihre Wasserflaschen hatten sie an einem öffentlichen Brunnen aufgefüllt. Zwar waren die beiden einem kühlen Bier nicht abgeneigt, aber sie waren klug genug zu wissen, daß das nicht das richtige Getränk für solch eine Tour war.

Markus sah den Freund von der Seite her an. Stephan machte einen nachdenklichen Eindruck. Wahrscheinlich dachte er an seine Eltern...

Er hatte dem Studienkollegen von der Auseinandersetzung zu Hause erzählt.

»Meinst', daß sie sich Sorgen machen?« fragte Markus. Stephan sah auf.

»Meine Eltern?«

Er schüttelte den Kopf.

»Bestimmt nicht. Die denken doch, daß ich wieder in München bin.«

»Ohne deinen Wagen?«

Der junge Mann zuckte die Schultern.

»Stimmt. Daran hab' ich gar nicht gedacht. Na ja, sollen sie eben denken, daß ich auf das Auto pfeife. Immerhin hat es ja mein Vater bezahlt. Natürlich hat er ihn als Firmenwagen von der Steuer abgesetzt.«

Markus, der ein wenig feinfühliger war, als sein Freund, sah Stephan streng an.

»Ich weiß nicht«, sagte er. »Machst du dir das nicht ein bißchen zu einfach? Ich kann schon verstehen, daß deine Eltern nicht glücklich sind, wenn du so von heute auf morgen einfach alles hinwirfst. Schließlich hatten sie damit gerechnet, daß du eines Tages die Firma übernimmst.«

Stephan hieb wütend auf den Boden.
»Mensch, du redest schon wie mein Vater«, rief er erregt. »Ich will diese verdammte Firma überhaupt nicht! Wer hat eigentlich das Recht, zu bestimmen, daß ich in die Fußstapfen meines Vaters treten muß? Ich wollte nie studieren.«
Er hob beide Hände.
»Hiermit möchte ich arbeiten, damit ich sehen kann, was ich geschafft habe. Ist das denn so schwer zu verstehen? Ich lieb' die Natur, ich brauche meine Freiheit. Da kann man mich doch nicht in ein Büro einsperren!«
»Hey, beruhige dich wieder«, sagte Markus sanft. »Natürlich hast du recht, aber dein Vater genauso.«
Stephan sah ihn an und grinste.
»Dann steig' du doch bei uns ein, wenn du mit dem Studium fertig bist«, meinte er.
Markus Reinders kam aus anderen Verhältnissen als sein Freund. In seiner Familie wurde immer noch auf den Pfennig gesehen.
»Würd' ich schon«, antwortete er. »Leider wird dein Vater nicht damit einverstanden sein.«
Er schnitt ein neues Stück Speck ab und reichte es Stephan.
»Mal sehen«, sagte er. »Eines Tages wird sich zeigen, wo wir beide gelandet sind. Aber jetzt sind wir ja erst mal auf dem Weg nach St. Johann. Wie weit ist denn das noch?«
Stephan Rössner holte eine Wanderkarte hervor und faltete sie auseinander.
»Heut abend müßten wir es geschafft haben«, verkündete er und steckte den Speck in den Mund.
»Na, ich bin gespannt auf die beiden Gipfel, von denen du erzählt hast. Woher kennst du die Gegend eigentlich?«
»Früher bin ich mit meinen Eltern oft hergefahren. Der Himmelsspitz und die Windermaid, so heißen die Gipfel, bieten ein grandioses Panorama, es wird dir gefallen.«

»Hoffentlich behältst du recht, und wir finden irgendwo auf einem Bauernhof einen Unterschlupf«, meinte Markus skeptisch. »Jetzt, um diese Zeit, werden doch noch keine Erntehelfer gebraucht.«
»Darüber mach' ich mir erst Gedanken, wenn wir dort sind«, lachte Stephan und stieß den Freund an. »Los, komm, es geht weiter.«
Mühsam rappelte Markus sich auf und schnallte seinen Rucksack um.
»Wenigstens das Handy hätten wir mitnehmen sollen«, sagte er. »Wer weiß, ob wir es unterwegs nicht brauchen.«
»Ach was«, winkte Stephan ab. »Zurück zur Natur ist die Devise. Da stören diese Dinger nur. Stell' dir vor, du bist in den Bergen unterwegs, und plötzlich klingeln überall die Telefone. Das ist doch grauenhaft.«
»Wo du recht hast, hast du recht«, mußte der Freund einsehen. Aber, insgeheim bedauerte er schon, solch ein praktisches Mobiltelefon nicht dabei zu haben – wie schnell hätte man damit ein Taxi rufen können…!

*

Nach der Abendmesse nahm Max Trenker seinen Bruder zur Seite.
»Sie ist da«, verkündete er.
»Wer?« fragte Sebastian und war einen Moment irritiert, weil er nicht wußte, wovon der Polizeibeamte sprach.
»Na, die junge Frau. Die Erbin vom Ponyhof.«
»Aha, und woher weißt du das?«
»Der Hubert war vorhin drunten im Dorf. Er hat drüben beim Herrnbacher eine lange Liste mit Sachen abgegeben, die Ignaz besorgen soll. Darunter auch Farbe und Pinsel. Offenbar wollen's den Hof wieder auf Vordermann bringen, meint zumindest der Herrnbacher.«

Die beiden Männer standen in der Sakristei. Draußen war Alois Kammeier, der Mesner von St. Johann, damit beschäftigt, die Gesangbücher einzusammeln und zu ordnen. Pfarrer Trenker hatte sich des Meßgewandes entledigt und zog sein Jackett über.

»Das freut mich zu hören«, sagte er. »Da werd' ich doch gleich nach dem Abendessen hinüberfahren und die neue Nachbarin begrüßen.«

Sophie Tappert hatte wie immer reichlich gedeckt, und Max schaute verzückt auf die verlockende Wurstplatte. Dabei entging ihm der Blick, mit dem sein Bruder ihn betrachtete.

»Sag' mal, Max, täusche ich mich, oder hast du etwas zugelegt?« fragte der Geistliche und deutete auf den Hosenbund des Polizisten. »Da, am Bauch und um die Hüften…«

Max' Hand, die gerade nach der Wurstplatte greifen wollte, blieb in der Luft hängen. Entgeistert sah er seinen Bruder an.

»Was red'st denn da?« empörte er sich. »Ich und zugenommen?«

Er bedachte Sebastian mit einem Blick, der Bände sprach.

»So ein Schmarr'n«, sagte er. »Ich kann essen, was ich will, ich nehm' kein Gramm zu!«

Pfarrer Trenker hatte seiner Haushälterin zugeblinzelt. Sophie Tappert stieß in dasselbe Horn wie Sebastian.

»Ich wollt's ja eigentlich net sagen«, bekundete sie. »Aber aufgefallen ist's mir auch schon…«

Jetzt war Max wirklich entsetzt. Die Perle des Pfarrhaushaltes war von Natur aus schweigsam, doch wenn sie mal etwas zu sagen hatte, dann hatte das in der Regel schon eine gewichtige Bedeutung. Der Beamte schaute an sich herunter, dann blickte er die beiden an.

»Meint ihr wirklich?« vergewisserte er sich, »oder wollt ihr mich nur foppen?«

»Bestimmt net. Das würd' uns im Traum net einfallen«, ver-

sicherte Sebastian glaubhaft. »Aber ich weiß da einen Rat. Du hast doch vor zwei Jahren dieses Fahrrad gekauft, net wahr?«
»Fahrrad? Welches Fahrrad?«
»Na, dieses silbergraue Aluminiumrad, das so wenig wiegt. Du warst doch ganz begeistert davon.«
»Ach das«, erinnerte sich Max. »Ja, ich glaub', das steht bei mir im Keller.«
»Siehst«, meinte Sebastian. »Nach dem Abendessen holst' es aus dem Keller, und dann fahren wir zuammen zum Ponyhof hinauf. Und weil du's dir ja wieder abstrampelst, darfst' jetzt ruhig von der Salami nehmen.«
»Mit dem Rad zum Ponyhof hinauf?« fragte der Polizist entsetzt. »Das sind doch mindestens zwölf Kilometer – bergan!«
»Stimmt«, nickte der Pfarrer. »Dafür geht's auf dem Rückweg wieder bergab.«
Max Trenker sah wieder auf die Wurstplatte, dann wieder auf seinen Bauch. Komisch, dachte er, mir ist überhaupt nicht aufgefallen, daß ich zugenommen hätte.
Den amüsierten Blick, den Pfarrer Trenker und Sophie Tappert schnell tauschten, sah er allerdings nicht.

*

»Das beste wird sein, wenn wir uns einen regelrechten Plan machen, wie wir vorgehen«, schlug Sandra Haller vor.
Die Bewohner und Bewohnerinnen des Ponyhofes saßen draußen unter der alten Eiche an dem langen Holztisch. Resi Angermeier hatte mit Ninas Hilfe das Abendessen zubereitet. Zur Feier des Tages, und weil die drei Madeln ja den ganzen Tag unterwegs gewesen waren, gab es einen deftigen Schweinsbraten mit Kraut und Semmelknödeln.
Sandra und Anja hatten derweil mit Hubert die Ponys von der Weide geholt und in das Gatter getrieben, wo sie versorgt wurden.

»Wie lang' reicht denn noch das Futter?« hatte die junge Erbin sich sorgenvoll erkundigt.
Hubert Bachmann kratzte sich am Ohr.
»Eine gute Woch' noch«, antwortete er zaghaft.
Es klang, als wollte er hinzufügen: Wenn wir sparsam sind!
»Ich muß morgen unbedingt erst mal auf die Bank, um zu sehen, wieviel Geld ich bekommen kann«, sagte Sandra.
Sie hatten die Tiere gefüttert und getränkt, dann riefen Resi und Nina zum Abendessen.
»Also, die Fremdenzimmer sind soweit okay«, meinte die schwarzhaarige Nina. »Resi und ich sind vorhin zusammen durchgegangen und haben alles aufgeschrieben, was noch gemacht werden muß. Bis auf ein wenig Farbe und Bettwäsche, die geflickt werden muß, sind sie in einem annehmbaren Zustand.«
»Na, wenigstens ein Lichtblick«, seufzte Anja. »Die Ställe machen keinen so guten Eindruck. Die Dächer müssen unbedingt repariert werden, und in den Wänden fehlen etliche Bretter.«
Das war ein Punkt, der zuerst erledigt werden mußte. Schließlich waren die Ställe vor allem auch für Gäste gedacht, die ihre eigenen Ponys oder Pferde mitbrachten.
»Gut«, nickte Sandra, während sie sich bediente. »Dann müssen wir das als erstes in Angriff nehmen. Aber wie gesagt, wir sollten uns einen Plan machen. Farbe und Pinsel sind ja schon bestellt, fehlen also noch Draht und Nägel.«
Sie schaute zur Einfahrt. Zwei Radler kamen eben hindurch und stiegen ab.
»Nanu, sollten das schon die ersten Gäste sein?« flachste Anja. »Das sind aber merkwürdige Ponys, die sie da mit sich führen.«
»Das ist ja unser Pfarrer«, rief Resi Angermeier. »Bestimmt will er dich willkommen heißen.«

Sandra stand auf und schaute die beiden Männer an.
»Grüß' euch zusammen«, nickte Sebastian den Leuten zu, während Max grüßend die Hand hob.
Der Polizeibeamte war im Gegensatz zu seinem Bruder etwas außer Atem.
»Guten Abend«, nickte Sandra zurück und reichte Sebastian die Hand.
»Ich bin Pfarrer Trenker«, stellte der Geistliche sich vor. »Das hier ist mein Bruder Max. Er ist der Ordnungshüter in unserer schönen Gegend. Ja, herzlich willkommen. Ich hab' von Ihrer Ankunft gehört und wollt' Sie gleich begrüßen.«
»Das ist sehr freundlich, Hochwürden«, erwiderte das junge Madel, nachdem es sich und die beiden Freundinnen vorgestellt hatte. »Wir sind gerade beim Abendessen, dürfen wir Sie dazu einladen?«
Sebastian lehnte dankend ab, Max allerdings bekam große Augen, als er die herrlichen Klöße, den Braten und das Kraut sah. Er leckte sich die Lippen, doch dann bedankte er sich mit dem Hinweis, ebenfalls schon gegessen zu haben.
Wenn er daran dachte, wie oft er, um die Kalorien wieder loszuwerden, aufs Fahrrad steigen mußte, dann verging ihm der Appetit.
»Sie wollen also den Ponyhof wieder herrichten und das Hotel weiterführen?« erkundigte Sebastian sich.
Die beiden Besucher hatten dankbar die Einladung zu einem Getränk angenommen. In der Zwischenzeit war das Abendessen beendet, und Sandra und Sebastian machten einen kleinen Rundgang.
»Ja«, erwiderte die frischgebackene Hofbesitzerin. »Ich habe mich dazu entschlossen. Nicht zuletzt auch im Hinblick auf Resi und Hubert. Ich hätte es nicht über mich gebracht, die beiden in ein Altenheim zu schicken.«
Bei diesen Worten wurde es dem Geistlichen warm ums

Herz. Es gehörte eine Menge Edelmut dazu, auf ein wahrscheinlich lukrativeres Geschäft zu verzichten, und sich dafür auf eine ungewisse Zukunft einzulassen.
»Sie sind eine ungewöhnliche Frau«, stellte er fest. »Andere in Ihrem Alter hätten sich's wahrscheinlich einfacher gemacht. Auf jeden Fall sollen Sie wissen, daß Sie und Ihre Freundinnen immer mit meiner Hilfe rechnen können.«
»Vielen Dank, Hochwürden«, antwortete Sandra. »Ja, ich hoffe, daß ich es zusammen mit Nina und Anja schaffen werde. Einfach wird's bestimmt nicht. Aber wenn wir uns beeilen, können wir vielleicht schon in dieser Saison wieder eröffnen.«
Sie waren zum Hof zurückgekehrt. An dem Tisch saßen nur noch Max Trenker und Nina Kreuzer im Gespräch vertieft. Die anderen waren im Haus.
»Ich würd' mich freuen, wenn Sie und Ihre Freundinnen mich einmal drunten im Dorf besuchen«, lud der Geistliche Sandra ein.
»Das werden wir ganz bestimmt machen«, versprach sie.
»Also, Max, was ist?« rief Sebastian seinem Bruder zu. »Wir wollen zurück. Heut abend ist Stammtisch.«
Der Polizeibeamte sah auf und winkte.
»Ich komm' schon.«
Dann schaute er der schwarzhaarigen Nina tief in die Augen. Die hatte ihm von den drei Madeln gleich am besten gefallen.
»Also, pfüat di«, sagte er. »Ich hoff', wir seh'n uns mal auf dem Tanzabend drunten beim Löwenwirt.«
Nina erwiderte seinen Blick. Sie lächelte.
»Wer weiß«, antwortete sie. »In den nächsten Tagen haben wir hier alle Hände voll zu tun. Da bleibt nicht viel Zeit für irgendwelche Vergnügungen.«
»Na, das wär' aber schad'«, meinte Max und blinzelte ihr zu. Er stieg aufs Rad und folgte seinem Bruder, der schon vor-

ausgefahren war, und Max Trenker wunderte sich, warum sein Herz plötzlich so ungewöhnlich schnell schlug. Er wußte aber genau, daß es nicht am Radfahren lag...

*

Gleich am nächsten Morgen fuhr Sandra nach St. Johann hinunter. Das Gespräch mit dem Leiter der Bank war der wichtigste Punkt in ihrer Planung. Dr. Sonnenleitner hatte schon angedeutet, daß es nicht allzuviel sein könnte, was noch an Bargeld da war, aber zumindest für die Verpflegung der Ponys würde es doch hoffentlich reichen.
Trotz des dringenden Termins nahm das junge Madel sich die Zeit, die Gegend, die von nun an ihre neue Heimat sein würde, genauer in Augenschein zu nehmen, und als ob ihr jemand die Augen geöffnet hätte, erinnerte sie sich plötzlich an längst vergessen geglaubte Begebenheiten. Das letzte Mal, das sie ihre Großtante besucht hatte, mußte wohl achtzehn Jahre her sein, kurz bevor Sandra eingeschult wurde. Eine ewig lange Zeit, so schien es, dennoch fiel ihr plötzlich der alte Waschzuber ein, der damals immer samstags auf die Diele gestellt wurde. Samstags war Badetag!
Oder der Geschmack der köstlichen Marmelade, die Resi Angermeier aus den Früchten des Gartens kochte. Heute morgen zum Frühstück stand ein Topf auf dem Tisch. Als Sandra davon probierte, war es der alte, köstliche Geschmack, den sie von früher kannte.
Sie schaute zu den Bergen hinüber, deren Spitzen unter weißen Wolken verschwanden, sie sah eine Herde brauner Kühe, die zu einer Alm hinauf gebracht wurde, und sie blieb am Straßenrand stehen und beobachtete ein paar Wildtiere, deren Namen sie nicht kannte. Aber sie fühlte sich ihnen verbunden, spürte, daß sie dabei war, ein Teil dieser wunderschönen Landschaft zu werden.

Sandra erreichte St. Johann schneller, als es ihr lieb war. Das Gespräch mit dem Bankmenschen lag ihr auf dem Magen. Langsam fuhr sie durch das Dorf und betrachtete dabei die schmucken Häuser mit den Lüftlmalereien. Beinahe majestätisch thronte die weiße Kirche auf einer Anhöhe. So hob sie sich von den anderen Häusern ab, stand aber in der Mitte des Ortes.
Die junge Frau sah die wenigen Geschäfte, die es in St. Johann gab. Wenig zwar, aber ausreichend für die Leute, die hier wohnten oder Urlaub machten. Schließlich erreichte sie das Haus, in dem die Bank eine Filiale hatte. Sandra parkte ihren Wagen davor und stieg aus. Mit klopfendem Herzen öffnete sie die Tür und trat ein.
Nur wenige Kunden waren an diesem frühen Morgen in der Schalterhalle, die von einer Frau bedient wurden. Sandra wartete kaum fünf Minuten bis sie an der Reihe war.
Die Bankangestellte fragte nach ihren Wünschen und sah sie neugierig an, als Sandra ihren Namen sagte, und daß sie den Filialleiter zu sprechen wünschte.
»Bitte nehmen S' einen Moment Platz«, bat die Frau. »Ich sag' dem Herrn Rehringer gleich Bescheid.«
Sie deutete auf eine Nische, in der ein Schreibtisch und Stühle standen. Sandra setzte sich. Dabei rieb sie sich nervös die Hände. Nach kurzer Zeit erschien die Bankangestellte in Begleitung eines älteren Herrn.
Der Mann lächelte freundlich, als er ihr die Hand gab.
»Guten Morgen, Frau Haller«, begrüßte er sie. »Ich hab' schon gestern abend beim Stammtisch gehört, daß Sie den Hof Ihrer verstorbenen Tante übernehmen wollen. Schön, daß Sie gleich zu uns gekommen sind. Da können wir alle Einzelheiten besprechen.«
»Ja, mir liegt sehr daran, die geschäftliche Beziehung zu Ihrer Bank aufrechtzuerhalten.«

Anton Rehringer setzte sich ihr gegenüber und schaltete den Computer ein, der auf dem Schreibtisch stand.
»So«, sagte er. »In wenigen Augenblicken hab' ich alles über das Konto auf dem Bildschirm.«
Er legte seine Arme auf den Tisch und faltete die Hände.
»Allerdings, Frau Haller, muß ich Ihnen gleich sagen, daß es alles andere als rosig aussieht. Der Ponyhof ist hochverschuldet.«
Sandra zuckte bei diesen Worten zusammen. Verschuldet! Das wenig Geld da war, hatte sie ja geahnt, aber bedeutete dies, daß es überhaupt kein Bargeld gab?
»Nicht einen Pfennig«, bestätigte der Filialleiter, der ihre Reaktion richtig deutete. Er schaute auf seinen Bildschirm.
»Im Gegenteil, wir haben eine Forderung, die sich zur Zeit auf fünfundneunzigtausend Mark beläuft.«
Anton Rehringer blickte wieder auf seine Besucherin. »Ich will's net verschweigen, Frau Haller, es steht Ihnen eine Zwangsversteigerung bevor, wenn Sie net in der Lage sein sollten, innerhalb von drei Wochen dieses Darlehen zurückzuzahlen.«
»Was?«
Sandras Augen weiteten sich vor Entsetzen.
»Aber... wieso?« fragte sie und hob hilflos die Arme.
»So sind die Bedingungen«, erklärte der Filialleiter. »Ihre Tante, die seinerzeit das Darlehen bekam, hat den Vertrag unterschrieben, und Sie, als Erbin, übernehmen automatisch alle Schulden, die auf dem Hof lasten.«
Fünfundneunzigtausend Mark! Die Zahl wirbelte durch Sandras Kopf. In ihrem ganzen Leben hatte sie noch nicht soviel Geld besessen. Geschweige denn, daß sie das Darlehen hätte bezahlen können. Bisher hatte sie sich mühsam von den Bafög-Zahlungen und mit Nebenjobs über Wasser halten können, doch damit war es jetzt auch aus.

Anton Rehringer schien wieder zu ahnen, welche Gedanken ihr durch den Kopf gingen. Er beugte sich vor.

»Soviel ich weiß, liegt Ihnen ein Angebot vor. Der Bauunternehmer Oberlechner würd' den Ponyhof sofort übernehmen wollen. Wenn ich Ihnen einen Rat geben darf, Frau Haller, akzeptieren S', und Sie sind mit einem Schlag alle Sorgen los.«

*

Wie im Traum ging Sandra Haller durch St. Johann. Noch immer konnte sie nicht glauben, was sie eben in der Bank erfahren hatte. Beinahe hunderttausend Mark benötigte sie, nur um den Ponyhof auszulösen. Da war nicht einmal das Geld eingerechnet, das gebraucht wurde, um die so notwendigen Renovierungen durchzuführen und den Hotelbetrieb wieder aufzunehmen.

In Gedanken überschlug das Madel, wieviel Geld wohl noch auf dem eigenen Konto war. Notfalls konnte es gerade mal reichen, um das Futter für die Ponys zu bezahlen!

Aber war nicht sowieso alles vergebens? Sie hatte doch gar keine Möglichkeit, die drohende Zwangsversteigerung aufzuhalten. Und dann würde dieser Oberlechner den Hof wahrscheinlich für ein Butterbrot bekommen.

War es da nicht besser, vorher zu verkaufen, zu ihren Bedingungen? So wie der Nachlaßverwalter es angedeutet hatte, lag dem Bauunternehmer sehr viel am Erwerb des Ponyhofes. Auf jeden Fall konnte sie bei einem Verkauf mehr herausschlagen als bei einer Zwangsversteigerung.

Sandra blieb stehen. Sie wußte, daß sie das nicht alles alleine entscheiden konnte. Sie brauchte Rat, jemanden, der ihr sagte, was sie tun sollte.

Die Glocken von St. Johann schlugen die zehnte Morgenstunde. Sandra schaute zum Turm hinauf. Natürlich, warum

hatte sie nicht gleich daran gedacht, Pfarrer Trenker um Rat zu fragen? Er hatte ihr doch seine Hilfe angeboten.
Sie überquerte die Straße und folgte dem Weg zur Kirche hinauf. Rechts und links säumten Buchsbaumhecken den Weg, dahinter war ein sorgfältig gemähter Rasen.
Die Tür zur Kirche war geöffnet. Sandra trat ein. Sofort umgab sie eine ruhige und angenehme Atmosphäre. Bewundernd schaute sie auf die Bilder und Figuren, die Personen aus der Bibel zeigten. Gold, Rot und Königsblau waren die vorherrschenden Farben. Durch die hohen Fenster fielen Sonnenstrahlen herein und tauchten alles in einen unwirklichen Schein.
Sandra sah sich um. Außer ihr war niemand in dem Gotteshaus. Sie wollte gerade wieder kehrtmachen, als jemand durch die Tür hereinkam.
»Hab' ich mich doch net geirrt«, sagte Sebastian Trenker und reichte ihr die Hand. »Ich hatte drüben im Pfarrgarten zu tun, als ich Sie in die Kirche gehen sah. Schön, daß Sie so schnell meiner Einladung gefolgt sind.«
»Ich war gerade auf der Bank«, erklärte Sandra. »Leider war mein Besuch dort nicht sehr erfolgreich.«
Der Geistliche deutete auf die Bankreihe neben sich.
»Kommen S', setzen S' sich.«
Er ahnte, was Sandra auf dem Herzen hatte. Die Erbin des Ponyhofes erzählte ihm, was Anton Rehringer ihr eröffnet hatte.
»Tja, wie mir schon Dr. Sonnenleitner geraten hatte, hat auch der Filialleiter gesagt, daß es das beste wäre zu verkaufen, bevor der Hof unter den Hammer kommt.«
Sie sah Sebastian verzweifelt an.
»Was soll ich bloß machen?«
Pfarrer Trenker überlegte eine Weile, bevor er antwortete.
»Ich hab' den Eindruck, daß Ihnen auch etwas an dem Hof

liegt, und Sie ihn net nur wegen der Resi und dem Hubert behalten wollen«, sagte er schließlich. »Zusammen mit Ihren beiden Freundinnen könnten S' es doch aus eigener Kraft schaffen, den Hof wieder flottzumachen, net wahr?«
»Ja«, nickte das Madel. »Das genau ist es ja, was wir vorhaben. Ich bin überzeugt, daß in spätestens drei Jahren der Betrieb so läuft, daß auch das Darlehen abbezahlt wäre. Nina Kreuzer, sie versteht etwas davon. Gestern abend hat sie stundenlang gesessen und alles durchgerechnet. Uns fehlen ein paar tausend Mark für die dringendsten Reparaturen und das Futter für die Tiere. Dann könnten wir sofort loslegen.«
»Und ein paar tüchtige Arbeitskräfte«, fügte Sebastian hinzu. »Aber daran soll es nicht scheitern.«
Er strich sich über das Kinn, dann stand er auf.
»Frau Haller, ich will Ihnen nichts versprechen«, sagte er, »aber ich will tun, was ich kann. Fahren S' erst einmal zurück auf den Hof. Ich meld' mich heut', spätestens am Abend, bei Ihnen und sag', ob ich etwas erreicht hab'.«
Als Sandra aus St. Johann herausgefahren war, schien es ihr schon wieder etwas leichter ums Herz. Die Worte des Geistlichen hatte ihre Zuversicht geschürt, daß doch noch nicht alles verloren war. Wenn keine größeren Pannen mehr passierten, dann bestand vielleicht eine winzige Chance.
Sie hatte diesen Gedanken kaum gehabt, als plötzlich der Motor ihres Wagens stotterte und schließlich ganz verstummte. Langsam rollte der Golf an den Straßenrand.
Sandra entriegelte die Motorhaube und stieg aus.
Nicht auch das noch, dachte sie bittend. Der Wagen war ihr einziges Kapital – und Fortbewegungsmittel.
Ratlos schaute sie unter die Haube. In dem Gewirr von Schläuchen, Drähten und Motorteilen konnte sie nicht erkennen, was die Ursache dafür war, daß der Motor streikte.

Ein Unglück kommt selten allein, ging es ihr durch den Kopf, als sie sich hilflos umschaute, ob von irgendwoher Rettung nahen müßte.

*

Stephan und Markus waren schon ganz früh am Morgen zu einer Wanderung aufgebrochen. Am Vorabend waren sie in St. Johann eingetroffen, wo sie in einer kleinen Pension geschlafen hatten. Wäre es nach Stephan gegangen, dann hätten sie auch diese Nacht im Freien verbracht, aber Markus hatte darauf bestanden, ein Zimmer zu nehmen.
»Ich will duschen und mich nicht an einem Bach waschen«, argumentierte er. »Außerdem würd' ich gerne wieder einmal richtig schön frühstücken mit Brötchen, Kaffee und Ei.«
Diesen Argumenten hatte Stephan sich nicht verschließen können. Der Preis für das Zimmer war erträglich, und das Frühstück am Morgen erwies sich genau so, wie Markus es sich erträumt hatte.
Gleich nachdem sie es eingenommen hatten, zogen die beiden Freunde los. Ihr Gepäck durften sie bis zum Abend in der Pension lassen, nur den kleinen Rucksack mit der Notfallausrüstung und den Fotoapparat nahmen sie mit. Weit wollten sie an diesem ersten Tag nicht. Nur ein wenig die Gegend erkunden und herausfinden, ob es irgendwo die Möglichkeit gab, auf einem der Berghöfe für ein paar Tage unterzukommen.
Doch bisher hatten sie nur ablehnende Bescheide erhalten. Fast ein wenig mutlos machten sie sich auf den Rückweg nach St. Johann.
»Du, schau mal da unten«, deutete Markus den Hang hinunter.
Unten auf der Straße stand ein silberfarbener Golf und davor eine junge Frau.

»Scheint 'ne Panne zu haben«, mutmaßte Stephan. »Dann wollen wir mal sehen, ob wir helfen können.«
Wie eine Gemse sprang er den Hang hinunter, Markus folgte vorsichtiger.
»Grüß' Gott«, rief Stephan, noch bevor er die Straße erreicht hatte. »Will er nicht mehr?«
Sandra Haller hob hilflos die Arme.
»Ich weiß beim besten Willen nicht, was er hat.«
Der junge Mann stand neben ihr und schmunzelte sie an.
»Aber Benzin ist genug im Tank, oder?« fragte er grinsend.
Sandra lachte ebenfalls.
»Ja, das war das erste, was ich kontrolliert habe«, antwortete sie.
Der Bursche sah nett aus, er gefiel ihr.
Inzwischen war auch Markus herangekommen.
»Er ist der Bastler von uns beiden«, erklärte Stephan, nachdem die drei sich bekannt gemacht hatten.
»Das haben wir gleich.«
Markus Reinders steckte seinen Kopf unter die Motorhaube und rumorte dort herum. Sandra und Stephan sahen sich fragend an.
»Ich hab' keine Ahnung, was er macht«, sagte der Student. Dann schaute er sie treuherzig an.
»Aber zur Not schieben wir Sie nach Hause«, versprach er.
»Das werden wir auch wohl müssen«, rief Markus, der die Unterhaltung mit angehört hatte. »Ohne Werkzeug kann ich da gar nichts machen. Oder haben Sie welches an Bord?«
Sandra zuckte die Schulter.
»Ich glaub', nur ein Radkreuz...«
Markus wischte sich die Hände an der Hose ab und grinste.
»Das hab' ich mir beinahe gedacht«, meinte er »Ist es denn weit?«
»Nicht mehr. Vielleicht so – sechs Kilometer.«

»Na, das muß doch zu schaffen sein«, sagte Stephan und spuckte in die Hände. »Also, einsteigen, Handbremse lösen und den Gang raus. Alles andere machen wir, Sie müssen nur lenken.«

*

Anton Rehringer sah verdutzt auf, als Sebastian Trenker die Bankfiliale betrat.
»Nanu, Hochwürden, das ist aber ein seltener Besuch«, stellte er fest.
Außerdem wunderte er sich, daß der Herr Pfarrer nicht schon gestern abend beim Stammtisch seinen Besuch angekündigt hatte.
Der Filialleiter stand von seinem Stuhl auf und begrüßte den Seelsorger.
»Bitt'schön, nehmen S' Platz«, sagte er und deutete auf den Besucherstuhl vor seinem Schreibtisch. »Was kann ich für Sie tun?«
»Es geht net direkt um mich«, erklärte Sebastian. »Ich möcht' vielmehr für jemand anderen mit Ihnen sprechen.«
Anton Rehringer machte ein schelmisches Gesicht. »Schade, Hochwürden«, schmunzelte er. »Ich hatte schon gehofft, Sie würden mich endlich einmal um den Überziehungskredit bitten, den ich Ihnen schon seit zehn Jahren anbiete.«
Er schüttelte den Kopf.
»Mit Ihnen ist aber auch wirklich kein Geschäft zu machen!«
Sebastian schmunzelte ebenfalls, wurde gleich darauf aber wieder ernst.
»Die Frau Haller war vorhin bei Ihnen«, begann er das Gespräch. »Sandra Haller, die neue Besitzerin vom Ponyhof.«
»Ja. Ich weiß, wen Sie meinen.«
»Es schaut net gerade gut aus, für den Hof und seine Bewohner...«

»Nein, das kann man wirklich net sagen.«
Der Filialleiter sah seinen Besucher forschend an.
»Hochwürden, ich will Ihnen net verhehlen, daß ein Verkauf an den Oberlechner die bessere Lösung wäre. Alle hätten was davon, auch unsere Bank. Denn ganz bestimmt würde die Finanzierung der Seniorenwohnanlage über uns laufen. So ein Geschäft macht man net alle Tag'. Trotzdem – eine winzige Möglichkeit gäb's noch. Aber dazu müßte das Fräulein Haller mir einen, besser noch zwei Bürgen bringen und einer Umschuldung zustimmen.«
Er erläuterte Sebastian die Einzelheiten. Als der Geistliche sich nach einer weiteren Viertelstunde verabschiedete, schwirrte ihm der Kopf nur so von den Zahlen, die Anton Rehringer ihm wieder und wieder hingeworfen hatte. Doch wenn man es genau betrachtete, war dies durchaus eine akzeptable Lösung des Problems.
Zwar würde der Ponyhof zumindest für weitere zehn Jahre verschuldet sein, doch Sebastian war überzeugt, daß das Konzept der drei Madeln funktionieren würde. Bestimmt war es kein leichtes Unterfangen, aber ohne ein gewisses Risiko konnte es wohl nicht gehen.
Immerhin konnte er am Abend mit einer positiven Nachricht zum Hof hinauffahren.

*

Die anderen staunten nicht schlecht, als Sandra, angetrieben durch die Muskelkraft zweier junger Burschen, durch die Einfahrt chauffierte. Nina und Anja kamen herangelaufen und halfen die letzten Meter zu schieben.
»Da drüben in der Scheune ist eine kleine Werkstatt«, erklärte Sandra, nachdem sie ausgestiegen war. »Vielleicht finden Sie dort, was Sie brauchen.«
Markus nickte.

»Ich will mal schau'n.«
Zusammen mit Stephan verschwand er in der Scheune.
»Was ist denn mit dem Wagen?« fragte Nina.
»Keine Ahnung«, gab das Madel zu. »Ich hoff' nur, daß Markus ihn wieder hinkriegt.«
Anja Burger schaute zur Scheune hinüber, in der die jungen Männer verschwunden waren.
»Markus heißt er? Nicht schlecht...«
Nina stieß sie an.
»Na, na, wir haben keine Zeit für Liebeleien!«
»Also, das mußt du gerade sagen«, gab Anja zurück. »Du hast doch gestern abend schon diesen Max, den Bruder von dem Pfarrer, verrückt gemacht.«
Nina wurde verlegen. Sie hatte gehofft, daß die Freundinnen nichts davon mitbekommen hätten, doch offenbar...
»Mensch, ihr habt Sorgen«, sagte Sandra und ließ die Schulter hängen.
»Was ist? War's denn so schlimm auf der Bank?« fragten die beiden anderen.
»Viel schlimmer«, gab sie zurück. »Wir sind pleite, noch bevor wir überhaupt angefangen haben.«
Die beiden Madeln starrten sie ungläubig an. Mit solch einer schlechten Nachricht hatten sie nicht gerechnet.
Bevor sie erzählen konnte, kamen Stephan und Markus aus der Scheune zurück. Offenbar waren sie fündig geworden, sie trugen eine große Werkzeugkiste zum Wagen heran.
»So, jetzt kann's losgehen«, meinte Markus.
Sandra hob die Arme.
»Ich weiß gar nicht, wie ich das wiedergutmachen kann. Und überhaupt: ich bin eine schlechte Gastgeberin. Bestimmt haben Sie beide fürchterlichen Durst nach dieser Schieberei.«
»Ich hol' was zu trinken«, bot Anja an und lief schon ins Haus.

Sandra und Nina folgten ihr. Drinnen gaben sie Resi Bescheid, daß zum Mittagessen zwei weitere Gäste da waren. Dann setzten sie sich in die Wohnstube und warteten auf Anjas Rückkehr.

*

»Mensch, das ist doch ideal hier für uns«, sagte Stephan zu Markus, der halb im geöffneten Motorraum hing und daran herumhantierte.
»Wieso?« fragte er.
»Na, schau' dich doch nur um. Was es hier alles zu tun gibt! Ich will Oskar heißen, wenn wir nicht mindestens vier Wochen hier bleiben können.«
Er beugte sich zu Markus hinunter.
»Überhaupt, sind dir unsere reizenden Gastgeberinnen noch nicht aufgefallen? Also, die Sandra, die hat was. Na, und Anja, die uns vorhin das Bier gebracht hat, also, wie die dich angeschaut hat... Der Blick sprach Bände!«
»Wirklich? Ist mir gar nicht aufgefallen.«
»Kein Wunder, wenn du nur den Motor anhimmelst. Wie weit bist du denn?«
»Setz' dich rein und starte mal.«
Stephan tat, wie ihm geheißen. Der Motor kam auf Anhieb.
»Die Benzinleitung war verdreckt«, erklärte Markus Sandra. »Jetzt tut er's wieder.«
Die beiden jungen Männer hatten sich die Hände gewaschen. Jetzt saßen sie, zusammen mit den Madeln, draußen auf dem Hof.
»Ich weiß gar nicht, wie ich Ihnen danken kann«, sagte die Hofbesitzerin.
Stephan, der direkt neben ihr saß, blickte sie an.
»Ich wüßte da schon was«, meinte er und machte eine umfassende Armbewegung. »So wie's hier ausschaut, können

Sie ein wenig Hilfe gebrauchen. Markus und ich würden Ihnen gerne ein wenig zur Hand gehen. Dafür bräuchten wir ein Dach über dem Kopf und drei Mahlzeiten am Tag. Was halten Sie von meinem Vorschlag?«
Die drei jungen Frauen sahen sich an. Anjas Herz schlug besonders schnell, als sie an die Aussicht dachte, Markus jetzt erst richtig kennenlernen zu können.
»Keine schlechte Idee«, nickte Nina. »Handwerklich geschickte Männer kann man immer gebrauchen.«
Sandra überlegte. Ihr Besuch auf der Bank war nicht sehr glücklich verlaufen, aber Pfarrer Trenker hatte seine Hilfe zugesagt. Das mochte noch nicht viel heißen, aber sie hatte das Gefühl, daß es irgendwie weitergehen würde. Da war es doch töricht, solch ein Angebot auszuschlagen.
»Vier«, sagte sie schließlich zu den beiden Burschen. »Sie bekommen vier Mahlzeiten am Tag, denn der Kuchen, den unsere Resi backt, ist unwiderstehlich zum Nachmittagskaffee. Aber jetzt wollen wir erst einmal Mittagessen.«

*

Im Büro des Bauunternehmers Oberlechner herrschte dicke Luft, und das lag nicht an der Zigarre, die der Chef von fünfunddreißig Mitarbeitern vor sich hin paffte. Gerade eben hatte er einen Anruf erhalten, der alle seine Pläne mit einem Schlag zunichte machte.
»Da soll doch der Teifi dreinschlagen!« schimpfte er und schlug mit der Faust auf den Tisch.
Elfriede Hirschbiegel, seine Sekretärin, zog unwillkürlich den Kopf ein. Sie kannte solche Wutausbrüche. Schon als sie den Anruf entgegennahm, hatte sie ein ungutes Gefühl. Die Lautstärke, in der ihr Chef das Gespräch dann führte – sie konnte jedes einzelne Wort im Vorzimmer hören – bestätigte ihre Vermutung, daß Anton Rehringer keine guten Nachrichten hatte.

Die Endvierzigerin zuckte zusammen, als Friedrich Oberlechner die Tür aufriß und hereinstürmte.
»Saubande, elendige«, fluchte er fürchterlich. »Möcht' nur wissen, woher die zwei Bürgen herhat! Abfackeln müßt' man den ganzen Laden.«
Er ging unablässig auf und ab und brüllte dabei umher. Der bullige Bauunternehmer machte seinem Herzen derart laut Luft, daß seine Sekretärin nach und nach alle Einzelheiten zu hören bekam, ohne, daß sie auch nur ein Wort gefragt hätte.
»Aber wart, die werden mich kennenlernen«, drohte der Chef und verließ den Raum.
Elfriede Hirschbiegel hörte ihn noch auf der Straße schimpfen, dann schlug eine Autotür, und wenig später fuhr der große Wagen ihres Arbeitsgebers vom Firmenhof. Die Frau griff zum Telefon und wählte die Nummer ihrer besten Freundin. Diese Neuigkeit konnte sie einfach nicht für sich behalten.

*

Die drei Madeln hatten gespannt zugehört, was der Seelsorger von St. Johann ihnen zu sagen hatte. Dann wurde stundenlang beratschlagt. Immerhin galt es eine Entscheidung zu treffen, die das Leben dreier Menschen von Grund auf verändern würde. Das konnte man nicht einfach innerhalb von wenigen Augenblicken tun. Schließlich, es war schon nach Mitternacht, Sebastian war längst schon wieder in St. Johann, waren die drei sich einig. Sie wollten das Risiko, das dieses Unternehmen in sich barg, eingehen. Nina und Anja würden die Bürgschaften übernehmen und zusammen wollten alle drei gleichberechtigte Partner sein. Der Ponyhof sollte wieder im alten Glanz erstrahlen.
Stephan und Markus saßen ebenfalls mit am Tisch. Die beiden bewunderten die Madeln für ihren Mut.

»Da habt ihr euch aber was vorgenommen«, meinte Stephan. Längst war man sich einig geworden und sprach sich mit Vornamen und du an. Am Abend waren die beiden unten im Dorf gewesen und hatten ihr Gepäck aus der Pension geholt.
»Markus und ich helfen euch jedenfalls, so gut wir können. Ich sogar noch länger, Markus muß nach den Ferien zurück an die Uni, aber ich kann noch bleiben.«
»Also, wenn die Eröffnung ansteht, kann vielleicht meine Schwester etwas für euch tun«, erklärte Markus Reinders. »Sie arbeitet in einem großen Münchener Reisebüro, das mit unzähligen anderen in ganz Deutschland zusammenarbeitet. Ich werde die Kathrin mal anspitzen, daß sie ein bißchen Reklame für euren Hof macht.«
»Das wär' ja super«, freuten die Frauen sich.
Anja lächelte Markus an, und er lächelte zurück. Offenbar hatte Stephan sich nicht getäuscht, das Madel mit den lustigen Sommersprossen auf der Nase schien sich tatsächlich ein wenig in ihn verguckt zu haben. Jedenfalls hatte es den ganzen Abend über Markus' Nähe gesucht.
Sein Blick glitt zu Stephan hinüber, der sich angeregt mit Sandra unterhielt. Markus bemerkte, daß sie dem Freund aufmerksam zuhörte und ihn dabei anschaute, als ob...
Einzig Nina Kreuzer saß über den Tisch gebeugt. Sie hatte sich in ihre Aufzeichnungen vertieft. Neben dem Block lag ein Taschenrechner, in den sie immer wieder endlose Zahlenreihen tippte. Schließlich gähnte sie verhalten und rieb sich die müden Augen.
»Also, Leute, ich geh' schlafen«, verkündete sie. »Morgen wird's wieder ein langer Tag.«
»Recht hast du«, nickte Sandra und stand auf, obwohl sie eigentlich noch neben Stephan hätte sitzen mögen.
Es ist schon merkwürdig, wie das Schicksal manchmal mit den Menschen spielt, dachte sie, als sie in ihrem Bett lag. Es

hatte ihr einen völlig überschuldeten Hof und zwölf Ponys beschert, und heute waren unerwartet zwei hilfreiche Menschen in ihr Leben getreten, von denen einer sie ganz besonders ansprach. Sandra spürte ganz deutlich, wie sie drauf und dran war, sich in Stephan Rössner zu verlieben, und es war ein herrliches Gefühl.

*

Obwohl es in der Nacht so spät geworden war, standen alle Bewohner des Ponyhofes pünktlich am frühen Morgen in der Küche und freuten sich auf das Frühstück. Während sie es sich schmecken ließen, wurden die Aufgaben verteilt. Stephan und Markus würden sich zuerst um die Dächer der beiden Ställe kümmern, die dringend repariert werden mußten. Noch war es herrliches Sonnenwetter, doch auch jetzt, im Mai, konnte es Regen geben.
Sandra und Hubert versorgten die Ponys, während Nina und Sandra die Fremdenzimmer in Angriff nahmen. Resi hatte genug mit der Hausarbeit und dem Kochen zu tun.
»Na, hab' ich nicht recht gehabt?« wollte Stephan wissen, als er und Markus auf dem Dach saßen und mit Hammer und Nägeln die losen Bretter befestigten. »Anja ist doch ganz vernarrt in dich. Und die Sandra, Himmel, ist das eine tolle Frau.«
Er beugte sich zu dem Freund hinüber, der ihn angrinste.
»Im Vertrauen – ich glaub', ich bin zum ersten Mal so richtig verliebt. Und ich denk', daß ich ihr nicht ganz gleichgültig bin. Und du? Magst' die Anja auch?«
Markus nickte. Ja, dieses Madel hatte sein Herz im Sturm erobert. Nur, es ihr zu sagen, den Mut hatte er noch nicht gehabt.
»Wart's ab«, meinte Stephan. »Übermorgen fahren wir alle nach St. Johann. Im Hotel ›Zum Löwen‹ ist Tanzabend. Da

findet sich schon eine Gelegenheit. Ich werd' jedenfalls den ganzen Abend mit Sandra tanzen und sie keinem anderen überlassen!«

Sie arbeiteten fast vier Stunden ohne Pause, dann war das Gröbste geschafft. Allerdings würden früher oder später die beiden Ställe mit neuer Dachpappe gedeckt werden müssen.

»Hallo, ihr zwei da oben«, rief Anja von unten herauf. »Sandra meint, ihr habt euch eine Pause verdient. Außerdem gibt's Mittagessen.«

»Wir sind fertig«, antwortete Stephan.

Sie stiegen herunter und gesellten sich zu den Madeln, die schon am gedeckten Tisch saßen. Resi brauchte aber noch eine Weile. Sandra, die für die beiden Männer Bier einschenkte, wollte sich gerade erkundigen, wie weit sie mit den Stalldächern waren, als eine große blaue Limousine mit großer Geschwindigkeit auf den Hof fuhr.

»Jesses, das ist der Oberlechner«, sagte Resi, die eben mit einer Schüssel voll dampfender Kartoffeln aus der Tür trat.

Der Bauunternehmer stieg aus und knöpfte das Jackett zu. Dann kam er an den Tisch und nickte.

»Grüß' Gott, miteinand'. Ich hätt' gern das Fräulein Haller gesprochen.«

Sandra stand von ihrem Stuhl auf.

»Das bin ich. Was kann ich für Sie tun, Herr…?«

Natürlich kannte sie den Namen längst durch Resis Ausruf, dennoch tat sie so, als wisse sie nicht, mit wem sie es zu tun hatte.

»Oberlechner ist mein Name«, antwortete der Besucher. »Friedrich Oberlechner – Sie haben doch bestimmt schon von mir gehört.«

»Ja, richtig. Ich erinnere mich. Der Herr Sonnenleitner hat Ihren Namen genannt.«

Der Bauunternehmer schaute zu den anderen am Tisch und wandte sich wieder Sandra zu.

»Wär' es wohl möglich, daß ich Sie allein sprechen könnt' – ich hätt' da was mit Ihnen zu bereden.«

Trotz der Wut, die in ihm kochte, hatte der Mann sich gut in der Gewalt. Er wußte, daß es nichts brachte, wenn er sich jetzt und hier so gab, wie es seinem Naturell entsprach – ungeduldig und jähzornig. Immerhin war er in der Hoffnung hierher gekommen, die neue Besitzerin des Ponyhofes davon zu überzeugen, daß sie in jedem Fall besser damit fuhr, wenn sie doch noch an ihn verkaufte. Aber er wurde maßlos enttäuscht.

»Was immer Sie mir zu sagen haben, Herr Oberlechner, meine Freundinnen hier können alles mit anhören«, antwortete Sandra Haller. »Sie sind nämlich nicht nur meine besten Freundinnen, sondern auch meine Geschäftspartnerinnen. Ich weiß, daß Sie Interesse an diesem Hof haben, aber ich kann Ihnen gleich sagen, daß wir jedes Angebot ablehnen werden. Der Ponyhof steht nicht zum Verkauf!«

Die Kinnlade des Bauunternehmers klappte herunter. So wie dieses junge Ding mit ihm sprach, hatte noch niemand zu reden gewagt.

»Und Dank der Hilfe dieser beiden Männer, gehen die Renovierungsarbeiten zügig voran«, zeigte Sandra auf Stephan und Markus.

Friedrich Oberlechner rang noch immer um Fassung.

»Wissen S' überhaupt, worauf Sie sich da einlassen?« blaffte er. »Sie haben doch gar keine Ahnung von diesem Geschäft.«

»Da machen Sie sich mal keine Sorgen«, mischte sich Nina in das Gespräch. »So etwas kann man nämlich lernen.«

Der Bauunternehmer, der sich für einen gewieften Geschäftsmann hielt, mußte einsehen, daß er hier so ohne weiteres nichts ausrichten konnte. Wutschnaubend drehte er sich um und ging zu seinem Wagen zurück.

»Ihr werdet noch sehen, was ihr davon habt, das versprech' ich euch«, brüllte er, bevor er die Autotür zuschlug und vom Hof brauste.

»Wie hat er denn das gemeint?« fragte Sandra und sah die anderen ratlos an.

»Ach, der ist doch bloß sauer, weil er den Hof nicht bekommt«, winkte Anja ab. »Mach dir doch deswegen keine Gedanken.«

»Genau«, stimmte Markus zu. »Außerdem haben wir wichtigeres zu tun. Ich hab' mir vorhin mal die Scheune angesehen. Dort müßten dringend die elektrischen Leitungen repariert werden. Aber dafür brauchen wir etliche Meter Kabel, verschiedene Klemmen und Steckdosen, und vor allem einen neuen Sicherungskasten. Der alte stammt ja noch aus der Urzeit des elektrischen Stroms. Wenn ihr wollt, kümmere ich mich darum. Ich bräuchte dann am Nachmittag das Auto, um die Sachen zu besorgen. Wahrscheinlich werde ich sie in St. Johann gar nicht bekommen, sondern in die Kreisstadt fahren müssen.«

»Prima«, rief Anja. »Da komm' ich mit.«

Sandra nickte geistesabwesend.

»Ist mir recht«, erwiderte sie.

In Gedanken war sie immer noch bei dem unangenehmen Besucher. Seine letzten Worte gingen ihr nicht aus dem Sinn. Sie hatten so etwas Bedrohliches.

*

Sebastian Trenker betrachtete forschend seinen Bruder. Seit ein paar Tagen war eine Veränderung mit Max vorgegangen, der Geistliche konnte nur noch nicht genau sagen, was es war. Zuerst bemerkte er, daß der Polizeibeamte nicht mehr so früh zu den Mahlzeiten erschien wie früher. Und dann wirkte er immer so abgekämpft. Außerdem stellte Sebastian fest, daß

Max längst nicht mehr so viel verdrückte, wie noch vor kurzem. Im Gegenteil, neuerdings ließ er sogar den Nachtisch stehen. Hatte der Bruder etwa den kleinen Schabernack mit der angeblichen Gewichtszunahme für bare Münze genommen? Oder war es etwas Schlimmeres?

»Sag' mal, bist etwa krank?« fragte der Pfarrer, als sie gerade das Mittagessen beendet hatten.

Auch diesmal hatte Max wieder auf das Dessert – eine echt bayerische Creme mit frischen Himbeeren – verzichtet. Schon beim Hauptgang hatte er bescheidener zugelangt, als es sonst seine Art war.

»Nein, nein«, antwortete er fröhlich. »Mir geht's bestens.«

Er stand vom Tisch auf.

»Ihr entschuldigt mich«, sagte er. »Aber bevor mein Dienst wieder beginnt, möcht' ich noch ein paar Runden auf dem Rad drehen. Vielen Dank übrigens, daß du mich dran erinnert hast, Sebastian, ich fühl' mich wie neugeboren, seit ich wieder regelmäßig radfahre. Also, pfüat euch, ich schau' am Abend wieder vorbei.«

Damit verschwand er durch die Tür.

Pfarrer Trenker und seine Haushälterin sahen sich verblüfft an.

»Verstehen S' das, Frau Tappert?« fragte Sebastian. »Er fährt Rad, er ißt weniger, und heut abend, da schaut er vorbei. Er hat net gesagt, er käme zum Abendessen, sondern, er schaut vorbei... hat er etwa unseren kleinen Scherz von neulich falsch verstanden?«

Die Perle des Pfarrhaushalts zuckte die Schultern.

»Entweder das, oder es gibt eine andere Erklärung, die mir für Ihren Herrn Bruder passender erscheint, Hochwürden. Ich vermute, der Max ist wieder einmal verliebt.«

*

Die junge Dame, die das Herz des Polizisten von St. Johann im Sturm erobert hatte, saß auf dem Ponyhof draußen am Tisch und schrieb und rechnete. Morgen nachmittag war der Termin bei der Bank, dann sollte der neue Darlehensvertrag unterschrieben werden. Aus diesem Grund war Nina Kreuzer seit Stunden damit beschäftigt, auszurechnen, wieviel sie wohl noch aufnehmen mußten, damit sie auch eine eventuelle Durststrecke überstehen konnten.

Nina hatte gerade eine Pause eingelegt, als sie den Polizeiwagen auf den Hof fahren sah. Sie schmunzelte, als sie Max Trenker hinter dem Steuer entdeckte. Fesch schaut er schon aus, dachte sie. Aber gewiß ist er auch ein Hallodri! Ich wette, es gibt so manches gebrochenes Herz auf seiner Strecke.

Max war ausgestiegen und kam herangeschlendert.

»Grüß' dich«, nickte er dem schwarzhaarigen Madel zu. »Ich wollt' mal schau'n, wie's bei euch weitergeht.«

»Alles bestens«, antwortete sie. »Setz' dich doch. Magst einen Kaffee?«

Sie lächelte.

»Oder bist' im Dienst?«

Max lachte mit ihr.

»Nein, nein, ein Kaffee ist schon erlaubt – wenn kein Schnaps drin ist.«

Nina eilte ins Haus und kam mit einer Tasse zurück. Die Kanne mit dem Kaffee stand noch auf dem Tisch.

»Bist ganz allein?« erkundigte sich der Beamte.

»Anja ist mit Markus in die Stadt gefahren. Sie besorgen ein paar Sachen, um die Elektrik in Ordnung zu bringen«, erklärte sie. »Und Sandra ist mit Hubert und Stephan zu den Ponys hinaus. Der Tierarzt wollte kommen und sehen, ob die Tiere gesund sind.«

»Was ich dich fragen wollt'«, sagte Max Trenker, »magst am Samstag mit zum Tanzabend gehen? Ich tät' mich freuen…«

Nina tat, als müsse sie überlegen, dabei war es längst beschlossene Sache. Aber nur nicht gleich zusagen. Man muß den Fisch ein bissl zappeln lassen, dann hatte man ihn um so sicherer an der Leine.

»Warum net«, antwortete sie schließlich. »Ein bißchen Abwechslung wird uns allen guttun. Ich bin sicher, daß die anderen mitkommen.«

»Prima«, freute sich Max. »Dann werd' ich einen Tisch freihalten.«

Er trank seinen Kaffee aus und stand auf.

»Also, ich muß jetzt – leider –, aber ich freu' mich auf Samstag abend.«

»Ich mich auch«, antwortete Nina und sie merkte, daß es nicht gelogen war.

Nachdenklich schaute sie dem davonfahrenden Wagen nach. Sie freute sich tatsächlich darauf, mit dem feschen Max Trenker zu tanzen.

*

Wie er es schon richtig geahnt hatte, mußte Markus in die Kreisstadt fahren, um die Dinge zu kaufen, die für die Renovierung der elektrischen Leitungen benötigt wurden. Anja Burger freute sich natürlich darüber. Um so länger war sie doch mit ihm alleine.

Am Rande der Kreisstadt gab es einen Baumarkt, in dem Markus alles fand, was er auf seine Liste geschrieben hatte. So hatten sie den Einkauf schnell erledigt. Als sie vom Parkplatz herunterfuhren, hatte Anja eine Idee. Selbstverständlich hatte sie überhaupt keine Lust, schon nach St. Johann zurückzufahren.

»Laß uns doch noch ein bißchen bummeln gehen«, bat sie. »Ich möcht' so schrecklich gern mal wieder in ein Eiscafé. Ich sterbe für Spaghettieis!«

»Um Himmels willen, nur das nicht«, ging Markus auf ihre

Bemerkung ein. »Da muß ich sofort etwas dagegen unternehmen.«
Statt auf die Umgehungsstraße fuhr er die Richtung zur Innenstadt. Sie stellten den Wagen in einem Parkhaus ab und schlenderten vergnügt durch die Fußgängerzone.
»Ach, ist das herrlich«, schwärmte das Madel. »Also, ich muß sagen, auf dem Ponyhof ist es ja schön ruhig und idyllisch, aber ab und zu ein Schaufensterbummel, der muß sein.«
Sie deutete auf einen Pullover in der Auslage eines Geschäftes.
»Ist der nicht todschick?«
Ihre Hand war schon nach der Tür ausgestreckt, als sie sie wieder zurückzog.
»Nee, lieber nicht«, meinte sie. »Der kostet ja fast hundert Mark. Das Geld kann ich lieber sparen. Es wird sowieso knapp genug in der nächsten Zeit.«
»Komm, da drüben ist ein Eiscafé, ich lad' dich ein«, sagte Markus und zog sie mit sich. »Ich find' es übrigens toll von dir und Nina, daß ihr Sandra so zur Seite steht.«
»Und ich find's toll, daß ihr, du und Stephan, so hilfsbereit seid.«
Sie waren stehengeblieben. Markus hielt sie immer noch am Arm fest. Anja spürte ihr Herz schneller pochen als er sie an sich zog.
»Am tollsten find' ich dich«, flüsterte er und beugte sich über sie.
Die anderen Passanten gingen schmunzelnd an dem Paar vorüber, das sich da so innig küßte, doch ein älteres Ehepaar blieb stehen.
»So hast' mich aber lang' net mehr in den Arm genommen«, sagte die Frau vorwurfsvoll zu ihrem Mann.
Der schaute sie einen Moment verdutzt an, dann legte er seinen Arm um sie und drückte sie an sich.

»Was die jungen Leut' können, das können wir schon lang'«, meinte er zu seiner Frau und küßte sie liebevoll.

*

Jeden Samstag ging es beim Löwenwirt hoch her. Das allwöchentliche Tanzvergnügen lockte immer wieder die Leute aus St. Johann und Umgebung, und natürlich nahmen sehr gerne die Touristen daran teil, die in dem Bergdorf ihren Urlaub verbrachten. So war es nur gut, daß Max einen Tisch hatte reservieren lassen. Als die fünf vom Ponyhof den Saal betraten, herrschte schon eine Bombenstimmung. Der Dorfpolizist wartete ungeduldig. Als er Nina und die anderen in der Tür stehen sah, winkte er ihnen zu.
»Schön, daß ihr da seid«, rief er durch die laute Musik und rückte dem Madel den Stuhl zurecht.
Eine der Saaltöchter nahm die Bestellung auf, und schon bald zog es Anja und Markus auf die Tanzfläche. Die beiden machten aus ihrer Liebe keinen Hehl, und die anderen freuten sich mit ihnen.
»Wollen wir auch?« fragte Stephan, als auch Nina und Max tanzten.
»Warum net?« lachte Sandra. »Deshalb sind wir ja hergekommen.«
Stephan Rössner führte sie auf das Parkett, leicht wiegte sie sich in seinen Armen. Sandra hatte das Gefühl zu schweben, als sie über die Tanzfläche glitten. – Es war eine wundervolle Stimmung, in der sich das junge Madel befand. Gestern hatten sie und die beiden Freundinnen den Vertrag mit der Bank unterzeichnet. Damit waren sie alle drei zu Eigentümerinnen des Ponygestüts geworden, auch wenn die Partnerschaft erst noch notariell besiegelt werden mußte. Aber auch das würde in der nächsten Woche geschehen. Die Hauptsache war ja die finanzielle Seite abzusichern, und das war gestern geschehen.

Dank der Hilfe durch Pfarrer Trenker. Sandra wußte, daß sie und die anderen sich gar nicht genug dafür bedanken konnten. Aber sie hatten sich schon vorgenommen, ein großes Fest für alle Bewohner des Dorfes zu geben. Einerseits, um sich allen vorzustellen, andererseits aber auch, um ein wenig Reklame für den Ponyhof zu machen. Pfarrer Trenker würde auf jeden Fall der Ehrengast sein.
Und dann gab es noch einen Grund für Sandra, glücklich zu sein – Stephan hielt sie in seinen Armen.
Glückselig tanzte sie und schaute ihn verliebt an.
Stephan, dem dieser Blick nicht verborgen bleiben konnte, lächelte sie an. Ohne ein Wort zu sagen, hatte jeder dem anderen verständlich gemacht, was er für ihn empfand.
Dann und wann schwebten Nina oder Anja mit ihren Tanzpartner vorbei, und auch ihnen war anzusehen, daß sie im siebten Himmel schwebten.
Es war kurz vor Mitternacht, als ein Mann das Podium betrat, auf dem die Kapelle spielte. Er breitete die Arme aus und bat um Ruhe.
»Alle Mitglieder der Feuerwehr zum Einsatz«, rief er durch das Mikrophon. »Das ist keine Übung – auf dem Ponyhof brennt's!«
Sandra, die gerade wieder mit Stephan auf der Tanzfläche stand, glaubte, ihr Herz bliebe stehen. Mit aschfahlem Gesicht sah sie ihn an. Um sie herum herrschte plötzlich hektisches Treiben, als die Männer der Feuerwehr aufsprangen und hinauseilten.
»Los, wir müssen zum Hof«, rief Stephan durch den Lärm.
Markus, Anja und Nina kamen zu ihnen.
»Habt ihr das gehört?« fragte Nina ungläubig. »Das ist doch wohl ein Scherz.«
»Leider net«, sagte Max Trenker, der hinzugekommen war und die letzten Worte mitbekommen hatte. »Ich hab' gerade

mit dem Brandmeister gesprochen. Es brennt tatsächlich auf dem Ponyhof. Die Scheune steht in Flammen.«

*

Schon von weitem konnten sie den roten Feuerschein am Himmel sehen. Stephan, der am Steuer des Golfs saß, preßte die Lippen aufeinander. Markus, hinter ihm, schüttelte ungläubig den Kopf, während die drei Madeln verzweifelt und in Tränen aufgelöst waren.
Blitzschnell hatten sie ihre Zeche bezahlt und waren in das Auto gesprungen. Stephan fuhr so schnell er konnte. Vor ihnen saß Max Trenker in seinem Dienstwagen, mit Blaulicht und Sirene.
Schier endlos war die Zeit, bis sie den Hof erreichten. Die Feuerwehr war bereits vor Ort und hatte mit der Brandbekämpfung begonnen. Als die jungen Leute durch die Einfahrt bogen, stürzten Hubert und Resi auf sie zu. Bestürzt schauten die fünf auf die Scheune, die lichterloh brannte.
»Was ist denn geschehen?« fragte Sandra die alte Magd, die selbst den Tränen nahe war.
Resi Angermeier hob hilflos die Arme. Zusammen mit dem Hubert sei sie im Wohnzimmer gesessen, vor dem Fernsehgerät. Plötzlich habe das Bild geflackert und sei für einen Moment dunkel geworden. Dann war es wieder da, und es gab keine weiteren Störungen, bis es kurz vor halb zwölf irgendwo draußen einen lauten Knall gab. Als die beiden Alten nachschauten, brannte die Scheune bereits.
Max Trenker kam zu ihnen. Er hatte zwischenzeitlich wieder mit dem Brandmeister gesprochen. Was der Polizeibeamte zu sagen hatte, war niederschmetternd. Die Scheune sei nicht mehr zu retten. Die Flammen fraßen sich durch das trockene Holz wie durch Zunder. Die Wehr hatte das Gebäude schon aufgegeben, jetzt galt es nur das Übergreifen

des Feuers auf das Wohnhaus und die Ställe zu verhindern. Es war ein Segen, daß die Ponys in dieser warmen Jahreszeit auch nachts draußen auf der Weide blieben. So war den Feuerwehrleuten und den Helfern zumindest die Arbeit erspart geblieben, die Tiere zu evakuieren.
Sandra schüttelte immer wieder den Kopf. Sie wagte gar nicht daran zu denken, was dieses Feuer für ihre weiteres Schicksal und das der Freundinnen bedeutete. Unter Umständen würden ihre ganzen schönen Pläne umsonst gewesen sein. Wahrscheinlich war die Scheune nicht einmal versichert. Sandra hatte, ehrlich gesagt, schlicht und einfach vergessen zu klären, ob und wie der Hof und die Tiere versichert waren, und für einen Neubau fehlten einfach die finanziellen Mittel. Der Kreditrahmen war so eng gesteckt, daß die drei Madeln sich ohnehin schon »bis an die Decke strecken mußten«, um einigermaßen vernünftig wirtschaften und leben zu können, und jetzt war auch noch das Futter für die Ponys mitsamt der Scheune verbrannt.
Wahrscheinlich blieb ihnen doch keine andere Wahl mehr als an diesen Oberlechner zu verkaufen.
Sandra starrte auf das Feuer, und die Bemerkung des Bauunternehmers fiel ihr wieder ein, die Bemerkung, die wie eine Drohung geklungen hatte.
Sollte der Mann diese Drohung wahr gemacht haben?
Stephan Rössner hielt sie in seinen Armen, tröstend strich er über ihr Haar. Sandra hielt die Tränen nicht mehr zurück.
»Kopf hoch, Madel«, sagte er. »Es wird schon wieder alles gut werden. Ich bin ja auch noch da.«
Sandra sah ihn durch einen Tränenschleier an. Sie versuchte tapfer zu sein, auch wenn sie glaubte, einen fürchterlichen Alptraum zu haben. Stephan holte ein Taschentuch hervor und tupfte ihr Gesicht ab. Sie äußerte ihm gegenüber ih-

ren Verdacht gegen den Bauunternehmer. Der junge Mann schüttelte den Kopf.
»Ich weiß net, du solltest vorsichtig mit solchen Äußerungen sein«, meinte er. »Solange du keine handfesten Beweise hast – der Oberlechner bringt es glatt fertig, dich wegen Verleumdung anzuzeigen.«
Sandra hob verzweifelt die Arme.
»Aber was soll ich denn jetzt nur machen?«
Stephan versicherte noch einmal, daß sie ganz fest auf seine Hilfe zählen könne. Das junge Madel versuchte tapfer den dicken Kloß herunterzuschlucken, der in ihrem Hals saß. Die Freundinnen standen ebenso erschüttert neben ihnen. Markus hielt Anjas Hand. Sandra, die es sah, griff unwillkürlich nach Stephans Hand. Sie schauten sich einen Moment tief in die Augen, dann wartete sie sehnsüchtig darauf, daß sein Mund sanft ihre Lippen berührte.

*

Sebastian war bestürzt, als er die Nachricht vom Brand auf dem Ponyhof bekam. Aber dankbar hörte er, daß »nur« die Scheune dem Feuer zum Opfer gefallen war. Das Wohnhaus und die Ställe hatten gerettet werden können. Dennoch war es nicht zu leugnen, daß es ein schwerer Schlag für die jungen Frauen war.
»Gibt's denn schon irgendeinen Verdacht, wie das Feuer ausbrechen konnte?« erkundigte sich der Geistliche bei seinem Bruder während des Frühstücks.
Max Trenker schüttelte den Kopf.
»Noch net. Die Brandexperten der Kripo wollen heut vormittag die Reste der Scheune untersuchen«, erklärte er. »Aber mit einem endgültigen Ergebnis ist net vor der nächsten Woche zu rechnen.«
»Das Feuer kann natürlich verschiedene Ursachen haben,

wobei Blitzschlag ja wohl ausscheidet. Untersuchen die Experten denn auch in Richtung Brandstiftung?«

»Das tun sie sowieso. Besonders, wenn der Verdacht besteht, daß es sich um einen Versicherungsbetrug handeln könnte. Aber Sandra Haller weiß net einmal, ob der Hof überhaupt versichert ist.«

»Du liebe Zeit«, stöhnte Sebastian. »Da kommt ja noch was auf die Madeln zu!«

Max erhob sich.

»Entschuldige«, sagte er. »Aber ich muß zum Hof hinauf. Wenn die Kollegen von der Brandermittlung kommen, muß ich schon vor Ort sein.«

»Natürlich«, nickte sein Bruder. »Ich werd' nach der Messe vorbeischau'n. Vielleicht weiß man dann schon mehr, und eventuell kann ich irgendwie helfen.«

Allerdings würde es ihm kaum gelingen, Anton Rehringer dazu zu bringen, das Darlehen noch einmal zu erweitern, damit die abgebrannte Scheune wieder aufgebaut werden konnte. Der Filialleiter hatte sich ohnehin schon »viel zu weit aus dem Fenster gelehnt«, wie er sich gegenüber dem Seelsorger ausdrückte. Da würde Sebastian sich etwas anderes einfallen lassen müssen. Vielleicht konnten die Leute vom Ferienparadies »Reiterhof« einstweilen aushelfen, denn Futter für die Ponys mußte zuerst beschafft werden. Überhaupt wollte er in seiner Predigt auf das Feuer zu sprechen kommen, und darauf, daß die Menschen sich in Zeiten der Not gegenseitig helfen mußten. Vielleicht sah auf den ersten Blick für die drei Madeln alles schlimmer aus, als es war.

Diese Gedanken gingen Sebastian Trenker durch den Kopf, während er das Pfarrhaus verließ.

*

In der Villa des Fabrikanten Rössner herrschte seit zwei Wochen eine gedrückte Stimmung. So lange schon war Stephan spurlos verschwunden. Zunächst hatten seine Eltern angenommen, er sei in seine Studentenwohnung nach München zurückgekehrt, wenngleich es Walter Rössner schon merkwürdig vorkam, daß sein Sohn seinen Wagen hatte stehen lassen.

Als der Vater allerdings immer wieder vergeblich versuchte, mit Stephan zu telefonieren, war es ihm doch nicht ganz geheuer. Schließlich drängte seine Frau darauf, selbst nach München zu fahren. Endlich gab der Fabrikant nach. Sie setzten sich ins Auto und fuhren los. Daß ihre Fahrt umsonst gewesen war, hörten die Eltern erst, als ein Nachbar von Stephan erklärte, daß ihr Sohn nicht zu Hause sei. Er selbst, so der junge Mann, kümmere sich um die Post und Blumen des Abwesenden, der kaum vor den Semesterferien zurückkäme.

Unverrichteterdinge fuhren Walter und Ingrid Rössner wieder nach Hause und begannen sich wirklich Sorgen zu machen.

»Himmel, das ist doch sonst net seine Art«, schimpfte der Hausherr und ging aufgeregt im Salon der Villa auf und ab. Seine Frau drückte ihn schließlich in einen Sessel.

»So kommen wir nicht weiter«, sagte sie. »Es hat keinen Sinn, herumzuschimpfen. Wir müssen uns überlegen, wo Stephan sein könnte. Als erstes rufe ich nacheinander alle seine Freunde an. Vielleicht finden wir so heraus, wo Stephan steckt.«

Einen ganzen Nachmittag saß Ingrid Rössner am Telefon und rief alle die Freunde ihres Sohnes an, die sie selbst kannte, oder, von denen sie zumindest die Telefonnummern wußte. Allerdings waren ihre Bemühungen vergeblich. Von insgesamt zehn Bekannten hatten acht überhaupt keine Ahnung,

wo Stephan abgeblieben sein könnte, bei den zwei anderen lief nur der Anrufbeantworter. Ingrid sprach eine Nachricht darauf und bat darum, zurückgerufen zu werden.
Walter Rössner hingegen saß nachdenklich in seinem Arbeitszimmer. Der Gedanke an seinen verschwundenen Sohn zerrte an ihm. Es hatte schon öfter Auseinandersetzungen zwischen ihnen gegeben, doch war es immer wieder gelungen, sich zu versöhnen. Daß Stephan diesmal so konsequent gegangen war, ließ den Fabrikanten das Verhältnis zu seinem Sohn in einem anderen Licht sehen.
Walter Rössner hatte das Unternehmen mit seinen eigenen Händen, praktisch aus dem Nichts, aufgebaut. Dank seiner Spürnase für Trends und fortschrittliche Erfindungen, hatte er den Boom mit den mobilen Telefonen vorhergesehen und alles auf diese Karte gesetzt. Nach und nach waren andere Sparten, insbesondere der Unterhaltungselektronik hinzugekommen, und heute, da der Handyboom im Abflauen begriffen war, stand sein Unternehmen, im Gegensatz zu manchem seiner Mitbewerber, bestens da. Die Rössner KG tätigte Umsätze in Millionenhöhe, und für das nächste Jahr war der Gang an die Börse geplant.
Da war es nur zu verständlich, daß der Vater seinen einzigen Sohn als seinen Nachfolger in der Firma sehen und aufbauen wollte. Walter Rössner mußte sich eingestehen, daß er da wohl zu konsequent gefordert hatte. Stephan war aus einem anderen Holz, als der kühl agierende Geschäftsmann, der sein Vater war. Er hatte ein beachtliches, handwerkliches Geschick und liebte das Leben draußen, in der freien Natur. Solch einen Menschen konnte man nicht an einen Bürojob fesseln. Immer mehr sah Walter Rössner dies ein, und er fragte sich, wie er selbst wohl gehandelt hätte, wenn sein Vater ihn gezwungen hätte, etwas zu werden, das ihm so verhaßt gewesen wäre wie für Stephan das Studium.

Nein, es hatte wohl keinen Sinn, darauf zu bestehen. Der Sohn würde seinen eigenen Weg gehen, und der Vater mußte sehen, wie er das Nachfolgeproblem löste.
Als er zu diesem Entschluß gekommen war, stand er auf und ging hinüber in das Zimmer seiner Frau, die müde und abgespannt an ihrem Schreibtisch saß. Er wollte ihr von seinen Überlegungen erzählen.
»Und?« fragte er. »Hast du etwas in Erfahrung gebracht?«
Ingrid Rössner schüttelte den Kopf. Sie berichtete von den ergebnislosen Telefonaten.
»Jetzt können wir nur noch hoffen, daß die beiden letzten zurückrufen.«
Sie schaute auf die Liste, die vor ihr lag.
»Die eine ist Bettina Holzinger«, sagte sie. »Und der letzte ist Markus. Du weißt schon, Markus Reinders. Bei beiden war niemand zu Hause. Aber es sind ja auch Ferien. Bei Markus hab' ich die größte Hoffnung, daß sich jemand meldet, er wohnt ja noch bei seinen Eltern.«
Ihr Mann setzte sich und erzählte, was er sich überlegt hatte. Ingrid war froh zu erfahren, daß er so einsichtig war. Die Firma war ihr egal, wenn es um den einzigen Sohn ging.
Sie setzte sich zu Walter und legte ihren Arm um ihn.
»Ich glaub' ganz fest daran, daß alles wieder gut wird«, meinte sie zuversichtlich.

*

Auf dem Ponyhof wußte man nicht aus noch ein. Die Brandexperten der Kripo hatten herausgefunden, daß die Ursache für das Feuer die alten elektrischen Leitungen waren. Zudem hatte sich herausgestellt, daß für den gesamten Hof kein Versicherungsschutz bestand. Die Gesellschaft hatte die Policen gekündigt, nachdem die monatlichen Prämienzahlungen ausgeblieben waren.

»Das bedeutet das Ende für den Ponyhof«, verkündete Sandra, als sie das Ergebnis der Branduntersuchung schriftlich in den Händen hielt.
Gemeinsam saßen sie in der großen Küche und beratschlagten. Am meisten Vorwürfe machte sich Markus. Er hatte ja alles Notwendige besorgt, um die alten Leitungen zu erneuern.
»Warum hab' ich bloß nicht gleich damit angefangen?« fragte er immer wieder.
»Ich muß mir Vorwürfe machen, Markus, nicht du«, sagte Sandra. »Schließlich hatte ich dir gesagt, daß du bis zum Anfang der nächsten Woche warten solltest. Mensch, du und Stephan, ihr hattet schon soviel geschuftet. Ich fand es einfach unverschämt von mir, euch so auszunutzen. Außerdem hätte das Feuer auch schon vorher ausbrechen können. Also, warum solltest du schuld sein?«
Markus konnte es nur zähneknirschend einsehen. Anja, die neben ihm saß, strich ihm tröstend über den Kopf und gab ihm einen Kuß.
»Sandra hat recht«, meinte sie. »Das hat doch keiner vorhersehen können.«
Stephan, der auf der anderen Seite Platz genommen hatte, stieß ihn an.
»Mensch Alter, jetzt mach dir bloß keinen Kopf. Irgendwie kriegen wir die Sache wieder in den Griff.«
»Fragt sich nur wie!«, mischte sich Nina ein. »Du vergißt, daß uns erhebliche finanzielle Mittel fehlen. Wir können von Glück sagen, daß der Chef vom Reiterhof uns mit dem Futter für die Ponys ausgeholfen hat. Doch auch das reicht keine Ewigkeit.«
»Aber es muß doch irgendeinen Weg geben«, rief Stephan. »Es muß!«
Sandra nahm seine Hand und schüttelte den Kopf.

»Es hat keinen Sinn, Stephan, der Zug ist abgefahren. Wir hatten eine kleine Chance, aber es hat nicht sollen sein. Morgen rufe ich den Oberlechner an und sag ihm, daß er den Ponyhof haben kann.«
»Ja, aber zu seinen Bedingungen«, entgegnete der Student. »Der zieht dich doch glatt über den Tisch.«
»Abwarten«, konterte Sandra. »Ich kann auch hart sein, wenn's darauf ankommt.«
Dabei sah es in ihr ganz anders aus. Am liebsten hätte sie sich in Stephans Arme geflüchtet. Sie war ihm dankbar für die Hilfe, die er ihr in der Woche nach dem Feuer gegeben hatte. Ohne ihn hätte sie das alles wohl gar nicht durchgestanden. Resi Angermeier und Hubert Bachmann waren nicht weniger verzweifelt. So wie es nun aussah, waren auch ihre Tage auf dem Ponyhof gezählt. Die beiden Alten hatten aber auch darüber nachgedacht, wie sie den drei Madeln helfen konnten.
»Der Hubert und ich haben uns was überlegt«, mischte die Magd sich ins Gespräch. »In all den Jahren, die wir hier auf dem Hof sind, haben wir net viel ausgegeben von dem, was wir verdient haben. Es ist schon ein ganzes Stückerl Geld, das wir gespart haben. Also, wir haben uns überlegt, daß wir es euch geben wollen, als Darlehen, damit's weitergehen kann.«
Die drei Madeln waren zu Tränen gerührt. Seit dem letzten Sonntag wurde der Ponyhof von einer wahren Hilfswelle überflutet. Der Appell des Pfarrers während seiner Predigt hatte Erfolg gezeigt. Von überall aus der Nachbarschaft kamen nicht nur Hilfsangebote, sondern auch aktive Hilfe in Form von Würsten und Käse, sowie das Futter für die Ponys. Und jetzt dieses Angebot.
Sandra nahm ihr Taschentuch und wischte sich über das Gesicht. Dann nahm sie die beiden in die Arme.

»Ich dank' euch wirklich von Herzen«, sagte sie. »Aber ich fürchte, es reicht net. Die Scheune allein kostet ja...«
Sie unterbrach sich, weil es draußen auf dem Hof lärmte. Ein Lastwagen bog in die Einfahrt. Dahinter kam ein dunkler Mercedes. Ein Mann stieg auf der Fahrerseite aus, und drüben – Pfarrer Trenker.

*

Der Anruf aus der Sägemühle überraschte selbst Sebastian. Martin Ambuscher, der Besitzer, bot seine Hilfe an, indem er dem Ponyhof eine Wagenladung Holz liefern wollte.
»Ich ruf' eigentlich nur an, weil ich wissen wollt', ob die Madeln denn weitermachen«, sagte er. »Das Holz können's umsonst haben. Ist zwar alles Ausschuß, also, für die Möbelindustrie net mehr zu gebrauchen, aber für eine neue Scheune ist's allemal gut genug.«
»Mensch Martin, dein Angebot das könnt' die Rettung sein«, freute sich der Geistliche. »Unter diesen Umständen müssen die Madeln einfach weitermachen. Vor allem, wenn alle mit anpacken. Weißt' was, wir fragen gar net erst, sondern überraschen sie einfach. Wann könntest' denn liefern?«
»Von mir aus gleich nach dem Mittag«, lautete die Antwort. »Dann fangen wir jetzt mit dem Laden an. Ich bin eh' froh, wenn ich wieder Platz im Lager hab'.«
Die Bewohner vom Ponyhof standen wie vom Donner gerührt, als der Fahrer des Lastwagens den Kran betätigte, der das Holz herunterhob.
»Wo soll's überhaupt hin?« rief er.
»Hier, hier drüben«, antwortete Stephan, der die Situation gleich erfaßte.
Er lief zu der Stelle dicht neben den Trümmern der abgebrannten Scheune. Sandra und ihre Freundinnen schauten mit offenen Mündern zu.

»Ich... ich versteh' das alles nicht«, stammelte sie.

»Das ist doch ganz einfach, Schatz«, lachte Stephan und gab ihr einen dicken Kuß. »Das Holz ist Ausschuß, und Pfarrer Trenker scheint den Mann da drüben gut zu kennen – bestimmt steckt er dahinter.«

»Das stimmt«, nickte der Sägemühlenbesitzer. »Der Appell unseres Geistlichen konnte net ungehört bleiben.«

Er reichte Sandra die Hand.

»Ich bin der Ambuscher-Martin. Mir gehört die Sägemühle droben an der Klamm, beim Ainringer Wald. Als Bub bin ich oft hier gewesen und auf den Ponys geritten. Ich möcht', daß meine Kinder das eines Tages auch wieder können. Darum schenk' ich Ihnen das Holz.«

Stephan, der neben Sebastian stand, zog den Seelsorger beiseite.

»Sagen Sie, Hochwürden, auch wenn das alles hier nur Ausschuß ist, wenn der Ambuscher das Holz an die Bauindustrie verkaufen würde, käme doch immer noch ein kleiner Gewinn dabei heraus. Ich schätze mal, daß das Holz immer noch einen Wert von, na, fünfundzwanzigtausend Mark hat.«

»Fünfunddreißigtausend hat Martin mir gesagt«, verriet der Pfarrer. »Seine Frau ist in anderen Umständen. Sie erwartet Zwillinge, und er möchte wirklich, daß sie später einmal, wie ihr Vater früher, hier auf den Ponys reiten können.«

»Das werden sie«, versprach Stephan fröhlich. »Jeden Tag und ganz umsonst!«

*

Ingrid Rössner rief ihren Mann im Büro an. Ganz aufgeregt klang ihre Stimme.

»Stell dir vor, Walter, Markus' Eltern haben sich gemeldet.

Sie waren übers Wochenende verreist und deshalb bekam man dort niemanden ans Telefon. Jetzt eben haben ich mit Frau Reinders gesprochen.«
»Wissen sie etwas von Stephan?« fragte der Fabrikant zurück.
»Ja, darum rufe ich doch an. Er macht gemeinsam mit Markus eine Wandertour in den Alpen. Sie haben nur ihre Rucksäcke dabei und etwas Kleingeld.«
Walter Rössner lachte erleichtert.
»Na, dieser verrückte Bursche. Hat Frau Reinders denn etwas gesagt, wann die beiden zurückkommen?«
Einen Moment herrschte Schweigen.
»Ja«, antwortete Ingrid Rössner dann betreten. »Markus hat seine Rückkehr für die Woche nach Pfingsten angekündigt...«
»Wieso nur Markus? Und Stephan? Was ist denn? Du klingst so merkwürdig...«
Stephans Mutter schluchzte.
»Frau Reinders erzählte, daß unser Junge sich weigert, wieder nach Hause zu kommen«, sagte sie, nachdem sie sich ein wenig gefaßt hatte.
»Was?« fragte der Fabrikant ungläubig. »Na, das wollen wir doch mal sehen. Wo stecken die beiden überhaupt?«
»Stell dir vor, sie sind in St. Johann. Weißt du, wo wir früher öfter mal in Urlaub waren.«
Walter Rössner erinnerte sich sehr gut. Damals hatte er noch nicht die Fabrik und damit diesen nervenaufreibenden Job am Hals. Oft und gerne war er mit Frau und Sohn in die Berge gefahren, dafür hatte man ja leider keine Zeit mehr. Wenn es ihm wirklich gelang, sich ein paar Tage frei zu machen, dann war er froh, wenn er zu Hause seine Ruhe hatte.
»In St. Johann also«, sinnierte er. »Weißt du was, wenn der

Junge kein Einsehen hat, dann werd' ich wohl dafür sorgen müssen, daß der Haussegen bei uns wieder gerade hängt. Wir fahren am Wochenende hinüber und ich spreche mich mit Stephan aus.«

»Weißt du, daß ich dich ganz fürchterlich liebe?« fragte seine Frau mit leiser Stimme. »Du bist der wertvollste Mensch, den ich habe.«

Walter Rössner spürte einen wohligen Schauer über seinen Rücken laufen. So etwas Schönes hatte seine Frau ihm eine Ewigkeit nicht mehr gesagt. Was hätte er dafür gegeben, sie jetzt in seinen Armen halten zu können!

»Ich liebe dich auch, Ingrid«, antwortete er mit belegter Stimme.

*

Auf dem Ponyhof wurde fleißig gearbeitet. Stephan, der glücklich war, sein handwerkliches Geschick endlich einmal unter Beweis stellen zu können, war von früh bis spät mit dem Neubau der Scheune beschäftigt. Er hatte nicht nur die Zeichnungen gemacht, er schnitt auch das Holz zu und teilte die Arbeiter ein.

Dank der Fürsprache durch Pfarrer Trenker war der Bauantrag schnell und unbürokratisch genehmigt worden.

Eine ganze Menge Helfer waren tagtäglich damit beschäftigt, die Scheune aufzubauen. Auch sie kamen, weil ihr Seelsorger in seiner Predigt darum gebeten hatte.

Resi Angermeier hatte also für viele hungrige Mäuler zu kochen, und es machte ihr riesige Freude.

»Das ist fast so wie früher, als noch die vielen Feriengäste kamen«, lachte sie, während sie in der Küche stand, und Kraut schnitt, Knödel drehte und ständig für Nachschub an Kaffee, Tee und Kuchen sorgte.

»Dann ist das ja eine gute Übung«, meinte Stephan, der zwi-

schendurch mal hereinkam und sich ein Glas Milch aus dem Kühlschrank holte. »In einigen Wochen werden die Feriengäste wieder eintrudeln.«
Dabei freute er sich wie ein Schulbub, und so schaute er auch aus, in den viel zu großen Arbeitshosen, die er irgendwo aufgetrieben hatte und so schmutzig und verschwitzt wie er war.
Sandra, die Resi beim Kochen half, schaute ihn verliebt an. Sie konnte immer noch nicht fassen, daß das Schicksal ihr diesen Mann geschickt hatte.
Stephan trank das große Glas in einem Zug leer, dann wischte er sich den weißen Milchbart von den Lippen und gab Sandra einen Kuß.
»Ich muß wieder«, sagte er in Eile. »Heut abend, da feiern wir Richtfest!«
Die beiden Frauen sahen ihm hinterher.
»Wie's scheint, haben sich da noch zwei gefunden«, bemerkte die alte Magd und nickte zum Fenster hinaus.
Dort standen Markus und Anja eng umschlungen.
»Nur die Nina scheint net so recht zu wollen...«
»Wie kommst' denn darauf?« fragte Sandra neugierig.
»Ach, ich mach' mir so meine Gedanken«, erwiderte Resi. »Der Max schaut ja net gerade glücklich drein.«
»Wirklich? Ist mir noch gar nicht aufgefallen.«
Sie lief ans Fenster und schaute hinaus. Nina Kreuzer stand an der Säge, auch eine Leihgabe vom Ambuscher, wie fast das gesamte Werkzeug, und wartete, bis aus einem Stamm dünne Bretter gesägt waren, die sie dann zu den Arbeitern hinübertrug.
Nachdenklich sah Sandra ihr zu. Daß der Bruder des Pfarrers auffallend oft auf dem Ponyhof war, hatte sie natürlich bemerkt. Aber offenbar kam er nicht so zum Zuge wie er es gerne gehabt hätte...

Sandra ahnte nicht, daß sie mit ihrer Vermutung goldrichtig lag.

*

Auch Sebastian merkte, daß irgend etwas seinen Bruder bedrückte. Bei den Mahlzeiten verhielt er sich äußerst schweigsam und schien seinen Gedanken nachzuhängen.
»Wie geht's denn, droben am Hof?« erkundigte sich der Geistliche beim Mittagessen.
Max zuckte die Schulter.
»Wie soll's schon gehen?« antwortete er kurz angebunden.
»Heut abend ist Richtfest.«
»Das weiß ich«, schmunzelte Sebastian. »Schließlich sprech' ich ja den Segen. Ich mein', wie steht's denn mit dir und der Nina. Ich hab' doch gemerkt, daß du ein Aug' auf sie geworfen hast.«
Max ließ einen tiefen Seufzer hören.
»Net so gut«, bekannte er. »Sie weicht mir irgendwie aus. Dabei geb' ich mir wirklich alle Mühe.«
Er schüttelte mutlos den Kopf, und sein Bruder sah ihn mitleidig an. So wie es ausschaute, hatte der fesche Max zum erstenmal wirklichen Liebeskummer!
Am frühen Abend glich der Ponyhof eher einem Rummelplatz als einem Gestüt. Unzählige Leute liefen herum, eine Musikkapelle spielte, und über dem Gebälk der neuen Scheune hing der Richtkranz, den Frauen von den Nachbarhöfen geflochten hatten.
Natürlich gab es Essen und Getränke, und nach dem Segen durch Pfarrer Trenker ließen sich die Bewohner und Gäste an langen Tischen und Bänken nieder.
Max hatte sich seinen Platz neben Nina gesucht, die ihn fröhlich anlachte, als er sich neben sie setzte. Himmel, wie klopfte das Herz des Schwerenöters, als er dieses Lachen

sah. Sie prosteten sich zu, und als die Musik wieder zum Tanz aufspielte, zog Max das schwarzhaarige Madel hoch.
Sie tanzten die ersten beiden Tänze, dann bat Nina um eine Pause. Langsam schlenderten sie zur Scheune hinüber. Unter dem Vordach war eine provisorische Bar aufgebaut, an der Hubert Bachmann Sekt ausschenkte. Mit den Gläsern in der Hand schauten sie auf das Bauwerk.
»Da habt ihr aber eine tolle Arbeit geleistet«, lobte Max.
»Na ja, das meiste hat Stephan getan«, wiegelte Nina ab und griff nach seinem Arm. »Aber dir haben wir auch viel zu verdanken.«
Der Polizeibeamte schaute in ihre Augen, die wie dunkler Samt schimmerten.
»Danke schön«, sagte das Madel und gab ihm einen Kuß.
Max Trenker zog sie ganz in seine Arme.
»Weißt du, daß du mich ganz narrisch machst, Madel?« fragte er.
Nina nickte keck.
»Ich weiß«, antwortete sie mit einem schalkhaften Lächeln. »Du mich aber auch!«
»Wirklich?« fragte er ungläubig. »Dabei hab' ich schon beinah' alle Hoffnung aufgegeben.«
Er beugte sich zu ihr und küßte sie sanft. Nina erwiderte den Kuß.
»Komm, laß uns ein Stück gehen«, sagte sie und nahm seine Hand.
Sie schlenderten von der Scheune fort zu der Koppel hinüber. Dort am Zaun blieben sie stehen.
»Weißt' Max, ich hab' dich wirklich gern«, begann das Madel. »Aber ich fürcht', mehr als gute Freunde können wir nicht werden.«
Der Dorfpolizist schluckte.
»Ich möcht' einen Mann, der mir ganz und gar gehört«, fuhr

das Madel fort. »Und net einen, wo ich fürchten muß, daß er anderen Frauen nachsteigt. Sei net bös', aber wenn du ehrlich bist, dann wirst' zugeben, daß du net nur einer treu sein kannst.«

Den letzten Satz hatte sie mit einem Augenzwinkern gesagt. Max nickte. Er war nun mal ehrlich und er wußte, daß sie recht hatte.

»Weißt', ich möcht' net nur eine unter vielen sein. Wenn ein Mann mich bekommt, dann will ich die einzige sein!«

Der Polizist zog sie in seine Arme.

»Ich versteh', was du meinst, Madel«, antwortete er. »Und ich freu' mich, daß wir Freunde sind. Aber jetzt komm, ich möcht' mit dir tanzen, und am Sonntag, da wird net gearbeitet, da machen wir zwei einen Ausflug zum Achsteinsee.«

Sebastian Trenker, der zwischen Resi Angermeier und Sandra Haller saß, beobachtete seinen Bruder. Ihm war nicht verborgen geblieben, daß Max mit dem Madel verschwunden war. Jetzt, nachdem die beiden wieder aufgetaucht waren, schien der Bruder viel gelöster als seit Tagen. Schmunzelnd schaute der Pfarrer zu, wie die zwei einen Tanz nach dem anderen drehten. Offenbar hatten sie sich ausgesprochen, und das Ergebnis schien Max glücklich zu machen.

Der Geistliche schickte ein Dankgebet zum Himmel. Sollte Max endlich die Frau seines Lebens gefunden haben? Konnte man wirklich hoffen, daß aus dem Hallodri doch noch ein braver Ehemann wurde?

Nachdenklich schaute Sebastian in sein Weinglas, als wollte er darin die Zukunft lesen. Dann schüttelte er den Kopf. Wenn er es recht bedachte, dann war es völlig unmöglich, daß Max plötzlich den Pfad der Tugend gefunden haben sollte...

*

»Schau, da sind der Himmelsspitz und die Wintermaid«, deutete Walter Rössner aus dem Autofenster. »Und da drüben, das muß die Korber-Alm sein, weißt du noch, wo wir immer diesen herrlichen Bergkäse gekauft haben.«
»Den du mit nach Hause nehmen wolltest und ihn dabei schon heimlich in der Pension aufgegessen hast. Wie könnte ich das vergessen?«
Sie lachten beide, als sie sich erinnerten.
Stephans Vater schaute auf den Kilometerzähler.
»Dann ist es ja nicht mehr weit bis nach St. Johann.«
Seine Frau deutete nach vorn.
»Schau doch nur, die vielen Autos!«
»Ja, offenbar ist das kleine Bergdorf ein beliebtes Ausflugsziel geworden. Ich bin froh, daß wir ein Zimmer reserviert haben. So kurz vor Pfingsten war es gar nicht so einfach. Ich hatte schon befürchtet, daß wir nach Garmisch oder Berchtesgaden ausweichen müßten.«
»Aber wir haben ja Glück gehabt. Ich bin schon ganz gespannt auf das Hotel. Damals war es ja nur ein einfaches Gasthaus.«
»Ja«, lachte ihr Mann. »Aber für uns noch zu teuer.«
Wenig später passierten sie das Ortsschild. Es war, als hätten sie eine Reise in die Vergangenheit gemacht. Kaum etwas hatte sich verändert. Noch immer war St. Johann ein schmuckes Bergdorf, dessen Häuser weiß erstrahlten und mit den typischen Lüftlmalereien verziert waren. Erst als sie auf den Hotelparkplatz fuhren, sahen sie, daß die Zeit keineswegs stehengeblieben war. Wo einst ein Dorfwirtshaus gewesen war, stand heute ein großes Hotel.
»Wo könnten die beiden nur stecken?« fragte Ingrid Rössner, nachdem sie sich bei einer Tasse Kaffee von der Fahrt erholten.
»Ich überlege die ganze Zeit schon«, entgegnete ihr Mann.

»Am besten fragen wir einfach in den Pensionen nach. Irgendwo werden sie schon sein.«
Bis zum Abend hatten sie überall dort nachgefragt, wo Fremdenzimmer vermietet wurden. Aber jede Auskunft war negativ gewesen. Erst bei der vorletzten Pension hatten sie Glück. Die Wirtin erinnerte sich an die beiden jungen Männer. Mehr noch, sie konnte sogar sagen, wo die beiden abgeblieben waren.
So erfuhren Ingrid und Walter Rössner alles über ihren Sohn, dessen Freund und den Ponyhof. Die Zimmerwirtin beschrieb ihnen den Weg, und sie machten sich unverzüglich auf, Stephan zu finden.

*

»Eine herrliche Gegend«, schwärmte Walter. »Ich hatte schon ganz vergessen, wie schön es hier ist.«
»Stimmt«, nickte seine Frau und sah von der Karte auf, in der sie gelesen hatte. »Jetzt muß gleich der Abzweig kommen.«
»Ja, ich seh's schon. Dort vorn ist ein Schild.«
Er bog in die Straße ein. Nach weiteren sechs Kilometern sahen sie die Gebäude des Ponygestütes. Sie fuhren durch die Einfahrt und hielten neben den Ställen.
»Nanu«, wunderte sich Sandra, die mit Stephan unter der Eiche saß. »Wer besucht uns denn da?«
»Meine Eltern«, seufzte er.
Natürlich hatte er den Wagen sofort erkannt.
»Grüß' dich Mutter«, sagte er, nachdem Ingrid Rössner ausgestiegen war und gab ihr einen Kuß auf die Wange.
Dann hielt er seinem Vater die Hand hin.
»Wenn ich sage, ich würd' mich freuen, dich zu sehen, dann ist das die volle Wahrheit«, sagte Walter Rössner und drückte die dargebotene Hand. »Ich würd' gern mit dir reden.«

Er schaute zu Sandra hinüber, die aufgestanden war und nun abwartete.
»Allein, wenn's möglich ist.«
»Warum?« fragte Stephan zurück. »Was du mir zu sagen hast, kann das Mädel, das ich liebe, ruhig hören. Aber ich sag' dir gleich, wenn du gekommen bist, um mich wieder einmal deine Autorität spüren zu lassen, dann kannst du gleich wieder fahren. Es ist alles gesagt, was es zu sagen gab.«
Er drehte sich um und wollte zu Sandra zurückgehen.
»Stephan...«, rief seine Mutter ihm hinterher.
»Tut mir leid, Mutter«, gab er zurück und ging weiter.
Walter Rössner stand einen Moment sprachlos da, dann explodierte er.
»Zum Himmeldonnerwetter«, schnaubte er. »Der Bengel hört mir ja überhaupt nicht zu. Der ist ja noch sturer als ich!«
»Komm«, sagte seine Frau und nahm ihn beim Arm. »Im Moment hat es wohl keinen Zweck. Laß uns zurückfahren. Vielleicht red' ich besser erst einmal alleine mit ihm.«
Dazu kam es in den nächsten Tagen allerdings nicht. Immer wenn Ingrid Rössner auf dem Ponyhof anrief, um mit Stephan zu sprechen, ließ dieser sich verleugnen. Dabei fiel es ihm offensichtlich schwerer, als er es zugeben wollte. Sandra konnte jedenfalls deutlich sehen, daß Stephan unter dem Streit mit dem Vater litt.
»Willst du ihm nicht die Hand zur Versöhnung reichen?« fragte sie eines Abends, als sie draußen spazierengingen.
»Damit er wieder davon anfängt, daß ich eines Tages die Firma übernehmen soll? Niemals. Ich gehe nicht wieder auf die Uni zurück, und wenn er sich auf den Kopf stellt.«

*

Wieder einmal zeigte sich, daß der Apfel nicht weit vom Stamm fällt, erbost über das Verhalten seines Sohnes, schaltete auch Walter Rössner auf stur. Alles Bitten seiner Frau konnte ihn nicht umstimmen, noch einmal zum Ponyhof hinauszufahren und das Gespräch mit Stephan zu suchen.

Ingrid Rössner unternahm einen letzten Versuch und rief auf dem Gestüt an. Diesmal meldete sich zum erstenmal nicht die alte Frau, die sonst abnahm.

»Ich bin die Mutter von Stephan«, erklärte Ingrid. »Kann ich ihn sprechen?«

»Es tut mir leid, Frau Rössner, Stephan möchte weder mit Ihnen noch mit seinem Vater reden«, sagte Sandra Haller.

Einen Moment war es still in der Leitung.

»Sind Sie die junge Frau, die mein Sohn...?«

»Ja. Wir haben uns neulich Abend kurz gesehen.«

Von dem folgenden Gespräch erfuhr weder Stephan noch sein Vater jemals ein Wörtchen. Was die beiden Frauen verabredeten, erfuhr nur Sebastian Trenker und wurde ins Vertrauen gezogen.

Am nächsten Sonntag äußerte Ingrid den Wunsch, die Messe zu besuchen. Aufmerksam hörten sie der Predigt des Geistlichen zu und bewunderten die verschwenderisch gestaltete Kirche. Besonders Walter Rössner erfreute sich an den Bildern und Figuren.

»Als nun aber der Sohn heimkehrte, freute sich der Vater so sehr, daß er ein großes Fest veranstaltete«, sagte Pfarrer Trenker, der oben auf der Kanzel stand.

Walter Rössner, der einen Moment abgelenkt gewesen war, schaute auf, als habe er das Gefühl, jemand beobachtete ihn. Sebastian, der den Mann im Blick hatte, schaute zu der Bank hinüber, in der Stephan und Sandra saßen.

»Oftmals sind es die kleinen Irrtümer, die einem das Leben so schwer machen«, fuhr er mit seiner Predigt fort. »Und so, wie der verlorene Sohn vom Vater mit offenen Armen empfangen wurde, so soll der Sohn seinen Vater umarmen und sich mit ihm aussöhnen.«

Walter Rössner drehte vollends den Kopf und schaute hinter sich. Er hatte sich nicht getäuscht. Drei Reihen weiter saß sein Sohn, neben ihm die junge Frau. Der Fabrikant spürte sein Herz klopfen, als Stephan ihm unmerklich zunickte.

Ingrid, die natürlich alles mitbekam, drückte Walters Hand. Das wird schon werden, sollte es heißen.

Nach der Messe strebten die Kirchenbesucher zum Ausgang. Nur Stephans Eltern blieben stehen und warteten, bis die Reihen sich leerten. Dann fielen Vater und Sohn sich in die Arme, auch die beiden Frauen umarmten sich.

»Entschuldige, Vater«, bat Stephan. »Ich hab' mich ziemlich dumm benommen. Erst die Predigt heute hat mir die Augen geöffnet.«

»Ist schon gut, mein Junge«, antwortete Walter gerührt. »Wir werden uns in aller Ruhe aussprechen. Aber erst mal werd' ich tun, was sich für einen glücklichen Vater gehört. Ich gebe ein Festessen für dich und deine Freunde.«

»Du wirst dich wundern«, lachte Stephan und hakte sich bei seinen Eltern ein. »Das wird ganz schön teuer für dich. Wir sind nämlich sieben Leute auf dem Ponyhof.«

»Keine Bange«, gab sein Vater zurück. »Das ziehe ich dir von deinem Erbteil ab.«

Dann verließen sie unter dem schmunzelnden Blick von Pfarrer Trenker die Kirche.

*

Gerade eben erst hatten sich die ersten Sonnenstrahlen gezeigt, als Sebastian das Pfarrhaus verließ. In seinen Wanderschuhen und der derben Kleidung sah er nicht wie ein Geistlicher aus, eher hätte man ihn für eine durchtrainierte

Sportskanone halten können. Und in der Tat hatte man ihn schon mit solch einer verwechselt.

Im Rucksack führte er Kaffee, Brot und Käse mit, und später würde er ein kleines Mittagessen auf einer Almhütte einnehmen. Ja, es wurde wieder einmal Zeit, daß er in seinen geliebten Bergen unterwegs war. Aber zuviel war in den letzten Tagen und Wochen geschehen, das ihn von seinem geliebten Hobby abhielt. Die Ereignisse um den Ponyhof waren, gottlob, alle glücklich geendet, und das Zerwürfnis zwischen Stephan Rössner und seinem Vater war gekittet worden.

Nach der Aussprache wurde deutlich, daß nichts und niemand Stephan von seinen Plänen abbringen konnte, und sein Vater akzeptierte die Vorstellungen seines Sohnes. Mehr noch, er war bereit, eine beträchtliche Summe in den Ponyhof zu investieren, damit es endlich vorangehen konnte. Allerdings hatte er eine Bedingung daran geknüpft – sollte es sich zeigen, daß das geplante Ferienparadies nicht den Zuspruch der Gäste fand, sollte Stephan doch noch zu Ende studieren und in die väterliche Firma einsteigen. Sebastian fand, daß dies eine vernünftige Lösung war.

Tief atmete er ein und weit schritt er aus. Vor ihm standen die majestätischen Berge, deren Anblick sein Herz höher schlagen ließ. Es war immer wieder ein Abenteuer, das es zu bestehen galt. So manches Menschenschicksal war ihm dort oben schon begegnet, und wer konnte wissen, welches Problem heute vielleicht auf ihn wartete.

Aber, was immer es war, mit Kraft und Zuversicht würde der Geistliche sich daran machen, dieses Problem zu lösen. Denn dafür liebten die Leute von St. Johann ihren Bergpfarrer.

– E N D E –

Eine Liebe wird erwachsen

… und das paßt dem Anstetter-Bauern gar nicht!

»Schau her, Michaela, so mußt' erst die Form einfetten, sonst setzt dir der Kuchen an«, sagte Maria Engler zu ihrer Tochter und schüttelte den Kopf. »Himmelnocheinmal, wo bist' bloß mit deinen Gedanken? Hundertmal hab ich's dir doch schon gezeigt!«
Das dunkelhaarige Madel hob das hübsche Gesicht.
»Ja, Mutter, entschuldige bitte, ich weiß auch net, was mit mir los ist…«
Dabei hoffte sie, daß ihre Mutter nicht sah, wie sie rot anlief. Sie wußte nämlich ganz genau, was mit ihr los war. Übermorgen kam Markus zurück, endlich, nach drei langen Jahren. Darum war das Madel so aufgeregt und konnte sich auf nichts konzentrieren.
Maria hatte ihr die Kuchenform aus der Hand genommen und selbst noch einmal gründlich eingefettet. Jetzt reichte sie sie der Tochter zurück. Michaela füllte den Teig hinein und strich ihn glatt. Dann schob sie die Form in den vorgeheizten Backofen.
»Eine gute Stunde, bei hundertachtzig Grad«, bemerkte die Mutter, bevor sie die Küche verließ. »Ich leg' mich jetzt ein halbes Stündchen hin. Weck mich um drei.«
»Ist gut«, antwortete das Madel und machte sich an den Abwasch.
Um drei würden auch die beiden Knechte, Valentin Oberbauer und Franz Saibler vom Wald zurückkommen. Dann wurde auf dem Anstetterhof Kaffee getrunken. So war es seit jeher Brauch. Michaela konnte sich nicht erinnern, daß es jemals anders gewesen wäre, und sie lebte schon lange mit ih-

rer Mutter, die hier als Magd arbeitete, auf dem Hof. Der Vater war kurz nach der Geburt der Tochter durch einen tragischen Unglücksfall verstorben, und Maria hatte zusehen müssen, daß sie sich und das Kind durchbrachte. Sie sprach oft davon, wie sehr sie dem Anstetter-Bauern und seiner Frau dankbar war, daß sie damals mit dem Kind aufgenommen worden war. So wuchs Michaela zusammen mit dem Sohn des Bauern auf, und sie und Markus wurden wie Bruder und Schwester.

Später, als die Bäuerin gestorben war, übernahm Maria Engler auch bei dem kleinen Bub die Mutterpflichten, und manchmal kam es sogar vor, daß Markus sie Mama nannte. Es wurde eine glückliche Zeit für Michaela, genauso, wie ihre Mutter es sich erhofft hatte. Die Jahre vergingen, und aus den Kindern wurden junge Leute. Markus Anstetter besuchte die Landwirtschaftsschule, und als er sie beendet hatte, äußerte er den Wunsch, für ein paar Jahre als Entwicklungshelfer nach Afrika zu gehen. Der Altbauer, Josef Anstetter, konnte sich nur schlecht damit anfreunden, aber mit Marias Hilfe und dem Zureden durch Pfarrer Trenker, gelang es dem Sohn, den Vater zu überzeugen.

»Also gut, Bub«, gab der Alte nach, »aber in drei Jahren bist wieder hier und übernimmst den Hof. Dann hab' ich lang' genug geschafft.«

Einundzwanzig Jahre alt war er da gewesen und Michaela achtzehn. Es war ein schwerer Abschied, denn beide wußten, daß nun auch die unbeschwerte Zeit ihrer Kindheit und Jugend endgültig vorüber war.

An all diese Dinge dachte das Madel, während es den Abwasch beendete und den großen Tisch auf der Diele deckte. Ob er sich sehr verändert hatte? In seinen Briefen war nichts davon zu merken gewesen.

Im Gegenteil, oft neckte er sie mit Andeutungen und Bemer-

kungen über Streiche, die sie ausgeheckt hatten, erinnerte er sie an längst vergessene Begebenheiten, wie das ›Abenteuer‹ droben, am Höllenbruch, wo Michaela sich einmal beim Pilzesuchen verlaufen hatte.
Die Leute vom Hof suchten sie den halben Tag. Markus fand sie schließlich weinend auf einem Ameisenhaufen sitzend.
Oder an den Ausflug zum Achsteinsee, wo Markus beinahe ertrunken wäre, als das Boot kenterte.
Aber diese Zeiten waren vorbei. Michaela wußte nicht, ob sie diese Tatsache bedauern sollte. Jetzt war sie erwachsen, und Markus ebenfalls. Sie spürte ihr Herz schneller schlagen, als sie sich vorstellte, daß er schon bald wieder vor ihr stehen würde. Sie wußte, daß sie ihn liebte, mehr als alles andere auf der Welt. An Verehrern mangelte es ihr wahrlich nicht. Auf der Schule war es nicht anders gewesen, als auf den Tanzabenden, drunten im Dorf. Aber keinem von den Burschen war es je gelungen, ihr Herz so zum Klopfen zu bringen wie der Gedanke an Markus Anstetter.

*

Im Büro des Bürgermeisters von St. Johann herrschte rege Betriebsamkeit. Markus Bruckner saß an seinem Schreibtisch, vor sich einen Berg Aktenordner, und seine Sekretärin, Katja Hardlacher, brachte erneut einen Armvoll davon aus dem Archiv im Keller des Rathauses.
»Du liebe Zeit, wie viele sind's denn noch?« stöhnte Markus.
»Dies sind die letzten, Herr Bürgermeister.«
Die junge Frau legte die Ordner zu den anderen.
»Und alle über die bewußte Angelegenheit?« wunderte der erste Mann des Ortes sich. »Ich hab' ja gar net g'wußt, daß die Sach' solch einen Umfang hat.«
Er holte tief Luft und stieß sie hörbar wieder aus.
»Na schön, dann wollen wir uns mal da durcharbeiten.«

Der Bürgermeister sah seine Sekretärin an.
»Dank' schön, Frau Hardlacher«, sagte er. »Wenn S' mir jetzt vielleicht noch einen Kaffee bringen könnten. Und dann bitte keine Störung – wenn's sich vermeiden läßt.«
»Der Kaffee kommt gleich.«
Die Frau schloß die Tür hinter sich und ließ Markus Bruckner allein in seinem Büro. Der Bürgermeister strich sich nachdenklich über das Kinn und nahm dann den ersten Ordner zur Hand. Als er ihn aufschlug, wehte ihm ein muffiger Geruch entgegen.
Eine ganze Stunde vertiefte er sich darin. Katja Hardlacher hatte ihm den gewünschten Kaffee gebracht und ihn dann nicht mehr gestört. Markus Bruckner las, überlegte, blätterte vor und dann wieder zurück. Zwischendurch machte er sich Notizen auf einem Block. Schließlich klappte er den Ordner zu und legte ihn zufrieden zur Seite. Dabei schaute er die anderen Akten an, die er noch nicht durchgesehen hatte. Da lag noch eine Menge Arbeit vor ihm, aber wenn der Inhalt der verstaubten Dokumente und Schriftstücke genauso befriedigend war, dann lohnte sich die ganze Mühe. Im stillen bedankte er sich bei seiner Frau, die am letzten Sonntag darauf bestanden hatte, endlich einmal mit ihrem Mann einen Ausflug zu machen und nicht immer nur die Zeit mit Verwandtenbesuchen zu verbringen. Eine große Wanderung von St. Johann nach Engelsbach hatten sie gemacht, quer durch den Ainringer Wald, und dabei war der Bruckner-Markus auf eine Sache gestoßen, an die er schon ewig nicht mehr gedacht hatte – auf das alte Jagdschloß ›Hubertusbrunn‹.
Wie ein verwunschenes Märchenschloß stand es da im Wald, umgeben von einem verwilderten Park, dessen Dornensträucher es beinahe unmöglich machten, näher heranzukommen.
»Wie das Dornröschenschloß«, hatte seine Frau gesagt, und Markus Bruckner hatte sofort eine Idee.

Dieses verlassene Jagdschloß gehörte, soweit er wußte, zum Besitz des verstorbenen Baron Maybach. Dunkel erinnerte er sich da an eine Geschichte, die sich lange vor seiner Amtszeit zugetragen hatte. Der Baron und dessen Frau waren auf tragische Weise ums Leben gekommen, und seit jenen Tagen stand Hubertusbrunn leer und verkam.
Offenbar hatte sich in all den Jahren seit dem Unglück niemand mehr um das Anwesen gekümmert, und Markus Bruckner fragte sich, wem das Jagdschloß wohl gehören mochte.
Gab es überhaupt einen Erben? Oder war es womöglich dem Freistaat und damit gar der Gemeinde zugefallen? Seiner Gemeinde? Schließlich lag es näher an St. Johann, als an Engelsbach.
Was konnte man alles daraus machen!
Soviel man von außen sah, gab es doch mindestens zehn Zimmer, wenn nicht mehr. Aber Genaueres würde sich bestimmt noch in irgendwelchen Unterlagen finden lassen. Es war doch jammerschade, solch ein Juwel einfach so verkommen zu lassen. Markus Bruckner war immer darauf bedacht, aus ›seinem‹ St. Johann etwas besonderes zu machen.
Einen touristischen Anziehungspunkt zum Beispiel, und mit diesem Schlößchen würde es sogar eine Attraktion haben, denn ihm schwebte etwas ganz Exklusives vor. Etwas, das es noch nicht einmal in der Kreisstadt gab.
Aus Schloß Hubertusbrunn sollte ein Spielcasino werden!
Natürlich würde man ein wenig in die Renovierung investieren müssen, und eine Zufahrt mußte auch her. Aber die Kosten würden in kürzester Zeit wieder hereinkommen.
Sozusagen spielend!
Nur wissen durfte von diesen Plänen vorläufig noch niemand. Es gab eine ganze Menge Leute, die nicht immer mit den Plänen des Bürgermeisters einverstanden waren...

Mit Feuereifer hatte sich Markus Bruckner gleich am Montag morgen an die Arbeit gemacht, und je länger er in den alten Akten blätterte, um so zuversichtlicher wurde er. Ein paar Erkundigungen mußte er noch einziehen, doch vor seinem geistigen Auge sah er schon teure Autos zum Jagdschloß hinausfahren, und elegant gekleidete Damen und Herren an den Spieltischen stehen.
Zufrieden schloß er den Ordner, es war der vorletzte aus dem ganzen Stapel, und griff zum Telefon. Sein Anruf galt dem Amtsgericht in der Kreisstadt. Dort ließ er sich mit dem Rechtspfleger verbinden, der für Erbschaftsangelegenheiten zuständig war.
Es wurde ein sehr langes Telefonat...

*

Sophie Tappert summte fröhlich das Lied mit, das aus dem Radio erklang. Dabei sauste der Putzlappen nur so über Tische und Stühle, Eckbank und Küchenschrank, daß es eine reine Freude war, der Perle des Pfarrhaushalts bei der Arbeit zuzusehen.
Auf dem Herd simmerte derweil der Suppentopf vor sich hin. Zum Mittagessen gab es einen deftigen Eintopf.
Die Haushälterin räumte Lappen und Eimer weg und deckte den Tisch. Es war kurz nach zwölf, und in ein paar Minuten würden Pfarrer Trenker und Max zum Essen kommen.
Sie hatte gerade die Suppe noch einmal abgeschmeckt, als sie die beiden Männer auch schon draußen im Flur hörte.
»Wie geht's auf dem Ponyhof?« fragte Sebastian seinen Bruder. »Bist' wieder einmal droben gewesen?«
Der Polizeibeamte pustete in seine Suppe und nickte.
»Gestern abend«, erzählte er. »Es geht voran. Der Verlobte von Sandra Haller versteht sich aufs Handwerk.«
»Das freut mich«, sagte der Geistliche. »Im Herbst wollen die

beiden ja heiraten. Ich wünsch' ihnen von ganzem Herzen, daß das Ferienhotel ein Erfolg wird.«
»Na, auf dem Anstetterhof wird man demnächst auch was zum Feiern haben«, meinte Max.
»So? Was gibt's denn da Erfreuliches?«
»Der Markus kommt nach Haus'. Drei Jahr' war er in Afrika.«
»Was, ist die Zeit schon um?«
Sebastian war erstaunt. Natürlich erinnerte er sich an den jungen Burschen, der es ja auch ihm zu verdanken hatte, daß sein sehnlichster Wunsch, als Entwicklungshelfer zu arbeiten, in Erfüllung gegangen war. Der Seelsorger erinnerte sich noch recht gut an die vielen Gespräche, die er mit Markus' Vater geführt hatte. Es war nicht leicht gewesen, den Bauern zu überzeugen. Doch letztendlich hatte Josef Anstetter nachgegeben.
»Na, dann wird der Josef sich ja bald aufs Altenteil zurückziehen.«
Max Trenker zuckte die Schulter.
»Ich weiß net«, wandte er ein. »Solang' der Markus net verheiratet ist, wird er wohl noch net der Bauer werden. Der Alte will doch auch einen Erben.«
Sebastian schmunzelte.
»Also, ich kenn' da ein junges Madel, das wartet bestimmt schon sehnsüchtig auf Markus' Rückkehr.«
»Du meinst Michaela Engler? Die Tochter der alten Magd?«
»Natürlich. Die beiden sind doch von Kindesbeinen an füreinander bestimmt.«
»Na, ich weiß net«, unkte der Polizist. »Wenn da man der alte Anstetter mitspielt.«
»Warum sollte er net?« wollte der Pfarrer wissen. »Eine bessere Frau für seinen Sohn kann er sich doch gar net wünschen. Das Madel kennt den Hof, hat alles von der Mutter

gelernt. Also, wenn das net die besten Voraussetzungen sind, um Bäuerin zu werden, dann weiß ich auch net!«

*

Die letzten Kilometer mußte Markus Anstetter mit dem Bus zurücklegen. Schon als er auf dem Bahnhof in der Kreisstadt stand und tief die heimische Luft einatmete, spürte er das beglückende Gefühl, wieder zu Hause zu sein.
Langsam schlenderte er zu der Abfahrtstelle hinüber und setzte sich dort auf eine Bank. Er hatte nur eine Reisetasche mit dem Nötigsten bei sich. Sein anderes Gepäck befand sich noch in München auf dem Flughafen. Es sollte in den nächsten Tagen mit einer Spedition gebracht werden.
Die afrikanische Sonne hatte seine Haut dunkel gefärbt. Im Kontrast dazu waren seine blonden Haare beinahe noch heller geworden.
Markus hatte gern auf dem fernen Kontinent gearbeitet. Es war ihm ein Bedürfnis gewesen, sein Wissen und Können weiterzugeben und anderen Menschen damit zu helfen. Unter seiner Leitung waren in Simbabwe, dem früheren Rhodesien, mehrere Projekte entstanden, die in erster Linie dazu dienten, die Bevölkerung anzuleiten, aus eigener Kraft landwirtschaftliche Erzeugnisse anzubauen, zu pflegen und zu ernten, und so von teuren Importen unabhängig zu werden. Hilfe zur Selbsthilfe hieß das Motto, unter dem Markus' Arbeit geschah.
Es waren drei harte Jahre gewesen, mit vielen Rückschlägen und etlichen Hindernissen, die oftmals bürokratische Ursachen hatten. Doch mit Fleiß und Eifer war es dem jungen Deutschen und seinen einheimischen Helfern gelungen, auch diese zu meistern. Jetzt konnte Markus Anstetter mit Stolz auf seine Zeit in Afrika zurückblicken.
Auf der Fahrt nach St. Johann dachte er daran, wie sehr sich

sein Leben jetzt wieder verändern würde. Der Vater wollte sich nun bald zur Ruhe setzen. Erst in seinem letzten Brief war davon die Rede gewesen.

Allerdings erwartete er auch, daß der Sohn sich erst verheiratete, so hatte er es zumindest anklingen lassen. Aber das würde das geringste Problem sein. Markus wußte, daß für ihn keine andere in Frage kam, als die Freundin seiner Jugendzeit. Ob sie die Sehnsucht aus seinen Briefen herausgelesen hatte? So ganz erklärt hatte er sich ihr nie, aber spüren mußte sie doch, daß er sie liebte. Früher waren sie wie Bruder und Schwester gewesen, doch heute würden sich ein Mann und eine Frau gegenüberstehen. Wie würde die erste Begegnung nach so vielen Jahren verlaufen?

Ungeduldig schaute er aus dem Busfenster. In der Ferne konnte er schon die beiden Gipfel der ›Zwillinge‹ sehen, den Himmelsspitz und die Wintermaid. Lange würde es nicht mehr dauern, bis sie St. Johann erreichten. Doch für den Heimkehrer konnte es gar nicht schnell genug gehen.

Ob sie ihn wohl von der Haltestelle abholte?

Enttäuschung machte sich auf seinem Gesicht breit, als er aus dem Bus gestiegen war und sich vergeblich umgesehen hatte. Niemand wartete auf ihn. Nicht einmal der Vater.

Einen Moment stand er unschlüssig an der Halteselle, dann packte er seine Reisetasche und marschierte los.

Hatten die auf dem Hof etwa den Tag seiner Rückkehr vergessen?

Markus Anstetter war gerade aus dem Dorf heraus, als er den alten Wagen seines Vaters die Landstraße herunterkommen sah. Er blieb stehen und winkte. Mit quietschenden Bremsen hielt der Bauer an und sprang aus dem Fahrzeug.

»Vater!«

»Markus!«

Minutenlang lagen sie sich in den Armen.

»Du mußt entschuldigen«, sagte Josef Anstetter.
Er wischte sich eine Träne aus dem Auge.
»Ich hab's natürlich net vergessen. Schuld ist er da.«
Der Bauer deutete auf den Wagen am Straßenrand.
»Der ist auch net mehr der Jüngste. Er wollt' einfach net anspringen. Jetzt muß ich wohl doch noch einen neuen kaufen.«
Markus winkte ab.
»Das woll'n wir erst mal sehen«, meinte er. »Ich schau' ihn mir nachher mal an. Drüben, in Afrika, haben sie Autos, die sind noch älter als dein gutes Stück. Da lernt man schnell, sie zu reparieren.«
Josef Anstetter schlug seinem Sohn auf die Schulter.
»Gott sei Dank, daß du wieder daheim bist, Bub«, sagte er erleichtert. »Endlich. Die Zeit war so lang!«
Markus lächelte und umarmte den alten Mann.
»Jetzt bleib' ich ja da, Vater«, entgegnete er.

*

Michaela begutachtete mit kritischem Blick die festlich gedeckte Kaffeetafel auf der Diele. Fehlte auch nichts? Milch, Zucker, der frisch aufgeschnittene Kuchen – alles war vorhanden. Der Kaffee wurde gerade in der Küche gebrüht.
Das Herz des jungen Madels klopfte bis zum Hals hinauf, als es an die bevorstehende Begegnung dachte. Schon seit dem frühen Morgen war Michaela auf den Beinen, hatte sie sich keine Ruhe gegönnt. An Schlaf war sowieso net zu denken gewesen.
Natürlich war es ihrer Mutter nicht verborgen geblieben, daß sie so nervös war. Maria Engler schmunzelte heimlich, wenn sie ihre Tochter beobachtete, schließlich kannte sie ja den Grund für Michaelas Nervosität.
Die Magd vom Anstetterhof goß den Kaffee in die Warm-

haltekanne und setzte sogleich neuen auf. Dann brachte sie die Kanne hinaus auf die Diele. Ihre Tochter stand vor dem Spiegel, der über der alten Kommode hing. Beides, Spiegel und Kommode, waren alte Familienerbstücke. Zusammen mit dem Strauß frischer Blumen bildeten sie einen schönen Blickfang, wenn man von draußen hereinkam. Maria schaute ihre Tochter kopfschüttelnd an. Michaela besah ihr Spiegelbild und fuhr sich dabei immer wieder durch das Haar.
»Laß gut sein, Madel«, sagte die Magd. »Du wirst ihm schon gefallen, egal ob deine Haare sitzen, oder net.«
Michaela drehte sich um.
»Ach, Mutter, was weißt du denn davon?« rief sie beinahe schon verzweifelt.
»Was ich weiß?« antwortete Maria lächelnd. »Man sieht dir doch schon von weitem an, was in dir vorgeht.«
Sie legte ihren Arm um die Tochter.
»Es wird schon werden«, sagte sie zuversichtlich. »Ich weiß doch schon lang', daß du den Markus gern hast.«
Michaela schaute sie an.
»Gern hab'? Nein, Mutter, ich liebe ihn, mehr als mein Leben. Diese drei Jahre waren schrecklich lang', und dann immer die Angst, Markus könnte sein Herz einer anderen geschenkt haben.«
Beinahe ängstlich blickte sie.
»Glaubst du, daß er..., daß Markus...?«
»Eine andere Frau?«
Maria Engler schüttelte den Kopf.
»Das kann ich mir net vorstellen«, meinte sie. »Ich glaub' net, daß er in Afrika eine kennengelernt hat, die hierher in die Berge will. Die könnt' er doch gar net brauchen. Auf den Hof gehört eine, die etwas davon versteht, und du hast doch alles gelernt, was man können muß, um Bäuerin zu sein.«
Diese Worte trösteten nur wenig. Warum hatte er in seinen

Briefen denn nie davon gesprochen, daß er sie zu seiner Frau machen wolle, wenn er zurückkam?

»Es gibt Dinge, die kann man net schriftlich mitteilt«, sagte ihre Mutter. »Und ein Heiratsantrag gehört dazu.«

Die Magd lauschte zur Tür hinaus.

»Ich glaub', sie kommen«, rief sie dann und öffnete die Haustür.

Josef Anstetter fuhr eben auf den Hof.

Die beiden Frauen liefen hinaus, um den Heimkehrer willkommen zu heißen. Markus stieg bereits aus, kaum daß der Wagen gehalten hatte.

»Michaela! Maria!« rief er und winkte ihnen zu.

Mit zwei Schritten war er an der Tür und riß Michaela in seine Arme. Übermütig wirbelte er sie herum.

»Endlich daheim!«

Er setzte das Madel wieder ab und drückte ihm einen Kuß auf die Wange. Den merkwürdigen Blick seines Vaters sah er nicht. Dann begrüßte er Maria. Der alten Magd standen die Tränen der Wiedersehensfreude in den Augen. Schließlich war Markus so etwas wie ihr Sohn gewesen, all die Jahre, die sie für ihn gesorgt hatte.

»Wie geht's euch?« wollte er wissen. »Seid ihr alle gesund? Ach, es gibt ja so schrecklich viel, was ich euch fragen will.«

»Nun komm' erst mal herein«, brummte sein Vater. »Maria hat Kaffee gekocht. Du wirst doch gewiß hungrig sein.«

»Hungrig? Nicht so sehr«, plauderte Markus munter weiter. »Im Flugzeug gab's reichlich zu essen. Aber einen Kaffee trink' ich schon gern.«

Er holte seine Reisetasche und folgte ihnen ins Haus. Die beiden Knechte kamen hinzu. Markus begrüßte sie ebenso herzlich wie die beiden Frauen.

Schließlich waren Valentin und Franz auch schon seit ewigen Zeiten auf dem Hof.

Drinnen ließ er sich den Kuchen dann doch schmecken, und es blieb nicht bei dem einen Stück.
»Köstlich«, bemerkte er. »So etwas Gutes gab es in Afrika natürlich nicht. Hast du ihn gebacken, Maria?«
Die Magd deutete auf ihre Tochter.
»Die Michaela war's«, antwortete sie.
Markus sah die Jugendfreundin an, die unter dem Blick errötete.
»Kompliment«, nickte er ihr zu. »Wenn ich solch einen Kuchen da drüben gehabt hätt', wär' mein Heimweh nur halb so groß gewesen.«
Sein Vater unterbrach ihn.
»Nun erzähl' doch mal, Bub, wie es dir in all den Jahren ergangen ist? In deinen Briefen hast ja net viel davon geschrieben, außer, daß es dir gut geht und daß' gesund bist.«
»Ach, da gibt's viel zu erzählen«, lachte Markus. »Ich weiß gar net, wo ich anfangen soll.«
Schließlich sprach er doch von seiner Arbeit, den Menschen, denen er begegnet war und von all den Dingen, die ihm widerfahren waren. Eine bunte schillernde Geschichte, und als er geendet hatte, stellten sie fest, daß es darüber beinahe schon Abend geworden war.
»Komm«, sagte Maria zu ihrer Tochter, »es wird Zeit, das Abendessen zu machen.«
Das Madel erhob sich nur widerwillig. Stundenlang hätte Michaela ihm noch zuhören können. Markus sah sie an, bevor sie in der Küche verschwand, und zwinkerte ihr zu.

*

Erst später fanden sie Gelegenheit, einen Moment alleine zu sein. Michaela war im Stall gewesen und hatte die Abendmilch, die in den großen Kannen auf den Wagen der Molkerei wartete, nach draußen gebracht. Auf dem Anstetterhof

wurde nur noch wenig Butter und Käse selbst gemacht. Höchstens für den eigenen Gebrauch, und auch nur dann, wenn Zeit dazu war. Der Großteil der Milch wurde in der Molkerei in der Kreisstadt verarbeitet.
Das Madel hatte die Kannen auf einen kleinen Wagen gestellt und hinausgefahren. Markus, der gerade aus dem Haus trat, kam herübergelaufen.
»Wart, ich helf' dir«, rief er und packte mit an.
Sie brachten die Milch bis vor das Tor, wo der Fahrer des Transporters sie in den großen Tank umpumpen würde.
»Es ist immer noch so wie früher«, lachte der junge Bauer.
»Offenbar hat sich nichts verändert.«
Er schaute sie von der Seite an.
»Außer du«, schränkte er ein. »Du hast dich schon verändert.«
Verwundert sah sie ihn an.
»Ich? Aber, wieso...?«
Sie hatten den Wagen am Zaun abgestellt. Markus nahm ihre Hand und lächelte sie an. Michaela spürte das wilde Klopfen ihres Herzens.
»Weil du noch hübscher geworden bist«, sagte er leise. »Als ich fortging, da warst du ein junges Madel, aber jetzt bist du eine Frau.«
Er zog sie an sich. Sekundenlang schauten sie sich in die Augen, bevor ihre Lippen sich fanden.
»Endlich«, sagte Markus. »Wie lang' hab' ich auf diesen Augenblick gewartet!«
Michaela schloß die Augen. Sie glaubte zu träumen, doch seine Stimme holte sie in die Wirklichkeit zurück.
»Unendlich lang' war die Zeit«, flüsterte er ihr ins Ohr. »Und nur der Gedanke an dich gab mir die Kraft, sie zu überstehen. Immer wieder hab' ich mir vorgestellt, wie unser Wiedersehen sein würde, und vor allem, was ich dich dann fragen werd'.«

Sie schmiegte sich an ihn.
»Was willst' mich denn fragen?«
Zärtlich fuhren seine Finger durch ihre Haare, zeichneten die Umrisse ihres Gesichts, der Augen, der Lippen nach.
»Die Frage, die ein Mann der Frau stellt, die er liebt – willst du mich heiraten?«
Michaela schluckte. Im Hals war es ihr vor Aufregung ganz trocken geworden. Dann nickte sie unter Tränen.
»Ja, Markus«, erwiderte sie leise. »Das will ich.«
Erneut berührten sich ihre Lippen zu einem nicht enden wollenden Kuß.
Daß jemand sie beobachtete, bemerkten die beiden in ihrem Glück nicht...

*

Alois Brandhuber, der selbsternannte Wunderheiler von St. Johann, war schon seit dem frühen Morgen unterwegs. Er kannte eine Stelle im Ainringer Wald, an der ganz bestimmte Pflanzen wuchsen, deren Wurzeln einen – nach seiner Meinung – wunderbaren, heilenden Tee ergaben, wenn man sie trocknete, mahlte und mit heißem Wasser übergoß. Fünfzehn Minuten ziehen mußte die Mischung, und dann war das Wundergetränk fertig.
Loisl bahnte sich mühsam seinen Weg durch das Dickicht, auf seinen Rücken hatte er einen Korb geschnallt, in dem er die kostbaren Wurzeln aufbewahrte. Innerlich frohlockte der ›Naturmediziner‹, wie er sich gerne selber nannte. Diese Wurzeln würden eine ganze Menge Teepulver ergeben, und Loisl war nicht kleinlich, wenn es um die Preise ging. Fünfzig Mark für ein kleines Päckchen verlangte er, und die Touristen, die nur allzu gerne seinen Worten Glauben schenkten, zahlten, ohne mit der Wimper zu zucken. In Gedanken rechnete er schon aus, wieviel ihm diese Ladung Wurzeln einbringen würde.

Der alte Kauz hatte den Weg zurück nach St. Johann eingeschlagen, als ihn lautes Motorengeräusch aufmerksam werden ließ. Es kam aus der Richtung, in der das alte Jagdschloß stand. Der Brandhuber wunderte sich. Wollte da wirklich jemand zu dem alten Gemäuer? Da war doch schon seit Jahren, wenn nicht gar Jahrzehnten, niemand mehr hingefahren. Die Besitzer waren ja schon vor langer Zeit tödlich verunglückt.
Loisl's Neugier war geweckt. Vielleicht, so dachte er, taten die Leute, die da im Wald umherfuhren, ja auch etwas Verbotenes.
Man las doch immer wieder solche Sachen in der Zeitung!
Kurz entschlossen änderte er seine Marschrichtung und ging zum Jagdschloß Hubertusbrunn hinüber, wo er das Auto vermutete, dessen Motor die morgendliche Ruhe des Waldes so laut gestört hatte. Dabei bahnte er sich vorsichtig seinen Weg, immer darauf bedacht, nicht gesehen zu werden. Nach einiger Zeit tauchten die Umrisse des Anwesens zwischen den Bäumen und Sträuchern auf. Loisl nahm den Korb vom Rücken und stellte ihn an die Seite. Dann schlich er sich vorsichtig näher. Schließlich konnte er einen Wagen sehen und drei Männer, die ausgestiegen waren und langsam an der verwitterten Mauer entlang gingen. Einer von ihnen – er kam dem Brandhuber bekannt vor – hatte einen großen Bogen Papier in den Händen. Von seiner Position aus konnte der Alte nicht erkennen, um was es sich da handelte, aber scheinbar war es so etwas wie ein Lageplan.
Als der Mann sich zufällig umdrehte, erkannte Loisl ihn – es war der Bürgermeister von St. Johann.
»Nanu«, murmelte der stille Beobachter vor sich hin. »Was will denn der Bruckner-Markus bei dem alten Kasten?«
Die beiden anderen Männer kannte der Brandhuber nicht. Es waren ein Älterer und ein Jüngerer, beide in vornehme An-

züge gekleidet. Die drei redeten miteinander, wobei sie immer wieder auf das Jagdschloß deuteten, oder Armbewegungen dorthin machten. Zwar konnte Loisl nicht verstehen, worüber die drei sich unterhielten, aber offenbar hatten der Bürgermeister und die beiden Männer etwas mit Hubertusbrunn vor.
Da ihn die Angelegenheit nicht weiter interessierte, zog der heimliche Beobachter sich vorsichtig zurück. Er nahm den Korb wieder auf die Schulter und machte sich auf den Weg nach Hause. Für den morgigen Nachmittag hatte sich eine seiner ›Lieblingspatientinnen‹ angesagt – Maria Erbling, die gefürchtete Klatschtante des Dorfes. Möglicherweise wußte sie ja, was es mit der Sache um das Jagdschloß auf sich hatte.

*

»Grüßt euch, zusammen«, sagte Sebastian Trenker, als er die Diele betrat, auf der die Leute vom Anstetterhof am Abendbrottisch saßen.
»Grüß' Gott, Hochwürden«, wurde er empfangen, und Markus stand auf und reichte dem Geistlichen die Hand.
»Ich hab' eigentlich schon gestern abend kommen wollen«, entschuldigte sich Sebastian. »Aber ich hab's dann doch net mehr geschafft.«
Er betrachtete den Heimgekehrten genau.
»Laß dich anseh'n, Markus. Gut schaust du aus. Ich hoff', es ist auch sonst alles in Ordnung.«
»Mir geht's prächtig, Herr Pfarrer«, nickte der junge Mann. »Ganz besonders jetzt, wo ich wieder zu Hause bin.«
»Das freut mich. Ich bin auch schon ganz gespannt zu erfahren, was du alles in Afrika erlebt hast. Du mußt mich unbedingt mal im Pfarrhaus besuchen.«
»Das will ich gerne tun«, antwortete Markus und rückte dem Besucher einen Stuhl zurecht.

Sebastian nahm dankend von dem angebotenen Tee, das Angebot, auch etwas zu essen, lehnte er jedoch ab.
»Vielen Dank«, sagte er. »Aber wenn ich net zu Hause eß', denkt meine Haushälterin womöglich, ihr Essen schmeckt mir net mehr. Ich kann ohnehin net lang' bleiben, im Pfarrhaus werden's schon auf mich warten. Aber ich wollt' doch schnell einmal vorbeikommen und Markus begrüßen.«
Er schaute in die Runde – bis auf Valentin Oberbauer, der noch unterwegs war, saßen alle an dem großen Tisch. Sebastian wandte sich an Josef Anstetter.
»Na, und du bist froh, daß der Bub wieder daheim ist, net wahr?«
Der Altbauer nickte.
»Ich kann gar net sagen, wie froh, Hochwürden. So langsam möcht' ich mich auch aufs Altenteil zurückziehen. Lang' genug geschafft hab' ich ja.«
»Da hast recht, Anstetter, und wie ich den Markus kenne, wird er dir ein würdiger Nachfolger.«
Der Alte grinste.
»Ich hoff' nur, daß er sich bald verheiratet«, meinte er. »Bauer kann er erst werden, wenn auch eine Bäuerin im Haus ist.«
Michaela errötete bei diesen Worten. Sie wandte sich ab und hoffte inständig, daß niemand ihre Verlegenheit bemerkt hatte. Markus hingegen gab sich ungezwungen.
»Nur keine Bange«, meinte er. »Ich hab' da schon eine ins Auge gefaßt.«
Pfarrer Trenker entging nicht der Blick, den der junge Bursche dem Madel auf der anderen Seite des Tisches zuwarf.
Er bemerkte aber auch, daß Markus' Vater argwöhnisch auf die beiden schaute. Der Geistliche machte sich seinen Reim darauf. Er trank seinen Tee aus und erhob sich.
»Also, dann dank' ich recht schön für den Tee und wünsch' euch noch einen schönen Abend.«

Markus geleitete ihn zur Tür hinaus. Sebastian nahm die Gelegenheit wahr, noch einmal das Wort an den jungen Bauern zu richten.

»Mir scheint, du hast ein Aug' auf die Michaela geworfen«, meinte er, während sie zu seinem Wagen gingen.

Markus grinste und schüttelte den Kopf.

»Nein, Hochwürden, net ein Aug', sondern alle beide«, antwortete er strahlend. »Ich werd' sie heiraten, und Michaela wird die neue Bäuerin auf dem Anstetterhof.«

»Das freut mich für euch beide. Michaela ist ein fleißiges Madel. Du kannst dir keine bessere Frau wünschen, und gewiß wird sie eine ebenso gute Bäuerin werden, wie es deine Mutter war.«

Sie waren bei dem Auto des Geistlichen angekommen, und Sebastian hatte schon die Tür geöffnet.

»Und, was sagt der Vater zu deiner Wahl?« fragte er, bevor er einstieg.

»Der? Der weiß noch gar nichts davon. Er wird's noch früh genug erfahren. Ich bin ja gestern erst heimgekommen. Ein paar Wochen braucht's noch, bis ich mich wieder eingerichtet hab' und sich alles normalisiert hat. Mit der Michaela hab' ich aber schon gesprochen. Wir sind uns einig. Ich denk', so in zwei, drei Monaten werden wir vor den Traualtar treten.«

Sebastian verabschiedete sich und fuhr nachdenklich nach St. Johann zurück.

Josef Anstetter wußte also noch nichts von den Heiratsplänen seines Sohnes. Ganz gewiß aber ahnte er etwas, dessen war sich Pfarrer Trenker sicher.

Der Blick des Alten hatte Bände gesprochen!

*

Nach dem Abendessen nahm Maria Engler ihre Tochter beiseite. Sie hatten den Tisch abgeräumt und kümmerten sich um den Abwasch, während Markus mit den beiden Knechten besprach, welche Arbeiten am nächsten Tag zuerst getan werden mußten.

Die Magd wusch Teller, Tassen und Bestecke, während Michaela das Geschirr abtrocknete und in den Küchenschrank stellte. Maria beobachtete das Madel dabei aus dem Augenwinkel.

»Freust' dich, daß der Markus wieder daheim ist?« fragte sie.

Michaela sah sie verständnislos an.

»Aber natürlich, Mutter, das weißt' doch. Warum fragst'?«

Die ältere Frau zuckte die Schulter.

»Nur so...«

»Geh', Mutter, ich kenn' dich doch. Wenn du so fragst, dann hat's auch einen Grund.«

»Also, der Markus, ich hab' bemerkt, wie er dich anschaut...«

Die Tochter schmunzelte.

»Herrgottnocheinmal, nun spann' mich doch net auf die Folter! Du weißt doch, was ich wissen will.«

Michaela stellte den Teller ab, den sie gerade in den Händen hielt, und umarmte ihre Mutter.

»Ja«, lachte sie. »Er hat mich gefragt, ob ich seine Frau werden will, und ich hab' ja gesagt.«

»Ach, Madel...!«

Maria drückte ihre Tochter an sich.

»Ich freu' mich ja so. Wißt ihr denn schon, wann Hochzeit sein soll?«

»Erst in ein paar Wochen werden wir den Termin festsetzen. Markus muß sich ja erst einmal wieder eingewöhnen.«

Die Magd deutete mit dem Kopf zur Stubentür, wo sie den alten Anstetter wußte.

»Und – weiß er es schon?«

»Nein«, schüttelte Michaela den Kopf. »Aber Markus will

schon bald mit ihm sprechen. Sein Vater drängt ja darauf, daß Markus heiratet. Er will den Hof erst abgeben, wenn eine Bäuerin im Haus ist.«
»Na, die hat er ja«, schnaubte die alte Magd. »Eine bessere als dich, findet der Markus eh net.«
»Ach, Mutter, ihm brauchst' es auch net zu sagen, sondern dem Josef.«
»Worauf du dich verlassen kannst«, antwortete Maria Engler.
Sie schaute nachdenklich vor sich hin. So manches Mal hatte sie sich schon ausgemalt, wie es sein würde, wenn Michaela erst mal die Bäuerin auf dem Anstetterhof war. Aber so oft sie auch dieses Thema beim Altbauern vorsichtig angesprochen hatte – Markus' Vater hatte immer unwirsch reagiert, und die Magd wurde das Gefühl nicht los, daß er sich eine andere als Schwiegertochter wünschte.
Aber da kannte Josef Anstetter seine Magd net! In all den Jahren hatte sie sich eine Position auf dem Hof geschaffen, die es ihr erlaubte, anders mit dem Bauern umzugehen, als es sich etwa Valentin oder Franz erlauben konnten. Wenn ihr danach war, dann machte Maria Engler den Mund auf und ließ ihren Worten freien Lauf, denn sie redete, wie sie dachte.
Michaela hatte die letzten Messer und Gabeln abgetrocknet. Sie hängte das Geschirrtuch an den Küchenherd und band ihre Arbeitsschürze ab.
»Ich kümmere mich jetzt um die Abendmilch«, sagte sie.
Maria nickte und sah ihr mit stolzem Blick hinterher.
Markus war ein Glückspilz, daß er solch eine Frau bekam, dachte sie.

*

In seiner alten Kate, am Rande von St. Johann, empfing der Brandhuber-Loisl Maria Erbling.

Die Frau war die Witwe des Postbeamten Johannes Erbling und die gefürchteste Klatschtante des ganzen Dorfes. Wenn man sicher sein wollte, daß sich etwas schnell herumsprach, brauchte man es nur Maria unter dem Siegel der Verschwiegenheit anvertrauen, und konnte sicher sein, daß spätestens am nächsten Tag ganz St. Johann Bescheid wußte.

»Ich brauch' wieder mal was von der Rheumasalbe«, sagte die Witwe, während sie sich in der halbdunklen Hütte umsah.

So oft sie schon hiergewesen war – nie hatte es anders ausgesehen als heute auch. Ein großer, schummriger Raum, ein Tisch, zwei Stühle und etliche Holzregale mit Töpfen, Flaschen und Tiegeln, in denen sich die obskuren Heilmittel, Pasten, Salben und Kräutertees befanden, die der alte ›Wunderheiler‹ nach Rezepten herstellte, die aus einem uralten Buch stammten, das der Brandhuber wie sein Augenlicht hütete.

Der Dorfarzt von St. Johann, Dr. Toni Wiesinger, kämpfte vergeblich gegen die Dummheit der Leute an, die lieber diesem Scharlatan, wie der Arzt den Brandhuber-Loisl nannte, ihr Geld in den Rachen warfen, als zu ihrem Doktor zu gehen. Dabei war Toni der Letzte, der eine sanfte Medizin auf Naturheilbasis ablehnte. Im Gegenteil, wo immer es ging, setzte er chemisch hergestellte Medikamente ab und verabreichte homöopathische Mittel. Die Erfolge, die er damit erzielte, gaben ihm recht. Leider sprachen sich diese Erfolge nicht immer bei seinen Patienten herum. Zwar hatte der junge Arzt in Pfarrer Trenker einen Mitstreiter, der oft genug von der Kanzel herab gegen den Brandhuber und dessen Wunderkuren predigte, doch immer wieder fanden sich welche, die dem Alten mehr vertrauten als dem studierten Fachmann.

Loisl schlurfte in den hinteren Teil der Hütte und kam nach

einer Weile mit einer Dose zurück, die er der Witwe Erbling in die Hand drückte.

»Macht vierzig Mark«, sagte er dabei.

Die Frau sah ihn erstaunt an.

»Vierzig?« fragte sie ungläubig. »Das letzte Mal hab' ich noch dreißig bezahlt.«

»Was soll ich machen?« zuckte der Alte die Schulter. »Es wird eben alles teurer, und für dich ist's ja schon ein Sonderpreis.«

Maria kramte in ihrer Handtasche nach der Geldbörse. Schließlich fand sie sie und nahm die Scheine heraus. Alois Brandhuber steckte das Geld achtlos in die Hosentasche, dann deutete er mit dem Kinn auf einen der Stühle.

»Setz dich. Ich hab' da was zu bereden mit dir.«

Die Frau setzte sich nur widerwillig. Es behagte ihr überhaupt nicht, sich auf diesen schmuddeligen Stuhl zu setzen, und am liebsten wäre sie gleich wieder gegangen. Es hatte sowieso schon genug Mühe gekostet, aufzupassen, daß sie niemand sah, als sie auf dem Weg hierher war. Allerdings wollte sie es sich auch nicht mit dem Brandhuber verderben. Seine Rheumasalbe half ihr wirklich.

Darauf konnte und wollte sie nicht verzichten.

»Was gibt's denn?« fragte sie. »Ich hab' gar keine Zeit, net.«

Was sie dann allerdings zu hören bekam, ließ Maria Erbling schnell vergessen, daß sie es eben noch eilig gehabt hatte.

Alois Brandhuber berichtete mit schnellen Worten von seinen Beobachtungen im Wald.

»Kannst' dir darauf einen Reim machen?« wollte er abschließend wissen.

Die Witwe stand auf. Sie machte ein nachdenkliches Gesicht.

»Noch net«, antwortete sie. »Aber, ich find's heraus. Die Theresa ist doch die Patin von der Katja Hardlacher. Vielleicht weiß sie ja etwas, und wenn net, dann muß sie ihr Patenkind

fragen. Wenn jemand etwas weiß, dann sie. Schließlich ist die Katja die Sekretärin vom Bürgermeister.«
Sie verabschiedete sich eilig und machte sich auf den Weg, ihrer Freundin einen Besuch abzustatten.
Theresa Keunhofer wohnte in einer kleinen Gasse, gleich neben dem Hotel zum Löwen.
Sie war Mitte fünfzig und immer noch unverheiratet, obwohl sie die Hoffnung nicht aufgab, eines Tages den Mann fürs Leben zu finden. Allerdings standen ihre Chancen nicht besonders gut. Auch wenn sie keine Gelegenheit ausließ, sei es auf der Kirmes oder dem Tanzabend im Löwen, sich umzuschauen – so recht anbeißen wollte niemand...
Dafür tröstete sie sich damit, zusammen mit Maria Erbling den neuesten Tratsch und Klatsch zu verbreiten. Wenn also jemand in Erfahrung bringen konnte, was da beim alten Jagdschloß Hubertusbrunn vor sich ging, dann eben Theresa Keunhofer.

*

Sebastian Trenker saß im Pfarrbüro und arbeitete etliches auf, das in den letzten Tagen liegen geblieben war. Besonders die Eintragungen ins Kirchenbuch mußten gemacht werden. Taufen, Hochzeiten, aber auch Beerdigungen wurden darin dokumentiert und für die Nachwelt festgehalten.
Der Geistliche lehnte sich einen Moment in seinem Sessel zurück. Dabei fiel sein Blick auf ein Ölbild, das seit kurzem an der Wand gegenüber hing. Es zeigte das herrliche Panorama der beiden Gipfel, Himmelsspitz und Wintermaid, die der bekannte Kunstmaler Robert Demant auf Leinwand festgehalten hatte. Das Bild war ein Geschenk des Malers an den Seelsorger von St. Johann.
Ach, wie wäre es herrlich, wieder einmal so richtig in den Bergen herumzusteigen und zu klettern, dachte Sebastian.

Er war ein leidenschaftlicher Wanderer und Kletterer – sein Spitzname ›Bergpfarrer‹, kam nicht von ungefähr. Wenn er droben unterwegs war, blühte er so richtig auf, und wenn ihm jemand begegnete, der ihn nicht kannte, würde er ihn unmöglich für einen Geistlichen gehalten haben. Denn Sebastian Trenker schaute überhaupt nicht so aus, wie es der landläufigen Vorstellung der Leute von einem Pfarrer entsprach. Im Gegenteil – da hätte man ihn schon eher für einen Sportler oder Filmstar halten können, und nicht selten taten dies die Menschen auch.
Ja, es wäre schön – aber ein paar Tage würde er sich wohl noch gedulden müssen. Erst kam die Arbeit, und dann das Vergnügen. Neben seinen seelsorgerischen Besuchen in verschiedenen Altenheimen und Waisenhäusern, kam als eine weitere Verpflichtung sein Engagement in der Jugendarbeit hinzu. Nicht nur, daß Sebastian junge Menschen unterrichtete, er unternahm mit ihnen auch Ferienfahrten, oder betreute sie während besonderer Veranstaltungen. Nicht immer hatten Jugendliche das Glück, einen Mann an ihrer Seite zu wissen, der sich so für ihre Belange einsetzte, wie es Pfarrer Trenker tat. Schon lange kämpfte Sebastian für ein Jugendzentrum, das er gerne in St. Johann oder in der Nähe einrichten würde. Doch leider fehlten nicht nur die finanziellen Mittel – es stand auch gar kein geeignetes Objekt für solch ein Zentrum zur Verfügung. Ideen hatte der Geistliche genug, schon ein altes Bauernhaus konnte ausreichend sein, wenn es wieder hergerichtet wurde.
Aber woher nehmen…?
Sebastian wollte sich gerade wieder seinen Eintragungen in das Kirchenbuch zuwenden, als es an der Tür klopfte. Es war Max, der eintrat.
Und er hatte eine Neuigkeit, die wie eine Bombe einschlug!

*

»Komm, laß uns ein Stückerl gehen«, schlug Markus Anstetter vor.
Wie schon gestern, so hatte er auch heute wieder mit Hand angelegt und geholfen, die Milchkannen nach vorne an die Straße zu bringen. Jetzt legte er seinen Arm um Michaela und zog sie mit sich.
Das Madel schaute ein wenig scheu zum Bauernhaus zurück, aber dort war niemand zu sehen. Die Mutter war wohl noch in der Küche beschäftigt, die beiden Knechte hatten sich in ihre Kammern zurückgezogen, und Josef Anstetter saß, wie immer um diese Zeit, in der Wohnstube und las die Zeitung, wozu er nie vor dem Abend kam. Markus bemerkte den Blick seiner ›Verlobten‹. »Was schaust' denn?« fragte er lachend. »Meinst', daß uns niemand sehen darf?«
Michaela wurde ein wenig verlegen.
»Ich möcht' net, daß uns jemand so sieht, bevor es offiziell ist«, antwortete sie und entzog sich gleichzeitig seinem Griff.
»Geh', Madel, solch einen Unsinn will ich net wieder hören«, ermahnte er sie. »Von mir aus kann jeder wissen, wie es um uns steht. Auch wenn wir's noch keinem gesagt haben – du bist meine Braut, und ich mach' da kein Geheimnis draus.«
Sie hatten sich ein Stück weit vom Hof entfernt und schlugen die Richtung zum Höllenbruch ein, wo sie früher so oft gespielt hatten.
»Es ist doch nur wegen deinem Vater«, wandte Michaela ein. »Ich glaub', er wird's net dulden, das mit dir und mir.«
»Aber, wie kommst' denn darauf?«
Markus zog sie wieder an sich und gab ihr einen sanften Kuß.
»Ich hab' seine Blicke gesehen, als der Pfarrer da war.«
Sie blieb stehen und schaute ihn an.

»Markus, ich hab' Angst, daß dein Vater uns wieder auseinander bringen wird…«

»Also Madel, die Sorge ist unbegründet. Mein Vater kennt dich seit mehr als zwanzig Jahren. Er weiß, was du kannst und wer du bist. Warum sollte er dagegen sein, daß wir heiraten? Eine bessere Schwiegertochter kann er sich doch gar nicht wünschen!«

Michaela seufzte. So ähnlich hatte es ihre Mutter auch schon gesagt. Wenn sie ihr und Markus doch nur glauben könnte! Der junge Bauer drückte sie ganz fest an sich.

»Glaub mir, egal was mein Vater auch immer sagt, ich liebe dich und ich werd' dich heiraten. So wahr ich Markus Anstetter heiß'!«

Michaela lächelte still, als sie dies hörte.

Sie wanderten Arm in Arm zum Höllenbruch hinauf und schwelgten dabei in Erinnerungen.

»Eines Tag's, da werden wir mit uns'ren Kindern hier heraufkommen und ihnen erzählen, was wir in ihrem Alter alles so angestellt haben«, meinte Markus.

»Besser net«, wehrte Michaela ab. »Die sollen net solche Dummheiten machen, wie wir damals.«

Sie sah ihn liebevoll an.

»Aber, ich freu' mich jetzt darauf, mit ›euch‹ herzukommen.«

*

»Bist' dir wirklich sicher?« fragte Pfarrer Trenker ungläubig. Sein Bruder schaute ihn beinahe gekränkt an.

»Wenn ich's dir doch sag'«, erwiderte er.

Sebastian erhob sich und stellte sich ans Fenster. Nachdenklich sah er hinaus. Die Nachricht, die Max ihm eben gebracht hatte, war wirklich eine Sensation!

»Also noch einmal von vorne«, begann der Polizist zu erzählen. »Irgendwie hat der Bruckner-Markus herausgefunden, daß das alte Jagdschloß Hubertusbrunn an das Land fällt, wenn sich bis zum dreißigsten des nächsten Monats niemand meldet und darauf Anspruch erhebt. Durch einen Zufall hat der Brandhuber-Loisl unseren Herrn Bürgermeister mit zwei anderen, vornehm gekleideten Herren, droben beim Schloß gesehen und diese Beobachtung unserer Tratschtante, der Maria Erbling, mitgeteilt.«

Sebastian drehte sich um und nickte stumm. Maria Erbling war auf dem schnellsten Wege zu ihrer Freundin, Theresa Keunhofer, gerannt, der es tatsächlich gelungen war, aus ihrem Patenkind herauszubekommen, was da am Jagdschloß vor sich ging.

»Soso, ein Spielcasino also«, meinte der Geistliche, nachdem er diese Neuigkeit erst einmal verdaut hatte.

Er machte ein grimmiges Gesicht.

»Wandelt unser Bürgermeister wieder einmal auf hochtrabenden Pfaden, was? Wahrscheinlich möchte der Bruckner-Markus wieder einmal das Tourismusgeschäft ankurbeln.«

Er setzte sich wieder.

»Keine schlechte Idee, wie ich zugeben muß. Solch ein Casino bringt natürlich eine Menge Geld in die Staatskasse. Allerdings wüßt' ich etwas besseres mit Hubertusbrunn anzufangen. Vorausgesetzt, es gibt niemanden, der Anspruch darauf erhebt.«

»Da werden wir uns aber was einfallen lassen müssen«, sagte Max. »Offenbar wartet der Bruckner net so lang'. Die beiden Männer, mit denen der Brandhuber unseren Bürgermeister gesehen hat, sind, laut der Katja Hardlacher, potentielle Investoren.«

Pfarrer Trenker schlug das Kirchenbuch zu, in dem er geschrieben hatte. Es gab einen recht lauten Knall.

»Abwarten«, gab er zurück. »Noch ist net aller Tage Abend, wie es so schön heißt!«

Er schaute auf die Uhr, im selben Augenblick stand Max auch schon auf.
»Es gibt Abendbrot«, freute sich der Polizeibeamte.

*

Josef Anstetter saß in seinem kleinen Büro, das sich hinter dem Wohnzimmer befand und brütete über der Buchhaltung. Jede noch so kleinste Ausgabe oder Einnahme war sorgfältig eingetragen worden. Jetzt ordnete der Bauer die entsprechenden Belege. Es war eine mühselige Arbeit. Josef schimpfte regelmäßig leise vor sich hin, wenn er den Monatsabschluß machen mußte.
Rechts auf seinem Schreibtisch stand ein Bierkrug. Der Bauer nahm einen tiefen Schluck daraus und wischte sich über die Lippen. Drei Kreuze würde er machen, wenn der Bub erst einmal alles übernommen hatte, denn dann mußte der sich mit dieser ganzen Schreiberei abmühen.
Der alte Anstetter kratzte sich nachdenklich am Ohr. Es wurde höchste Zeit, daß er mal ein ernstes Wort mit dem Sohn sprach. Markus mußte so schnell wie möglich heiraten. Ein Termin beim Notar, um ihm den Hof zu überschreiben, war dann schnell gemacht. Allerdings, argwöhnte der Alte, schien der Bub seine eigenen Vorstellungen von seiner Braut zu haben – Josef hatte sehr wohl die Blicke bemerkt, die Markus und Michaela sich zuwarfen, wenn sie sich unbeobachtet glaubten.
Doch da war das letzte Wort noch net drüber gesprochen! Josef Anstetter hatte absolut nichts gegen Michaela Engler. Das war ein fleißiges und kluges Madel, ohne Zweifel. Außerdem sah's auch noch fesch aus. Aber trotzdem, für seinen Sohn kam sie nicht in Betracht.
Die Tochter einer Magd, als Bäuerin auf dem Anstetterhof? Niemals!

Der Alte erhob sich und ging zur Küche. Am besten redete er gleich jetzt mit dem Bub. Wer wußte schon, worin die beiden sich sonst noch verstiegen.

Markus kam eben zur Tür herein. Hinter ihm sah Josef Anstetter, wie Michaela die Treppe hinaufstieg. Das Madel bewohnte die obere Wohnung zusammen mit seiner Mutter.

»Komm ins Büro«, sagte der Altbauer zu seinem Sohn. »Ich hab' was mit dir zu bereden.«

Markus nickte und folgte seinem Vater. Er sah den Buchhaltungsordner auf dem Schreibtisch liegen und nahm ihn zur Hand.

»Eine Menge Arbeit, was?« meinte er. »Aber jetzt bin ich ja da. Ich kann dir das doch abnehmen. Du hast ja nie gerne die Buchführung gemacht.«

»Deswegen will ich ja mit dir sprechen, Bub. Du sollst mir soviel wie möglich abnehmen, aber du sollst auch noch Zeit für dich haben.«

Der Jungbauer sah den Alten erstaunt an.

»Zeit für mich? Wie meinst' denn das, Vater?«

Josef Anstetter hatte eine Enzianflasche und zwei Gläser hervorgekramt. Er schenkte für sie beide ein und deutete auf den Stuhl vor seinem Schreibtisch.

»Setz dich doch«, forderte er seinen Sohn auf. »Es red' sich leichter, wenn man sitzt.«

Markus schüttelte unmerklich den Kopf. So kannte er seinen Vater gar nicht.

»Warum so feierlich?« wollte er wissen.

Josef Anstetter prostete ihm zu.

»Weil wir beide noch gar keine rechte Zeit hatten, deine Rückkehr gebührend zu feiern«, antwortete er und kippte den Schnaps hinunter. »Und was ich damit meine, daß du Zeit für dich haben sollst – ich wollt' damit sagen, daß du ja

Gelegenheit brauchst, auf Brautschau zu gehen. Vom Himmel wird dir wohl keine fallen.«
Der junge Bauer hatte ebenfalls den Schnaps getrunken. Bei den Worten verschluckte er sich fast daran. Amüsiert schaute er seinen Vater an, während er hustete, um die Kehle wieder frei zu bekommen.
»Was redest' denn da?« lachte er. »Ich muß doch net mehr auf Brautschau geh'n.«
Er stellte das Glas auf den Tisch und räusperte sich.
»Ich hab' geglaubt, du wüßtest es längst«, fuhr er dann fort. »Natürlich heirat' ich die Michaela. Das ist doch klar!«

*

Der Altbauer machte ein versteinertes Gesicht. Er stellte ebenfalls sein Glas auf den Schreibtisch, aber nur, um es sogleich wieder zu füllen.
»Markus, das kommt überhaupt net in Frage!« sagte er in scharfem Ton. »Dazu bekommst du niemals meine Einwilligung.«
Der Jungbauer sprang bestürzt auf.
»Aber..., warum? Vater, was hast du gegen Michaela? Du kennst sie doch seit sie ein kleines Kind war.«
»Gerade deswegen bin ich dagegen«, rief der Alte erregt. »Glaubst du etwa, ich werfe meinen Hof einem dahergelaufenem Madel in den Schoß, das nichts hat und nichts ist?«
Er trank den zweiten Schnaps.
»Glaub' mir, Bub, ich hab' nichts gegen die Michaela, aber sie ist net die Richtige für dich.«
Markus Anstetter stand seinem Vater gegenüber, er hatte beide Fäuste in die Hüfte gestemmt, seine Augen funkelten wild.
»Ich heirate Michaela und keine andre«, sagte er entschlossen. »Verlaß dich drauf! Ich brauch' deine Einwilligung net,

ich bin längst volljährig, falls du das vergessen haben solltest.«

Dann machte er auf dem Absatz kehrt und schlug die Tür hinter sich ins Schloß. Sein Vater stand einen Moment wie gelähmt da, dann packte ihn eiskalte Wut. Er preßte das Schnapsglas, das er immer noch in der Hand hielt, so fest, daß es zersprang. Tief schnitten die Splitter in das Fleisch, doch Josef Anstetter spürte keinen Schmerz.

»Dann wirst' den Hof niemals bekommen!« schrie er seinem Sohn hinterher. »Niemals!«

Zornbebend stand er immer noch da, während das Blut von seiner Hand auf den Teppich tropfte. Der Altbauer achtete nicht darauf. Er nahm die Enzianflasche und setzte sie einfach an den Hals.

*

Voller Glück war Michaela hinaufgelaufen. In ihrem Zimmer hatte sie sich auf das Bett geworfen und noch einmal den schönen Abend mit Markus an sich vorüberziehen lassen. Es war, als spürte sie seine zärtlichen Küsse auf ihren Lippen, und seine liebevollen Worte klangen ihr immer noch in den Ohren.

Es war so schön, verliebt zu sein und zu wissen, daß diese Liebe erwidert wurde. Welche unnützen Sorgen hatte sie sich gemacht, Markus könne sich während seiner Zeit in Afrika einer anderen zugewendet haben! Nein, er liebt nur sie, und so würde es immer bleiben.

Wenn er doch nur endlich mit seinem Vater sprach, damit ihre letzte Angst genommen wurde. So sicher sie sich Markus' Liebe auch war, so sehr fürchtete sie, daß der Altbauer dem Sohn seine Einwilligung verweigern könnte. Ihr war ja selber bewußt, daß sie nur eine Magd war, die nichts besaß, was sie als wertvolles Gut mit in die Ehe einbringen konnte.

Im Gegenteil – arm wie eine Kirchenmaus war sie. Abgesehen von ein paar tausend Mark, die die Mutter für sie angelegt hatte. Aber was das Geld an Zinsen brachte, war nicht der Rede wert. Trotzdem – es kam nur darauf an, daß sie und Markus glücklich wurden!
Sie setzte sich auf und lauschte, als von unten laute Stimmen heraufdrangen. Es hörte sich beinahe so an, als stritten Vater und Sohn. Allerdings wollte Michaela das gar nicht glauben. Sie konnte sich nicht erinnern, daß es jemals zu Auseinandersetzungen in der Familie gekommen war.
Doch jetzt schien es so zu sein. Zwar konnte sie nicht verstehen, was die beiden Männer riefen, doch am Tonfall war zu erkennen, daß es sich um einen ernsthaften Streit handelte.
Das Madel huschte zur Tür und öffnete sie. Ihre Mutter, die das Zimmer gegenüber bewohnte, war ebenfalls aufmerksam geworden.
»Was ist denn da los?« fragte sie Michaela.
Ihre Tochter hob ratlos die Hände.
»Ich weiß net. Es hört sich an, als ob Markus und sein Vater streiten.«
Im nächsten Augenblick wurde unten eine Tür mit aller Macht ins Schloß geworfen. Noch einmal war die Stimme des Altbauern zu vernehmen.
»Dann wirst den Hof niemals bekommen. Niemals!«
Die beiden Frauen schauten sich entsetzt an. Natürlich ahnten sie, worum es in der Auseinandersetzung zwischen Vater und Sohn gegangen war.
Unten polterte Markus durch die Küche, auf die Diele hinaus. Noch einmal knallte eine Tür, als der Jungbauer das Haus verließ, dann war Ruhe.
Michaela wollte ihm hinterherstürzen, doch Maria Engler hielt ihre Tochter zurück.

»Wart'«, sagte sie. »Vielleicht ist's besser, wenn du erst mal hier oben bleibst. Ich schau' nach, was es gegeben hat.«
Während sie die Treppe hinunterging, lief das Madel ans Fenster. Michaela riß den Vorhang beiseite und sah hinaus. Unten im Hof erkannte sie Markus, der gerade in der Scheune verschwand. Am liebsten wäre sie zu ihm gelaufen, doch eine innere Stimme sagte ihr, daß es tatsächlich besser wäre, abzuwarten, bis der Altbauer sich wieder beruhigt hatte. So stand sie mit bangem Herzen und wartete darauf, daß ihre Mutter wieder nach oben kam.

*

Josef Anstetter schaute mürrisch auf, als die Magd das kleine Büro betrat. Maria sah die Glasscherben und das Blut auf dem Boden. Der Bauer hatte sein Taschentuch um die Finger der rechten Hand gebunden.
»Was ist denn hier los?« fragte Maria, während sie den Enzian nahm, den Verschluß wieder aufsetzte und die Flasche in den Schrank zurückstellte.
»Was geht's dich an?« gab der Anstetter zurück. »Eine Familienangelegenheit, nichts, was dich betrifft.«
Sie baute sich vor ihm auf und sah ihn prüfend an.
»Nach all den Jahren fühl' ich mich schon der Familie zugehörig«, sagte sie. »Außerdem kann ich mir denken, warum du mit dem Markus gestritten hast. Ich weiß, daß es dir net paßt, daß dein Sohn ausgerechnet die Tochter deiner Dienstmagd heiraten will, und insofern geht's auch mich etwas an.«
Sie beugte sich zu ihm hinunter und wickelte das Taschentuch von der Hand.
»Zeig mal her.«
Josef Anstetter zuckte zurück, als sie unabsichtlich an die Wunde kam.

»Stell dich net so an«, meinte sie dazu im barschen Ton. »Davon wirst net gleich sterben. Aber offenbar ist noch ein Splitter drin. Das könnt' gefährlich werden. Es ist besser, wenn sich der Dr. Wiesinger das einmal ansieht. Ein eitriger Finger ist net ungefährlich.«
»Wenn du meinst.«
»Ja, das mein' ich, und über den Krach heut abend, da reden wir morgen drüber.«
»Da gibt's nix zum Reden!« antwortete der Alte störrisch. »Ich hab' gesagt, was ich zu sagen hatte. Wenn der Bub net auf mich hören will, dann muß er eben die Konsequenzen tragen!«
Maria Engler schüttelte den Kopf.
»Du bist ein alter Esel«, sagte sie nur und ließ den Bauern stehen.
Draußen sagte sie einem der Knechte Bescheid, den Anstetter ins Dorf hinunterzufahren, dann ging sie zurück in die Wohnung, wo Michaela sie schon sehnlichst erwartete.
»Was ist denn nur los?« fragte das Madel ungeduldig. »Was hat er gesagt?«
»Wer? Der Anstetter? Nur dummes Zeug.«
Sie berichtete kurz, daß der Bauer zum Arzt müsse.
»Über die andere Sache red' ich morgen mit ihm«, sagte sie ausweichend.
»Ich weiß doch, daß es um Markus und mich ging«, warf Michaela ein. »Warum sagst mir net, was gewesen ist?«
»Weil ich es selber net genau weiß«, lautete die Antwort. »Und jetzt geh schlafen. Um vier klingelt der Wecker.«
Sie wartete, bis ihre Tochter die Tür hinter sich geschlossen hatte, dann stand sie noch eine ganze Weile nachdenklich auf dem Flur.
So langsam wird's Zeit, daß ich die Sache in die Hand nehme, dachte sie dabei.

Dann zog sie sich in ihr Schlafzimmer zurück. Aus einem Schrank holte sie ein Fotoalbum hervor und setzte sich damit in den Sessel am Fenster. Sie hatte die Stehlampe eingeschaltet und blätterte das Album auf. Die ersten Bilder zeigten ein kleines Kind, noch im Babyalter. Mit einem strahlenden Lachen lag es in einem Laufstall, saß es auf einer Decke oder planschte vergnügt in einer kleinen Badewanne. Unschwer konnte man erkennen, daß es sich um die ersten Fotos handelte, die von Michaela gemacht worden waren. Liebevoll ruhten die Augen der Magd auf den Bildern.
Maria Engler blätterte weiter. Auf der nächsten Seite war ein einziges Foto, im Postkartenformat. Wieder war Michaela darauf zu sehen. Sie lag, in einen Strampelanzug gekleidet, in den Armen einer wunderschönen Frau, die das Kind zärtlich ansah. Es steckte so viel Liebe in diesem Blick, daß der Betrachterin unwillkürlich die Tränen kamen. Ihr Finger zitterte, als sie über die Gesichter auf dem Foto strich.
»Ich werd' alles tun, damit sie glücklich wird, uns're Michaela«, flüsterte sie dabei. »Ich hab's doch versprochen.«

*

Am nächsten Morgen fehlte Markus beim Frühstück. Das junge Madel bekam auf seine Frage, wo er wohl sein könne, keine Antwort. Weder Valentin, noch Franz hatten ihn gesehen. Ebensowenig wußte Maria Engler etwas.
Den Altbauern zu fragen, traute sich Michaela allerdings nicht.
Josef Anstetter saß am Frühstückstisch. Um die rechte Hand war ein dicker weißer Verband gebunden. Noch am gestrigen Abend hatte Dr. Wiesinger operiert. Es war zwar keine aufwendige Sache gewesen, aber sehr schmerzhaft, wie Valentin zuvor schmunzelnd erzählte. Er hatte draußen, im Wartezimmer, die Schreie des Alten gehört. Dr. Wiesinger

hatte nämlich, unter Hinweis auf den Alkoholgehalt, den er in seinem Patienten vermutete, keine Betäubungsspritze geben können. Immerhin hatte er auf der Röntgenaufnahme der Hand im Mittelfinger drei Glassplitter entdeckt.
Auf die Frage, wie es dazu gekommen war, hatte der Bauer nur ein Gesicht gezogen, aber nicht geantwortet.
»Ihr müßt euch heut allein um alles kümmern«, ordnete er an. »Ich muß gleich nachher noch mal zum Doktor.«
»Was ist denn mit dem Markus?« fragte Franz, der von dem Streit am Vorabend noch gar nichts wußte, ahnungslos.
»Was soll mit ihm sein?« blaffte der Bauer zurück.
»Ja..., also, er ist net da...«
»Bin ich sein Kindermädchen?« raunzte der Alte erneut und sprang auf. »Ich weiß net, wo er hingeht. Er ist ja alt genug, wie er mir gestern abend gesagt hat.«
Damit ging er hinaus und warf die Tür hinter sich zu.
Franz sah in die Runde.
»Was ist denn los?« wollte er wissen. »Gibt's irgendwas, wovon ich nichts weiß?«
Valentin stand auf und winkte ab.
»Komm, laß uns an die Arbeit gehen«, meinte er.
Unterdessen hatten Maria und ihre Tochter wortlos daneben gesessen.
»Weißt du wirklich net, wo Markus ist?« fragte Michaela ihre Mutter, als sie beide alleine in der Küche waren.
Die alte Magd schüttelte den Kopf. In seinem Bett hatte er jedenfalls nicht gelegen, wie sie vorhin festgestellt hatte, als sie ihn wecken wollte, weil sie glaubte, er habe verschlafen...

*

Sebastian Trenker verließ nach der Frühmesse die Kirche und ging zum Pfarrhaus hinüber. Sophie Tappert, die Perle seines Haushalts, hatte den Frühstückstisch gedeckt, und

eben kam Max hinzu. Der verführerische Duft von frisch gebrühtem Kaffee hing in der Luft. Auf dem Tisch standen die leckeren selbstgekochten Marmeladen und das herzhafte Brot, das die Haushälterin jeden zweiten Tag selber buk.
»Nachher werd' ich unsrem Bürgermeister einen Besuch abstatten«, kündigte der Geistliche an. »Ich bin gespannt, was er zu erzählen hat.«
»Ich hab' mich ein bißchen schlau gemacht«, berichtete Max. »Hubertusbrunn war das Jagdschloß des Freiherrn von Maybach, der vor gut zwanzig Jahren, zusammen mit seiner Frau, tödlich verunglückt ist.«
»Und, weiß man etwas über Angehörige? Gibt es einen Erben?«
»Nein, da weiß man nichts Genaues«, antwortete der Polizist. »Allerdings soll es – angeblich – ein Kind gegeben haben. Ein Madel. Ob es aber damals mit verunglückt ist?«
Der Beamte zuckte die Schulter.
Pfarrer Trenker war hellhörig geworden.
»Ein Kind, sagst du?«
Er strich sich nachdenklich über das Kinn.
»Wenn es damals net ums Leben kam, dann müßte es heut eine junge Frau sein. Vielleicht so zwei-, dreiundzwanzig Jahre alt.«
Er beugte sich vor.
»Stell dir vor, da lebt irgendwo ein junges Madel und weiß gar nichts von dieser Erbschaft.«
Sebastian trank einen Schluck Kaffee und überlegte.
»Wen könnte man bloß fragen?«
Max erzählte, wie er zu seinen Informationen gekommen war. Auf dem Amtsgericht der Kreisstadt arbeitete nämlich eine junge Frau, die dem Polizisten einmal sehr nahe gestanden hatte…
Zwar war die Sache schon lange vorbei, dennoch herrschte

zwischen Max Trenker und Yvonne Garber immer noch ein freundschaftliches Verhältnis. Der Bruder des Pfarrers hatte kurzerhand seine frühere Flamme angerufen, und Yvonne gebeten, ein wenig in den alten Akten zu stöbern.
»Ich war übrigens net der erste, der sich danach erkundigt hat«, teilte der Beamte dem Geistlichen mit. »Am Montag morgen hat jemand sehr lange mit dem Rechtspfleger für Erbschaftsangelegenheiten telefoniert.«
Sebastian sah auf und nickte.
»Laß mich raten«, sagte er. »Dieser jemand war unser allseits geschätzter Bürgermeister.«
Max Trenker grinste.
»Das hat dir aber net der heilige Geist eingegeben«, lachte er.
Pfarrer Trenker nahm eine Brotscheibe und bestrich sie mit Butter.
»Nein, den brauch' ich dafür auch zu net bemühen«, antwortete er seinem Bruder schmunzelnd.

*

Gegen acht Uhr öffnete das Rathaus von St. Johann für den Publikumsverkehr, und gegen neun konnte man den Bürgermeister des Bergdorfes sprechen – wenn man denn einen Termin hatte.
Der Bergpfarrer hatte zwar keinen Termin, aber, er war davon überzeugt, daß der Bruckner-Markus ihn auch ohne einen solchen empfangen würde.
Im Vorzimmer des Bürgermeisters war Katja Hardlacher damit beschäftigt, die eingegangene Post zu öffnen und nach Wichtigkeit zu ordnen. Es war eine Arbeit, die sie seit Jahren erledigte, doch seit ein paar Tagen war sie mit ihren Gedanken ganz woanders.
Genauer gesagt, seit ihre Patentante, die Theresa Keunhofer, sie so penetrant über das Jagdschloßprojekt ausgefragt hatte.

Katja hatte längst bereut, so bereitwillig Auskunft gegeben zu haben, aber irgendwie war sie überrumpelt worden. Sie hatte gar keine rechte Zeit gehabt, zu überlegen, ob es wohl nicht besser wäre, den Mund zu halten. Schließlich wußte sie von der engen Freundschaft ihrer Patentante zu Maria Erbling, und sie betete jeden Tag, daß nichts von dem, was sie Theresa anvertraut hatte, an die Öffentlichkeit gedrungen war.
Allerdings ahnte sie nicht, daß ein wutschnaubender Bürgermeister auf dem Weg ins Amt war. Markus Bruckner glaubte seinen Ohren nicht zu trauen, als er erst beim Bäckermeister Terzing und dann beim Apotheker auf das angesprochen wurde, was, seiner Meinung nach, unter strengster Geheimhaltung laufen sollte.
Irgend jemand hatte seinen Mund nicht halten können und über das, was er mit Hubertusbrunn vorhatte, geredet. Und wenn Markus Bruckner nachzählte, wer alles eingeweiht war, dann kam eigentlich nur seine Sekretärin in Betracht!
Er hatte gerade die Eingangstür des Rathauses erreicht, als er, aus dem Augenwinkel heraus, jemanden wahrnahm, den er lieber nicht gesehen hätte, denn er ahnte, was jetzt auf ihn zukam.
Ohne Zweifel schlug Pfarrer Trenker ebenfalls den Weg zum Rathaus ein.

*

»Guten Morgen, Herr Bürgermeist…«
Die Worte erstarben auf Katja Hardlachers Lippen, als sie das eisige Gesicht ihres Chefs sah. Mit einem Knall flog die Bürotür ins Schloß.
»Ich bin net zu sprechen«, ranzte Markus Bruckner und wollte gerade sein eigenes Zimmer betreten, als er im Rücken eine Stimme hörte.
»Für mich auch net, Bürgermeister?«

Der Ortsvorsteher drehte sich um. Als wenn er es nicht geahnt hätte, stand Pfarrer Trenker im Raum und nickte ihm zu. Fast ein wenig gequält blickte Markus Bruckner auf seine Armbanduhr.

»Eigentlich net, Hochwürden. Ich hab' da gleich einen wichtigen Termin«, antwortete er.

Sebastian machte ein wegwischende Handbewegung.

»Ach, wenn's da vielleicht um das alte Jagdschloß geht – also, da hätt' ich auch noch ein Wört'l mitzureden.«

Der Bürgermeister von St. Johann verdrehte die Augen zum Himmel, senkte aber sogleich wieder den Blick. Von dort oben konnte er in dieser Angelegenheit wohl keinen Beistand erwarten. Da hatte der Geistliche den besseren Draht. Markus Bruckner machte gute Miene zum bösen Spiel und lud Sebastian in sein Zimmer ein.

»Keine Störung jetzt«, ordnete er an.

Dabei warf er seiner Sekretärin einen Blick zu, der sie erahnen ließ, daß etwas Unangenehmes in der Luft lag. Inzwischen war ihrem Chef klar, daß nur sie die Quelle sein konnte, aus der das Wissen des Pfarrers herrührte.

»Also, Hochwürden, was kann ich für Sie tun?« wollte er von seinem Besucher wissen, nachdem er ihm einen Stuhl angeboten hatte.

Sebastian setzte sich und verschränkte die Arme vor der Brust.

»Mir meinen Glauben wiedergeben«, antwortete er.

Der Bürgermeister sah ihn nichtverstehend an.

»Wie meinen S' denn das?«

»So, wie ich's gesagt hab'. Ich möchte meinen Glauben daran zurück, daß du net von allen guten Geistern verlassen bist, Bruckner-Markus. Denn ganz gewiß ist es doch nur ein böses Gerücht, daß aus Hubertusbrunn eine Spielbank werden soll. Oder etwa net?«

Der Mann auf der anderen Seite des Schreibtisches rutschte unruhig auf seinem Sessel hin und her. Jetzt hieb er mit der Faust auf den Tisch.
»Also, bei allem Respekt, Hochwürden, so lass' ich net mit mir reden«, brauste er auf. »Und was mit dem Jagdschloß geschieht, geht Sie gar nichts an. Das ganze Anwesen ist Gemeindebesitz, und nur der Gemeinderat entscheidet darüber, was daraus werden soll.«
Sebastian schmunzelte.
»Du hast wohl vergessen, daß ich auch einen Sitz in dem Gremium habe«, erinnerte er den anderen.
»Aber meine Fraktion hat die Mehrheit!« triumphierte Markus Bruckner.
»Fragt sich nur, wie lang' noch«, konterte der Geistliche. »Wenn ihr weiter solche Politik macht, dann wird der nächste Bürgermeister gewiß einen anderen Namen haben.«
Er richtete sich auf seinem Stuhl auf.
»Nun laß uns mal vernünftig miteinander reden«, beendete er das Geplänkel. »Du weißt, daß ich schon seit Jahren nach einer Möglichkeit suche, eine Begegnungsstätte für die Jugend einzurichten. Hubertusbrunn scheint mir geradezu ideal dafür. Net nur, daß die unsrigen einen Platz hätten, wo sie sich treffen können, auch auswärtige Gruppen fänden eine herrliche Unterkunft. Ich meine, aus dem Jagdschloß muß so eine Art Schullandheim werden oder auch Jugendherberge. Vielleicht eine Mischung aus beidem.«
Der Bürgermeister von St. Johann sah den Seelsorger mit großen Augen an.
»Eine Jugendherberge?« rief er ungläubig. »Also, entschuldigen S', aber jetzt sind Sie von allen guten Geistern verlassen, Hochwürden! Wissen S' überhaupt, was der Gemeinde an Einnahmen entginge, wenn ich dem zustimmen würd'? Ich hab' das mal durchrechnen lassen. Das geht in die Millionen!«

Pfarrer Trenker schüttelte den Kopf.
»Den Einwand kann ich net gelten lassen«, erwiderte er.
»Wer sagt denn überhaupt, daß ein Spielcasino von den Leuten angenommen würde? Abgesehen davon, daß ich ohnehin gegen jede Art von Glücksspiel bin, die den Menschen nur das Geld aus der Tasche zieht und sie ins Unglück stürzt, glaub' ich net, daß die Leute in Scharen hierherkommen und ihr sauer verdientes Geld verjubeln. Die, die es sich leisten können, fahren sowieso woanders hin. Also, Bruckner, vergiß die ganze Angelegenheit. Meine Zustimmung wird ein solches Projekt auf gar keinen Fall bekommen.«
Der Bürgermeister beugte sich vor und lächelte, aber das Lächeln verhieß nichts Gutes.
»So, und wie wollen S' das verhindern?« frage er.
Sebastian zuckte die Schulter.
»Da wird mir schon noch was einfallen«, entgegnete er.
»Zum einem hoffe ich, daß net alle Mitglieder deiner Fraktion so blind sind und nur den scheinbaren Gewinn sehen. Zum anderen gehört Hubertusbrunn, soviel ich weiß, noch gar net der Gemeinde. Die Frist, die ein eventueller Erbe noch hat, um sich zu melden, läuft meines Wissens erst im nächsten Monat ab.«
»Ach, darüber wissen S' also auch Bescheid?«
»Freilich. Wie soll man um eine Sache siegreich kämpfen, wenn man sich vorher net ordentlich informiert?«
»Aber es gibt keinen Erben!«
Der Bürgermeister grinste, als er dies sagte.
»Schließlich hat sich in all den Jahren niemand gemeldet. Warum also, sollte er es jetzt noch tun?«
»Vielleicht, weil er es bisher net weiß?«
»Ach, das sind doch nur Finten«, lachte Markus Bruckner.
»Sie wissen's im Grunde genau, daß Sie diesmal keine Chancen haben, Ihren Willen durchzusetzen. In wenigen Wochen

läuft die Frist ab, und dann geht's mit dem Umbau von Hubertusbrunn los. Der verstorbene Freiherr von Maybach hat keinen Erben hinterlassen, der nichts von seinem Glück weiß.«

Er erhob sich und schaute demonstrativ auf seine Uhr.

»Wenn S' mich jetzt entschuldigen, Hochwürden, mein Besuch kann jeden Moment erscheinen.«

Im selben Augenblick klopfte Katja Hardlacher an die Tür und steckte ihren Kopf herein.

»Die beiden Herren sind da ...«, sagte sie und schaute dabei auf Sebastian Trenker.

»Ist schon recht«, nickte der Bürgermeister. »Der Herr Pfarrer will sowieso gerade gehen.«

Sebastian stand ebenfalls auf und wandte sich zur Tür. Draußen, im Vorzimmer, standen zwei Männer. Ein älterer, der andere deutlich jünger. Beide waren sie in teure Anzüge gekleidet. Der Ältere trug eine schwarze Aktenmappe unter dem Arm, sein Begleiter hielt einen tragbaren Computer in der Hand.

Das mußten wohl die beiden Männer sein, die der Brandhuber-Loisl, zusammen mit dem Bürgermeister, beim Jagdschloß gesehen hatte. Pfarrer Trenker nickte ihnen zu, als er an ihnen vorüberging.

An der Tür drehte er sich noch einmal um.

»Bevor ich's vergeß', Bürgermeister, einen Fehler hast' doch in deiner Rechnung – es gibt da ein Madel. Die Tochter des verstorbenen Freiherrn. Bau also net allzu sehr darauf, daß die Frist verstreicht, ohne daß nichts geschieht, was deine Pläne in letzter Minute nicht doch noch durchkreuzt.«

Dann schloß er die Tür hinter sich.

Die beiden Männer schauten Markus Bruckner fragend an.

»Gibt's irgendwelche Probleme?« wollte der Ältere stirnrunzelnd wissen.

Er deutete mit dem Kopf zur Tür.
»Hat der Besuch etwas mit unserem Projekt zu tun?«
»Gar net«, wehrte der Bürgermeister ab. »Kommen S' nur herein. Es ist alles in bester Ordnung.«
Während er seinen Besuchern Plätze und Getränke anbot, wirbelte es in seinem Kopf durcheinander.
Wieso gab es plötzlich eine Tochter des Freiherrn? War das wieder eine neue Finte des Pfarrers, oder hatte er da womöglich etwas übersehen?
Er setzte sich mit einem mulmigen Gefühl hinter seinen Schreibtisch. So ganz konnte er sich des Gefühls nicht erwehren, daß die Angelegenheit um das Jagdschloß Hubertusbrunn vielleicht doch nicht so reibungslos über die Bühne ging, wie er es sich vorgestellt hatte.

*

Am zweiten Tag nach Markus' Verschwinden klingelte das Telefon auf der Diele. Es war Zufall, daß Michaela gerade hinaus wollte, um die Hühner zu füttern. Nach dem dritten Klingeln nahm sie ab.
»Hallo, Michaela, bist du's?« vernahm sie die vertraute Stimme, nachdem sie sich gemeldet hatte.
»Markus! Wo steckst du nur? Ich hab' mir schon Sorgen gemacht«, rief sie aufgeregt.
»Dazu gibt's keinen Grund«, beruhigte er das Madel. »Ich bin beim Lorzinger untergekommen. Aber deswegen ruf' ich net an. Ich will dich unbedingt sehen. Wir müssen uns treffen, aber heimlich. Der Vater muß es net wissen.«
»Ja, natürlich. Wann und wo?«
»Am Nachmittag, droben beim Höllenbruch. Du weißt schon...«
»Gut, ich werd' gegen fünf oben sein.«
»Also, bis dann. Ich freu' mich.«

»Markus...?«
»Ja? Was ist?«
»Ich liebe dich«, hauchte sie ins Telefon.
»Ich dich auch. Sehr. Bis heut nachmittag.«
Michaela legte den Hörer auf und ging nach draußen zum Hühnerhof. Sie war beruhigt, daß Markus sich endlich gemeldet hatte. Außerdem war sie glücklich, daß er beim Lorzingerbauern Arbeit gefunden hatte. So wußte sie ihn zumindest in ihrer Nähe. Der Nachbarshof lag eine knappe Stunde von dem der Anstetter entfernt.
Beschwingt ging sie in den Hühnerhof hinüber.
Das Futter, das die Tiere zusätzlich zu dem bekamen, was sie sowieso aus dem Boden pickten, bestand im wesentlichen aus Küchenabfällen. Als die Hühner Michaela an der Tür sahen, kamen sie schon aufgeregt gackernd herangelaufen.
Bis zum Nachmittag hatte das Madel noch allerhand Arbeiten zu erledigen. Zum Glück, so wurde die Zeit net so lang, bis sie endlich aufbrechen konnte, Markus zu treffen. Weder dessen Vater, noch ihrer Mutter hatte sie etwas von dem Anruf gesagt. Erst später, wenn sie mit dem Liebsten gesprochen hatte, wollte sie auch die Mutter einweihen. So war sie froh, daß niemand bemerkte, wie sie, gegen halb fünf, das Haus verließ.
Sie hatten keine bestimmte Stelle im Höllenbruch ausgemacht, aber Michaela wußte ohnehin, wo genau Markus sie erwartete. Schon von weitem sah er sie und winkte zu ihr hinunter.
Wenig später lag sie in seinen Armen, und er bedeckte ihr Gesicht mit Küssen.
»Wie geht's auf dem Hof?« erkundigte er sich, nachdem er sie wieder freigegeben hatte. »Was sagt der Vater?«
Michaela zog ein Gesicht, als hätte sie in eine Zitrone gebissen.

»Net viel«, antwortete sie schließlich. »Aber wenn, dann brüllt er nur umher. Ich versuch', ihm möglichst aus dem Weg zu gehen. Aber das ist natürlich net immer möglich.«
Untergehakt liefen sie ein paar Schritte.
»Der Anton Lorzinger hat gar net erst lange gefragt«, berichtete Markus. »Ich hab' nur gesagt, daß es Ärger mit dem Vater gegeben hat, und er hat mir gleich gesagt, daß ich bleiben kann.«
»Gott sei Dank«, sagte das Madel. »Gestern morgen, als du net zum Frühstück gekommen bist, und es schließlich feststand, daß du fort bist, hatte ich schon Angst, du wärst nach Afrika zurück.«
Markus lachte.
»Ich geb' zu, den Gedanken hatte ich auch.«
Er blieb stehen und schaute sie an.
»Aber ich würd' niemals ohne dich gehen.«
Sie lehnte sich an seine Brust.
»Wie soll's jetzt weitergehen?« fragte sie bange. »Dein Vater wird niemals seine Einwilligung geben.«
»Laß ihn ruhig noch ein bissel schmoren«, antwortete Markus. »Ich kenn' meinen alten Herrn. Der ist lang' net so hart, wie er jetzt tut.«
»Aber für mich ist es net leicht«, gestand Michaela. »Auch wenn ich versuch', ihm aus dem Weg zu gehen, kann ich es net verhindern, daß ich doch auf ihn treff'. Und ich seh' ihm an, daß er mir die Schuld an allem gibt. Mir, die ich doch bloß die Tochter einer Magd bin.«
»Unsinn«, brauste Markus Anstetter auf. »Es ist absolut net deine Schuld, daß es zu diesem Zerwürfnis gekommen ist. Und du bist net nur die Tochter einer Magd. So etwas will ich net wieder hören. Die Maria ist auch für mich so etwas wie eine Mutter gewesen. Auch sie hatte es gewiß net immer leicht im Leben. Es ist net einfach, alleine ein Kind großzu-

ziehen. Ich denk', daß auch mein Vater den größten Respekt vor deiner Mutter hat.«

»Aber, warum ist er dann dagegen, daß wir uns lieben und heiraten wollen?«

»Weil er manchmal ein alter, eigensinniger Esel ist«, schimpfte Markus laut.

Dennoch glitt ein Lächeln über seine Lippen.

»Trotzdem wird er es net ändern können«, bekräftigte er. »Du und ich, wir gehören zusammen!«

Michaela schloß die Augen.

»Wenn du das sagst, dann will ich es gerne glauben«, sagte sie glücklich.

*

Hatte das heimliche Treffen mit Markus dem Madel auch eine schwere Last vom Herzen genommen, so war die Situation auf dem Hof nicht einfacher geworden. Der alte Anstetter ging Michaela aus dem Weg, und war es einmal unausweichlich, daß sie sich begegneten, dann schaute der Bauer die Tochter seiner Magd mit einem Blick an, daß sie am liebsten ebenfalls davongelaufen wäre.

Er haßt mich, dachte das Madel verzweifelt, und er wird nimmer zulassen, daß Markus und ich glücklich werden.

Michaela hatte nur ihrer Mutter verraten, wo der junge Bauer sich aufhielt. Bei dieser Gelegenheit war sie auch darauf zu sprechen gekommen, wie Josef Anstetter sie behandelte.

»Ich seh's doch selbst, Madel«, nickte ihre Mutter betrübt. »Und ich hab' dem Alten schon mehr als einmal meine Meinung gesagt. Du weißt ja, daß ich mir da mehr herausnehmen kann, als jeder andere. Aber, was dich betrifft, da beiß' ich einfach auf Granit bei ihm.«

Dieses Gespräch fand am späten Nachmittag statt, als die

beiden Frauen zusammensaßen und Wäsche ausbesserten. Maria Engler legte nachdenklich Nadel und Faden beiseite und starrte auf das Bettlaken, an dem sie gerade genäht hatte.
»Ich überleg' schon die ganze Zeit, was wir noch tun können, um diesen Sturkopf zur Besinnung zu bringen, aber mir will nix Gescheites einfallen.«
Auf dem Tisch vor ihnen stand Kaffee. Maria nahm einen Schluck aus ihrer Tasse und faltete dann das Laken zusammen. Michaela hatte ein Paar Socken geflickt, die sie auf den Tisch legte.
»Vielleicht könnte Pfarrer Trenker versuchen, mit Markus' Vater zu reden. Auf den wird er doch wohl hören«, schlug sie, einer plötzlichen Eingebung folgend, vor.
Die alte Magd zuckte die Schulter.
»Vielleicht, versuchen kann man's ja. Aber ich geb' net viel darauf.«
Sie lehnte sich einen Moment zurück.
Vielleicht war dies ja der richtige Zeitpunkt, um die Wahrheit zu sagen, ging es ihr durch den Kopf. Schließlich stand Michaelas Glück auf dem Spiel. Sie warf ihr einen Blick zu, und ganz warm wurde es ihr ums Herz, als sie diese schöne, junge Frau sich gegenübersitzen sah. Das Ebenbild ihrer Mutter, als diese in dem Alter war.
»Mutter, du hörst mir ja gar net zu«, unterbrach die Stimme des Madels ihre Gedanken.
Maria Engler schreckte auf.
»Was hast' gesagt?« fragte sie. »Ich war eben ganz woanders mit meinen Gedanken.«
»Das hab' ich gemerkt«, lachte Michaela. »Ich hab' gefragt, ob es wirklich so eine schlechte Idee ist, Pfarrer Trenker zu bitten, einmal mit dem Bauern zu reden?«
Ihre Mutter stand auf und packte das Nähzeug zusammen.

»Versuchen kann man's a mal«, antwortete sie. »Mal sehen, was dabei herauskommt.«

*

Im Büro des Bürgermeisters von St. Johann herrschte emsige Geschäftigkeit. Markus Bruckner setzte alles daran, seine Absicht, aus Schloß Hubertusbrunn ein Spielcasino zu machen, in die Tat umzusetzen. Über die viele Arbeit mit dem Projekt, hatte er ganz vergessen, seiner Sekretärin eine Standpauke für ihre Indiskretion zu halten. Katja Hardlacher indes bemühte sich, ihren Fehler durch Fleiß wiedergutzumachen und unterstützte den Bürgermeister nach Kräften. Selbst die sonst so ungeliebten Überstunden machte sie, ohne ein mürrisches Gesicht zu ziehen.
Die Abendglocke läutete schon, als die junge Frau ihren Schreibtisch abschloß und die Schutzhülle über den Computer legte. Markus Bruckner war selber erst vor wenigen Minuten, in Begleitung der beiden Männer, aus dem Büro gegangen. Diese Männer besuchten den Bürgermeister des kleinen Alpendorfes in den letzten Tagen immer häufiger. Sehr oft mußte Katja danach noch Verträge neu schreiben, Akten anlegen oder diverse Papiere kopieren. So wußte sie inzwischen genauso viel über das geplante Casino wie die direkt Beteiligten.
Sie schaute auf die Uhr, bevor sie das Vorzimmer verließ. Die Abendmesse war gerade beendet. Katja würde froh sein, wenn die ganze Geschichte erst einmal unter Dach und Fach war. Dann würden sich auch ihre Arbeitsstunden wieder auf ein normales Maß einpendeln. Aber was soll's, dachte sie. Zu Hause erwartete sie sowieso niemand, einen Freund hatte die junge Frau nicht. Die Arbeit ließ ihr keine Zeit dazu, wie sie immer wieder scherzhaft zu sagen

pflegte, obgleich ihr dabei eigentlich nicht zu scherzen zumute war. Einmal hatte es einen Mann in ihrem Leben gegeben, doch nach einem Vierteljahr war die Beziehung in die Brüche gegangen, und Katja hatte sich seitdem wie eine Schnecke ins Schneckenhaus verkrochen. Kaum, daß sie noch ausging. Schon gar nicht zum samstäglichen Tanzvergnügen im ›Löwen‹, denn da spielte ihr Verflossener in der Kapelle die Trompete.

Aufgrund ihrer Stellung genoß sie soviel Vertrauen im Bürgermeisteramt, daß man ihr auch den Schlüssel für das Gebäude überlassen hatte. Katja Hardlacher hatte gerade die Eingangstür verriegelt, als sie hinter sich eine Stimme hörte.

»Guten Abend, Katja, hast' jetzt erst Feierabend?« fragte Pfarrer Trenker.

Sebastian war gerade aus der Kirche gekommen und hatte die junge Frau aus dem Rathaus treten sehen. Natürlich wollte er die Gelegenheit ergreifen, einmal mit der Sekretärin des Bürgermeisters zu sprechen, ohne daß Markus Bruckner sich einmischen konnte.

»Grüß' Gott, Herr Pfarrer«, erwiderte sie den Gruß des Geistlichen. »Ja, es gibt halt viel zu tun im Amt.«

Sie hatte den Schlüssel in ihre Handtasche gesteckt und machte Anstalten, weiterzugehen. Sebastian Trenker schloß sich ihr einfach an.

»Es geht wohl um Schloß Hubertusbrunn?« fragte er, fast beiläufig. »Ja, da kann ich mir schon denken, daß ihr da viel Arbeit habt. So ein Projekt ist ja net von heut auf morgen geplant.«

Katja Hardlacher schaute sich vorsichtig um. Natürlich kannte sie die ablehnende Haltung des Geistlichen gegenüber den Plänen ihres Chefs, und es wäre ihr gar nicht recht gewesen, wenn dieser sie und Pfarrer Trenker zusammen sehen würde.

»Bitt' schön, Hochwürden, seien S' net bös', aber ich darf nichts darüber sagen«, bat sie leise. »Selbst, wenn ich wollte. Ich hab' sowieso schon zuviel über die ganze Sache verraten.«
Sebastian erkannte, in welcher Zwickmühle die junge Frau sich befand. Zum einem wollte sie sich ihrem Vorgesetzten gegenüber loyal verhalten, auf der anderen Seite war da die Autorität ihres Seelsorgers.
»Keine Angst, Katja«, beruhigte Sebastian sein Pfarrkind. »Ich will dich net in eine unangenehme Lage bringen. Ich möcht' nur wissen, ob sich jemand gemeldet hat, der – oder vielleicht auch die – Anspruch auf das Jagdschloß erhebt. Du weißt ja, daß die Frist schon in ein paar Tagen abläuft. Ich glaub' net, daß der Bürgermeister etwas dagegen haben könnt', wenn du mir soviel verrätst.«
»Nein«, schüttelte die junge Frau den Kopf. »Es hat sich niemand gemeldet, und mit der Planung für das Casino geht es weiter voran. Es soll verpachtet werden, an die beiden Männer, die Sie auch schon im Amt gesehen haben. Sowie die Gemeinde im Besitz des Schlosses ist, werden die Verträge unterzeichnet. Es heißt, daß die erforderlichen Genehmigungen für die Umbauten, den Bau der Zufahrtstraße und die Konzession für den Betrieb schnell und unbürokratisch erteilt werden sollen.«
Sie schaute sich wieder um. Ein paar Leute gingen über die Straße. Einheimische und Touristen, aber niemand darunter, der sie bei Markus Bruckner hätte verraten können. Trotzdem wollte sie schnell weitergehen.
»Entschuldigen S', Hochwürden, aber ich muß jetzt wirklich«, sagte sie.
Pfarrer Trenker nickte ihr zu.
»Natürlich, Madel, geh' nur. Und – was du mir gesagt hast, das bleibt unter uns. Darauf kannst' dich verlassen.«

Katja Hardlachers Miene hellte sich auf. Sie nickte grüßend und eilte davon, während Sebastian nachdenklich zum Pfarrhaus hinüberging.

*

»Ja, gibt's denn da gar keine Möglichkeit, diesen Irrsinn aufzuhalten?« schimpfte Max Trenker erbost.
Die beiden Brüder hatten sich nach dem Abendessen in das Arbeitszimmer des Geistlichen zurückgezogen. Hier saßen sie gerne noch bei einem Schoppen Wein oder auch einem Glas Bier zusammen. Oftmals gab es Erfreuliches zu berichten, wenn sie dann den Tag einmal Revue passieren ließen, manchmal waren die Dinge, die zur Sprache kamen, aber auch weniger angenehm. So, wie heute abend.
»Also, ich seh' da wirklich keine Chance, das Ganze noch zu verhindern. Natürlich werd' ich im Gemeinderat dagegen stimmen, aber leider hat ja die Gegenseite zwei Stimmen mehr.«
Sebastian sagte es mit Bedauern.
Es war aber auch wie verhext! So lange suchte er schon nach einem Gebäude, das sich für sein Vorhaben, eine Art Jugendzentrum zu errichten, eignete. Das Jagdschloß war geradezu wie geschaffen für solch eine Einrichtung, und nun kam ihm der Bürgermeister mit seiner verrückten Idee von einem Spielcasino in die Quere.
Der Polizeibeamte schüttelte den Kopf, wollte gerade etwas sagen, als es an der Haustür schellte. Er sah erstaunt auf.
»Nanu. Wer will denn da was von dir?« fragte er seinen Bruder.
Sebastian zuckte die Schulter.
»Wir werden's bestimmt gleich erfahren«, antwortete er.
Kurz darauf klopfte es und Sophie Tappert steckte ihren Kopf zur Tür herein.

»Entschuldigen S', Hochwürden, draußen ist die Michaela Engler und möcht' Sie gern sprechen.«

»Aber natürlich«, nickte der Geistliche. »Schicken S' sie nur herein.«

Max erhob sich.

»Ich geh' noch ins Wirtshaus hinüber«, meinte er. »Mal seh'n, ob's dort was Neues gibt.«

Hinter der Haushälterin trat Michaela ins Zimmer, während der Polizist sich verabschiedete.

Sebastian stand auf und begrüßte den späten Gast.

»Setz dich, Madel«, sagte er und deutete auf den Sessel, in dem zuvor sein Bruder gesessen hatte. »Was hast' denn auf dem Herzen?«

Die junge Frau lehnte sich zurück, während Pfarrer Trenker ein Glas Johannisbeersaft einschenkte, den Sophie Tappert aus den Früchten machte, die an den Sträuchern hinter der Kirche wuchsen.

»Ich bin zu Ihnen gekommen, Hochwürden, weil ich Ihre Hilfe brauche«, begann Michaela. »Es geht um den Markus und mich...«

Der Seelsorger hörte schweigend zu, während sich das Madel seinen ganzen Kummer von der Seele redete.

»Zwischen dir und Markus hat sich aber nichts geändert?« fragte er, nachdem Michaela geendet hatte.

Sie schüttelte den Kopf.

»Nein, bestimmt net. Aber, das mit seinem Vater ist kein Zustand. Net nur, daß er so seinen Sohn praktisch aus dem Haus verjagt hat, durch seinen Sturkopf, mich behandelt er, als wär' ich die böse Hex'. Wahrscheinlich würd' er mich am liebsten auf dem Scheiterhaufen brennen sehen.«

»Na ja, diese Zeiten sind ja, gottlob, vorbei«, warf Sebastian ein.

»Ja, aber der alte Anstetter tut so, als hätt' ich das allergrößte Unglück über ihn und seinen Hof gebracht.«

Sie beugte sich ein wenig vor.

»Können Sie net einmal mit ihm reden?« bat sie. »Er muß doch ein Einsehen haben, daß er sich net zwischen uns stellen darf. Wir leben doch net mehr im Mittelalter. Auch wenn ich nur die Tochter seiner Magd bin, so hab' ich doch auch ein Recht, glücklich zu sein.«

Die letzten Worte hatte sie mit Tränen in den Augen gesagt.

»Aber natürlich«, tröstete der Pfarrer sie. »Niemand muß sein Licht unter den Scheffel stellen, ob er nun Prinz oder Bettelmann ist. Und Magd zu sein, ist eine sehr ehrenwerte Arbeit. Was wollten die Bauern wohl anfangen, wenn es keine Mägde und Knechte gäbe?«

Er verschränkte die Arme vor der Brust.

»Natürlich red' ich mit dem Anstetterbauern«, versprach er. »Es wär' doch gelacht, wenn man den alten Zausel net zur Vernunft bringen könnt'.«

Michaela Engler lächelte, als sie sich verabschiedete.

»Vielen Dank, Hochwürden. Ich hab' gewußt, daß Sie mir helfen würden.«

»Ist schon recht«, winkte Sebastian ab. »Dazu bin ich ja da. Gleich morgen schau' ich auf dem Hof vorbei. Laß uns nur hoffen, daß Markus' Vater auf mich hört.«

Er brachte das Madel zur Tür.

Michaela war mit dem Fahrrad ins Dorf hinuntergekommen. Sie klingelte zum Abschied. Sebastian winkte und schaute ihr nach, bis sie nicht mehr zu sehen war. Dann ging er zurück in sein Arbeitszimmer und setzte sich wieder an den Schreibtisch. Lange Zeit dachte er über den Besuch nach. Michaela hatte ihn an jenes Madel erinnert, von dem er gar nicht wußte, ob es überhaupt existierte – an das angebliche Kind des Freiherrn von Maybach, von dem nichts bekannt war. Eine Tochter sollte es sein. Lebte sie eigentlich noch?

Wenn ja, dann wo? Oder war sie schon lange tot, wie ihre Eltern?

In den Berichten über das tragische Unglück, bei dem der Baron und seine Frau ums Leben gekommen waren, stand nichts weiter über dieses Kind. Wenn es noch lebte, dann mußte es heute wohl im gleichen Alter sein wie Michaela Engler. Aber diese Tatsache half ihm kein bißchen weiter. So sehr er sich auch bemühte einen Weg zu finden, um die waghalsigen Pläne des Bürgermeisters zu durchkreuzen, es wollte ihm einfach nichts Gescheites einfallen.

Diesmal, so schien es, würde Markus Bruckner sich wohl durchsetzen können.

*

»Das war eine gute Idee von dir, Pfarrer Trenker zu bitten, einmal mit dem Vater zu reden«, freute sich Markus über den Einfall.

Er küßte Michaela sanft auf den Mund.

»Ihr Frauen seid eben doch immer die Klügeren.«

Das Madel erwiderte den Kuß.

»Nur gut, daß du das beizeiten einsiehst«, gab sie zurück.

»Ich hoff' nur, daß das auch später noch so bleibt, wenn wir verheiratet sind.«

Lachend hakte sie sich bei ihm ein, und sie schlenderten den Hang hinauf, auf dem Fußweg zur Kanderer-Alm.

»Wann wird der Pfarrer denn zum Hof hinaufkommen?« wollte der Bursche wissen.

»Heut nachmittag schon.« Michaela schaute auf die Uhr. »Wahrscheinlich ist er jetzt gerade angekommen«, mutmaßte sie. »Deshalb hab' ich dich ja angerufen. Ich hab's einfach net aushalten können. Hoffentlich hat dein Vater endlich ein Einsehen. So ist es ja kein Zustand.«

Markus nahm sie tröstend in seine Arme.

»Bestimmt«, sagte er. »Schließlich hat er ja nur mich als Sohn.«

Sie schlenderten weiter und Markus berichtete, worüber alle auf dem Lorzingerhof redeten.

»Stell dir vor, der Bruckner-Markus will aus dem kleinen Jagdschlößchen ein Spielcasino machen.«

Michaela schaute überrascht auf.

»Welches Jagdschloß? Doch net etwa das im Wald? Schloß Hubertusbrunn?«

»Genau das. Ist doch verrückt, was?«

»Also, wenn die Mutter das hört…«

»Deine Mutter?« fragte Markus erstaunt. »Was hat die denn mit dem Schloß zu tun?«

»Sie hat früher einmal dort gearbeitet, als Mamsell in der Küche.«

»Was? Das hab' ich ja gar net gewußt.«

»Na ja, es ist ja auch schon ewig lang' her. Noch bevor ich geboren wurde. Manchmal erzählt sie noch davon.«

»Komisch«, bemerkte Markus Anstetter. »Für mich ist es, als wenn ihr schon immer auf dem Hof gewesen seid. So lang' ich zurückdenken kann. Ich kann mir gar net vorstellen, wie es war, als es euch noch net da gab.«

»Wie gesagt, es ist eine Ewigkeit her. Ich war ja noch ganz klein, als mein Vater starb und die Mutter plötzlich alleine mit mir dastand.«

Sie hatten sich an den Wegesrand gesetzt. Markus nahm Michaelas Kopf in seine Hände und streichelte ihn zärtlich.

»Und warum ist deine Mutter net auf Hubertusbrunn geblieben?« fragte er.

»Alle Angestellten mußten das Schloß damals verlassen, nachdem der Baron und seine Frau bei einem Autounfall ums Leben kamen«, erklärte das Madel. »So hat die Mutter es mir jedenfalls erzählt.«

»Und nun soll daraus ein nobles Casino werden, in dem die reichen Leute Roulette spielen können.«
Der junge Bauer schüttelte den Kopf.
»In Afrika hab' ich so viel Armut erlebt, und hier wissen die Leut' überhaupt net, in welchem Überfluß sie leben«, sagte er mit deutlichem Ärger in der Stimme. »Es ist schon ungerecht, daß es Menschen gibt, die soviel Geld haben, daß sie es einfach verspielen können.«
»Kann man denn gar nichts dagegen unternehmen?« wollte Michaela wissen.
»Ich glaub' net. Soviel ich gehört hab', fällt Hubertusbrunn an die Gemeinde, wenn sich bis in den nächsten Tagen niemand meldet, der es als seinen Besitz beansprucht. Nur ein Erbe könnte den Umbau zu einem Spielcasino noch aufhalten. Darum sollte eigentlich niemand etwas von dem Coup des Bürgermeisters wissen. Allerdings hat da jemand net dichthalten können.«
Michaela legte sich behaglich zurück und drückte ihren Kopf an seine Brust.
»Also, wenn mir das Schloß gehören würd', dann käme da gewiß kein Casino rein. Da gibt's, weiß Gott, Nützlicheres, was man damit anfangen könnt'.«
Markus drückte seine Lippen auf ihr Haar.
»Zum Glück gehört's dir net«, meinte er. »Sonst tät'st mich bestimmt net nehmen, als Fräulein Baroneß.«
»Vielleicht, wenn du auf den Knien um meine Hand anhalten tät'st.«
Michaela lachte, als sie sich solch eine Szene vorstellte. Dabei war ihr gar nicht zum Lachen zumute. Für eine kurze Weile hatte sie ihren persönlichen Kummer vergessen, doch jetzt dachte sie daran, wie es im Moment wohl auf dem Anstetterhof zugehen mochte…

*

Josef Anstetter und sein Besucher saßen auf der Diele des Bauernhauses. Außer ihnen war keiner mehr anwesend. Nach dem Kaffeetrinken waren die beiden Knechte wieder zur Arbeit aufgebrochen, und Maria Engler hatte sich mit dem Hinweis, sie müsse nach einer Kuh sehen, die trächtig sei und demnächst kalben werde, verabschiedet. Dabei hatte sie dem Seelsorger zugeblinkert, bevor sie in den Stall hinausgegangen war.

Markus' Vater schaute zwar erstaunt, als Sebastian hereinkam, er sagte aber nichts weiter. Maria stellte noch ein Kaffeegedeck auf den Tisch und schenkte ein. Sie beeilte sich, den Kuchen auf ihrem Teller zu essen und ging dann schnell.

»Ich bin gekommen, weil ich mit dir reden muß, Anstetter«, erklärte Pfarrer Trenker, als die beiden Männer alleine waren. »Vielleicht kannst' dir ja denken, worum es geht.«

Der Alte schüttelte den Kopf.

»Ich weiß es net, Hochwürden«, antwortete er. »Aber Sie werden's mir bestimmt gleich sagen.«

»Gestern abend war Michaela drunten im Pfarrhaus und hat mir ihr Herz ausgeschüttet. Sag mal, Anstetter, was ist denn in dich gefahren, daß du so mit dem Madel umgehst?«

Der Bauer sah den Geistlichen mit einer Mischung aus Unbehagen und Trotz an.

»Wenn sie bei Ihnen war, dann wissen S' ja, warum!« antwortete er unwillig. »Allerdings hätt' sie sich den Weg ins Pfarrhaus sparen können. Auch Sie werden mich net überreden können, einer Hochzeit meines Sohnes mit einer Magd zuzustimmen.«

Pfarrer Trenker verdrehte die Augen und schüttelte den Kopf.

»Also, Sepp, ich will dich net überreden, sondern dich überzeugen«, stellte er klar. »Aber, vielleicht kannst' mir ja erklären, wieso du dagegen bist?«

»Wieso?« brauste der Bauer auf. »Das kann ich Ihnen sagen, Hochwürden. Weil ich mir für meinen Sohn eine bessere Partie wünsche. Das Madel hat doch nix. Wahrscheinlich besteht die Mitgift aus ein paar Handtüchern, die die Maria sich vom Munde abgespart hat.«

»Ja, sag' mal, bist' denn ganz narrisch geworden?«

Jetzt war es Sebastian, der ärgerlich wurde.

»Seit wann hast' denn solche Standesdünkel? Wo lebst' denn eigentlich, Josef Anstetter?«

Markus' Vater antwortete nichts, er starrte nur dumpf vor sich hin, als wolle er den Geistlichen ignorieren.

»Denkst du gar net darüber nach, daß es doch auch um dein Glück geht?« hakte Pfarrer Trenker nach. »Ich hab' gedacht, du wolltest dich aufs Altenteil zurückziehen. Statt dessen vergraulst deinen Sohn. Glaubst denn wirklich, der Markus läßt sich so von dir gängeln? Der Bub ist ein prima Bursche, und was er drüben in Afrika gemacht hat, nötigt mir meine volle Hochachtung ab. Es war gewiß net einfach für ihn, so jung, wie er war, von zu Hause fortzugehen. Und jetzt, ich hab' gedacht, daß du froh bist, ihn wieder bei dir zu haben. Mensch, Sepp, überleg' doch mal – die Michaela ist ein fleißiges Madel. Eine bessere Frau kann sich der Markus net wünschen, und das weiß er auch. Sie kennt sich hier aus, weiß alles, was sie wissen muß, um eine gute Bauersfrau zu sein. Da kannst' doch net so verbohrt sein, dich dem Glück der beiden in den Weg zu stellen.«

Josef Anstetter setzte mit einem Ruck die Kaffeetasse ab, aus der er getrunken hatte. Es gab ein klirrendes Geräusch, als Porzellan auf Porzellan schlug.

»Sie können reden, soviel Sie wollen, Hochwürden«, sagte er schließlich. »Den Hof bekommt der Bub net, wenn er das Madel heiratet. Eher verkauf' ich alles und geh' in ein Altenheim! Dann soll er von mir aus zurückgehen nach Afrika.«

Mit diesen Worten ging er hinaus. Sebastian Trenker blieb ratlos zurück. Er konnte es nicht fassen, daß der Alte so starrsinnig auf seinem Standpunkt verharrte. Er wußte im Moment keinen Rat, den er Michaela und Markus hätte geben können. Der Kaffee in seiner Tasse war inzwischen kalt geworden. Sebastian trank ihn trotzdem aus und erhob sich. Draußen wartete bereits Maria Engler auf ihn. Gespannt schaute sie ihn an.

»Haben S' etwas bewirken können?« wollte sie wissen.

»Leider net«, bedauerte der Seelsorger. »Der Alte ist wie vernagelt. Den einzigen Trost, den ich den beiden jungen Leuten spenden kann, ist, daß sich vielleicht mit der Zeit alles wieder einrenkt. Im Moment aber ist net mit ihm zu reden.«

Die alte Magd sah erbost zum Bauernhaus hinüber.

»Ich weiß wirklich net, was in ihn gefahren ist«, sagte sie.

»Grüß' mir die Michaela«, verabschiedete sich Sebastian. »Wenn ihr meine Hilfe braucht, dann sagt nur Bescheid.«

»Dank' schön, Hochwürden«, nickte Maria Engler und deutete mit dem Kopf zum Haus. »Aber, wie Sie schon sagten – im Moment scheint alles aussichtslos zu sein.«

Die Magd sah dem Geistlichen nach, wie er vom Hof fuhr. Dann ging sie in den Stall zurück. Zwar hatte sie ihre Arbeit da drinnen längst erledigt, aber sie wollte erst einmal alleine sein und über ihre weiteren Schritte nachdenken.

Daß sie welche unternehmen würde, stand jedenfalls fest!

*

»Eine Schande, wie der Anstetter die beiden behandelt!« schimpfte Sophie Tappert, während sie den Tisch für das Abendessen deckte.

Die Perle des Pfarrhaushalts war an sich eine recht schweigsame Frau, aber wenn ihr etwas gegen den Strich ging, dann erhob sie doch schon mal die Stimme.

Max Trenker, der immer schon fünf Minuten vor der Zeit zum Essen erschien, half der Haushälterin bei ihren Vorbereitungen und betätigte die Brotmaschine.
»Ich find's jedenfalls gut, daß der Markus sich nix von seinem Vater vorschreiben läßt«, sagte er. »Ein Bursche, der drei Jahre in Afrika Entwicklungshilfe betrieben hat, wird schon in der Lage sein, sich die richtige Frau auszusuchen. Und die Michaela ist genau die Richtige.«
Der Schwerenöter verschwieg, daß er selber schon einmal ein Auge auf das Madel geworfen hatte. Aber leider ...
Max konnte wirklich net sagen, in dieser Beziehung schon viele Niederlagen erlitten zu haben, doch daß Michaela nicht bei ihm angebissen hatte, bedauerte er sehr.
Allerdings trug er solche Fehlschläge wie ein Mann – er versuchte sich mit einer anderen zu trösten.
»Trotzdem ist es unverständlich, wie stur der Sepp ist«, meinte Sebastian, der eben in die Küche gekommen war und den letzten Teil des Gespräches mitbekommen hatte.
Die Unterhaltung während des Abendessens drehte sich natürlich um dieses Thema, allerdings nicht ausschließlich. Es gab ja noch etwas anderes, das dem Bergpfarrer auf der Seele lag – Schloß Hubertusbrunn.
»Ich bin gespannt, ob sich der Bruckner-Markus heut abend beim Stammtisch sehen läßt«, sagte Sebastian, als er und Max zum Wirtshaus hinübergingen.
»Eher net«, mutmaßte der Polizist. »Der weiß doch, daß das Thema unweigerlich auf das Spielcasino kommen wird. Ganz zwangsläufig.«
Max war dann doch überrascht, als er sah, daß der Bürgermeister von St. Johann bereits an dem großen, runden Tisch Platz genommen hatte.
»Guten Abend, Bürgermeister«, begrüßte er ihn. »Ich hätt' wetten können, daß du heut net zum Stammtisch kommst.«

Markus Bruckner nahm einen Schluck aus seinem Bierkrug und wischte sich anschließend den Schaum von den Lippen.
»Warum net?« fragte er zurück. »Ich freu' mich doch jeden Mittwoch schon darauf.«
Die beiden Brüder setzten sich. Hubert Mayr, der Besitzer der Hirschapotheke, gesellte sich hinzu, und wenig später kam auch Toni Wiesinger zur Tür herein. Der junge Arzt setzte sich nach der Begrüßung und schaute neugierig in die Runde.
»Sagt mal, stimmt es eigentlich, daß wir ein Spielcasino nach Sankt Johann bekommen sollen? Eine Patientin hat mir heut morgen so etwas erzählt. Allerdings konnte ich das gar net glauben. Wer kommt denn bloß auf solch eine dumme Idee?«
Alle Blicke richteten sich auf den Bürgermeister. Markus Bruckner hatte gerade wieder seinen Bierkrug ansetzen wollen. Mit einer ärgerlichen Miene stellte er ihn zurück auf den Tisch. Max Trenker lachte glucksend, während Sebastian sich ein Schmunzeln verkniff.
Der Apotheker saß neben Bruckner. Er stieß ihn mit den Ellenbogen an.
»Na, was ist denn nun mit dem Gerücht? Sag schon, ist da was Wahres dran?« forderte er ihn auf.
»Nachdem es scheinbar sowieso schon alle wissen, ist es eh' egal«, schnaubte Markus Bruckner und wandte sich direkt an Dr. Wiesinger. »Ja, es stimmt. Allerdings kommt das Casino net hierher nach Sankt Johann, sondern in den Ainringerwald, und so dumm find' ich die Idee gar net.«
»Also, entschuldigen S', Bürgermeister«, sagte der Arzt.
»Ich wollt' Ihnen net auf den Schlips treten. Ich hab' übrigens verstanden, daß es um ein altes Jagdschloß geht, und wenn Sie mich fragen – ich find's net besonders klug, solch ein Gebäude so artfremd zu nutzen. Ganz abgesehen davon, daß ich es als einen Umweltfrevel empfinde, eine Straße durch

den Wald zu bauen. Das ist doch ein intaktes Wildrevier. Haben S' eigentlich mal darüber nachgedacht, was bei so einem Straßenbau alles zerstört wird? Mal ganz abgesehen von den Abgasen der Autos, die zwangsläufig mit den Casinobesuchern kommen werden.«

Sebastian und Max nickten wortlos, während Hubert Mayr unruhig auf seinem Platz hin- und herrutschte.

»Na ja, soviel ich weiß, muß die Angelegenheit ja erst noch durch den Gemeinderat«, fuhr der Arzt fort. »Wollen wir mal hoffen, daß net alle, die da drinnen sitzen, auch dafür stimmen.«

Dabei sah der den Apotheker an, von dem er wußte, daß dieser in derselben Partei war wie der Bürgermeister.

»Wie würden Sie sich denn entscheiden?« fragte Toni Wiesinger ihn direkt.

Hubert Mayr, ein älterer, leicht rundlicher Herr, mit einem silbernen Haarkranz um den Kopf, wischte sich die Schweißperlen von der Stirn. Von einem Augenblick auf den anderen hatten sie sich darauf gebildet.

»Ja, also…, was soll ich da sagen…?« stotterte er.

Markus Bruckner sprang ärgerlich auf.

»Also, das gehört nun wirklich net hierher«, rief er und warf ein Geldstück auf den Tisch. »Im übrigen herrscht bei solch wichtigen Abstimmungen im Gemeinderat Fraktionsdisziplin!«

Der letzte Satz schien mehr an Hubert Mayr gerichtet zu sein, denn es schwang ein leichter Befehlston darin mit. Der Bürgermeister schaute noch einmal in die Runde und verließ dann mit einem grimmigen ›Pfüat euch‹ das Lokal.

*

Michaela konnte schon am Gesicht der Mutter sehen, daß Pfarrer Trenkers Bemühungen wohl nicht vom Erfolg ge-

krönt waren. Erwartungsvoll war sie von dem Treffen mit Markus heimgekommen.
Maria Engler empfing ihre Tochter gleich an der Haustür. Ganz so, als habe sie das Madel abpassen wollen.
»Wie ist es denn gegangen?« fragte Michaela aufgeregt.
»Schlecht«, antwortete Maria. »Dem Herrn Pfarrer ist's net gelungen, den Bauern zur Einsicht zu bekehren. Jetzt hockt der Alte in der Stube und grummelt vor sich hin. Vielleicht ist's besser, wenn er dich heut abend net mehr zu Gesicht bekommt.«
Michaela war empört.
»Und was ist morgen?« wollte sie wissen. »Soll ich mich da etwa auch vor ihm verstecken? Da kann ich ja gleich fortgehen.«
Maria hielt die Hand vor den Mund und erstickte einen Schrei. Ihre Tochter hingegen schaute nachdenklich vor sich hin.
»Vielleicht wäre das sowieso das beste«, meinte sie. »Bestimmt finden Markus und ich irgendwo einen Ort, an dem wir uns ein gemeinsames Leben aufbauen können. Hier ist's ja net mehr auszuhalten!«
Maria Engler glaubte, es presse ihr das Herz zusammen, als sie diese Worte hörte.
»Um Himmels willen, Kind, sag so etwas net«, bat sie. »Net einmal im Scherz. Ich würd's net überleben, wenn du von mir ging'st.«
Dabei liefen ihr die Tränen über die Wangen.
Michaela stürzte in ihre Arme.
»Aber, Mama, glaubst' denn wirklich, ich würd' ohne dich gehen?« rief sie aus. »Glaubst' wirklich, ich würd' dich allein lassen mit diesem alten Sturkopf?«
Maria trocknete die Tränen ab. Dankbar lächelte sie.
»Einen Moment hab' ich's fast befürchtet«, gestand sie.

»Nein, nein, Mutter«, schüttelte Michaela den Kopf. »Wenn ich geh', dann nur mit dir zusammen.«
Die alte Magd schluchzte wieder.
»Aber, es würd' mir, trotz allem, net leicht fallen, zu gehen. Seit zwanzig Jahren ist der Anstetterhof meine Heimat«, sagte sie. »Ich bin net mehr die Jüngste, und mit alten Leuten ist es wie mit alten Bäumen – man kann sie net mehr verpflanzen.«
Sie strich ihrer Tochter über die Wange.
»Vielleicht wird ja noch alles gut«, hoffte sie.
Ja, vielleicht, dachte das Madel, als es hinter der alten Frau das Haus betrat.
Obwohl es ihr ganz und gar gegen den Strich ging, zog sie sich auf ihr Zimmer zurück, damit sie dem alten Anstetter, zumindest heute abend, nicht mehr begegnete.

*

Stunden später lag der Hof in völliger Dunkelheit. Lediglich ein Fenster des Bauernhauses war beleuchtet. Es war das Zimmer von Maria Engler, die, wie seit Tagen, keinen Schlaf fand, in dem noch Licht brannte.
Die Magd hatte überlegt, doch selbst noch einmal mit Markus' Vater zu reden, obgleich sie sich nicht viel davon versprach. Es war vielmehr das Gefühl, nicht so ohnmächtig zusehen zu wollen, wie das Glück ihrer Tochter zerstört wurde.
Doch als sie in die Wohnstube trat, in die der Bauer sich seit dem Besuch des Geistlichen zurückgezogen hatte, mußte sie erschreckt feststellen, daß Josef Anstetter überhaupt nicht ansprechbar war.
Dafür redete die fast leere Enzianflasche auf dem Stubentisch eine deutliche Sprache.
Maria verließ umgehend den Raum und wartete ab, bis die beiden Knechte in ihre Unterkunft hinübergegangen waren.

Dann schloß sie die Haustür ab und begab sich nach oben.
Sie warf einen Blick in Michaelas Zimmer. Das Madel lag auf seinem Bett und schlief. Maria legte eine Decke über ihre Tochter und zog dann leise die Tür hinter sich zu.
In dem Zimmer, das sie selbst bewohnte, setzte sie sich, wie jeden Abend seit einiger Zeit, an das Fenster und schaltete die Stehlampe ein. Dann nahm sie das Album zur Hand, das sie wie einen Schatz hütete, und schlug es auf.
Es waren die gleichen Bilder, die sie betrachtete, und die gleichen Worte, die ihr durch den Kopf gingen – das Versprechen, das sie einer Sterbenden gegeben hatte.
Wie ein Film rollte alles vor ihrem Auge ab, die schrecklichen Tage und Wochen nach dem Unfall, als das Leben der Frau, die sie so verehrte, am seidenen Faden hing, der letztlich dann doch riß. Gerad' so, als wäre es gestern erst geschehen, sah sie das grauenhafte Geschehen ...
... es war ein herrlicher, sonniger Wintertag, als Baron Friedrich von Maybach zusammen mit seiner Frau Henrike zu einem Kurzurlaub auf Schloß Hubertusbrunn eintraf. Die Dienerschaft hatte alle Vorbereitungen getroffen, um der Herrschaft den Aufenthalt so angenehm wie möglich zu machen. Maria Engler, die als Mamsell die Befehlsgewalt über die Küche hatte, freute sich seit Tagen auf die Ankunft der Familie, und ganz besonders, auf das wunderhübsche Madel, die kleine Michaela von Maybach.
»Verwöhnen Sie mir nur die Kleine net allzu sehr«, hatte die Baronin, scherzhaft mit dem Finger drohend, gesagt.
Sie war eine aparte und elegante Erscheinung, die von allen, die sie kannten, verehrt wurde. Nie war ein böses Wort aus ihrem Munde zu hören, und stets hatte sie ein strahlendes Lächeln auf den Lippen.
Die kleine Michaela war der Liebling der gesamten Dienerschaft. Wenn sie einen Raum betrat, dann war es, als gehe die

Sonne auf. Mit seinen drei Jahren war das Kind bereits sehr aufgeweckt und neugierig. Ungestüm tobte es durch die Zimmer des Schlosses, und ganz besonders gerne hielt sie sich in der Küche bei Maria Engler auf, wo es immer wieder mal etwas zu naschen gab.

Am dritten Tag nach der Ankunft machten sich der Baron und seine Frau zu einer Bergwanderung auf. Gottlob, muß man im nachhinein sagen, blieb Michaela in der Obhut Maria Englers. Als das Paar am späten Abend noch nicht zurück war, machte man sich Sorgen im Schloß. Ein Suchtrupp wurde ausgeschickt, und schließlich verständigte man die Bergwacht, weil das Gerücht umging, von der Wintermaid sei eine Lawine abgegangen.

Spät in der Nacht fand man das verunglückte Paar. Baron Maybach war tot, seine Frau schwer verletzt. Tagelang schwebte sie zwischen Leben und Tod und verlor am Ende den Kampf. Bevor sie verstarb, rang sie Maria, die sie tagtäglich im Krankenhaus besuchte, das Versprechen ab, sich um die kleine Michaela zu kümmern. Schon im Angesicht des Todes gelang es ihr noch, alles Erforderliche in die Wege zu leiten, damit Michaela bei Maria Engler bleiben konnte.

Im Augenblick des ewigen Abschieds, saß die treue Seele am Bett der Verunglückten und strich ihr sanft über das Gesicht, das noch im Tode Würde und Grazie ausstrahlte.

Ein paar Wochen später verließ die Dienerschaft das Jagdschloß, und Maria Engler suchte auf dem Anstetterhof nach Arbeit.

*

Die alte Magd schreckte hoch. Seit Jahren schon stand sie immer zur selben Zeit auf, einen Wecker brauchte sie nicht. Verwirrt sah sie sich einen Moment um, bevor sie gewahr wurde, daß sie immer noch in ihrem Sessel am Fenster saß.

Das Album war von ihrem Schoß gerutscht und zu Boden gefallen. Draußen ging bereits die Sonne auf. Maria schüttelte den Kopf. Offenbar war sie gestern abend eingeschlafen und hatte die Nacht gar nicht in ihrem Bett verbracht.
Sie bückte sich und hob das Fotoalbum auf. Sorgfältig legte sie es in den Schrank zurück. Dann ging sie in das Bad hinüber.
Später weckte sie Michaela.
»Ich geh' schon hinunter«, sagte sie.
»Ist gut, Mutter, ich komm' gleich«, antwortete das Madel.
›Mutter‹, wie das klingt, dachte Maria, während sie die Treppe hinunterging. In all den Jahren hatte sie es als selbstverständlich genommen, daß Michaela sie so ansprach. Doch seit sie sich intensiver mit der Vergangenheit beschäftigte, war es ihr klargeworden, daß das Madel endlich alles um seine Herkunft wissen mußte.
Vor allem aber mußte es dieser sture Kerl erfahren, der das Glück seines Sohnes von der Mitgift der zukünftigen Schwiegertochter abhängig machte. Mal sehen, ob er dann immer noch auf seinem Standpunkt beharrte.
Als die Magd die Küche betrat, stand Josef Anstetter am Spülbecken und ließ kaltes Wasser in ein Glas laufen. In einem Zug trank er es leer und füllte es erneut. Dann schaute er Maria aus blutunterlaufenen Augen an. Dabei hielt er sich den Kopf, der offenbar schmerzte.
»Ich hoff', daß dir der Schädel ordentlich brummt«, meinte Maria, während sie breit grinste. »Verdient hättest's ja.«
Der Bauer zog ein grimmiges Gesicht.
»Sag' einmal, wie red'st denn mit mir? Du weißt wohl net, wen du vor dir hast.«
»O doch«, erwiderte sie. »Einen störrischen alten Ochsen, der jetzt auch noch das Saufen angefangen hat.«
Markus' Vater stellte das Glas ab.

»Also, jetzt hört sich aber alles auf«, schimpfte er.
»Schon lang'«, unterbrach Maria ihn. »Schon lang' hört sich alles auf. Ich werd' dir jetzt mal was sagen, Sepp Anstetter, und ich will, daß du mir zuhörst. Die Michaela und der Markus werden heiraten, ob's nun dir paßt oder net. Ich weiß, daß meine Tochter dir net gut genug ist für deinen Sohn. Aber, hast' vielleicht mal die Sache umgekehrt? Weißt du, ob dein Sohn gut genug ist für Michaela?«
Der Alte sah seine Magd mit einem spöttischen Grinsen an.
»Pah«, sagte er verächtlich. »Deine Tochter – was ist sie denn schon? Das Kind einer Magd, mehr net. Froh würd' sie sein, wenn ich meine Einwilligung geben tät'. Aber da könnt' ihr lang' drauf warten.«
»Irrtum, Anstetter«, erwiderte Maria. »Es ist an der Zeit, endlich ein paar Dinge aufzuklären. Michaela ist net wirklich meine Tochter. Ihre Herkunft ist edler, als du es dir denken kannst.«
Der Bauer schaute verständnislos herüber.
»Was redest' denn da von edler Herkunft und so'n dummes Zeugs?« begehrte er auf. »Willst mir irgendein Märchen auftischen, um mich doch noch rumzukriegen?«
»Ich hab's net nötig, Märchen zu erzählen«, konterte seine Magd. »Ich weiß, wovon ich red'. Michaela ist die Tochter des verstorbenen Barons von Maybach!«
Josef Anstetter riß vor Erstaunen die Augen auf – dann brach er in schallendes Gelächter aus.
»Hahaha, das ist der beste Witz, den ich seit langem gehört hab'«, kicherte er und wandte sich zur Tür, die eben von außen geöffnet wurde.
Michaela trat ein. Verwundert sah sie von der Magd zum Bauern und wieder zurück.
»Ach, da ist ja das gnädige Fräulein«, höhnte Markus' Vater. »Oder soll ich besser Baroneß sagen?«

Damit ging er hinaus und schlug die Tür hinter sich ins Schloß.

»Was ist denn mit dem?« fragte Michaela. »Was hat er denn damit gemeint, daß er Baroneß zu mir sagen müßt'?«

»Ach nix«, winkte Maria Engler ab. »Offenbar ist ihm der Enzian gestern abend net bekommen.«

Sie hielt es für besser, Michaela noch nicht in ihr Geheimnis einzuweihen. Der Moment war einfach unpassend, so früh am Morgen, noch vor dem Frühstück.

Aber, im Laufe des Tages würde alle Welt erfahren, daß Michaela Engler in Wirklichkeit Baroneß Michaela von Maybach war. Und somit eine Partie, von der Josef Anstetter als zukünftiger Schwiegervater nur träumen könnte!

*

Sebastian Trenker unterließ nichts, um gegen das geplante Spielcasino vorzugehen. Bei jeder Messe sprach er sich dagegen aus, und ebenso zogen sein Bruder Max, und Dr. Wiesinger gegen das Projekt zu Felde. Und es waren bereits erste Erfolge zu verbuchen. Viele Dorfbewohner äußerten in Gesprächen mit ihrem Geistlichen ihre Sorgen und Ablehnung über das Casino, dessen Bau eine ganze Region verändern würde. Abgesehen von den Bedenken vieler Leute, daß bestimmt nicht nur reiche Gesellschaftsschichten dem Roulettspiel frönen würden. Bestimmt zog ein Spielcasino auch zwielichtige Gestalten an, die hofften, sich auf irgendeine Art und Weise ein Stückchen von dem Kuchen abzuschneiden.

Dennoch wußte Sebastian, daß er kaum noch eine Möglichkeit hatte, den geplanten Umbau des Schlosses zu stoppen. Die Meldefrist lief in den nächsten Tagen ab, und was dann geschah – ja, das lag in Gottes Hand.

Liebend gerne wäre der Seelsorger von St. Johann seinem

Spitznamen ›Bergpfarrer‹ gerecht geworden und hätte eine Tour unternommen. Wie oft schon waren ihm dabei Lösungen für Probleme eingefallen, die er vorher nicht gesehen hatte. Doch Sebastian wußte, daß er im Moment keine Muße und Freude an einer Wanderung gefunden hätte. Zu sehr brannte ihm das Projekt Hubertusbrunn unter den Nägeln. So blieb ihm zunächst nichts anderes übrig, als das zu tun, was er in den letzten Tagen immer wieder getan hatte – unvermittelt im Büro des Bürgermeisters aufzutauchen und zu versuchen, Markus Bruckner mit überzeugenden Worten von seinem Vorhaben abzubringen.
Katja Hardlacher schaute nur kurz auf, als der Geistliche das Vorzimmer betrat.
»Ist er zu sprechen?« fragte Sebastian und deutete mit dem Kopf auf die Tür zum Amtszimmer.
Die junge Frau zuckte die Schulter, was soviel heißen sollte, wie: Geh'n S' nur hinein. Es kann Sie ja sowieso niemand aufhalten.
Trotz der stummen Aufforderung durchzugehen, respektierte der Pfarrer den Ort, an dem er sich befand, und das Amt, das Markus Bruckner bekleidete, und klopfte an die Tür. Dann öffnete er sie schnell und trat ein.
Der Bürgermeister, der an seinem Schreibtisch saß, seufzte, als er seinen Besucher erkannte.
»Grüß' Gott, Hochwürden«, sagte er und deutete auf den Stuhl vor sich. »Bitt' schön, nehmen S' Platz. Was kann ich für Sie tun?«
Sebastian lächelte.
»Das weißt du doch, Bürgermeister, überlaß mir das Jagdschloß.«
Markus Bruckner lachte hell auf, und der Pfarrer stimmte ein.
»Im Ernst«, fuhr Sebastian fort, »das ist der einzige Grund für meinen Besuch. Ich bin immer noch überzeugt, daß Hu-

bertusbrunn für mein Vorhaben viel besser geeignet ist, als für das, was du dir da ausgedacht hast.«
Der erste Mann des kleinen Dorfes schlug die Mappe zu, in der sich Briefe und andere Unterlagen befanden, die er gerade unterschreiben wollte, als es an der Tür klopfte.
»Für meine Idee spricht aber, daß net unerhebliche Geldmittel in den Säckel der Gemeinde fließen werden«, hielt er dagegen. »Während ein Landschulheim den Etat eher noch belasten würde. Schließlich müßte die Gemeinde net nur die Renovierung und nötigen Umbauten aus eigener Kasse bezahlen. Natürlich würden Sie auch noch Gemeinnützigkeit anmelden und von der Gemeinde Subventionen verlangen.«
»Ach«, wehrte Pfarrer Trenker ab, »die Kirche würde auf jeden Fall einen großen Teil der Kosten übernehmen. Das ist schon mit dem Bischof der Diözese verabredet worden. Seine Zustimmung liegt mir schriftlich vor.«
»Glauben S' net, daß Sie da ein bissel zu früh die Pferde scheu gemacht haben?« fragte Bruckner. »Sie können doch nun alles andere, als sicher sein, daß Sie Hubertusbrunn doch noch bekommen.«
Da mußte Sebastian ihm insgeheim recht geben. Er war vor ein paar Tagen in einer anderen Angelegenheit bei seinem Bischof vorstellig geworden und hatte kurzerhand die Gelegenheit ergriffen, dem Vorgesetzten die Idee einer Jugendbegegnungsstätte zu erläutern.
Bischof Langinger hatte sich beeindruckt gezeigt und seine Hilfe zugesagt. Gestern war das Schreiben mit der Zustimmung gekommen.
»Außerdem zeigt mir Ihr Vorgehen, daß Sie net so recht an diese mysteriöse Erbin glauben, von der Sie seinerzeit geredet haben«, sprach Markus Bruckner.
Ein gewisser Triumph in seiner Stimme war nicht zu überhören.

»Denn wenn es sie gäbe, dann hätten Sie genauso wenig von Hubertusbrunn, wie ich.«
Der Bürgermeister schaute demonstrativ auf die Uhr.
»Tja, Hochwürden, meine Zeit ist leider knapp bemessen«, meinte er achselzuckend. »Ein Termin jagt den anderen. Wenn S' mich dann entschuldigen wollen.«
Sebastian nickte und stand von seinem Platz auf.
»Gut, Bruckner, aber wir wollen das Ganze doch ein wenig sportlich nehmen. Dieser Punkt geht an dich, aber das Match ist noch lange net zu Ende.«
Das Lächeln, das der Geistliche bei diesen Worten auf seinen Lippen hatte, wollte dem Bürgermeister von St. Johann gar nicht gefallen.
Zum Glück sah er die sorgenvolle Miene nicht, mit der Sebastian Trenker das Rathaus verließ. Ganz so siegessicher war der gute Hirte von St. Johann nicht mehr.
Allerdings ahnte er auch nicht, daß bereits am Nachmittag die Dinge eine ganz andere Wendung nehmen würden...

*

Michaela schaute ihre Mutter ungläubig an.
Ihre Mutter? Nein, die Frau, von der sie bis vor einem Augenblick noch geglaubt hatte, daß sie ihre Mutter sei.
»Sag, daß das net wahr ist«, flüsterte sie.
»Doch, Madel, das ist es«, antwortete die alte Magd.
Endlich hatte sie ihr Geheimnis preisgegeben, und es schien, als wäre mit jedem Wort, das sie sagte, eine Zentnerlast von ihrem Herzen gefallen.
Nach dem Mittagessen hielt sie den rechten Zeitpunkt für gekommen, Michaela über ihre wahre Herkunft aufzuklären. Aus diesem Grund war Maria mit ihr, gleich nach dem Abwasch, hinaufgegangen. Das Madel hatte seine Mutter

verwundert angeschaut. Irgendwie wirkte Maria Engler verändert, feierlich.
Sie setzten sich gegenüber, und dann schilderte die alte Frau mit wohlüberlegten Worten, was sie all die Jahre mit sich herumtrug. Zuerst begriff Michaela gar nicht, was die Mutter ihr da zu sagen versuchte, doch allmählich ahnte sie, daß diese Worte ihr ganzes Leben von einem Moment zum anderen verändern würden.
Sie war die Tochter eines Barons! Als sich Michaela dieser Tatsache bewußt war, stockte ihr der Atem, und in ihrem Kopf schossen die Gedanken Kapriolen. Maria griff nach ihrer Hand und hielt sie fest. Beide Frauen hatten Tränen in den Augen. Schließlich stand die Magd auf und holte das Fotoalbum aus dem Schrank. Sie reichte es Michaela, die es mit klopfendem Herzen aufschlug. Sie sah ihr eigenes Bild, als kleines Kind, und blätterte weiter.
»Das ist ... meine Mama?« fragte sie unsicher, als sie das Foto der jungen Frau erblickte.
Maria Engler setzte sich auf die Lehne des Sessels und legte ihren Arm um Michaela.
»Ja, das ist sie«, sagte sie leise. »Eine wunderschöne Frau. Wir haben sie alle verehrt. Du siehst ihr sehr ähnlich.«
Die Finger des Madels strichen über die Fotografie, der man ansah, daß sie schon vor langer Zeit gemacht worden war.
Maria schlug die nächste Seite auf. Bilder von Michaelas Vater waren zu sehen. Die Magd zeigte und erklärte, erzählte alles, was Michaela wissen wollte. Länger als drei Stunden saßen sie in der oberen Wohnung, und schließlich war es dem jungen Madel, als wäre aus ihm ein ganz anderer Mensch geworden.
»Nein, das bist' net«, schüttelte die Magd den Kopf. »Du bist immer noch die Michaela Engler. Es ist nur, weil alles so neu und fremd für dich ist. Du mußt es ja erst einmal verarbeiten.«

Sie strich ihr über das Haar.
»Für mich bleibst weiterhin meine Tochter«, sagte sie. »So hab' ich dich geliebt, und so werd' ich dich immer lieben.«
Michaela konnte die Tränen nicht mehr zurückhalten. Sie warf sich der alten Magd in die Arme.
»Und du bleibst immer meine Mutter«, schluchzte sie. »Ich weiß gar net, wie ich dir für all das danken soll, was du für mich getan und auf dich genommen hast.«
»Bleib einfach so, wie du bist«, bat Maria Engler. »Ein liebenswertes Madel, das ›seiner‹ Mutter nur Freude macht. Und dir und dem Markus wünsch' ich von Herzen alles Glück der Welt.«
»Markus! Der wird Augen machen.«
»Na, und der Sepp erst, wenn er einsehen muß, daß ich keine Märchen erzähle«, freute sich die Magd. »Der alte Zausel wird schön dumm gucken. Immerhin wird sein Sohn eine echte Baroneß heiraten, und die geht net gerade arm in die Ehe.«
Michaela sah ihre Pflegemutter erstaunt an.
»Wie meinst' denn das?«
»Na, ich sprech' von dem Geld, das dir gehört. Es ist ein kleines Vermögen. Der Notar, der damals alles in die Wege geleitet hatte, damit du bei mir bleiben kannst, hat es für dich angelegt. Deine Mutter hat gewollt, daß du es mit deinem fünfundzwanzigstem Lebensjahr bekommst. Dann hättest du auch alles über deine Herkunft erfahren sollen. Aber nun haben mich die Umstände gezwungen, es dir heut' schon zu sagen.
Über die Höhe deines Vermögens kann ich dir nichts Genaues sagen, aber es gehört ein Landsitz dazu und das alte Jagdschloß im Ainringer Wald, Hubertusbrunn.«
»Aus dem ein Spielcasino werden soll!«
Michaela hatte es laut ausgerufen.

»Was? Wie kommst' denn auf so was?«
»Der Markus hat davon erzählt. Ganz Sankt Johann spricht von nichts anderem.«
Die alte Magd war völlig konsterniert.
»Aber... aber Hubertusbrunn gehört doch dir!«
Die Baroneß, Michaela von Maybach, lachte laut.
»Und daran wird sich so bald auch nichts ändern«, meinte sie.
Dann sprang sie plötzlich auf.
»Ich muß zu Markus«, rief sie. »Er soll doch wissen, was sich so plötzlich in meinem Leben verändert hat.«
Sie wollte hinauseilen, blieb aber in der offenen Tür stehen.
»Die Küh'«, fiel es ihr plötzlich ein. »Ich muß ja erst die Küh' melken.«
Maria Engler war ebenfalls aufgestanden. Sie schob das Madel weiter.
»Geh nur«, sagte sie. »Ich mach' das schon. Es wird besser sein, wenn du Markus die gute Nachricht schnell überbringst. Vielleicht kommt er gleich heute abend wieder mit zurück.«
Michaela drückte ihr einen Kuß auf die Wange und sprang die Treppe hinunter.
Unten, auf der Diele, saß Josef Anstetter.
Er machte ein grimmiges Gesicht, als er das Madel sah.
»Gibt's heut keinen Kaffee?« fragte er knurrend.
Einer plötzlichen Eingebung folgend, lief Michaela zu ihm. Noch ehe er sich's versah, drückte sie Markus' Vater ebenfalls einen Kuß auf die Wange.
»Heut net. Da mußt' ihn dir schon selber kochen«, rief sie übermütig. »Aber, wenn ich erst deine Schwiegertochter bin, dann koch' ich dir jeden Tag welchen. Und einen Kuchen bekommst' auch.«
Sepp Anstetter war unfähig, auf soviel Unverfrorenheit zu

reagieren. Als er aus seiner Erstarrung erwachte, war Michaela längst zur Tür hinaus.

*

Laut klingelnd fuhr das Madel mit dem Fahrrad auf den Lorzingerhof. Markus, der eben einen Traktor bestiegen hatte, sah seine Braut und schaltete den Motor wieder aus. Behende sprang er von seinem Sitz herunter.
»Michaela, was tust du denn hier?« fragte er besorgt. »Ist etwas mit dem Vater?«
Sie hatte das Rad einfach an den Zaun gelehnt und sprang in seine Arme.
»Nein, nein«, beruhigte sie ihn. »Auf dem Hof ist alles in Ordnung. Aber ich muß dich unbedingt sprechen, deshalb bin ich da.«
Markus schaute sie fragend an.
»Also, ist doch etwas geschehen…?«
»Ja, schon, aber das muß ich dir erst erklären. Laß uns ein Stückchen gehen.«
Markus Anstetter schaute zum Bauernhaus hinüber. Dort trat eben der junge Lorzinger aus der Tür.
»Ich weiß net«, sagte er unsicher. »Eigentlich müßte ich aufs Feld. Ich wollt' gerade losfahren, als du kamst.«
»Grüß' dich, Michaela«, sagte Franz Lorzinger, der herübergeschlendert kam.
Er blieb bei den beiden stehen und schmunzelte.
»Also, Markus, du bist wirklich zu beneiden«, meinte er. »Ich hab' noch nie solch hübschen Besuch bekommen.«
»Na, das laß mal net deine Vroni hören«, gab Michaela zurück. »Die wird dir schon das Rechte erzählen!«
Franz Lorzinger war seit drei Jahren mit der gutaussehenden Veronika verheiratet, dennoch konnte er es nicht unterlassen, einer schönen Frau Komplimente zu machen. Er schaute

sich um, ob nicht gerade sein Eheweib um die Ecke kam und etwas von der Unterhaltung hörte.
»Ich müßt' einen Moment den Markus sprechen«, sagte Michaela. »Hast du was dagegen?«
Franz lachte.
»Natürlich net, und der Vater auch net. Also, pfüat euch, ich muß in die Kreisstadt. Hab' da einige Besorgungen zu machen.«
»Aber net vom Wege abkommen«, mahnte das junge Madel lachend.
Markus zog sie in seine Arme.
»Was bist du bloß für eine wunderbare Frau«, sagte er bezaubert. »Offenbar kann kein Mann dir eine Bitte abschlagen.«
Plötzlich verfinsterte sich seine Miene.
»Das heißt, bis auf einen«, fuhr er fort. »Oder hat mein Vater etwa seine Einwilligung gegeben?«
»Noch net«, strahlte sie ihn an. »Aber, das wird net mehr lange dauern.«
Sie zog ihn mit sich, ein Stück vom Hof fort, und was sie ihm dann erzählte, ließ Markus Anstetter nicht mehr aus dem Staunen kommen.
»Sag, daß das net wahr ist«, forderte er sie auf, nachdem Michaela fertig war.
Er war kreidebleich geworden, seine Hände zitterten plötzlich, und sein Blick schweifte unstet umher.
»Markus, was ist mit dir?« fragte das Madel unsicher.
»Freust' dich denn gar net?«
Endlich schaute er sie an. Er erinnerte sich an den Scherz, den er während ihres letzten Spaziergangs gemacht hatte, als er äußerte, froh zu sein, daß sie net die gesuchte Baroneß ist..., vielleicht würd' sie ihn dann gar net mehr heiraten wollen...
Und was hatte Michaela geantwortet – einen Kniefall müsse er machen, um ihre Hand zu erringen.

Gewiß, das war alles nur im Scherz gesagt, doch jetzt standen sie vor einer gänzlich anderen Situation.
Michaela war nicht mehr länger das Madel, mit dem er aufgewachsen war, nicht mehr die Frau, die er liebte und die er heiraten wollte. Wenn er es recht bedachte, dann kam sie aus einer ganz anderen Welt. Ein richtiges Schloß gehörte ihr, und ihm? Nicht einmal ein Bauernhof, solange der Vater sich nicht aufs Altenteil zurückzog. Wahrscheinlich war Hubertusbrunn nicht der einzige Besitz. Ein Baron besaß doch bestimmt weitere Güter, vielleicht sogar noch mehr Schlösser – und das alles erbte nun Michaela, von der er geglaubt hatte, sie sei die Tochter der Magd seines Vaters.
Er nahm ihre Hand, ließ sie aber gleich darauf wieder los.
»Entschuldige«, sagte er hastig. »Aber, im Moment ist das alles ein bissel viel auf einmal. Außerdem…«
Markus deutete zum Hof hinüber, wo der Traktor stand.
»Ich muß aufs Feld… Laß uns später weiterreden.«
Er machte eine Bewegung, als wolle er ihr einen Kuß geben, doch dann drehte er sich unvermittelt um und lief zum Bauernhof zurück. Michaela blieb verblüfft stehen. Endlich ging auch sie zurück, doch als sie durch die Einfahrt kam, war Markus bereits auf der anderen Seite hinausgefahren. Sie nahm ihr Rad und schob es langsam vom Hof hinunter. Markus' Reaktion ging ihr nicht aus dem Kopf.
Vielleicht ist das alles ein bißchen zu plötzlich gekommen, dachte sie. Schließlich konnte sie es selbst ja noch nicht glauben.
Sie schwang sich auf das Rad und schlug den Weg zum Anstetterhof ein. Doch nach einigen Metern hielt sie an, überlegte einen Moment und wendete dann. Jetzt war ihr Ziel ein anderes. Sie wollte endlich den Ort kennenlernen, an dem sie als kleines Kind gespielt hatte – Schloß Hubertusbrunn.

*

Markus saß wie betäubt auf dem Traktor, während er das Feld auf und ab fuhr. Der Roder hinter der Zugmaschine tat seine Arbeit, und der junge Bauer hatte Zeit, über das nachzudenken, was da heute nachmittag über ihn hereingestürzt war.
Er konnte immer noch nicht glauben, was Michaela ihm erzählt hatte, aber es mußte wohl wahr sein. Seit zwanzig Jahren kannte er sie und wußte, daß sie mit so etwas keine Scherze machte. Markus erinnerte sich an die Geschichte mit dem Jagdschloß, aus dem ein Spielcasino werden sollte, und den damit verbundenen Gerüchten, daß der verstorbene Baron eine Tochter habe. Nun wußte er, daß es kein Gerücht war, und diese Tatsache machte ihm zu schaffen.
Gewiß, er war auch jemand, der etwas vorzuweisen hatte. In seinem Beruf, als Landwirt, war er einer der besten. Seine Arbeit in Afrika hatte seinen Blick für andere Menschen geschärft, und sein Urteilsvermögen. Eines Tages würde er den väterlichen Hof übernehmen. Alles in allem war Markus Anstetter ein Mann, der mit beiden Beinen im Leben stand.
Aber genügte dies alles den Ansprüchen, die eine Baroneß zweifellos stellen würde?
Noch war sie Michaela Engler, die Tochter einer Magd, doch schon bald würde sich ihr Leben um hundertachtzig Grad gedreht haben. Dann würde sie Diener haben, die sie umsorgten, und wahrscheinlich ein beträchtliches Vermögen.
Er hingegen würde sich demnächst auf zehn Jahre verschulden, um den neuen Mähdrescher zu finanzieren, der dringend angeschafft werden mußte.
Markus trat abrupt auf die Bremse und schaltete den Traktor aus. Er stieg hinunter und lief ein paar Schritte über das Feld. Auf der anderen Seite winkten ihm die beiden Gipfel, der Himmelsspitz und die Wintermaid, zu, und direkt über ihm begannen die Almwiesen, die zur Jenner und Kanderer hinaufführten.

Er blieb stehen und hockte sich auf den Boden. Dies war das Land, das er liebte, und hier hatte er glücklich werden wollen. Zusammen mit ihr. Doch je mehr er darüber nachdachte, um so deutlicher schien es ihm – unter diesen Umständen konnte er Michaela nicht zu seiner Frau machen.
Eine Adlige und ein Bauer – das konnte doch nicht gutgehen!

*

Es dauerte eine Weile, ehe Michaela den Weg gefunden hatte, der zum Schloß führte. Letztendlich war es Kathie Ruland, der Frau des jungen Försters, zu verdanken, daß sich das Madel nicht verfuhr.
Kurz bevor der Weg abzweigte, trafen die beiden aufeinander.
»Himmel, bin ich froh, dich zu sehen«, sagte Michaela. »Ich hab' gar net gewußt, wie groß der Ainringer Wald ist.«
Katharina Ruland war erst seit ein paar Wochen die Frau des Försters. Zuvor hatte sie, zusammen mit ihrem Vater, in einer Hütte im Wald gelebt. Die meiste Zeit davon hatte der, Joseph Breithammer, allerdings im Gefängnis gesessen. Er war ein berüchtigter Wildschütz, der dem alten Förster, Xaver Anreuther, viel Ärger gemacht hatte. Doch seit dem letzten Gefängnisaufenthalt war eine Wandlung mit dem Alten vorgegangen. Er schlug sich auf die andere Seite und rettete seinem zukünftigen Schwiegersohn sogar das Leben.
Inzwischen wohnte auch er im Forsthaus.
»Hast' dich gar verfahren?« lachte die junge Frau, die einen Korb mit Waldbeeren trug. »Wohin willst denn?«
»Ich möcht' zum alten Jagdschloß«, erklärte Michaela.
»Ah, da bist net ganz verkehrt.«
Kathie Ruland zeigte ihr den Weg und erklärte, wie sie auf der anderen Seite wieder in Richtung des Anstetterhofes kam.

»Dank' schön«, nickte das Madel und strampelte los.
Nach wenigen Minuten hatte sie es gefunden. Als erstes sah sie eine hohe Mauer, die früher einmal weiß gewesen sein mußte. Im Laufe der Jahre hatte sie ein schmutziges Grau angenommen. Unkraut und Dornenbüsche wucherten überall. Das eiserne Tor war teilweise verrostet, es hing aber dennoch stabil in den Angeln. Öffnen konnte man es allerdings nicht. Eine recht neue Kette mit einem Vorhängeschloß verhinderte, daß Unbefugte eindringen konnten. So blieb Michaela nichts anderes übrig, als durch das Gitter zu schauen.
Ihr Herz klopfte schneller, als sie Teile des Schlosses erblickte. Das meiste davon war allerdings durch Büsche und Bäume verdeckt. Trotzdem konnte sich das Madel vorstellen, wie es früher wohl einmal hier ausgesehen haben mochte. Sie schaute und erwartete, jeden Moment ihre Mutter – ihre richtige Mutter – mit dem Kinderwagen, in dem sie selbst lag, im Park spazieren zu sehen.
Tränen rannen ihr bei dieser Vorstellung über die Wangen. Sie fragte sich, was das Schicksal gewollt hatte, daß es die Eltern so jung sterben ließ. Und was hatte es mit ihr, Michaela, vor?
Schnell wandte sie sich wieder ab. Das also war ihr Besitz. Nun, der Bürgermeister würde Augen machen, wenn er davon erfuhr. Ein Spielcasino würde aus Hubertusbrunn bestimmt nicht werden.
Auf gar keinen Fall!

*

Markus Anstetter versuchte sich zu beruhigen. Unschlüssig stand er vor der Einfahrt zum väterlichen Hof. Lange Zeit hatte er darüber nachgedacht, was er nun unternehmen sollte. Für und wider abgewägt, und nun war sein Entschluß gefaßt. Er würde Michaela sagen, daß er sie nicht zur Frau nehmen konnte. Sie selbst hatte ihm ja die Argumente für seine Entscheidung gegeben. Jetzt, am frühen Abend, wollte er es ihr sagen.

Er öffnete die Haustür und trat ein. Unten war alles ruhig, in der Küche oder im Wohnzimmer schien niemand zu sein.

Markus wußte, welches Zimmer das Madel bewohnte. Er ging die Stiege hinauf und klopfte an die Tür.

»Markus!«

Michaela war freudig überrascht. Sie fiel ihm um den Hals, ließ aber gleich wieder von ihm ab, als sie seine abwehrende Reaktion bemerkte.

»Ich muß dich sprechen«, sagte er.

Sie gab die Tür frei.

»Komm doch herein.«

Sie bot ihm einen Platz an, doch Markus zog es vor, stehen zu bleiben.

»Es dauert eh' net lang«, erklärte er. »Und ich muß auch gleich zurück.«

Mit hastigen Worten legte er ihr seine Überlegungen dar, und je mehr er sprach, um so ungläubiger wurde ihr Gesicht.

»Aber, Markus, das meinst' doch net im Ernst«, entfuhr es ihr.

»Doch, Madel. Es ist besser so. Glaub' mir.«

Keine fünf Minuten hatte es gedauert, dann war er schon wieder zur Tür hinaus. Michaela blieb wie betäubt sitzen, sie war unfähig, einen klaren Gedanken zu fassen. Von unten her drangen Stimmen hinauf, aber sie rauschten ungehört an ihr vorbei.

Am Fuße der Treppe begegnete Markus seinem Vater. Die Augen des Alten leuchteten, als er seinen Sohn sah.

»Bub, bist' wieder da?« fragte er. »Bist' endlich zur Vernunft gekommen?«

Er wollte ihn umarmen, doch Markus entzog sich ihm.

»Ja, Vater, ich bin wieder hier«, erwiderte er.
Josef Anstetter deutete die Treppe hinauf.
»Und...?« fragte er lauernd. »Hast' es dir richtig überlegt? Stell dir vor, die Maria wollt' mir weismachen, daß die Michaela eine Baroneß sei. Was sagst' zu soviel Unsinn?«
Markus schaute seinen Vater an, aber eigentlich nahm er ihn gar nicht wahr.
»Unsinn?« wiederholte er. »Das ist kein Unsinn. Im Gegenteil, es ist so wahr, wie du und ich nichts weiter als Bauern sind.«
Damit ließ er den Alten stehen und ging hinaus. Josef Anstetter sah ihm mit offenem Mund hinterher.

*

»Madel, bitte beruhig' dich«, bat Maria Engler ihre Pflegetochter.
Michaela lag auf ihrem Bett, von Weinkrämpfen geschüttelt.
»Hättest du's mir nur nie gesagt«, schluchzte sie. »Ich will keine Baroneß sein!«
Die Magd strich ihr über das Haar.
»Das wird schon wieder«, sagte sie zuversichtlich. »Du mußt den Markus auch verstehen. So wie es dich völlig überrascht hat, so ist auch er von den Ereignissen förmlich erschlagen worden. Paß auf, gleich morgen geh' ich zum Lorzingerhof und red' mit ihm. Ich werd' ihm klarmachen, daß du keine reiche und verwöhnte Prinzessin bist. Auch wenn du net arm wie eine Kirchenmaus bist, so hat sich an deinem Wesen doch nix verändert.«
»Und wenn er net auf dich hört?«
Maria überlegte. Vielleicht war es wirklich besser, wenn jemand anderer mit dem Jungen sprach. Aber wer?
»Pfarrer Trenker«, sagte Michaela. »Auf ihn wird Markus bestimmt hören. Bitte, Mutter, du mußt den Pfarrer anrufen.«

Inzwischen war es später Abend geworden, dennoch machte Sebastian sich gleich auf den Weg, als ihn Marias Anruf erreicht hatte.
Er hatte recht wenig verstanden, von dem, was die Magd aufgeregt in den Hörer sprach. Nur soviel, daß er unbedingt zum Anstetterhof kommen müsse.
Da die Sache eilig schien, nahm der Geistliche ausnahmsweise das Auto. Maria Engler erwartete ihn schon ungeduldig an der Tür und führte ihn gleich nach oben.
»Also, was ist denn eigentlich los?« wollte Sebastian wissen. »Ehrlich gesagt, hab' ich nur die Hälfte von dem verstanden, was du mir am Telefon gesagt hast.«
Er sollte es sogleich erfahren, und wie schon andere zuvor, kam auch der Bergpfarrer nicht aus dem Staunen heraus.
»Das ist ja eine tolle Geschichte«, sagte er, nachdem er sich alles angehört hatte. »Hatte ich also doch net so ganz unrecht mit meiner Vermutung, daß es eine Erbin gibt.«
Er nahm Michaelas Hand.
»Also, das mit dem Markus, das bekommen wir wieder hin«, versprach er. »Aber ich hab' auch eine Bitte…«
»Sagen S' nur, Hochwürden«, nickte das Madel.
»Falls der Bruckner, unser Bürgermeister, dir etwas bezüglich des Jagdschlosses aufschwatzen will, dann hör bitte net auf ihn. Vielleicht hast ja schon gehört, daß er vorhat, aus Hubertusbrunn ein Spielcasino zu machen. Das darf net geschehen!«
Er erzählte schmunzelnd von seinem Wettstreit mit dem Markus Bruckner.
»Na ja, nun haben wir beide net gewonnen«, resümierte er.
»Vielleicht ja doch«, antwortete Michaela. »Ihre Idee von einer Jugendstätte gefällt mir.«
Seit der Geistliche da war, hatte sie sich wieder gefaßt. Sie

war überzeugt, daß Pfarrer Trenker Erfolg bei Markus haben würde und ihn überzeugen konnte, daß seine Befürchtungen unberechtigt waren. Jetzt stand sie auf.
»Wenn alle Formalitäten erledigt sind, Hochwürden, dann möcht' ich Ihnen Hubertusbrunn gerne schenken«, sagte sie.
Sie schaute Maria Engler liebevoll an.
»Im Grunde bin ich die Tochter einer Magd«, sprach sie weiter. »Und wenn Markus und ich verheiratet sind, dann ist mein Platz hier, an seiner Seite, und net in einem Schloß.«
Sebastian war von soviel Großherzigkeit überwältigt.
»Ich weiß gar net, was ich sagen soll, Michaela«, freute er sich. »Es ist ein großzügiges Geschenk, das du mir da machen willst. Ich nehme es gerne an, aber net für mich, sondern als Stiftung für alle jungen Menschen, denen es Freude bereiten wird.«
Er versprach noch einmal, gleich morgen mit Markus zu reden, dann verabschiedete er sich. Doch an der Tür blieb er noch einmal stehen.
»Ich hätt' da noch eine Bitte«, sagte er schmunzelnd.
»Ja?«
»Es wär' schön, wenn du morgen früh ins Dorf hinunter kommen könntest. Ich würd' dich gern dem Bürgermeister vorstellen.«
»Dem Bruckner? Der kennt mich doch.«
»Ja«, lachte Sebastian, »aber nur als Michaela Engler...«
Das Madel verstand und stimmte in das Lachen ein.
»Wäre um neun Uhr recht?« fragte sie.
»Ja«, nickte der Geistliche. »Das wäre mir sehr recht.«

*

»Bitt' schön, Frau Hardlacher, Kaffee für alle, wenn die Herren eingetroffen sind, und dann keine Störungen – durch niemanden!« ordnete Markus Bruckner an.

Seine Sekretärin nickte. Den ganzen Morgen schon herrschte eine unbeschreibliche Hektik in der Amtsstube des Bürgermeisters von St. Johann. Es blieben noch zwei Tage, dann würde das Jagdschloß endgültig der Gemeinde zufallen. Bereits heute wollte Markus Bruckner die Verträge unter Dach und Fach bringen.
Pro forma konnte man sie ja entsprechend vordatieren...
Die Frau sehnte den Tag herbei, wenn sich erst einmal alles wieder beruhigt hatte.
Kurz vor neun ging die Tür auf, und die beiden Herren traten ein. Katja geleitete sie gleich in das Amtszimmer weiter. Dann machte sie sich daran, Kaffee und Gebäck auf ein Tablett zu stellen, das sie ebenfalls nach nebenan brachte. Sie hatte sich gerade wieder an ihren Schreibtisch gesetzt, als die Tür zu ihrem Vorzimmer geöffnet wurde. Fast hätte sie es erraten können, daß es sich bei dem Besuch um Pfarrer Trenker handelte. Doch heute war er nicht alleine. Ein junges Madel war in seiner Begleitung. Katja Hardlacher meinte, die junge Frau flüchtig vom Sehen zu kennen.
»Tut mir leid, Hochwürden, der Bürgermeister ist in einer wichtigen Besprechung«, sagte sie.
»Ich weiß«, nickte Sebastian. »Ich hab' die beiden Herren ins Rathaus gehen sehen.«
Er klopfte an die Tür und öffnete sie, ohne eine Antwort abzuwarten. Markus Bruckner riß empört den Mund auf, als er den Geistlichen und die junge Frau hereinkommen sah.
»Ich hab' doch ausdrücklich gesagt...«
»Tut mir leid, Herr Bürgermeister, aber ich...«
Katja Hardlacher versuchte, zu erklären, doch Sebastian unterbrach sie.
»Deine Sekretärin kann nix dafür, daß ich hier hereinplatze«, sagte er und nickte den beiden Männern zu. »Ich hab' auch noch jemanden mitgebracht. Darf ich vorstellen: Das ist Ba-

roneß Michaela von Maybach. Man sagt, glaub' ich, auch Freifrau.«
Markus Bruckner schaute den Geistlichen an, als stecke dieser in einer Zwangsjacke.
»Was ist denn das jetzt für ein Theater?« fragte er polternd, nachdem er sich wieder einigermaßen gefaßt hatte. »Sind S' jetzt ganz und gar narrisch geworden, Hochwürden?«
»Ist er net«, erklärte Michaela und trat nach vorn.
In der Hand hielt sie einen dicken Umschlag.
»Hier drinnen sind die Belege dafür, daß ich die rechtmäßige Erbin des Jagdschlosses Hubertusbrunn bin. Pfarrer Trenker und ich fahren gleich in die Kreisstadt, um meine Ansprüche geltend zu machen.«
Markus Bruckner sank auf seinen Sessel zurück, während die beiden Männer sich erhoben.
»Damit hat sich die Angelegenheit wohl erledigt«, sagte der ältere von ihnen beim Hinausgehen.

*

Außer Atem hastete Michaela den Höllenbruch hinauf. Schon von weitem konnte sie die Gestalt des geliebten Mannes erkennen. Markus saß an der Stelle, die sie zu ihrem Lieblingsplatz auserkoren hatten. Ein wenig verlegen standen sie sich dann gegenüber. Beinahe zaghaft nahm er ihre Hand.
»Ich hab's kaum glauben können, als Pfarrer Trenker mit mir sprach«, sagte Markus Anstetter. »Kannst du mir verzeihen, daß ich so dumm gedacht habe?«
Sie sank in seine Arme.
»Natürlich verzeih' ich dir«, lachte sie. »Auch wenn du geglaubt hast, aus mir würde nun eine vornehme adlige Dame – an meiner Liebe zu dir hat sich nichts geändert.«
Markus küßte sie zärtlich.
»Ja, ich hätt' dich besser kennen müssen«, gestand er.

Langsam gingen sie hinunter. Drunten, auf dem Anstetterhof wurden sie schon sehnlichst erwartet. Schließlich gab es allerhand zu besprechen. Ein Termin beim Notar mußte gemacht werden, damit der alte Bauer den Hof seinem Sohn überschreiben konnte, und der Tag der Hochzeit mußte festgelegt werden.

»Das wird der schönste Tag in meinem Leben«, sagte Michaela, während sie Arm in Arm ins Tal hinunterwanderten.
»Aber, es soll net nur dieser eine Tag sein, der schön wird«, versprach Markus. »Jeder Tag in unserem Leben soll ein Festtag sein, und immer wollen wir uns daran erinnern, auf welchem Weg uns das Schicksal verbunden hat.«
Einen Augenblick blieben sie stehen und besiegelten ihr Versprechen mit einem innigen Kuß.

– E N D E –

Doppeltes Glück in St. Johann?

Manchmal braucht's einen zweiten Anlauf...

Fröhlich summend suchte Stephanie Wagner zwei Pullis aus dem Kleiderschrank und legte sie zu den anderen Sachen auf das Bett. Dort stapelten sich schon Hosen, Hemden, Schlafanzug und Kleider. Ein wenig ratlos stand die Zweiundzwanzigjährige nun vor dem Bett und schaute von dem Kleiderberg auf ihre Reisetasche und wieder zurück.
Puh, dachte sie, für irgendwas mußt du dich jetzt entscheiden. Ein Blick auf die Uhr sagte ihr, daß es kurz vor zehn war. Höchste Zeit, schlafen zu gehen. Schließlich mußte sie um halb vier wieder aufstehen. Um fünf Uhr traf sie sich mit ihrer Freundin an der Abfahrtsstelle des Reisebusses, und dann sollte es für fünf Tage in die Berge gehen.
Die beiden Frauen hatten sich schnell entschlossen, nachdem Kerstin Springer, Steffis Freundin, mit dem Prospekt ankam. Das Dorf machte einen romantischen Eindruck – schon der Name, St. Johann, hatte einen schönen Klang –, und der Preis für diesen Kurzurlaub konnte sich ebenfalls sehen lassen. Er lag weit unter üblichen Preisen, und dabei handelte es sich nicht etwa um eine dieser berüchtigten Kaffeefahrten, bei denen einem alles mögliche aufgeschwatzt wurde.
Allerdings hatte Steffi jetzt auch die Qual der Wahl. Sie konnte unmöglich all die Sachen mitnehmen, die sie herausgesucht hatte. Soviel Platz hatte sie in der Reisetasche gar nicht, zumal noch Schuhe und Toilettenbeutel mitmußten.
Schließlich entschloß sie sich dafür, weniger mitzunehmen, als es ursprünglich ihre Absicht war. Auf jeden Fall mußten derbe Hosen, Pullover und Wanderschuhe dabei sein.

Nachdem sie sich soweit entschieden hatte, ging ihr die Packerei schneller von der Hand. In Nullkommanichts stand die Reisetasche fertig im Flur ihrer kleinen Wohnung. Jetzt noch schnell einen Tee und dann ab ins Bett.
Steffi hatte sich gerade hingelegt und ein Buch zur Hand genommen. Sie wollte bis zum Einschlafen noch ein wenig lesen. So schnell würde sie sowieso nicht schlafen können, dazu war sie viel zu aufgeregt.
In diesem Moment klingelte das Telefon.
»Hallo, Kerstin, kannst du auch nicht schlafen«, rief das dunkelhaarige Mädel, kaum daß es die Stimme der Freundin erkannt hatte. »Du, ich bin ja so aufgeregt. Das Reisefieber, weißt du. Außerdem hab' ich bis eben noch gepackt. Ich hoff' nur, daß ich das Richtige mitnehme. Ob's da auch so was wie einen Tanzabend gibt? Ganz bestimmt doch, oder? So ein Folkloreabend mit Blasmusik, das wär' doch schön. Bestimmt ist da auch der eine oder andere fesche Bursche ...«
Sie redete ohne Punkt und Komma, und erst Kerstins energische Stimme ließ sie verstummen.
»Himmel, du hörst mir ja überhaupt nicht zu!« rief sie durch das Telefon. »Ich hab' gesagt, daß ich nicht mitkommen kann.«
Steffi glaubte nicht richtig zu hören.
»Du machst doch Scherze. Oder?«
»Nein, es ist kein Scherz«, erklang die gequält klingende Stimme vom anderen Ende der Leitung. »Wenn du mich endlich zu Wort kommen läßt, dann erklär' ich's dir.«
»Was, um Himmels willen, ist denn geschehen?«
»So genau weiß ich es auch nicht«, antwortete Kerstin. »Jedenfalls geht's mir hundsmiserabel. Ich hab' mir den Magen verdorben, wahrscheinlich war die Pizza nicht mehr so ganz in Ordnung. Ich komm' kaum aus dem Bett raus.«

»Hast du einen Arzt gerufen?« fragte Steffi aufgeregt. »Mit einer Lebensmittelvergiftung ist nicht zu spaßen.«
»Wie? Ein Arzt? Ja, ja – das heißt nein, noch nicht, da will ich morgen früh hin...«
»Und unser Urlaub...?«
Für Stephanie Wagner brach eine Welt zusammen. So sehr hatte sie sich auf die gemeinsame Reise gefreut.
»Der muß ohne mich stattfinden.«
»Dann fahr' ich auch nicht.«
»Bist du verrückt«, klang es aus der Leitung. »Wir haben doch schon bezahlt. Ich bekomme das Geld ja zurück, wenn ich ein ärztliches Attest vorlege. Aber du?«
»Ach, Mensch, und ich hatte es mir so schön vorgestellt«, sagte Steffi mit Bedauern.
»Denkst du, ich mir nicht? Also, mach das beste draus. Ich wünsch' dir jedenfalls ein paar schöne Tage in diesem St. Johann und schreib mir 'ne Karte.«
»Mach' ich«, versprach Steffi und wünschte gute Besserung. Dann legte sie auf.
Traurig schaute sie zur Decke hinauf, als könne sie dort eine Lösung für ihr Dilemma sehen. Das würde jedenfalls eine ziemlich traurige Urlaubsfahrt werden, soviel stand schon mal fest!

*

Pünktlich um fünf Uhr fand sie sich an der Bushaltestelle ein. Dabei fühlte sie sich wie gerädert. Natürlich hatte Steffi kein Auge zugemacht, und als der Wecker klingelte, war sie schon geraume Zeit im Bad und putzte sich die Zähne.
Außer ihr waren noch an die zwanzig Mitreisende dabei. Das Gepäck war rasch verladen, dann wurden ihnen die Plätze zugewiesen. Als der Bus anfuhr, saß Steffi alleine in

der vorletzten Reihe. Der Platz neben ihr, auf dem eigentlich Kerstin hätte sitzen sollen, blieb leer.

Über sein Mikrophon begrüßte der Busfahrer seine Gäste und gab bekannt, daß man an einer weiteren Station halten werde, um noch ein paar Fahrgäste abzuholen.

Steffi überschaute rasch die noch freien Plätze. Wenn sie Glück hatte, dann reichten sie für die Zusteiger, und sie hatte ihre Bank für sich alleine.

Allerdings wurde ihre Hoffnung zerstört. Beim nächsten Stop stiegen fünf Leute zu, zwei ältere Ehepaare und ein junger Mann.

»So, Herr Brandner, das ist Ihr Platz«, sagte der Fahrer und zeigte auf den leeren Sitz neben Stephanie Wagner.

»Dank' schön«, nickte er und verstaute einen Beutel oben im Gepäcknetz direkt neben der Tasche, in der Steffi Kekse, ein paar Butterbrote und eine Flasche Saft mitgenommen hatte.

»Grüß' Gott«, nickte der junge Mann dann. »Ich bin der Lukas Brandner. Auf einen schönen Urlaub, also.«

Das Madel strafte ihn mit Nichtachtung. Auch das noch. Es gab noch einen anderen freien Platz, zwei Reihen vor ihnen. Warum hatte man ihn nicht dort plaziert?

Es war zum Verrücktwerden! Eigentlich konnte ihr dieser ganze Urlaub gestohlen bleiben. Ohne Kerstin würde er nur halb so schön werden!

Sie wandte sich ab und starrte aus dem Fenster. Der Bus erreichte den Zubringer zur Autobahn, München lag hinter ihnen. Während das Madel aus dem Fenster sah, hatte Lukas Brandner eine Zeitung hervorgeholt, breitete sie aus und begann zu lesen. Steffi schaute auf das Buch in ihrer Hand. Selbst das Lesen machte ihr im Moment keinen Spaß.

*

Es war eine verschwiegene Lichtung im Ainringer Wald. Generationen von Liebespaaren hatten sich hier heimlich getroffen und Pläne für eine gemeinsame Zukunft geschmiedet.
Angela Werbacher schmiegte sich an den jungen Mann, der neben ihr im Gras saß. Jörg Ambach hielt ihre Hand und flüsterte liebevolle Worte in ihr Ohr. Stundenlang hätte sie ihm zuhören können – wenn nicht die Zeit gedrängt hätte.
»Es ist schon spät«, sagte sie und entzog sich seiner Umarmung. »Wenn ich net pünktlich bin, gibt's daheim ein Donnerwetter!«
Jörg seufzte. Es war immer das gleiche. Grad' wenn's am schönsten war, mußte Angela heim.
»Also, hoffentlich heiraten wir bald«, sagte er. »Allmählich wird's mir zu dumm. Ich will mich net länger mit dir verstecken müssen. Warum können die Leut' net sehen, daß wir zusammengehören?«
Angela gab ihm einen zärtlichen Kuß.
»Im nächsten Monat werd' ich achtzehn«, erklärte sie. »Dann kann der Vater mir net mehr dreinreden. Solang' mußt' noch Geduld haben.«
»Also gut«, seufzte er ein weiteres Mal. »Was tut man net alles aus Liebe!«
Er brachte sie bis kurz vor den elterlichen Hof. An einem Feldrand, der zum Haus hin von hohen Büschen abgeschirmt war, verabschiedeten sie sich. Während Jörg den Weg nach St. Johann einschlug, huschte Angela zum Haus hinüber und hoffte, dabei nicht von ihrem Vater gesehen zu werden.
Außer Atem kam sie hinter dem Stall an. Drinnen rumorten die Kühe. Es gehörte zu Angelas Pflichten, die Tiere an die Melkmaschine anzuschließen. Sie öffnete die Stalltür und sah sich unvermittelt der Mutter gegenüber.

»Kind, wo steckst' denn bloß?« fragte sie vorwurfsvoll. »Der Vater hat schon nach dir gefragt.«
»Jetzt bin ich ja da«, lautete die unwillige Antwort.
Das Madel zog eine Arbeitsjacke über, die an einem Haken hing.
»Hab' ich eigentlich gar kein Recht auf freie Zeit?« fragte Angela mürrisch. »Immer heißt es nur: Tu dies, tu das. Meine Freundinnen haben viel mehr Freiheiten!«
Marianne Werbacher schüttelte den Kopf.
»Also, du kannst aber auch net behaupten, daß wir dich versklaven«, meinte sie und deutete auf die Melkmaschine. »Ich hab' die ersten schon angeschlossen. Kümmer' dich ums Ausmisten.«
Die Bäuerin verließ den Stall.
Das Madel nahm eine Forke in die Hand und begann mit ihrer Arbeit. Doch so recht wollte es nicht vorangehen. Immer wieder schweiften ihre Gedanken zu Jörg ab. Noch vier Wochen, dachte sie dabei, dann hat der Vater mir gar nix mehr zu sagen. Dann kann ich endlich machen, was ich will!
Seit sie und der junge Student ein Paar waren, hing auf dem Werbacherhof der Haussegen schief. Schon beim ersten Mal, als Angela den Freund mit nach Hause brachte, schäumte der Vater vor Wut.
Natürlich nicht vor Angela und Jörg, aber hinterher mußte seine Frau es sich anhören, daß die Tochter sich nur keine Flausen in den Kopf setzen sollte.
Ein Student kam ihm schon gar nicht ins Haus, bestenfalls ein Bauernsohn!
Schließlich knöpfte er sich auch noch das Madel vor.
Das Donnerwetter dröhnte noch in Angelas Ohren.
»So ein Intellektueller versteht doch überhaupt nix von unserer Arbeit«, rief Hubert Werbacher schließlich erbost.
»Ach, was weißt du denn schon?« konterte die Tochter frech.

»Du kannst das Wort ›Intellektueller‹ ja net einmal schreiben...«

Das hätte sie aber besser nicht gesagt, denn eine Sekunde später prangte ein knallroter Handabdruck ihres Vaters auf der linken Wange, und das Madel lief weinend hinaus.

Marianne Werbacher sah ihren Mann vorwurfsvoll an. Es war das erste Mal, daß ihr Mann die Tochter geschlagen hatte.

»Mußte das wirklich sein?« fragte sie.

Der Bauer überhörte den leisen Vorwurf in ihrer Stimme.

»Ja, das war dringend notwendig. Ich laß mir doch net von meinem Kind auf der Nase herumtanzen«, antwortete er. »Und damit das klar ist: Ich dulde diesen Umgang net. Wenn ich herausbekomm', daß die beiden sich trotzdem wiedersehen, dann...«

Er führte nicht weiter aus, was er zu tun gedachte. Statt dessen schlug er ärgerlich mit der flachen Hand gegen das Hosenbein und stapfte hinaus. Seine Frau blieb ratlos in der Küche, in der sich das Drama abgespielt hatte, zurück.

Natürlich hielt sich Angela nicht an das Verbot. So oft sie konnte, traf sie sich mit Jörg, und je heimlicher ihre Liebe war, um so größer wurde sie.

Das Madel schob den Mist aus dem Stall hinaus und leerte die Karre auf dem großen Haufen. Dann brachte sie frisches Streu in den Stall und schaute nach der Melkmaschine.

Seit sie von der Schule gegangen war, machte sie diese Arbeit. Ursprünglich hatte sie noch die zehnte Klasse schaffen wollen, um danach eine Hauswirtschaftsschule zu besuchen. Doch dann verlor sie die Lust, und Hubert Werbacher unterstützte sie noch in ihrem Entschluß.

»Das Kochen lernst von der Mutter«, meinte er. »Und auf dem Hof bekommst' alles mit, was du wissen mußt, um später einmal eine gute Bäuerin zu werden.«

Inzwischen bereute das Madel doch, nicht weiter zur Schule

gegangen zu sein. Denn dann hätte sie sich ein Zimmer in der Kreisstadt nehmen können, wo die Hauswirtschaftsschule war.

Allerdings hätte sie sich dann vielleicht auch nicht in Jörg Ambach verliebt. Zwar studierte der auch in der Kreisstadt, aber die war groß, und die Wahrscheinlichkeit, daß sie sich über den Weg gelaufen wären, eher gering.

Als sie ihre Arbeit beendet hatte, war es auch schon Zeit fürs Abendessen. Außer der Familie gab es noch zwei Knechte auf dem Bauernhof, so daß Angela für fünf Leute das Essen vorbereiten mußte. Nach und nach kamen sie alle herein, und als sie gemütlich um den Tisch herumsaßen, hatte das Madel plötzlich keinen Appetit mehr.

Ohne Jörg schmeckt's mir überhaupt net, dachte sie kummervoll. Erst als sie den fragenden Blick ihres Vaters bemerkte, zwang sie sich, doch eine Scheibe Brot zu essen.

Gleich nach dem abendlichen Abwasch huschte das Madel zur Tür hinaus. Mit fliegenden Schritten eilte sie zu der Stelle, an der der Freund schon auf sie wartete. Er begrüßte sie mit stürmischen Küssen.

Angela lehnte sich glücklich an ihn. Keine Macht der Welt hätte heut abend dieses Treffen verhindern können, denn am Montag würde Jörg schon wieder für eine lange Woche in der Kreisstadt sein. Sie hatten nur noch bis Sonntag.

*

Stephanie Wagner kochte vor Wut, und der Grund dafür saß ihr gegenüber!

Schon die Busfahrt in das Alpendorf war eine Zumutung. In penetranter Art und Weise versuchte ihr Platznachbar Steffis Aufmerksamkeit auf sich zu lenken.

»Schau'n Sie doch nur«, wies er beispielsweise auf eine Besonderheit am Rande der Autobahn hin.

Oder er bot dem Madel von seinen mitgebrachten Keksen, Bonbons und Äpfeln an, bis Steffi ihn mit einem Blick ansah – also, der wäre beinahe tödlich gewesen...
Obwohl Lukas Brandner sich gleich darauf von ihr abwandte, bemerkte sie doch dieses merkwürdige Lächeln wieder, das sie schon einige Male bei ihm gesehen hatte.
Immer dann, wenn er sie heimlich betrachtete und sich einbildete, daß seine Blicke von ihr nicht bemerkt würden.
Schließlich hatte er seine Zeitung wieder hervorgeholt und den Sportteil aufgeschlagen, während Steffi sich ihrem Buch widmete und zu lesen versuchte.
Am frühen Nachmittag trafen sie in St. Johann ein. Sepp Reisinger, der Wirt vom Hotel »Zum Löwen«, in dem die Reisegruppe untergebracht war, begrüßte die Gäste persönlich und wünschte einen angenehmen Aufenthalt. Er gab bekannt, daß gegen halb sieben am Abend ein Willkommensmenü serviert werde. Dann wurden die Zimmer verteilt.
Steffi bekam ein sehr schönes Einzelzimmer im ersten Stock. Sie packte schnell ihre Reisetasche aus und schaute dann aus dem Fenster. Von dort hatte sie einen atemberaubenden Blick auf ein gewaltiges Bergmassiv. Zum Greifen nahe schienen die Gipfel zu sein.
Schade, daß Kerstin das nicht sehen konnte!
Das junge Madel unterdrückte ein Gähnen. Das frühe Aufstehen war sie nicht gewohnt. Ihre Arbeit in einem Münchener Kaufhaus begann gegen acht, und der Wecker zu Hause klingelte nicht vor sechs Uhr. Dazu kam, daß sie die paar Stunden in der letzten Nacht ziemlich schlecht geschlafen hatte. Die Aufregung um die erkrankte Freundin und das Reisefieber hatten sie nicht zur Ruhe kommen lassen.
Vielleicht sollte ich mich noch ein wenig hinlegen, ging es ihr durch den Kopf. Bis zum Abendessen geschah ohnehin nichts Aufregendes.

Das Reiseprogramm ließ den Fahrgästen sowieso viel freien Raum für eigene Unternehmungen. Lediglich an den nächsten beiden Vormittagen wurden gemeinsame Wanderungen zu den Almwirtschaften und Bergtouren angeboten.
Steffi legte sich in das kuschelige Bett, stellte noch schnell ihren Wecker und schlief schnell ein.
Kurz vor halb sieben erschien sie, ausgeruht und erfrischt, in der Hotelhalle, wo die Teilnehmer der Reisegruppe sich versammelten. Eine Saaltochter führte sie in den Speiseraum und zeigte den Gästen ihre Plätze.
Nein, nicht auch das noch! schrie es in Steffi auf.
Sie hatte sich gerade auf dem Stuhl niedergelassen, als sich ihr gegenüber dieser aufdringliche Kerl hinsetzte.
Das durfte doch nicht wahr sein! Hatte sich das Schicksal denn ganz und gar gegen sie gewendet? Erst Kerstins Absage, dann die Busfahrt mit Lukas Brandner an ihrer Seite, und nun saß er ihr auch noch bei den Mahlzeiten gegenüber. Am liebsten wäre sie wieder aufgestanden und auf ihr Zimmer zurückgegangen. Daß sie dennoch sitzen blieb, war nur auf ihren Hunger zurückzuführen.
Außer ihnen saß noch ein Ehepaar an dem Tisch. Steffi hatte schon bei der Ausfahrt aus München bedauert, daß die Mitreisenden offenbar alle sehr viel älter waren als sie selbst – von Lukas Brandner einmal abgesehen.
Aber die Eheleute Waltraud und Fritz Henschel stellten sich als fröhliche, junggebliebene Mittfünfziger heraus, und schnell entspann sich eine lockere Unterhaltung. Nur einem aufmerksamen Beobachter wäre es aufgefallen, daß das Madel den jungen Mann auf der anderen Seite ignorierte. Herr Henschel nahm sogar an, daß Steffi und Lukas verlobt oder gar verheiratet wären.
Während das Madel schnell abwehrte und die Sache richtigstellte, lächelte Lukas nur.

Lächelte? Nein, für Steffi war es ein amüsiertes Grinsen, das er sich auf ihre Kosten leistete. Sie war froh, daß ihre Tischnachbarin sie schließlich in ein Gespräch über Strickmuster verwickelte, obwohl Stricken alles andere als Steffis Lieblingsbeschäftigung war. Jedenfalls brauchte sie sich so nicht weiter um Lukas Brandner kümmern, der sich seinerseits mit Fritz Henschel über die letzten Fußballergebnisse unterhielt.

Das Essen in dem Hotel war jedenfalls eine Wucht, sagte Steffi später zu sich, als sie in ihrem Bett lag und den Tag noch einmal überdachte. Trotz mancher Unbilden bereute sie ihren Entschluß, die Reise allein angetreten zu haben, nicht. Sie war gespannt was der nächste, der erste richtige Ferientag, bringen würde.

*

Pfarrer Trenker atmete tief durch. Zum ersten Mal seit langer Zeit war es ihm wieder möglich gewesen, seine geliebten Bergtouren zu unternehmen. Dazu war er schon in aller Frühe aufgebrochen. Auf dem Rücken trug er den Rucksack, in dem, neben notwendigen Utensilien, wie Erste-Hilfe-Päckchen und Notseil, vor allem ein Stück von dem guten, selbstgebackenen Brot steckte. Dazu ein Stück kerniger Schinken, und eine Thermoskanne mit heißem Kaffee.

Am südlichen Dorfrand begann der Aufstieg. Sebastian folgte dem Pfad, auf dem die Kühe auf die Almen getrieben wurden, und erreichte zwei Stunden später eine Schutzhütte, die schon oft erstes Ziel seiner Wanderungen gewesen war. Dort legte er eine erste Rast ein und ließ sich das Frühstück schmecken. Während der Kaffee im Becher dampfte und Brot und Schinken über dem Daumen geschnitten wurden, war der gute Hirte von St. Johann wieder einmal Zeuge, wie die Natur erwachte. Langsam regte sich überall das Leben. Vögel ließen ihr Morgenlied erklingen, Gemsen sprangen zwischen den Steinen umher, und von ganz fern, dort, wo die saftigen Almwiesen waren, erklang das Geläut der Kuhglocken das schon bald das ganze Wachnertal erfüllen würde.

Sebastian ließ sich Zeit mit seiner Mahlzeit. Erst nach einer guten Stunde packte er bedächtig seine Sachen wieder ein und schnallte sich den Rucksack um. Dann setzte er seinen Weg fort. Diesmal sollte er ihn auf die Jenner-Alm führen. Es war eine Ewigkeit her, daß er sie besucht hatte. Er erreichte die Sennenwirtschaft am frühen Vormittag.

Seit der Hochzeit ihrer Tochter Christel mit dem jungen Tobias Hofer hatte die Sennerin Maria Hornhauser tatkräftige Unterstützung bekommen. Ihr Schwiegersohn war mit auf die Alm gezogen, und die Arbeit machte ihm zusehends Freude.

Und es würde nicht mehr lange dauern, dann gab es noch ein weiteres Familienmitglied – Christl Hofer erwartete ihr erstes Kind!

Die ganze Familie freute sich unbändig auf dieses Ereignis, und voller Stolz zeigte Tobias dem Geistlichen die Wiege, an der er in jeder freien Minute schnitzte und werkelte.

Sebastian erinnerte sich noch gut an die Umstände, unter denen das junge Paar zusammengefunden hatte. Beinahe wäre es durch die Intrige eines unglücklichen Madels, das glaubte, ein Anrecht auf Tobias zu haben, nicht zu dieser Verbindung gekommen, und erst das Eingreifen des Pfarrers sorgte dafür, daß alles wieder ins rechte Lot kam.

»Sie bleiben aber zum Essen«, bestimmte Maria Hornhauser. »Vorher lassen wir Sie net wieder hinunter.«

»Na, dann kann ich ja gar net ablehnen«, lachte der Seelsorger.

Er erkundigte sich nach den Touristen. Langsam klang die Saison aus.

»Wir hatten schon ein gutes Geschäft«, erzählte die Sennerin. »Und ich bin wirklich froh, daß die Kinder bei mir sind. Der Tobias schuftet für zwei.«
Sie deutete auf ihre Tochter.
»Die Christel muß sich natürlich ein bissel schonen. Darum bin ich net bös', wenn weniger Leut' heraufkommen. Allerdings erwarten wir morgen noch eine Reisegruppe, die unten im Löwen wohnt.«
Sebastian nickte. Er hatte das Ankommen der Touristen am Vortag zufällig gesehen.
Zum Mittag gab es dann ein einfaches, aber wohlschmeckendes Gericht, das aus selbstgemachten Spätzle, Bergkäse und Zwiebeln bestand. Eigentlich eine Spezialität aus dem Schwäbischen, die aber auch hier sehr gerne gegessen wurde.
Sebastian brach nach dem Essen wieder auf. Er bedankte sich für die Gastfreundschaft der Sennerfamilie und wünschte vor allem Christel Hofer alles Gute.
»Wenn's soweit ist, komm' ich hinunter«, versprach sie. »Bei Dr. Wiesinger bin ich in den besten Händen. Er ist so oft hier oben gewesen, weil ich wegen der Touristen net zu ihm konnte. Ich hab' volles Vertrauen zu ihm.«
»Das ist schön«, freute sich Sebastian und winkte zum Abschied.
Während er ins Tal hinunterwanderte, dachte er an den jungen Dorfarzt, der keinen leichten Stand in St. Johann hatte. Toni Wiesinger hatte erst vor ein paar Monaten die Praxis des verstorbenen Arztes übernommen. Doch die Dörfler schienen ihm nicht recht etwas zuzutrauen.
Mehr als einmal mußte Pfarrer Trenker all seine Autorität bemühen, um den Leuten klarzumachen, daß Dr. Wiesinger ein richtiger Arzt war. Trotzdem gab es etliche, die auf die dubiosen Heilkünste eines Alois Brandhuber schworen, der mit

selbstgebrauten Tinkturen, Salben und Tees den Leuten das Geld aus der Tasche zog.
Und das nicht nur leichtgläubigen Touristen.
Sebastian schüttelte den Kopf, wenn er an seine Schäfchen dachte, unter denen vielleicht nicht so viele schwarze waren – graue gab es indes genug darunter.

*

»Machen Sie auch morgen die Wanderung auf die Alm mit?« fragte Lukas Brandner beim Frühstück.
Da er und Steffi alleine am Tisch saßen, das Ehepaar Henschel war noch nicht erschienen, konnte das Madel die Frage schlecht ignorieren.
»Vielleicht«, gab es eine kurze Antwort.
»Es soll sehr interessant sein«, versicherte Lukas. »Wir werden sogar sehen, wie Käse hergestellt wird.«
»Das ist mir bekannt«, gab Steffi zurück. »Stellen Sie sich vor, ich habe das Programm auch gelesen.«
Es schien, als könne nicht einmal diese schnippische Antwort der guten Laune des jungen Mannes Abbruch tun. Im Gegenteil – er schaute Steffi aus treuen Augen an und reichte ihr den Korb mit den Semmeln.
»Möchten S' noch eine?«
Stephanie Wagner nahm sich eine Semmel heraus und bedankte sich mit einem Kopfnicken. Zum Glück erschienen jetzt die beiden anderen Tischnachbarn, so daß sie der Pflicht enthoben wurde, sich weiter mit Lukas Brandner zu unterhalten.
Während der und die Eheleute sich bald angeregt über das prachtvolle Frühstück ausließen, überlegte Steffi, was sie mit dem Tag anfangen sollte, die für heute geplante Wanderung wollte sie nicht mitmachen. Lieber würde sie morgen mit auf die Alm gehen. Vielleicht sollte sie sich heute im Dorf um-

schauen. Ihr war die Kirche, gegenüber vom Hotel, aufgefallen. Die würde sie gerne besichtigen. Außerdem gab es bestimmt irgendwo Ansichtskarten zu kaufen. Sie mußte Kerstin zumindest einen lieben Gruß schicken. Hoffentlich ging es ihr schon wieder besser. Mal sehen, nach dem Frühstück konnte sie ja versuchen, die Freundin zu Hause anzurufen und ein bißchen mit ihr plaudern. Irgendwie würde sie den Tag schon rumkriegen.
Auf die morgige Wanderung zur Alm freute sie sich, und für den Abend war die Teilnahme am samstäglichen Tanzvergnügen vorgesehen. Steffi war gespannt, ob die Burschen hier genauso fesch tanzten wie sie ausschauten.
Sie warf einen schnellen Blick zu Lukas Brandner hinüber, der sich seinem Frühstücksei widmete.
So übel sah er gar nicht aus, stellte sie fest. Blonde Haare, ein energisches Kinn und kluge Augen – eigentlich wirkte er schon sympathisch, und für einen Moment fragte sie sich, warum sie eigentlich so unfreundlich zu ihm war.
Dafür, daß Kerstin in letzter Minute krank geworden war, konnte er ja nun wirklich nichts.
Sie nahm sich vor, ihr Verhalten ihm gegenüber ein bißchen besser zu kontrollieren, und da, wo es nötig war, zu ändern.
Allerdings sollte er auch nicht den Eindruck bekommen, daß sie irgendein Interesse an ihm hätte…
Sie beendete ihr Frühstück, stand auf und wünschte einen guten Tag. An der Rezeption erstand sie ein paar sehr schöne Karten mit Motiven aus St. Johann und Umgebung und ging dann auf ihr Zimmer, um Kerstin anzurufen.
Allerdings sprang nach dem dritten Klingeln der Anrufbeantworter an. Offenbar war die Freundin nicht zu Hause.
Hatte das etwas zu bedeuten? Wenn ja, etwas Gutes oder Schlimmes?
Es konnte sein, daß Kerstin wieder ganz gesund war und

schon wieder arbeitete, es konnte allerdings auch bedeuten, daß sie sehr krank war und vielleicht sogar in eine Klinik gekommen war.
Steffi bedauerte, die Freundin nicht gleich gestern angerufen zu haben, so, wie es ihre ursprüngliche Absicht war. Aber erst hatte sie geschlafen, dann, nach dem Abendessen, hatte sie sich mit ein paar Zeitschriften zurückgezogen und es einfach vergessen. Als sie dann wieder daran gedacht hatte, da war es einfach schon zu spät gewesen.
Nun, fürs erste hatte sie Kerstin ein paar Worte aufs Band gesprochen, nun suchte sie eine besonders schöne Karte heraus und schrieb ein paar Zeilen darauf. Dabei überlegte sie, wer noch alles einen Gruß bekommen sollte. Zwei weitere Bekannte kamen ihr in den Sinn, dann natürlich Tante Henny, bei der sie nach dem Tod der Eltern aufgewachsen war, und sie dachte an Thorsten Engermann...
Doch den Gedanken, ihm eine Karte zu schreiben, verwarf sie gleich wieder. Der hätte es am wenigsten verdient!
Für einen Moment hielt sie inne und lauschte in sich hinein. War da noch etwas zu spüren, von den alten Gefühlen?
Zwei Jahre waren sie und Thorsten ein Paar gewesen, und es war bereits von Heirat die Rede gewesen, als er ihr eröffnete, daß er für ein Jahr in die Vereinigten Staaten gehen werde. Thorsten Engermann, Sohn eines betuchten Im- und Exportkaufmannes, beugte sich dem Willen seines Vaters und trat in der Nähe von New York eine Stelle in der Firma eines Geschäftspartners an. Auf diese Weise wollte Richard Engermann das Paar auseinanderbringen. Ihm war die Verbindung seines Sohnes mit einer Verkäuferin schon immer ein Dorn im Auge gewesen.
Zuerst gingen Briefe über den Atlantik hin und her, und die Telefongesellschaften beider Länder verdienten Unsummen an Steffi und Thorsten, doch zunächst wurden die Telefonate

weniger, dann die Briefe, und schließlich hörte man gar nichts mehr voneinander, erst Wochen, dann Monate. Nach einigen vergeblichen Versuchen, Thorsten telefonisch zu erreichen, gab Steffi schließlich auf. Der Teilnehmer habe eine Geheimnummer, hieß es nur noch.
Als das Jahr dann um war, da hatte das Madel den Mann, den es einmal geliebt hatte, bereits vergessen.
Zumindest redete Steffi sich das ein.

*

Beim Mittagessen gab es für Angela Werbacher eine böse Überraschung. Noch bevor die Suppe auf dem Tisch stand, verkündete ihr Vater eine Neuigkeit.
»Damit ihr's wißt – ich hab' mit dem Mayrhofer verabredet, daß sein zweiter Sohn und Angela heiraten. In zwei Wochen ist die Ernte vorüber, dann geht's zum Traualtar.«
Im ersten Moment war das Madel sprachlos. Ungläubig schaute Angela ihre Eltern an.
»Was, den Franz soll ich heiraten?« rief sie entsetzt, nachdem sie ihre Stimme wiedergefunden hatte. »Niemals!«
Hubert Werbacher schickte einen Blick über den Tisch, der keinen Widerspruch duldete, während die Bäuerin ihrem Mann beruhigend die Hand auf den Arm legte. Der Altknecht senkte den Kopf noch weiter und schaute auf seinen Teller, die beiden Mägde schauten sich vielsagend an.
»So ist's verabredet, und ich dulde net, daß noch weiter darüber diskutiert wird!« sprach der Bauer energisch weiter. »Der Franz ist ein tüchtiger Bursche. So einen hab' ich mir schon immer als Schwiegersohn gewünscht. Und er bringt den kleinen Wald über der Hohen Riest mit in die Ehe.«
Angela hatte ein Gefühl, als schnüre es ihr die Kehle zu. Sie warf ihre Gabel auf den Tisch und rannte aus der Küche. Daß sie ihren Stuhl dabei umwarf, bemerkte sie nicht einmal.

Weinend lief sie auf ihr Zimmer. In zwei Wochen schon, ging es ihr durch den Kopf. Das hatte er sich ja fein ausgedacht, der Vater. Natürlich wußte er selbst, daß seine Tochter in vier Wochen volljährig wurde, aber bis dahin wollte er Tatsachen schaffen ...
Sie mußte unbedingt mit Jörg sprechen. Vielleicht wußte er einen Rat, wie sie das Schlimmste verhindern konnten.
Es klopfte an die Zimmertür, doch Angela antwortete nicht. Schließlich trat ihre Mutter ein. Sie setzte sich neben das Madel auf das Bett und strich ihm über das Haar.
»Ich hab's net gewußt«, sagte Marianne Werbacher fast entschuldigend. »Ich war genauso überrascht wie du.«
Angela hob das Gesicht. Ihre Augen waren vom Weinen gerötet, und das niedliche Gesicht zeigte noch die Spuren ihrer Tränen.
»Nie ... nie, niemals ... werd' ich den Franz Mayrhofer heiraten«, schluchzte sie. »Eher sterbe ich!«
»Red net so etwas!« rief die Mutter entsetzt und schlug ein Kreuz. »So etwas darfst' net einmal denken.«
Sie nahm Angela in ihre Arme.
»Ich red' heut abend noch mal mit dem Vater«, versprach sie. »Vielleicht läßt er sich noch umstimmen.«
»Und wenn net?« begehrte das Madel auf. »Er weiß doch ganz genau, daß ich nix dagegen tun kann, solang' ich net volljährig bin.«
»Abwarten. Noch ist net aller Tage Abend.«
Marianne Werbacher ging zur Tür.
»Bevor ich's vergeß' – der Franz kommt heut nachmittag zum Kaffee. Der Vater hat gesagt, du sollst dich recht hübsch anziehen.«
»Aufputzen, wie eine Kuh, die verkauft werden soll«, klagte Angela bitter. »Ich denk' überhaupt net daran!«
»Bitte, Madel, mach mir keinen Kummer«, bat die Mutter.

»Du weißt, wie der Vater sein kann, wenn's net nach seinem Willen geht.«
Sie ging hinaus und schloß die Tür. Hoffnungslos blieb Angela zurück.

*

Stephanie Wagner hatte lange überlegt, ob sie es wagen konnte, sich einen Eisbecher zu gönnen. Ihrer Meinung nach sprachen etliche Argumente dagegen. Besonders, daß die Jeans, die sie trug, ein wenig an den Hüften kniff. Nach einem letzten, kritischen Blick in den Spiegel entschied sie sich dann doch dafür, am Nachmittag das Eiscafé zu besuchen, das sie bei ihrem Spaziergang durch St. Johann entdeckt hatte.
Dieser Spaziergang hatte den ganzen Vormittag in Anspruch genommen. Gleich nachdem sie die Ansichtskarten geschrieben und zur Post gebracht hatte, marschierte sie los. Das Dorf gefiel ihr mit jedem Schritt, den sie machte, mehr. Es gab viele nette Häuschen, im typischen Stil, die meisten davon mit herrlichen Lüftlmalereien verziert. Am Dorfrand standen gar noch ein paar Bauernhöfe, die den Charakter des Ortes entscheidend prägten. Was der jungen Frau besonders gefiel, war, daß es kaum jene Anzeichen gab, die charakteristisch für die Alpendörfer waren, die ganz und gar vom Tourismus erobert waren. Zwar gab es Hinweise auf Wanderrouten, Wegweiser zu den Almen hinauf, und, neben dem Hotel, einige Pensionen. Aber der große Trubel schien St. Johann zu verschonen.
Das Mittagessen bestand aus einem kleinen Salat und einem Vollkornbrötchen, und so hatte Steffi ein Alibi, sich doch der Sünde eines Eisbechers hinzugeben. Sie hatte nach dem Essen ein wenig geruht, in Zeitschriften geblättert und Schönheitspflege betrieben. Nun fühlte sie sich rundum zufrieden,

und selbst ein Lukas Brandner hätte sie nicht in ihrer Zufriedenheit stören können.
Dafür, daß es noch früher Nachmittag war, saßen im Eiscafé bereits eine ganze Menge Leute. Darunter auch welche aus der Reisegruppe. Auch die Tische draußen waren gut besetzt. Steffi hatte jedoch Glück. Gerade als sie sich suchend umschaute, wurde einer frei. Er stand im Schatten eines Baumes, und man hatte einen schönen Blick von dort auf den Zwillingsgipfel. Himmelsspitz und Wintermaid hießen die beiden, deren weiße, auch im Sommer vereisten Kuppen, beinahe den Himmel zu berühren schienen.
Eine junge Bedienung kam und fragte nach Steffis Wünschen. Sie bestellte einen Amarenabecher, der aus leckerem Kirsch- und Vanilleeis bestand. Außerdem befanden sich ganz süßschmeckende, dunkle, dicke Kirschen darin und ein guter Schuß Likör.
Auf die Schlagsahne hatte sie vorsichtshalber lieber doch verzichtet...
Die junge Münchnerin gab sich gerade ganz dem Genuß hin, als sie plötzlich eine Stimme hinter sich vernahm, die ihr bekannt vorkam.
»Es ist nur noch an Ihrem Tisch ein Platz frei..., darf ich vielleicht...?« fragte Lukas Brandner zögernd.
»Nur zu. Setzen Sie sich«, nickte Steffi, ohne auf die großen Augen zu achten, die der junge Mann bei ihren Worten machte.
Wahrscheinlich hatte er mit einer Abfuhr gerechnet, um so erstaunter war er, als das Madel, das ihn bisher eher ablehnend behandelt hatte, plötzlich sehr redselig wurde.
»Also, diesen Eisbecher müssen S' unbedingt bestellen«, schwärmte Steffi. »Der schmeckt einfach himmlisch.«
»Na gut, wenn Sie's sagen. Darf ich Sie zu noch einem einladen?«

Sie hatte gerade den letzten Löffel abgeschleckt, als er ihr diese Frage stellte.

»Um Himmels willen, bloß net«, winkte sie ab. »Vielen Dank für das Angebot, aber bei meiner Figur ist dieser eine eigentlich schon eine Todsünde. Wahrscheinlich muß ich zwei Stunden joggen, ehe ich das wieder runter habe.«

»Was, bei Ihrer Figur? Da schadet's bestimmt net.«

Sie schaute ihn durchdringend an.

»Wie meinen Sie denn das? Was ist mit meiner Figur? Und was schadet net?«

Lukas Brandner errötete leicht. Er war so froh gewesen, daß Steffi überhaupt mit ihm sprach. Jetzt wollte er natürlich keinen Fehler begehen, der dieses zarte Band zwischen ihnen beiden wieder zerreißen konnte.

»Ich mein' nur, daß Sie wirklich keinen Grund haben, sich um Ihre Figur zu sorgen«, beeilte er sich zu sagen.

Er schaute sie treuherzig an.

»Außerdem wüßte ich, wie Sie die Kalorien wieder loswerden.«

Steffi war neugierig geworden.

»So, wie denn?«

»Nun ja, morgen ist doch der Volksmusikabend im Hotel. Also, wenn Sie keinen Tanz auslassen wollen – in mir hätten Sie einen zuverlässigen Partner. Wenn da die Pfunde nicht purzeln, dann weiß ich auch nicht...«

Innerhalb weniger Minuten wurde Lukas ein zweites Mal überrascht, denn Steffi sah ihn strahlend an.

»Ich nehme Sie beim Wort«, lachte sie. »Und wehe, Sie kneifen!«

Der junge Mann jubilierte innerlich.

»Ich werde tanzen, bis mir die Schuhe von den Füßen fallen«, versprach er.

*

Der große Tisch auf der Diele war festlich gedeckt. Marianne Werbacher hatte das beste Kaffeeservice aus dem alten Bauernschrank geholt, die gute weiße Damasttischdecke aufgelegt, und in der Mitte des Tisches stand eine Platte mit frischgebackenem Apfelkuchen.
»Los, schlag die Sahne«, sagte die Bäuerin zu ihrer Tochter. »Der Franz kann jeden Moment hier sein.«
»Das interessiert mich überhaupt net«, gab Angela zurück. »Soll der sich die Sahne selbst schlagen, wenn er welche essen will.«
Verzweifelt schaute ihre Mutter zur Kammertür hinüber. Hubert Werbacher war dort drinnen und zog sich extra für den Besucher um. Hoffentlich hatte er nichts von dem mitbekommen, was die Tochter gesagt hatte.
Schnell ging die Bäuerin in die Küche, um sich um die Schlagsahne zu kümmern, während Angela sich trotzig auf einen Stuhl hockte und ein mürrisches Gesicht zog.
Natürlich hatte sie sich nicht »hübsch angezogen«, so, wie ihr Vater es gewünscht hatte. Sie dachte überhaupt nicht daran. Abgesehen davon, daß sie Jörg Ambach liebte – sie mochte Franz Mayrhofer einfach net. Sie erinnerte sich noch gut, wie doof der sich schon damals in der Schule benommen hatte. Er war zwei Jahre älter als sie und hatte sich immer einen Spaß daraus gemacht, die kleinen Madeln zu ärgern und ihnen an den Zöpfen zu ziehen.
Außerdem hatte er fürchterliche rote Haare, die sich kaum in Form bringen ließen und irgendwie immer zu Berge standen – allein der Gedanke daran, ihre Kinder könnten diese grausligen Haare erben, ließ Angela aufstöhnen.
Die Kammertür wurde geöffnet, und Hubert Werbacher erschien. Er hatte seinen guten Anzug an, mit Weste und Krawatte. Etwas, das er sonst nur sonntags trug. Aus der Küche kam seine Frau, die Kaffeekanne in der einen, die Schale mit

Schlagsahne in der anderen Hand. Der Bauer schaute seine Tochter an, sah, daß sie nicht umgezogen war.
»Wie siehst du denn aus?« fragte er ärgerlich. »Willst' so vielleicht deinen zukünftigen Verlobten empfangen? Geh und schau, daß du das Dirndl anziehst. Und mach dein Haar ein bissel zurecht. Du läufst ja herum, als kämst geradewegs aus dem Stall.«
»Ich denk' überhaupt net dran«, erwiderte Angela.
Gleichzeitig duckte sie sich in Erwartung des Donnerwetters, das unweigerlich kommen würde.
Daß es doch ausblieb, verdankte sie dem Klopfen an der Haustür. Marianne Werbacher, die direkt an der Tür stand, öffnete, und Franz Hochmayr trat ein.
»Grüß' Gott, zusammen«, sagte er und lachte breit.
Auch er hatte sich herausgeputzt und trug den Sonntagsanzug, in der linken Hand hielt er einen Blumenstrauß. Mit der Rechten fuhr er sich verlegen durch das Haar, das sich auch heute nicht hatte bändigen lassen wollen.
Hubert Werbacher ging mit ausgebreiteten Armen auf ihn zu.
»Grüß' dich, Franz«, sagte er und hieb dem Besucher die Hand auf die Schulter. »Setz dich, gleich hier, neben die Angela.«
Dabei bedachte er seine Tochter mit einem Blick, der nichts Gutes erahnen ließ. Er war böse, daß sie sich doch gegen ihn durchgesetzt und sich nicht mehr umgezogen hatte.
»Grüß' dich, Angela«, sagte Franz und reichte ihr den Blumenstrauß. »Für dich.«
Das Madel beachtete weder die Blumen noch die dargebotene Hand. Eine ganze Weile starrte es schweigend vor sich hin, und erst die Mutter entspannte die peinliche Situation, indem sie dem jungen Burschen den Strauß abnahm.
»Nein, welch schöne Rosen«, schwärmte sie. »Ich stell' sie

gleich ins Wasser. Angela, gieß doch schon mal den Kaffee ein.«

Ihre Tochter stand auf.

»Ich mag keinen Kaffee trinken«, gab sie zurück. »Und wenn ihr mich jetzt nicht mehr braucht, dann geh' ich zu den Kühen hinüber.«

Noch ehe jemand darauf reagieren konnte, war sie schon zur Tür hinaus. Natürlich würde es neuen Ärger geben, aber das war ihr egal.

Auf der Diele machte Hubert Werbacher gute Miene zum bösen Spiel. Er klopfte Franz Mayrhofer besänftigend auf die Schulter.

»Das wird schon«, nickte er zuversichtlich. »Laß ihr nur ein bissel Zeit.«

*

Erst am Abend hatte Angela Gelegenheit, sich mit Jörg zu treffen. Der Vater war mit einem der Knechte hinüber nach Engelsbach gefahren, wo er sich einen Zuchtbullen ansehen wollte, und würde kaum vor zehn oder elf Uhr zurück sein.

»Komm aber net zu spät«, ermahnte ihre Mutter sie.

Zwar fürchtete Marianne Werbacher auch das Donnerwetter ihres Mannes, aber heimlich unterstützte sie die Tochter. Obwohl sie Jörg Ambach nur vom Hörensagen kannte, war ihr der Bursche sympathisch.

So sehr, wie Angela von ihm schwärmte!

Nachdem Franz wieder gegangen war, hatte sie all ihren Mut zusammengenommen. Auf dem Tisch stand noch die Enzianflasche, aus der ihr Mann mit dem Nachbarssohn getrunken hatte. Jetzt schenkte sie sich selbst auch ein Glas ein.

»Glaubst' wirklich, daß das so richtig ist?« fragte sie vorsichtig.

Ihr Mann sah sie fragend an.

»Was meinst' denn? Was soll richtig sein?«

»Na, die Sache mit der Angela und dem Franz. Ich mein', er ist bestimmt ein guter Bursche, aber wenn das Madel ihn doch überhaupt net liebt…«

Hubert Werbacher winkte ab. Der Schnaps, den er mit dem zukünftigen Schwiegersohn getrunken hatte, regte ihn an. Außerdem rechnete er im Geiste schon aus, was der Wald wohl wert sei, den Franz mit in die Ehe brachte. Schließlich war der Bub auch noch ein tüchtiger Bauer, und so einer fehlte auf dem Hof. Eines Tages wollte er sich doch zur Ruhe setzen, und da mußte alles gut bestellt sein, mit dem Werbacherhof. Alles in allem war diese Hochzeit ein lukratives Geschäft – für beide Seiten…

»Pah, Liebe. Das kommt mit der Zeit. Bei uns hat auch keiner von Liebe geredet, und sind wir net glücklich zusammen? Uns geht's doch gut, und du sollst mal sehen, wenn die beiden erst einmal verheiratet sind, dann läuft's nachher wie von selbst.«

Er griff nach der Enzianflasche und goß sein Glas voll. »Allerdings, so wie die Angela sich heut benommen hat, das kann ich net durchgehen lassen«, drohte er. »Ich werd' mir das Madel noch einmal vorknöpfen müssen.«

Das Madel indes hatte es verstanden, dem Vater aus dem Weg zu gehen. Angela ahnte, daß er sehr wütend war, weil er sich den Verlauf des Nachmittags anders vorgestellt hatte, und vorläufig blieb sie außer Sichtweite. Nachdem er ins Nachbardorf aufgebrochen war, machte auch sie sich auf den Weg.

Sie trafen sich an der verschwiegenen Stelle. Jörg sah das Madel besorgt an. Angela wirkte völlig aufgelöst. Zwar hatte sie am Telefon einige Andeutungen gemacht, aber was wirklich los war, wußte der Student noch nicht.

»Was ist denn passiert?« fragte er, nachdem sie sich geküßt hatten.
»Mein Vater...«, begann Angela zu erzählen.
Jörg hörte zu, und seine Augen wurden immer größer.
»Das hat er sich ja fein ausgedacht«, meinte er schließlich.
»So kurz vor deinem achtzehnten Geburtstag.«
»Das sag' ich ja. So eine Gemeinheit!«
Er legte tröstend seinen Arm um sie.
»Na, noch ist es ja net soweit«, sagte er beruhigend. »Irgend etwas wird uns schon noch einfallen.«
Bis nach halb elf saßen sie zusammen und beratschlagten, was sie wohl tun konnten. Es war eine herrliche Spätsommernacht. Obwohl Vollmond war, und diese Nächte immer etwas kühler waren, spürten die beiden Liebenden nichts davon. Eng umschlungen saßen sie an einen Baum gelehnt und träumten von einer gemeinsamen Zukunft.
Dabei ahnten sie nicht, daß sie aus der Dunkelheit heraus beobachtet wurden.

*

Ein gehöriger Schreck fuhr ihnen in die Gieder, als plötzlich neben ihnen etwas Großes und Dunkles aus den Büschen herausbrach. Sie brauchten einen Moment, um zu erkennen, daß sich Franz Mayrhofer über ihnen aufgebaut hatte. Seine roten Haare verliehen ihm ein koboldhaftes Aussehen, sein Gesicht war eine vor Wut verzerrte Maske.
»Ach, da schau' her«, sagte er mit einem gehässigen Tonfall. »Wir sind noch net einmal verheiratet, und meine Verlobte betrügt mich schon. Hab' ich's doch geahnt, daß ihr hier steckt.«
Sie waren beide sprachlos, über soviel Dreistigkeit. Jörg allerdings erholte sich schnell von seiner Überraschung. Er ließ Angela los und sprang auf die Füße. Beide Fäuste in die Hüften gestemmt baute er sich vor dem Störenfried auf.

»Du hast wohl dein bissel Hirn auf dem Misthaufen verloren«, herrschte er Franz Mayrhofer an. »Was bildest' dir eigentlich ein? Mach, daß du davonkommst, sonst helf' ich nach!«
Der Bauernsohn war nicht nur einen guten Kopf größer als der Student, er war auch breitschultriger. Seine muskulösen Arme verrieten Stärke. Jörg ahnte den Schlag, bevor Franz ausgeholt hatte, und duckte sich. Wie ein Dreschflegel flog der Arm des anderen über ihn hinweg. Gleichzeitig schoß die rechte Faust des Studenten nach vorn und traf Franz' Nase. Dieser Hieb stachelte dessen Wut noch weiter an. Völlig unkontrolliert schlug er zu. Wenn auch die meisten Schläge wirkungslos verpufften, ein paar trafen ihr Ziel doch. Jörg spürte, wie ihm der andere zusetzte.
Angela saß wie gelähmt am Boden und hielt sich entsetzt die Hand vor den Mund.
Schwer atmend standen sich die Kontrahenten gegenüber. Franz mochte wohl stärker sein, Jörg hingegen hatte die bessere Taktik. Außerdem besaß er größere Ausdauer. Er trieb regelmäßig Sport und war nicht so leicht aus der Puste zu bringen, während Franz bereits schwer atmete und nach Luft rang.
»Dir werd' ich's zeigen«, keuchte er trotzig. »Das war das letzte Mal, daß du dich mit meiner Verlobten getroffen hast!«
Jörg lachte höhnisch.
»Du bist ja net ganz bei Sinnen«, lachte er und holte erneut aus.
Diesmal traf er die Kinnspitze seines Gegners. Wie ein gefällter Baum stürzte Franz Mayrhofer zu Boden. Endlich wachte Angela aus ihrer Lethargie auf. Sie hockte sich neben den Bewußtlosen und schaute Jörg entsetzt an.
»Seid ihr verrückt geworden?« rief sie. »Was ist, wenn er tot ist...?«

»Ach was«, winkte der Student ab. »Der träumt bloß ein bissel. Offenbar hab' ich ihn genau an der richtigen Stelle erwischt. Hat doch selber schuld, der Bursche. Was fällt er auch über uns her?«
Er zog sie vom Boden hoch.
»He, was soll das überhaupt, daß du mit diesem Hirsch Mitleid hast?« fragte er in gespielter Empörung. »Mich solltest' bedauern.«
Mit Schrecken sah sie sein Gesicht. Im Mondlicht sah er geradezu beängstigend aus. Aus einer Wunde über dem rechten Auge lief ein Blutrinnsal.
»Du mußt zu einem Arzt«, sagte sie. »Bestimmt muß das genäht werden.«
Sie tastete vorsichtig sein Gesicht ab.
»Und überall die blauen Flecke...«
»Autsch...«, sagte Jörg und verzog schmerzhaft das Gesicht, als sie den linken Wangenknochen berührte.
Dort hatte ihn Franz' Faust zweimal arg getroffen. Er deutete auf den am Boden Liegenden.
»Der sieht aber auch net übel aus«, meinte er. »Morgen wird er ein schönes Veilchen haben, und die Nase sieht aus, wie die von einem Boxer nach einem Weltmeisterkampf.«
Langsam begann Franz sich wieder zu regen. Ein leises Stöhnen war zu vernehmen. Angela zog den Freund mit sich.
»Komm bloß weg hier, bevor er noch mal von vorne anfängt«, sagte sie.
Später lag sie hellwach in ihrem Bett und konnte keinen Schlaf finden, so sehr wühlten sie die Ereignisse auf. Etwas mußte geschehen, bevor es zu spät war. Wenn sie nur wüßte, an wen sie sich wenden konnte. Es mußte doch jemanden geben, der ihr half.
Endlich fiel ihr ein Name ein, und sie fragte sich, warum sie

nicht schon eher darauf gekommen war. Wenn es jemanden gab, dessen Autorität sich ihrem Vater gegenüber durchsetzen konnte, dann war es Pfarrer Trenker!
Gleich morgen wollte sie mit ihm sprechen und ihm ihre Lage schildern. Bestimmt wußte er Rat, vielleicht konnte er sogar den Vater davon abbringen, sie mit einem Mann zu vermählen, für den sie überhaupt nichts empfand! Niemals empfinden würde!
Dieser Gedanken ließ sie endlich ein wenig zur Ruhe kommen. Sie fiel in einen leichten Schlummer, aus dem sie aber immer wieder hochschreckte, und noch vor dem ersten Hahnenschrei war sie auf den Beinen.

*

Dieser Abend verlief für Stephanie Wagner harmonischer als der vorige. Seit sie sich klargemacht hatte, daß Lukas Brandner wirklich nichts für Kerstins Absage konnte, und er sich nur bemühte, nett zu ihr zu sein, behandelte sie ihn gänzlich anders.
Das Gespräch im Eiscafé zog sich bis zum frühen Abend hin. Zwar hatte Steffi auf einen zweiten Eisbecher verzichtet, doch die Einladung zu einem Cappuccino schlug sie nicht aus. Daraus wurden dann zwei, und das Madel erfuhr, daß Lukas in der Nähe von Nürnberg wohnte und in der Stadt mit dem weltberühmten Christkindlmarkt studierte.
»Betriebswirtschaftslehre, im zweiten Semester«, erklärte er.
Sie gingen zusammen ins Hotel zurück, und beim Abendessen setzten sie ihre Unterhaltung fort. Jetzt war es an Steffi, aus ihrem Leben zu erzählen. Sie berichtete von ihrer Arbeit im Kaufhaus, und erwähnte, daß der Kurzurlaub eigentlich unter anderen Vorzeichen geplant war.
»Ich hab' wohl insgeheim Ihnen die Schuld daran gegeben, daß meine Freundin plötzlich abgesagt hat«, erklärte sie ihm

ihr gestriges Verhalten ihm gegenüber. »Das war natürlich Unsinn, und ich möcht' mich dafür entschuldigen.«
Ihre Tischnachbarn waren bereits gegangen, als diese Worte fielen. Lukas Brandner schluckte. Er schaute Steffi lächelnd an.
»Es ist natürlich schön, daß Sie das sagen, aber Sie brauchen sich wirklich net zu entschuldigen.«
Er hob sein Glas und prostete ihr zu.
»Also, dann auf noch ein paar schöne Tage.«
Später, auf ihrem Zimmer, war Steffi stolz auf sich, diesen Schritt getan und sich entschuldigt zu haben. Gut gelaunt griff sie zum Telefon und wählte Kerstins Nummer. Diesmal hatte sie Glück. Gleich nach dem zweiten Läuten nahm die Freundin ab und meldete sich.
»Hey, Steffi, das ist ja schön, von dir zu hören«, rief sie erfreut »Sag, wie geht's bei den Jodlern? Wie war die Reise?«
»Sag du erst mal, wie es dir geht«, forderte die Anruferin die Freundin auf. »Hast du die Magenverstimmung gut überstanden?«
»Alles bestens«, erklang es aus dem Hörer. »War wohl nur halb so schlimm, wie es den Anschein hat. – Nun red' schon. Wie ist es in St. Johann?«
Steffi schilderte ihre Eindrücke, schwärmte von dem Hotel und dem Essen, und davon, daß das Dorf einfach nur schön sei.
»Also, sobald wie möglich müssen wir beide zusammen herfahren«, sagte sie.
Kerstin hatte geduldig zugehört. »Schön und gut«, meinte sie. »Aber ist das alles?«
»Wie meinst du das? Was soll denn noch sein?«
»Na ja, Mensch. Du hast mir erzählt, wie toll es dort ist, aber was ist mit den Männern? Gibt's da nicht einen, der dein Herz betört hat?«

Steffi lachte laut auf.
»Oh, Kerstin, du bist wirklich wieder gesund, wenn du schon wieder an die Liebe denken kannst. Nein, bisher hat noch keiner mein Herz betört.«
»Nicht?«
Die Stimme der Freundin klang enttäuscht.
»Aber, ich dachte...«
»Was? Daß ich hierherkomme und mir gleich ein Mann um den Hals fällt? Also, das stellst du dir ein bißchen einfach vor.«
»Wie sind denn die Mitreisenden?« hakte Kerstin nach.
Diese Frage kam Steffi ein wenig merkwürdig vor, dennoch beantwortete sie sie.
»Na, so ziemlich alles ältere Semester.«
»Gar keine jungen Leute?«
»Wieso fragst du eigentlich so komisch? Nein, das heißt doch, ein Jüngerer ist darunter. So in unserem Alter.«
»Ha, hab' ich's mir doch gedacht«, triumphierte Kerstin.
»Was hast du gedacht?« fragte Steffi zurück, die genau wußte, worauf die Freundin hinauswollte. »Wenn du glaubst, daß da was läuft, dann bist du auf dem Holzweg. Lukas Brandner und ich sind Tischnachbarn, und zufällig saßen wir während der Busfahrt nebeneinander. Er hat nämlich deinen Platz bekommen.«
»Ach, was nicht ist, kann ja noch werden«, klang es aus München herüber.
Die Freundinnen plauderten noch ein ganzes Weilchen zusammen, und immer wieder geschah es, daß der junge Student, der jetzt wohl auch auf seinem Zimmer saß, Mittelpunkt ihrer Unterhaltung wurde.
Merkwürdig, dachte Steffi, nachdem sie schließlich aufgelegt hatte. Das Interesse, das Kerstin an Lukas Brandner gezeigt hatte, war schon sonderbar. Und warum wollte sie der

Freundin unbedingt eine Liebschaft mit ihm andichten? Bisher hatte Steffi ja nicht einmal mit ihm geflirtet.
Sie stand vor dem Spiegel im Badezimmer und cremte ihr Gesicht ein. Mitten in der Bewegung hielt sie inne.
War der Gedanke wirklich so abwegig? Immerhin war Lukas eine attraktive Erscheinung. Und daß er diesen Urlaub alleine unternahm, sprach dafür, daß er nicht in festen Händen war.
Steffi schaute in die Augen ihres Spiegelbildes, und eine jähe Erkenntnis ließ ihr Herz schneller klopfen.
Lukas Brandner war drauf und dran, ihr Herz zu erobern!

*

Sophie Tappert hatte den Tisch abgedeckt und spülte das Geschirr vom Mittagessen, als es an der Tür des Pfarrhauses klingelte.
»Ich mach' schon auf«, hörte sie Max Trenker rufen.
Der Bruder des Pfarrers war, wie jeden Mittag, zum Essen dagewesen. Anschließend saßen der Dorfpolizist und Sebastian im Arbeitszimmer zusammen. Da dieser Raum näher zur Haustür lag als die Küche, war Max gleich beim Klingeln aufgesprungen und hatte geöffnet.
»Grüß' Gott, Angela«, sagte er, als er die Tochter des Werbacherbauern erkannte.
»Grüß' dich«, erwiderte das Madel. »Ist der Herr Pfarrer auch da?«
»Freilich«, nickte der Beamte. »Komm nur herein.«
Mit seinem feinen Gespür für solche Dinge, erahnte Max, daß es irgendeinen Kummer gab, den das Madel nicht alleine loswurde. Er führte Angela in das Arbeitszimmer seines Bruders und verabschiedete sich gleich.
»Ich muß dann«, sagte er, in der Tür stehend. »Bis heut abend.«

»Pfüat di', Max«, nickte Sebastian ihm zu, während er aufstand und die Besucherin begrüßte. »Angela setz dich. Was führt dich zu mir?«
Ähnlich wie sein Bruder, ahnte auch der Geistliche, daß das Madel nicht ohne Grund gekommen war.
Angela Werbacher hatte sich gesetzt. Sie holte tief Luft und berichtete. Sebastian Trenker hörte geduldig zu, obwohl er schon nach den ersten zwei Sätzen wußte, welcher Kummer das Madel zu ihm geführt hatte.
»Können S' net einmal mit dem Vater reden, Hochwürden?« fragte die Besucherin. »Auf Sie wird er doch gewiß hören.«
Es war nicht das erste Mal, daß der Seelsorger in solch einer Angelegenheit um Hilfe gebeten wurde. Allerdings wußte Sebastian auch, daß er keinen leichten Stand hatte, wenn es darum ging, einen Vater davon zu überzeugen, daß der Mann, den er für seine Tochter ausgesucht hatte, nicht der Richtige war.
»Also, reden werd' ich mit ihm«, versprach er. »Ob er auf mich hören wird, steht auf einem anderen Blatt.«
Er brachte Angela zur Tür.
»Und den Jörg?« erkundigte er sich. »Den hast wirklich lieb?«
»Ja, Hochwürden«, nickte das Madel. »Von ganzem Herzen. Und er mich auch.«
»Na, dann sollst ihn auch bekommen.«
Angela verabschiedete sich. Sie war wesentlich glücklicher als bei ihrer Ankunft im Pfarrhaus.
Also, Sebastian, hoffentlich hast' jetzt net zuviel versprochen, dachte der Geistliche indes. Leicht würde es jedenfalls nicht werden, den Werbacherbauern von seinen Heiratsplänen für die Tochter abzubringen.
Aber, wenn gute Worte nicht halfen, dann mußte man halt zu einer List greifen …

*

Gleich nach dem Frühstück waren die Mitglieder der Reisegruppe zur Jenner-Alm aufgebrochen. Alois Vinger, ein erfahrener Bergführer, hatte die Leute unter seine Fittiche genommen. Insgesamt waren es zwölf Urlauber, die den Aufstieg machen wollten.

Irmgard Reisinger, die Chefin des Hotels, hatte vorsorglich für alle Jausenbrote eingepackt. Dazu Saft oder Tee, je nach Wunsch und Geschmack.

»Wie lang' werden wir denn brauchen, bis wir oben sind?« wollte einer der Männer wissen.

Der Vinger-Loisl schmunzelte. Diese Frage war ihm nicht fremd. Zuerst konnte es nicht schnell genug gehen, doch spätestens nach der halben Zeit machten die meisten schlapp.

»Also, wenn ich euch so anschau', dann würd' ich sagen, daß wir uns Zeit lassen mit dem Aufstieg«, erklärte er. »Aber keine Bange – wir werden rechtzeitig zum Mittag oben sein.«

Er prüfte, ob die Wanderer auch die richtigen Kleider und Schuhe anhatten, und gab, nachdem die Prüfung zu seiner Zufriedenheit ausgefallen war, das Zeichen zum Aufbruch. Er selber trug ein kariertes Hemd unter einer Windjacke, dazu dreiviertellange Krachlederne und derbe Wanderschuhe. Auf dem grauen Kopf saß ein Trachtenhut, den ein Gamsbart zierte. In seinem Rucksack steckte auch der Erste-Hilfe-Kasten.

Loisl kannte sich mit solchen Reisegruppen aus. Oft muteten sich die Leute zuviel zu, waren davon überzeugt, auch größere Touren zu schaffen. Aber er entschied sich meistens für einen Mittelweg. Zuerst folgte er dem Wirtschaftsweg, auf dem mit dem Auto Lasten zur Hütte hinauf, oder ins Tal hinunter gefahren wurden. Nach der Hälfte des Weges ging er dann einen kleinen Umweg durch den Höllenbruch.

Oberhalb dieses Waldgebietes wußte er eine Stelle, an der man eine herrliche Aussicht über das Wachnertal hatte. Meistens wurde dort oben eine Pause eingelegt und die mitgeführten Brote verzehrt.
Schon bald nachdem sie losmarschiert waren, gingen Steffi und Lukas nebeneinander. Dabei unterhielten sich die jungen Leute über die wunderschöne Landschaft, die sie durchwanderten. Immer wieder hielt ihr Bergführer an und machte sie auf irgendwelche Besonderheiten aufmerksam. Sei es nun ein Rudel Gemsen, die auf der anderen Seite auf der Suche nach Futter umhersprangen, oder seltene Pflanzen, von denen nicht wenige unter Naturschutz standen.
»Schauen Sie nur«, sagte Lukas und deutete auf einen Punkt hoch über ihnen.
Steffi richtete ihren Blick dorthin und sah über sich einen Adler mit ausgebreiteten Schwingen kreisen. Beinahe majestätisch schwebte er dahin.
»Der hat irgendwo in der Felsspitze seinen Horst«, erklärte Loisl.
Nach zwei Stunden erreichten sie die Almwiese, die für die Rast vorgesehen war. Tief unter ihnen lag das Wachnertal, darin St. Johann.
»Macht's euch nur bequem«, forderte Alois Vinger seine Schützlinge auf. »Ich denk', daß wir in einer halben Stunde aufbrechen. Dann müssen wir's bis Mittag auf die Alm geschafft haben. Was euch da erwartet, wißt ihr ja.«
»Also, auf das Käsemachen bin ich wirklich gespannt«, sagte Lukas, während er sein Essen auspackte.
Wie selbstverständlich hatten er und Steffi sich zusammengesetzt. Auch das Madel ließ sich das lecker belegte Brot schmecken.
»Hmm, das ist bestimmt interessant«, sagte sie.
Sie betrachtete ihre Wanderkameraden. Die meisten waren

bestimmt schon über fünfzig, doch bei niemandem zeigte sich eine Spur von Ermüdung.

»Allerdings weiß ich nicht, ob ich es so lange auf der Alm aushalten könnte«, fuhr sie fort. »Ich glaub', die Sennerinnen und Senner sind beinahe das ganze Jahr dort oben. Das ist doch bestimmt sehr einsam, wenn nicht so viele Touristen kommen.«

»Ach, das kann, glaube ich, auch ganz reizvoll sein«, erwiderte Lukas und zwinkerte mit dem Auge.

»Da haben Sie nicht ganz unrecht...«, gab sie zurück.

Plötzlich stutzte sie. Ihr war etwas eingefallen.

»Sagen Sie – eigentlich ist es doch blöde, daß wir immer noch Sie zueinander sagen«, meinte sie zu ihm und deutete auf die anderen. »Die meisten von ihnen duzen sich. Warum sollen wir das nicht auch tun?«

Lukas Brandner nickte.

»Da haben Sie... ich meine, da hast du eigentlich recht«, stimmte er zu. »Warum nicht?«

Sie nahmen ihre Saftflaschen und prosteten sich zu.

»Ich heiß' Lukas.«

»Steffi.«

Alois Vinger ging zwischen den Sitzenden umher und klatschte in die Hände.

»So, Leute, weiter geht's. Sonst wird noch die Milch sauer, aus der eigentlich Käse werden soll«, flachste er. »Außerdem wartet die Maria net gern mit dem Essen, bis zur Alm dauert es noch ein Weilchen.«

»Wie ist sie denn so, die Maria von der Jenner-Alm?« erkundigte sich Fritz Henschel. »Jung und knackig?«

Diese Frage brachte ihm einen Knuff seiner besseren Ehehälfte ein.

»Freilich ist sie das«, gab Loisl zurück. »Bergluft konserviert Schönheit und Jugend. Hast' das net gewußt? Dann schau' mi' an.«

Lachend setzten sie ihren Weg fort, und wieder gingen Lukas und Steffi dicht nebeneinander.

*

»Ich glaub', sie kommen«, rief Tobias seiner Schwiegermutter zu und deutete auf die sich bewegenden Punkte, die sich beim Näherkommen wirklich als die Mitglieder der erwarteten Reisegruppe herausstellten. Maria Hornhauser nickte.
»Ich sag' der Christel Bescheid«, antwortete sie.
Während sie in die Hütte ging, warf sie einen Bilck auf die Tische, die draußen standen. Sie waren bereits mit Bestecken eingedeckt. Drinnen traf ihre Tochter die letzten Vorbereitungen für das Mittagessen. In zwei großen Töpfen simmerten riesige Semmelknödel vor sich hin, und in einer breiten, viereckigen Pfanne wartete ein leckeres Pilzragout darauf, verzehrt zu werden.
»Sie kommen«, sagte Maria zu ihrer Tochter und schaute sie dabei prüfend an.
Die junge Frau machte einen leicht müden Eindruck.
»Geht's noch?« fragte die Mutter besorgt.
Christel strich sich über den gewölbten Bauch. Mochte sie auch müde wirken, ihr Gesicht hatte jedenfalls einen glücklichen Ausdruck. Sie nickte beruhigend.
»Mir geht's gut, Mutter. Und das Essen ist fertig. Ich glaub', ich hör' sie schon draußen.«
»Gut. Aber leg dich doch ein bissel hin«, bat die Sennerin. »Ich helf' dem Tobias bei den Getränken, und das Essen können wir alleine auftragen. Beim Kasen brauchst' ja net unbedingt dabeisein.«
»Ist recht«, antwortete ihre Tochter.
Draußen begrüßte Maria Hornhauser ihre Gäste und fragte nach den Getränkewünschen. Die meisten wollten ein Glas Milch.

»Das sollt ihr haben«, rief die Sennerin scherzend. »Direkt von der Kuh.«

Schnell waren die Getränke und das Essen aufgetragen, und schon bald hörte man an den beiden Tischen nur lobende Worte über die Mahlzeit.

»So, wenn ihr nun gesättigt seid, dann zeig' ich euch gern, wie wir hier oben den Käse machen«, schlug die Sennerin vor, nachdem alle satt, und die Tische wieder abgeräumt waren.

Sie führte die Touristen in den Raum mit dem großen Kessel, in dem die Milch erhitzt wurde. In dem Loch prasselte schon ein Feuer.

»Wie ihr seht, wird der Kessel noch mit Holz befeuert«, sagte Maria zu ihren gespannt zuhörenden Gästen.

Sie erklärte, was es mit dem Lab auf sich hatte, das dafür sorgte, daß aus der Milch Käse wurde, und beantwortete geduldig alle Fragen. Erstaunt sahen die Touristen zu, wie der Käsebruch mittels großer Leinentücher herausgehoben und in bereitstehende Formen gepreßt wurde.

»Das ist ja richtig Schwerstarbeit«, meinte Lukas, als er sah, wie Tobias Hofer dabei ins Schwitzen kam.

Die Sennerin führte die Gruppe in das Käselager. Darin stapelten sich in Holzregalen etliche Käselaibe.

»Die werden jeden Tag mit Salzlake abgebürstet«, erklärte sie weiter. »Hier drinnen lagern und reifen sie mindestens sechs Monate, bevor sie ins Tal hinuntergeschafft werden. Natürlich könnt' ihr hier selbst auch welchen kaufen, wenn ihr wollt. Eure Wirtin kennt das schon, sie legt den Käse dann bis zu eurer Abreise in den Kühlraum.«

Das ließen sich die Teilnehmer der Wanderung nicht zweimal sagen. Während sie noch aussuchten und kauften, drängte Alois Vinger schon wieder zum Aufbruch.

»Sonst kommen wir zu spät zum Tanzabend« unkte er.

»Bloß net«, rief Lukas. »Ich freu' mich schon den ganzen Tag darauf.«
Dabei strahlte er Steffi an, daß ihr ganz warm ums Herz wurde.

*

Wie nach jedem Gottesdienst stand Pfarrer Trenker an der Kirchentür und verabschiedete die Gläubigen. Viele hatten es eilig, nach Hause zu kommen, vielleicht, weil sie noch auf den Tanzabend wollten, andere verweilten noch ein paar Minuten und suchten das Gespräch mit ihrem Geistlichen.
Heute war es Sebastian selbst, der jemanden sprechen wollte. Die Familie des Werbacher kam so ziemlich als letzte durch den Kreuzgang. Pfarrer Trenker reichte zuerst Marianne, dann Angela die Hand. Dabei blinzelte er dem Madel verschwörerisch zu.
»Ich wünsch' euch einen schönen, geruhsamen Feierabend«, sagte er und wandte sich dann Hubert Werbacher zu, der geduldig wartete, bis Pfarrer Trenker die beiden Frauen verabschiedet hatte.
»Ach, Werbacher, da fällt mir ein, ich hätt' noch was mit dir zu bereden«, meinte der Seelsorger fast beiläufig. »Hast' vielleicht noch ein paar Minuten?«
»Freilich«, nickte der Bauer eifrig. »Für Sie doch immer, Hochwürden.«
Er drehte sich zu seiner Frau und der Tochter um.
»Geht schon mal zum Wagen.«
Marianne Werbacher schaute ihrem Mann und dem Pfarrer hinterher, wie die beiden wieder in der Kirche verschwanden.
»Was will Hochwürden vom Vater?« wunderte sich die Frau.
»Ich kann's mir denken«, meinte Angela und gestand ihrer Mutter den Besuch im Pfarrhaus.

»Komm, laß uns hier Platz nehmen«, deutete Sebastian gleich auf die erste Kirchenbank vor dem Eingang. »Es dauert net lang, und ich will gar net erst groß herumreden. Gestern war die Angela bei mir, du kannst dir sicher denken, warum...«

Hubert Werbacher saß auf der Kirchenbank und drehte seinen Hut in den Händen. Er wirkte ein wenig verlegen.

»Ich will dir keine Vorwürfe machen, weil du dein Kind geschlagen hast, auch wenn ich jegliche Gewalt verabscheue«, sprach der Seelsorger weiter. »Aber ich möcht' dich bitten, die Sache mit der Heirat noch einmal zu überdenken. Willst du dein Kind wirklich in eine Ehe treiben, in der es niemals glücklich werden kann?«

Der Bauer richtete sich auf. Es schien, als nehme er allen Mut zusammen.

»Also, Hochwürden, ich weiß wirklich net, ob Sie das Recht haben, sich in meine Angelegenheiten zu mischen«, wagte er zu sagen. »Das mit dem Franz Mayrhofer ist beschlossene Sache, und daran wird sich auch nichts ändern. Schließlich kommt die Heirat ja allen zugute. Der Franz hat als Zweitgeborener sowieso keinen Anspruch auf den Hof, und ich bekomm' mit ihm einen tüchtigen Schwiegersohn ins Haus. Und ich weiß den Hof in guten Händen, wenn ich einmal net mehr bin.«

»Aber, Werbacher, was ist denn mit der Liebe?« fragte Sebastian. »Hast du deine Marianne net geliebt, als du sie vor den Altar geführt hast?«

Die Antwort des Bauern erschreckte den Geistlichen zutiefst.

»Nein, Hochwürden, das hab' ich net«, sagte er und sah Sebastian klar in die Augen. »Das mit der Liebe kam erst später. Die Marianne war damals schon eine fleißige Frau, die hart anpacken konnte, und sie brachte ein gutes Stück Geld in die Ehe. Darum hab' ich sie genommen.«

Der Seelsorger war einen Moment stumm. Auf dieses Geständnis war er nicht gefaßt gewesen. Hubert Werbacher stand auf und wandte sich dem Ausgang zu.
»Wenn das alles war...«
Er deutete zur Tür hinaus.
»Meine Frau wartet.«
»Geh nur«, nickte Sebastian Trenker und blieb nachdenklich auf der Bank sitzen.

*

»Selbst Pfarrer Trenker hat nichts ausrichten können«, sagte Angela mutlos.
Sie hatte sich diesmal von zu Hause wegschleichen müssen, um sich mit Jörg Ambach zu treffen. Auf der Fahrt von der Kirche nach Hause hatte der Vater böse mit ihr geschimpft. Was ihr denn einfiele, Familienangelegenheiten nach draußen zu tragen, wollte er wissen, und sie bräuchte sich gar keine Hoffnungen zu machen – die Hochzeit mit dem Franz sei beschlossene Sache, und daran ändere auch der Pfarrer nichts!
»Ach, Jörg, ich weiß net, was ich noch machen soll«, sagte Angela mutlos und schmiegte sich schutzsuchend an ihn.
Diesmal hatten sie sich auf halbem Wege nach St. Johann getroffen. Den Tanzabend im »Löwen« wollten sie sich nicht entgehen lassen. Schließlich war der das einzige Vergnügen, das hier nach einer arbeitsreichen Woche geboten wurde. Außerdem konnten sie sicher sein, dort nicht Angelas Vater zu begegnen. Hubert Werbacher machte sich nichts aus Tanzabenden. Da saß er lieber zu Hause vor dem Fernseher.
Der junge Student war genauso ratlos wie seine Freundin. Zwar kam ihm eine Idee, aber ob sie wirklich richtig war...
»Durchbrennen?« fragte das Madel, als er seinen Gedanken äußerte.

Angela ließ mutlos die Arme sinken.
»Wovon sollen wir denn leben? Ich hab' nichts gelernt, und du studierst noch. Ich könnt' ja net einmal ein Zimmer bezahlen.«
Jörg sah ein, daß sein erster Gedanke nicht so gut war.
Sie waren am Hotel angekommen. Auf der anderen Straßenseite winkte ihnen Pfarrer Trenker zu. Er hatte Angela und ihren Freund erkannt und kam herübergelaufen.
»Tja, es tut mir wirklich leid, daß ich da nichts habe ausrichten können«, bedauerte er. »Aber, so wie es aussieht, hat sich dein Vater da etwas in den Kopf gesetzt, von dem er nicht mehr abzubringen ist.«
»Ich weiß auch net, was ich noch machen könnt'«, sagte Angela und senkte traurig den Kopf.
»Eine Idee hätt' ich vielleicht noch«, meinte Sebastian nachdenklich. »Dazu bräuchte ich allerdings die Hilfe deiner Mutter. Aber natürlich darf der Vater nix davon erfahren. Was meinst du denn, wann wäre die beste Gelegenheit, zu euch zu kommen, ohne daß der Vater etwas davon erfährt?«
Angela überlegte.
»Morgen nachmittag vielleicht«, antwortete sie. »Er muß nämlich noch einmal wegen des Zuchtbullens hinüber nach Engelsbach. Das dauert bestimmt zwei Stunden.«
»Das paßt prima. Sag der Mutter, daß ich sie morgen nachmittag sprechen möcht'. Ich bin so gegen drei bei euch.«
Sebastian nickte zum Eingang des Hotels.
»Und jetzt viel Spaß euch beiden.«
»Danke, Hochwürden«, riefen sie.
»Hoffentlich weiß Pfarrer Trenker wirklich eine Lösung«, meinte Angela beinahe ein wenig skeptisch.
»Es muß eine geben«, sagte Jörg und hieb mit der Faust in die Luft, als hätte er es mit einem unsichtbaren Gegner zu tun. »Es muß.«

Dabei sah er das Gesicht dieses Gegners deutlich vor sich – Franz Mayrhofer mit dem koboldhaften Grinsen und den roten Haaren.
Hoffentlich ist der net auch da, dachte der Student, als sie durch die Tür des Saales gingen.

*

Für die Mitglieder der Reisegruppe war ein langer Tisch auf dem Saal reserviert worden. Voller Erwartung saßen die meisten von ihnen schon dort und warteten auf den Beginn der Veranstaltung. Die begann auch gleich mit einem Tusch der Musiker auf dem Podium. Der Kapellmeister begrüßte die Gäste und erwähnte auch besonders die Münchner Gruppe. Dann spielten sie zum Auftakt einen flotten Marsch. Steffi Wagner schaute neugierig auf die Kleider der Leute. Tatsächlich trugen nicht wenige der Männer und Burschen Trachtenanzüge, während die meisten Frauen und jungen Madeln Dirndl anhatten. Sie selbst hatte ein Kleid mit buntem Blumenmuster angezogen. Für einen Moment glaubte sie unpassend gekleidet zu sein. Vor dem Spiegel hatte das Kleid irgendwie einen altmodischen Eindruck gemacht, und sie überlegte schon, vielleicht doch lieber Jeans und Bluse anzuziehen. Jetzt, allerdings, war sie froh, es nicht getan zu haben. »Darf ich bitten?« hörte sie eine Stimme neben sich und schaute auf.
Lukas Brandner stand hinter ihrem Stuhl und sah sie erwartungsvoll an.
»Gern«, nickte Steffi und ließ sich von ihm auf die Tanzfläche führen, auf der schon rege Betriebsamkeit herrschte.
Offenbar waren die Leute aus St. Johann ein tanzfreudiges Völkchen.
Dem ersten folgte gleich der zweite Tanz. Lukas schien seine Ankündigung, keinen auslassen zu wollen, wahr zu machen.

Als er jedoch merkte, daß Steffi ein wenig außer Atem kam, führte er sie zum Tisch zurück.
»Himmel, ich hab' eine Ewigkeit nicht mehr getanzt«, gestand sie. »Aber du scheinst ja in Topform zu sein.«
Lukas hatte sich neben sie gesetzt und prostete ihr zu.
»Na ja, ich will nicht angeben, aber ich hab' ein paar Jahre Turniertanz betrieben. Vor allem Standard.«
»Na, dann ist's ja kein Wunder.«
Er deutete auf die Tanzfläche.
»Die zwei Tänze reichen noch nicht zum Kalorienabbau«, meinte er schmunzelnd. »Also, auf geht's.«
Waltraud und Fritz Henschel sahen ihnen vergnügt hinterher.
»Siehste«, sagte die Frau zu ihrem Mann. »Ich hab' doch gleich gesagt, das wird noch was mit den beiden.«
Fritz Henschel rollte mit den Augen.
»Also, du immer mit deinen Vorhersagen. Jetzt mach' ich mal eine.«
Seine Frau sah ihn neugierig an.
»Und die wäre?«
»Die nächsten beiden Tänze gehören uns.«
Sprach's und zog sie von ihrem Stuhl.

*

Steffi fühlt sich wohl wie lange nicht mehr. Sie schwebte im Arm von Lukas Brandner über das Parkett, und wenn sie die Augen schloß, dann war es wie in einem Traum.
Sie sah seine leuchtenden Augen, das männliche Gesicht mit dem markanten Kinn. Sie nahm den Duft seines Rasierwassers wahr, und sie fühlte den Druck seiner Hand auf ihrer Schulter. Dabei klopfte ihr Herz bis zum Hals hinauf. Immer stärker spürte sie, daß sie drauf und dran war, sich in den Mann zu verlieben.

»Ich glaub', ich muß einen Moment an die frische Luft«, sagte sie, als die Musik gerade eine Pause machte.
»Einen Moment«, rief Lukas, nahm rasch die Jacke, die sie über ihren Stuhl gehängt hatte und legte sie ihr fürsorglich um.
Selbstverständlich begleitete er sie nach draußen.
»Ein herrlicher Abend«, sagte Steffi schwärmerisch und schaute zum Himmel hinauf, an dem die ersten Sterne blinkten.
Dabei wünschte sie nichts sehnlicher, als daß er sie in seine Arme nahm und küßte.
Doch Lukas machte keinerlei Anstalten in dieser Hinsicht. Wie Steffi, sah er zum Himmel hinauf und begann damit, ihr die verschiedenen Sternbilder zu erklären. Beinahe ein wenig enttäuscht, hörte sie ihm zu.
»Ob wir uns wohl mal wiedersehen, wenn du in Nürnberg bist und ich in München?«
Mit dieser Frage wechselte sie geschickt das Thema, als Lukas gerade seine Erklärungen beendet hatte. Er zuckte die Schultern.
»Warum nicht? Von Nürnberg ist's ja nicht weit nach München. Vielleicht kann ich mal zu Besuch kommen...«
Dabei schaute er zur Seite, so daß er nicht den Blick bemerkte, den sie ihm zuwarf.
Besuchen wollte er sie also. Steffi fühlte einen leisen Stich im Herzen. Was hatte sie sich da nur eingeredet? Offenbar war sie für ihn doch nicht mehr als eine Urlaubsbekanntschaft. Wenn sie es recht bedachte, dann war sie nicht einmal ein Flirt, so distanziert wie er war.
Gut, zuvorkommend und nett benahm er sich. Er war ein lustiger Unterhalter, und er konnte toll tanzen. Aber das, was sie in ihm hatte sehen wollen, schien in diesem Moment durch diesen einen Satz wie eine Seifenblase geplatzt zu sein.

»Ich möcht' wieder hineingehen«, sagte sie leise und wandte sich zur Tür.
Lukas hielt sie zurück.
»Ist etwas?« fragte er. »Hab' ich was falsch gemacht?«
Steffi schüttelte den Kopf.
»Nein, nein«, antwortete sie und bemühte sich, ihrer Stimme einen natürlichen Klang zu geben. »Ich fürchte nur, aus unserem Tanzmarathon wird nichts. Ich bin ein wenig müde, und morgen möcht' ich noch mit auf die Korber-Alm. Da ist's vielleicht besser, wenn ich mich rechtzeitig hinlege.«
»Gut, wie du meinst. Dann schlaf gut.«
Steffi mußte noch einmal auf den Saal zurück, um ihre Getränke zu bezahlen. Das Madel, das ihren Tisch bediente, stand zufällig am Tresen, als Steffi und Lukas durch die Tür traten. Jetzt nahm die junge Münchnerin das wahr, was ihr schon vorher aufgefallen war, sie aber ignoriert hatte, weil sie meinte, daß es nicht sein könne – die Bedienung – ihr Name war Katja – warf Lukas Brandner glühende Blicke zu.
Schnell bezahlte sie den Wein und das Mineralwasser, das sie getrunken hatte und wandte sich dann wieder dem Ausgang zu. Als sie sich in der Tür noch einmal umdrehte, sah sie das Madel am Arm von Lukas auf die Tanzfläche gehen...
Tapfer unterdrückte sie die aufsteigenden Tränen. In ihrem Zimmer warf sie sich auf das Bett.
Nein, sagte sie sich immer wieder, du hast gar keinen Grund zum Heulen. Zwischen euch war nichts, und es wird nie etwas sein. Vielleicht kommt er mal zu Besuch, zu Kaffee und Kuchen.
Sie schaute auf das Telefon. Sollte sie Kerstin anrufen und der Freundin von ihrem Leid erzählen?
Sie verwarf den Gedanken gleich wieder. Was nützte es,

wenn sie sich jetzt ihren Kummer von der Seele redete und womöglich nicht einmal Verständnis erntete?
Steffi richtete sich auf und überdachte alles noch einmal. Oben, auf der Alm, da hatte sie noch den Eindruck gehabt, ihm nicht ganz gleichgültig zu sein. Zwar hatten sie kein Wort in diese Richtung gesprochen, doch bestimmte Blicke und Gesten schienen zu berechtigten Hoffnungen Anlaß zu geben. Hatte sie jetzt etwas gesagt oder getan, natürlich unbeabsichtigt, das Lukas so distanziert werden ließ?
Sie konnte sich nicht daran erinnern. Vielleicht war es auch seine Revanche für ihr erstes Verhalten ihm gegenüber.
Eigentlich hatte sie gar keine Lust mehr, den Ausflug auf die Korber-Alm am nächsten Tag mitzumachen. Am Dienstag würden sie nach München zurückkehren. Doch genausogut könnte sie auch schon morgen fahren. Das einzige, das sie davon abhielt war die Tatsache, daß sie diese Rückfahrt aus eigener Tasche hätte zahlen müssen.
Seufzend machte sie die Abendtoilette und legte sich dann ins Bett. Das Buch, in dem sie ursprünglich noch ein wenig lesen wollte, legte sie schnell wieder beiseite.
Es war eine Liebesgeschichte, und die konnte sie heute abend wahrlich nicht mehr verkraften.

*

»Grüßt euch zusammen«, sagte Alois Vinger. »Habt ihr den gestrigen Tanzabend gut überstanden?«
Die wanderfreudige Reisegruppe bestätigte es dem Bergführer. Tatsächlich sahen alle ausgeruht aus, obwohl das Vergnügen am Vorabend sich bis spät in die Nacht hineingezogen hatte.
»Gut«, nickte Loisl. »Eure Ausrüstung brauch' ich heut wohl net mehr kontrollieren. Ihr wißt ja inzwischen, worauf es ankommt. Heut woll'n wir also auf die Korber-Alm. Das dau-

ert ungefähr gute zwei Stunden, und von droben haben wir einen wunderschönen Blick auf die Rückseite der Zwillingsgipfel. Also, dann mal los!«

Lukas Brandner marschierte gut gelaunt neben den Eheleuten Henschel, wobei er sich intensiv mit dem Mann unterhielt. Sie hatten ja schon vor Tagen ihre gemeinsame Leidenschaft für den Fußball entdeckt und diskutierten nun die gestrigen Ergebnisse der Bundesliga.

Stephanie Wagner hielt sich etwas zurück. Neben ihr ging eine Frau, deren Mann sich nicht hatte aufraffen können, an der Wanderung teilzunehmen. Die letzten beiden Maß Bier gestern abend hätte er wohl besser nicht getrunken.

Die Frau versuchte beharrlich Steffi in ein Gespräch zu verwickeln, doch das Madel antwortete recht einsilbig. Ihm war alles andere, als nach einer Unterhaltung zumute. Doch plötzlich wurde sie hellhörig, denn die Frau, deren Namen Steffi nicht einmal genau kannte, deutete auf den vor ihnen gehenden Lukas Brandner.

»Also, der junge Mann dort vorn, also der kann ja tanzen«, plauderte sie begeistert. »Wie der gestern abend mit der Kellnerin über das Parkett geschwebt ist – einfach zauberhaft. Haben S' das auch gesehen?«

»Nein«, schüttelte Steffi den Kopf. »Ich bin früh schlafen gegangen.«

»Ein richtiges Traumpaar!«

Dieser Satz gab dem Madel einen Stich ins Herz, und sie mußte kämpfen, um nicht in Tränen auszubrechen. Sie sah auf die Gestalt des jungen Mannes vor sich und schluckte schwer.

»Aber die Katja kann ja auch wunderbar tanzen«, fuhr die Frau mit ihrer Erzählung fort. »Allerdings weiß man ja net, ob's was wird, mit den beiden, wenn er übermorgen wieder abreist.«

Steffis Begleiterin machte eine Handbewegung.
»Was soll's«, meinte sie. »Ein Urlaubsflirt ist doch eine schöne Erinnerung.«
»Entschuldigen Sie«, sagte Steffi, bückte sich und nestelte an ihrem Schuhband herum.
Ein Trick, um die Frau loszuwerden. Er funktionierte. Das junge Madel wartete, bis die meisten der Wanderer an ihm vorübergezogen waren und schloß dann erst wieder auf. Normalerweise war sie nicht so unhöflich, jemanden auf diese Art abblitzen zu lassen, aber das Gerede der Frau war ihr einfach unerträglich geworden, und Steffi bedauerte, nicht doch im Hotel geblieben zu sein.
Sie hielt sich bis zur ersten Rast wieder hinter den anderen zurück, so daß schon Alois Vinger aufmerksam wurde und besorgt fragte, ob sie sich nicht zuviel zumute. Steffi schüttelte den Kopf und marschierte tapfer weiter. Daß Lukas sie nicht ein einziges Mal beachtete, schmerzte sie besonders.

*

»Daß es noch einmal klar ist – die Angela wird den Franz heiraten! Das ist beschlossene Sache, und daran wird sich nichts mehr ändern.«
Hubert Werbacher hatte diese Worte beim sonntäglichen Frühstück gesprochen, und die Miene, die er dabei machte, unterstrich den Ernst in seiner Stimme.
Seine Frau schaute betreten zur Seite, während Angela demonstrativ ihren Blick auf die Uhr gerichtet hatte, die an der gegenüberliegenden Wand hing. Sie tat, als habe sie gar nicht gehört, was der Vater sagte.
»Hast du mich verstanden?« wollte der Bauer wissen.
Das Madel antwortete nicht. Statt dessen versuchte die Mutter beruhigend einzugreifen.
»Laß gut sein«, sagte sie und legte ihrem Mann die Hand

auf den Arm. »Das Madel hat dich verstanden. Es ist ja net schwerhörig.«
Angela war froh, daß der Knecht und die beiden Mägde bereits vom Frühstück aufgestanden waren und den Familienzwist nicht unmittelbar erlebten. Untereinander redeten sie sich sowieso schon die Köpfe heiß, wie alles kommen würde.
Während sie das Rosinenbrot, das sie eigentlich hatte mit Butter bestreichen wollen, zerbröselte, setzte sie ihre ganze Hoffnung auf Pfarrer Trenker. Angela konnte sich überhaupt nicht vorstellen, was der Geistliche sich hatte einfallen lassen, um den Vater doch noch von seinem Plan abzubringen. Aber irgendeine Idee mußte der Seelsorger wohl haben.
Das Madel legte das Brot auf den Teller und stand auf.
»Ich kümmer' mich um die Hühner«, sagte es.
»Ist recht«, antwortete die Mutter. »Schau nur, daß du rechtzeitig zur Messe fertig bist.«
Ohne auf den Vater zu achten, der ihr finster hinterherblickte, ging Angela hinaus. Das Futter für die Hühner war schnell verteilt. Eine Arbeit, die keine fünf Minuten in Anspruch nahm. Aber deswegen war sie auch gar nicht hinausgegangen...
Angela warf einen schnellen Blick zum Haus hinüber und vergewisserte sich, daß sie von dort aus niemand beobachtete, dann lief sie schnell zur anderen Seite und verschwand hinter dem Kuhstall. Von dort führte ein schmaler Weg an einem Feld vorbei, der auf der Straße zum Hochwald endete. Kurz dahinter stand Jörg Ambach und wartete schon sehnlichst auf sie.
Ungestüm riß er sie in seine Arme und küßte sie.
»Wie steht's zu Hause?« wollte er wissen.
Angela winkte ab.
»Es wird immer schlimmer«, erwiderte sie. »Andauernd re-

det mein Vater von der Hochzeit mit Franz, und ich soll mir bloß nicht einbilden, daß er seine Meinung noch einmal ändert.«
Ihrem Seufzer war anzumerken, wie schwer ihr das Herz war.
»Jetzt können wir wirklich nur noch auf Pfarrer Trenker hoffen. Am Nachmittag will er kommen und mit Mutter reden.«
Sie schaute ihren Freund an und konnte schon wieder ein wenig lächeln.
»Mutter ist auf unsrer Seite«, fuhr sie fort. »Sie kennt dich zwar nicht, aber ich hab' ihr soviel von dir erzählt, daß sie ganz genau weiß, daß es für mich keinen anderen Mann als dich gibt.«
Jörg nickte.
»Und für mich gibt es keine andere Frau«, bekräftigte er. »Allerdings wirst du noch ein Weilchen warten müssen, ehe wir heiraten können. Erst muß ich mit meinem Studium fertig sein und eine Arbeitsstelle gefunden haben, bevor ich daran denken kann, eine Familie zu gründen. Das verstehst du doch, oder?«
»Ja, Liebster, das verstehe ich sogar sehr gut. Außerdem hab' ich mir auch Gedanken gemacht.
Ich werde wieder zur Schule gehen und meinen Abschluß machen. Bestimmt kann es net schaden, wenn ich auch einen Beruf habe. Inzwischen weiß ich, daß es dumm von mir war, die Schule zu schmeißen. Leider hat mein Vater mich darin auch noch unterstützt.«
Sie hatten sich an den Händen gefaßt und gingen langsam den Weg zum Feld hinunter. Vom Dorf her hörten sie den Klang der Kirchenglocken. Angela mußte sich sputen, wenn sie nicht wollte, daß ihr Vater merkte, daß sie heimlich fortgegangen war. Bestimmt wartete er schon ungeduldig darauf, losfahren zu können.

»Das mit der Schule ist eine prima Idee«, sagte Jörg zum Abschied.
Zwei-, dreimal küßte er sie, bevor er sie wieder freigab.
»Bis heut abend«, rief Angela ihm zu, bevor sie zwischen den Büschen verschwand, die das Feld zum Haus hin begrenzten.

*

Steffi fragte sich immer wieder, was geschehen sein mochte, daß Lukas veranlaßte, sie so merkwürdig zu behandeln. Sie war sich jedenfalls keiner Schuld bewußt. Dennoch ging der junge Mann ihr eindeutig aus dem Weg.
Auf der Wanderung zur Alm hinauf hatte er sich deutlich an das Ehepaar Henschel gehalten. Zwar gab es dann und wann Momente, in denen er Steffi unmittelbar gegenüberstand, doch mehr als ein kurzes Wort, das er an sie richtete, geschah nicht.
Na gut, dachte das Madel, hab' ich mich wohl zu einem dummen Gedanken hinreißen lassen, als ich annahm, daß ..., und überhaupt, was sollte schon groß daraus werden? Er ist in Nürnberg, ich in München. Was aus einer Fernbeziehung wurde, hatte sie ja seinerzeit mit Thorsten Engermann erlebt. Auf eine Wiederholung konnte sie gut verzichten.
Alois Vinger hatte nicht zuviel versprochen. Der Blick auf das Bergpanorama war atemberaubend, und Steffi bedauerte wieder einmal mehr, daß Kerstin nicht hatte mitfahren können. Dafür nahm sie ihren Fotoapparat und schoß eine ganze Reihe schöner Bilder. Sie hatte die Idee, aus den gekauften Postkarten und den Fotos ein Album zu machen, das sie der Freundin als kleines Trostpflaster für den entgangenen Urlaub schenken wollte.
Steffis Laune hatte sich schon wieder gebessert, seit sie auf der Hütte angekommen waren, allerdings bekam sie doch

noch einen kleinen Dämpfer, als sie auf einer der Holzbänke Platz nahm. Ein junges Madel bediente die Gäste, und sein Name war – Katja!

Ausgerechnet, dachte Steffi.

Aber was soll's, die Kleine konnte ja nichts dafür, daß sie ausgerechnet diesen Vornamen hatte. Außerdem war sie recht freundlich. Die Gäste erfuhren, daß Katja nur an den Wochenenden und in den Ferien hier oben beim Großvater war. Die übrigen Wochen wohnte sie bei den Eltern in St. Johann. Allerdings schlug ihr Herz für die Berge, so daß sie jede Gelegenheit nutzte, um auf die Alm zu kommen.

Die Wandergruppe lobte das gute Essen. Die Leute waren erstaunt zu hören, daß Katjas Großvater, der weit über siebzig war, alles alleine gekocht hatte.

»Der Großvater schnitzt außerdem hübsche kleine Figuren«, erklärte das Madel. »Wenn ihr wollt, könnt' ihr nachher gern welche kaufen.«

Steffi warf einen Blick zu Lukas hinüber. Ob er wohl ein Andenken an diesen Tag mitnahm? Sie selber würde zwei von den Figuren kaufen, die sie vorher schon gesehen hatte. Sie standen unter dem Dach auf einem kleinen Regal. Bestimmt würde Kerstin sich über eine geschnitzte Gemse freuen. Steffi wußte, daß die Freundin ein Faible für solche Dinge hatte. Die zweite Figur wollte sie ihrer Tante mitbringen.

Nach dem Essen verweilten die Wanderer noch eine ganze Zeit auf der Korber-Alm. Viele machten einen kleinen Spaziergang in die nähere Umgebung, andere labten sich an einer Tasse Kaffee oder einem Glas Milch.

Steffi saß etwas abseits der Hütte und schaute durch den Sucher ihrer Kamera. Es waren nur noch wenige Bilder auf dem Film, und sie suchte ein besonderes Motiv, das sich lohnte, festgehalten zu werden.

War es wirklich Zufall, daß sie plötzlich Lukas Brandner

entdeckte? Sie zögerte den Bruchteil einer Sekunde, dann drückte sie den Auslöser.

Wenigstens ein Foto sollte übrigbleiben...

*

»Vielen Dank Frau Tappert, aber für ein Dessert hab' ich leider keine Zeit mehr«, wehrte Sebastian ab, als seine Haushälterin eine große Schüssel Schokoladenpudding auf den Tisch stellte.

»Net?«

Die Frau sah ihn enttäuscht an. Der Geistliche warf einen Blick auf seinen Bruder.

»Max wird sich's bestimmt schmecken lassen«, meinte er. »Sie können ja für mich ein kleines Schüsselchen in den Kühlschrank stellen. Ich muß jedenfalls gleich los. Also, laßt's euch noch schmecken und nehmt's mir net übel, daß ich so ungemütlich aufbreche. Aber die Sache ist wichtig.«

»Worum geht's denn?« erkundigte sich der Polizeibeamte.

Sebastian, der schon in der offenen Tür stand, drehte sich noch einmal um.

»Erzähl' ich heut abend. Die Rouladen waren übrigens sehr lecker, Frau Tappert.«

Schon war er draußen, während seine Haushälterin den Kopf schüttelte.

»Das gefällt mir gar net, so wie Hochwürden in letzter Zeit ißt. Da bekommt er womöglich noch ein Magengeschwür, wenn er so weitermacht. Immer diese Hektik und Unruhe«, sagte sie.

»Ach was«, winkte Max Trenker ab. »Mein Bruder hat einen Pferdemagen. Das liegt bei uns in der Familie.«

Er nahm noch einmal von dem Nachtisch und goß eine ordentliche Portion Vanillesoße darüber.

»Haben Sie eine Ahnung, wohin er will?«

Sophie Tappert zuckte die Schultern.
»Ich weiß net genau, aber ich könnt' mir denken, daß es was mit dem Besuch von der Angela Werbacher am Freitag zu tun hat«, erwiderte sie.
Sie setzte sich wieder zu Max an den Tisch.
»Eine Schande ist das«, schimpfte sie. »Also, mit mir dürfte der net verheiratet sein, der Werbacher. Dem tät' ich schön was erzählen!«
Der Polizist glaubte ihr aufs Wort. Die Haushälterin seines Bruders machte nicht viele Worte, aber wenn sie mal etwas zu sagen hatte, dann war es von Bedeutung.
»Na ja, wer weiß, was mein Bruder sich da ausgedacht hat«, meinte Max. »Bestimmt hat er einen Plan.«

*

Da hatte Max Trenker recht – allerdings war Sebastian nicht sicher, ob es funktionieren würde. Es kam ganz darauf an, ob Angelas Mutter, Marianne Werbacher, mitspielte.
Als der Geistliche auf dem Bauernhof ankam, wurde er bereits sehnlichst erwartet. Angela, die ihn hatte kommen sehen, stand in der offenen Tür.
»Grüß' Gott, zusammen«, nickte Sebastian und trat in die Diele, in der es angenehm kühl war.
»Wie steht's?« erkundigte er sich. »Hat sich's der Vater noch einmal überlegt?«
Das Madel schüttelte den Kopf und rief nach der Mutter. Die Bäuerin kam die Treppe herunter.
»Ich weiß wirklich net, was ich noch machen soll, um den Hubert von dieser verrückten Idee abzubringen«, klagte sie nach der Begrüßung. »Bitt' schön, Hochwürden, setzen S' sich doch.«
Sie deutete auf einen Stuhl. Pfarrer Trenker nahm Platz, die beiden Frauen setzten sich ihm gegenüber.

»Also, ich wüßt' vielleicht, wie wir deinen Mann überzeugen können, daß die Angela beim Jörg in besseren Händen ist als beim Franz Mayrhofer«, sagte der Seelsorger.
Er sah besonders Angela an.
»Womit ich nichts gegen den Franz gesagt haben will. Er ist ein fleißiger Bursche, der hart anpacken kann. Vielleicht ist er manchmal ein bissel zu ruppig, wenn das Temperament mit ihm durchgeht, aber das gibt sich, wenn er erst mal die richtige Frau gefunden hat, die ihn entsprechend zu nehmen weiß.«
»Ja, da wüßt' ich eine«, antwortete das Madel. »Die Teresa würd' gut zu ihm passen.«
Sebastian verkniff sich ein Lachen. Angela meinte Teresa Keunhofer, eine übriggebliebene Jungfer, der es trotz eifrigen Suchens bisher nicht gelungen war, den passenden Mann zu finden.
»Na ja, die ist wohl ein bissel zu alt für den guten Franz«, meinte er schmunzelnd. »Aber jetzt hört mal zu. Du, Marianne, hast doch eine Schwester in St. Johann...«
Eine gute halbe Stunde erläuterte der Geistliche den beiden Frauen, was er sich ausgedacht hatte. Zuerst schauten sie sich erstaunt an, doch je länger Pfarrer Trenker sprach, um so überzeugter waren sie.
»Bleiben noch die beiden Mägde«, meinte Marianne Werbacher. »Was machen wir mit den beiden?«
»Ganz einfach, wir weihen sie ein«, erklärte Angela. »Die Christel hat ohnehin immer mit dem Rücken zu tun – vielleicht kann sie ein paar Tage krank feiern...«
Jetzt lachte Sebastian laut auf.
»Ich seh', ihr habt mich verstanden«, sagte er und stand auf. »Ich drücke euch die Daumen, daß der Plan klappt, und denkt dran – net zu früh klein beigeben. Durchhalten, auch wenn's vielleicht schwerfällt.«

Er verabschiedete sich und machte sich auf den Weg zurück nach St. Johann. Dabei ließ er sich noch einmal alles durch den Kopf gehen. Eigentlich war es ein Streich, den sie dem Werbacherbauern spielten, aber Sebastian konnte es nicht ändern – er fand einfach Gefallen daran. Irgendwie versetzte es ihn in die Zeit seiner Kindheit zurück, als er, Max und die anderen Buben aus seinem Heimatdorf, nichts als lauter Unsinn im Kopf hatten. Er mußte unweigerlich schmunzeln, als er sich das Gesicht vorstellte, das der Werbacher-Hubert zweifellos am nächsten Morgen machen würde.

*

»So, seid's ihr alle beisammen?« fragte Alois Vinger in die Runde. »Dann machen wir uns jetzt auf den Rückweg, und weil's so ein schöner Tag ist, hab' ich mir gedacht, daß wir eine andere Route zurück ins Tal nehmen, als auf dem Weg herauf. Natürlich nur, wenn ihr einverstanden seid.«
Der Vorschlag wurde allgemein begrüßt. Steffi indes war es sowieso egal. Sie war froh, wenn es endlich Dienstag war und sie wieder zurück nach München fuhren.
Die Reise hatte mit einer Enttäuschung angefangen, und, wie es aussah, würde sie auch mit einer solchen enden. Dabei schien es zwischendurch, als ob der Aufenthalt in dem kleinen Alpendorf doch noch schön werden sollte.
Aber, es war wohl nur ein Schein.
Steffi Wagner ging ganz zum Schluß. Sie wollte für sich alleine sein, und vor allem wollte sie nicht schon wieder dem fürchterlichen Gerede der Frau ausgesetzt sein, die ihr am Morgen brühwarm erzählt hatte, was für ein Traumpaar Lukas Brandner und die Kellnerin Katja wären.
»So, wir kommen jetzt durch die Hohe Riest«, erklärte der Bergführer und deutete auf einen dichten Forst vor ihnen. »Das war noch vor gar net allzu langer Zeit eine ziemlich ge-

fährliche Gegend. Räuberbanden und anderes lichtscheues Gesindel hat sich hier herumgetrieben und den Reisenden net nur die Geldbörse abgeknöpft, meistens verloren die Armen auch noch ihr Leben.«

Alois Vinger erzählte es mit einem spitzbübischen Lächeln, so daß die Wanderer nicht wußten, ob er ihnen ein Märchen auftischte, oder ob die Geschichte wirklich stimmte. Jedenfalls lief so manchem aus der Gruppe ein Schauer über den Rücken, als sie den dunklen Tann durchquerten, und sie atmeten erleichtert auf, als die ersten Sonnenstrahlen sich wieder durch das dichte Unterholz Bahn brachen.

Vor ihnen lag eine blumenübersäte Wiese, wie sie an einem späten Sonntagnachmittag nicht schöner aussehen konnte. In einiger Entfernung kam ihnen eine Gestalt entgegen, die, neben einem Rucksack auf dem Rücken, noch eine Tasche trug. Beim Näherkommen erkannten sie eine Frau.

»So, das ist meine Überraschung für euch«, rief Loisl. »Die da kommt, ist meine Frau, und in ihrem Rucksack und in der Tasche sind eine Flasche Obstler und Gläser. Es hat Spaß mit euch gemacht, und dafür möcht' ich mich bedanken. Wir wollen auf eure Heimfahrt anstoßen, und wenn's euch wieder mal hierher verschlägt, dann tät's mich freuen, wenn wir dann noch einmal eine Tour zusammen machen.«

Inzwischen war seine Frau herangekommen und wurde freundlich begrüßt.

»So, das ist meine Vroni«, stellte Alois Vinger sie vor.

Er nahm ihr Tasche und Rucksack ab und verteilte die Gläser. Der Schnaps brannte scharf in Steffis Hals, aber er schmeckte.

»Na, noch einen?« fragte der Bergführer lächelnd.

Das Madel nickte. Plötzlich stand Lukas daneben und hob ein Glas.

»Na, dann mal Prost«, sagte er und schaute sie durchdringend an.

»So, einen könnt ihr noch, dann schmeckt das Abendessen noch mal so gut«, meinte Loisl und schwenkte die Flasche.
Doch Steffi winkte diesmal ab.
»Besser net«, meinte sie.
Die meisten jedoch tranken einen dritten Schnaps, dann brach man fröhlich zum Heimweg auf.
»Da drunten, an dem letzten Steig, müßt ihr ein bissel vorsichtig sein«, rief der Bergführer. »Da geht's steil hinab.«
Steffi hörte zwar die Warnung, konnte aber nicht verhindern, daß sie mit dem linken Fuß plötzlich abrutschte. Sie stieß einen Schrei aus und stürzte den Hang hinunter.

*

Gottlob war es nicht sehr tief. Sofort waren zwei, drei Leute bei der Verunglückten, die ihr wieder auf die Beine helfen wollten. Steffi spürte einen stechenden Schmerz im rechten Fußgelenk und biß sich auf die Lippen.
Lukas Brandner, der zuerst bei ihr gewesen war, bemerkte es.
»Was hast du?« fragte er besorgt. »Tut es sehr weh?«
»Ein bißchen«, gab sie zu und zuckte vor Schmerz zusammen, als er den Fuß berührte.
»Laß mal schauen«, sagte Alois Vinger und hockte sich dazu, während die anderen ziemlich ratlos danebenstanden.
Er tastete den Knöchel ab.
»Nichts Schlimmes«, vermutete er. »Allerdings sollte sich der Dr. Wiesinger das mal ansehen. Gott sei Dank, ist es net weit bis St. Johann.«
Zusammen mit Lukas half er Steffi beim Aufstehen.
»Wird's gehen?« fragte er.
Die junge Frau versuchte einen Schritt zu humpeln, blieb aber gleich wieder mit schmerzverzerrtem Gesicht stehen.
»So wird's nichts«, sagte Lukas Brandner.

Kurz entschlossen nahm er Steffi auf die Arme und marschierte los.

»He, was machst du?«

»Das siehst du doch«, lachte er. »Ich trag' dich zum Arzt.«

»Aber, ich bin doch viel zu schwer!«

»I wo«, meinte Lukas. »Das geht schon.«

Merkwürdigerweise war es Steffi überhaupt nicht peinlich, daß er sie auf seinen Armen trug. Im Gegenteil, wenn es nach ihr gegangen wäre, dann könnte der Arzt noch viel weiter entfernt sein.

Aber nach knappen zehn Minuten hatten sie es geschafft. Während die anderen ins Hotel gingen, lief Alois Vinger voraus und alarmierte Dr. Wiesinger. Der junge, sympathische Arzt kam sofort an die Tür, als der Bergführer klingelte. Gemeinsam brachten sie Steffi in das Behandlungszimmer.

Während Lukas Brandner und Alois Vinger draußen warteten, untersuchte Toni Wiesinger den verletzten Fuß.

»Gebrochen ist nichts«, meinte er. »Wahrscheinlich haben sich beim Umknicken die Bänder gedehnt. Das ist zwar sehr schmerzhaft, wie Sie ja selbst merken, aber net gefährlich. Da kommt erst mal eine Salbe darauf, die nicht nur heilt, sie kühlt auch gleichzeitig. Morgen früh möchte ich mir den Fuß dann noch einmal ansehen. Sie wohnen drüben im Löwen?«

Steffi bestätigte es.

»Gut«, meinte der Arzt. »Dann schau' ich morgen, vor der Sprechstunde, bei Ihnen vorbei. Bestimmt ist dann schon eine Besserung eingetreten. Ruhen S' sich bis dahin aus.«

Die Salbe tat dem kranken Fuß wohl. Steffi bemerkte sofort ein deutliches Nachlassen des Schmerzes. Dr. Wiesinger wickelte einen Verband um das Gelenk.

»So, mehr kann ich im Moment nicht für Sie tun«, verabschiedete er das Madel und half Steffi, zur Tür zu humpeln, hinter der Lukas schon ungeduldig wartete.

»Ist es schlimm?« fragte er aufgeregt, als der Arzt und das Madel aus dem Behandlungsraum kamen.
Steffi lächelte tapfer.
»Es tut noch ein bissel weh, aber sonst...«
Lukas und Alois hakten sie unter und brachten sie so zum Hotel hinüber. Die anderen Mitreisenden saßen schon beim Abendessen und nahmen großen Anteil an Steffis Schicksal.
»Kommen Sie«, sagte Waltraud Henschel und rückte den Stuhl der jungen Frau zurecht. »Hoffentlich ist es wirklich nichts Ernstes.«
»Der Doktor wird sich's morgen früh noch einmal ansehen«, erklärte Steffi. »Wahrscheinlich brauch' ich den Verband auf der Rückfahrt schon gar nicht mehr.«
Dann schaute sie zu Lukas hinüber.
»Ich hab' mich noch gar nicht für deine Hilfe bedankt«, sagte sie.
Der junge Mann erwiderte ihren Blick, doch so, wie er Steffi ansah, wurde ihr ganz heiß, und ihr Puls raste.
Sollte dieser Blick eine stumme Liebeserklärung sein?
»Ich hab's gern getan«, antwortete er endlich und lächelte sie an.
Sie erwiderte dieses Lächeln, und es schien, als seien damit alle Fragen zwischen ihnen beantwortet.
Nach dem Abendessen fühlte Steffi sich doch erschöpft. Die lange Wanderung, dann der Unfall – die Ereignisse des Tages forderten ihren Tribut. Lukas sprang gleich auf, als sie den Wunsch äußerte, auf ihr Zimmer zu gehen.
»Ich bringe dich hinauf«, sagte er.
Dankbar nahm sie das Angebot an. Es war leichter als sie gedacht hatte, an seinem Arm die Treppen hinaufzuhumpeln. Vor der Tür zu ihrem Zimmer zog er sie an sich.
»Steffi, ich möchte dich um Verzeihung bitten«, sagte er mit belegter Stimme.

Sie schaute ihn erstaunt an.
»Du mich? Aber, warum?«
»Ich hatte den Eindruck, daß du gestern abend ein wenig gekränkt warst«, gestand er. »Und ich gebe zu, daß es Absicht war, und daß ich mit der Katja Behrmann verabredet hab', daß sie mir schöne Augen machen soll, ich..., ich wollt' sehen, ob du vielleicht ein bissel eifersüchtig bist...«
Steffi begann allmählich zu verstehen.
»Ich..., ich habe mich in dich verliebt«, fuhr Lukas fort, verbesserte sich aber gleich. »Nein, das stimmt nicht. Ich bin nicht nur verliebt – ich liebe dich, von ganzem Herzen. Aber, du warst zuerst so abweisend zu mir, und später, als wir uns ein bißchen besser verstanden, da war ich mir nicht sicher, ob du mich magst, vielleicht sogar ein bissel liebhast, oder ob du nur so nett zu mir warst, weil du eingesehen hattest, daß dein Verhalten mir gegenüber nicht fair war...«
Er wischte sich Schweißperlen von der Stirn, die gar nicht vorhanden waren.
»Puh, das war die längste Rede, die ich je gehalten habe.«
Er sah sie fragend an.
»Bist du jetzt böse?«
Steffi lächelte und schüttelte den Kopf.
»Nein, ich bin net bös'. Ich hab' dich doch auch lieb«, antwortete sie.
»Dann... dann darf ich dich jetzt küssen...?«
Jetzt lachte sie laut auf.
»Tu es doch endlich«, rief sie. »Ich warte doch nur darauf.«
Es war der süßeste Kuß, den sie jemals bekommen hatte.

*

Schon immer war Hubert Werbacher vor allen anderen aufgestanden. Noch bevor es Frühstück gab, war er draußen in den Ställen und schaute nach dem Rechten. Er fütterte nicht

nur die Schweine, sondern schloß auch die Kühe an die Melkmaschine an. Dann erst ging er ins Haus zurück, wo inzwischen Angela und eine der Mägde das Frühstück vorbereitet hatten.
Doch an diesem Montag morgen war alles anders.
Gut gelaunt betrat der Bauer die behaglich eingerichtete Küche. Sie war vor langer Zeit gebaut worden, damit nicht nur der Bauer und seine Familie Platz darin hatten, auch das Gesinde nahm die Mahlzeiten zusammen mit ihnen ein.
Hubert Werbacher stutzte. In der Küche war noch alles dunkel, kein Geräusch deutete darauf hin, daß sich jemand darin aufhielt.
Sollte Angela verschlafen haben? Das konnte Hubert sich absolut nicht vorstellen, von der Tochter ebensowenig wie von seiner Frau oder der Magd. Christel war immer zuverlässig gewesen, außer wenn sie die Probleme mit ihrem Rücken hatte.
Der Bauer schaltete das Licht ein. Draußen wurde es zwar langsam hell, aber hier drinnen war es eher dämmrig. Hubert ging zur Diele, um nach seiner Frau zu rufen, als er jemanden die Treppe herunterkommen hörte.
»Na endlich«, sagte er. »Was ist denn los? Ich wart'…«
Das Wort erstarb ihm auf den Lippen, als er seine bessere Hälfte erkannte. Marianne Werbacher kam die Treppe herunter und hatte ihr bestes Kleid an. Ein Dirndl aus hellgrauem Stoff mit grünen und roten Stickereien. Darunter die weiße Bluse mit den Spitzen an den Ärmeln.
Hubert Werbacher starrte seine Frau an, als sehe er nicht richtig.
»Ist heut Sonntag?« fragte er. »Was hast' denn vor?«
»Das wirst' gleich erfahren«, antwortete sie spitz. »Ich fahr' nach St. Johann, und die Angela nehm' ich mit.«
»Ja, aber wieso?«

Der Bauer verstand gar nichts mehr.
»Damit du endlich zur Vernunft kommst«, lautete die Antwort. »Wir werden so lange bei der Elisabeth bleiben, bis du endlich von deinen blöden Heiratsplänen abkommst.«
In Hubert Werbacher kochte die Wut hoch. Breitbeinig baute er sich vor seiner Frau auf und stemmte die Arme in die Hüften.
»Also, da hört sich ja wohl alles auf...«, fing er an.
»Ganz recht«, schnitt Marianne ihm das Wort ab.»Lang' genug hab' ich alles mitgemacht. Immer warst du es, der das Sagen hatte. Aber jetzt ist Schluß. Hier geht's um das Glück unserer einzigen Tochter, und ich denk' überhaupt net daran, sie einem Mann zu geben, den sie net mag und den sie net will!«
Damit ließ sie ihn stehen und ging in die Küche. Angela kam die Treppe herunter. Ohne ein Wort zu sagen, lief sie an ihrem Vater vorbei.
»Ich bin soweit, Mama, wir können«, rief sie.
»Gut. Ich komm'«, klang es aus der Küche.
Gleich darauf stand Marianne Werbacher wieder auf der Diele.
»Frühstück gibt's bei Tante Elisabeth«, sagte sie zu ihrer Tochter.
Sie nahm den leichten Sommermantel vom Haken, und dann rauschten die beiden Damen am Hausherrn vorbei nach draußen. Hubert Werbacher blieb fassungslos zurück.
Endlich, der Wagen war lange vom Hof gefahren, löste er sich aus seiner Starre und rief nach Christel Scheuninger. Die Magd wohnte im hinteren Teil des Hauses, wo die Gesindestuben waren. Hubert mußte mehrmals rufen, bevor sie endlich erschien.
Leichenblaß und im Morgenrock kam sie in die Küche gehumpelt. Der Werbacher ahnte, was sie sagen würde.

»Tut mir leid, Bauer«, hörte er auch gleich darauf ihre Stimme. »Aber ich kann beim besten Willen net.«
Sie fuhr sich mit der Hand über die Stelle, wo immer der Schmerz saß.
»Es ist wieder mal der Rücken«, meinte sie und verzog das Gesicht.
Sie sah sich um, als nehme sie erst jetzt wahr, daß noch nichts zum Frühstück auf dem Tisch stand, und weder Kaffee, noch Eier kochten.
»Nanu, es ist ja noch nix fertig...«
»Das seh' ich selbst«, gab der Bauer barsch zurück.
»Was ist denn mit der Angela?« wagte die Magd zu fragen.
»Das geht dich gar nix an. Mach, daß du zurück ins Bett kommst.«
Die schon etwas ältere Frau drehte sich nickend um.
»Ja, ist schon recht, Bauer. Vielleicht kann ja die Hilde..., ach nein, die ist ja gestern zu ihrem Bruder nach Engelsbach gefahren und kommt erst heut morgen zurück...«, brummelte sie dabei.
Hubert schaute ihr mürrisch hinterher. Es stimmte wirklich, die zweite Magd, Hilde Straninger, kam erst am Vormittag aus dem Nachbarort wieder auf den Hof.
Dann eben net, dachte er. Ihr werdet schon sehen, was ihr davon habt. Aber klein beigeben werd' ich gewiß net!

*

Immer noch ärgerlich, machte er sich daran, ein Frühstück auf den Tisch zu bringen. Was allerdings nicht ganz einfach war. Es rächte sich nämlich, daß der Bauer die Dinge, die den Haushalt betrafen, immer den Frauen überlassen hatte.
Zunächst stand er einigermaßen ratlos vor der Kaffeemaschine. Wo das Filterpapier war, wußte er, es hing in einem

Behälter an der Wand. Auch wo das Wasser eingefüllt wurde, war nicht schwer zu erraten.

Aber wo war das Kaffeepulver?

Er schaute in sämtliche Schränke und Schubladen, in der Speisekammer und sogar in den Kühlschrank, doch nirgendwo war der vermaledeite Kaffee zu finden.

Die hohe Porzellandose, mit dem hübschen blauen Zwiebelmuster, die direkt neben der Kaffeemaschine stand, beachtete er dummerweise nicht. Eher zufällig stieß er darauf, als er noch einmal die Schranktür darüber öffnete, und bei seiner Kramerei ein Zuckerpaket aus dem Schrank fiel. Hubert wollte es auffangen und stieß dabei gegen den Deckel der Kaffeedose, der herunterfiel.

Gottlob nicht zu Boden, sondern auf den Kühlschrank, auf dem Dose und Maschine standen.

»Ach hier«, sagte er im Selbstgespräch. »Und ich hab' gedacht, da wär' Tee drin…«

Endlich, nach einer weiteren halben Stunde, kochte der Kaffee, standen Brot, Butter und Marmelade auf dem Tisch, und in einer Pfanne auf dem Herd brutzelten Spiegeleier und Speck – allerdings auf etwas zu starker Hitze.

»Was stinkt denn hier?« fragte der alte Tobias, der Knecht, als er zum Frühstück kam.

Hubert hatte gerade die Pfanne vom Herd gerissen und in den Abfalleimer geleert.

»Setz di' und iß«, befahl der Bauer gereizt.

»Wieso gibt's denn keinen Schinken, wie sonst?« murrte der Knecht. »Und Eier sind auch net gekocht.«

»Du hast doch gesehen, daß ich hab' Spiegeleier machen wollen«, erklärte Hubert gereizter als je zuvor.

Tobias sah ihn mit großen Augen an.

»Du?« fragte er ungläubig. »Der Bauer?«

Er schüttelte den Kopf, dann stellte er eine weitere Frage.

»Wo sind denn die Angela und die Christel. Die machen doch sonst immer das Frühstück...«
Hubert hatte sich gerade setzen wollen. Jetzt wandte er sich jedoch um. Er hatte endgültig die Nase voll.
»Die Christel hat's mit dem Rücken, und die Angela... – ach was, habt mich doch alle mal gerne!«
Tobias grinste stillvergnügt vor sich hin.
»Das haben wir doch, Bauer«, sagte er leise. »Das haben wir doch.«
Als wenig später der Motor des Traktors erklang, mit dem Hubert Werbacher vom Hof fuhr, huschte Christel in die Küche.
»So«, meinte sie. »Jetzt mach' ich uns erst mal ein ordentliches Frühstück.«
Von einem kranken Rücken war bei ihr nichts mehr zu merken...

*

»Ob das wohl gutgehen wird?« fragte zur selben Zeit Marianne Werbacher ihre Tochter.
Sie saßen im Eßzimmer ihrer Schwester Elisabeth, die seit dem frühen Tode ihres Mannes das kleine Häuschen in St. Johann allein bewohnte. Auf dem Tisch stand ein großzügiges Frühstück, das Elisabeth gezaubert hatte. Die frischen Semmeln dazu hatten Mutter und Tochter beim Bäcker Terzinger gekauft. Der hatte seinen Laden gerade erst geöffnet und war über die frühe Kundschaft sehr erstaunt gewesen.
»Papa muß einfach mal einen Denkzettel haben«, gab Angela zurück. »Der lebt ja immer noch im vorigen Jahrhundert mit seinen Ansichten.«
»Na ja, du mußt ihn auch verstehen«, versuchte Marianne einzulenken. »Er macht sich natürlich Gedanken um den

Hof, und was einmal daraus werden soll. Er hat sich ja immer einen Sohn gewünscht, der dann alles erbt. Aber, das hat ja leider net sein sollen.«

»Mir ist egal, was er mit dem Hof macht«, gab Angela heftig zurück. »Ich will ihn net. In der nächsten Woche melde ich mich wieder in der Schule an und mach' meinen Abschluß. Was dann kommt, werden wir sehen.«

»Natürlich hast du net ganz unrecht«, gab ihre Mutter zu. »Wenn du keine Bäuerin werden willst, was sollst' dann mit dem Hof. Aber es ist ja nur, weil er doch schon so lange im Familienbesitz ist.«

»Ich denk', ihr habt beide recht«, mischte sich Elisabeth Wohlmanns ein. »Du, Marianne, weil du natürlich den Hubert verstehen kannst, und du, Angela, weil du net willst, daß dein Vater dich in eine Ehe drängt, die du net eingehen willst. Trotzdem glaub' ich, daß ihr richtig gehandelt habt. Laßt meinen lieben Schwager nur ein bissel schmoren, dann weiß er, was er an euch hat. Und bestimmt ändert er auch sein despotisches Verhalten ein wenig.«

Den ganzen Tag über mußte Angela ihre Mutter davon abhalten, zum Telefon zu greifen und daheim auf dem Hof anzurufen.

Als es dann Abend war, und es Zeit war, schlafen zu gehen, da legte Marianne Werbacher sich mit einem ungutenGefühl ins Bett.

So sehr sie auch dafür war, ihrem Mann einen gehörigen Denkzettel zu verpassen – in Gedanken fühlte sie mit ihm, und er tat ihr wirklich leid. Sie konnte sich vorstellen, was für ein Chaos ihr Hubert anrichten würde.

Er wußte ja net einmal, wo er nach den Socken suchen mußte!

*

Der bedauernswerte Bauer saß an diesem Abend ziemlich geknickt in dem gemütlich eingerichteten Wohnzimmer. Es war noch dicker gekommen, als er geahnt hatte. Hilde Straninger, die zweite Magd, hatte nämlich kurzerhand gekündigt. Der alte Tobias mußte aufs Feld hinaus, schließlich war die Ernte in vollem Gange, und Hilde sollte eigentlich mitfahren. Statt dessen bürdete der Bauer ihr nun den Haushalt auf.
Essen kochen, Abwasch, Wäsche waschen, zum Trocknen aufhängen, anschließend bügeln. Außerdem waren da noch zwei große Wannen mit Obst, Birnen und Äpfel, das verlesen werden mußte. Die guten Früchte zum Einlagern, das weniger schöne Obst für die Brennerei bereitstellen.
Zwar packte Hubert Werbacher überall mit an, doch da er von diesen Haushaltssachen überhaupt keine Ahnung hatte, machte er das meiste verkehrt, und Hilde hatte doppelt Arbeit.
»Kannst' net zum Tobias aufs Feld?« fragte sie einmal unwirsch, als er die beiden Kisten mit dem guten und dem weniger guten Obst durcheinanderbrachte.
Gerade hatte Hubert dieselbe Idee gehabt, als der Knecht auf den Hof kam – zu Fuß.
»Was ist denn mit dem Traktor?« fragte der Bauer.
»Hin isser«, lautete die lakonische Antwort.
Tobias berichtete, daß der Motor noch einmal laut aufgeheult habe, und dann keinen Mucks mehr von sich gab.
»Auch das noch«, seufzte Hubert. »Ausgerechnet jetzt, zur Ernte.«
Also mußte er mit dem zweiten Auto zum Feld hinausfahren und sich den Schaden ansehen. Den Fehler fand er schnell, doch das Ersatzteil gab es nur in der Kreisstadt.
Dorthin fahren, das Teil holen, zurück und einbauen – das kostete Zeit. Heute würd's wohl nichts mehr werden mit der Ernte.

Als er am Abend endlich zum Hof zurückkam, da stand Hilde Straninger mit gepacktem Koffer vor dem Haus.
»Ich kündige«, sagte sie einfach. »Solang' die Bäuerin im Haus war, da war alles gut. Aber jetzt... Die Christel ist auch noch krank, und ich kann net die ganze Arbeit alleine machen.«
Weder gute Worte noch das Versprechen, etwas auf den Lohn draufzulegen, konnten sie von ihrem Entschluß abbringen.
»Dann haut doch alle ab«, brüllte Hubert Werbacher erbost, daß man meinen konnte, seine Stimme käme als vielfaches Echo von den Bergen zurück. »Ich brauch' euch net. Keinen von euch!«
Jetzt saß er in der Wohnstube, Enzian und Bier auf dem Tisch. Aber, so recht wollte es net schmecken. Betrübt schaute er sich um. Wie groß und leer so ein Zimmer sein konnte, trotz der Einrichtung. Die Einsamkeit war es, die es so schlimm machte. Sonst, wenn er hier saß, war immer etwas los. Irgendwo wurde geredet, Türen geschlagen, jemand kam herein oder ging hinaus.
Aber nun? Er hatte sich nie zuvor vorstellen können, daß er seine Marianne einmal so sehr vermissen werde.
Tobias kam von draußen herein und meldete, daß die Kühe gemolken und die Schweine gefüttert waren. Dann blieb der Knecht stehen und schaute den Bauern erwartungsvoll an. Der bemerkte es zunächst gar nicht, so sehr war er in Gedanken versunken. Eher zufällig sah er auf.
»Ist noch was?« fragte er.
Tobias zuckte die Schultern.
»Ich wollt' halt wissen, wie's nun weitergeht« erkundigte er sich. »Das mit der Christel wird wohl noch ein paar Tag' dauern. Und jetzt, wo die Hilde weg ist – meinst net, daß wir noch ein bissel Hilfe brauchen...?«

»Das weiß ich selbst«, fuhr Hubert auf. »Sagst' mir vielleicht auch, woher ich die Leut' nehmen soll? Du weißt doch selbst, daß jetzt so gut wie keine mehr zu bekommen sind.«
»Ich mein' ja nur…, allein kann ich auch net alles schaffen. Und morgen muß auch noch der Zuchtbulle abgeholt werden, und wenn der Traktor wieder kaputtgeht…«
»Himmeldonnerwetter noch einmal«, schimpfte der Bauer los. »Wenn, wenn, wenn! Der Traktor wird schon halten, ich hab' ihn ja erst repariert. Und was die andere Arbeit betrifft…«
Er winkte plötzlich ab.
»Ach, das ist mir auch egal.«
Dann nahm er sein Schnapsglas und stürzte den Inhalt hinunter, Tobias zog es indes vor, das Wohnzimmer zu verlassen.
Eine Weile noch saß Hubert Werbacher da, dann stand er auf und ging zum Telefon. Er wählte die Nummer seiner Schwägerin, die sich gleich darauf meldete.
»Nein«, antwortete sie auf seine Frage. »Die Marianne kannst' leider net sprechen. Die ist nämlich schon schlafen gegangen. Wir wollen gleich morgen früh an den Achsteinsee fahren. Da wollt' sie ausgeruht sein. Was übrigens die Sache angeht, na, du weißt schon, warum sie und die Angela jetzt hier bei mir sind – also, da soll ich dir ausrichten, sie kommen erst wieder zurück, wenn du deine Meinung geändert hast!«
Das stimmte zwar nicht ganz, aber Elisabeth meinte, daß ein zusätzlicher Dämpfer nicht schaden konnte. Natürlich war ihr klar, warum ihr Schwager sie angerufen hatte. Das tat er sonst nämlich nie. Nicht einmal zu Weihnachten oder zum Geburtstag.
Das letzte Mal war es, als Angela geboren wurde.

Wütend legte Hubert Werbacher den Hörer auf die Gabel zurück und stapfte nach oben ins Schlafzimmer.

*

Für Stephanie Wagner war dieser Tag wunderschön gewesen. Ganz früh am Morgen war Dr. Wiesinger ins Hotel gekommen und hatte sich den Fuß angesehen.
»Na, das schaut doch prima aus«, sagte er und erneuerte Salbe und Verband. »Ruhen S' sich heute noch ein bissel aus, legen S' das Bein hoch, und morgen, wenn's zurück nach München geht, dann werden S' gar net mehr merken, daß da etwas war.«
Gleich nach dem Frühstück legte sie sich in einen Liegestuhl, der im hinteren Teil des Hotelgartens stand. Natürlich gesellte sich Lukas zu ihr, und die Zeit bis zum Mittagessen verging mit Plauderei, zärtlichen Küssen und verheißungsvollen Versprechen, wie im Flug.
Zum Abschied hatte sich Irma Reisinger ein besonderes Menü ausgedacht. Es gab ein herrliches Wildgericht mit hausgemachten Nudeln und Preiselbeeren, und zum Nachtisch eine lockere Zitronencreme, die mit einer Sahnehaube gekrönt wurde.
Die Gäste waren sich einig, nirgends so gut gegessen zu haben wie im Löwenhotel in St. Johann.
Am Nachmittag wurde es dann im Liegestuhl zu langweilig.
»Meinst net, daß wir einen kleinen Spaziergang machen könnten?« schlug Steffi vor.
Lukas sah sie kritisch an.
»Bist du sicher, daß es geht?«
Ihrem bittenden Blick konnte er nicht widerstehen.
»Na schön«, willigte er ein. »Aber wenn irgendwas weh tut, kehren wir gleich wieder um.«
Es ging sogar besser als sie glaubten. Die Salbe, die Dr. Wie-

singer aufgetragen hatte, wirkte wahre Wunder. Lukas hakte Steffi unter, und langsam spazierten sie durch den Hotelgarten, auf die Straße hinaus.
»Das ist wirklich ein schönes Dorf«, stellte Steffi fest. »Hoffentlich können wir noch mal herkommen.«
»Ganz bestimmt«, antwortete Lukas. »Es versteht sich doch von selbst, daß wir unsere Hochzeitsreise hierher machen.«
Die junge Frau sah ihn mit großen Augen an. »Hast du eben Hochzeitsreise gesagt?«
»Klar«, strahlte er zurück. »Und weißt du, was noch viel schöner wäre?«
Er zeigte zur Kirche hinüber. »Wenn wir uns dort kirchlich trauen lassen könnten.«
Steffi war überwältigt.
»Du bist ja ein richtiger Romantiker!«
Sie schaute auf das weiße Gebäude mit dem hohen Turm.
»Warum sollte es nicht möglich sein?«
»Los, das finden wir jetzt heraus«, sagte Lukas.
»Schau mal, alles in Rot, Blau und Gold«, flüsterte Steffi ehrfurchtsvoll, als sie das Kirchenschiff betraten. »Eine richtige Pracht.«
»Mensch, wäre das schön, hier zu heiraten.«
Lukas hatte ebenfalls im Flüsterton gesprochen. Langsam gingen die beiden bis zum Altar. Aus dem Säulengang trat eine Gestalt. Das junge Paar stand immer noch ergriffen da und hatte noch gar nicht bemerkt, daß es nicht alleine war. Erst als Sebastian die knarrende Tür der Sakristei schloß, drehten sie sich um.
»Grüß' Gott«, nickte der Geistliche ihnen zu. »Ich bin Pfarrer Trenker.«
Steffi und Lukas erwiderten den Gruß.
»Wir hoffen, daß es erlaubt ist, die Kirche zu besichtigen...«, sagte der junge Mann.

»Aber ja«, lachte Sebastian. »Ich freue mich über jeden Besucher. Schauen Sie sich ruhig um, und wenn Sie Fragen haben, ich will sie Ihnen gerne beantworten.«
»Ja, eine bestimmte«, nickte Lukas. »Es geht um unsere Hochzeit...«
Sie erzählten dem Geistlichen von den Umständen, unter denen sie sich kennen- und liebengelernt hatten. Sebastian schmunzelte, als er hörte, daß aus anfänglichen Streithähnen nun ein Liebespaar geworden war.
»Natürlich werde ich Sie gerne trauen«, sagte er. »Wann wird es denn soweit sein?«
»Na ja, das dauert wohl noch eine Zeit«, meinte Steffi. »Erst mal müssen wir ja zurück, und dann muß es mit der ganzen Verwandtschaft und den Freunden geklärt werden.«
»Ich denke, so in zwei, drei Monaten«, sagte Lukas.
»Wenn Sie vierzehn Tage vorher Bescheid geben, ich glaub', das reicht völlig aus«, schlug Sebastian vor. »Und wenn Sie jetzt Lust haben, dann zeig' ich Ihnen noch ein wenig von den Schätzen unserer Kirche. Sie werden staunen, was es hier alles zu sehen gibt.«
Die Führung dauerte eine gute halbe Stunde. Steffi und Lukas waren sehr angetan von dem, was sie zu sehen bekamen, aber noch mehr beeindruckte sie der Geistliche selbst. Er entsprach so gar nicht dem Bild, das man landläufig von dem Pfarrer eines alpenländischen Dorfes hatte. Schon rein äußerlich hätte man Sebastian Trenker eher für einen durchtrainierten Sportler halten können. Und ein solcher war er auch. Die beiden Kirchenbesucher wußten nicht, daß seine engsten Freunde ihm den Spitznamen »Bergpfarrer« gegeben hatten, weil er für sein Leben gerne Wander- und Klettertouren in den Bergen unternahm. Daher rührte seine gute Kondition. Zudem hatte die blendende Erscheinung schon manchen Fremden glauben lassen, einen Schauspieler vor

sich zu haben. Die Leute waren jedesmal erstaunt zu hören, daß es sich bei Sebastian Trenker nicht um eine Berühmtheit handelte, sondern um den guten Hirten von St. Johann.
Steffi Wagner und Lukas Brandner bedankten sich für die besondere Führung und versprachen sich rechtzeitig zu melden.
Sie freuten sich schon jetzt auf den Tag, an dem sie sich in dieser Kirche das Jawort geben würden.
»Geht's noch?« fragte Lukas besorgt, als sie wieder vor dem Gotteshaus standen.
»Ich glaub' schon«, nickte Steffi. »Auf eine Alm würd' ich jetzt zwar net wandern wollen, aber den Fuß spür' ich kaum noch.«
»Dann sollten wir vielleicht jetzt einen Kaffee trinken gehen«, schlug er vor. »Heut abend müssen ja schon die Koffer gepackt werden, und morgen geht's zurück in die Heimat.«
»Schade«, bedauerte Steffi. »Aber ich freu' mich auch schon auf Kerstins Gesicht, wenn ich ihr von dir erzähle.«
»Deine Freundin?«
»Ja. Du weißt doch, die auf deren Platz du gesessen hast.«
Lukas schmunzelte.
»Ich erinnere mich noch gut an die Herfahrt. Hoffentlich wird die Fahrt zurück nach München angenehmer.«
Steffi lehnte sich an ihn.
»Ganz bestimmt«, sagte sie leise. »Das verspreche ich dir.«

*

Der zweite Tag auf dem Werbacherhof ohne die Bäuerin verlief nicht besser als der erste. Hubert saß ziemlich niedergeschlagen am Küchentisch und brütete vor sich hin. Was immer er angefaßt hatte, war schiefgegangen.
Wieder hatte es nur ein mageres Frühstück gegeben, weil der Bauer sich nicht zurechtfand. Vom Mittagessen ganz zu

schweigen. Da hatte er eine große Plastikschüssel mit Eintopf in der Kühltruhe gefunden – leider erst kurz vor zwölf. Es dauerte eine Ewigkeit, bis das Zeug aufgetaut war. Bis dahin hatte Tobias sich mit Brot vollgestopft. Als es dann endlich soweit war, brannte die Suppe beim Heißmachen auch noch an.
Wenigstens hielt der Traktor durch.
Dafür klagte der Knecht beim Abendessen – es gab Brot mit Käse und Schinken, da konnte nicht viel schiefgehen – über die viele Arbeit.
Endlich war es einigermaßen geschafft. Zwar stapelte sich in der Küche der Abwasch, und die Diele hätte auch eine Reinigung gebrauchen können, aber das war Hubert Werbacher jetzt egal. Alleine blieb er in der Küche sitzen und überlegte, was er tun könne, damit alles wieder so wurde wie früher.
Zweimal hatte er vergeblich versucht, mit seiner Frau zu telefonieren, bis ihm endlich einfiel, daß sie, Angela und die Schwägerin, ja heute zum Achsteinsee hinaus wollten.
Dann, es war kurz vor dem Abendessen, hatte er Elisabeth am Telefon.
»Willst du mit Hubert sprechen?« hatte die laut ihre Schwester gefragt.
Die Antwort konnte er verstehen, ohne, daß seine Schwägerin sie ihm hätte wiederholen müssen.
»Nein, der kann mir gestohlen bleiben!« klang es laut und deutlich durch den Hörer.
Mit einer wütenden Bewegung hatte er aufgelegt, doch inzwischen kamen ihm Zweifel, ob es wirklich so klug war, den sturen Bock zu spielen. Offenbar saßen die Frauen doch am längeren Hebel.
Blieb die Frage, was er anstellen sollte, um Marianne zurückzuholen?

Und wenn er Pfarrer Trenker um Vermittlung bat? Der Geistliche hatte doch immer ein offenes Ohr für die Sorgen und Nöte seiner Pfarrkinder.
Allerdings – so wie er neulich mit dem Seelsorger gesprochen hatte... Konnte er es da überhaupt wagen, Pfarrer Trenker um Hilfe zu bitten?
Egal, es kam auf einen Versuch an. Kurz entschlossen stand er auf, nahm die Jacke vom Haken und ging hinaus. Hubert Werbacher hatte gerade die Haustür hinter sich geschlossen, als ein Wagen auf den Hof fuhr.
Na, der hat mir gerade noch gefehlt, dachte der Bauer, als er Franz Mayrhofer erkannte. Der Sohn des Nachbarn stieg aus. Er hatte noch gar nicht gehört, was auf dem Werbacherhof los war.
»Wie schaust du denn aus?« fragt der Bauer, als er Franz' blaues Auge sah.
Außerdem schien die Nase etwas schief zu sein.
»Bist mit einem Ochsen zusammengeraten?«
Franz machte eine bitterböse Miene.
»Ja, mit einem Hornochsen«, gab er zu und erzählte, wem er das Veilchen und die gebrochene Nase verdankte.
Dabei schmückte er das Geschehen vor ein paar Tagen ein bissel zu seinen Gunsten aus.
»Aber, das wird der Bursch' mir noch büßen«, versprach er. »Und wenn die Angela und ich erst einmal verheiratet sind, dann soll er sich bloß net mehr hier sehen lassen, der Herr Student!«
Hubert druckste ein wenig herum.
»Du, also, Franz, was ich sagen wollt'..., also, das mit der Heirat..., tja, das wird wohl nichts werden...«
Der Nachbarssohn sah ihn mit großen Augen an.
»Aber warum?« fragte er endlich. »Zwischen uns war doch alles klar.«

»Ja, zwischen uns schon«, gab der Bauer zu. »Aber net zwischen der Angela und dir. Sie will partout nicht, und ich kann da gar nix machen. Meine Frau steht auch auf ihrer Seite.«

Er berichtete, unter welcher Misere er seit gestern litt, und daß er gerade auf dem Weg war, die Sache wieder hinzubiegen.

»Na ja, da kann man dann wohl nichts machen«, sagte Franz schließlich und wandte sich mit hängenden Schultern um.

Ein wenig tat ihm der Hubert schon leid, als er wie ein geprügelter Hund in seinen Wagen stieg und davonfuhr. Aber, so überlegte Hubert resigniert weiter, was konnte er schon groß gegen zwei Frauen ausrichten?

Sie waren ihm einfach über.

*

Sebastian saß in seinem Arbeitszimmer, als er die Hausklingel hörte. Wenig später klopfte Sophie Tappert an die Tür.

»Der Werbacher möcht' Sie sprechen, Hochwürden.«

Aha, dachte der Geistliche, es ist soweit.

»Nur herein mit ihm«, antwortete er und legte die Papiere beiseite, die er gerade geordnet hatte.

Wie ein armer Sünder stand der Bauer in der Tür.

»Na, Werbacher, was kann ich für dich tun?« fragte Sebastian, der genau wußte, was den Mann zu ihm führte.

»Tja, also, ich hab' da ein Problem«, begann der Besucher zu erzählen.

»So, ist deine Frau also weggelaufen, weil du alter Sturkopf dich wieder mal quergestellt hast«, stellte der Pfarrer fest, nachdem er sich die Geschichte angehört hatte.

Hubert Werbacher duckte sich förmlich unter den Worten seines Seelsorgers. Sebastian stand auf und ging zu dem Schränkchen hinüber, in dem er immer eine Flasche für Besucher aufbewahrte. Er schenkte dem Bauern ein Glas Enzian ein.

»So, nun trink erst mal«, sagte er. »Das andere wird schon wieder.«

Huberts Augen leuchteten auf.

»Meinen S' wirklich, Herr Pfarrer?« fragte er hoffnungsvoll. »Würden Sie vielleicht mit meiner Marianne reden…?«

Sebastian wiegte den Kopf hin und her.

»Schon. Aber bist auch wirklich sicher, daß das jetzt keine Eintagsfliege ist? Ich mein', wirst' net morgen oder übermorgen deine Meinung schon wieder ändern und die Angela doch noch zwingen, den Franz Mayrhofer zum Mann zu nehmen?«

»Nein, nein. Ganz bestimmt net«, wehrte der Bauer ab. »Ich hab's dem Franz schon gesagt, daß aus der Hochzeit nix wird.«

»So? Und was hat der Bursch' gesagt?«

»Na ja, glücklich war er net grad'. Aber was soll er machen, wenn die Angela ihn nun mal net will?«

»Ich freu' mich, daß du dich auch endlich zu dieser Erkenntnis hast durchringen können«, kommentierte Sebastian diese Feststellung. »Allerdings hab' ich's dir schon vor Tagen gesagt. Aber da hast' es besser wissen wollen.«

»Ich weiß ja, Hochwürden«, erwiderte Hubert Werbacher geknickt. »Ich hätt' besser da schon auf Sie hören sollen, dann wär' mir viel erspart geblieben.«

»Also schön. Ich sprech' noch heut abend mit deiner Frau und der Angela. Ich bin sicher, daß die beiden auch froh sein werden, wieder auf den Hof zurückzukönnen.«

Hubert Werbacher stand auf.

»Tja, dann vielen Dank, und richten Sie der Marianne aus, daß ich auf sie warte.«

Sebastian begleitete den Besucher zur Tür hinaus. Immer

wieder mußte er an sich halten, nicht laut zu lachen. Hoffentlich erfährt der Bauer nie, wer ihm diese Suppe eingebrockt hat, dachte er, als er seine Jacke überzog und sich auf den Weg machte, den Haussegen überm Werbacherhof wieder geradezurücken.

*

Angela und ihre Tochter sahen den Geistlichen erwartungsvoll an.
»Ja«, nickte Sebastian. »Es ist soweit, Marianne, dein Hubert hat klein beigegeben. Er hat wohl gemerkt, daß es ohne dich und Angela net geht auf dem Hof. Nun ist es an dir, ihm wieder gut zu sein.«
Pfarrer Trenker hatte sich zu den drei Frauen an den Tisch gesetzt.
»Ich glaub' schon, daß er es eingesehen hat, daß er seiner Tochter net vorschreiben darf, mit wem sie glücklich werden soll.«
»Sie wissen gar net, wie ich auf diese Nachricht gewartet hab', Hochwürden.«
Marianne Werbacher weinte Freudentränen. Angela schüttelte immer wieder den Kopf.
»Ich hätt' net geglaubt, daß es so klappen würd'«, meinte sie. Dann sprang sie auf.
»Ich muß sofort Jörg anrufen«, sagte sie und eilte auf den Flur, auf dem das Telefon stand.
»Ja, dann werd' ich gleich mal unsere Sachen packen«, meinte Marianne Werbacher und wollte sich erheben.
Doch ihre Schwester drückte sie auf den Sessel zurück in dem sie saß.
»Nix da«, befahl Elisabeth. »Diese eine Nacht wird er's auch noch ohne euch aushalten können. Jetzt machen wir uns erst einmal einen schönen Abend.«

Sie wandte sich an Sebastian.
»Trinken S' ein Glas mit uns, Hochwürden?« fragte sie.
»Vielen Dank«, wehrte der Geistliche ab. »Aber drüben im Pfarrhaus wartet noch eine ganze Menge Arbeit auf mich.«
Er stand auf und verabschiedete sich. Marianne brachte ihn an die Tür.
»Was ich noch sagen wollt'«, meinte Sebastian mit verschwörerischer Miene. »Dein Mann muß net wissen, wer dich auf diese Idee gebracht hat, net wahr.«
»Bestimmt net«, antwortete die Bäuerin lachend. »Ganz bestimmt net.«

*

Nach dem Abendessen setzten sich die Teilnehmer der Busreise noch für ein Weilchen zusammen. Natürlich freute man sich darüber, daß es nun wieder heimwärts ging, aber viele bedauerten, daß die schönen Tage, die sie in St. Johann verbracht hatten, schon vorbei waren.
Steffi und Lukas hatten sich in eine Ecke gesetzt. Sie wollten ein wenig für sich sein und über ihre gemeinsame Zukunft sprechen. Schließlich gab es viele Dinge, die besprochen werden mußten.
»Du entschuldige«, sagte Lukas zwischendurch und stand auf. »Ich muß eben schnell mal telefonieren.«
»Mit wem?« fragte Steffi und hielt sich erschrocken die Hand vor den Mund. »Oder hätt' ich das net fragen dürfen?«
»Natürlich darfst du es wissen«, lachte er. »Ich will nur schnell meiner Cousine Bescheid geben, wann wir morgen in München ankommen. Weißt du, dann noch nach Nürnberg zu fahren, ist mir einfach zu spät. Meine Cousine kann mich abholen, und ich übernachte dann bei ihr. Vielleicht können wir uns dann am Mittwoch noch sehen. Oder mußt du arbeiten?«

Steffi verneinte. Sie hatte sich den Rest der Woche noch frei genommen.

»Na prima«, freute sich Lukas. »Dann lauf' ich schnell an die Rezeption.«

Die Haustochter reichte ihm den Apparat. Schon nach dem zweiten Klingelzeichen wurde abgenommen.

»Na, wie ist es gelaufen?« fragte seine Cousine, nachdem der Student sich gemeldet hatte.

»Wunderbar«, antwortete er. »Das Madel ist einfach ein Traum. Stell dir vor, sie hat ja gesagt, als ich gefragt hab', ob sie mich heiraten will. Ach, ich könnte die ganze Welt umarmen, so glücklich bin ich.«

»Das hört man«, klang es aus München zurück. »Aber sag das nicht mir, sondern deiner Steffi.«

»Das hab' ich schon. Du, ich wollt' dir schnell unsere Ankunftszeit durchgeben. Wer weiß, ob ich morgen auf der Autobahn eine Gelegenheit finde, dich anzurufen. Der Bus trifft so gegen neun Uhr am Bahnhof ein.«

»Ich werd' da sein.«

»Ich freu' mich. Du, ich muß jetzt Schluß machen. Steffi wartet sicher schon ungeduldig.«

»Okay, Lukas, bis morgen abend dann.«

Er hängte ein und bezahlte das Gespräch. Dann ging er in den Clubraum zurück, in dem die Reisegruppe saß. Als hätte er sie eine Ewigkeit nicht gesehen, drückte er Steffi an sich.

»Ich bin so glücklich, daß ich dich gefunden habe«, flüsterte er in ihr Ohr und küßte sanft ihren Mund.

Sie erwiderte seinen Kuß.

»Ich bin auch sehr glücklich«, erwiderte sie. »Und ich bin auf Kerstins Gesicht gespannt, wenn sie dich morgen kennenlernt. Bestimmt kommt sie nicht im Traum darauf, daß ich mit dem Mann meines Lebens von diesem Kurzurlaub zurückkomme.«

Sie lachte laut auf, und Lukas stimmte ein.
Allerdings drehte er sich ein wenig zur Seite, so daß Steffi sein merkwürdiges Gesicht, das er dabei machte, nicht sehen konnte...

*

»Endlich!«
Hubert Werbacher atmete auf. Wie jeden Morgen war er von draußen in die Küche gekommen, und heute war wieder die gewohnte Geschäftigkeit im Hause zu hören.
Seine Frau und Angela waren dabei, das Frühstück vorzubereiten. Kaffeewasser blubberte, die Eier wurden schon abgeschreckt, und auf dem Tisch stand alles, was zu seinem ordentlichen Tagesanfang gehörte.
Der Bauer nahm seine Frau in die Arme.
»Schön, daß du wieder daheim bist«, sagte er. »Aber net nur, weil ohne dich hier nichts klappt – ich hab' dich wirklich vermißt... Ich hab's dir vielleicht lang' net gesagt, Marianne, aber ich hab' dich wirklich gern.«
Seine Frau schluckte. Solch ein Geständnis hatte sie wahrlich nicht erwartet. Angela, die daneben stand, spürte, wie ihre Augen feucht wurden. So hatte sie ihren Vater noch nie erlebt, und sie begann, ihn mit anderen Augen zu sehen.
»Und du«, wandte der Bauer sich an seine Tochter und zog sie zu sich heran. »Kannst' deinem alten, sturköpfigen Vater noch mal verzeihen? Ich seh's ja ein, ich hätt's besser wissen müssen. Glück kann man net erzwingen, und das Wohl des eigenen Kindes sollte einem doch über alles gehen. Also, Angela, verzeih mir bitte, und werd' glücklich mit deinem Jörg.«
Nun gab es kein Zurückhalten der Tränen mehr. Eng umschlungen stand die Familie Werbacher in der Küche, und freute sich, daß der Frieden im Haus wieder hergestellt war.

»Na, dann kann ich ja wieder aufstehen«, meldete sich plötzlich Christel zu Wort.
Die Magd stand in der offenen Tür und grinste den Bauern an.
»Was machst du denn hier?« fragte Hubert Werbacher. »Ich denk', du bist krank…«
»Keine Spur«, erwiderte die Frau lachend. »Es war Angelas Idee, daß ich mich ein paar Tag' ins Bett legen soll.«
Hubert sah sich nach seiner Tochter um.
»Hattet ihr noch mehr solche Ideen?«
Angela nickte und deutete mit dem Kopf auf die Küchentür.
Hinter Christel erschien die Figur der zweiten Magd. Ebenso breit grinsend, schaute Hilde herein.
»Das war natürlich net ernst gemeint, Bauer, das mit der Kündigung«, sagte sie fröhlich.
Hubert Werbacher stöhnte auf und faßte sich an den Kopf.
Er konnte es einfach nicht glauben, so hereingelegt worden zu sein.
»Jetzt sagt bloß noch, der Tobias hat auch von all dem gewußt!«
»Freilich«, ließ der Knecht sich vernehmen und schob sich hinter den beiden Mägden in die Küche. »Aber was für die Frauensleut' ein Spaß war, das war für mich eine regelrechte Tortur. Wenn ich an dein Frühstück denke, Bauer, dann graust mich's jetzt noch. Vom Mittagessen ganz zu schweigen. Die Christel und ich waren jedesmal froh, wenn du aus dem Haus warst. Dann gab's nämlich endlich etwas Richtiges zu essen.«
Hubert Werbacher nickte.
»Ich seh' schon. Ihr habt mir richtig gezeigt, wie der Hase läuft. Aber damit ihr's alle wißt – ich bin geläutert, und nun laßt uns endlich frühstücken. Darauf freu' ich mich nämlich seit Tagen schon.«

Es wurde ein richtig langes und ausgiebiges Frühstück, wie man es auf dem Hof nur am Sonntag kannte, wenn man mehr Zeit dazu hatte. Aber, die nahm man sich heute einfach.

*

Es war derselbe Busfahrer, der auch schon die Hinfahrt gemacht hatte.
»So, Herrschaften, ich hoff', Sie hatten alle einen schönen Urlaub«, begrüßte er die Reisegruppe.
»Herrlich«, schwärmten sie. »Aber leider viel zu kurz.«
»Na, dann buchen S' doch gleich die nächste Fahrt mit unserem Unternehmen«, schlug der Mann geschäftstüchtig vor. »Nächste Woch', da geht's an die Mosel. Trier ist eine wunderschöne Stadt, und erst der Wein. Ich kann Ihnen sagen!«
»Nein, nein!« schüttelte Lukas den Kopf. »Wenn wir noch einmal verreisen, dann nur nach St. Johann. Wir machen nämlich unsere Hochzeitsreise hierher.«
Dabei blickte er stolz auf Steffi.
»Ach, Herr Brandner, hat's geklappt?« fragte der Fahrer jovial. »Freut mich für Sie.«
Er schaute sich um, ob auch alle an Bord waren, und setzte sich auf seinen Sitz.
»Was hat er denn gemeint, ob es geklappt hat?« wollte Steffi von Lukas wissen.
Der räusperte sich verlegen.
»Keine Ahnung«, erwiderte er. »Wahrscheinlich wollte er fragen, ob's zwischen uns gefunkt hat, und hat sich bloß net richtig ausgedrückt.«
Er rückte seinen Sitz in eine bequemere Position.
»Komm, laß uns ein wenig schlafen«, schlug er vor. »Die Fahrt wird noch lang genug.«

Steffi hatte sich mit seiner Erklärung zufriedengegeben. »Gleich«, antwortete sie. »Ich möcht' nur schauen, wenn wir aus St. Johann herausfahren.«
Draußen vor dem Bus standen Sepp Reisinger und seine Frau Irma. Der Wirt ließ es sich nicht nehmen, seine Gäste persönlich zu verabschieden. Zuvor hatte es noch ein leichtes Mittagessen gegeben, und für jeden Reisenden ein Vesperpäckchen.
Nach einem lauten Hupen setzte sich der Bus in Bewegung und fuhr langsam vom Parkplatz herunter. Steffi warf einen schnellen Blick zur Kirche hinüber, wo eben der Pfarrer aus der Tür trat. Er winkte ihr zu, als er sie erkannte, und Steffi erwiderte den Gruß.
Bis in ein paar Wochen, dachte sie.
Dann ließen sie das verträumte Alpendorf hinter sich. Über die Bundesstraße ging es zur Autobahn, und langsam wurde sich auch der letzte der Reisenden bewußt, daß ein wunderschöner Urlaub zu Ende gegangen war.
Wiederum fuhren sie Stunde um Stunde. Ein paar Pausen an den Raststätten, dann ging es weiter. Schließlich war es soweit. Der Bus erreichte die Peripherie von München. Durch den abendlichen Verkehr ging's nicht ganz so flott, trotzdem erreichten die Reisenden pünktlich zur angekündigten Zeit den Busbahnhof.
»Also, ich wünsch' Ihnen alles Gute«, verabschiedete der Fahrer seine Gäste. »Wenn's Ihnen gefallen hat, dann fahren S' ja vielleicht einmal wieder mit uns. Mich tät's freuen.«
Er händigte die Koffer und Reisetaschen aus, die im Gepäckraum, im unteren Teil des Busses ihren Platz gefunden hatten. Es verstand sich von selbst, daß er von jedem seiner Fahrgäste ein Trinkgeld bekam. Für den freundlichen Service, vor allem aber für die schöne Heimfahrt.
Die meisten Mitreisenden waren bereits mit dem Taxi nach

Hause gefahren, oder von Verwandten empfangen worden, die sie mit dem Auto abholten.
»Holt dich eigentlich auch jemand ab?« fragte Lukas.
»Nein, ich werd' mir wohl auch ein Taxi nehmen«, meinte Steffi.
»Ach so, du fährst natürlich mit uns.«
Sie schaute sich suchend um.
»Wo ist denn deine Cousine?«
Lukas zuckte die Schultern.
»Vielleicht hat sie sich verspätet. Warten wir halt ein bißchen.«
Sie gingen ein paar Schritte auf und ab, wobei sie die letzten Tage noch einmal Revue passieren ließen. So vieles war geschehen, das ihrer beider Leben total verändert hatte. Auf jeden Fall waren sie sich einig, daß ihre Hochzeit schon in wenigen Wochen stattfinden sollte.
Ihr Gespräch wurde durch lautes Rufen unterbrochen. Suchend schaute sie sich um, und Steffi staunte nicht schlecht, als sie eine vertraute Gestalt zwischen den wartenden Bussen auf der anderen Seite hervorkommen sah.
»Kerstin! Was machst du denn hier?« fragte sie fassungslos.
»Na, was wohl? Euch abholen natürlich.«
Sie umarmte Steffi.
»Laß dich anschau'n. Der Urlaub hat dir gutgetan«, sagte die Freundin und wandte sich Steffis Begleiter zu.
»Hallo, Lukas, wie geht's?«
Steffi bekam große Augen, als sie sah, wie ihre Freundin ihren Freund umarmte und ihn auf die Wange küßte. Nur im Unterbewußtsein registrierte sie, daß Kerstin sogar seinen Namen kannte.
»Ihr... ihr kennt euch?« fragte sie verwirrt.
»Natürlich kennen wir uns«, lachte Kerstin, während Lukas eher verlegen dreinschaute.
Hoffentlich geht der Schuß net nach hinten los, dachte er.

»Aber ... wieso?«

Steffi verstand überhaupt nichts mehr.

»Na, Mensch, ich werd' doch wohl meinen eigenen Cousin kennen. Lukas Brandner, der Sohn meiner Tante Adelheid.«

»Das ist dein Cousin?«

Kerstin umarmte Steffi erneut.

»Ja, ist er. Stell' dir vor, alle Jubeljahre besucht der Kerl mich mal, obwohl es von Nürnberg nach München nur ein Katzensprung ist. Jedenfalls sieht er bei dieser Gelegenheit ein Foto von dir. Du weißt schon, das, auf dem wir beide drauf sind, als wir zum Fasching wollten. Na, was soll ich lange reden. Der Bursche hat sich unsterblich in dich verliebt. Was sollte ich da machen? War ich nicht gezwungen, dem Glück – nein, eurem Glück, ein wenig auf die Sprünge zu helfen?

Also, lange Rede, kurzer Sinn. Ich hab' mir die Sache mit dem Urlaub ausgedacht, und mich dann bei dir krank gemeldet.«

»Du hattest also gar keinen verdorbenen Magen?«

»I wo, mir ging's sauwohl. Ich hab' mich doch närrisch über meinen kleinen Streich gefreut.«

Sie schaute zu Lukas hinüber.

»Also, zu seiner Ehrenrettung muß ich sagen, daß es eine ganze Weile gebraucht hat, bis er einverstanden war. Aber dann hat er mitgemacht und den Busfahrer bestochen, damit er auch den Platz neben dir bekommt.«

»Was?«

Steffi ging lachend auf Lukas los.

»Darum war der Kerl so freundlich zu dir! Wieviel hast du dir den Spaß denn kosten lassen?«

»Na ja, billig war's net«, meinte Lukas grinsend. »Aber, das war mir die Sache wert.«

Er zog sie in seine Arme.

»Bist auch net böse?« fragte er ein wenig kleinlaut.
Steffi schüttelte glücklich den Kopf.
»Natürlich net. Ich bin sehr, sehr glücklich.«
»Und das soll immer so bleiben«, sagte Lukas und küßte sie.

*

Es war ein wunderschöner Sommermorgen, als Sebastian wieder in die Berge zog. Trotz ihrer Bedenken hatte Sophie Tappert ein reichliches Verpflegungspaket zusammengestellt.
Über den Höllenbruch erreichte er die Hohe Riest, wanderte dann weiter in Richtung Korber-Alm. Die Ereignisse der letzten Tage ließen ihn auch jetzt nicht in Ruhe. Sebastian war froh, daß es ihm gelungen war, den Werbacherbauern von seinen Heiratsplänen für die Tochter abzubringen. Außerdem freute er sich über Angelas Entschluß, noch einmal die Schulbank drücken zu wollen und ihren Abschluß zu machen. Es war erstaunlich, wie vernünftig junge Leute in ihrem Alter sein konnten. Sowohl Angela als auch Jörg Ambach waren der Meinung, daß es wichtiger sei, erst einmal einen Beruf zu haben und auf eigenen Füßen zu stehen, bevor man sich in jungen Jahren in die Ehe stürzte. Die Liebe der beiden würde stark genug sein, die Wartezeit zu überstehen.
Zunächst freute er sich auf die beiden jungen Menschen, die ihn in seiner Kirche besucht hatten. Steffi und Lukas waren ein reizendes Paar gewesen, und Sebastian war stolz, daß sie sich das Alpendorf als Schmiede ihres Glückes ausgesucht hatten.
Die genaueren Umstände ihrer Liebe sollte er erst viel später erfahren...
Der gute Hirte von St. Johann nahm seinen Rucksack ab und setzte sich an den Rand der Almwiese. Tief unter sich sah er

»sein« Dorf. Während er sich das Frühstück schmecken ließ, dachte er daran, daß es noch viel zu tun gab.
Immer wieder würde es Schicksale geben, die der Hilfe beherzter Menschen bedurften. Menschen, wie Pfarrer Trenker einer war.
Hilfreich, mit herzlicher Güte ausgestattet und selbstlos in ihrem Handeln.

- E N D E -